Sección: Literatura

Ramón J. Sender:
Crónica del alba, 3

Los términos del presagio
La orilla donde los locos sonríen
La vida comienza ahora

El Libro de Bolsillo
Alianza Editorial
Madrid

Los términos del presagio

Diez meses después de haber renunciado a buscar manuscritos nuevos de Pepe Garcés, convencido de que lo que tenía era todo lo que nuestro héroe había escrito, un amigo me proporcionó tres cuadernos más, que me apresuro a publicar, ya que en mi opinión no carecen de interés.

También había versos:

> *Los estratos del humo quebrantados*
> *por el valle acudían*
> *bajo las verdes copas tutelares*
> *de la olivarería,*
> *y sagrada y azul aquella boca*
> *aquella, muda, allí*
> *llena de verbos cancelados, llena*
> *de gritos roncos al amanecido,*
> *tal vez sin lengua, pero*
> *con un bramar sochantre y sostenido,*
> *salía por los agros a mi encuentro.*

Mi amigo escribía no sólo versos desesperados, sino también idílicos —todavía— y con metros de la vieja Grecia:

> *Se oye el ruiseñor en la abadía*
> *como todos los años por ahora*
> *y en su canción la noche se extravía*
> *mística y pura.*

Los papeles que he hallado y que son realmente los últimos, ya que alcanzan a los días de su postrera aventura (la guerra civil, la aventura de todos los españoles), comienzan con lo que sucedió inmediatamente después de haberse graduado.

Mucha más importancia que su graduación tenía para nuestro jóven héroe su integración en el mundo de los adultos por el amor físico y por alguna clase de responsabilidad social que no quiso aceptar en los niveles de la ciudadanía ordinaria.

Valentina estaba no sabía dónde, pero estaba lejos y en algún lugar esperaba el amor. En otro muy lejano disfrutaba ya Pepe (prematuramente) la orgía de la carne. La esquizofrenia española que declara sublime el amor y abyecto el sexo en un mismo individuo, comenzaba a producir efectos.

Dice Pepe en algún lugar: «Tal vez por haber comenzado demasiado pronto a gozar del amor físico fue éste el que rigió luego mi vida; pero no hay que sacar falsas consecuencias, porque me es difícil a mí separar las voluptuosidades del alma de las del cuerpo y, en definitiva, la esquizofrenia española no fue tan grave. Todavía hoy si fuera posible lo amaría todo, lo fecundaría todo y me retiraría a morir al fondo del bosque y la muerte tendría alguna clase de voluptuosidad, aún.» La unidad estaba hecha —de un modo u otro— en el caso de Pepe partiendo de los sentidos.

Y los sentidos estaban impregnados de la conciencia transcendente del ser. En cuanto a Valentina,

> *El sol caballerizo*
> *y la yegua del mar*
> *venían al bautizo del azar*
> *organizado por las nuevas amistades.*
>
> *Estaban en las rosas*
> *las palomas torcaces*
> *y decían sus cosas las procaces*
> *garzas que sobreviven a los niños discretos*

Ahora te veo a ti
Valentina, ventura
de mi sabida superestructura,
allí en la copa grande y húmeda de la noche.

Al encontrar estos papeles póstumos, mi impresión primera fue la de haber hallado algo en proceso de cristalización; es decir, sin forma definitiva o al menos en un estado más fluido que los anteriores. Por lo menos en lo que se refiere al segundo cuaderno titulado «La orilla donde los locos sonríen». El siguiente, «La vida comienza ahora», tiene una estructura narrativa más cuidada y fue sin embargo escrito después. Así no se puede atribuir la aparente falta de cristalización de ese libro octavo a fatiga o a falta de tiempo. Parece que la irregularidad era deliberada en el autor. No sé con qué fin.

Hay que tener en cuenta que con estos cuadernos salva nuestro autor algo más de quince años de realidad física, moral, intelectual, espiritual, es decir, que rompe las unidades a las cuales se ha atenido hasta ahora y a las cuales va a volver en «La vida comienza ahora».

Como digo al principio, creí que se trataba de formas inconexas y tal vez de notas para ser integradas más tarde en alguna clase de estado definitivo. Pero supongo que en su estado de nebulosa —por otra parte tan diáfana y clara y bien ordenada— tiene su verdadera naturaleza.

Había ido al mesón y en el brocal del pozo
preguntando por los ancestros muertos
encontré aquella voz que oía cuando mozo
y que me daba en sus inciertos ecos
el legado de las viragos cenicientas.

¿Eres tú? ¿No eres tú? ¿Qué hacías en el valle
lleno de limos de lubricidad?
¿Eres yo? ¿Quiénes somos? Andaba con la dalle
y en la avenida de la Libertad
gloria por gloria renunciaba a la del crimen.

Vine después subiendo hasta esta posada
o castillo tal como me estás viendo;
en el camino había héroes de la armada
sin nombre que a los que íbamos huyendo
nos mataban con la indolencia de los fuertes.

Dejadme entrar ahora al mesón del laurel,
yo saldré cuando todo haya pasado,
prometo que entre tanto no cruzaré el cancel
a menos que me hayan convocado
·ese día que el poste de la horca echa brotes.

El aire estaba lleno de ecos minerales,
en el valle encelábanse los toros
por la voz se reconocían los erales
y en tierra que ayer fuera de los moros
los grandes orinaban —humanos— por su turno.

Sucedían ya entonces las cosas más extrañas,
era exacta la fe como un binomio
ya no había contradicción en las Españas
y desde el parlamento al manicomio
el autobús lo conducían las doctoras.

El granizo ha caído después en mis vergeles;
Isabel fue el lindero del ocaso
y altura por altura en la de los dinteles
de la niebla de Dios, pongo por caso
ya no huelen, hermana, las flores de la vida.

En la tardía tarde de los maizales rotos
·un cristal inseguro en la ventana
tiembla con la volada del aire de los sotos
y aunque trae canciones hortelanas
ya no hay sol en las bardas, amante del invierno.

La verdad es que Pepe seguía por el momento en la farmacia, pero sabiéndose superior a su situación se permitía dos actividades que excedían a su trabajo regular: una clandestina y otra legítima y legal. La clandestina era su relación con el Palmao, a quien llevaba el correo que recibía. Para eso aprovechaba la hora de la cena en casa de la señora Bibiana, que estaba a mitad de camino de la casa del Palmao, también rústica y agrícola, aunque con esa aura sospechosa de las casas campesinas cuyo dueño ha corrido mundo.

La segunda actividad consistía en sacar libros de la biblioteca de los escolapios y leerlos en la rebotica o en su cuarto. Pasaba con fruición de las bellas letras a la historia o a la filosofía evitando la relación con sus antiguos colegas de la escuela, excepción hecha de Eliseo, quien una vez confesada su verdadera naturaleza moral se había hecho de veras tolerable. Admiraba Pepe y despreciaba a un tiempo el cinismo de Eliseo. En definitiva, pensaba que era un hipócrita genial y había descubierto que en aquella clase monumental de hipocresía no todo era reprochable ya que llevaba implícito un cierto respeto por los demás. Nada ganaba Eliseo con sus embustes de muchacho bien educado y, sin embargo, hacía con ellos a los demás un poco más cómodos en la vida. Pepe, sin embargo, consideraba aquella hipocresía como un signo de debilidad.

Mi suicidio frustrado me dejó algunas semanas una notable sequedad de alma. Si aquello me era negado también, ¿qué era lo que me permitirían?

Preferí renunciar a la averiguación, por el momento.

Mi situación no era del todo infausta. El gran problema del Palmao quedaba resuelto y era algo; y aun mucho, aunque ciertamente aquella solución comportaba como dije una serie de traiciones. Pero así suele ser cuando uno carece de medios para influir en su propio destino; es decir, para regir su propia conducta. Yo era entonces casi un niño y mis lealtades y mis traiciones no dependían de mí. Era la vida que me sorprendía y me castigaba o premiaba con aquellas cosas.

Como a cada cual. Un poco más a mí —creo yo—. Cada uno de nosotros cree que el destino se ocupa más especialmente de él que de los demás. Yo creo en el destino aunque pienso que actúa con los elementos que nosotros le damos. Es decir, que con las premisas de mi conducta en lo más mediocre y en lo más inusual hace sus combinaciones y revierte sobre mí para producir consecuencias felices o miserables según los casos.

En definitiva, el destino se alimenta con mi conducta y

de ella saca las bases de mi hoy y mi mañana. A veces,
me gustaría que esa conducta mía se le indigestara o lo
envenenara. Pero nadie conoce el sistema de asimilación del
destino.

La tía Bibiana me decía cada día algo en relación con
la cosecha de la aceituna, que se acercaba. Por hacerse en
invierno, era muy diferente de las cosechas de otras frutas o
de los cereales del verano. Era más complicada y mejor
pagada. Tres pesetas a los vareadores y ordeñadores, dos
pesetas a las allegaderas (eran siempre mujeres) y a los del
acarreo. La tía Bibiana sabía mucho de aquello porque desde
hacía años preparaba la comida para los capataces.

—¿Sólo los capataces? —preguntaba yo aquel día.

Ella hablaba alzando el pito como si los demás fuéramos
sordos.

—Sólo. Las allegaderas y los de la chusma comen mera
oliva asada al calivo.

—¿Y pan?

—Pan a qué quieres boca. Y vino. Vino hasta malme-
terlo.

Parece que también allí preferían tirar el vino sobrante
antes que devolver una sola gota a los intendentes. O verter-
lo en un hoyo abierto en el suelo y beber a «morro-tollo».
La tía Bibiana estaba excitada con la madurez de la cosecha:

—Cuarenta y cincuenta hombres comen de mi escudilla. Y
un año hasta sesenta.

—¿Todos capataces? —preguntaba yo.

—Y un mayoral —añadía ella, jactándose.

Yo no podía entender la energía de aquella viejecita
cuya única señal de fragilidad era su voz infantil. Pero la
señora Bibiana tenía ojillos escrutadores entre sus párpados
arrugados y se había dado cuenta de que dentro de mí se
estaba produciendo algún cambio:

—¿Qué le pasa? ¿Ha tenido noticias últimamente de
su familia?

Desde la noche de mi suicidio frustrado yo era otro. Es
decir, era el mismo, pero con una idea diferente de las
cosas. «Estoy en la vida —pensaba— como en una cárcel
de la que me no me dejan salir.»

Y vivía a merced de la brisa que soplaba. Era lo que
la viejecita veía, también, porque un día me dijo:

—Está usted como la oliva que cuaja y encarna con la
niebla y no con el sol.

Yo no decía nada y ella creyó que debía añadir:

—Tenga *cuidiao,* porque al hombre que pierde la sustancia, el aire se lo lleva.

Sustancia quería decir la calidad maciza, el peso. Y yo lo estaba perdiendo tal vez, aunque el aire no se me llevaba todavía. La viejecita no solía hacerme preguntas personales porque la gente del pueblo tiene también su sentido de lo permisible, pero aquel día me preguntó:

—¿A qué hora se levanta su mercé?

—A las ocho, más o menos.

Ella torcía el gesto:

—Ya se me hacía a mí. El hombre que deja que le pille el sol en la cama está perdido. Y la mujer también.

Por lo visto a la viejecita no le había pillado el sol en la cama desde que tenía uso de razón. A los viejos héroes del romancero tampoco les sorprendía el sol en la cama, a no ser los dulces despertares del amor, que, al parecer, los dejaba luego toda su vida, como a Garcilaso, con líricos sentimientos de culpabilidad.

El haber perdido yo por el momento a Valentina y, sobre todo, el haberla sustituido con Isabel me hacía escéptico ya en materia de amor. Es decir, de sexo. Aunque no era sólo Isabel, porque en aquel momento pensaba en la «doncelleta» que conocí semanas antes en aquel mismo lugar. La conocí *sin conocerla,* claro.

Comía y callaba.

Me daba cuenta desde hacía algunas semanas de que todo me empujaba hacia abajo. Había una manera mediocre —en el sentido clásico—, es decir, una manera habitual de vivir, otra manera brillante y también una manera sórdida. Todo me empujaba hacia la sordidez.

No había vuelto a ver a Isabelita, pero cuando supe que había ido a Puebla de Híjar con la familia del ingeniero, comprendí que su ausencia no se debía al hecho de haber puesto el Palmao y yo las cosas en claro. Probablemente ella no sabía nada de aquello y yo no pensaba decírselo.

No sabía realmente cuándo volvería mi amiga y seguía sintiéndome tan culpable pensando en Valentina, que no estaba seguro de que deseaba que mi amante de Alcannit regresara. Ya habrá visto el que lea estas notas —si alguien llega a leerlas un día— que yo entonces no pensaba con la razón, sino con el temperamento (se podría decir), lo que es bastante español. Con él vivía también. Mi razón no me había servido nunca sino para calibrar y limitar los excesos de un temperamento que iba a todas las cosas y que se identificaba con la mayor parte de ellas.

Con Valentina me sentía no exactamente culpable, sino condenado a una eterna culpa por alguien que no era Valentina, ya que ella me habría recibido como siempre y era tan ajena a la idea y la práctica del pecado, que no habría podido comprender nunca mis escrúpulos. Sin dejar de sentirme verdaderamente culpable deseaba, pues, el regreso de Isabelita.

Una vez más, el amor era una virtud y el sexo un vicio. Un ejemplo de esa esquizofrenia de los españoles (y en menos medida de todo el mundo de civilización cristiana) según la cual tenemos una vida angélica, pura, en el amor y satánica —impura— en el sexo. Ciertamente, la psicopatología desde antes de Freud hace girar todos los problemas en torno a ese malentendido crucial. Y aunque no ha hecho sino complicar más el problema, al menos ayuda a la gente a entenderse a sí misma.

Yo amaba a Valentina y deseaba a Isabelita, y el amor imposible de Valentina me confundía y torturaba, y el amor inexistente de Isabelita (inexistente en mí) me daba gozos y orgías sin los cuales no podía pasarme.

Ahora veo (desde la altura de mi supuesta madurez) aquel período como un tiempo confuso y brillante en el cual todas las tendencias de mi vida me empujaban hacia un nivel más bajo, donde me esperaba un raro peligro de desintegración.

La señora Bibiana volvía a preguntarme, con la aceitera en el aire sobre mi plato de legumbres:

—¿Qué le pasa? Se le ve a usted así como lastimoso.

Y luego comentaba: «Todo el mal les viene a los hombres que estudian de tanto cavilar». Ella me tenía a mí por un sabio, ya que acababa de graduarme de bachiller. La vista comenzaba a fallarle, porque para enhebrar la aguja tenía que acercarse a la ventana y ponerse a contraluz (lo que la hacía contraer los párpados y arrugar la nariz). Cuando aliñaba mi plato (sobre todo el de legumbres) acercaba a él su cabeza inclinándose sin dejar de hablar, lo que a veces me daba la incómoda sospecha de que su saliva podía salpicar mis alimentos. Era, sin embargo, la estampa de Bibiana tan recogida y nítida, tan limpia en cada uno de sus cabellos plateados y en el ramaje coloreado de su pañoleta sobre una blusa ceñida, que no sentía repugnancia alguna. Mientras rociaba de aceite mis legumbres acercaba su cara al plato como si estuviera haciendo una obra de arte, y el olor del aceite crudo y de las legumbres frescas me hacía olvidar pronto lo demás.

Cada día, a medida que me alejaba de Valentina, iba sintiendo la necesidad de acercarme a aquellas pobres gentes (Bibiana, el Palmao, Isabelita y el viejo reumático que venía todavía a verme a la farmacia arrastrando su pata y me contaba cuentos riendo hasta las lágrimas). Al lado de ellos, el farmacéutico me parecía un poco falso y objecionable. Y también Eliseo, a quien imaginaba vestido un día de oficial del cuerpo jurídico de la Armada ayudando a su dama a bajar del landó.

Pero era difícil, por otra parte, identificarse con aquella gente de la tía Bibiana, que tenía apodos bellacos y maneras primitivas como la gente del neolítico, cuyos restos y huellas buscaba don Víctor los domingos.

Yo comía y trataba de acercarme al mundo de Bibiana:

—¿Tiene usted familia? —le preguntaba.

—Una hija tengo, que se acerca ya a la cincuentena porque, lo que pasa, la parí siendo muy moza.

¡Ah!, debía ser aquella mujer de quien me había hablado Isabelita con desprecio y envidia a un tiempo.

—¿Tiene usted nietos, señora Bibiana?

—No, porque mi hija no se casó. Fue a Barcelona y allegó caudales.

—¿Trabajando?

Era una pregunta un poco atrevida después de lo que había oído decir a mi amante, pero Bibiana se quedó un momento dudando y con la inocencia de siempre respondió:

—Pues no sé cómo decirle, pero era puta de un pez gordo. En Barcelona tenía una casa resplandeciente, con un cuarto de paredes con losetas blancas y jetas de agua.

Aguantaba yo la risa, sintiendo al mismo tiempo una especie de compasión de mí mismo por convivir con aquellas gentes. La viejecita se lamentaba también a su manera:

—Ahora tiene, mi hija, silla de dama en la colegiata y no se le da mucho de su madre. A su madre, que la parta un rayo. Eso es contra la ley de Dios, pero así va el mundo.

Creía Bibiana que era natural cuando se tenía dinero negar a la madre, y no se lamentaba.

La vida no era mejor ni peor por eso y los hombres no podíamos hacer nada por cambiarla, porque ella —la vida—

tenía derechos sobre todos nosotros. Bibiana trabajaría sin quejarse (nadie se quejaba a su alrededor) hasta caer un día como cada cual.

En la farmacia, el patrón de los chalecos de fantasía también se daba cuenta de mis cambios de conducta y me preguntaba con la mirada. Yo respondía con mi silencio, pensando: «¿No te parece poco tener que trabajar varios meses sin salario para devolverte el poco dinero que me adelantaste antes de mi viaje a Bilbao?» Quería marcharme, pero no sabía cómo, porque de mi sueldo no me sobrarían sino tres duros mensuales, que debía acumular para cubrir la deuda. ¿Cuántos meses más?

Pero tuve una sorpresa a fin de mes. El farmacéutico me pagó como siempre, y me dijo:

—Mi padre le regala el dinero de su viaje.

La sorpresa fue de veras agradable y cuando el médico apareció por la farmacia me apresuré a darle las gracias. El buen hombre, con su aspecto de león fatigado, pareció incómodo por mis expresiones de gratitud. Como en aquellos días había comenzado yo a recibir correo del comité regional en relación con la futura huelga de aceituneros, me sentía en una situación de deslealtad. Por la noche no podía dormir pensando en aquello y comencé a tomar tabletas contra el insomnio. La víctima mayor de aquella huelga iba a ser precisamente el viejo doctor, padre del farmacéutico —pensaba yo entonces—; es decir, la única persona mayor que me quería en el mundo y la única a quien yo respetaba.

Las campanas de la colegiata sonando sobre mi cuarto lleno de oquedades frías, habían llegado a ser lo contrario de lo que pretendían; es decir, que no eran una llamada a la virtud, sino a la voluptuosidad. Y yo pensaba: «Tal vez la voluptuosidad, obra de Dios, es también sagrada y no acabamos de entenderlo los hombres.»

El uso de somníferos me tenía por las mañanas un poco indeciso de movimientos y malhumorado. Yo sentía cariño por el médico (que venía a ocupar el lugar de un padre a quien no había podido querer) y al mismo tiempo admiración y lealtad por el Palmao (que no me había cortado el pasapán) y por el comité regional de Zaragoza, que preparaba la batalla contra los olivareros, en la cual yo tenía un papel importante y secreto.

Entre aquellas dos corrientes, como entre las de la voluptuosidad de Isabelita y el amor de Valentina y entre mi veneración por el santo del paraguas y mi desprecio por el cura pederasta, sentía descomponerse y desintegrarse mi joven persona. Y en aquella desintegración había una especie de suplicio que no me atrevía a confesarme a mí mismo.

Se agravaron las cosas cuando volvió Isabel y me dijo que estaba encinta. Mi primera reacción, como suele suceder en casos parecidos, fue dudar de que yo fuera el padre. No me preocupaban las sugestiones que el farmacéutico me había hecho tiempo atrás, según las cuales algunas mujeres cuando estaban embarazadas buscan un «editor responsable», porque siendo menor de edad no tenía responsabilidad alguna. Pero no podía menos que dudar.

Recordaba lecturas de Quevedo (a quien había leído en la biblioteca de la Universidad de Zaragoza, que estaba cerca de mi Instituto) y especialmente aquella carta que escribía a una amiga en la misma situación: «Me dice vuesa merced, señora mía, que se halla encinta y lo creo, porque las costumbres de vuesa merced no son para menos...» Y así seguía Quevedo negando la paternidad y diciendo —creo— que las responsabilidades debían repartirse a escote entre los que habían intervenido. Pero Isabelita había venido virgen a mis brazos y sentía respeto y compasión. Le conté el caso al farmacéutico, más que por piedad para ella, por vanidad de joven macho. Cuando me di cuenta, me llevé una gran sorpresa.

«Ahora sucederá algo —pensaba—. He hecho una imprudencia diciéndoselo al farmacéutico y sucederá algo. El destino se aprovechará de mi imprudencia.»

Desde aquel día el farmacéutico me trataba con cierta sequedad, limitándose a un género de relación más profesional que antes.

Naturalmente, Isabelita, a pesar de la despreocupación que tantas veces había mostrado en relación con su futuro e incluso de las ventajas que esperaba del hecho de hallarse encinta, se veía inquieta y angustiada. Uno de aquellos sábados por la tarde —cuando nos abandonábamos a nuestras orgías— se puso a llorar y me dijo:

—¿Sabes? Otras mujeres se ven como yo y saben salir del apuro.

Había abortos, claro, y mujeres que los hacían clandestinamente por dinero. Pero hacía falta dinero. No era difícil para mí robar un poco de dinero en la farmacia, pero habría preferido asaltar un banco. Tampoco esto me era posible, porque no tenía armas.

Verdaderos bancos no los había, además, pero sí dos o tres agencias bancarias. Llegué a pensar en el Palmao, aunque ¿cómo iba yo a plantearle aquel problema precisamente a él? Pensaba luego en pedir ayuda al comité de la regional, pero ¿hasta qué punto se puede esperar recibir dinero de una organización revolucionaria para pagar a una bruja que hacía abortos? Por otra parte, en las organizaciones de la CNT nadie cobraba. Los mismos activistas que intervenían en cosas graves (atentados o sabotajes) no recibían sino los gastos de viaje y el importe de los salarios que perdían en la fábrica los días de ausencia. Teniendo eso en cuenta, ¿cómo iba a plantearle al Palmao la necesidad de dinero para aliviar a su hijastra de un embarazo del que yo era culpable?

Yo creía que el precio del aborto sería doscientas o trescientas pesetas. Cuando Isabelita me dijo que eran sólo cinco duros me quedé asombrado y pensaba que algunas mujeres habían perdido la vida en aquel miserable trance. Muriera o se salvara Isabelita —aquella preciosa criatura—, el hecho de que creyera que su salud y su tranquilidad y su suerte futura no merecieran hacer un gasto de veinticinco pesetas me dejaba lleno de piedad.

Tal vez era una manera de amor, aunque no se podía comparar con el que sentía por Valentina.

Pero amor lo era.

La solución la propuso ella misma. El aborto había que hacerlo antes de que se cumplieran los tres meses del embarazo y ella calculaba que para entonces tendría el dinero ahorrado de su salario de doncella, aunque en aquel momento no tenía un céntimo porque todo lo que ganaba lo gastaba en vestirse y debía dinero —pequeñas cantidades— a todo el mundo.

Hubo una complicación, digo, en mi pequeño orden moral. Mi farmacéutico seguía enfadado conmigo porque lo había engañado tiempo atrás, diciéndole que me entendía con la Trini, amiga de Isabelita, y no con Isabelita. Cuando le expuse mi verdadera situación le molestó que no le hubiera dicho la verdad. Es verdad que para mentir hay que tener memoria. Lo peor fue que queriendo arreglar las cosas le dije que había comenzado con la Trini, pero después me había hecho amigo de Isabelita. Todo esto trajo consecuencias, porque el farmacéutico era amigo del ingeniero, se lo dijo y al saber éste que la doncella estaba embarazada la echaron.

Se quedó Isabelita en la calle por mi culpa, sin dinero, encinta y sin la menor perspectiva de salvación. Yo pasé unos días de verdad sombríos y comprendí que hay desgracias peores que las que había conocido hasta entonces y que el destino estaba haciendo uso de mis imprudencias.

Dos días después, la señora Bibiana me dijo que por venir la cosecha temprana comenzarían las faenas tres semanas antes que el año anterior. Le pregunté cuánto ganaban las mujeres —dos pesetas diarias— y me puse a hacer calendarios. Calculé que podría darle a Isabelita diez pesetas mías, de la mensualidad (me sobraban quince después de pagarle a la señora Bibiana), y mi amiga ganaría si era preciso las otras hasta veinticinco trabajando como allegadera, con las demás.

—Ese es un trabajo muy de roceras —dijo Isabelita entre hipos y suspiros— y mis amigas pensarán que no valgo para nada. Más me valdría ir a Barcelona.

Yo no quería que se fuera a Barcelona, porque la perspectiva de tener yo un hijo que iba a ser toda su vida el hijo de una prostituta me parecía el último extremo de la abyección.

Isabelita no conocía a la bruja, pero su amiga Trini se trataba con toda la gente irregular de la comarca. Isabelita le preguntó si la bruja esperaría a cobrar quince días después de hacer la operación, pero aquella hipótesis ofendía a la Trini:

—No, mujer. Esas tías no se chupan el dedo. Hay que pagar a tocateja. Figúrate que para no pagarle la acusan a la justicia con un anónimo y la meten en la trena. Se han dado casos. O que la cosa saliera mal. Entonces... ¿quién paga? Lo primero que hay que hacer es ponerle en la mano un duro encima del otro.

Después de una pausa expectante añadió:

—¿No te lo decía yo? La culpa la tienes tú por andar con jovenzuelos que no tienen sino la labia y la bragueta.

—Es que...

—El primer día yo me olí que os ibais a dar la fiesta y luego vendría lo que viniera. Y ahí lo tienes. Puedes ir a Barcelona y parir, que habrá lugares donde te reciban para eso. Pero se te aflojarán los pechos y una mujer con los pechos flojos es una mujer sin gancho para la cama. Puedes ir a un burdel, pero ya vas disminuida en pleno mocerío y una vez los pechos colgantes no te los levantan ni con una grúa.

Los problemas crecían, y los había de todas clases, con predominio por el lado abyecto o, como diría Isabelita, graciosa como siempre: por el lado tunante. Yo iba bajando la escalera de lo vil.

Todas las palabras que representaban alguna clase de baldón acudían a mi mente: bribón, pillo, sinvergüenza, rufián, zascandil, golfo y muchas más. No se puede imaginar la fuerza que esas definiciones tenían atribuyéndomelas yo a mí mismo. Ella sonreía cuando me veía con ganas de escurrir el bulto, y me decía:

—¡Perillán, que te veo venir!

Por fin decidió acudir a los capataces de la aceituna y apuntarse con el primer equipo que comenzaría a trabajar veinte días más tarde. Hacíamos cuentas. Necesitaba ella ocho días para ganar dieciséis pesetas y contando con los dedos resultaba que los tres primeros meses del embarazo se cumplían antes. Era peligroso aquello. Además, después de tres meses la ley consideraba el aborto un asesinato.

Todo era bastante sórdido y la evidencia de haber perdido ella su empleo por mi culpa me traía loco. Claro es que no se lo dije, pero el secreto hacía mi culpabilidad más incómoda.

Me sentía yo de veras desgraciado por haberle dado al destino elementos para fabricar mi ruina.

Isabelita se acostumbró a la idea de ir a la aceituna. Y ya no le parecía humillante. Todo se reducía a ponerse ropas de campesina y a mearse —así decía ella— en la opinión de sus amigas.

Un día vino con un recado de Trini, quien le había dicho que yo tenía la solución en la farmacia. Una gragea de cornezuelo de centeno y todo estaría resuelto.

—Sí —le dije yo—. Y tú al cementerio y yo a la cárcel.

Isabelita se puso pálida. Luego reaccionó, soltando a reír, y dijo con una espontaneidad completa:

—¡Qué bueno! Yo al cementerio y tú a la cárcel. Mejor a la horca. Nos sacarían un romance y nos juntaríamos en el cielo.

Oyéndola hablar así, yo me decía si no estaría aquella mujer enamorada de mí; pero no lo creía, pensando en lo que me había dicho el Palmao. Ella insistía:

—Si yo me muriera y tú también, no se me daría nada, de verdad. Dame ese cornezuelo y a ver qué pasa. Ya me dijo la Trini que de cada diez mujeres sólo se mueren dos o tres, y eso es como una lotería. Yo nunca gano a la lotería y seguro que no me tocará la mala. Si tú quieres venirte conmigo al... al... oye, ¿una iría al infierno? No lo creo. Dios es más bueno que los hombres. Los hombres la mandan a una al infierno, pero Dios seguramente tiene un rinconcito en el cielo para gente como tú y yo. Dios debe decir: «Vamos a dejarlos a estos chalaos que se quieran».

Como se ve, Isabelita estaba dispuesta a todo si lo hacía conmigo. Y ni siquiera recordando las palabras del Palmao consideraba yo a Isabel peor que antes —mejor, tampoco—; es decir, que le perdonaba sus embustes e incluso lo que pudiera haber en ella de pasión secreta por su padrastro. Se lo perdonaba todo desde que había dicho que no le importaba morir si moría yo también. Y lo había dicho riendo, que era en ella la manera de decir las cosas importantes.

El farmacéutico no solía venir a la farmacia sino después de haber pasado el cartero, así es que no sabía que recibía yo cartas casi a diario. Esperaba recibir un día entre aquéllas alguna de Valentina, pero eran todas comunicaciones de la regional de Zaragoza. Las abría al principio, porque el sobre lo escribía siempre —deliberadamente— una mujer y a veces tenía la esperanza de que fuera para mí. Podía ser de Pilar o de su madre y tal vez de la misma Valentina, ya que a veces la letra (que no era siempre de la misma persona) se parecía un poco a la de ella. Cuando me convencí de que nunca me escribía Valentina, me resigné y ya no abría las cartas. Se las entregaba al Palmao cerradas.

Había recibido ya más de diez de aquellas comunicaciones en las que había instrucciones de todas clases. Uno de los planes consistía en trabajar en la primera semana y luego declarar la huelga. El otro en presentar el pliego de peticiones antes de comenzar a trabajar. Esto me hacía temblar pensando que si aceptaba el Palmao ese plan no podría Isabelita tener el dinero para la operación a tiempo.

El Palmao, que me trataba como a un compañero por haber sido amigo del Checa, me comunicaba sus planes y hasta me escuchaba si yo formulaba alguna opinión. Naturalmente, yo era partidario de que comenzaran a trabajar cuanto antes y luego presentar el pliego después de haber cobrado su semana Isabelita. Para justificarlo decía que el

efecto moral sería más poderoso y también el posible daño
práctico y material, ya que después de dos semanas habría
aceitunas por el suelo arrancadas por los vareadores y escaladores y si las dejaban allí y llovía no tardarían en perderse.
Esta última observación convenció al Palmao. No podía
imaginar mi amigo que yo estaba obedeciendo al interés de
su ahijada.

El Palmao era hombre culto a su manera; es decir, experto en materia social, y solía decir: «Estas huelgas son en
provecho mismo de los propietarios, porque empujándolos a
mejorar las condiciones de los trabajadores obligamos al
patrón a sacar el mayor partido de su riqueza. Les ponemos
delante la necesidad de montar molinos y refinerías de aceite
en lugar de vender la oliva en bruto a italianos y franceses.
Pero esos tíos ni siquiera saben ser ricos».

Es decir, que las huelgas económicas eran un instrumento
de progreso. Eso decía el Palmao, y por eso lo perseguía la
policía.

Mi carácter estaba cambiando, no tanto por las desgracias
como por la práctica del amor-voluptuosidad. Me iba haciendo
secreto y adusto. Isabelita decía «cetrino», porque hablaba
cada día de una manera más caprichosa y absurda (debía ser
por el embarazo) y confundía lo cetrino (un color de la
piel) por el taciturno (un estado de ánimo). Es verdad que los
taciturnos lo parecen más si son cetrinos y que yo, cuando
fumaba demasiados cigarrillos (del farmacéutico) y dormía
poco a causa de mis preocupaciones, o por el abuso amoroso,
iba cambiando de color. Me ponía realmente un poco cetrino.
Y bronco.

Mi amante, desde el momento en que decidió ir a la aceituna se acostumbró a la idea y como tenía que gozar con
todo lo que hacía, a veces alzaba las manos y dando palmadas
a compás bailaba un poco cantando una cancioncilla que
acababa:

> ...*arriba la oliva*
> *y abajo el limón.*

—No vayas a creer. Con la cosecha las allegaderas se
divierten a su modo.

—Deben pasar frío trabajando a la intemperie todo el día.

—¡Qué va! Hacen caliveras grandes como ruedas de
carro aquí y allá y se calienta el aire. En el calivo echan acei-

tunas a asar y cuando se abren y revientan las frotan en rebanadas de pan, dejando allí toda la pulpa y echan sal y aceite.

—¿Esa es toda su comida?

—¡A ver! Y luego va y viene el trago. Lo bueno es que comer aceitunas da propensión a lo que yo me sé. La *tragelancia* de las allegaderas no es tan buena como la de los capataces que prepara la señora Bibiana, pero tanto da lo uno como lo otro. La barriguita llena y...

Volvía a batir palmas y esta vez cantaba con la misma melodía una letra distinta:

> *Aceitunera mía,*
> *allegadera*
> *que no vienes al tajo*
> *de la ribera.*
> *¿Y dices que estás mala?*
> *La enfermedad del tordo,*
> *la carita delgada*
> *y el culo gordo.*

El tordo era el ave de los olivares que se alimenta de la aceituna. Es verdad que ella misma —que parecía muy delgada— tenía redondeces encantadoras. Las mujeres me parecían ya entonces seres magnánimos por el hecho de ser mujeres, simplemente. Las madres por madres, las amigas por amigas, las novias por novias. Cada cual en su estilo.

Las cosas fueron mejor de lo que habíamos esperado en lo que se refiere a Isabelita, y bien sabe Dios que me avergüenzo todavía recordándolo. Por otra parte, ella no me causó la menor molestia. En la miseria absoluta en que estábamos, al menos teníamos una apariencia decorosa todavía.

Siguiendo mi sugestión, el Palmao organizó las cosas de modo que el trabajo de las allegaderas comenzó un lunes, como si todo el mundo estuviera de acuerdo. Y el sábado siguiente por la tarde acudí yo al tajo de Isabelita con la esperanza de regresar con ella y traerla a mi cuarto.

Fui montando un caballejo que no se usaba para la silla, sino para los trabajos de la agricultura y que parecía feliz de ver que por una vez volvía a ser lo que había sido en su juventud. Me lo prestó un vecino de la señora Bibiana.

Como se puede suponer, yo no iba nunca con el sindicalista para evitar que se fijara en mí la policía. Una noche

nos citamos el Palmao y yo en lo alto del castillo y estuvimos
otra vez hablando, con el pueblo tendido abajo y sembrado
de luces amarillas.

Me dijo que el plan iba a salir exactamente como estaba
previsto, que se ganaría la huelga y que los propietarios cerriles y estúpidos tendrían que sacar sus dineros de debajo del
colchón y comenzar a industrializar y a hacer marchar la
riqueza natural de la región. A mí me extrañaba ver en el
Palmao sentimientos más poderosos que el odio por la burgue-
sía, es decir, ver en él actitudes positivas.

Había en los olivares una atmósfera extraña que nunca
habría podido imaginar. En otros países, los trabajadores
hacen lo que deben hacer, cobran y huyen del tajo. El trabajador español, que tenía salarios bajos, buscaba alguna compensación y la creaba artificialmente si no se presentaba por
las buenas. No tan artificialmente, porque la alegría era espontánea y natural.

Las allegaderas, los vareadores y los escaladores (estos
últimos los del «ordeño») se divertían a su manera. De otra
forma yo creo que no habrían ido nunca a allegar, varear u
ordeñar.

En el fondo de aquella conformidad placentera había una
sabiduría más honda que en los esquemas de algunas escuelas
filosóficas. Por eso yo, que desde entonces no he tenido sino
ocasiones de amistad y hasta de veneración por el pueblo
—por mi pueblo, al fin—, he sentido a veces emociones próximas a las lágrimas y he tenido que callarme a veces y disimu-
larlas. Mujeres más delicadas y hermosas y estilizadas que las
princesas de las viejas cortes (¿y quién dice que no vienen
ellas de los monarcas de los reinos taifas de la Edad Media?)
se acomodan a cualquier situación con su mirada sabia y
lejana —y profunda— y sus manitas vírgenes. Y son capaces
de superar cualquier dificultad inventando alguna forma de
alegría, a veces más placentera que la alegría natural.

En todo caso, allí estábamos. Yo pensaba llevarme a Isabelita conmigo, pero ella había bebido un poco (sin perder
la gracia) y en lugar de llevármela me quedé con ella en el
campo. Había cerca algunas chabolas y pudimos hacer lo
que solíamos hacer —más furiosamente desde que sabíamos que no había peligro de embarazo —sin llamar demasiado la atención. Digo «demasiado» porque naturalmente algunas
mujeres se dieron cuenta y nos pusieron un poco en solfa
con sus canciones: «La allegadera y su cortejo» y también

«...el chaval en la chabola» y otras alusiones iban y venían según la inspiración y la picardía de alguna cantante. Luego, venía el estribillo a coro que acababa como había oído a Isabelita días pasados en mi cuarto:

> ...arriba la oliva
> y abajo el limón.

Yo no sabía que las aceitunas tenían virtudes afrodisíacas aunque podría haberlo imaginado cuando vi lo fácilmente que nuestros amores se integraban en aquel conjunto primitivo y agreste. Sabía por mis pocas nociones de bioquímica que la nuez es afrodisíaca y también otras frutas secas. Pero de las aceitunas no sabía nada. Parece que la miel, la aceituna y la nuez —y el vino— son los mejores ingredientes de la alegría venusta desde los tiempos del decadente Virgilio.

En todo caso, mi amiga estaba a medida que avanzaba su embarazo más confusa de mente, más jovial y, con la ayuda de algún traguito de vino y el efecto de las aceitunas, más dispuesta a la orgía.

Yo no recuerdo exactamente lo que pasó aquella noche, el día siguiente y la noche del domingo. La farmacia estaba cerrada hasta el lunes. Recuerdo que me quedé en el olivar porque vi que la tía Bibiana estaba presidiendo la comida de los capataces y se extrañó mucho de verme a mí (tal vez se decepcionó, porque tenía de mí una idea más elevada). Ella debía haber bebido también algún vasito y con eso y el frío saludable del campo tenía las mejillas como manzanitas. Un poco arrugadas, según están a veces las manzanas de invierno. Me dijo que había dejado las cosas dispuestas en su casa para que me dieran de comer.

Miraba de reojo muy intrigada a Isabelita, a quien dijo de pronto:

—¡Tu madre buen remango tenía para allegar antes de casarse la segunda vez!

Se creía superior a las allegaderas por el hecho de cocer la comida para los capataces. Todo tiene su orden jerárquico en la creación. Isabelita le dijo:

—Y usted también, según he oído.

Entonces la viejecita se puso a reír con una arrogancia súbita de la que no la habría creído capaz y dijo mientras llenaba la escudilla de un comensal:

—Entre putas anda el juego, es un decir. Y Dios nos asista a todos.

—Amén —respondió Isabelita con una prudencia reticente que me extrañó.

Cuando le pregunté por qué se había conducido así con mi vieja amiga, respondió Isabelita:

—Es que Bibiana es contrapariente de la comadrona que ha de hacer la cosa. No hay que enemistarse con ella.

Yo le rogué que no dijera a la comadrona mi nombre porque no quería que se enterara Bibiana.

—Anda, pues sí que será una novedad. Ella lo sabe ya a estas horas. Digo, por la Trini. Además, tú tienes que acompañarme a casa de la comadrona. Tú le pagarás como un hombre que protege a su hembra. A la vista tuya la comadre trabajará mejor porque verá que hay alguno que vela por mí.

—¿Pero he de estar yo presente?

—No, no —me tranquilizó viéndome asustado—. Será bastante que te vea llegar conmigo, que saques los dineros del bolsillo y se los pongas en la mano y que aguardes fuera.

A pesar de todo, comimos con los capataces —tal vez contra la secreta voluntad de la señora Bibiana porque mi amiga era sólo allegadera— y después volvimos al tajo donde ella trabajaba.

Las allegaderas formaban como tribus primitivas y cuando se les habló de la huelga, se quedaron un poco extrañadas, como si el dinero que les daban fuera un regalo gracioso y no el pago de su trabajo.

Se unieron a los planes del comité de huelga por complacer a los organizadores, creo yo. Pero un poco sorprendidas de que tuvieran derecho a pedir más dinero. Estaban seguras de que con su trabajo se divertían más que los pobres propietarios solos en su oficina contando sus monedas. Yo percibía todo esto a través de Isabel. «La felicidad —pensaba—, si hay tal cosa en el mundo, no es de los ricos.»

Mi amante parecía haberse olvidado de sus problemas. Yo los tenía, sin embargo, muy presentes. Estaba ella entre las allegaderas contagiada de aquel espíritu que parecía venir de los tiempos de las bacantes griegas, aunque no se trataba de la vendimia sino de la recogida de la aceituna. Alrededor de los árboles, los tordos oscuros se afanaban (sobre todo cuando los cosechadores dejaban la faena al oscurecer) sabiendo por instinto que las aceitunas iban a acabarse pronto.

Los dos árboles de España son el naranjo y el olivo. Las olivas y el azahar lo son todo en el campo español. Y allí estaban. Con olivas y azahar hizo García Lorca su poesía:

> *El río Guadalquivir*
> *va entre naranjos y olivos.*

Aceitunas en el suelo verde espolvoreadas con flor de azahar menudo como aljófar. Porque el viento en los naranjales produce un amago de nevada. De nevada virgen: azahar.

> *Lleva azahar, lleva olivas*
> *Andalucía a tus mares.*

García Lorca ligó en sus versos esas olivas y esos azahares, y luego otros poetas lo siguieron y llenaron sus malos versos de olivas y azahares desde el Algarbe hasta el Arauco. Sobre todo, esos poetas a quienes les sugestionaba tanto —según decía un compañero mío de Instituto— la danza de los culos uruguayos.

No sabía qué quería decir con ello. Era un tal Vicente, nacido en un pueblecito de los Pirineos, hijo único de un médico rural que murió alcoholizado.

Tenía la manía de los *culos uruguayos*, y con eso quería expresar la sensibilidad —o sensualidad lírica— del continente americano en las zonas próximas al Ecuador. Para mi amigo Vicente, que estaba muy interesado en bellas letras y que iba a ir a Madrid con su madre a hacer su carrera universitaria, América era una jaula de monos y de papagayos. O de guacamayos, como decía él. Era injusto y apasionado, Vicente, hijo de alcohólico.

Al parecer, había tenido alguna experiencia desagradable con algún sudamericano y se vengaba con alusiones de refilón, siempre fríamente venenosas.

Entre los olivares Isabelita parecía, a pesar de su incipiente embarazo, más virginal que nunca. Era azahar entre olivas, Isabelita.

—Ven aquí, Pepe, mi cabritillo montaraz, y allega conmigo aunque no te paguen —me decía—. Mira qué lindas son las olivas. Mira cómo huelen a agua de tormenta, y cuando revientan en el fuego, a aceite de olor de los que se ponen

las marquesas en la piel. No creas que estoy borracha porque
hablo así, pero puedes pensar de mí lo que quieras. ¿Por qué
no nos vamos a Barcelona y tenemos el crío y me dedico
a lo que yo sé y tú eres mi rufiancito guapo? Anda, que allí
no vendra el Palmao a cortarte el pasapán. Te lo digo de
verdad.

Cuando hablaba de aquello, se me enturbiaba el aire y
olvidaba todo lo que había a mi alrededor para pensar sólo
en mi desventura. Y al acabar la jornada —que era de diez
u once horas, y no sé si esto sucedió antes de ganar la huelga
o después de la victoria—, cuando acabó la jornada, ya entrada la noche, nos sentamos con otros, alrededor de lo que
Isabelita llamaba «la calivera» en la que sólo quedaba el
rescoldo oloroso a cospillo. Isabelita sacaba su naturaleza
campesina que había reprimido el tiempo que estuvo sirviendo de doncella, para decirme:

—La tía Bibiana es buena persona y aunque me insulte,
yo no le tengo malquerencia, porque su hija la desprecia
y eso no está bien. Nunca haría yo nada como eso porque
una madre es sagrada, aunque sea puta. ¿Quieres decirme
tú para qué serviría la vida si la madre no fuera sagrada?
Las madres guardan el respeto grande del que salen todos
los demás respetos. ¿No te parece?

Oyéndola, yo miraba alrededor y creía ver tordos en
todos los árboles. Y pensaba: «Hay olivos silvestres y olivos
acebucheros. Y hay fuego de cospillo y fuego de orujo. Y a
los que trabajan con escaleras les llaman de maneras diferentes: ordeñadores, esquilmadores y también garroteros y
vareadores. Hay toda una técnica del cosechar como la hay
de cada cosa útil en el mundo. Y hay olivas manzanillas,
corvales, zorzaleñas, picudillas, zapateras y reinetas. Hay reinetas en casi todas las frutas. Y además las hay tetudas. Aceitunas tetudas. ¡Eso sí que tenía gracia!» Pregunté por qué
las llamaban así y hubo un coro de risas:

—¿No lo sabes, zagal? —me decía una mujer que se
había puesto una ristra de ajos como diadema en la cabeza—.
Aceitunas tetudas como ésta —y mostraba a Isabel—, a
quien hay que comerse cruda y sin asar. ¿Oyes? Aunque los
chicos de ahora saben de eso más que los viejos de antes.
Aceitunas corniales para los maridos.

—Cornicabras —dijo la pícara Isabel.

Yo andaba lleno de preocupaciones y no acababa de entrar

en situación. Una vieja decía algo a la mujer de la diadema
de ajos y ésta respondía:

—¡A mí con ésas! Mi marido lo bebe con la cañuta del
zaque. Un día le dieron una copica de anís de esas pequeñas
y la miró de reojo y dijo: «Esto debe ser para el canario».
Y en la jaula del canario la puso. Entonces fue a servirse en
un cuartal y se lo echó a los riñones. Luego se enzorró como
un marranizo y tuvieron que llevarlo a casa entre seis. Grande es como un *misache* del Corpus, digo de esos que salen en
reata de la Lonja de Zaragoza. Y aún lo estoy viendo.
Entre seis.

Yo me sentía a un tiempo incómodo y feliz. Por fortuna,
nadie parecía fijarse en mí. Al principio había sospechado
que podría tropezar con alguna intriga de Isabel (la provocación de algún campesino que compartiera conmigo los favores de mi amante), pero no la hubo.

Tenía Isabelita los pechos agudicos y levantados, más
levantados aún por el embarazo. Y con el fulgor de las brasas
que venía de abajo la veía más hermosa que antes.

Habiendo perdido a Valentina, tal vez —¡ay!— para
siempre, lo mismo me daba una cosa que otra y pensaba
que podría ir a Barcelona con Isabelita y seguir su suerte y
vivir o morir con ella.

Pasamos el resto de la noche entre aquellas «caliveras» y
volvimos al amanecer con un frío horrible, muy juntitos,
como dos amantes verdaderos.

No recuerdo ahora exactamente cómo fue la huelga. Sé
que la ganaron y que aquellas dos noches y dos días fueron
para mí encantadores. El Palmao —que había mejorado la
condición de los obreros y empujado a los patronos también
a mejorar su propio negocio— andaba escondido porque querían echarle encima la guardia civil.

Yo supe que el padre del farmacéutico perdía con aquella
diligencia mía y del Palmao algunos miles de duros, y a
un tiempo me sentía culpable y orgulloso. Culpable de traición y feliz porque en definitiva él y todos los que tenían
algunos medios de fortuna debían esa fortuna a los humildes. Nadie quería enterarse en aquel tiempo.

Como digo, aquellos días fueron definitivos en la ruta
que debía seguir Isabelita. Y yo mismo. La vida no era sueño,
o en todo caso ese sueño lo soñaban también las cosas y
los animales, los meteoros y los arbustos, los árboles y sus
frutos, especialmente las olivas tetudas. Aquellos días los

pasé en una embriaguez constante y no necesariamente de vino. Ni de amor. Porque «aquello» no era amor.

La verdad es que tenía ya bastantes recuerdos en mi joven experiencia para comenzar a desvivirme. Y era lo que me sucedía. Fue una cosa que no he acabado de entender. Quizá me iré dando cuenta poco a poco, pero no me queda mucho tiempo para que el proceso sea bastante lento y sustancioso, de modo que no sólo pueda contarlo, sino gozarlo.

En fin, yo fui con Isabelita a casa de la bruja, que era una mujer campesina con maneras de bellaquería urbana, y puse en sus manos las veinticinco pesetas en plata. Ella comprobó que las monedas eran buenas y se llevó a Isabel al cuarto de al lado. Apenas había yo encendido un cigarrillo cuando la comadre e Isabelita volvieron con el mismo aspecto despreocupado y ligero, y la bruja me dijo:

—Ya está abortada.

Salimos sin que yo pudiera entender una palabra y sin atreverme a preguntar, porque aquellos misterios me excedían. Además, me sentía profundamente culpable. Isabelita no estaba triste ni parecía haber sufrido lo más mínimo, pero me dijo con melancolía:

—Ya me gustaría haber tenido un hijo tuyo, no creas.

Entonces vi dos lagrimitas en sus pestañas. La luz ponía en ellas iris templadores. Me dio pena mientras pensaba: «Veinticinco pesetas. Una vida humana deshecha por veinticinco pesetas. ¿En qué mundo vivimos?» Me sentía de veras culpable y no sabía qué decir. Por fin, la tomé del brazo, seguimos andando y pregunté en voz baja:

—¿Pero de veras ya no lo tienes, el hijo?

—Sí, hombre.

—Pues ¿cómo dice esa bruja que estás abortada?

—Es que ha pinchado el huevo y me ha puesto una sonda. ¿Comprendes?

—No. Y por favor, no me digas más.

La voz me temblaba. Yo seguía descendiendo hacia niveles más sórdidos aún. «Un asesino.» Con todas las agravantes, sobre todo la alevosía. Yo había dado dinero por asesinar, lo había dado y no recibido, lo que representaba un refinamiento siniestro en la cobardía. A pesar de mi edad, casi infantil.

A veces sentía secretas turbaciones religiosas y creía que no tenía perdón de Dios.

Isabelita reía otra vez:

—¿Sabes? La comadre me dijo: «Tengo que calentarte».
Yo no la entendía. Quería decir tenía que tocarme los pechos
un poco para que se abriera la matriz.

—Cállate —repetía yo, pálido.

Pero ella no entendía mi impaciente nerviosismo y añadió:

—Mejor sería que hubieras venido a calentarme tú.

Y reía. Isabelita reía, pero no era una risa natural y por
eso no me extrañó que luego volviera a llorar un poquito.
Como la luz venía por el lado contrario, ahora sus pestañas
tenían iris azulvioleta. La primera vez eran rosáceos.

Yo me sentía enternecido con mi amiga, sin dejar de acu-
sarla porque la consideraba culpable de mi alejamiento de
Valentina.

El hecho fue que pocos días después, mi padre, enterado
de mis malandanzas, me escribió proponiendo un armisticio.
La bandera blanca la izaba él. Yo creo que se enteraron
por algún lado no sólo de mis relaciones con Isabelita, sino
también de mi intervención en la huelga de los olivareros.
Pero había algo nuevo y más importante.

Parece que siempre encuentra la juventud alguna manera de seguir adelante y así me sucedió a mí cuando más encerrado me sentía en mis angustias. La fortuna del árbol joven
suele depender de la destrucción del viejo. Digo todo esto
porque mi abuelo materno falleció y a la hora de testar se
acordó de mí, que tan poco asistido de mi padre me veía.
En fin, mi abuelo, que había bailado el bolero para mí cuando
yo era niño, se acordó en su testamento y me dejó veinte
mil pesetas para ayudarme a terminar la carrera.

Serían cinco años, si todo iba bien. Con aquel dinero
trataría yo de redimirme de la dura y un poco humorística
profesión de mancebo de botica. Aquel cambio en mi situación no influyó, sin embargo, gran cosa en mi estado de
ánimo.

No fue mi padre quien me escribió comunicándome la
noticia, sino mi madre. Yo quise ir al entierro de mi abuelo,
pero habría llegado tarde y, por otra parte, no estando Valentina en el pueblo de al lado, todo, hasta el entierro de mi
abuelo, perdía interés.

Me dispuse a ir a Caspe y a prepararme para el viaje
a Madrid.

Pensaba vivir en Madrid con un amigo mío que estudiaba Derecho y Filosofía y Letras (dos carreras al mismo tiempo) y que era hijo único y mimado de su madre viuda. Ya

hablé antes de él. Se llamaba Vicente, procedía de un pueblo de los Pirineos y el padre había sido médico y alcanzado cierta notoriedad simpática en la comarca como hombre ligero de costumbres.

Nadie lo ponía como ejemplo a sus hijos, y la madre de mi amigo menos que nadie. Pero el hijo había sido amigo mío en Zaragoza mientras estudiábamos el bachillerato.

No fui todavía a Caspe. Seguí al lado de Isabelita hasta que mi padre me escribió diciendo que tenía ya el dinero y que debía pensar seriamente en la carrera que quería estudiar. El me proponía la de abogado.

Un poco al azar contesté que me gustaría la carrera de ingeniero industrial. Sabía que se estudiaba en Madrid y que podría hacer el preparatorio aquel invierno, aunque ya era tarde para matricularse. Tal vez sería posible aprobar como estudiante libre. Podría ir a algunas clases de oyente, si quería.

Eliseo, que se había enterado de mi cambio de situación social (un futuro ingeniero era más que un mancebo de botica), vino a la farmacia y me trató con deferencia. El farmacéutico estaba preocupado buscando un empleado que me sustituyera. Yo le propuse a Letux, de Zaragoza, y mi patrón le escribió. Dos días después estaba allí Letux, un poco más alto, con su mismo pelo de panocha, sonriente y servicial.

Al encontrarnos me dijo, dándome la mano:

—Ya sabía yo que nos encontraríamos un día por las alturas.

Para él las alturas eran aquella farmacia —que tenía una apariencia lujosa— donde no tendría más jefes que el mismo farmacéutico. Este le iba a dar dieciséis duros de salario, uno más que a mí, precisamente por consejo mío. El mismo día que iba a marcharme me encontré con el Palmao, quien al saber que iba a Caspe para estar dos o tres días con mi familia me propuso en seguida un plan de acción y no sólo con los campesinos, sino con los obreros, porque había en aquella ciudad un poco de industria. Yo, asustado, le dije que sólo estaría allí dos o tres días y que seguiría después para Madrid, y entonces el Palmao pareció resignarse.

—Mándame tu dirección en Madrid cuando la sepas —me dijo.

—¿Se la darás a Isabelita?

—Si tú no quieres, no.

Pero al mismo tiempo yo necesitaba saber qué sucedía con el aborto y también con su vida de aspirante a cortesana (por decirlo de una manera eufemística). Estaba interesado en su carrera, una carrera en la cual la había iniciado yo con un crimen.

De un modo u otro yo seguía interesado en ella.

En mi casa, mis padres se conservaban exactamente iguales, pero mis hermanos habían cambiado. Eran más grandes. Ya no peleaba con Maruja, aunque nos mirábamos a veces de reojo. Ella seguía con la manía de los regalos y miraba mis manos vacías sin comprender, porque creía que todos los que hacían viajes y volvían de aquellos viajes debían traerle algo a ella. De un modo vago, creía que la única utilidad de los viajes que hacían los parientes consistía en traerle a ella alguna cosa.

Yo la miraba divertido y burlón y le decía: «Regalos, ¿eh? ¿Con qué?» Por fin apareció la Maruja de siempre: «Sólo los golfos viajan sin dinero». Ella creía que yo viajaba en los trenes sin billete y huyendo de los revisores y de la policía.

Mi padre no dejaba de mirarme con fijeza y yo evitaba mirarle a él. «Se da cuenta —pensaba— de que he descubierto y practicado la relación de mujer.» Yo creía llevarlo escrito en la cara. Era probable que hubiera tenido mi padre noticias por don Víctor, que era muy amigo suyo y del farmacéutico.

Mi hermana Concha había tenido varias cartas de Valentina y se puede imaginar con qué atención las leería yo. Naturalmente, eran cartas para que yo las leyera y me extrañó que Concha no me las hubiera enviado a la farmacia. Ella se disculpó de una manera cruel:

—La verdad, chico, siendo mancebo de botica no eras un novio digno de Valentina.

En fin, desde que había yo comenzado a resbalar hacia los planos sórdidos de la vida, los demás —incluso mis propios hermanos— iban considerándome poco menos que muerto y enterrado. La dureza de las condiciones sociales en España se reflejaba y se refleja hoy— y se reflejará siempre, quizás— en todas las cosas. Los curas amenazan con el infierno y el diablo: el orden social lo preside el verdugo; el Estado era un estado-policía y no un estado-familia. El vecino era el enemigo natural.

El prójimo... ¡ah!, el prójimo es aquel cuya mujer, según la Iglesia, no debemos desear.

Y a quien querríamos suprimir inconsciente y conscientemente para gozar de la viuda.

Mi madre me consideraba todavía un problema: «Tienes una cara distinta y estás más delgado, pero más alto». Mi padre se gloriaba en mis posibles contrariedades físicas o morales:

—Serás calvo antes que yo.

Se equivocó en eso, porque no lo soy todavía cuando escribo estas líneas y él lo era hacía tiempo.

Teníamos como siempre una casa grande y señorial (en España la tiene cualquiera) y algunos gatos me miraban a distancia y parecían entenderme y pensar: «Lástima, éste es nuestro Juan y se va a marchar pronto». Eso creía yo ver en sus miradas. No quise hacer amistad con ninguno para no defraudarlo. En cuanto a los perros, no me interesaban gran cosa. Siempre serán hijos de perra.

Aunque la idea de ir a Madrid me fascinaba, quise volver a ver a Isabelita (que había quedado sola con los problemas del aborto), ya que aquel viaje a Madrid me daba la impresión de ser para siempre. Iba un poco triste en un autobús lento que llevaba la techumbre llena de cajas con gallinas, lechones, cabritillos y otra animalía menuda. Entre el ruido del motor y la algarabía de aquellos animales, la gente que quería hablar no se entendía.

Seguía yo preocupado por el problema de Isabelita, de quien ni siquiera me había despedido. Le estaba agradecido, entre otras razones, por haberme permitido entrar de pronto en el reino de las dificultades serias.

Como se puede suponer, fui a hospedarme en casa de la señora Bibiana, que tenía un cuarto sobrante. Me costaba dos pesetas cincuenta con todos los gastos incluidos. Recuerdo que por la mañana no me daba café —nadie tomaba en aquella casa— sino un plato de harina de maíz cocida, parecida a la tapioca que dan a los bebés. Llamaban a aquello farinetas y tenía tropezones de jamón o de tocino frito que la vieja llamaba «chicharrones». Había en cada plato —que eran más grandes que los ordinarios— diez o doce chicharrones. Ahora pienso que aquel desayuno debía ser difícil de digerir, pero la señora Bibiana y sus gentes resolvían la dificultad bebiendo un buen vaso de vino tinto.

—El agua —decía la viejecita— hace rechinar en agrio las
farinetas. No hay que beber agua sino buen vino.

Y el suyo lo era de verdad.

El hecho de que yo no hubiera nunca comido farinetas le
hacía a Bibiana formarse una alta idea de mi origen social.

Continuaba en los olivares el trabajo y Bibiana, que seguía
considerando un privilegio hacer la comida de los capataces,
no renunciaba a aquella gloria; así es que un día mi comida
del mediodía la preparaba una vecina que conocía a Trini y
a Isabelita. La cena la hacía la señora Bibiana, al volver.

Trini e Isabelita venían y se estaban conmigo toda la
tarde. La viejita me dijo una mañana al marcharse al campo:

—Si a mano viene y se pone su mercé corrupio, cosa
de hombre es y bien está y lugar hay en la casa para todo.
El hombre es como Dios lo ha hecho y aún peor.

Lo decía pensando en la Trini y en Isabelita. Para la
honestísima Bibiana los hombres éramos unos animales poderosos y serios que se ponían unas veces «corrupios» y otras
hambrientos. La mesa y la cama eran cosas de la vida y
ella se había pasado la suya haciendo comidas y haciendo
camas. Y así iba y venía feliz, con sus sayas acampanadas y
sus medias blancas.

Desde entonces yo llamaba en mi fuero interno a la Trini
la «fiera corrupia». Ella me consideraba a mí desde el incidente del aborto un hombre capaz de afrontar los problemas.
Me admiraba.

Isabelita me dijo que su padrastro había tenido que escapar a Barcelona porque la guardia civil no lo dejaba en paz
desde la huelga de los olivareros. En Barcelona tenía el
Palmao amigos que le ayudarían. Ella también pensaba seriamente en ir a Barcelona —sin duda para seguir a su padrastro—, pero su madre no se lo permitía. Yo, que sabía los
motivos del deseo de Isabelita de ir a Barcelona y de la
oposición de su madre, me callaba y evitaba las discusiones.

Aquellos tres o cuatro días que estuve en casa de Bibiana
conocí mejor a Trini. No era tan terrible. En primer lugar
se ocupaba de la salud de Isabelita, quien había ya salido
del mal trance expulsado el feto, pero todavía no la placenta. A mí me hablaban de aquello y yo me ponía de mal
temple.

Una tarde estaba Isabel delante de mí cuando se curvó
un poco sobre sí misma con grandes dolores y la Trini la

llevó a otra habitación medio abrazada. Poco después volvían y mi amante parecía aliviada. Había expulsado la placenta.

—Ya pasó el trance —decía la experta Trini—. Era el acabóse que le cogió de pronto. Ahora ya puede volver a empezar. Pero al mancebo de botica todavía le dura el pasmo. Míralo, blanco como un muerto.

Yo temblaba realmente dentro de mi piel. Mi amante se llevaba las manos a los pechos inflamados.

—¿Estás bien? —le preguntaba yo, pálido.

—Ahora echará los calostros —advertía la Trini.

No sabía yo lo que aquello quería decir, pero la blusa de Isabelita se mojaba. A fuerza de oír aquello de los *calostros* yo asociaba la palabra con Cagliostro y en mi subconsciencia se formaba la idea de que mi linda amante había tratado de parir a Cagliostro, el brujo italiano. Tanto misterio me mareaba. Pero la Trini me miraba muy en adulta y le decía a su amiga:

—Este es de los que saben arremeter. Está aneblao todavía, pero tiene su empentón.

Yo no la entendía y ella me guiñaba un ojo:

—La hembra es una guitarra y tú sabes tañerla.

Isabelita, con su piel pálida de color marfil, sonreía y me decía: «Este sabe más que el rey Salomón», y pensaba tal vez en lo que le faltaba por aprender a ella. Una vez más yo suspiraba y pensaba: «De buena he salido». La Trini me consideraba un hombre no tanto por saber *tañer la guitarra,* sino por haber aprontado los cinco duros de la operación, que le parecían una cantidad considerable. Isabelita, por vanidad femenina, le había dicho que todo aquel dinero era mío.

La manera de hablar de la Trini y de Bibiana me daba a veces una sensación de envilecimiento. Y, por otra parte, Isabelita me parecía inocente por vez primera a pesar de los embustes en relación con el Palmao. Por instinto, comenzaba a comprender que aquellas complejidades expresadas por una cadena de embustes eran la manera femenina, natural, y más o menos respetable.

Como se puede suponer, yo me ponía «corrupio», aunque oyendo a mi amante hablar de canesúes y de que su canesú estaba húmedo y de que su canesú se le enfriaba en la piel, me sentía inclinado a alguna clase de ternura y a besarla. Al final de la palabra canesú sus labios formaban un hociquito lindo con un beso oferente que yo recogí un par de veces, mientras la Trini miraba con grandes ojos viciosos.

«Ella sí que siente "corrupia"», pensaba yo. Se daba importancia la Trini diciendo que había pasado por la *aupada* dos
veces. Llamaba así al hecho de subir al pequeño catafalco
que la comadre tenía para poner la sonda. Era tan vil su
manera de hablar que yo me sentía a veces denigrado para
siempre.

Entretanto, Concha me había dicho que Valentina, al
ver que su familia nos separaba tan rudamente, quería hacerse novicia de la orden del Sagrado Corazón y las monjas,
como suele suceder en esos casos, la estimulaban. Yo rabiaba
dentro de mí y pensaba: «Ella va convirtiéndose en un ángel
y yo en un cerdo». Como tal cerdo, ya tenía celos anticipados
del capellán que la confesaría.

No sé por qué, pero cada día sentía que era más difícil
—casi imposible— llegar a casarme con ella. Necesitaría
cinco años de estudios, luego hacer el servicio militar y
después todavía encontrar un empleo. Entonces debería acudir a Bilbao y recomenzar no la conquista de Valentina sino
la de sus padres. Todo aquello representaba una espera por
lo menos de ocho años, durante los cuales no podría acercarme físicamente a Valentina.

Me acompañaban algunas obsesiones, entre ellas la de
don Arturo, quien valiéndose de su dinero —doña Julia
había recibido una herencia cuantiosa— y de sus relaciones
misteriosas con la gente de ley —pensaba yo, receloso—,
estaba enterado de mi trabajo de mancebo de botica y hasta
de la huelga de las aceitunas, quizá.

Oyendo hablar a la Trini comprendía que mi suerte estaba echada y que sería ya siempre un bellaco. Decía ella que
yo tenía caletre y que Isabelita era la mujer adecuada para
mí, porque ella no era como las *rusticanas* de la oliva. Nunca
había oído yo hablar así. ¿De dónde había salido aquella
mujer, emperadora secreta de las corrupias?

A pesar de mis reflexiones y mis vergüenzas, no me
sentía en modo alguno superior a aquellas personas. Pensaba a veces, incluso, que sería agradable quedarse allí y ser
uno más entre los allegadores y vivir todo el día con el
sol en los brazos desnudos, dormir con la seguridad y la
salud de los rústicos y beber buen vino y comer buen pan.
Pero pensaba todo esto ya sin inocencia. Como burgués estragado que se pone a soñar con la utópica edad de oro.

En fin, eran aquellas reflexiones extravagantes.

Antes de marcharme pregunté a Isabelita qué pensaba

hacer. Ella parecía decidida a ir a Barcelona y tenía planes
secretos con la Trini. Quise advertirle que el Palmao la
despreciaba y que no conseguiría nada de él, pero por piedad
no le dije nada. Parecía Isabelita seriamente enamorada y no
de mí, sino del anarcosindicalista que se acostaba con su
madre; es decir, de su padrastro.

En cierto modo, eso me dejaba tranquilo.

Pensaba también ir a Zaragoza a ver a los del comité
regional, pero me abstuve cuando hablando con Eliseo me
convencí de que había comenzado a hacerme sospechoso en
Alcannit. Tal vez alguna comunicación de la regional había
sido abierta por mi antiguo jefe. Su sorpresa debió ser tremenda, y como el hecho de violar el correo era no sólo un
delito sino una incorrección, el farmacéutico no me lo confesaría nunca. Tal vez lo había dicho solamente a su padre,
quien debía estar ofendido por mi deslealtad.

Pensando en eso yo no me atrevía a ir al farmacéutico
ni a su padre; pero una mañana cerré los ojos y lleno de
sentimientos de culpabilidad me asomé a la farmacia a la
hora que solía ir el viejo doctor. Allí estaba, como siempre,
sentado en el diván y con el bastón entre las piernas. Me
miraba con una especie de decepción dulce y yo dije atropelladamente algunas cosas que recuerdo muy bien. Le dije
que a la larga, las huelgas de olivareros favorecen a los
propietarios porque les obligan —para poder pagar altos
salarios a los allegadores— a montar refinerías y molinos;
es decir, a industrializar y modernizar el campo. Repetía
la lección del Palmao.

El viejo doctor me miraba sonriendo como si pensara:
«Pobre muchacho, está arrepentido». Veía yo en él una simpatía de abuelo noble.

Me fui pensando: «Si algún día se hace la revolución
habrá que hacerla sin odio ni sangre, como una superación
por la riqueza y la cultura». Había entre la llamada burgue-
sía gente excelente y gente abyecta y entre los obreros gente
abyecta y gente excelente. Sería bueno que se salvaran los
sectores mejores de las dos grandes zonas en lucha. Eso
pensaba entonces. La lucha de clases al estilo marxista me
parecía ridícula y culpablemente simplificadora.

Después de la guerra civil, tan contraria a ese sentido
de las cosas, sigo pensándolo, ahora. La sociedad y los hombres de hoy somos más complicados y mejores. Y la revolución, si no se propone mejorar al hombre y a la sociedad,

es simplemente un caos sangriento. Desde el campo de concentración donde escribo pienso con gran aprensión en la suerte que pudo caber a aquellos dos hombres bondadosos y nobles durante los tres años ominosos.

Una tarde, Eliseo y yo subimos paseando al castillo y acodados en un repecho y contemplando el pueblo a nuestros pies, mi amigo trató de decir lo que pensaba de mí. Yo, sospechando que quería disminuirme y humillarme, le interrumpía cambiando de tema:

—¿Qué haces aquí? ¿Cómo es que no has ido a Zaragoza a la Universidad?

—Mi padre no quiere que aprenda a beber, a jugar a las cartas y a fornicar. La verdad es que tiene razón y se lo agradezco porque trato de conservarme para la hija millonaria y para el cuerpo jurídico de la Armada.

Relacionar aquellas dos cosas me parecía humorístico, y solté a reír. Le dije:

—Pero a ti te gustan las mujeres.

—Me gustan y yo les gusto a ellas, mira éste.

Estaba satisfecho de sí como lo estaba mi farmacéutico. Eso no me había sucedido nunca a mí todavía.

—Me voy mañana —le dije— y aquí va a quedar una muchacha bonita que...

—A mí —se apresuró a responder— no me gustan los platos de segunda mano ni las allegaderas abortadas.

Parecía estar enterado de todo, lo que no era extraño en una ciudad tan pequeña. Y no me había dicho nada hasta aquel momento. Era un chico discreto Eliseo. Tal vez yo iba haciéndome también más discreto cada día; es decir, más consciente de mi tontería natural.

Cuando me fui, la señora Bibiana me abrazó como si fuera su hijo y me dijo al oído: «Si va su mercé a Madrid tenga mucho ojo, porque tengo oído que es una *zuidad* donde tienen levantao hasta un *molimento* a Satanás, dicho sea con perdón». Y era verdad. Más tarde, cada vez que iba al Retiro y veía la estatua del ángel caído, me acordaba de Bibiana. La diferencia entre Satanás y el ángel caído, sin embargo, era considerable aunque sólo fuera por los nombres, que son tan importantes en la vida.

Volví a Caspe a buscar mi equipaje antes de marchar a Madrid.

Gozaba en casa del secreto prestigio que me concedían en mi familia desde que volví de Alcannit de los Condes. Un prestigio muy objecionable. Nadie sabía en qué consistía mi cambio y mi importancia, menos mi padre y mi madre que lo sospechaban.

Mi madre, sin decirme nada estuvo a veces mirándome tristemente como si pensara: «Ya no es mi hijo. Ya es hombre y pertenece al mundo».

En cuanto a mi padre, había en él una extraña mezcla de respeto y de inquina. En todo caso, me había dado algún dinero. «Me lo ha dado porque no lo necesito», pensaba yo. Pero la verdad es que mi padre aceptaba la idea de ser mi padre porque con el cambio que se había producido en mi cara (en mi expresión) me parecía más a él. Todo esto lo advertía yo en la manera que tenía de hablarme de mi futuro en Madrid. Me hablaba ya un poco «de hombre a hombre».

Hice el viaje desde Caspe a Madrid de noche. El tren era directo y en el mismo departamento (de segunda clase) había otro viajero de aspecto burgués y próspero. Si no llegaba más gente, podría dormir cada cual en su blanda colchoneta. Pero para mí no era problema, aquel. A los dieciséis años, la curiosidad puede más que el sueño.

Mi compañero de departamento me dijo que era de Madrid y que volvía de una ciudad del norte por asuntos profesionales. Era abogado. Yo, por obligarle con alguna clase de confianza, le dije, mintiendo, que iba a Madrid a estudiar aquella carrera y él comenzó a hablar de las ventajas de la profesión y de las salidas que tenía: consulados, carrera diplomática, notarías, registros de la propiedad, judicatura... todo un repertorio suculento, sin contar con el ejercicio natural del oficio. Además, había oportunidades en el campo de la política. Me dijo que conocía a figuras notables cuyos nombres aparecían en los periódicos.

Yo recelaba un poco, ya que suponía que si aquel abogado fuera tan importante viajaría en primera clase y no en segunda. El se dio cuenta de mi secreta objeción y se apresuró a añadir que en primera clase no había plazas libres. Aunque yo he conocido en mi vida abogados y tengo la idea de que la profesión de interpretar las leyes es noble en sí misma, aquel tipo me pareció sospechoso desde el primer momento.

Me invitó a compartir su cena y me dio algunos vasos de un vino excelente e incluso de coñac caro (regalo de un cliente, dijo) y luego, para animarme a seguir su carrera y mostrarme las habilidades que eran posibles, me contó un caso. Lo atribuía a otro abogado amigo de él (eran varios en la misma firma), pero de tal forma que me quedara la sospecha de que le había sucedido a él mismo, porque ponía un cierto énfasis personal en la manera de contarlo. Después de la comida, con coñac, me dio un cigarro puro. Se le veía gozar de su propia obsequiosidad y yo pensaba: «Eres un pícaro». Eso lo hacía más interesante, claro. Aquel cigarro habano era el primero que yo fumaba en mi vida.

Pero voy a tratar de recordar sus propias palabras: «La profesión tiene dos ramas —decía—, dos dimensiones, dos caminos: el de la elocuencia y el de la astucia. La elocuencia conduce a la política. La astucia, a la riqueza. Este es el mío, dicho sea con modestia. Les dejo a los otros la presidencia del Consejo de Ministros y de la Academia de Jurisprudencia. Yo prefiero mi oscuro despacho con las nóminas y los honorarios. Yo soy civilista, claro. Es ahí donde está el dinero, aunque no soy codicioso y, por otra parte, en el terreno penal a veces hay posibilidades también. Se puede hacer buen dinero en esa rama, como usted verá. Se trata de un caso raro para un civilista (era andaluz y pronunciaba algo que a mí me sonaba *sifilista* y me hacía recordar la escoba de los sifilazos, de Letux), pero en una ciudad como Madrid hay que estar a la que salta. Y, a veces, eso es lo mejor. Bueno, pues vamos a lo que le pasó a mi amigo. Una noche se le presentó un honesto ciudadano, bien vestido, modesto y con aire de viejo prematuro. Era un empleado de banco. Y le dijo: «Estoy perdido. He hecho una malversación de fondos. Es decir, un desfalco». «¿Cuánto?», preguntó mi amigo. «Seis mil pesetas, señor». Aquello no era un desfalco, sino una pequeña bellaquería, una hijoputez. Seis mil pesetas, usted imagina. A fin de mes se iban a enterar en el banco y a echarlo. Lo peor era para él, según decía, el deshonor. Mi amigo le dijo, elusivo: «Ese dinero se lo prestará cualquiera. No es un problema». Pero el viejo confesó que tenía agotado el crédito personal y que estaba dispuesto a pagar los réditos que le pidieran. Lo bueno es que el pobre diablo no tenía otra cosa con que responder más que su sueldo en el banco. Poner como garantía el sueldo de un empleo que trataba de salvar con el préstamo era una proposición bastante barroca. Los juanlanas son así. Pero para un buen abogado no hay mala causa. Y mi amigo, que es un lince, le dijo: «Por seis mil pesetas yo no entro en ese asunto. Es un desdoro profesional. Yo podría salvarle a usted si

estuviera dispuesto a hacer exactamente lo que le dijera.
¿Puede usted traer a esta mesa dos millones de pesetas?
Si los trae, yo le prometo sacarle a usted libre; es decir,
salvarle de todo: de la policía, de los tribunales, del descrédi-
to y deshonor, etc.» «¿Cómo?», preguntaba el pobre hombre,
aterrado. Mi amigo repetía: «Eso es cuestión mía. Si usted
los trae aquí, pasado mañana estará libre de cuidados. Perderá su empleo, eso es natural. Usted se ha conducido inmoral-
mente y debe pagar. Pero nadie se enterará, nadie le moles-
tará a usted, su nombre no andará en las gacetas». «Pero,
¿cómo?», repetía el mentecato. «Diga usted sí o no», insistía
mi amigo. El muy necio del cliente —porque los hay arroci-
nados, de veras— temblaba en su piel. Parecía pensar: «Si
fuera yo capaz de sacar dos millones no vendría aquí». El
alcornoque no había sacado sino seis mil pesetas. Además,
lo había hecho porque estaba enamorado. A los cincuenta
años, hace falta ser panoli. Mi amigo le prometía: «En cuarenta y ocho horas estará todo resuelto, sin responsabilidad de
ninguna clase. Y no tendrá que pagarme a mí nada. Lo haré
por salvarle a usted de un mal paso (la generosidad siempre está bien, usted comprende, sobre todo si se usa *con segunda*)».
El babieca todavía quería saber. Pero mi amigo se levantó:
«No tengo tiempo que perder. Diga usted sí o no». Y después
de meditarlo un rato y de limpiarse el sudor de la frente,
el badulaque acabó por decir: «Está bien. Mañana tendrá
usted aquí dos millones de pesetas. ¿Qué más hay que
hacer?». Mi amigo le dijo: «Salir de Madrid, irse a alguna
parte con un nombre falso y dejarme a mí un teléfono. No
tiene que darme sino un teléfono». El papanatas decía que
le dejaría su dirección, pero mi amigo repetía: «No quiero
saberla, no debo saberla. Sólo su teléfono». En fin, el beduino tuvo un arranque: «Yo traeré los dos millones, pero si
no cumple lo prometido... lo mataré». Esos casos son peligrosos, porque los cincuentones enamorados que han sido
honrados toda su vida son precisamente los que matan. Mi
amigo lo echó a broma: «Traiga usted el dinero y lárguese».
Yo le llamaré pasado mañana cuando esté todo arreglado».
Mi amigo es hábil, de veras. Total, como usted puede suponer, el día siguiente apareció el cliente con los dos millones
en billetes de diez mil y bonos de cien mil al portador. Y
salió de Madrid. Mi amigo llamó al banco y dijo: «Un
empleado de esa empresa ha hecho un desfalco de dos millones y ha logrado salir de España, en avión. Me ha llamado

por teléfono desde el extranjero, arrepentido, y dice que ha gastado veinticinco mil pesetas. Si no lo denuncian a la policía devolverá un millón novecientas setenta y cinco mil pesetas en el acto. No volverá a España, pero necesita la seguridad más completa, y para eso exige que ustedes le firmen el recibo por los dos millones íntegros». Después de nerviosas deliberaciones, el banco aceptó y ahí tiene usted al pobre insensato feliz y tranquilo, libre y sin cuidados, mi amigo pagándose a sí mismo una nómina de diecinueve mil pesetas por media hora de trabajo y todos contentos. ¿Qué le parece? Eso es lo que yo llamo un maestro del golpe de vista, un madrugador, un estratega del tejemaneje. Y se lo cuento a usted para que vea cómo, a veces, en lo penal hay también oportunidades. No hay que desdeñar ningún aspecto de la carrera, amigo mío, y desde ahora (el abogado había bebido su tercer vaso de coñac) le prometo para cuando haya usted aprobado el segundo año, es decir el tercero, porque hay que contar el preparatorio, un puesto de pasante en nuestra oficina. Ustedes los aragoneses son gente honrada, desde luego.

—¿Con sueldo? —pregunté yo.

—No, eso no. Se le pagará en prestigio.

Yo pensaba: «Vaya, aquí tengo otro camino abierto». Ya tenía dos. El primero, como rufián de Isabelita. El segundo, como pasante de aquel águila. Porque yo creo que todo aquello lo había hecho él mismo y se lo atribuía a su asociado.

Madrid se me presentaba como la corte de los milagros, llena de posibilidades. No eran para mí, sin embargo. Me afiancé más que nunca en mi idea de estudiar para ingeniero industrial. «Al menos, la ciencia y la técnica son moralmente neutras», pensaba.

El abogado, cuyo nombre no recuerdo (espero que en la catástrofe de 1936 fuese fusilado por un motivo u otro), siguió hablando toda la noche. Lo más curioso es que al hacerse de día, con la luz natural sobre nuestras caras, cambió y se volvió precavido y prudente.

En la estación del Mediodía, en Madrid —cuando bajamos—, parecía arrepentido de haber hablado tanto. Lo invité a desayunar, pero se excusó mirando el reloj. Yo pensaba en aquel momento que quizá todo lo que me dijo había sido fantasía y que soñaba con clientes pánfilos como aquél a falta de otros. O tal vez era verdad, quién sabe.

Cerca de la estación estaba la casa de Vicente, adonde iba a vivir —Pacífico, esquina a Gutenberg—. Pagaría yo allí veinte duros mensuales por todo. Era aquel Vicente un chico de Jaca. No quería mucho a su madre, porque se sentía demasiado protegido y vigilado. Era un chico absurdo, Vicente. Presumía conmigo de buen estudiante, cosa rara entre adolescentes, y yo respondía dándomelas de aventurero y cosmopolita. Quería Vicente doctorarse en Derecho, en Filosofía y en Historia. No sé para qué quería aquellos tres doctorados siendo, como decía ser, además, marxista y partidario de la revolución social.

Me encontraba yo en Madrid en un estado parecido a los que están en el limbo. Me sucede siempre que voy a una ciudad nueva. Las primeras semanas son de observación neutra y de exaltación secreta de mis dotes de adaptación. Soy bobamente dichoso y alguna vez (al caer la tarde), melancólico sin motivo.

A veces me sentía trascender, pero no habría podido decir en qué dirección.

Miraba a las vecinas que se asomaban a los balcones, a las porteras de la vecindad que salían a sacudir pequeñas alfombras a la calle, como si yo fuera el príncipe heredero de un reino lejano. Y ellas no se ofendían, aunque a veces, sin dejar de mirarme con deferencia, murmuraban algo entre dientes. Yo pensaba acordándome de la Trini: «¡Oh, las viejas putas!»

Tenía Vicente en su carácter una tendencia natural hacia alguna forma de dulce mediocridad. Ponía en eso su ambición. Era un chico pequeño, feo y sin gracia. No había salido a su madre, que era esbelta y distinguida. A veces, consciente mi amigo de sus desventajas, me decía con una expresión un poco delirante y la risa retozándole en el cuerpo:

—Yo viviré como don Marcelino, con una botella de vino al lado y rodeado de pilas de libros.

Se refería a Menéndez Pelayo, por quien sentía entusiasmo. El hecho de que aquel sabio no se hubiera casado le parecía a Vicente muy revelador. Tampoco él se casaría. Las mujeres, ¡bah!

La madre de Vicente me miraba siempre de reojo, porque, según decía, no sabía cuándo yo hablaba en serio o en broma. Era una montañesa terrible. Ahorradora y práctica hasta la monstruosidad. Hacía de la prudencia un vicio, una aberración.

Se dedicaba exclusivamente a la cocina y a la iglesia. Siempre vestida de negro y hablando a media voz, yo quería respetarla pero lo conseguía a duras penas desde que la oí hablar de una tía suya que en su lecho de muerte le dijo las siguientes palabras antes de cerrar los ojos:

—Hija mía; acuérdate de lo que voy a decirte. Cuando prepares la comida, corta las lonchas del jamón más delgadas.

Y murió, tranquila al parecer. La madre de Vicente lo contaba haciendo elogios de la difunta.

Yo recuerdo otra montañesa que guardaba su pequeña fortuna debajo de una teja y que en el coma, esperando la muerte de un momento a otro, hacía (raro manerismo) con los dedos de la mano derecha el gesto y movimiento de contar dinero.

En la sordidez de lo montañés, sin embargo, sólo pueden ser acusadas las mujeres. Los hombres, por el contrario, se juegan la hacienda a una carta, si a mano viene.

A mí me gustaba la montaña aragonesa, porque había visto muchas veces caer la nieve al otro lado de la ventana y aquella nieve nunca me daba una sensación de frío, sino de pureza y de melancolía. La nieve me hizo a mí soñador y dado a la soledad. No sé si para bien o para mal, esas dos cualidades me han acompañado y dado una expresión a veces idiotamente contemplativa y a veces adusta y tormentosa.

La cara del que mira caer la nieve a través de un cristal es siempre un poco boba. En las muchachas está bien, porque es una bobería angélica, con relumbres nacarados en la punta de la nariz.

Una noche fuimos Vicente y yo al teatro a ver a la Chelito y mi amigo debió cambiar de parecer, porque al salir me dijo muy serio:

—Si quisiera yo me casaría con ella mañana. No tengo prejuicios.

La Chelito era la más linda bailarina de rumbas de España. Mi amigo no se sentía tan ascético como don Marcelino, según parece.

La madre de Vicente era práctica en todo. Teníamos cada domingo todas las revistas ilustradas que se publicaban en Madrid, que eran ocho o diez. Un kiosco que había frente a nuestra casa nos las prestaba por una suma de algunos céntimos. El lunes se las devolvíamos. La vendedora de periódicos hacía lo mismo con otros vecinos y había descubierto la manera de tener una renta semanal con capital ajeno. Porque luego devolvía ella misma las revistas y no tenía que pagarlas.

Cerca de nuestra casa vivía el famoso histólogo Ramón y Cajal, a quien conocía la madre de Vicente porque habían pasado largas temporadas de verano en la misma aldea, al lado de Jaca. Aunque Ramón y Cajal era médico y hombre de ciencia, compartía las supersticiones de los montañeses y a veces iba a beber un vaso de agua a una fuente que tenía fama de milagrosa.

Creo que aquel pueblo, Larrés, era el de la familia de Ramón y Cajal —donde el sabio había pasado la infancia—. Entre la sugestión de Ramón y Cajal y la de Marcelino Menéndez Pelayo, estaba Vicente fascinado por la Universidad, a la que acudía puntualmente.

En cambio, yo iba con irregularidad a la escuela de ingenieros industriales, donde no había podido matricularme porque cuando llegué a Madrid había pasado ya la oportunidad, pero donde pensaba en el mes de junio examinarme como estudiante libre. Para eso estudiaba apasionada y vorazmente, pensando en Valentina. La madre de Vicente me miraba un poco asustada, viéndome hundido entre libros todo el día y parte de la noche.

Era el preparatorio de ingenieros industriales muy difícil, hasta el extremo de que una vez aprobado, todo lo demás resultaba fácil y sin esfuerzo. Al menos eso decían. Yo estudiaba duramente, y para descansar leía los libros que Vicente me prestaba, de amena literatura.

Vicente y yo hablábamos de noviazgos y de mujeres, pero nunca le hablé de Valentina porque me daba cuenta de que estábamos ya en esa edad en que la vida privada de cada cual es sublime para sí mismo y grotesca para el prójimo, especialmente en materia de amores.

Teníamos una doncella que hacía la comida y a quien la madre de Vicente vigilaba para evitar que se familiarizara demasiado con nosotros. No había peligro, porque lo vedado de aquella mujer era incómodo y triste. Sus pechos, por ejemplo, estaban tan entrapajados que uno se fatigaba y decidía que no valía la pena seguir adelante. El delantal de la cocina le envolvía las caderas casi del todo y al caminar se

levantaba el hueso de un anca y el de la otra, mayores de
lo que correspondía al cuerpo.

Era morena y Vicente, que a pesar de sus fervores ascé-
ticos y su admiración por don Marcelino, había profundizado
más que yo en sus regiones mamarias, me decía luego: «Su
teta derecha es como un corrusquito de pan de Viena». No
me parecía muy tentador aquello y desde la aventura de Isabelita, que tenía los pechos más bonitos del mundo, yo
andaba con escepticismo, con cuidado y con algunos remordi-
mientos, entre las mujeres. Mi sentido del prestigio viril era
otro, además. Por ejemplo; no le había dicho una palabra
a Vicente de mis amistades con el Checa y menos aún de
la huelga de olivareros, a pesar de que aquellas confidencias
me habrían hecho crecer considerablemente ante el presunto
marxista universitario.

O tal vez no. Quién sabe. Vicente no tenía nada de revolucionario.

La depresión que me producía el apartamiento de Valentina influía en todas las cosas y desconfiaba vagamente de
todo y en todo creía vagamente según como amaneciera el
día. Mi amigo Vicente, entre otros rasgos desagradables de
su carácter, tenía una cerrazón mental completa para todo
lo que no fuera la opinión de su profesor en el aula. Vivía,
pues, de un modo pedante y obtuso. El profesor Ovejero,
que era socialista, le parecía un genio. Yo, por burlarme de
la tendencia gregaria de los socialistas, lo llamaba Borreguero.

Pero no peleábamos Vicente y yo. Desde los tiempos del
Instituto en Zaragoza, Vicente estaba místicamente enamorado de una muchacha muy linda que se llamaba no sé cuántos
Salcedo y me estaba agradecido porque le había ayudado
en sus amores. Ella no llegó a enterarse nunca de aquella
pasión angélica de Vicente, aunque mi amigo la seguía y
yo lo acompañaba para darle ánimos. Un día que lo empujé
en la calle de Alfonso y le dije que se acercara, se quitara
el sombrero y le pidiera permiso para acompañarla, cuando
lo hizo hubo un apagón —serían las seis de la tarde en
invierno— y se extinguieron todas las luces de la ciudad.
Vicente se quedó congelado e inmóvil y al reunirnos me dijo:

—¿Tú ves? La próxima vez que me acerque habrá un
terremoto o caerá un rayo del cielo sobre mi cabeza.

La vida de Madrid no era muy divertida para gentes
como nosotros; es decir, con poco dinero. Yo hice algunas
amistades entre estudiantes pobres y rebeldes. Uno de ellos

era de Aragón, tenía aficiones literarias y había trabajado también en farmacias igual que yo para costearse la vida. Tuvo que dejar aquella clase de trabajo para seguir estudiando y se las arreglaba con la ayuda esporádica de algunos parientes. Su pasado de boticario nos había hecho simpatizar.

Era un verdadero rebelde inconformista y no como Vicente, quien me parecía un filisteo. Se llamaba Ramón y nos entendimos en seguida. Un poco más viejo que yo y escritor incipiente. Una noche, entre dos vasos de cerveza, me estuvo contando cosas de su pasado. Vicente escuchaba haciéndose el distraído y dándose aires, pero en el fondo envidiaba a Ramón.

Envidiaba Vicente a todos los que daban una impresión más vital y dinámica.

Recuerdo más o menos las palabras de aquel muchacho (de hecho, conocía yo varios Ramones, todos ellos supuestos escritores y poetas) y como más tarde mi amigo alcanzó alguna notoriedad, voy a reproducir aquí sus palabras de aquel día lo más fielmente posible. Nos hablaba a Vicente y a mí con una especie de embriaguez narcisista. El narcisismo de Ramón no era decadente ni enfermizo, sino que me recordaba el de Letux. Tenía también una especie de sentido orgiástico de su propia presencia en la vida. Su adolescencia se parecía algo a la mía. Oyéndolo hablar, Vicente ponía los ojos estrábicos —hacia adentro o hacia afuera—, unas veces por aburrimiento y otras por asombro. A veces hablaba:

—Vosotros —decía por Ramón y por mí— sois anarquistas, hijos de la Acracia.

—Eh, tú, poco a poco —amenazaba yo.

—Hay cosas comunes en nuestras vidas, es verdad —concedía Ramón y seguía hablando—: Tuve que salir muy pronto de mi hogar porque mi madre viuda volvió a casarse y mi padrastro me consideraba su sombra negra. La verdad es que tenía razón. Yo no había querido nunca a mi padre verdadero. Cuando murió y mientras sacaban el féretro de la casa hice tocar en el gramófono (de modo que se oyera desde la calle dónde estaba la gente del duelo, enchisterada) la jota de Larregla y después, cuando la gente del duelo regresó y mientras subían las escaleras, la marcha nupcial de Mendelssohn. Más tarde, cuando mi madre se volvió a casar, en la boda hice sonar el *Miserere* de Gounod y el fúnebre *Dies Irae*. Mi madre creía que estaba loco y se alegró cuando me escapé de casa y vine a Madrid. En Zaragoza había capitaneado huelgas de estudiantes igual que tú, Garcés. (Mientras Ramón hablaba, Vicente bizqueaba aburrido, mirándose la punta de la nariz.) En fin, ya bachiller y con mi título y mis dieciséis años vine a Madrid. No venía al azar sino con un empleo de auxiliar de farmacia, en la del doctor X (calle de Hortaleza, número 15), la misma farmacia que más tarde lo fue de la Asociación de la Prensa.

Oyéndolo, yo le envidiaba. Me habría gustado ser también por algún tiempo mancebo de botica en Madrid y ver la ciudad desde aquel extraño observatorio. Viendo a Ramón tenía a veces la impresión rara de verme a mí mismo en un espejo, a veces mejor de lo que era y a veces peor.

—Estuve en la farmacia —decía— no más de dos meses, porque hice algunos errores peligrosos para el crédito profesional del doctor X, hombre nervioso, con cierta gracia femenina a pesar de sus barbas rubias y sus severas gafas. Al hablar de gracia femenina no lo digo con intención vejatoria. El doctor se conducía de un modo natural y virtuoso y yo no tengo interés en difamarlo, porque si me despidió fue porque no pudo menos de hacerlo. Esa *gracia femenina* —tal vez la expresión no es justa— se refiere a cierta distinción apoyada que en algunas personas toma el aspecto de una delicadeza un poco exagerada. El *gentleman* inglés, por ejemplo, parecía un poco chocante en España.

Oyendo aquello, Vicente rió con su risa hueca y de fondo sarcástico. Yo me volví a mirarle extrañado y Ramón lo envolvió en una mirada fría:

—Este amigo tuyo —dijo— debe ser uno de esos pasmados universitarios que siguen la vieja tradición de los gramáticos de Nebrija y la moda de Krause.

Entonces fui yo quien soltó a reír y Vicente, para no mostrarnos su estrabismo, miró al suelo. Es verdad que Vicente a veces tenía una expresión estupefacta. No reaccionó, y continuó Ramón:

—A pesar de todo, el boticario no tuvo más remedio que llegar a una decisión enérgica. Uno de mis errores en la mesa de mármol de la trastienda donde hacíamos las recetas, casi le costó la vida al paladín del catalanismo burgués don Francisco Cambó. Ni más ni menos. Vino una noche él mismo con una prescripción. Se trataba de unos polvos distribuidos en distintas dosis para lavados uretrales. Yo confundí la cosa y puse cada dosis en capsulitas de las que se usan para medicación interna; es decir, para tragarlas. Y eran aquellos polvos un veneno activísimo. Menos mal que en la cajita de madera pegué una etiqueta con la calavera y las dos tibias (peligro de muerte). A don Francisco Cambó aquella contradicción le debió sorprender (cápsulas para tragar y el aviso siniestro) y volvió a la farmacia a pedir aclaraciones. Eran los días de la gran gloria parlamentaria de Cambó. Cuando volvió a la farmacia no estaba yo de servicio, sino el mismo doctor X, quien al ver mi error se quedó lívido. Yo había estado a punto de dejar al país sin uno de sus primeros oradores políticos y a Cataluña sin su paladín. Como el farmacéutico era de Béjar (vieja Castilla) y de espíritu unitario y centralista, la muerte de Cambó la habrían atribuido los periódicos de escándalo a quién sabe qué estímulos maquiavélicos. El boticario se sonrojó, palideció, preparó él mismo la receta como Dios manda, se disculpó y esperó mi llegada para notificarme que estaba despedido. Yo no lo sentí mucho, la verdad, porque quería dedicarme a la poesía. Por entonces leía versos modernistas que me dejaban aturdido con sus efectos de sinestesia y sus aliteraciones y vaguedades órficas; pero dos días después me quedé lleno de versos y sin domicilio (no podía pagar mi cuarto). Además, me sentía amenazado por fieras hambres.

Oyéndolo, yo pensaba: «A eso no he llegado yo». Y lo pensaba con una especie de envidia, porque los españoles podemos envidiar hasta la desgracia. En cambio, Vicente lo escuchaba feliz de saberse a salvo en las faldas de su madre y lo miraba altivo y superior, aunque con algún respeto desde que lo oyó hablar de sinestesia y de aliteración. La superioridad que pretendía Vicente no era humana en realidad, sino perruna, como la de esos perros que van en lo alto de un camión cargado de ladrillos y contemplan desde lo alto a la triste humanidad.

—Un empleado de otra farmacia, un madrileñito, buena persona, fino, cabal, generoso, como suelen ser los madrileños del pueblo, me dijo que en la calle de Carretas (más bien en la plazoleta que comunica esa calle con la de Atocha) había una farmacia y en la farmacia una vacante. Allí fui y recibí el empleo en el acto. Se trataba de entrar a trabajar a las seis de la tarde hasta las tres de la mañana, a cuya hora yo debía cerrar la farmacia y acostarme a dormir en un cuarto sin luz en lo más hondo de la rebotica. En aquel cuarto había una campana que respondía a un timbre en la

calle. Si alguien llamaba, yo tenía que levantarme, abrir y
servir al cliente. Como había borrachos y juerguistas de mala
ley que se divertían con bromas pesadas, habíamos convenido
en una llamada especial que sólo conocía el vigilante nocturno. Así, pues, el cliente se veía obligado a buscar al sereno
y pedirle que llamara. Un letrero lo advertía en la puerta.

Escuchaba yo a Ramón como a un *alter ego* y sonreía
cuando alguna de sus experiencias coincidía con las mías.
Momentos hubo en que tuve la impresión de que aquello
de la rebotica era una experiencia *sine qua non* para todo
joven de mi generación llamado a ser alguien. Porque yo
pensaba llegar a ser un hombre de ciencia.

—Por mi trabajo —decía Ramón— me pagaba el boticario la considerable cantidad de dos pesetas diarias. Y el
alojamiento. Con aquellas dos pesetas yo tenía que hacer
tres comidas diarias. Y tenía dieciséis años; es decir, dieci-
siete ya, y la voracidad de la adolescencia. Lo que hacía era
nutrirme de un modo *sintético a priori,* que diría Kant.
Tomaba glicerofosfatos de cal y sodio, jarabes reconstitu-
yentes, refrescos de bicarbonato y ácido cítrico (con azúcar);
todo a espaldas de mi patrón, y por la tarde hacia las cinco
compraba en una taberna que había al lado un «pepito» (así
lo llamaban); es decir, un *sandwich* con una gran chuleta de
ternera tibia y sangrante que me costaba una peseta. Con
todo esto supongo que estaba bien alimentado.

Cerca de allí vivía Benavente, autor de teatro y premio
Nobel de literatura. Tenía fama de homosexual, pero vino
dos o tres veces a la farmacia a comprar preservativos, lo
que me parecía incongruente. Yo me decía: «A este hombre
deben calumniarlo. Desde que tuvo aquel premio internacional su fama de pederasta creció en proporción de su notoriedad. El hombre famoso debe pagar su peaje por los campos
elíseos».

Se decían de él otras cosas. Yo había oído decir una vez
a mi padre hablando con amigos suyos y respondiendo al
elogio que hacía mi madre del libro de Benavente «Cartas
de mujeres»: «Claro que conoce a las mujeres. Como que ha
estado casado dos veces y las dos mujeres se le escaparon
con el *chauffeur*». Yo entonces lo había creído y luego supe
que no había estado casado nunca. Quizá con su supuesta
homosexualidad pasaba lo mismo. La gente quería hacerle
pagar su celebridad. Era un hombre pequeñito y recortado,
con un perfil pícaro y mefistofélico.

Mi amigo Ramón seguía hablando:

—Pero mi barrio era bastante bohemio. Prostitutas nocturnas, chulos, ladronzuelos, vagabundos más o menos decorosos de apariencia. Había también algunas señoras de la clase media aburguesada que venían a hacerme confidencias terribles sobre su vida privada. (Yo también recordaba mis tiempos de Zaragoza.) Cometí una imprudencia, pero esta vez no tuvieron nada que ver los jefes de las minorías parlamentarias. No fue una imprudencia quimicofarmacéutica, sino lírica. Me puse a leerle mis versos a mi patrón, que era hombre no del todo insensible a la belleza literaria. Pero mis versos eran tan tremendos (mi ambición por entonces habría sido convertible en un monstruo legendario) que se asustó. Recuerdo que en un poema yo extirpaba el mal de la tierra (en las personas de sus poseedores y ejercitantes) y naturalmente al fin caía yo, también. Uno solo contra tantos bellacos poderosos debía, fatalmente, sucumbir. Pero no caía sin cantarles antes las verdades. El boticario se asustó: «Eso es terriblemente revolucionario. Se diría que es usted anarquista». Yo dije bajando la voz: «No lo soy porque eso no está al alcance de cualquiera». Yo debía dar la impresión de considerar el anarquismo un estado de perfección. Mi patrón me miró con cierta ojeriza aunque no necesariamente con malevolencia. Y allí comenzaron nuestras dificultades, que acabaron con el despido un mes más tarde. Como se puede suponer, venían también a la farmacia algunos morfinómanos y me hice amigo de uno que iba siempre vestido como un maniquí de sastrería. Los españoles suelen tener miedo a ser considerados de extracción social baja y humilde y visten lo mejor que pueden. Aquel *dandy* era, además, un donjuán y me contaba algunas de sus conquistas. Parece que vivía de las mujeres. «Ellas me desnudan y ellas me visten», decía llevando su mano al nudo de la corbata. Tenía cosas raras, aquel morfinómano seductor. Decía que el momento mejor del coito era cuando reciente aún la última vibración magnética del placer, frotaba lentamente su nariz con la de la amante con un movimiento parecido al que hacen los pájaros cuando afilan el pico. Yo, que entonces era virgen, escuchaba asombrado y sin comprender. Entretanto, había ido algunas tardes al Ateneo de Madrid, donde encontré a un antiguo compañero del Instituto de Zaragoza: N. L. R. Era un joven vivaz, alerta, malintencionado y burlón, dos años más viejo que yo. Sus padres eran comer-

ciantes prósperos y honrados, pero poco respetables para mí
(por su profesión, aunque personalmente pudieran ser admirables). Recuerdo que por entonces, escribí un cuento titulado «Las brujas del compromiso», lo llevé a la redacción
de un diario que se titulaba «La Tribuna» y al día siguiente
lo publicaron. Fui a cobrar; me recibió un señor con chaqué
trencillado y gafas de oro, me miró extrañado de mis pretensiones, pidió un papel, escribió algo, me lo dio y me dijo
que fuera a cobrar a la administración. Eran veinte pesetas,
el primer dinero que me daba la literatura. La administración
de aquel diario estaba en otra casa (en la plaza de Cana-
lejas) y me pagaron al presentar el papel. Yo, pobre de mí,
fui al Ateneo e invité a comer en una taberna con aperitivos y buen vino a N. L. R. y a un joven escritor, hombre
gordo y grandilocuente, hijo de una familia muy rica. Sólo
los pobres somos generosos. Aquella noche yo no tenía domicilio (no tenía dónde dormir) y no me atrevía a ir a un
albergue nocturno de golfos. Pasé la noche caminando al
azar y evitando sentarme en los bancos de la Castellana por
miedo a quedarme dormido y a que me tomaran por un
vagabundo. (Esa heroica experiencia de Ramón yo no la
había conocido y también se la envidiaba.) Él volvía a hablar
de aquel señor de «La Tribuna» que con su chaqué trencillado debía parecer un escarabajo egipcio. Era el único verdadero *epígono* —decía— que he conocido en mi vida. Por
entonces prefería yo la desgracia a la felicidad. Amaba la
desgracia que podía hacer de mí un acreedor de Dios, un
hombre con el derecho a la protesta en nombre de una
humanidad irredenta y sufriente, condiciones de la tragedia clásica. Por entonces yo iba al Ateneo y solía dormir
algunas horas en un sillón. Como no tenía domicilio paseaba
toda la noche y al amanecer iba al Retiro (lo abrían a las
siete) y me lavaba y me peinaba en una fuente que había
en la hoya frente a la puerta grande que da a la calle de
Alfonso XII. Era una fuente de mármol rojizo, con cuya
agua me desayunaba también. Cuando mi camisa dejó de
ser blanca la tiré detrás de un macizo de flores y desde
entonces usaba un elástico de cuello de tortuga que, por
su color gris oscuro, disimulaba la suciedad. Tenía en el
bolsillo interior de la chaqueta un cepillo de dientes y un
peine. Me peinaba, me lavaba los dientes y marchaba fresco
y aparentemente bien dormido al Ateneo. Allí, en la biblioteca, escribía terribles alegatos contra el ministro de Fomento,

que era amigo de mi padre. Artículos larguísimos demostrando al ministro que no sabía nada de agricultura, de ganadería ni de industria. Para eso me documentaba razonablemente. Mis artículos eran sin duda verdaderas inepcias, pero los publicaba con grandes titulares en «España Nueva», diario republicano. No me pagaban nada por ellos y yo tampoco reclamaba. No iba siquiera a la redacción ni me daba a conocer. Dejaba mis originales en un buzón que había en la portería. En el Ateneo, N. L. R. leía mis escritos con una visible envidia. Estudiaba Derecho en la Universidad y creía que yo era un caso incomprensible de atrevimiento. Si leía prosa me decía que tenía cierto talento para la poesía y si leía versos (por ejemplo, un largo poema sobre el asesinato de Rosa Luxemburgo en Alemania), que mi poesía no valía nada pero tal vez la prosa se podía leer. Aunque el poema lo publicó «El País» a dos columnas en primera página. La envidia de L. R. era de esas envidias que no afloran apenas a la superficie pero que no se contentarían con menos que la muerte de uno, a ser posible la muerte vil.

—Lo conozco a L. R. y creo que exageras a pesar de todo —dijo Vicente, dispuesto a darnos una lección de ecuanimidad.

Los ojos de Ramón parecían querer salir de las órbitas cuando dijo con una calma siniestra:

—Ese N. L. R. es un cornudo potencial y espero poderlo demostrar cuando se case.

Ante expresiones tan rotundas, Vicente no podía hacer sino bizquear un poco —hacia afuera—. Sucedió a ellas un profundo silencio y Ramón siguió, ya tranquilo:

—«La Tribuna» no publicó nada más, cuando vio que a pesar de mi corta edad pretendía cobrar y cobraba. En fin, eran días increíbles, aquéllos. Yo dormía poco, paseaba mucho y escribía cosas que se publicaban y que no me pagaban. Cobraba en dudosos honores y en gloria. Un resto de pudor y la vaga sospecha de la falta de valor literario de lo que escribía me hacía firmar con seudónimo. No debía ser, sin embargo, tan malo, ya que algunos diarios donde colaboraban Baroja, Maeztu y otras primeras figuras lo publicaban en lugares preferentes. Pero era demasiado retórico y lleno de lugares comunes.

—Eso lo creo —dijo Vicente, pérfido.

Ramón alzó la voz:

—Lo digo para justificarme con Pepe Garcés, que es hombre cuya opinión respeto. En fin, los días se hacían fríos, las noches heladas, el dinero escaso; mi elástico, lavado en la fuente del Retiro (en la llamada *hoya* frente a la puerta monumental de la calle de Alfonso XII), se acababa de secar encima de mí; el amigo L. R. me odiaba, yo no sé por qué, y yo a veces vacilaba de hambre sobre mis piernas. Una vez llevaba ya tres días sin comer cuando vi en la vitrina del correo del Ateneo una carta dirigida a un escritor aragonés que era entonces redactor jefe de «La Correspondencia de España»: J. G. M. Yo había publicado algunas cosas allí, gratis, desde luego, y con seudónimo, y se me ocurrió ir a verle con el pretexto de llevarle aquella carta. Fui, le di la carta, hablamos de generalidades vagas y le dije que necesitaba alguna ayuda y que si podía prestarme dos o tres pesetas me haría un gran favor. El negó fríamente sin decirme por qué (fue una humillación terrible) y yo salí y me fui otra vez al fondo de la noche de invierno dispuesto a morir antes que volver a pedir dinero a nadie.

Vicente, oyendo hablar así a mi amigo Ramón aprovechó la oportunidad para opinar:

—¡Un sablista!

Y soltó a reír hasta darle hipo.

—Cállate, marica —replicó Ramón.

Y Vicente, levantándose, me dijo:

—Tú dirás por qué no reacciono, pero contra un rinoceronte no hay otra reacción que apartarse cuando te viene encima.

—Vete tú si quieres —le dije—. Yo me quedo con el rinoceronte.

Se marchó, lo que dio una gran risa a Ramón. Luego y cuando pudo volver a hablar, siguió:

—Tenía miedo, sin embargo, a caer desvanecido en la calle, a que me llevaran a un hospital y dijeran allí que estaba muriéndome de hambre (la noticia saldría en los periódicos y se enterarían en mi tierra). ¿Qué podía hacer? Robé en una tienda y luego en otra (sin ser percibido) cosas de comer. La primavera se acercaba y sospechaba que si podía resistir hasta entonces, todo iría bien. Un día estaba yo a las once de la mañana profundamente dormido en un sillón del Ateneo cuando alguien me tocó en el hombro. Abrí los ojos. Era mi padre. Yo dije: «¿Tú, aquí?» Mi padre respondió secamente: «Vamos a casa».

Oyendo a Ramón yo pensaba en mi padre. Una vez más me sentía respirar en el aliento de Ramón, quien continuaba:

—El escritor G. M. le había escrito y dicho al parecer cosas terribles. A todo esto, L. R. hacía tiempo que no me hablaba. Después de haberme comprado todas las cosas que me quedaban (las tenía yo en su casa en una maleta), haciendo buen negocio, porque tenía yo algunas camisas excelentes, un traje de verano y buen calzado, había pensado quedarse también con la maleta, pero era muy buena y yo quería por ella cinco pesetas. L. R. decía: «No, yo no la necesito, tu maleta. Ven a casa y llévatela ahora mismo». ¿Qué iba a hacer yo con la maleta? No podía venderla en una casa de empeños porque no hacen negocios con menores de edad. L. R. lo sabía y abusaba. Lo veía yo tan feliz con mi hambre y mis necesidades que al final disimulaba para no darle tanto gozo. En su alegría había algo puerco y vil. En fin, mi padre me sacó de Madrid, donde yo había establecido contactos *gloriosos* con la «vida pública». Entre las mil tonterías más o menos inefables que hice, una de ellas fue saltar las tapias de la Casa de Campo para ver un día de cerca a los reyes. Y los vi bastante cerca, al rey, a la reina y a algunos infantes. Eran un grupo como se solía ver en las revistas ilustradas, jinetes en hermosos caballos. Las mujeres con sombreritos hongos y faldas largas y negras. Los hombres con calzón de montar y chaqueta gris claro. «Los reyes —pensaba yo— tienen que vivir siempre como si estuvieran ante el fotógrafo.» Y los miraba curioso y extrañado. No sentía en ellos superioridad alguna ni importancia mayor. El rey Alfonso tenía una cara sin expresión, vacía. Hombre bien educado —¿qué menos en un rey?— parece que su fuerte no era la inteligencia. En su linaje había habido algún héroe, pero también traidores escandalosos y algún cretinoide. Yo me creía sinceramente más importante que ellos aunque sólo fuera porque sabía escribir poemas. Había alguna infanta juvenil y hermosa. Ellas sí que me gustaban. En caso de hallarlas a solas, cosa más que difícil, les habría hecho la corte. Era lo menos que podía hacer (que tenía derecho a hacer) un súbdito a cuya costa vivían la sinfantas desde hacía cientos de años. Nosotros pagábamos la mesa de aquellas infantas y la cebada de sus caballos. Una de las infantas me miró antes de llegar a mi altura y yo creo que se dio cuenta de mis secretos deseos, porque tocó el anca de su caballo con la fusta y el animal

se puso al trote para reunirse con los otros. Aquella alarma
de la infanta me recordó que podría matarlos yo, tal vez.
Pero, ¿con qué? No iba a matarlos a pedradas. Me resigné,
pero saqué de mi bolsillo un soneto que llevaba preparado
y escrito en buena caligrafía, y lo clavé en el tronco de un
árbol a la vista de todos los que pasaran. Iba dirigido al
rey y era laudatorio en la forma retórica usual; pero leídas
las primeras letras de cada verso, verticalmente, decían:
«Irás al patíbulo». Yo esperé en aquellos días ser detenido
por la policía y encerrado en la cárcel, pero no hubo tal.
En vista de eso envié una copia a «España Nueva», que lo
publicó en tercera página. Parece que lo estoy viendo ahora
en la primera columna de la izquierda. Aquello era lesa
majestad, pero no vino la policía a detenerme, tampoco.
Debía ser difícil detenerme a mí, sin domicilio. Aquello
me decepcionó.

Quien vino fue mi padre.

Eso me dijo Ramón más o menos aquella noche. Podríamos llamar a mi amigo Ramón I, porque, como decía antes,
conocí otros Ramones y lo curioso es que andaban todos
en el mundillo de las letras y las artes. Ramón I era el que
más se parecía a mí y anduvimos juntos algún tiempo, aunque
era un poco más viejo.

Pero el más conocido de los Ramones —aunque no era
todavía famoso— era Gómez de la Serna, a quien sus adversarios llamaban «de la Sarna». Era un poco afrancesado,
aunque de gran talento. Había hallado en París, en los libros
de Jules Renard, de Apollinaire y sobre todo de Max Jacob,
sugestiones ágiles y graciosas, entre ellas el esguince poético
de la greguería, y se lucía en Madrid aunque no había hecho
por entonces todavía nada notable. Lo mejor era su agudeza analítica al juzgar a algunos autores ya establecidos. En
eso, Gómez de la Serna alcanzaba toda la brillantez de la
cual presumía. Su dedicación literaria era obsesiva y noble.

Eso creía también el otro Ramón. Digo, mi amigo Ramón I. Entre las greguerías, sin embargo, sólo había ocho
o diez por cada cien que valiera la pena y se podían incluir
en el repertorio del dadaísmo francés porque eran siempre
observaciones infantiles, a veces encantadoras. Por ejemplo:
«El hipocondríaco es hijo del hipopótamo y del cocodrilo».
Como madrileño, Gómez de la Serna era ante todo un

hombre simpático y esa simpatía del madrileño cuenta mucho
en la carrera literaria. Pero mucha gente le odiaba como
se odia lo exótico en España, sobre todo si es afrancesado.
A mí me gustaba mucho aquel Ramón, con su peinado napo-
leónico y su fresca genialidad. Vicente me envidiaba por
todo; por andar con escritores (él fingía despreciarlos desde
la altura de Menéndez Pelayo) o por andar solo; por parecer
feliz o por parecer taciturno. El envidioso no necesita razones,
lo mismo que pasa con el celoso. Yo, en cambio, era del
género pánfilo y admiratorio. Admiraba fácilmente, sobre
todo, como se puede suponer, a aquellos que por una causa
u otra creía que se parecían a mí.

Había otro Ramón a quien llamaremos segundo en ordi-
nales latinos, gordo, ampuloso, rico y procesional, es decir,
ostentatorio. Estaba consciente de su gordura y sólo compraba y leía libros de autores gordos, especialmente de Balzac
y de Chesterton, a quienes creía parecerse físicamente. Ese
Ramón, como todos los ricos, era tacaño y receloso en materia
de dinero. Los dos apellidos suyos eran de origen judío
sefardí. Era amigo de amigos míos y nos encontrábamos
casualmente.

Gómez de la Serna tenía una tertulia en el café Pombo,
pero yo no iba porque era un local bajo de techos, sin
aireación, lleno de gente apretujada y maloliente. Gozaba
tanto Gómez de la Serna al parecer con su propio desparpajo que acababa por hacerse pesado, aunque en el fondo
no lo fuera. Allí se esponjaba y envaronizaba entre tontos,
mediocres, algún hombre de talento y ocasionalmente algún
marica. Porque había de todo.

Debía de ser desagradable aquella tertulia de los sábados.

En la cabecera de la mesa, Gómez de la Serna —buen
comedor y bebedor— era lo que él mismo podría haber
llamado un *tragaldabas pizpireto*. Más tarde me dijeron
—cuando se casó— que sufría unos celos enfermizos y que
tenía en su casa el teléfono cerrado con una llave especial
(que él se guardaba) y nunca presentaba su esposa a nadie
ni la llevaba sino muy rara vez al Retiro a pasear en un
taxi. En Buenos Aires todo eso se agravó. Aunque no era
Gómez de la Serna mi Ramón favorito, era el más fácil y
cómodo de llevar, y como a Vicente le molestaban mis Ramones yo hice gala de ellos por algún tiempo. Por algunos
años. Exteriormente, yo iba siendo cada día un poco más
taciturno y Ramón, el de Pombo, más dicharachero y extra-

vertido. No coincidíamos. Mi taciturnidad venía de la aridez de mis libros de ingeniería y, sobre todo, de la memoria de Valentina, en la que sentía mi propia y turbia frustración.

Había entre mis conocidos algunas amigas que me daban sentimientos de culpabilidad como Isabelita, la de Alcannit. Yo las llamaba derramasolaces. Tenía entonces una albirrosa, con trozos del rostro más blancos y madrepóricos que otros, y como los gustos de ella eran un poco raros (por ejemplo, le gustaban los nísperos) a veces discutíamos a la hora de merendar. Pero yo iba volviéndome escéptico en materias de amor. Cuando tenía los testes llenos de amor, vaciarlos aquí o allá me daba lo mismo, como decía aquel amigo mío de Alcannit.

Mis nervios quedaron desimantados después de mi separación de Valentina y de la experiencia cruenta de Isabelita. Sin embargo, mis nervios se excitaban por cualquier cosa o por ninguna cosa y el imán que hace que busquemos la hembra única para el lugar único en la tierra única y en la casa ultrasecreta ya había perdido su magnetismo. (Creo que no lo recuperé sino mucho más tarde.)

Otro Ramón era el famoso poeta gallego —Don Ramón, por antonomasia—, quien solía frecuentar en hora del lubricán la rotonda de la Granja del Henar, embozado en su capa, alicortado (manco), pero gallardo en su minúscula presencia. Era un príncipe de incógnito, a quien todo el mundo conocía; el más decorativo de los Ramones, exacto en el gesto, inspirado en la insinuación, valiente en el comentario. Parecía ir siempre acompañado de galgos heráldicos y en el café donde se sentaba se echaban de menos las chimeneas con morillos de cobre blasonados. Además, era hombre discreto y afable.

Había otros Ramones, incluido un asturiano de largos períodos escolásticos que escribía contra los jesuitas y los imitaba. Sus ensayos eran de una pedantería especiosa y *causiefectista*; es decir, silogística (siempre me ha estimulado ese tipo de pedantería), pero sus novelas eran fatalmente cursis. La buena novela no es nunca de intelecto sino de entendimiento. Un día, como se dio cuenta de que yo no le tragaba, se atrevió a decir de mí que yo no haría carrera en la vida española porque era antipático (y lo decía él, que parecía el clásico *cenizo* andaluz). Yo le hice saber que no se trataba de antipatía en mi caso, sino de tendencias criminales. Asesinar a un contrario de media noche para

abajo me parecía un hecho plausible. Desde entonces, ese
Ramón me miraba de reojo y me evitaba. El peluquero del
Ateneo me decía que me parecía a él y eso me sacaba
de quicio.

El otro, el gordo y retórico que sólo leía a los autores
gordos y retóricos, creía que leer un libro o tratar de escribirlo eran tareas que proyectaban sobre el que las emprendía
un nimbo y un aura sobrenaturales. Aunque nadie le preguntaba si estaba escribiendo algo nuevo, él se adelantaba a
informarnos y añadía: «Acabarlo me llevará el tiempo de
una gestación». No nueve meses, sino «el tiempo de una
gestación». Para referirse a un mes decía: «Un período
lunar». Ramón el asturiano huía de mí y yo huía de
Ramón II como de la peste. En todo caso, los Ramones
eran como un enjambre zumbador alrededor de mí.

Volvimos varias veces Vicente y yo a ver a la Chelito.
Mi amigo era especialmente adicto a la danza uruguaya de
los culos, que nunca pude averiguar exactamente en qué
consistía.

El Ramón que más me intrigaba era uno del que no
he hablado aún. Era el que podríamos llamar Ramón 0; es
decir, cero. También escribía. (Los Ramones en las letras
españolas son tantos, al menos, como los Roberts en las
inglesas o los Paules en las francesas: Paul Verlaine, Paul
Valéry, Paul Claudel, Paul Eluard, Paul Nizán, Paul Sartre
—éste a medias—, Paul Morand y docenas de otros menos
conspicuos. En cuanto a los Roberts ingleses, Robert Graves,
Robert Duncan, Robert Lynd, Robert Maughan, Robert
Neuman, Robert Frost, Robert Lowell, Robert Gibbings.)
Digo que Ramón *cero* también escribía. Era hombre más
iluminativo que constructivo. Con mejores condiciones de
vida podría haber hecho algo considerable, pero andaba
siempre en aventuras de tipo conspiratorio. Aquel invierno
estaba Madrid políticamente como despavorido con las
responsabilidades de la catástrofe de Annual y el famoso
expediente Picaso que amenazaba al rey. Se veía que algo
iba a suceder aunque no se sabía qué. Lo que sucedió de
pronto fue el golpe de estado de Primo de Rivera. Como
este señor era un jerezano personalmente simpático, todo
el mundo pareció descansar por algunas semanas, aunque
luego se dieron cuenta de que se trataba de un mal truco
del rey, y mis amigos los anarcosindicalistas, cuya central
había sido disuelta y confinada a la ilegalidad, comenzaron

a actuar clandestinamente. En realidad, éste era su elemento natural. Todo lo hacían mejor en la ilegalidad.

Mi amigo el poeta —ex farmacéutico—, terrorista órfico, estaba encantado con el curso de los acontecimientos y solía decir: «Esta es la última carta que se juega el Borbón». Y los hechos le dieron la razón más tarde.

Yo estaba entonces en ese período de experimentación que todos tenemos en nuestra adolescencia buscando y probando por un lado y por otro. Seguí viendo con asombro que no les disgustaba a algunas mujeres; fáciles, claro. Las otras, las *virgo fidelis,* esperaban en sus balcones empavesados la llegada no del príncipe sino del empleado del Estado con ascensos regulares y jubilación. Yo tenía entonces una amiga decente y otras medio practicables sobre las cuales no se puede hablar de un modo del todo lógico. Ensayaré la manera que en mi opinión les correspondía. La chica decente me presentó a otra mujer larga y por decirlo así deshuesada que se mostraba progresivamente agresiva. «Estás demasiado propenso —me dijo la chica honesta— y por el momento ese tipo de mujer es el que te conviene». Por *propenso* había que entender lo que la tía Bibiana llamaba *corrupio.*

La deshuesada estaba también descartilaguizada, o al menos a mí me lo pareció por lo menos la primera vez que la tuve en mis brazos. No era mujer para enamorarse, pero sí para acostumbrarse a ella (que a veces es peor) y echarla en falta. Mi amigo Ramón I me decía: «¿Cómo puedes con esa hembra? Tiene los ojos enlechecidos». Yo no sabía lo que quería decir con aquello. Todavía no lo sé, pero desde entonces miraba a aquella mujer con recelo. Mi amigo tenía la habilidad de desvalorar o de valorizar a una persona con una sola palabra dicha al desgaire: *Enlechecida.* Era verdad que mi segunda amante lo parecía y desde entonces yo la miraba escamado, aunque no alcanzaba el sentido de aquella palabra.

Lo curioso es que encontraba a la enlechecida en todas partes; digo, en todas las esquinas. Mi amigo Ramón I tenía riqueza de léxico y cuando comenzó a deteriorarse aquella expresión —enlechecida— y yo me había acostumbrado a ella y me parecía graciosa y estimulante, me dijo que mi amiga era también ubrona y que debía estar ligeramente empezoñada. Yo entonces me enfadé con él, pero comprendí de pronto que tenía razón —no sé por qué— y que había, además, en su actitud un poco de celos de camaradería viril, ya que algunas tardes en lugar de ir con él me iba con ella. Me costó trabajo dejarla porque era la primera amante realmente madrileña con la que había ido al estanque del Retiro, e incluso una mañana a ver el relevo de la guardia de Palacio.

Todo aquello era pasatiempo, claro. Pero con sexo, que suele ser un género de distracción persistente y tenaz. Mi amor seguía siendo Valentina, de la que no hablaba a nadie porque pensaba siempre en ella. Sobre todo — ¡ay! — cuando tenía otra en mis brazos.

A mi amigo Ramón le hería un poco el que yo tuviera similiamores. El tenía también su dulcinea secreta no sé dónde (a nadie la presentaba nunca) y por una foto que vi una vez era una hembrita primorosa. Decía Ramón que había que amar brutal, directa y definitivamente como hombres del neolítico que éramos los españoles nacidos en las aldeas, o no amar en absoluto. Yo también pensaba lo mismo. Pero ¿a quién? Los testes no admitían espera, a veces.

Me decía Ramón, refiriéndose a Vicente:

—Ese chico te estima y estaría bien como amigo, pero es un cursi, demasiado marcelinomenéndezpelayizado.

Un día le hablé a Ramón de mi pasión secreta y de mis traiciones y mi amigo me escuchó con una especie de compasión desdeñosa.

—Estás perdido —me dijo al fin—. Tienes lo que pedantemente llaman ahora una personalidad escindida y tratas de reintegrarte yendo a la cama con cualquier otra mujer. Estarás ya perdido para siempre. ¿Qué crees que es la vida?

—Para mí la vida es mi amor secreto.

No decía el nombre de Valentina.

—Pues anda a buscarla antes que se haga monja. Si renuncias a ella, como parece que estás haciendo, tu vida será un largo y lento suicidio.

—La tuya lo es también. La de todos.

Me dio la razón, me volvió la espalda y se fue. Tenía despedidas mudas y eléctricas.

Se fue al Ateneo, donde solía pasar las tardes. En la biblioteca, no en la cacharrería. Otras veces al Museo del Prado, donde encontraba alguna mujer amiga de novedades. Yo las buscaba en las verbenas, pero sólo había verbenas en verano. Y había sorpresas raras. Por ejemplo, en la verbena de la Paloma descubrí una chica xilofonista.

Aprendí de Ramón I a desvalorar a todas las mujeres menos a la mía genuina; es decir, a Valentina. Lo malo era que desdeñándolas a todas no dejaba de buscarlas afanosamente y de acostarme con las que me aceptaban. De las rodillas a las axilas todas las mujeres estaban bien. Y en mi tarea de envilecerlas —me vengaba en ellas de mi propia traición contra Valentina— estaba usando el procedimiento más cómodo y gustoso; es decir, el más vil. Muchos hombres hacemos eso y las hembritas incipientes lo sospechan.

En cada esquina me esperaba una mujer —esa impresión tenía yo— con el nombre de Valentina escrito en el canesú, a veces bordado con sedas blancas sobre blanco. Pero ninguna era ella. No es necesario decir que nunca fui con ninguna prostituta. Tenía algún resto de pudor y aunque aquellas pobres mariposas nocturnas —*lepideras crepuscularis*— me eran simpáticas (no las compadecía porque creía que eran felices a su manera), ir con una de ellas me habría producido luego verdadero remordimiento. Además, el destino me ayudaba. Una noche iba a casa y una de ellas me salió al paso:

—¿Vienes, chalao? —me dijo.

Luego se llevó la mano a la boca, soltó a reír y se apresuró a disculparse:

—Perdóname, guapo. No quería ofenderte.

Yo, un poco mosca, le ayudé a comprender:

—A unos les dices *chatos* y a otros *salaos*. Ahí se te trabó la lengua y te salió mitad y mitad. Por eso dijiste *chalao*.

Ella escuchaba asombrada. Yo le pregunté:

—¿Te doy la impresión de ser chato? ¿De veras? Lo de *chalao* no me extraña.

—No. Tienes una nariz bastante regular. Anda, tú que lo sabes explicar todo tan bien, ¿cómo se me ocurrió eso de querer llamarte chato?

—Tú has tenido un chulo. Digo, un rufián. Y es chato. Y lo quieres. Estoy seguro.

—Eso es verdad como hay Dios.

Las prostitutas suelen ser veraces, fingen menos que las otras en materia de opiniones. Reímos, me besó en la mejilla y yo seguí mi camino mientras ella se reunía con otra colega y le contaba muy divertida el incidente. Yo sentía en el tono de su voz y en las inflexiones ascendentes o descendentes o sostenidas una alegría inocente y llena de simpatía

por mí. *Chalao*. Tal vez lo estaba yo un poco y como digo
eso no me extrañaba. Ni me ofendía.

Pero las seudo valentinas seguían en cada esquina. (No
prostitutas, por favor.) Una que encontré en la esquina de
Lista y Serrano me pareció demasiado respingona; otra, en
la esquina de la Equitativa —la esquina de las brisas más
urbanas—, me dio la impresión de ser resobada hasta la
respiración.

Yo me entendía con estas expresiones especialmente
gráficas y gracias a ellas algunas mujeres me resultaban inde-
seables desde el principio. Menos mal. Pero cuando las
imaginaba desnudas entre las rodillas y las axilas, recordaba
algunas esculturas truncas (reproducciones en yeso de már-
moles helénicos) y se me hacían de pronto muy tentadoras.
Entonces les daba adjetivos elogiosos, que eran sin embargo
distanciadores. Por ejemplo, una rubia miñona y enervadora
que a veces venía al café de enfrente, en el Pacífico, un
café de ferroviarios, y allí me esperaba. Vicente, que era
hombre casto, cuando me oía hablar de rubias miñonas y
enervadoras creía que estaba perdiendo el seso. Porque debo
confesar que cuando decía aquellas cosas lo hacía no sólo
de un modo serio, sino taciturno y sombrío. «La rubia
miñona se me hace un poco clorofilosa», decía gravemente.

Un día percibí en la manera de mirarme que Vicente
comenzaba a sospechar que yo estaba loco. Y me propuse
andar con cuidado, porque si su madre se convencía tendría
que dejarlos e ir a vivir a una pensión, lo que me resultaba
incómodo y caro.

A pesar de mis apariencias de flojera de juicio, en la
primavera aprobé el ingreso en la escuela de ingenieros, con
el asombro de muchos de mis colegas estudiantes, algunos
de los cuales llevaban dos años asistiendo a clase y trabajando
además con profesores particulares sin lograrlo. Yo tuve
suerte en los exámenes, pero además había trabajado bastante.
Y tenía mis trucos, algunos de ellos bastante eficaces.

La vida en casa era monótona, pero no aburrida.

En la parte trasera había una galería sobre un patizuelo
con árboles. Como el Retiro estaba cerca, algunos pájaros
acudían allí sin duda incomodados por sus congéneres y
buscando tal vez la amistad de los hombres. Lo digo porque
un día vi un pobre mirlo que tenía una sola pata y acudía
a mi terraza después de cerciorarse de que no había gatos

a la vista. Como no podía mantener el equilibrio sin gran
fatiga, el pobre mirlo extendía un ala y con ella apoyada
en la barandilla esperaba que yo le diera algo. Si tardaba,
iba doblando su pata única hasta descansar sobre el vientre.
Cuando eso sucedía en el suelo de la galería el pobre mirlo
me daba mucha pena.

La desgracia de los animales nos duele más que la de
los hombres porque los animales, faltos de raciocinio, son
inocentes. Un hombre herido tiene una posibilidad de alivio
en su imaginación. En último extremo el hombre es, según
parece —notable perversión—, el único ser vivo que puede
ocasionalmente gozar de su desgracia. En la diversidad de
motivos para nuestra simpatía por los animales existen otros
más convincentes: han nacido para ser víctimas, quiéranlo
o no, de todo y de todos. Su vida depende de la voluntad
ciega de sus instintos y cuando esa voluntad se atenúa,
mueren. A veces, nadie sabe por qué, algunos animales se
suicidan. Yo he visto a una paloma arrojarse de cabeza contra
un roquedo.

El mirlo venía frecuentemente en busca mía. Un día
trajo algo en el pico y lo dejó caer desde la barandilla
al suelo. Era un piñón de alguna pinocha del Retiro. Yo fui
a la cocina, lo partí y llevé la almendrita a mi amigo, quien
la devoró con delicia. Desde entonces el ave me traía otras
semillas de cubierta dura. Yo veía al mirlo trabajar (sin
duda me transmitía su deseo picando inútilmente sobre el
piñón) y a veces por el ruido del picoteo conocía que
había llegado.

El primer altercado serio que tuve con Vicente fue por
aquel ave coja, que buscaba como último recurso entre los
hombres una amistad que los pájaros le negaban. Al oír el
rumor del pico, Vicente, que solía burlarse de mi afecto
por el mirlo, salió un día a la galería y lo espantó.

—¡Imbécil! —le grité.

Suponía que iba a reaccionar como cualquier otro ser
humano y viéndolo venir me adelanté y le di una bofetada.
Cualquiera se habría defendido, pero Vicente se quedó
congelado como un histérico a quien se le saca de su trance
por el choque y el trauma. Luego me dijo, bizqueando:

—Afortunadamente no nos ha visto nadie. Si hubiera
habido testigos, aunque fuera sólo mi madre, ahora tendría
que matarte. Yo a ti.

—¡Ah, el honor! Parece que los marxistas creéis en el

honor medieval. Pero también en la economía. No devolvéis nada de lo que os dan. Ni siquiera una hostia.

El se vengó diciendo que mis sentimientos eran de solterona. Yo lo dejaba hablar porque me sentía culpable, ya que pegarle a un hombre más pequeño que yo y de brazos más cortos no era muy gallardo, la verdad. Aunque él lo merecía, el gran bellaco.

Por fortuna, el mirlo cojo volvió poco después. Yo le compraba piñones en una confitería (eran bastante caros) y ponía algunos cada día en la barandilla.

De los varios Ramones que conocí, a uno lo llamaba, como dije, Ramón 0, es decir, Ramón Cero. No es porque lo considerara poca cosa ni inferior a los otros, y mucho menos a mí. El cero es no sólo un signo matemático que indica la *nada* sino también un círculo que indica el *todo*. La interrelación entre la nada y el todo puede hacerse expresable a través del cero.

Ramón Cero era pariente mío más o menos directo y venía de la familia de mi abuela paterna; es decir, de los Chabanel franceses que tuvieron un mártir religioso con ese nombre: Nöel Chabanel. El apellido de mi abuela paterna era Chabanel y venía de esa familia del santo, que por cierto fue canonizado recientemente; es decir, en 1930, lo que fue motivo de bromas entre los amigos cuando se publicó en la prensa. Ramón Cero era el primero en burlarse, pero en el fondo estaba orgulloso de aquel pariente que fue a evangelizar al Canadá y a quien golpearon los indios iroqueses hasta la muerte.

Había otros mártires en la familia. El franciscano padre Garcés, que fue asesinado también por los indios yumas en Arizona, en el siglo XVIII. Y algún jerarca de la Iglesia —no mártir—, como el primer obispo de Puebla (México).

Creía Ramón Cero que San Chabanel valía más que todos los demás héroes religiosos de mi familia. Y su opinión me parecía más valiosa porque era ateo.

Pero aquel Ramón Cero no estaba seguro de vivir y a veces decía de sí mismo que era un fantasma. Entonces yo le preguntaba en broma si tenía necesidades menores y mayores, y él decía que sí, pero que el cuerpo era un autómata sin importancia habitado por un fantasma atrapado entre el cero y el círculo de lo absoluto; es decir, entre la mecánica del cuerpo —al que llamaba *la máquina de la risa*— y el espíritu.

A mí aquello me interesaba y a veces discutíamos.

No era fácil discutir con Ramón Cero, porque en seguida salía por los cerros de Úbeda.

Sin embargo, era un joven metódico, ordenado y razonable. Dirigía un periódico diario en Huesca y estaba muy enamorado de una hermosa muchacha aunque sin esperanza de casarse. La chica se llamaba María Luisa y era sobrina de un poeta regional famoso y mediocre, de esos que hacían romances baturros y otros excesos, aunque a veces tenía gracia. Esa gracia lo había hecho muy popular.

María Luisa era una niña delicada, frágil y flotante, con el cabello rizoso (color castaño claro) más hermoso del mundo. Yo envidiaba a Ramón Cero su novia, pero naturalmente no la comparaba con mi Valentina. Ninguna mujer del mundo habría resistido la comparación.

Ramón Cero estuvo siempre peleado con su padre. Para no verlo, solía vivir de noche: se levantaba al oscurecer y se acostaba a las siete o las ocho de la mañana. Durante la noche estaba en la redacción del periódico y cuando terminaba su tarea solía ir con los otros redactores a algún prostíbulo (los cafés estaban cerrados) a beber una cerveza y charlas con las pupilas. En los prostíbulos se daban unos a otros nombres falsos, los nombres de los presidentes de las asociaciones de defensa de la moral cristiana así como los luises, la adoración nocturna, los paúles, etc. No solían Ramón Cero ni sus amigos «ocuparse» —así se decía— con las muchachas, pero tenían con ellas su tertulia.

Más tarde fue a Madrid y consiguió un puesto en el «Heraldo», diario de la noche, populachero izquierdista y barbián. La irresponsabilidad de los redactores de aquel diario formaba ya leyenda en la vida cortesana. Mi amigo solía reírse de sí mismo y como hacía otro trabajo en un diario de derechas (en «La Epoca»), decía que era ambidiestro porque trabajaba con la derecha y la izquierda.

Yo veía a Ramón Cero con frecuencia y solía decirle: «Hola, parásito». El me respondía: «Hola, hermano». Creíamos de veras los dos que todo lo que no fuera trabajar con las manos resultaba fantasía viciosa y truco deshonesto.

Para nosotros la gente más distinguida debía hacer algo con las manos, aunque sólo fuera para justificar su existencia con la plebe laboriosa y, además, para mantener la armonía de relaciones entre el cuerpo y el alma. Pero Ramón Cero se iba intelectualizando; es decir, desvergonzando progresivamente.

—Si sigues así vas a hacer carrera política —le decía yo—. Un día te harán ministro. Aunque seas un fantasma. Los ministros —le decía yo— son los fantasmas del bien general. Tú sabes lo que es el bien general.

—Yo, no. ¿Y tú?

—Tampoco. Pero tú escribes esa expresión ocho o diez veces al día.

—Y quince y veinte.

—Es decir, unas siete mil veces cada año. El cero. El cero del bien general.

—Un cero a la izquierda, ése.

—Ceros y ceros y ceros a la izquierda, es la política. El del bien general, el del progreso, el del humanitarismo, el de la justicia, el del orden, el de la prosperidad, el de las masas laboriosas, el de la continuidad histórica, el de la cultura y la salud públicas. Una larga fila de ceros. La política consiste en cultivar el fantasma perorador y acertar a ponerlo delante de todos esos ceros, un día. Entonces, el valor de esa unidad fantasmal se multiplica por algunos cientos de miles.

—¿De votos?

—Y de pesetas. ¿Tú has conocido algún jefe político pobre?

—Los revolucionarios.

—Dime uno.

Los había, claro, pero sólo entre los miembros de las organizaciones anarcosindicalistas, que no se consideraban políticos y seguían trabajando en sus talleres y fábricas sin sueldos de sus organizaciones, a las que dedicaban las horas libres gratuitamente. Ramón Cero creía que aquello era un error porque restaba eficacia práctica a la acción. Pero la verdad era que le daba más eficacia moral. La cuestión estaba en saber si esa eficacia moral sería más importante o menos que la otra.

Ramón Cero tenía amigos en todas partes y conocía la distribución de los oficios madrileños por barrios. Los obreros de la construcción vivían preferentemente en Tetuán de las Victorias; los obreros industriales —metalúrgicos, etc.—, en Vallecas; los tipógrafos y artes blancas, en Chamberí; los marmolistas, picapedreros, tallistas y soladores, en Las Ventas; los jardineros y campesinos, en Carabanchel; los

carpinteros de armar, un poco en todas partes pero muchos
en las Vistillas. También en la Guindalera. Los empleados
de transporte, en el Pacífico y en Chamartín de la Rosa.
Finalmente, los plomeros y fontaneros, en el Pacífico, y los
de teléfonos y electricistas menores, en Fuencarral.

En general, los trabajadores eran el cinturón exterior
de Madrid.

Dentro estaban los parásitos del comercio, el «bebercio»
y la banca. Los curas y los intelectuales. Todos los Ramones,
mis amigos parásitos, estaban dentro de la ciudad, también.

A veces, alguno de los Ramones venía conmigo a alguna
reunión, pero solían sentirse superiores y tomaban sin querer
un aire de condescendencia que molestaba a los obreros.
Estos, sin embargo, con esa delicadeza del trabajador madrileño, disimulaban y los trataban de igual a igual con una
camaradería un poco ligera y bromista.

Como he dicho, aprobé el ingreso en la Escuela de Ingenieros Industriales. Yo mismo no lo acababa de creer. El
milagro lo había hecho Valentina, es decir, mi obsesión de
hacerme merecedor de ella.

Para salir adelante en los exámenes es bueno tener trucos.
Cuando los profesores se dan cuenta no se ofenden sino
que parecen pensar: «Este chico sabe navegar e irá lejos».
Pero había que hacerlo sencillamente —casi tímidamente—
y sin la menor sombra de arrogancia. La satisfacción de sí
en el estudiante ponía a los profesores primero inhibidos,
luego, distantes; por fin, encarnizados y secretamente im-
placables.

Me quedé fatigado y exhausto y como no tenía ganas
de irme con mi familia seguí en Madrid dos meses más.
Tiempo de verbenas. En cada una de ellas encontraba alguna
chica bonita con quien entablar amistad y a veces intimidad.
Muy rara vez. Yo les daba adjetivos no denigrantes, eso no.
Pero un poco desvalorizadores para precaverme contra la
pasión. En la verbena de la Latina encontré una chica de
pelo acaramelado, demasiado requintada para mí, según
le dije a Vicente. Mi amigo se enfadaba en serio a fuerza de
oírme hablar así y de ver que me negaba a explicarle.

—Son expresiones con sentido semántico —le decía
pedantemente.

La semántica comenzaba a ponerse de moda, entonces.

Las mujeres que me miraban de soslayo, mojándose los
labios, me parecían braviscas.

—Vamos a ver —repetía Vicente, que desde que aprobé el ingreso en la Escuela de Ingenieros me respetaba—. ¿Qué quieres decir con eso de braviscas? ¿Bravas?

—No.

—¿Bravas y ariscas?

—Quizá, pero también otras cosas. Por ejemplo de la familia de las barbitúricas. Estas son las mejores.

—¿Cómo dices?

—Pero un poco demasiado emplastecidas. Las *erisipelas vulgaris* pertenecen a la misma especie.

Me dijo un día Vicente que entre las aberraciones descubiertas recientemente por los neurólogos había una que llamaban idiotismo cientifista; con lo que quería decirme que tal vez aunque había aprobado unos exámenes difíciles yo era un caso de aquéllos. Un cretino con habilidad para el álgebra.

Como le di la razón sin ofenderme, Vicente se irritó. Quería que protestara y que discutiéramos, como siempre. Pero yo me sentía —repito— fatigado. Cada vez que pensaba en Valentina se me quitaban las ganas de discutir, especialmente de discutir sobre mujeres. No podía tomar en serio sino a Valentina.

Un día, Vicente me mostró una foto de mujer de la que andaba enamorado. Se parecía un poco a la Chelito.

—Esa es —le dije— la gusarapa del alba.

Solía Vicente madrugar para sus clases y parece que encontraba a aquella chica a primera hora de la mañana, en invierno. No sé dónde. Sólo un tipo como aquél podía hallar su martelo a una hora tan inadecuada.

Yo pasaba algunos días solo en mi cuarto y tumbado en la cama viendo desfilar por el techo sombras alargadas —las que caminaban por la calle y se reflejaban saltando y rebotando por las superficies encristaladas de los comercios—. Y a veces, algunas de aquellas sombras eran femeninas y tenían algún detalle definidor. Y yo las reconstruía y me decía entre dientes.

—No es posible. Unas son demasiado pimpantes, otras del género ambrosino con labios leporoides. Esa que pasa ahora no pasa sino que transcurre.

Jugaba a trasponer sensaciones y palabras gozosa y arbitrariamente:

—La de Vicente también transcurre. Esa que llega ahora es coruscante de enaguas y por eso da una impresión un poco sugestiva al sentarse o levantarse. La que la sigue es del género pituso. No es que me disgusten las pitusas, pero son terriblemente liosas. Quieren compensar la pequeñez con los secretos de doble fondo. Y a mí, no. Prefiero la doblez ingenua en cierto modo de Isabelita. Otra sombra un poco iluminada —es decir con toques vagos de color— pasaba por el techo. Esa —pensaba— es una pimpollecita de junio. Y debe tener grandes pretensiones disimuladas en el ámbito secreto de la familia. Y ahora, detrás de ella viene la despabilona, una furcia de grandes arranques, inútiles porque nadie quiere pelear con ella. Una voceras rubicunda que siempre lleva la contraria para que los otros la insulten. Quiere que la insulten, ya que no consigue que la besen. El caso es que la tomen en cuenta. En los insultos se sentirá vivir, ya que por el lado de los besos no vive porque nadie se los da. Esa que pasa ahora, quebradilla de cintura y blanca de remates, es de una especie que podríamos llamar la madreperla deleitosa.

Hasta las mujeres que me gustaban las definía de modo que el elogio las invalidara para la gran pasión. *Madreperla deleitosa.* O medusa floreciente. (Estas con el riesgo de los venenos.)

Así creía defenderme de las hembras que no eran Valentina. Y sin embargo, casi siempre tenía alguna. No venían a mi casa, claro. La madre de Vicente era una especie de monja recoleta y luctuosa con la que no había bromas.

Estuve a punto de meterme en un lío gordo y lo recuerdo porque fue la causa por la que me fui a Aragón a fines de julio. Mi amiga de aquel momento era una embrionada precoz que tenía un novio viejo a quien yo llamaba el Margarito canario, porque llevaba siempre guantes amarillos. Aquel Margarito un día reventaría y tendrían los médicos que extirparle la vesícula. Su segunda generación, o al menos la tercera nacería sin vesícula, tal vez. Y mi amiga, como digo, estaba embrionada y trataba de interesarme a mí en las responsabilidades de su producción futura. Naturalmente, a mí me entró miedo. No quería repetir la faena de Isabelita y al tratar de retirarme ella me dijo que tenía un hermano (el Margarito) con muchos redaños y que iba a terciar en el asunto. Yo le dije que aquel hermano suyo era un estameño barbado sin garantías, y como se puede suponer la dejé llena de confusión. Pero suponiendo ella que yo no estaba del todo en mis cabales quiso seguir adelante y no sé qué le diría al Margarito, pero él quería matarme. Como es natural, aquel Margarito no era su hermano, sino su amante titular. Debía tener dinero y en ese caso ¿qué necesidad tenían de mí?

No me fui de Madrid inmediatamente, pero había dicho a la embrionada prematura que me iba seis días antes de la verdadera fecha y esos seis días los pasé acostado, mirando al techo y tratando aún de identificar más sombras. Me levantaba para comer y salía de noche a dar un paseo e incluso a alguna verbena, pero con precauciones. No quería encontrarme a la embrionada. El resto del tiempo lo pasaba leyendo y mirando al techo. Una quisicosa faldeable —o sofaldeable— era aquella rubia de patitas brincadoras. Parecía un pajarito. Una pancillona la seguía, muy alardeadora y con los hombros y la cabeza peraltados. Luego volvía la chatunga delicada de nervios, pero un poco adolecida de cueritis maligna. Yo había conocido algunas de ese tipo, con un gran desparpajo, un poco embaladas en la caricia y en el insulto, mariparleras y escarbadoras de bolsillos. Detrás de la chatunga, que se parecía a la que pintó desnuda Velázquez, venía una rubia otoñal deslanguecida, toda meneos. «Pobrecita —pensaba— tan decidida y sin saber a qué.» Pero aquel desfile calmo se hizo voraginoso y además adquirió sonido. Había unas motocicletas con sirena y las sombras iluminadas se deslizaban más de prisa y se arremolinaban. Entretanto, sonaba el teléfono y yo no respondía. Como Vicente estaba con su gusarapa y su madre había salido de casa para ir a la novena, el teléfono sonó siete veces y por fin se calló. Yo imaginaba a la embrionada marcando luego el número de Margarito para decirle, atorándose en las erres, que yo me había marchado de Madrid. Y calculaba que resolver el lío (es decir, eliminarme a mí de sus calendarios) llevaría un par de meses, el tiempo que tardaría en volver de Aragón. Así, pues, volví a mirar al techo tumbado boca arriba con las manos cruzadas en la nuca. Ahora pasaban tres casquivanas y afortunadamente eran de buen garbo porque sólo así se las puede tolerar (casi como bailarinas). Detrás, la mujer de las múltiples *ches* en el nombre y en la conducta. La mujer de los achuchones, la chula, la de los arrechuchos, también. La muchacha Chela —Chelito— o aquella que en la calle me llamó a mí *chalao* sin saber por qué y sólo por usar la *che* y que luego se disculpaba diciendo que era pura *chunga*. La Chole, heroína de una novela de

don Ramón. La muchacha de las *ches* iba con otra que le
rebasaba la estatura, una de esas mujeres que se hicieron
desde el día de la primera comunión especialistas en esca-
moteos. Peligrosas hembras que nunca se sabe por dónde
van a salir. Más vale evitarlas desde el principio. Yo creía
encontrarlas en la plaza de Santa Bárbara, cerca de la estatua
de Quevedo. Para mancebas daban mal resultado, porque
resultaban demasiado pungentes en voces y miradas. Tenían
otras veces silencios marrulleros y en ellos invertían horas
cornilargas y pastueñas, esas horas que todo lo envilecen.
Había que saberlas reconocer a distancia y no era difícil
porque la señal sempiterna de todas ellas consiste en la
inflagrante de su mirada exploradora —digo exploradora de
la calidad viril—, toda pornografía. Con esas reflexiones, yo
trataba de envilecer el seudoamor.

No era difícil evitarlas a tiempo. En la glorieta de Quevedo —que no hay que confundir con la plaza de Santa
Bárbara, donde está la estatua del poeta— solían esperarme
las hembras embraguetadas (no embrionadas aún) que se
pasaban la vida en los cines de barrio dándose unos verdes
terribles con novios apenas identificados. Más tarde, vi pasar
por el techo a dos culirrosas incipientes, niñas delicadas, con
el alma toda grumos, todavía no atemperadas a los besos
del caer de la tarde. Me interesaban especialmente por hallarse
tal vez en una edad parecida a la de Valentina, pero en
cuanto recordaba el nombre de mi novia y lo sentía asociado
a aquellas culirrosas incipientes, me entraba un gran desaliento
y tenía incluso ganas de llorar (por entonces me sentía fatigado y medio neurasténico).

Había mujeres peores que todas las que había visto
desfilar por el techo hasta entonces. Las de los subterfugios.
Pero a éstas había que mirarlas directamente desde el balcón.
Así es que me levanté y me acerqué. No quise abrir los
cristales porque podría ser que el Margarito canario acudiera
a explorar el campo con su coche (que conducía con mitones
de punto también amarillos). Con el balcón cerrado no me
veía aunque yo estuviera detrás de los cristales, porque éstos
refractarían la luz, ya que el cuarto estaba más oscuro que
la calle. En seguida vi en la acera de enfrente (después
que pasaron dos tranvías) a una mujer intergérrima y a dos
más que yo solía calificar entonces como obstinadas en la
pulcritud.

«Esas deben venir —pensé— de linaje montañés.»

Y como yo venía también de tierras de altura, me alegré
de sentirme un poco paisano de ellas. Aquella hora del día
era la hora de nadie, cuando salen los maricas incompren-
didos a visitar los urinarios públicos.

Detrás de la montañesa de linaje iba una trastera con su
sobrina deleznable cogida de la mano. Tal vez era más bien
su nieta. Los colores de la calle eran más vivos que los del
techo, pero las figuras menos móviles o movedizas. Además,
la exactitud de la visión directa me dificultaba la ideación,
así es que poco después volví a la cama. Había salido el sol
y las sombras eran más netas. Una de ellas, femenina también, pasaba arrastrando los pies y yo oía el ruido del roce
con las losas de la acera. Era una plomífera —no plúmbea
necesariamente— un poco asustada por las peligrosidades de
su vida pasada. Se asustaba recordándolas. Calculé que le
quedaban pocos meses en este mundo, aunque eso nunca se
sabe porque en el arrastrar los pies está eso del *ir piano e ir
lontano*. A su lado iba una tundidora de la especie ubérrima
y generosa (es decir, dadivosa). Eran hembras de llenazones
espirituales. Hembras de alivio. Para ver cómo reaccionaban
era bueno pincharlas en el trasero con un alfiler y solían
hacerlo los chicos que van a la Escuela de Artes y Oficios
con el alfiler que cierra el tubito de sindeticón que suelen
llevar en la cartera escolar. Pasaban aquellas mujeres por el
techo, tontamente, con dos pausas y dos detenciones (vacila-
doras recíprocas del rumbo). Aquellas mujeres desaparecieron
saltitubeando y aparecieron otras dos del género clásico de
las intercesoras (no celestinas, *please*). Eran intercesoras del
bien (no catequistas, *please*). Simplemente de las que nos
disuaden en las horas difíciles. Aquellas mujeres debían tener
subvención del Estado, creo yo. O por lo menos del Municipio. Para evitar los más frecuentes empecinamientos en los
problemas de alguna gravedad; por ejemplo, las relaciones
entre la Iglesia y el Estado.

Lo que estaba viendo en el techo me parecía una síntesis
de mis experiencias de aquel año primero en Madrid. Y
aunque pueden tener ahora ocasionalmente un tono jocoso,
la verdad es que en su conjunto fueron bastante dramáticas
y cancelaron mi disposición natural a la alegría erótica. No
reía casi nunca, yo. Sin embargo, no quería renunciar a ese
privilegio de la risa que sólo tenemos los seres humanos, por
compensación, ya que somos los únicos en el mundo que
tenemos también conciencia de la muerte. Pero si reía alguna

vez no era con los demás, sino conmigo mismo y a solas. A veces, me asustaba y me preguntaba si no estaría loco, pero parece que los locos son los últimos que se dan cuenta de que lo están. Aunque podría ser yo también —¿por qué no?— un loco inusual.

Había una sombra gruesa, elefantina, ribeteada de violeta, el color de las estrellas calientes. Era quizás una de esas hembras que suelen atusar la amistad hasta hacerla voluptuosa. Y era una intercesora nata o innata; es decir, fatal. Alguien así habría necesitado yo para que intercediera con el padre de Valentina. Y era el momento ideal. El hecho de haber aprobado el ingreso en la Escuela de Ingenieros parecía acercarme a Valentina; pero al mismo tiempo iba haciéndome tan escéptico en materia amorosa, que apenas si pensaba en mí mismo sino como se puede pensar en un cerdo. Los cerdos también deben ver las estrellas cuando alzan la cabeza. También deben ver, por ejemplo, a Sirio. Aunque los pobres, como no saben que van a morir, no ríen nunca.

Valentina era el amor, y todo lo que me rodeaba a mí desde que me separé de ella era sólo sexo. Con muchas *ches*. Chachas, chambelanas, chambonas, chambergas, chambras pechonas, chapadoras marroquíes, chapetonas y chapineras, charamuscas, charranas, chatas, chavalas, chicas, chicoleras, chichisbeas, churumbelas, chulapas, chupetonas, y otras que tienen las *ches* dentro. Valentina era nada menos que el amor. Yo, lejos de ella y a través de mis experiencias voluptuosas, comenzaba a tener la forma física definitiva: un color terroso y hepático, una taciturnidad de macho carpetovetónico y una cierta y creciente resistencia a la risa. Conscientemente desgraciado en materia de amores, tozudo sexual y relativamente insaciable —un poco recocido por dentro—. En conjunto, bastante asqueado de todo menos de mis ocasionales veleidades revolucionarias. El Palmao me escribía a veces desde Barcelona. Yo quería saber algo de Isabelita, pero él no me hablaba nunca de ella.

Se me ocurrió de pronto que yendo a veranear a los Pirineos con Vicente tal vez me acercaría a Valentina si sus padres iban como fueron otros años a Panticosa. En todo caso, había decidido ir a un lugar que se llamaba Aínsa y no quería volverme atrás.

Pasaban ahora por el techo una serie de hembras de cabellos y ojos claros y un deje dengoso en la cadera izquierda. Eran esas hembras modelo que solían casarse con hombres

bozales, digo de bigote caído que enlazaba con la barba
—más bien perilla—. Bigote y perilla dejaban la boca entre
paréntesis. Mujeres un poco aguanosas que tendrían hijos
de jalea, hijos insospechosos que a todo dicen amén. Claro
es que les queda siempre una reserva y que a veces esa
reserva podía ser, como en Eliseo, tremendamente contro-
versial en peleas medio secretas, en discusiones de logia
masónica o de capítulo benedictino. Aquellos tipos gelati-
nosos no morían, sino que perecían lentamente diciendo a
todo que sí, como los chinitos del comedor de mi amigo
Biescas, en Zaragoza. La de ellos no era muerte sino
perecimiento.

Y entre aquella gente, los estados de ánimo eran tesituras.
Esto último creía haberlo descubierto yo. Yo solo. Y me
parecía importante. Se lo dije a Vicente, que era un joven
de tesituras, también. Pero en aquellos días su tesitura estaba
empavesada con los notables y los sobresalientes obtenidos
en la Universidad.

Seguía mirando al techo. Claro que entre aquellas mujeres las había un poco desjarretadas y se advertía incluso en
sus sombras cuando desfilaban. Había una patizamba de
cachetes tembladores que debía ser rica y tacaña. Con esa
tacañería de algunas millonarias que despegan con cuidado
el sello de correos que no ha sido cancelado por la marca
de la estafeta, para volverlo a usar.

Aquellas mujeres pasaron ya y tardaron en presentarse
otras. Pero yo esperaba pacientemente. Entretanto, se mostraban en el techo manchas informes, como esos lamparones
de la lluvia que forman figuras fijas y monstruosas. Yo
miraba sin pensar en nada, deseando que las sugestiones
nuevas aparecieran si habían de aparecer. El amor físico
—pensaba— es una experiencia de prensazón y de ritmo.
Y también de enjaretamiento, ya que esto es lo primero y
esencial *sine qua non*. Enjaretamiento, prensazón y ritmo.
El hijo, luego, es como la forma enyesada de la que se
pueden sacar copias a voluntad.

Pero nada de aquello me interesaba. Yo no quería tener
hijos con nadie. Veía a mis hijos posibles, prematuramente
fallecidos y rodeados de mármol labrado (no yeso) como los
del mausoleo de infantes de El Escorial. Era bonito —no lo
niego—, pero terrible, con algo de tarta de bodas místicas
un poco envenenada.

Por el techo pasaban más sombras. Ahora, con los bordes

rosáceos de las estrellas frías. Hembras depravadoras y desbravadoras (todo a un tiempo) con sus almas en piltrafas colgantes y, sin embargo, bienolientes. Allí, en el techo, se veían aquellas almas y yo probaba a deslindarlas. «Si me viera Vicente dedicado a estas observaciones se lo diría a su madre y tendría que buscarme otro alojamiento, otro pupilaje.» No dirían que estaba loco, sino entre majareta y alienado. *Majareta* por la influencia popular madrileña.

Entre las masas de sombras desfiladeras había resquicios y en ellos un fondo farináceo bastante neutro. «Esas son —me decía— las mujeres del pábulo, las que dan pábulo. Dar pábulo es como sembrar bulos con una intención secreta que no se basta a sí misma y que debe crecer con la circulación.» Un crecimiento dañino para alguna clase de hombres partidarios de una clase de hembras especiales todavía no muy generalizadas: las ovíparas. Esas hembras tenían la cara repujada y el sexo calado y con grados de profundidad marcados por medio de tatuajes finísimos pero a veces perceptibles a simple vista.

Yo me levanté otra vez entre indignado y aburrido. ¿Qué iba yo a hacer aquellos días que me quedaban de vivir en Madrid y que no me atrevía a salir para evitar el encuentro casual de la amante del Margarito canario? Porque éste no era de Canarias, sino un cartagenero violento que había estado en la cárcel por un delito de sangre.

La vida me parecía miserable del todo y sólo se podía aceptar pensando en algunos españoles verdaderamente excepcionales como Cervantes, San Ignacio, Colón, San Pedro de Alcántara y también, aunque sean sólo mitos literarios, Don Quijote o Don Juan. Entre el burlador y los santos he puesto una cierta distancia y el nombre aislador y purificador de Don Quijote.

Seguía mirando al techo y creía ver figuras conocidas de mujer. No era que yo me hubiera acostado ni mucho menos con las que me sugería el techo, pero bastaban algunos espécimes y arquetipos para sugerir el resto. Había visto, además, tantas hembritas de esas que se empochecen en la espera solitaria... y digo la verdad, no me burlaba de ellas como otros hombres. No me he burlado nunca de hembra ninguna. Al revés, he pensado que me gustaría tener don de ubicuidad y casarme en diferentes lugares con diferentes mujeres para darles a las feas sin marido un poco de saludable gozo secreto.

No sabía yo entonces que no hay mujeres feas, realmente, digo, para los efectos de la misericordia varonil, porque las feas se consideran atractivas —más que algunas hermosas— por alguna clase de piadoso malentendido que Dios les permite. Así, pues, mi reflexión generosa era del todo inadecuada, ya que trataba de hacer algo tan obtuso como enmendarle la plana a la naturaleza.

Las que pasaban ahora eran como sombras orientales de mujeres precedidas por pebeteros portátiles de los que parecía realmente salir humo aromático, pero el olor no era ya a ámbar, sino a chamusquina. O bien el olor a ámbar nos parecía chamusquinoso por falta de costumbre y de sentido de apreciación. «Todas ésas —pensaba— van al areópago.» Y me parecía bien. Todas las ciudades del mundo necesitan un areópago y las que lo tienen, como Londres, aseguran alguna clase de armonía interior más duradera que la de las modernas repúblicas burguesas.

Aquella cuarta sombra de contornos por un lado violeta y por otro rosa (con la diafanidad de los caramelos mirados al trasluz) me recordaba a la primera dama que tuve en Madrid. Toda empacada en tafetanes, solía decirme cuando me conoció recién llegado: «Ya tienes un poco de bigote y si te lo dejas y te lo recortas serás irresistible». Su manía del bigote era por ser viuda (joven y, además, juvenil) de un coronel. No muy joven, debo confesarlo. Se acercaba a los cincuenta. Pero había en ella algo adolescente y angelical y perverso —todo junto— que al principio me gustó. Sus enaguas tenían hojas de guipur bordadas y entredoses de marabú. Llevaba por la noche bigudíes en el pelo (se los quitaba para mí) y cuando habíamos estado juntos y se marchaba, toda recompuesta y emperifollada, yo la detenía antes de llegar a la puerta porque todo aquel arreglo y emperifollaje me estimulaba, y deshacía su delicada obra de media hora en un minuto. Ella parecía enfadarse, pero le gustaba.

El juego parecía que no iba a acabar nunca. Ella decía: «¿Qué ves en mí que no puedes resistir la tentación?» Yo me quedaba pensando con la expresión idiota de la saciedad y encontraba a veces las palabras justas —siempre diferentes— para halagarla. Lo que más le gustaba era aquello del encapullamiento de toda su personita en un secreto bienoliente, al que no se podía negar la primera vez ni la segunda. Ella escuchaba con una sonrisita que simulaba —coquetamente— incredulidad. Era una persona de aire refinado y aristocrático que se avenía mal a vivir con la viudedad.

En todo caso, hacíamos el amor. Todo lo que quieren algunas viudas alegres es eso. (Y un *trois quarts* de chinchilla, claro). Yo eso no podía dárselo, pero le sugería que se enmaridara otra vez con un rico prudente. Claro, ella se ofendía. Yo le decía que un boa le iría bien para las salidas de los teatros, pero al parecer ya no se usaban los boas.

La viudita estaba como escaldada en su hocico por los pelos de alguien que no se afeitaba bien. No debía ser yo, porque mis pelos de adolescente eran aún muy tiernos y no podían producirle tanta irritación. Ella me juraba que sólo yo la gozaba, pero, como dije, mi escepticismo era ya maduro antes de llegar a Madrid. Isabelita me educó en esa materia. Isabelita era una mujer natural, una mujer-patrón y estandard, por la cual podía uno inferir lo que eran las otras. Lo curioso es que no le guardaba rencor a Isabelita, ni a nadie. Me parecía sin sentido tenerle rencor a ninguna mujer.

Aquellos días los pasé con tonterías de ese tipo y haciendo las maletas —es decir, dejándolas abiertas en un rincón, al que iba arrojando cosas— y comprobando que Vicente era más palurdo de lo que yo creía. Por ejemplo, se daba importancia y tomaba aires altaneros con su madre. Cuando quería abandonarse un poco conmigo, contaba cuentos puercos y se reía como un cochino (sin causa) hasta tener hipo.

Alguien le había dicho que Menéndez Pelayo era un hombre tosco —supongo— y Vicente creía que imitarlo en todos los sentidos estaba bien. Pero ¿cómo podía ser tosco el autor de los *Heterodoxos* y de las *Ideas estéticas*? Podía ser un asturiano o santanderino más o menos rural y agreste, pero no tosco.

Algunos días me quedaba en casa, en la galería de la parte trasera. Había un solar al pie de la casa. Venían pequeños insectos voladores. Las mariposas doradas parecían vivir en un pliegue del aire y las blancas yo creo que se morían en ese mismo pliegue. La luz las criaba y la luz las mataba. Un día miré la cabeza de una de ellas con una lupa grande y vi miríadas de cabezas mías en sus ojos vidriados. Mis cabezas en filas apretadas y exactas. A pesar de mi vulgaridad natural, me encontraba geométricamente trascendental e importante.

Los pájaros eran más dueños del espacio que las mariposas. En realidad se las comían, a veces, en pleno vuelo.

Las atrapaban y se las comían. El polvillo de seda de las alas debía ser ligeramente indigesto.

En aquel tiempo y cerca del Retiro había días muy jugosos y llenos de verde clorofila y otros más bien resecos y leñosos.

A veces, estaba solo en la galería y a fuerza de soledad me salían versos:

Al lado del confín está el olvido,

pensando en Valentina. Aunque, ¿qué confín? ¿Qué olvido? En todo caso, mis recuerdos o mis esperanzas de Valentina eran un poco deprimentes.

Un día murió una vecina y le hicieron un entierro de clase media, con mucho rezo y campaneo y duelo de luto y despedidas oficiales en el zaguán. Yo veía aquello y pensaba que resultaba un poco bárbaro y primitivo.

La madre de Vicente, que se impresionaba con los entierros y calculaba la edad de los muertos, opinó:

—Ha muerto prematuramente.

—Todas las muertes son prematuras, menos las de los ricos —le respondí.

Sentía yo un desprecio completo por Vicente, aunque lo disimulaba, y él debía percibirlo a pesar de todo, y a veces me preguntaba —pérfidamente— cuáles eran los mejores remedios para un resfriado o un dolor de cabeza, porque «como yo era mancebo de botica...». Y reía otra vez hasta el hipo. Una vez que el hipo no se le quitaba le di un remedio que no falla nunca: cubrir un vaso con una servilleta y beber agua a través de ella lentamente, hasta que el hipo desaparece, lo que no tarda en suceder.

Yo no era marxista. Si había que elegir un profeta prefería a Bakunin, pero me habría gustado más (me parecía más moderno y completo) Miguel Servet, aragonés y pariente mío. Y víctima por los tres lados —lo que no era raro siendo su problema metafísico la Trinidad—: por el lado ultravioleta, suizo; por el verde, de la inquisición, y por el infrarrojo, de los marxistas incomprensivos. Eso creía yo entonces. Y ahora.

Por fin salí para Aragón. Había dejado en Madrid al único de los Ramones jóvenes a quien de veras estimaba, al que un día fue mi colega de mancebía farmacéutica. Se llamaba Ramón Urgel y su apellido lo aproveché más tarde, como se verá a su tiempo, porque la verdad es que estoy contándolo todo, hasta algunas cosas que debiera callarme, porque no añaden nada al interés de la narración y, por otra parte, suenan un poco impertinentes. O prolijas.

En Aínsa pasé la mayor parte del tiempo tratando de enterarme de dónde estaba Valentina. Parece que se había ido a Francia, a San Juan de Luz, pero no como veraneante, sino como novicia; es decir, más bien estudiante interna con tendencias al noviciado. Lo de hacerse monja parece que por entonces era verdad.

Pero yo no conseguía noticias de ella.

Vicente y su madre habían ido a la montaña antes que yo y se quedaron en Jaca. Yo fui a Aínsa para asistir a las fiestas del pueblo. Vivía al lado del castillo, que no es muy impresionante por fuera —tampoco lo era el de Sancho Abarca— pero es uno de los más antiguos de España.

Yo no podía entenderme con Vicente frente a las cosas antiguas de Aragón. El se las daba de investigador y exigía fechas y datos concretos. Ah, y fuentes. Yo era más emocional y menos riguroso y mezclaba gustosamente la leyenda con la historia. Cuando me parecía bien que una cosa hubiera sucedido la daba por sucedida sin más garantías que la tradición conservada oralmente y transmitida de abuelos a nietos. La leyenda es mejor que el documento.

En definitiva, trataba de vivir y no de desempolvar palimpsestos cuya interpretación, de un modo u otro, se prestara a inexactitudes.

Conocí en la montaña a otro Ramón en el que yo veía a veces también una especie de *alter ego*. Tenía sobre el destino la misma idea que yo y para comprobar que no tenía miedo a los hados se dedicaba a calumniarse a sí mismo sutil e implacablemente. Lo hacía muy bien, y a veces llegó a convencerme a mí de que podía ser un verdadero granuja.

Decía de sí las cosas más innobles, las más descalificadoras y descalificadoras (del cuerpo y del alma). Y después esperaba a ver qué hacía el destino con todos aquellos elementos negativos de acción que le daba. Se podría decir que lo citaba —al destino— como el torero al toro.

Yo me quedé asustado un día cuando vi que a pesar de las cosas que aquel Ramón III o Ramón IV —no recuerdo el orden— decía contra sí mismo, iba aureolándose con un halo virtuoso. Lo contrario de lo que solía suceder con aquellas personas que dedicaban su vida a demostrar que eran mejores que sus vecinos. Pero un día lo empitonó bien el toro. Y para siempre. Dios lo haya perdonado.

En la sierra pirenaica he sentido siempre emociones fuertes. Para defenderme de ellas solía acercarme simplemente a la vida de los campesinos y beber, jurar, jugar a los bolos y entrar también, si era tiempo de fiestas, en «el gasto» con los mozos. Cuando me aceptaban, claro.

En Aínsa intervine incluso en el recitado del «dance» de moros y cristianos aquel año.

El castillo de Aínsa está entre las dos ramas de la confluencia del Ara y el Cinca; es decir, en el vértice llano de la conjunción, en la misma entraña aragonesa.

Está Aínsa en un alto. Tuvo poderosas murallas que en gran parte se conservan aún, aunque con las piedras que faltan levantaron sus albergues muchas parejas enamoradas para justificar el adagio según el cual el casado casa quiere. Eso decían al menos los cronistas.

En las afueras, hacia el lado de poniente —extramuros—, se levanta el castillo de origen precristiano; planta cuadrilonga, con una espaciosa plaza de armas interior presidida nada menos que por el histórico palacio real de Sobrarbe. Hay también un templo antiguo —de los tiempos paganos— y en la estructura del castillo se ven algunos detalles mudéjares.

Pensando en ese Sobrarbe de reyes pastores y en esas piedras decoradas de jaramago montañés, escribí un día este soneto que va en las páginas liminares, digo en el primero de estos cuadernos. No sé si lo recuerdo exactamente:

> *Pastores de los montes que dejaban*
> *sus cabañas al cuido de mastines*
> *en abarcas marchando a los confines*
> *de Ribagorza su oración cantaban.*
>
> *Bajo el auspicio de los muertos reyes*
> *a la sombra del roble se acogían,*
> *los cayados en cetros florecían*
> *y de los gozos iban a las leyes.*
>
> *Rodaba la tormenta por los montes*
> *con el granizo de los horizontes*
> *a los dos lados del Guatizalema,*
> *el rayo sobre el árbol descendía*
> *en cruz solar, y el nuevo rey decía:*
> *arrodillaos, que ése es nuestro emblema.*

Parece Aínsa un nido de esparveres y desde allí se dominan inmensas extensiones hasta la sierra del Arva.

Para evitar que el enemigo aislara en tiempo de guerra el castillo del pueblo hay una galería subterránea que comunica la plaza de armas interior con la plaza del pueblo, a la que sale la galería por un brocal de piedra labrada. Esto me recordaba el pasillo subterráneo del castillo de Sancho Garcés Abarca.

Otra cosa peculiar de Aínsa es el idioma. He aquí un ejemplo de una declaración de amor hecha por un mozo el día del santo de su amada, tal como me la enseñó el interesado para preguntar si creía que estaba «bien puesta» *:

> *Si es que no t'has de enfadá*
> *hoy te querría obsequiá*
> *con un ramo de almendrera*
> *colliu en Ball de Callá.*
> *No me lo desprecies, Pepa,*
> *que va de formalidá,*
> *como día de tu santo*
> *pa que puedas olorá.*
> *Ya fa cuatro o cinco días*
> *te quereba regalá*
> *quan nos baixas la comida*
> *pero dispués va pensá*
> *que sil'amo nos veyese*

* Puedo reproducir este texto porque el autor, que se llama Baldovinos, está en el mismo campo de concentración que yo. Salió de España con su esposa, Pepa Baldovinos —que estaba en otro campo de mujeres—. También este Baldovinos me ayudó a recordar el romance que sigue luego, del que yo —aunque lo aprendí de memoria en su día— sólo recordaba algunos fragmentos. Ese nombre de Baldovinos recuerda gestas carolingias y no es raro hallar nombres parecidos en aquellas partes de los Pirineos. Tampoco sería aventurado asegurar que entre aquellos montañeses y montañesas hay nietos de príncipes y aun de reyes que se ríen de sus nombres y han renunciado a sus blasones hace tiempo a cambio de la sencilla convivencia con los otros ribagorzanos y sobrarbenses. Valen más para muchos de ellos y también para mí las sombras de aquellos riscos sagrados que las de los baldaquines que cubren los tronos, y ésa es una de las formas de grandeza de la gente del pueblo español que no se entiende en otras partes.

se mos podría enfadá.
Y como te quiero tanto
pos yal debés de notá
he pensau felicitate
y d'algo más te fablá.
No más te pido me des
una palabra formal,
que si te sigo querén
no me lo tomés a mal.
No te metas colorada
qu'esto no e ningún pecau,
porque mos querén los dos
no morirem condenaus.
Porque San José y la Virgen
tamé se van agradá
van tení sus relacions
y dispués se van casá.
Conque adiós, Josefineta,
majisma ribagorzana,
olorarás ben el ramo
que Franciscón te regala
y si decides quererme
ya me lo dirás mañana.

Es un poco tonto, pero también los príncipes cuando se enamoran se entontecen un poco. Igual que nosotros.

Lo mismo el castillo que la pequeña urbe parecen haber nacido antes de la era cristiana. En las piedras del fondo de una fuente no lejana —un *ibón*, nombre que como dije antes viene de Epona, divinidad griega de los manantiales escondidos— yo vi grabado el árbol y encima una esvástica. Creo haberla visto también —aunque no recuerdo exactamente— en las piedras de un enorme aljibe que se ve en la plaza de armas del castillo. Antes de que los nazis alemanes le dieran a ese signo un sentido bellaco era un símbolo solar que algunos pueblos primitivos veneraban. Entre otros, los vascos, cuyas huellas históricas se extienden por los Pirineos hacia el Mediterráneo.

El alcalde primero de Aínsa de quien se tienen noticias se llamaba Garci Ximeno y fue coronado rey en San Juan de la Peña. Los historiadores partidarios de Covadonga lo ponen en duda, pero para el caso nos basta la certidumbre de los sobrarbenses y ribagorzanos. Lo que no tiene

duda es la batalla victoriosa en las afueras de Aínsa contra
los árabes en 724, mandando todavía en la comarca los dele-
gados de las huestes de Muza. Esa batalla en las afueras de
Aínsa tuvo una importancia semejante a la de Covadonga
y el reino de Sobrarbe fue el primero como tal reino en
la Reconquista, pero quedó más o menos superado, como
se dice ahora, por las conquistas sucesivas de otros caudi-
llos. En todo caso, Pedro II se llamaba todavía rey de Sobrarbe y también su hijo Jaime. Eso ningún historiador puede
negarlo.

Allí nacieron los fueros aragoneses, como he dicho en
otro lugar —según creo—, porque a estas alturas ya no sé
lo que he dicho o dejado de decir ni me importa mucho. La
idea de que con esto pueda hacerme una reputación literaria me parece del todo improbable, tardía y ridícula. Preferiría la reputación de buen cazador del *tuerto de Banastas*
u otra parecida.

El nombre —Sobrarbe— viene de una leyenda según
la cual en el fragor de la batalla de Garci Ximeno y estando la victoria más que dudosa, se apareció sobre una encina la
cruz a la que me refiero en el soneto. Una cruz de gran
luminosidad. A la vista de aquel prodigio, los cristianos cerra-
ron sus filas y en un esfuerzo último lograron derrotar a
los árabes, quienes perdieron la ciudad, el castillo y los lugares que estas posiciones guarnecían y huyeron hacia las tierras
bajas. La cruz probablemente era una esvástica o la llamada
cruz de San Andrés (en aspa). Las dos (cualquiera de ellas)
sobre un árbol representaban al rayo, el cual por otra parte
era considerado como el brazo luminoso y destructor —y
fecundador— del Sol padre (Júpiter, Apolo, Mitra, Zeus,
Zoroastro, Thor, Odín, etc.)

Hay en la plaza de Aínsa un monumento alusivo a la
batalla y a la leyenda: ocho columnas dóricas que parten
de un zócalo en cuyo centro está grabada la encina y la cruz,
todo rodeado por una verja protectora.

Al final del verano se celebra en la plaza una fiesta conmemorativa. Para mantener la tradición viva, en 1678 las
Cortes del reino reunidas en Zaragoza acordaron contribuir
al esplendor de dichas fiestas concediendo al municipio un
subsidio de diez libras jaquesas cada año.

Más tarde, los derechos y rentas de Aragón se incorpo-
raron a la Corona de España y entonces Felipe V promulgó
un decreto disponiendo que se continuara el pago de las diez

libras jaquesas anuales para la celebración de la fiesta en memoria del rey don Ximeno y del prodigio.

Las fiestas son así: En la mañana del día 14, al oír voltear las campanas, acuden los «ejércitos» árabe y cristiano para ir a la cruz de Sobrarbe. Antes de salir la procesión, el sacristán avisa a los dos ejércitos y en seguida la harca mora desfila junto a la muralla y se sitúa en ella, mientras que los cristianos van por la calle mayor a la plaza para ponerse al frente de la procesión. Se encuentran los dos ejércitos en la derivación del camino de la Fontanela, hay una escaramuza sin que se decida la victoria y, al final, los moros corren hasta una era donde esperan a la procesión para burlarse de los cristianos. Allí se produce otra escaramuza. Los cristianos van por el camino llamado de San Felices y acampan preparados a nuevos encuentros, mientras la procesión sigue su camino, y al llegar a la plaza se celebra una misa de campaña de la que también se burlan los moros a la distancia de unos doscientos metros, en el llamado campo de Labayo.

En sus insultos a Garci Ximeno lo llaman cosas abyectas. Por ejemplo, *escojonau*. Esto no lo dicen los cronistas oficiales, pero lo he oído yo. También usaban ese insulto en la aldea de mi abuelo.

A todo esto, el diablo va y viene siempre solo —es una de las desgracias de Satanás el andar solo— y da grandes voces y alaridos que espantan a la chiquillería. Cuando la misa acaba suena el tambor moro tocando a asamblea y se congregan los cristianos. El pastor avanza, recita su romance y cuando hace la señal convenida dispara su arcabuz un moro (anacronismo, porque en el siglo octavo no había arcabuces). Los cristianos, que saben que es la señal de atacar, tocan llamada con su corneta y van a buscar al enemigo. En aquel momento es cuando se arma la de Dios es Cristo. Los estampidos rajan y a veces hacen saltar algún cristal en las ventanas próximas.

En una pausa del tiroteo acaba el pastor con su romance y luego salen las Chusmas y se recita el diálogo entre el Diablo y el Pecado. Arenga el rey Garci Ximeno, comienza la batalla y los cristianos tienen la desgracia de perder la bandera, pero al retirarse el rey desafía a Abd-el-Malek para seguir la batalla más tarde.

Todo el día hay escaramuzas en torno a la procesión y las trompetas cristianas por un lado y los tambores moros

por otro suenan constantemente de un modo alegre o siniestro, pero ensordecedor. Luego, el rey moro y sus tropas, que
han aceptado el desafío de Ximeno, acuden a la plaza del
pueblo y es en plena batalla cuando se aparece la cruz sobre
la encina que con ese fin han plantado en el centro. Felices
y animosos los cristianos contraatacan con éxito, toman preso
al rey árabe y delante del monumento conmemorativo simu-
lan cortarle la cabeza.

Luego se celebra el *dance de la morisma*, que comienza
con el siguiente romance recitado por un pastor. (El romance entero es muy largo y no tiene interés, porque se ve
que ha intervenido algún cura o maestro rural y con el pretexto de modernizarlo le han dado el tono lerdo y retórico de
las efemérides. Menos mal que al final conserva el humor
campesino.) Baldovinos me lo ha copiado.

Decía el pastor:

> *Cristianos nobles de Aínsa,*
> *mirad que vengo en secreto,*
> *no quisiera que algún moro*
> *desbaratara mi juego,*
> *y si hay aquí algún espía*
> *juro al diablo y le prometo*
> *si no sale del concurso*
> *que he de escrismarle o tozuelo.*

>   (Acercándose a uno y tocándolo.)

> *¿Acaso éste lo sería?*
> *Bien lo parece en o pelo*
> *y o color aceitunado.*
> *Alcalde, cogedlo preso.*
> *De las montañas de Jaca*
> *brincando barrancos vengo*
> *a deciros que os mainates*
> *juran a Garci Ximeno*
> *por rey y levantan armas*
> *y nombran sobre junteros*
> *para venir a esta villa*
> *y expulsar os sarracenos,*
> *que tienen muy malmetido*
> *todo este cristiano reino*
> *de Sobrarbe y Ribagorza*
> *hasta los más altos puertos.*

Jaca ha sido rescatada
diquiá el Uruel hasta el Pueyo
y Aínsa se ganará
como nos asista o cielo.
Animo, nobles cristianos,
aliéntense vuestros pechos
que si esta villa ganamos
figas al diablo le haremos,
mirad que ya está en camino
nuestro bravo rey Ximeno
y muy luego llegará
con un ejército grueso
compuesto de labradores,
pelaires y... alpargateros,
de tejedores y sastres
y de algunos zapateros,
plagas que en los años malos
arruinaron a los pueblos.
El diablo que los llevase.
(Bien lo saben mis bodiellos.)
Las dueñas enfornarán,
que batallas con pan tierno
siempre se suelen ganar
como no falten chumiellos.
En fin, todos a una cara
prevenid flechas y aceros
porque según mis barruntos
la batalla va a ser luego.
Diréis que soy un pastor
y que mi anuncio no es cierto,
pero aunque guardo ganado
y de las guerras no entiendo
lo que digo es la verdade
y cumplido vais a verlo.

(Levanta el cayado y suenan dos o tres tiros cerca de
la población.)

Ya veis cómo lo que os digo
es para que estéis despiertos
y yo que soy de La Fueba
para suplicaros vengo
que con picas y alabardas

matéis a los sarracenos
que pues no comen tocino
no despachamos un puerco.

La Fueba es una aldea que se dedica casi exclusivamente a la cría porcina.

Recuerdo que mientras recitaban el romance pasaban por encima de la plaza muy altas, en bandadas hacia el sur, las ocas migratorias formadas en punta de flecha y dando a veces su graznido a coro, que rebotaba por las planas, vertientes y hoyas. ¡Qué gracioso aquel ejemplo de geometría navegadora sobre el espacio infinito!

Las campesinas decían que yo debía hacer el papel de pastor mensajero el año siguiente.

Después de dos semanas en alguna de aquellas aldeas, ya no sabía qué hacer porque o entraba de veras en las interioridades de la población, en cuyo caso pasaba uno a ser como los montañeses (lo que no era tan fácil), o me resistía a integrarme, y en ese caso parecía que uno quería darse importancia.

Yo me divertía. La montaña es para mí siempre sugestiva y los montañeses, llenos de vivacidad y de salidas nuevas. Aunque no bebía estaba siempre un poco borracho, con el aire y la luz.

No todo era idílico. Recuerdo que después del *dance* de moros y cristianos los campesinos tuvieron baile. La gente moza había apalabrado a seis músicos. Eran un grupo de ciegos de los pueblos de la comarca que sabían tocar distintos instrumentos y en verano se juntaban para ganar algún dinero.

Según solían, los mozos me invitaron a bailar a mí (por ser forastero) con sus novias. Me las iban trayendo una después de otra y el mismo novio que me tuteaba en la calle me decía con expresión versallesca: «Si gusta su mercé puede bailarla».

Era obligado aceptar, pero cuidado de no apretarse demasiado porque el gentilhombre vigilaba la línea de la «soldadura». Así, pues, bailé con todas, aunque manteniendo prudentes distancias.

Bebieron los mozos según costumbre y ya entraba la noche, cuando el baile había acabado, se produjo un incidente bastante sórdido. A la hora de pagar a los músicos ciegos, el mozo encargado de hacerlo se les acercó y dijo:

«Aquí están los nueve duros». Y dejó caer en su misma mano izquierda el dinero en plata que llevaba en la derecha, haciéndolo sonar.

Cada ciego pensaba que el dinero lo había recibido su vecino y dieron todos las gracias. Poco después, y marchando a la posada se pusieron a discutir sobre quién tenía el dinero y recelando cada cual de la codicia de los otros se insultaron, de los insultos pasaron a las obras y comenzaron a intervenir los bastones. Era de ver cómo los palos zumbaban en el aire buscando el colodro del culpable. Un violín se rompió en la refriega y algunas guitarras se destemplaron para siempre. También hubo algún músico descalabrado. Entretanto, los mozos reían en los portales.

A mí me extrañaba porque solía ser aquél un tipo de ocurrencia más frecuente en la tierra baja que en la alta.

Hice algunas excursiones en autobús a los lugares cercanos. Cuando pensaba volver a Madrid recibí una carta de mi hermana Concha con una noticia sensacional. Valentina y su madre estaban en Biescas. Ellas solas, sin el padre ni Pilar. Se puede suponer que yo salí para Biescas disparado. A medida que me acercaba, iba acumulando reflexiones, emociones, recuerdos y presentimientos.

Fui en un autobús y corrí al parador, que era una fonda de buena presencia. Los alrededores eran soberbios, al pie del macizo de Panticosa. La dueña del parador era una mujer aburguesada y aderezada con cierta coquetería de ciudad. Se quedó un momento extrañada mirándome y yo le pregunté:

—¿La señora doña Julia V.?

Mi atención anhelante debía chocarle un poco. Por fin dijo:

—No está aquí. Se fueron hace algunos días, arriba, al balneario. La señora parece que está delicada.

Ah, vamos. Yo temía que hubieran regresado a Bilbao. Me veía tan nervioso aquella mujer que siguió informándome sobre la salud de doña Julia:

—Parece que está bien, pero necesita algún cuidado o al menos eso he oído. Mi esposo es el médico del pueblo y cree que no estará arriba mucho tiempo.

—¿Y la hija?

—¿Qué hija? Ah, la niña. Ella no tiene nada, que yo sepa. Pero ahí está mi marido si quiere hablarle.

Era un hombre de aspecto rural con una boina grande apuntada a un lado de la frente. Se acercó y dijo:

—La señora creo que está bien, pero todo depende de las radiografías.

—¿Está enferma sólo la madre?

—Sí. La hija es una manzanita llena de salud. Nunca he visto una salud más perfecta.

Sentía yo amistad y recelo por aquel médico. Amistad por haberse preocupado de Valentina y cierto rencorcillo por haberla auscultado y también por la manera de mirarlo su esposa en aquel momento. Se veía en seguida que no se entendían y que la culpa no era de él.

—¿Hay manera de subir al balneario?

—Habrá un autobús mañana a las nueve —dijo ella desde el sillón de mimbres donde hacía labor de gancho.

Pero el médico parecía simpatizar conmigo:

—Yo he de subir a las siete y lo llevaré conmigo, si quiere.

Pensando en Valentina, me olvidé de darle las gracias.

Fui a dormir al cuarto que me asignaron, una habitación pequeña que parecía haber tenido enfermos, porque olía a desinfectantes y que mostraba en sus paredes estucadas dos estampas. La inevitable de Napoleón en Santa Elena —así decía el título en grandes letras— y otra de la Virgen María. Pero acercándome a la primera vi que se trataba de un rasgo de humor. Había cerca de aquellos lugares (bueno, en el valle de Tena) un santuario a mitad de una vertiente cubierta de pinos. Un lugar hermosísimo que se llamaba Santa Elena. Y en el pretil de la placeta, restos sin duda de una antigua muralla, había un perro enorme con un collar en el que podía leerse su propio nombre grabado: *Napoleón*. Yo sonreí pensando que había sido una idea ingeniosa.

Aunque no era todavía de noche me acosté, como si de ese modo pudiera acelerar la llegada del día próximo.

Antes de dormirme hice algo que no había hecho desde niño. Recé desde la cama a la Virgen que se veía en aquella estampa del muro. Yo no creía en nada, pero por eso mismo de vez en cuando era capaz de creer en todo y de apelar a alguna clase de milagro. Mi oración era improvisada y decía: «Mira, Virgen María, haz que Valentina y yo nos veamos a solas y podamos hablarnos sin testigos. Que doña Julia nos permita vernos y hablarnos sin recelos, como cuando éramos niños. Yo sé que doña Julia piensa mal de mí, quizá por haber llegado hasta ella medias noticias sobre mis actividades; yo sé también que no merezco ser tratado como cuando estaba en Tauste con mi familia, porque he perdido mi inocencia y me he conducido en Alcannit y en Madrid como todo el mundo, digo, con las mujeres. Pero nunca he dado en esas cosas el primer paso, eso bien lo sabes». En definitiva, me sentía distinto ya —y un poco asombrado— rezándole a aquella imagen en aquel cuarto de hotel oloroso a fenol.

Me dormí como si mi cuerpo participara de mi impaciencia por hacer llegar el nuevo día. Y además me dormí rezando. Las últimas palabras que dije fueron más o menos: «Yo soy un hombre como los demás, caído en tentaciones como cualquier otro, lleno de buenos propósitos y flaco y débil para cumplirlos, pero tú sabes que ella lo es todo para mí. Fuera de Valentina, la vida es soledad y sombra, oscuridad y amenaza. Tú dirás: '¿Qué clase de amenaza?' Yo tampoco lo sé. Fuera de su presencia es como si el suelo pudiera abrirse delante de mí y tragarme. A veces me mareo cuando miro a un lado y al otro porque la distancia desde mis ojos al suelo aumenta y todo se hace lejano y abismal. Yo tal vez puedo vivir sin ella, pero no quiero y si un día sé que no voy a tenerla sabré todo lo que necesito para desinteresarme del mundo y de todos sus problemas, incluido yo mismo. No pensaré ni sentiré nada si ella no está en el centro de mis pensares y sentires. Así es que Dios te salve, María, llena de gracia…»

Creo que no acabé el Ave María y me dormí.

Desperté con la primera luz. Estaba ya acabando el verano y amanecía cada día un poco más tarde. El campo tenía un color dorado de miel, con la luz entrando por el lado contrario del día anterior, porque el cuarto tenía dos ventanas fronteras.

Me vestí de prisa mirando de reojo la imagen de la Virgen y sintiéndome un poco culpable por haberle rezado sin creer realmente en ella. Como el tiempo apremiaba y antes de salir debía desayunar porque la noche anterior no había cenado, me acerqué al cuadro —¡hasta dónde podía llegar mi confusión de enamorado!— para disculparme por no creer en él, cuando vi de pronto que no era la Virgen María sino una cantante famosa, una de esas bellezas de calendario, soprano de ópera que por llevar una diadema medio rusa (como un halo de oro) en su papel de prima donna de «Ildegonda», me había parecido a distancia una imagen religiosa. Habría jurado incluso que tenía el corazón descubierto (el Corazón de María), pero era una mancha roja en losanje como adorno de su capa de armiño. *Ildegonda*. Yo no había oído nunca un nombre como aquél. O tal vez era el título de la ópera.

En todo caso, aquel quid pro quo me dio mala espina en relación con el encuentro en Panticosa.

Desayuné y poco después partíamos el médico y yo en su coche. Por el camino me iba diciendo: «Panticosa está muy alto y hay enfermos que no pueden tolerarlo aquello.

»Demasiado trabajo para los pulmones. Es una altura drástica y brutal para algunos».

Iba el médico sin afeitar y con su boina campesina. Seguía hablando, pero yo pensaba en Valentina, a quien veía exactamente como la vi en Bilbao en la sala de visitas de su escuela, cuando le di el primer beso en los labios, al azar, y casi por equivocación. Sin que ella me mostrara emoción apreciable. ¿Qué mayores emociones podía sentir Valentina que las que habíamos sentido con los diálogos entre Dios y el alma enamorada? Cierto que la voluptuosidad de la carne la desconocía ella y que un día tal vez la descubriría, pero ¿cuándo? ¿Y con quién? Pensándolo yo no sentía celos. Era algo diferente y mucho más intenso y profundo y ahora no sé calificarlo.

Mi corazón era el que parecía brincar con el coche y la altura, porque subíamos de prisa. A cada paso el paisaje cambiaba y era cada vez más hermoso. Al entrar en el balneario —en cuyas cercanías había picos montañosos nevados— yo veía el cielo nuboso reflejado en el estanque y pensaba, viendo caminar las nubes sobre el cielo azul: «Este es un buen lugar para morir. Es como la antesala o el vestíbulo de la eternidad».

Pero yo no quería morir, ni mucho menos. Parecía aquel lugar más cerca del cielo que de la tierra, realmente, y lo mismo debían haber pensado sin duda muchos enfermos. Por fortuna, yo no lo estaba. Debo advertir —si no lo ha percibido ya el que lee— que cuando me acercaba a Valentina creía como cuando era niño en el cielo, el purgatorio y el infierno, aunque el primero no me inspirara esperanza alguna ni el último, temor.

Temblaba bajo mi piel y yo mismo me preguntaba por qué. Creo que el médico se dio cuenta y se ofreció a tomarme la presión arterial. Yo reí y lo eché a broma, aunque al parecer él lo había ofrecido en serio. Debía ser un médico raro, aquél.

Eran las ocho y media, sin duda demasiado pronto para tratar de ver a nadie. Pregunté al médico si se proponía visitar a doña Julia como médico y él me dijo que sí, pero que no solía hacerlo si no lo llamaban, porque el sanatorio tenía sus propios doctores. Supongo que aquel hombre era en su vida prudente como en sus sistemas terapéuticos, lo que me lo hizo simpático. Por otra parte, más que médico daba la impresión de ser un campesino o un pastor de ovejas, como creo haber dicho. Tal vez se afeitaba una vez a la semana los sábados, como mi abuelo el viejo Luna. Yo pensaba entonces en mi abuelo como en un hombre de los tiempos anteriores al cristianismo.

Doña Julia estaba levantada, pero no su hija, que al parecer, bajo los efectos de la altura montañesa y de la adaptación en aquellos lugares, se levantaba tarde.

Mi supuesta suegra me recibió como si nos hubiéramos separado el día anterior, lo que no podía extrañarme porque entre Valentina y yo las horas seguían estando desnudas de números. Pero había en la mirada de doña Julia algunas reservas. Cuando le dije apresuradamente que yo no era mancebo de farmacia y que acababa de aprobar el ingreso en la Escuela de Ingenieros, distendió los labios en un esbozo de sonrisa —con cierta ternura—. También había un asomo de ironía.

Fue muy distinta la sonrisa que dedicó al médico de Biescas cuando éste le mostró el negativo de la radiografía diciendo que lo llevaba para comprobarlo con el que aquel mismo día le harían en el sanatorio, donde tenían equipos mejores. Doña Julia, volviéndose hacia mí explicó con un tono de coquetería adulta y honesta:

—Tengo fiebre por las tardes y mi esposo se empeña en que venga aquí dos o tres semanas para pasar luego el invierno en Bilbao sin peligro.

Por fin nos quedamos solos doña Julia y yo. Lo primero que ella dijo fue:

—Estás hecho un buen mozo y Valentina ha crecido también. Tú lo verás. Ha crecido en todo menos aquí —se señalaba la frente—. En eso es una niña como siempre y comienza a preocuparme.

Yo no sabía si hablaba en broma o en serio. A veces se dicen esas cosas en broma. Ella adivinaba mis reflexiones:

—Valentina sólo es inteligente —insistió— cuando habla de ti y como en la familia y delante de don Arturo no habla nunca porque sabe que tú no eres persona grata...

—¿Yo? —pregunté cándido y escandalizado.

Me miró ella un momento como si pensara que a mí me sucedía lo contrario y que podría ser inteligente en mi carrera pero en lo que se refería a Valentina era o parecía imbécil, y por fin dijo:

—Mi marido sabe que has andado en malos pasos y quizás andas todavía. Por otra parte, y no lo digo con ánimo de ofenderte, tú eras el ojito derecho de tu abuelo materno y pasabas temporadas con él.

—¿Qué hay de malo en eso? —dije, desafiador.

—Para mí, nada. Pero don Arturo es muy intransigente en ciertas materias y tu abuelo tenía varios hijos naturales.

—Pero... ¿no son naturales todos los hijos?

—Hombre, a la hora de casar a una hija todo cuenta para el padre de la novia. Quiero decir que no eres tú el candidato ideal para Valentina, según don Arturo, si es que Valentina puede tener hoy un candidato.

Estaba yo tremendamente impresionado, no por las opiniones de don Arturo sino por lo que doña Julia había dicho antes sobre su hija.

—Déjeme verla —supliqué.

Ella negaba con la cabeza, pero sin gran energía. Cuando yo le dije que esperaba salir con Valentina a dar un paseo, ella reaccionó con una expresión de amable firmeza:

—No la verás sino delante de mí.

—Está bien —me resigné—. Pero ¿qué vamos a decirnos delante de usted si cree usted que nuestro amor es locura?

—No necesariamente locura. Yo no he dicho eso.

Estaba pensando: «No locura sino tontería». Y para que no hubiera duda añadió:

—Tienes sobre mi hija una influencia torpe. Desde que te fuiste tú de Bilbao hace dos años ella no dice sino bobadas. A las monjas del Sagrado Corazón les dice en la clase de francés que no tiene interés en ese idioma y que quiere que le enseñen el lenguaje de los gigantes. Y cuando le dicen que no hay tal cosa en el mundo, ella insiste: «Lo hay y se llama el *giganterío,* porque me lo ha dicho Pepe». Las monjas le decían: «Obedecerás a Pepe cuando te cases con él», y ella replicaba: «No nos casaremos porque preferimos el amor libre». Luego se pasa las horas muertas mirando

un punto vago del aire y diciendo que un día os tomaréis
de la mano y os marcharéis por el mundo, solos.

Oyendo a doña Julia yo volvía a sentirme —seriamente— el señor del amor, del saber y de las dominaciones. Si
Valentina no había desarrollado su mente tampoco quería
desarrollarla yo. Naturalmente yo no dije estas arriesgadas
opiniones en aquel momento.

Todo lo que podía obtener era una visita delante de doña
Julia aquel mismo día a primera hora de la tarde y me fui
constristado y deprimido. Tenía la impresión de que era
Valentina y no su madre quien estaba enferma. No enferma
del pecho, claro. Y menos de la mente. Su falta de libertad
era peor que cualquier dolencia.

Salí, como digo, alicaído y estuve en el hotel (en Panticosa mismo) recontando mis monedas y haciendo cálculos.
Difícilmente me llegarían hasta el día del regreso a Madrid.
No comía en el restaurante del hotel, sino un trozo de pan
y queso que compraba en cualquier parte.

A la hora convenida volví al sanatorio y me esperaba
una buena sorpresa. Valentina estaba fuera, esperándome.
Ella solita, vestida con una falda deportiva y una chaqueta de pana (comenzaba a refrescar) gris con solapitas rojas.
Llevaba zapatos de tenis, como si esperara caminar mucho
conmigo.

—¿Y tu madre? —le pregunté antes de saludarla—.
¿Dónde está tu madre?

—Oh, ¿qué importa eso? —dijo ella, riendo.

La abracé dulcemente y la besé en los labios igual que
la había besado antes en Bilbao; es decir, sin codicia. El
beso del deliquio, no el de la pasión. Ella hablaba debajo de
mis labios como si tal cosa:

—¿Qué importa, mamá?

Yo me aparté para decirle extrañado y complacido:

—Es que ella juró que no nos permitiría vernos a solas.
Y ya estás viendo. ¿Cómo has podido escaparte?

Sucedía entre Valentina y yo algo de veras curioso. Ella
me miraba a los ojos y me interrumpía con cortas afirmaciones nerviosas, aunque no vinieran a cuento. Es decir (para
poner un ejemplo), cuando le dije las palabras anteriores ella
me interrumpió de la siguiente manera:

Yo. —Es que ella juró...

ELLA. —Sí.

Yo. —...que no nos permitiría vernos a solas.

ELLA. —Sí.
YO. —Y ya estás viendo.
ELLA. —Sí.
YO. —¿Cómo has podido escaparte?
ELLA. —Sí.

Aquella manera de hablarme era nueva y yo no sabía a qué atribuirla, aunque parecía un tic infantil como el parpadear sin motivo. Aquellos síes eran nerviosos también y sin justificación, aunque los nervios de Valentina eran, como siempre, de una serenidad vegetal. De una neutralidad de varita de San José.

Cada dos o tres palabras mías diciéndole que su madre había estado impertinente conmigo, ella decía «Sí», viniera o no a cuenta, con una especie de impaciencia:

—Entonces, Valentina...
—Sí.
—Ahora tu madre debe estar...
—Sí.
—Inquieta de veras...
—Sí.
—Y si se da cuenta de que te has marchado será capaz de todo...
—Sí.
—...porque creerá que te he robado y he escapado contigo a Francia...
—Sí.

Seguía hablando y ella interrumpiéndome sin dejar de mirarme a los ojos con aquella indiferencia atenta que a veces me confundía. Porque era una indiferencia completa dentro de lo que permite una atención completa también.

—Sí, sí, sí, sí...

Callé de pronto sin saber qué decir. Por fin echamos a andar, y así, mirando delante de nosotros comencé a recuperar la calma. Ahora era Valentina quien hablaba, hablaba, hablaba, dándome noticias sorprendentes, pero lo mejor era el tono de su voz, alta, controlada y como envuelta en ricos aromas silvestres.

—Yo soy casi mayor y desde que mi hermana se ha casado, pues... estoy sola en casa. Mis padres siguen creyendo que soy tonta y a lo mejor tienen razón, pero es que sólo quiero ser inteligente para ti y en lo demás lo hago a propósito.

Ahora era yo quien la interrumpía a ella con síes cortos y frecuentes. Me había contagiado. Al darme cuenta quise disimular y pregunté sin el menor interés:

—¿Cómo es el marido de Pilar?

—¡Oh!, es rico, ¿sabes?

—Sí.

—Todos son ricos. Mamá heredó una fortuna de algunos millones...

—Sí.

—...y ahora quieren que los novios de sus hijas sean también millonarios...

—Sí.

Ella estaba tranquila, pero yo sentía el batir de la sangre en mis pulsos.

Valentina, contando las grandezas de su casa de Bilbao, reía como una loquita. Me decía que tenían mayordomo y dos autos, un Hispano y un Rolls. También cocinera y dos doncellas uniformadas.

Lo decía como si el ser rico fuera una broma sin sentido.

Seguíamos caminando despacio, dentro del balneario. A veces nos deteníamos. Miraba yo el pabellón del sanatorio que teníamos enfrente y observé algo que más tarde no he podido nunca comprender y cuyo recuerdo todavía me confunde. Estábamos a cinco metros de un mirador encristalado con saetinos pintados recientemente de color verde. En aquella vidriera se reflejaba mi cuerpo, pero no el de Valentina.

Al principio no le di importancia, lo atribuí a que era más grande que ella y pensé que mi silueta rebasaba en el cristal la de Valentina y, por decirlo así, la absorbía.

Para ver si aquello era verdad me ladeé, de modo que Valentina y yo fuéramos en el reflejo dos cuerpos separados, pero sólo me veía yo.

—No entiendo —dije, incómodo.

—¿Qué es lo que no entiendes, Pepe?

—Tú no te ves en los cristales y yo sí.

Ella no le dio importancia.

—Ultimamente —dijo sin extrañeza alguna— me suceden cosas un poco raras. Por ejemplo, duermo sin motivo.

La cambié de posición, levanté una mano. Nada, en el cristal sólo me veía yo. Miraba hacia adelante pensando en doña Julia. Miraba hacia atrás, a veces, sin acabar de creerlo:

—Pero... ¿y tu madre?

—No te preocupes, Pepe. Ella cree que estoy durmiendo la siesta. Está muy convencida de mi tontería y en cierto
modo tiene razón porque sólo entiende las cosas de las hijas
que se casan y de los bancos que se inauguran, digo, en
Bilbao. Así como la boda de Pilar y el Banco de Vizcaya.
No tiene idea de las cosas que hicieron, pero ¿qué saben de
ti y de mí? Y si no saben nada a pesar de que estoy a su
lado día y noche, ¿qué pueden saber de ti? Se pasan la vida
diciendo que tú eres un irres... un irresponsable, que pones
bombas en los trenes —y ella reía como si estuviera contando un cuento humorístico—, que cualquier día te llevarán
a la cárcel —y reía más— y otras cosas por el estilo.

Salíamos del recinto del balneario y subíamos monte arriba hacia las cumbres azules y blancas. Valentina no se fatigaba. Menos que yo, se fatigaba. Y seguía hablando:

—Tienen miedo de ti porque creen que has salido a tu
abuelo materno y además dicen que tú tienes la culpa de
que yo sea un poco tonta —y volvía a reír divertidísima—.
Tú sabes cómo es papá. Y tú sabes que desde siempre te ha tenido
inquina. Es increíble hasta qué punto papá y mamá, los dos,
recuerdan todas las cosas de aquellos tiempos. Muchas se
me han olvidado a mí, pero no a ellos. Te digo que no
piensan ni hablan de otra cosa.

Había adquirido yo algún conocimiento sobre las cualidades femeninas, pero en Valentina veía matices, rasgos de
carácter y por decirlo así vibraciones magnéticas que no podía
entender ni comparar con las de ninguna otra persona. Y
seguía hablando. Lo más curioso era que en las palabras
de ella me veía yo más cumplido y gozoso. Veía el Pepe
Garcés que habría querido ser, pero al que estaba renuncian-
do, quizá. O tal vez no. Oyendo a Valentina, yo me asombraba de mí mismo, y lo digo en serio. Y no había renunciado. No he renunciado aún. Era como si no hubiera hecho
nada con Isabelita en Alcannit.

—¡Qué van a saber de ti! —repetía ella—. Hablan y
hablan, pero no van a enterarse nunca de quién eres tú. No
ven que eres un hombre que viene de los tiempos más antiguos y que va a los tiempos más futuros, ¿verdad? No ven
que eres un hombre como los demás, pero también diferente y único. No pueden entender que eres el héroe, el poeta
y el santo que necesita la humanidad y si eso no lo ven es
que están ciegos. Aunque no es culpa de ellos, eso no. Los
dos son buenos y tratan de entender, pero no pueden. Es

como si estuvieran sordos y ciegos... aunque mudos no están,
eso no se puede decir.

Seguíamos subiendo monte arriba. Las brisas eran frescas
y era un placer exquisito sentirlas en la piel. Antes de llegar
a nosotros, aquellas brisas acariciaban los altos azucareros
de las cumbres nevadas. Yo le dije cuál era el orden de mi
vida y cómo habiendo ingresado en la Escuela de Ingenieros
el resto de la carrera sería ya fácil. Trabajaría duramente,
acabaría pronto y nos casaríamos.

Con grandes ojos risueños repetía ella:

—Sí..., sí..., sí...

Me miraba de frente y como estábamos fuera del poblado
y no había nadie en los alrededores, la besé dulcemente en
los labios. Con mis labios sobre los suyos ella seguía hablando, impasible, pero, al parecer, cambiando de opinión:

—¿No estamos casados y más que casados, Pepe?

Yo recordaba las palabras de doña Julia sobre el desarrollo mental de mi novia. Pero en aquel momento sucedió algo
notable. Detrás de Valentina, en la comba de una colina
verde, apareció una corza. Una venadita blanca que nos
miraba. Yo dije en voz baja a Valentina muy impresionado:

—Calla y mira detrás de ti.

—Ya lo sé —dijo ella, sin volverse—. Una venadita.
¿Muy fina, verdad? Parece de cristal.

—Pero ¿cómo la has visto?

Entonces ella se volvió y alargó el brazo para acariciarla
produciendo al mismo tiempo un gorjeo de complacencia.
La venadita se acercó, aunque cautelosamente. Avanzaba mirando a Valentina, pero de vez en cuando se detenía y me
miraba a mí. Cuando di un paso en su dirección ella saltó
hacia atrás con sus finas patas que parecían pintadas con
laca color crema.

Pero luego volvió a avanzar y cuando se convenció de
que yo era inofensivo llegó a ponerse al alcance de la mano
de Valentina, quien la acarició en el cuello. Seguía sin saber
qué pensar y echamos a andar los tres, porque la corza nos
seguía dócilmente.

—La verdad es que todo el mundo es tonto si no está
enamorado. Yo soy tonta sin ti y tú sin mí, ¿verdad? No
nos hagamos ilusiones. Cuando estoy contigo o cuando hablo
de ti no diré que sea sabia, pero soy más inteligente que las
otras chicas de mi edad. Ahora mismo. Ya ves, aquí estamos
subiendo la montaña con la corcita blanca detrás a pesar de

que mi madre no me dejaba salir de casa. Tú estás en la
ciudad y estudias para poderte casar un día conmigo, pero
te digo un vez más que no es necesario. Como les decía el
otro día a las monjas. Yo no espero casarme sino ver un
día que Pepe viene a mi lado, tomarle la mano —y me la
tomó— y marchar así, juntos y despacio. ¿Hacia dónde?
Hacia ninguna parte, igual que los demás. ¿Adónde van los
otros, quieres decírmelo? Ya ves, papá y mamá. No digo
que no se quieran, pero no es cariño sino costumbre lo que
los tiene juntos. Papá no está casado, sino acostumbrado.
Papá come y bebe, mamá le sirve. Mamá llora en un rincón,
papá le da palmaditas en un hombro y mira la hora porque
se le hace tarde para ir a jugar al tresillo. Y eso es todo.
Mamá tampoco está casada, sino acostumbrada. Nosotros tenemos más. Y eso sin habernos casado. Ellos son ricos, pero
¿de qué les sirve? Problemas, problemas y problemas. Tenemos dos coches y un chófer de uniforme. ¿No has visto?
Por ahí va el pobre muy aburrido porque ahora son las
fiestas de su pueblo en Begoña y quería ir y la decisión de
papá de enviar aquí a mamá se lo ha estorbado todo. Papá
cree que las décimas de mamá son del pecho y ella cree que
no, y los médicos venga a discutir. La verdad es que cuando
ella pasa aquí en Panticosa un par de semanas no se resfría
en invierno. Yo tampoco, eso es verdad. Y ahora que has
venido tu, estoy pero que muy contenta de la decisión de
papá. La verdad sea dicha, ahora si tú no vienes a verme creo
que podré ir a verte yo.

—¿Adónde? —pregunté un poco extrañado.

—Donde estés, Pepe. Para nosotros no hay dificultades.
Me he enterado hace poco.

—¿Te has enterado de qué, mi vida?

—Yo iré a verte a ti si tú no puedes venir y aun —añadió con mucho énfasis— quizás es lo mejor que podemos
hacer, digo que yo vaya y no vengas tú, porque si vienes
a Bilbao todos se enteran y me encierran bajo siete llaves.
En serio. Mientras que si voy a verte...

—¿Pero tú sola?

—Sí, yo, al fondo del mar o a lo alto de la montaña.
No importa adónde.

Comenzaba a fatigarme —yo y no ella— y en lugar de
seguir subiendo eché a andar ladeándome a la derecha en
dirección a un bosquecillo de pinabetos. Al cambiar de dirección los dos, la corza pareció vacilar un momento y luego

nos alcanzó trotando graciosamente. Valentina se detuvo a
esperarla y a acariciarla. Yo no me atrevía a mirar al lindo
animal para no asustarlo.

—¿Está amaestrada esta corza?

—Sí. Bueno, no sé.

—Pero ¿no la habías visto antes?

—No. Como te digo, Pepe, yo iré a verte. Es como ahora.
mi madre cree que estoy en casa, en mi cuarto, digo en el
sanatorio, pero aquí estamos juntos y bien juntos. ¿No crees?

Caminábamos y yo sentía a veces su caderita redonda
contra la mía angulosa.

—Es verdad —dije—. Tú vendrás a verme. ¿Pero cómo
sabrás dónde estoy? ¿Adónde te escribiré? ¿No abren tu
correo?

—No hace falta que me escribas. Yo sé muy bien cómo
enterarme y no debes tener la menor preocupación. Por lo
que dicen mis padres de ti con mala voluntad yo sé todo
lo que haces y dónde estás. Por lo que ellos hablan cuando
hablan mal me entero de que estás bien y de las cosas buenas
que haces.

—¿Qué te dicen de mí?

—Que estás en Madrid, que estudias para ingeniero, pero
andas con golfos.

—¿Y tú que piensas?

—Todo eso puede ser verdad, pero no de la manera que
ellos lo dicen. Yo sé que andas con revolucionarios y me
alegro si te hace feliz porque siendo feliz tú, yo también
lo soy y así nos queremos más y mejor. Es como cuando
estábamos en el carrusel en Zaragoza. ¿Te acuerdas? Yo
reía, tú reías y la música tocaba aquello de «Moros y Cristianos» y nos veíamos en los espejos y vengan vueltas y
más vueltas. Cuando una persona es desgraciada no quiere
a nadie. ¿Tú sabes? Yo quiero que seas muy feliz de todas
maneras, en estudios, revoluciones, y en amistades. Porque
mamá dice que tienes amigas. Yo quiero que me lo digas a
mí si eres feliz y así vienes luego con toda tu alegría y me
traes toda tu felicidad a mis manos. ¿Verdad? Ahora mismo
estás tan contento que da gusto mirarte.

Yo no lo entendía, aquello, y Valentina repetía:

—Toda tu felicidad, aquí, delante. Ya me dijiste algo
hace dos años cuando estuviste en Bilbao, ¿te acuerdas?
Pero entonces yo no entendía nada. Ahora lo entiendo como

todo el mundo, Pepe, y supongo que tú también entiendes lo que quiero decir.

Nos habíamos apartado bastante del sanatorio y la tarde avanzaba. A pesar de lo que había dicho Valentina, yo no estaba seguro de que ella supiera cuál era la mecánica del amor y por las experiencias de mis besos y caricias no podía deducir nada porque ni las rechazaba ni parecía apreciarlas. Pero ella seguía hablando mientras habiéndonos sentado en un ribazo a la entrada del bosque, la corza blanca se acostaba cerca graciosamente sin quitar los ojos de Valentina.

—Cuando te fuiste de Bilbao, papá hablaba de echarte la policía encima. Así decía él: echarle encima la policía a ese golfo. Eso era ofensivo para ti. Papá se equivoca cuando dice que eres un animal salvaje del bosque; eso dice. Dice que crees que todo está permitido, que anduviste mezclado en la conspiración del Checa y que un día serás la vergüenza de la sociedad. Todavía lo dice de vez en cuando. A mí me vigilaban el correo y me encerraron en el internado religioso, pero tuvieron que sacarme para la boda de Pilar y allí sí que me aproveché, porque le escribí a tu hermana Concha y ella me dijo dónde estabas y lo que hacías. Me dijo que estabas en Madrid y que... bueno, lo que ya sabemos. Yo no volví al internado, porque como me quedaba de hija única, preferían tenerme en casa. Pilar y su marido se quieren, pero no sé cómo decirte. Serán desgraciados, porque son como dos figuras de teatro que tienen miedo. Miedo de perder el dinero, de no ser invitados por la aristocracia, de estar enfermos y sobre todo tienen pánico de morirse un día. Viven temblando, por decirlo así, y cuando no tiemblan, pues, hijo, se dan una importancia que es para echarse a llorar. A mí me dan pena. Pilar, que parecía tan fuerte, no hace más que mirar alrededor espantada. Un día íbamos ella y yo por el parque y vimos un pajarito muerto al lado del camino. Estaba ya muerto hacía tiempo, así como dos días o tres y las hormigas lo rodeaban y entraban y salían de su cuerpo. Pilar se puso muy nerviosa. «Ya ves —decía— en eso acabará todo. Mi cuerpo que se hincha ahora porque voy a ser madre acabará en eso. Igual que ese pobre pajarito.» Yo le dije, riendo: «No, igual no, porque ese pobre pajarito nos da pena. Solamente pena. Antes hacía dos cosas lindas: volar y cantar. Ahora ya no vuela ni canta y nos da pena. Pero nosotros somos grandes y patudos y no volamos. No tenemos alas. Cuando nos pase eso —le dije— la gente no tendrá compasión de nosotros, sino miedo». Pero a mí no me pasará nunca eso ni a ti tampoco.

Yo no creía haber entendido bien.

—¿Cómo dices, mi vida?

—Que a nosotros no nos pasará eso nunca. Primero, por el cariño nuestro, y segundo, porque no tenemos miedo. La gente se muere porque tiene miedo y es eso lo que los acaba un día.

Sería imposible sentir la fuerza de sus palabras sin oírla en su propia voz acompañada de la seguridad del gesto. Yo estaba seguro también en aquel momento de que —no sé cómo ni de qué manera— los dos viviríamos eternamente. Pero no sabía cómo decirlo en voz alta. Ella seguía hablando:

—¿Ves? Ahora se acerca la noche. ¿Adónde quieres que vayamos? ¿Prefieres pasar la noche aquí, digo, en el bosque o en otra parte? ¿Dónde vives tú? ¿En ese hotel pequeño que hay detrás del sanatorio? Si quieres podemos ir allí o quedarnos aquí. Si vamos a tu hotel la corza no podrá acompañarnos porque la gente querrá cazarla y comérsela. Hasta el pobre papá, que es tan listo y tan bueno, a su manera, si la viera se la querría comer al horno con setas. A pesar de ser tan linda o precisamente por serlo. La gente se quiere comer las cosas lindas. Con salsas especiales.

Estaba yo deslumbrado. Al hotel no podíamos ir. Doña Julia, cuando se diera cuenta nos echaría la policía encima, según la horrenda frase de don Arturo. Yo dudo de que Valentina supiera nada del amor físico y si lo sabía le parecía sólo una cosa habitual para los casados y tal vez incómoda. Estoy seguro de que no deseaba ni necesitaba la voluptuosidad. Había podido observarlo cada vez que la besaba. Confieso que si ella hubiera reaccionado como Isabelita me habría extrañado mucho.

Seguimos en el bosque que con la luz sesgada parecía de plata. En aquellos lugares la noche llegaba de pronto detrás de un cielo metálico. Me decía Valentina que si yo ponía bombas en los trenes estaba bien y que si hacía otras cosas —no importa cuáles— sería porque debían ser hechas. La gente solía tener ideas injustas de las cosas. Podía haber víctimas, pero ¿no las había con los rayos, las inundaciones y las epidemias? Y si Dios lo permitía era por algo. La verdad era que sólo había que procurar una cosa: que no hubiera entre los muertos o heridos ningún niño pequeño. Ella lo pedía a Dios cada día.

Yo la convencí de que no había puesto bomba alguna en ninguna parte ni las pondría nunca y de que era partidario de convencer con la inteligencia y no de obligar con el terror. Por la manera de escucharme, veía que iba ella a usar aquellos argumentos bravamente con su padre. Una duda me perturbaba: ¿cómo se había enterado don Arturo de que yo había intervenido en la huelga de Alcannit? Valentina me dijo que mi padre se lo había dicho. Ahora resultaba que mi padre cultivaba alguna clase de gloriola lamentándose de que su hijo era un anarcosindicalista vigilado por la policía.

Pero desde que estaba en Madrid no había hecho nada, yo. Y bien lo sentía.

Valentina era justa, exacta en sus medidas y miradas, en sus palabras y gestos. Era como una joya rara. Rara para todos, incluso para mí.

—Lo malo de mamá es que se pone triste porque tiene canas y acude a papá y él se pone a leer el periódico y no le hace caso. No se entienden. Mi hermana Pilar y su marido tampoco se entienden. Pronto tendrán un hijo, pero no se entienden. Siempre están pensando en hacer una impresión u otra a la gente, y la gente cuando se da cuenta de eso no se deja impresionar, tú sabes.

A veces me extrañaba la finura de las observaciones de Valentina. A veces su altura y gravedad.

—No saben que la vida es sólo un pretexto.

—¿Un pretexto para qué, amor mío?

—Para quererse, tú lo sabes mejor que yo. Y ahí, en quererse, se acaba todo. No hay necesidad de impresionar a nadie, ¿verdad? Tú, por ejemplo, eres un poco selvático para ellos. Mamá suele decir cuando llega una carta tuya: «Pero este Pepe no acaba de enterarse. No se entera».

—¿De qué debo enterarme?

—De que la vida es dinero, importancia y beatería.

—¿Beatería? —dije yo extrañado de que ella que estaba en un colegio de monjas hablara así.

—Sí. Ellos no han leído nunca la letra bastardilla del devocionario, allí donde el alma enamorada le habla a Dios. Si lo leyeran como nosotros habrían visto que la vida es sólo un pretexto para quererse unos a otros.

Añadió que nadie quería a nadie en su casa.

—¿Tú tampoco? —le pregunté.

—Yo los querría a todos, pero ellos no se dejan querer. No quieren dejarse querer y luego se pasan la vida quejándose de que nadie los quiere. Así es que mi cariño no les sirve. Creen que soy tonta y no les sirve. Entonces yo me voy a mi rincón y tengo un gatito que salta a mi falda y nos consolamos el uno al otro.

—¿Cómo se llama el gato?

—Es gata. Y como la compraron en Francia tiene nombre francés. Se llama Piquette. Así, con dos tes. Piquette. Es persa. No es tan lista como los gatos tuyos, pero de veras, más que animal parece una flor con su pelo de seda azul y gris y blanco.

Me gustaba «ver» hablar a Valentina. Era ella siempre un espectáculo nuevo. Y veía detrás de sus palabras y de sus miradas quietas y de sus retinas líquidas anchos panoramas en los que el orbe entero probaba a hallar su justificación.

A veces la encontraba, esa justificación. Y yo veía cómo y por qué.

No sólo era feliz teniendo a Valentina al lado, sino que a través de ella me integraba yo en el secreto orden de unas cosas que estando solo yo no podía entender. ¿Para qué los árboles, las aguas, los vientos? ¿Para qué las jirafas y los hipopótamos? ¿Qué se propone Dios con los cocodrilos? ¿Y qué manía es esa de girar y girar todas las cosas como peonzas en el espacio? ¿Y esa necesidad del helio que se inflama y produce termodinamización alrededor? ¿Para qué, inflamarse, el helio?

Pues ¿y la historia tonta de los átomos y los electrones? Cuando estaba lejos de Valentina no entendía yo nada. Pero cerca de ella no sólo creía comprenderlo todo sino que oía la música de los orbes giradores y navegadores por caminos helicoidales siempre nuevos. Valentina lo entendía todo en nuestro amor y yo también. Pero su madre creía que era tonta y que yo no me enteraba. No me enteraba de la importancia que estaban ellos tomando. Demasiado me enteraba y eso era lo que me hacía sentirme tan miserable.

Miró Valentina atrás para ver si la corza nos seguía y al ver que sí pareció divertida y feliz. Yo sonreía también y me incliné para quitar del tobillo de Valentina una especie de hiedra que se le había adherido.

Al pie de un árbol había restos de merienda de algún grupo de veraneantes. Sin duda, la corza solía encontrarlos

y por eso acudía a aquellos lugares. Yo cogí del suelo media
rebanada de pan todavía tierno y me acerqué despacio al
animalito.

La corza me miraba, miraba a Valentina, se acercaba
también cautelosa, pero cuando estaba casi tocando el pan
con su delicado hocico bajaba la cabeza y se levantaba un
poco sobre las patas traseras como si se enfadara y me ame-
nazara con un topetazo. Valentina reía y yo decía en voz baja:

—No te enfades, corza bonita. Toma el pan y no te
enfades.

El animal se acercaba y de pronto retrocedía un paso,
nerviosamente, y hacía ademán de atacarme. Valentina entendía aquello muy bien:

—Quiere que le dejes el pan en el aire y te retires.

—¿Cómo?

—Quiere coger el pan, pero no quiere poner su cabeza
al alcance de tu mano. ¿Ves? Otra vez te amenaza. ¿Qué
graciosa, verdad?

Yo no lo habría imaginado, pero Valentina cuando estaba
conmigo lo entendía todo:

—Cree que si tú sueltas el pan y te retiras el pan se
quedará en el aire flotando y ella lo cogerá sin peligro.

Por fin le di el pan a Valentina y me retiré un poco.
El dulce animal lo cogió de la mano de mi amada sin recelo
alguno y lo comió allí mismo. «Pobre corcita —decía Valentina—, que sólo quiere comer el pan que dejan los veraneantes, pero los hombres quieren comérsela a ella.»

—Yo, no —me apresuré a advertir.

—Es verdad que en cosas de comer papá es un ogro
—dijo ella, riendo.

Necesitaba hacerle una pregunta dramática:

—¿No querrán casarte con alguien?

—¿Con quién?

—Digo si no querrán tus padres casarte como casaron
a Pilar.

—Es posible. También lo he pensado. En realidad, me
lo han dicho mis padres dos o tres veces.

—¿Y qué?

—Pues yo respondí: «muy bien». Tú comprendes, no voy
a desobedecerles. Y ellos entonces me dijeron: «¿pero no
quieres ya a Pepe?» Yo les dije: «sí que lo quiero. Eso es
mucho más que el matrimonio y no tiene nada que ver lo
uno con lo otro. Yo iré a ver a Pepe en las vacaciones

porque él y yo no podemos vivir separados siempre. Eso es».
Mamá me dijo: «tu esposo no te permitiría que fueras a
verlo. No te permitiría que estuvieras enamorada de otro
hombre». Entonces mamá añadió: «¿sigues enamorada de
Pepe?». Y yo le dije textualmente: «Mamá, tú no entiendes.
No es que estemos enamorados el uno del otro, sino que
somos el amor mismo». Entonces ella me miró muy extrañada
y le dijo a papá: «esta chica sólo es inteligente cuando habla
con Pepe». Eso le dijo a papá.

—¿Y tu padre que dijo?

—Él mira por encima de las gafas y no dice nada.

—Algo diría.

—Dice *hum*... y vuelve al periódico. Nos tiene a ti y
a mí por imposibles. Si me obligaran a casarme no veo la
manera de evitarlo, pero creo que diciendo la verdad no hay
cuidado. Cuando le hablo a mamá ella cambia una mirada
con papá, como pensando: no hay esperanza alguna. Papá
dice *hum*... Luego cambia de conversación y a veces se pone
a decir que España se hunde. ¿Tú también lo piensas?

Afirmé sin gran convicción. Creía que una parte de
España se hundía, pero no toda España. Al darme cuenta
de que ella me escuchaba con sus cinco sentidos comprendí
que debía tener cuidado con lo que decía porque lo repetiría
palabra por palabra con sus padres.

—Se va a hundir —dije— aquello que debe hundirse.
Lo que quede en pie será lo que merece vivir, tú sabes.
La naturaleza entera está en movimiento y cambio constante.
Unas cosas mueren y otras nacen y viven y nosotros somos
una parte de la naturaleza.

—Nosotros —corrigió Valentina, muy segura de sí— no
moriremos nunca. Digo, tal como murió por ejemplo el pajarito del parque.

—¿Cómo lo sabes?

—Pues lo he sabido siempre, Pepe, mi cielo.

Me callé porque no quería desencantarla. ¿Tendría razón
su madre? Me dolía sospechar que tal vez no estaba del
todo en sus cabales. La corza, a unos pasos de distancia, nos
miraba amistosamente.

—¿Qué dirá tu madre cuando descubra que te has
escapado?

—No lo descubrirá nunca —decía ella, sonriendo—. ¿Tú
sabes? Todo esto que sucede ahora es muy natural. La virgen
de Sancho Abarca nos protege y es que aquel verano cuando

volví de Bilbao y tú no estabas ya en Tauste yo hice un
voto con la Virgen y le di mi pelo para que se lo pusieran
a ella, porque el de la imagen estaba comido por las ratas.
Tú sabes lo que pasa en esas ermitas. Entonces yo fui al
cuarto de baño donde papá tenía una máquina de cortar el
pelo como la que usan en las barberías y me corté el mío,
y lo puse en un paquete y se lo mandé al señor obispo, al
primo de la Clara, con una carta, y entonces me quedé fea
y pelona y mamá estuvo enferma en la cama con el disgusto y
me compró una boina que aún la tengo y así anduve hasta
que me salió el pelo otra vez. Lo bueno es que la Virgen
tiene ahora mi cabello y está muy hermosa. Y además, hizo
que el pelo que me saliera a mí fuera más rizado y mejor que
el de antes. Mira, tócalo y verás.

Lo hice y sentí la voluptuosidad de la caricia. Hay en el
cabello de la mujer amada algo magnético y tremendamente
gozadero.

—¿Qué le pediste a la virgen de Sancho Abarca?

—Que nos ayudara a ti y a mí para engañar a nuestros
padres y desde entonces nos ha ayudado de mil maneras y
ahora ya estás viendo lo que pasa. Aquí estamos. Y podemos
seguir toda la noche y tres días si es necesario, ¿verdad?
Ahora, que tal vez no sea necesario, digo que tal vez será
mejor para todos que yo vaya a dormir al sanatorio. ¿Qué
te parece?

—Tu madre movilizaría al alcalde y a todo el mundo
para que te buscaran. Tal vez te buscan ya.

—No. No lo creas. No se ha dado cuenta, estoy segura.

—Valentina —le dije—. ¿Quieres venir ahora conmigo
y para siempre?

—Sí. Para siempre.

—¿Quieres venir esta noche a mi hotel en Biescas y
después a Madrid conmigo?

Yo no sabía cómo porque no tenía dinero, pero ella se
disponía a levantarse como si hubiéramos de partir en el
acto y yo asustado le dije: «Tenemos que esperar el coche
del médico o el autobús». Ella replicó: «Si no hay otra
manera podemos ir a pie». Yo pensé que realmente todo
el camino hasta Biescas era cuesta abajo y que no sería
penoso, aunque desde luego resultaría esforzado y heroico.

La idea de ir caminando juntos en la noche me recordaba
cuando salimos del castillo de Ejea para volver al de Sancho

Garcés con una linterna que atraía a los insectos volantes.
Me quedé pensando en aquello con delicia y dije:

—Valentina, la vida es un poco más complicada.

—No sé por qué. Yo al principio pensaba lo mismo que
tú, pero luego he visto que no. Digo, al crecer y hacerme
mayor.

Se levantó y decidió muy tranquila:

—Vamos a Biescas.

—No. Ahora yo te llevaré al sanatorio y mañana volveré
aquí a verte.

—A lo mejor no estaré, porque todo depende de lo que
digan los médicos, y si la fiebre de mamá no es del pecho
entonces es de la cabeza y no le conviene la montaña sino
el mar, y si todos los médicos están de acuerdo, pues, como
Juan el chófer quiere ir a las fiestas de Begoña, mamá le ha
prometido salir temprano en la mañanita; y por eso te digo
que a lo mejor no estamos. Lo mejor sería marcharnos ahora
a Biescas, si quieres. Y luego a Madrid.

Yo cerré los ojos, dije que sí y me levanté, también.
Echamos a andar hacia abajo. «Podemos pasar —le dije—
dando un rodeo fuera del pueblo de modo que nadie nos
vea.» Ella no comprendía:

—¿Qué más da que nos vean?

Ibamos caminando, yo con la preocupación del futuro
inmediato y ella alegremente.

Aunque era ya de noche, la corza nos seguía. Valentina
suspiró, la acarició y dijo: «Pobre. Esta corza, tan bonita,
si se va al monte se la quieren comer los lobos y si se
acerca al poblado se la quieren comer los hombres». Después
de una pausa volvió a suspirar: «Los hombres así como
papá». Y seguíamos caminando.

Yo estaba muy preocupado pensando adónde iríamos, qué
explicaciones daría. Me veía ya en la cárcel o —lo que me
parecía mucho mejor— obligado a casarme con Valentina
por haberla *comprometido*. Esto último me hacía mantener
mi decisión de llevarla a Biescas, aunque ahora me doy cuenta
de que mi truco era un poco innoble. Estaba yo aquella
tarde fuera de mí, como se puede suponer.

Seguíamos descendiendo y a medida que nos acercábamos
al valle la noche se hacía más densa. La noche parecía haber
nacido en el valle y subir rápidamente a nuestro encuentro.
En lo más alto de un picacho lejano había todavía una
mancha de sol.

Subía la niebla de abajo, del valle, pegada a la carretera como una inmensa alfombra movediza de color claro y en ella se me difuminaba la figura de Valentina. Yo gritaba:

—Valentina...

—Sí.

—¿Me oyes?

—Sí.

Pero los *síes* se oían cada vez más lejos. Llegó un momento en que pareció desvanecerse para siempre en el aire. La llamé a voces, retrocedí sobre mis pasos, subí a una colina y volví a llamar. Ni ella ni la corza se hacían visibles y entonces descendí al pie de las colinas, miré si había por los alrededores alguna sima o barranco donde pudiera haber caído y, en fin, serían ya las diez de la noche cuando fatigado y más inquieto que nunca fui corriendo a Biescas, y aunque era muy tarde llamé por teléfono al sanatorio.

Me sentía desesperado y culpable. Cuando oí la voz de doña Julia dije balbuceando:

—¿Está en casa Valentina?

—Sí, ¿por qué?

—Por nada —dije yo respirando, feliz.

—¿Cómo no has venido a vernos? —preguntó la madre—. Esta mañana prometiste venir y aunque no le había dicho nada a Valentina ella se habría alegrado de verte.

—¿Pero está en el sanatorio?

—¿Dónde quieres que esté? Aquí ha pasado la tarde conmigo, aburrida y durmiendo en un diván.

—¿Pero está bien?

—Pues, ¿cómo quieres que esté?

Yo le dije que iría al día siguiente, pero resultó que iban a salir a primera hora de la mañana para volver a Bilbao. Yo insistía:

—Dice que Valentina está ahí. ¿Desde cuándo?

—No se ha movido en toda la tarde de mi lado. Ya te digo que esperaba que vinieras.

Pedí que se pusiera Valentina al teléfono y al oír su voz le dije: «Voy a hacerte preguntas y tú debes contestar sí o no, para que no se entere tu madre. ¿Has estado todo el tiempo en casa?».

—Sí.

—Pero has estado paseando conmigo.

—Sí. También.

—¿Puedes explicar cómo son posibles las dos cosas a un tiempo?

—No. ¿Para qué? Las cosas suceden y eso es todo. ¿No es mejor así?

—No entiendo. ¿Y tu madre?

—Está mirando las fotos de sus huesos y dice que la han indultado. Eso es: indultado. Qué tontería, ¿verdad?

Yo oí la voz monitora de su madre: «¡Niña!» Pero Valentina reía, traviesa y loquita, y yo seguía sin entenderla.

Quedó en mi recuerdo con su cabello negro azul (un premio de la virgen de Sancho Abarca) y la corza al lado.

El día siguiente, aunque ya entrada la mañana, salí para Zaragoza y allí tomé el tren para Madrid. Iba en un estado parecido al arrobo o al deliquio. O a la estupidez.

Ya en Madrid, sin dejar de pensar en Valentina, volví poco a poco a mis dos maneras usuales de actividad: la Escuela de Ingenieros... y el azar. Este podía ofrecerme una tarde de discusiones en la federación local de sindicatos o el encuentro con alguna mujer. En general, no las buscaba, pero tomaba alguna si por una razón u otra se me ofrecía. La posibilidad de amar a cualquier otra mujer que no fuera Valentina me parecía, sin embargo, absurda.

Ramón III, en cambio, andaba siempre con una u otra y se dejaba adular por ellas con aire victorioso.

No entendía yo aquello de sentir más lejos cada día (y más profundo) mi amor por Valentina y más cerca y más apremiante mi sexo, porque al dejar la farmacia de Alcannit no creía que se pudiera ir más lejos en lo uno ni más cerca en lo otro.

Me dejaba llevar del vendaval de la juventud, que diría otro Ramón ya pasado de moda: don Ramón de Campoamor. Mi amigo el de la farmacia había sido movilizado y enviado a Marruecos, adonde había de ir yo también algún tiempo después. Sentí no encontrarlo en Madrid, porque habría sido el único con quien me habría gustado hablar de mi extraña aventura con Valentina en Panticosa. Aquel Ramón I era quizás el único que podría haberme ayudado a poner luz en el misterio.

Entretanto, estudiaba en casa y a veces, fatigado, me tumbaba en mi cama y veía pasar por el techo las sombras de las mujeres. Eran las mismas y eran diferentes.

Valentina había quedado al margen del tiempo, pero en el espacio, aunque éste no podría ser nunca exactamente determinable. ¿Bilbao? ¿San Juan de Luz? De pronto recordaba que no le había preguntado sobre sus propósitos —ciertos o no— de hacerse monja. Yo mismo no podía entender mi falta de curiosidad.

Tampoco entendía que hubiera pasado una tarde conmigo en las montañas de Biescas sin haberse movido, al parecer, de su casa y del lado de su madre. Pensaba yo si estaría volviéndome loco o si ella sería una lamia buena que en lugar de tener un oso por compañero tenía una corza. Esta idea también me parecía loca y me asustaba.

Pero las otras mujeres —las del sexo— estaban cerca de mí, seguían en Madrid. Y jugaba a veces a clasificarlas. Había las ofuscadoras adrede y las ofuscadoras por torpeza, pero ambas se ofuscaban igual a la hora de querer saber qué clase de sujetas o prójimas o ciudadanas eran. Miraba al techo pero, aburrido de aquel juego —sólo se las podía definir por señales exteriores bien tontas—, dejaba a aquellas sombras que desfilaban con ritmo de vals, de tango o de rumba y me ponía a escribir en un cuaderno de apuntes una carta para Valentina, una carta que nunca terminaba.

Volvía a mirar al techo, acostado, con las manos detrás de la nuca: venían algunas hembras que yo llamaba pendulantes, una rubia de cabeza insegura, perfil de hacha amarilla y voz de esparto que repetía: «Yo he venido aquí de compensadora». Era una vocera habladora que nunca escuchaba a nadie y aunque no había tenido nunca un amante se las daba de experta y tenía opiniones muy decididas sobre los hombres. Era aquélla una vecina cuñada de militar que parecía imitar al marido de su hermana en los movimientos y en las voces. Sobre todo, en su voz enteriza. Parecía aquella mujer hablar siempre delante de las tropas.

En lo que coincidían todas mis amigas —íntimas o no— era en algunos escorzos pechugueros, por los cuales yo solía llamarlas las «escorzoneras», que me parecía absurdo y gracioso. Pero Vicente trataba de burlarse de mí. Con un año más, Vicente y yo éramos un poco más serios y la seriedad de Vicente algo ridícula, ya que en los hombres pequeños parece afectada y excesiva a no ser que ese hombre pequeño se llame Napoleón.

Algunos días, después de mi trabajo de estudiante me iba al Retiro o a la Moncloa con alguna amiga, si estaba a mano y disponible. Lo malo de las chicas estudiantes era que tenían más o menos la obsesión del matrimonio. No del amor, sino del yugo civil y religioso. Las muchachas liberadas eran pocas y andaban, como se puede suponer, muy atareadas. Las de la clase media baja eran inabordables, rodeadas de dogmas y de tabús como sus abuelas de corsés con ballenas de acero. Las de la clase media alta eran más accesibles. En general, las mujeres ricas no se asustaban de alguna experiencia clandestina y a veces ellas mismas tomaban la iniciativa. Las más humildes (modistillas y asimiladas), tampoco.

Otros días me iba a casa y me tumbaba en la cama. Fumaba, recordaba el verano en Biescas y veía pasar sombras coloreadas por el techo. Las figuras caminadoras brincaban allí desde las vitrinas de los comercios. Yo miraba y callaba y recordaba casos y cosas. Era como un cine privado cuya congruencia yo sólo entendía.

Pero al mismo tiempo, como digo, recordaba el veraneo. Doña Julia se me había hecho odiosa desde que me habló de los hijos naturales de mi abuelo. Pues ¿qué quería doña Julia que fueran los hijos? ¿Artificiales? Los hijos naturales le parecían bien en los reyes y en los duques del reino con grandeza. Pero no en mi abuelo, que podría haber presidido el imperio español con más derechos que los Borbones o los Austrias.

Pasaba a veces por el techo alguna mujer que parecía desnuda, porque el color rosa invadía toda la imagen y ésta perdía los sobreperfiles del vestido. Los desnudos parecían tener agarraderas naturales en las ancas y estaban impregnados de nocturnidad. (Madrid. Estilo de Madrid.) Los movimientos andarines de algunas figuras estaban llenos de marisabidismos y había entre ellas las guluzmeantes, las merodeadoras y las sencillamente sobresalientes, ésas que se dan a conocer por encima de las demás en casi todas las ocasiones. En Madrid, digo, llevaban su hociquito como un ostensorio procesional de los de gran fiesta ecuménica. Había día que entre los intervalos de las hembras procesionarias aparecían formas —no humanas— coloreadas. A veces, flores o que lo parecían. Con frecuencia, claveles o tulipanes ambulatorios.

Yo pensaba receloso: «No me la dais. Os casáis con el primero que os ofrece matrimonio, pero elegís con cuidado al amante. Una cosa es ir al altar y otra al amor. No me la dais». Me quedaba mirando, absorto: «Los capullos del recuerdo», decía para mí. Y pensaba una vez más en Valentina. En nada concreto. Sólo en su figura. Luego miraba alrededor, receloso de que pudiera haberme oído Vicente. Vicente estaba bien de la cabeza, pero esa condición no le servía para nada. No iba a servirle nunca para nada. Al menos, mi ocasional irregularidad me permitía afrontar los hechos más vírgenes e inusuales y aprovecharlos de algún modo. Tenía Vicente tendencias al comunismo y yo le decía que todo lo que se hacía en Rusia era antimarxista. «Más marxista —le decía yo— es la conducta de los anarcosindicalistas.» Y se lo demostraba con textos. Esto de que yo lo venciera «con textos» lo traía loco, porque en los textos era donde él se creía fuerte.

Teníamos una nueva cocinera y con ella a veces yo hablaba una jerigonza deliberadamente confusa, de modo que no me entendiera, por divertirme. Un día volvió de la verbena adonde había ido también con otra cocinera del barrio, porque un individuo (sin duda un señorito un poco ebrio) les dijo al verlas: «¿Qué hacéis aquí a estas horas? ¿Quién os ha autorizado a venir? ¡A casa ahora mismo!» Ellas, asustadas, volvieron a sus casas sin saber qué pensar. La otra cocinera, que era de Zaragoza, fruncía el entrecejo y exclamaba entre amenazadora y asombrada: «¡Jolines!»

Yo me divertía con la tontería de aquella criatura, digo de nuestra cocinera. A veces le daba dinero el domingo para que se fuera al cine. No tenía atractivo sexual, pero su amiga sí, aunque no me decidí a intentar nada porque vi que los ojos se le engrifaban cada vez que alguien la miraba de cierta manera.

Debía ser mujer de resistencias mercuriales o tal vez estaba enlunecida cuando la encontré las dos primeras veces. Todo hay que considerarlo con las mujeres.

Por el techo seguían pasando hembritas ligeras de lienzos, oreadas hasta en los rincones más sombríos, un poco azoradas y como si supieran que los hombres las adivinábamos en su circunstancia mejor. Solían ir acompañadas de otras hembras de rompe y rasga. Gente de frenesíes que hay que evitar porque nunca se sabe adónde le conducirían a uno. En el amor, que tiene algo de locura, hay que evitar a las locas naturales. Y también hay que evitar a las novedosas, a las experimentadoras y, más que a nadie, a las folletinescas truculentas capaces de todo.

En mi cuaderno de notas intentaba a veces un poema pensando en Valentina: no llegaba más allá del tercer verso. La quería demasiado para poder escribir poemas. Nunca he

creído en los «grandes enamorados» que se ponen a medir
sílabas y ritmos para hablar de la amada. Si lo hago a veces
ahora en Argelés es porque estoy más cerca de la muerte
que del beso.

Mirando al cielo de la habitación, ligeramente azulenco,
me decía yo entonces: «El verano me ha separado de las
hembras del curso pasado, pero no me ha reunido con
Valentina».

Aquel otoño parece que se usaban las hembras desma-
dejadas con colores y languideces de crisantemos. Madrid,
que en el otoño es melancólicamente patricio, las dejaba
resaltar sobre el gris de las avenidas y el verde dorado de
los primeros árboles adolecidos. Yo pensaba que era un
privilegio vivir en Madrid. El simple hecho de respirar las
auras del Retiro y de la altiplanicie desnuda en las esquinas
y las encrucijadas, tan llenas de tradición populista y de
blasones (todo junto sin saber por qué), me parecía un don
inmerecido. No hay que equivocarse. Para mí la nobleza de
lo madrileño estaba en el pueblo, que era naturalmente discreto, perfilado, con agudeza y estilo. La gente de blasones
era como en todos los países, en su mayoría de una mente-
catez ofensiva. Había excepciones, sin duda, y eran de veras
valiosas. Yo conocía algunos nobles, dos de ellos aragoneses,
que tenían la delicadeza y la profundidad liberal de los viejos
patricios romanos. No he hablado de ellos porque los traté
sólo ocasionalmente y porque su relación no tuvo influencia
en mi vida.

Con las mujeres accesibles, que no eran muchas ni las
mejores, yo evitaba tomar la iniciativa, porque si lo hacía
se querían casar. Yo era demasiado joven, pero siempre he
aparentado más edad de la que tenía. Si pensaban que había
probabilidades, no daban sus favores definitivos, sino sólo
estimulantes, como aperitivos picantes que aguzaban el hambre. Y pensando en lo que ellas pensaban no podía menos
de espantarme a solas. Pensaban en la viviparición con arras
y el doble órgano: el nupcial y el de la marcha de
Mendelssohn.

Las que desfilaban aquel día por el techo sugerían rositas
de pitimíní (no sé cómo son, pero cada cual las imagina a
su gusto) y la mayor parte eran jacarandosas, tersas de mejillas y de garganta y parecían, a pesar de su extrema juventud,
por la manera victoriosa de moverse, expertas ya en la
contrarresaca de la vida.

Algunas sombras se deshacían en blancos flotantes como chantillí sin dejar de caminar. Y había decrecimientos del presente y atisbos para el futuro. Yo había puesto una gran atención (como esos perros de muestra que quedan fascinados cuanto ven la presa) en una chica que parecía reunir los caracteres de Isabelita y algunos secundarios de Valentina, pero me retiré avergonzado de mi atrevimiento. Aquella clase de síntesis era imposible y estúpida, según la realidad me había demostrado tantas veces. Cuando la intentaba, resultaba vergonzosamente fraudulenta y me ponía corrupio en las zonas más bajas del inconsciente.

El estudio, las aventuras malogradas o cumplidas y las figuras que transcurrían por el techo no hacían mi vida mejor, como se puede suponer.

Yo había tenido experiencias varias en los cines (con frecuencia en los palcos del Monumental Cinema, de la plazuela de Antón Martín) y hasta en los cafés. ¿Quién diría que en la Granja del Henar, en la rotonda interior, con un ejemplar de «El Sol» abierto (era el diario más grande de Madrid), y ocultos detrás, mi amiga gomorriniana (así la llamaba para mí mismo porque tenía dulces aberraciones orales) se mostraba bocativa o abocada —no sé cómo decirlo— hasta el fin con grave riesgo de escándalo para todos? Aquella chica rubia, de tipo tizianesco, escandalosamente hermosa, rubia de tiempos venecianos y dorados, solía vestirse de gris-pantalla de cine y a veces marrón-casa de perro y me decía: «Ninguna mujer en Madrid se atrevería a llevar estos colores». Parece que eran colores que no favorecían ningún estilo natural de belleza. Con su gravedad de estatua de mármol nadie habría sospechado nuestras orgías en el café. Creo que se dio cuenta un camarero. Me miraba turulato al salir y decía a otro que aquello era el desmiguen. Pero, como sucede en casos parecidos, la comprobación habría sido imposible porque estábamos muy alerta y nadie nos sorprendió nunca. Cierto que hay camareros de gran imaginación experta. Sólo les ganan en eso los chóferes de taxi.

El pueblo de Madrid era muy pícaro en esas materias. Había todavía castañeras en las esquinas, y a veces pasaba con una amiga reciente (siempre burguesas o aburguesadas) un poco amartelados los dos, y al pasar oíamos a la castañera su pregón satírico: «¡Cuántas calentitas, cuántas!» Se referían a mi ocasional Dulcinea, que lo comprendía aunque naturalmente nos hacíamos los sordos. Si lo hubieran dicho yendo yo con Valentina habría deshecho el puesto de castañas a patadas.

Mi amigo Vicente descubrió de pronto que sentía un
gran amor por la ópera, aunque prefería las danzas de los
culos uruguayos (no sé todavía qué quería decir con esto)
de la Chelito. Yo odiaba la ópera y esto, por un lado, y por
otro el haberme puesto en relación más estrecha con los
anarcosindicalistas de Madrid, nos separó bastante. Comencé
a aficionarme a las reuniones clandestinas, que eran bastante
arriesgadas porque la CNT estaba prohibida y disuelta.
Naturalmente, eso la hacía más atractiva para mí. Consideraba a aquella gente como lo mejor de España, pero estaban
siempre tan dispuestos a morir o a matar que a veces yo me
alarmaba un poco. No era que tuviera miedo, pero pensaba
que entre aquellos dos extremos —morir, matar— debía
haber algo interesante que hacer. Interesante para el hombre,
la sociedad y la nación. Y andaba buscando aquel quehacer,
en vano.

Había individualidades estupendas, pero las organizaciones dejaban bastante que desear en materia de eficacia, lo
que no es raro ya que llevaban siempre la policía pisándoles
los talones. Los individuos, sin embargo, los que podríamos
llamar activistas eran, como digo, más eficaces en la clandestinidad que en la legalidad. Eran mejores pistoleros que
oradores u organizadores. La conspiración y el terror eran su
elemento. Yo me sentía un poco romántico arriesgando algo
en aquellas aventuras, y la idea de que Valentina las justificara y aprobara me daba ánimos.

No es preciso añadir que si la voluntad de aquellos
hombres era admirable, la mente y el raciocinio no lo eran
tanto. Padecían un poco la locura sublime del caballero de
la Mancha. Al saber que yo era estudiante de ingenieros y
que sabía química y otras cosas me pidieron que fabricara
explosivos. Hice algo mejor: inventé uno. Es decir, fabriqué
uno que estaba ya inventado por la química elemental de los
últimos tiempos: un líquido que en contacto con la luz se
inflamaba. No era un explosivo, realmente, sino una materia
de ignición, un líquido inflamable. Les gustó mucho y comenzaron a usarlo en tareas de sabotaje. También les hice una
fórmula para usar materias plásticas con naturaleza explosiva,
algo que más tarde se ha hecho con éxito en todas partes.
Parecían contentos conmigo, aunque yo no arriesgaba dema

siado pensando en Valentina, porque siempre me quedaba un adarme de esperanza.

El mismo año que terminé la carrera (yo cumplía veintidós) sucedieron algunas cosas sensacionales: entré en quintas, me destinaron a Marruecos —aunque en el plan de oficial de complemento, que me permitía estar un año en lugar de tres— y fui a la cárcel. Es decir, el orden es a la inversa: primero estuve en la cárcel como preso gubernativo —sin juicio ni sentencia—, después acabé la carrera, luego fui soldado y destinado a Marruecos.

En la cárcel estuve sólo dos meses y los aproveché estudiando. Fue una experiencia cómoda y saludable. Me habría gustado que doña Julia, la madre de Valentina, se enterara, sólo por molestarla. Tal vez se había enterado. En cuanto a Valentina, quizás era capaz de venir a verme a la cárcel sin salir de su casa; con la corza blanca incluida. Dos meses sin hacer nada sino leer mis libros, sin mujeres, sin llamadas por teléfono, con las horas libres bien ocupadas por pequeños quehaceres y largas tardes de asueto al sol en la galería número uno, me dieron en seguida un aire reposado y feliz. En realidad, no había nada de que lamentarse sino de falta de libertad. En las condiciones de mi vida y en dos meses, esa falta no se hizo sentir demasiado. Tenía compañeros de todas clases, desde rateros y rufianes hasta falsificadores y abogados aventureros dedicados a la estafa en gran escala; desde asesinos pasionales de ojos lánguidos y vacíos hasta duros profesionales de la sangre. El muestrario era tan diverso que no me daba lugar a aburrirme.

Vicente se asustó al principio —cuando vino a buscarme la policía— y luego decidió que yo era un tipo extravagante e imprevisible, pero merecedor de respeto. Así, pues, aunque le habían dicho que en las salas de visita hacían secretamente fotos a los que iban a ver a los presos políticos, afrontó el riesgo y se presentó *valientemente* un par de veces.

Salí de la cárcel antes de que hubiera llegado realmente a sentir la necesidad de la libertad; así es que me despedí de los compañeros un poco decepcionado.

Aquel incidente me dio prestigio en algunas partes, incluso en la Escuela de Ingenieros. Tener un colega en la cárcel era para los estudiantes cuestión de orgullo. «No somos tan maricas —parecían pensar— como los de Filosofía y Letras.» Esta era una manera injusta y típica de juzgarse los estudiantes unos a otros.

Los de Filosofía y Letras, en cambio, nos consideraban a nosotros primitivos, brutales y poco menos que analfabetos. Yo, en realidad, era una excepción porque leía buenos libros de vez en cuando y tenía amigos en los dos lados. Habría hecho tal vez prosélitos, aunque la mayor parte de los estudiantes venían de familias ricas, pero aquello del anarcosindicalismo (es decir, el prefijo *anarquista*) les asustaba. Creían que los anarquistas eran gente guillada que no sabían lo que querían. «Todavía si lo supieran —solían decirme— podríamos discutir y ponernos de acuerdo o discrepar, pero dan la impresión de que no lo saben.» Los más tontos se agarraban al conocido argumento de don Arturo. «Este —decían señalándome— es de los que ponen bombas.» Lo curioso es que yo no puse nunca ninguna.

Aquellos estudiantes eran más racionales que temperamentales y los ácratas les parecían —tal vez tenían razón— lo contrario. Cuando el hombre avanza por el camino de alguna clase de cultura sistematizada, lo primero que aprende es a desconfiar del temperamento. Yo era también una excepción en eso, según creo. Yo «pensaba» con mi temperamento, por decirlo así. Pero no me excedía. Me vigilaba.

Las cosas de España andaban mal y la catástrofe esperaba a cada cual detrás de la esquina. Lo primero que hice al salir de la cárcel fue procurarme, para casos de apuro, una identidad falsa, ya que desde mi ingreso en la Modelo había quedado fichado y fotografiado. Por cierto que el gabinete antropométrico de la cárcel me interesó bastante y en las dos horas que me tuvieron allí vi cómo clasificaban a la gente por huellas dactilares, por sus delitos y por sus nombres o alias. No podía imaginar que todo aquello fuera a servirme algún día para evitar la suerte de los «paseados». Para que no me *pasearan* a mí.

Otra cosa extraña hice en la cárcel: leí teología mística y teosofía. En la biblioteca había toda clase de libros menos los de Marx o Bakunin. La teología y la teosofía me dieron la impresión de ser algo así como la anarquía de lo absoluto. Era más que divertido. Era orgiástico, especialmente los días de viento en el alero.

Cuando más tarde se lo dije a Vicente, él respondió con su pedantería acostumbrada: «Faltaría definir antes lo absoluto y también el misticismo y la anarquía». Yo no le permitía nunca decir la última palabra y respondí con aire displicente:

—Cuando yo uso esas palabras sé muy bien lo que hay detrás de ellas y las tres tienen un común denominador: subordinar el instinto de conservación al sentido de la libertad. De una libertad trascendente o inmanente.

El era marxista y aspiraba algún día a ser concejal, tal vez por el distrito de la Latina. La verdad es que sabía latín.

Cuando fui a Marruecos había leído tanto sobre aquel sombrío y árido país y sobre las condiciones de la vida militar en las colonias que no me sorprendió nada en absoluto. Encontré allí —en el mismo regimiento— al Ramón I, escritor y farmacéutico, que era suboficial e iba a licenciarse al ascender a alférez. Los dos habíamos leído «Imán», de Sender, que no nos disgustó.

Fuimos muy amigos, y descubrí en Ramón I nuevas y grandes afinidades. Publicaba en el «Telegrama del Riff» cosas entre filosóficas y poéticas. Estábamos él y yo —y muchos otros— escandalizados por la inmoralidad en la administración del cuartel. Los seis mil hombres que lo habitaban morían literalmente de hambre. Era una vergüenza. Ramón y yo, que teníamos algún dinero, comíamos en las cantinas y nos defendíamos mejor o peor. No podíamos entender que los soldados se resignaran. Yo llegué a pensar seriamente en organizar un plante, pero Ramón me dijo: «Es inútil. Te acusarán de sedición frente al enemigo y te fusilarán».

Los periódicos que llegaban de España nos llamaban héroes, pero en realidad si hubiéramos tenido un átomo de valentía no habríamos tolerado aquello. La mayor parte de los soldados, gente honesta y simple, creía que lo que les daba la Patria era todo lo que España tenía y se resignaban a la pobreza. Aquellos hombres macilentos y desnutridos, obligados a hacer marchas de treinta y cinco kilómetros con treinta kilogramos a la espalda —y a afrontar al enemigo—, me daban lástima e indignación. No se creerá si digo que de las nueve mil pesetas que debían destinarse diariamente a la comida de los soldados no se invertían arriba de trescientas. Lo demás se lo repartían el coronel y algunos cómplices. Es verdad que más tarde al coronel lo juzgaron y castigaron, y que eran otros tiempos.

Mientras hice allí el servicio estuve dos o tres veces en acción, y antes de entrar en fuego pensaba en Valentina y también —cosa rara— en su primo, el hijo del político nefasto. Teníamos la misma edad y se me ocurrió que podría estar en algún regimiento de línea, como yo. Al oscurecer,

los días de operaciones yo miraba disimuladamente los muertos —a veces levantaba un pico de la lona que los cubría
al llevarlos a las ambulancias— con la esperanza un poco
loca de hallar entre ellos al hijo del político nefasto. Recientemente había comenzado a sospechar que aquel chico podría
casarse un día con Valentina. En aquellos días de Marruecos,
sintiéndome defraudado por la monarquía, la nación, el
coronel, el capitán de la compañía y el destino mismo, me
sentía inferior (culpable de mi resignación) y desarrollé unos
celos un poco irracionales contra el infantil propietario del
rifle con el que herí voluntariamente mi dedo pulgar en el
primer cuaderno de esta ya larga relación.

Excuso decir que nunca encontré el cadáver del hijo del
político nefasto ni en Marruecos ni en España durante la
guerra civil. Tampoco me tropecé con él vivo. Aquel tipo
debía ser un ciudadano ejemplar en el mal sentido; es decir,
en el de la adaptación fructífera.

Si lo hubiera hallado no sé lo que hubiera sucedido. Tal
vez allí habrían fallado mis reflexiones humanitarias, de tal
forma los hechos de nuestra infancia condicionan la vida
afectiva de nuestra madurez, o quizás habríamos sido los
mejores amigos del mundo.

Por el momento alzaba un pico de las lonas que cubrían
a los muertos antes de que los metieran en las ambulancias.
Nunca había más de seis o siete muertos en mi batallón.

Ramón I era un veterano y entre las cosas que me contaba
nunca las había de carácter heroico vulgar sino más bien
de carácter humanitario-alegórico, y no porque mi amigo
fuera un tipo moralizador, sino más bien un desalmado
inocuo. Al menos, yo lo tenía como a tal. Me contaba que habiendo ido de comandante de la guardia a un lugar que
llamaban el Rastrillo (una especie de fortín de los tiempos
del barranco del Lobo) y que era dedicado a prisión militar
de grandes delincuentes, el que mandaba la guardia saliente
le advirtió: «Ten cuidado porque esos presos han jurado
matar al primer oficial del regimiento de Ceriñola 42 que
venga, y el primero eres tú».

—¿Por qué? —preguntó Ramón, satisfecho de verse en
un trance tan patético.

—Porque el último oficial del 42 que estuvo aquí disparó
contra uno de los presos, que murió poco después en el
hospital. Sus compinches quieren vengarlo, ahora. Te reco-

miendo que no pases las rejas del rastrillo ni te pongas a su alcance. Son mal ganado y tratarán de matarte si pueden.

Ramón no estaba convencido y antes de firmarle al saliente la relación de presos se acercó, según costumbre, a la reja que cerraba el corredor, se quitó el sable y la pistola y se los dio al centinela, de modo que los presos vieran que iba desarmado. El oficial saliente lo consideraba hombre muerto desde la salvedad de la reja.

Ramón, inerme pero confiado, y rodeado de presos —como digo, la mayor parte condenados a muerte y aguardando la ejecución—, se dispuso a pasar lista. Los otros (en total serían unos sesenta) iban acudiendo sin acabar de creer lo que veían. Uno de ellos llevaba un cordel en la mano. Miraban a Ramón de arriba abajo sospechando quizá que tenía un arma escondida y que todo aquello no era sino provocación, finta y truco.

Cuando acabó Ramón de pasar lista, que era por orden alfabético y terminaba con un vasco que se llamaba Zubiaurre, se puso a mirar alrededor. Había tres nombres que no habían contestado y quiso averiguar lo que sucedía.

Alguien le dijo:

—Lo que pasa es que no tienen *derecho* de venir porque están malos.

Una vez más en las costumbres cuarteleras alguien confundía el derecho con la obligación.

—¿Dónde están?

Al llegar a un cobertizo que olía a orines viejos vio Ramón tres hombres acostados en la paja como animales. Uno de ellos quiso levantarse, pero Ramón le indicó con un gesto que siguiera acostado y dijo:

—Vivís peor que las ratas.

—No por nuestro gusto —dijo alguien.

—A éste lo enfrían mañana.

—¡Hijo de puta! —dijo el aludido, roncamente.

Llevaban barba de tres o cuatro semanas —su uniforme en harapos— y en sus gestos y maneras se veía desesperación, fatiga y escepticismo.

—Este entra en capilla mañana —repitió sombríamente el que había hablado antes.

Lo decía con el orgullo de tener por vecino a alguien que iba a ser fusilado tan pronto.

El aludido preguntó al oficial si tenía tabaco. Ramón sacó un paquete y se lo dio diciendo que podía quedárselo.

—Es que se cargó al capitán, en Kandusi —explicó el que estaba más cerca—. Pero a lo mejor lo indultan.

—Yo no quiero el indulto —dijo el aludido echando el humo lentamente, mientras hablaba—. Se lo pueden poner, el indulto, donde les quepa.

—Está bien —dijo Ramón—. La ley es la ley y no la podemos cambiar, pero tenemos derecho a ser tratados humanamente, y esto —miró alrededor— es una pocilga. Habría que traer aquí al juez militar a que lo viera.

Medía sus silencios y sus palabras. Era sincero en sus maneras, pero era también cauto y calculador.

—Cuando llega la mala suerte no hay más que aguantarse como hombres que somos. Nadie está libre de un mal paso.

Dejó pasar un espacio y añadió: «Voy a hacer que traigan con el rancho vino y tabaco por mi cuenta, porque dentro de mis medios quiero ayudaros. Es contra el reglamento y tal vez me costará un arresto, pero no me importa. La solidaridad y la amistad de los hombres nada tienen que ver con la ley y están por encima de la vida y la muerte».

Antes de que nadie tuviera tiempo de reaccionar, Ramón salió sin pausa y sin prisa. Al otro lado de la reja tomó sus armas, dobló el papel y lo metió en el cinto. Oyó una voz detrás. Un preso decía:

—Alférez de Ceriñola 42, si dejaras la puerta abierta no se marcharía un solo preso para no darte un quebradero de cabeza con tus jefes.

Varias voces a coro refrendaron aquellas palabras, que le parecieron a Ramón más ciertas cuando oyó una voz discrepante:

—No haga usted la prueba, alférez, por si acaso —y rieron algunos.

A pesar de las apariencias, mi amigo Ramón no tomaba en serio la aventura del Rastrillo. Todo lo hacía un poco ligeramente. Leía y escribía y se entretenía a veces haciendo ejercicios de estilo e imitando a los escritores viejos. No hay nada más fácil que imitar a los escritores del 98, porque casi todos son escritores de *falsilla*. Yo mismo, que no tengo nada de profesional, puedo hacerlo aquí de una manera improvisada. Por ejemplo, y perdonen ustedes el aire de broma, porque si el destino juega con nuestra vida, también nosotros podemos jugar aquí, en el campo de Argelés, con nuestra desgracia, creo yo. Quiero decir que a los escritores genuinos, a los que no se refugian detrás de un parapeto de palabras

ni de un estilo superpuesto, a éstos no hay quien los imite.
¿Cómo se podría imitar a Stendhal, a Balzac, a Tolstoi, a
Dostoiewski? Pero he aquí una imitación del moroso y sin-
sustancial de Azorín:

«En la vieja sala hay sillones cubiertos de fundas blancas.
Un reloj da su tic-tac en un rincón. Pasan los segundos, los
minutos, las horas lentamente, dejando cada uno su marca
ligera en la superficie del tiempo. Un rayo de sol cruza la
estancia en sombras y pega en el muro una oblea de oro.
En el pasillo se oye una voz cristalina, pero cansada:

»—Leonora, hija, Leonora. Son las tres.

»A esa hora la señora, con sus manos enmitonadas, y la
azafata de pelo blanco salen juntas, cruzan la plaza y entran
en la iglesia a renovar las flores del sagrario que en invierno
son artificiales y en verano naturales. El ama de llaves del
señor cura las ve entrar en la iglesia y sin dejar de hacer
calceta suspira:

»— ¡Ay, señor! »

Mucha gente confunde el estilo con el amaneramiento.
Lo que algunos académicos llaman voluntad de estilo es afectación (ganas de impresionar con trucos y morisquetas). No
consiste el estilo en la voluntad de aparentar, sino en el
conjunto de reacciones interiores que ligadas a la fatalidad
del ser se manifiestan en una forma de expresión lo más
espontánea posible.

El estilo, una vez más, es el hombre, y me gusta reconocer que en eso los franceses acertaron. A mí no me gustan
los franceses. En los pueblos fronterizos (como Aragón) no se
quiere a los franceses. Recuerdo en mi infancia que uno de
ellos discutía una vez con mi abuelo y decía:

—*Vous, les espagnols,* no inventaron nada en la historia.

Mi abuelo, que podía ser muy directo y duro en sus ironías, respondió gravemente:

—Es verdad. En cambio, ustedes los gabachos han inventado la bragueta.

Era verdad también. El pantalón con la abertura delante
es de invención francesa. Mi abuelo vestía de calzón y aquellos calzones no tenían bragueta, sino que todo el lienzo
frontal se extendía hasta un costado y se abrochaba en la
cintura con un prendedor o una «garrucha» —así decía él—
de marfil, bastante grande.

Era verdad que los franceses habían inventado la bragueta.

El francés que discutía con mi abuelo se quedaba un momento perplejo sin saber qué decir, y por fin respondía:

—No me negará, señor, que la *braguette* es *une chose assez pratique*.

También Baroja es fácil de imitar por lo que tiene su desaliño de afectación. (Son las afectaciones las que se imitan.) Por ejemplo:

«A Paca la llamaban Santucha porque su marido había ido por los caseríos con una caja donde tenía un santo y lo besaban y le daban algo. Solía acompañarle un perro malcarado que cojeaba.

»La Paca tenía fama de empinar el codo y cuando entraba en la taberna de Pashi decía:

»—Mídelo bien, que traigo numerario.

»Aquella mujer tuvo en tiempos fama de saludadora y sabía ensalmar y entablillar y poner sanguijuelas. El médico del pueblo la molestaba por pedantería. En aquel año hubo una helada que el vino en algunas casas tenían que partirlo con un martillo y algunas vacas se quedaron congeladas en el monte, de pie, tiesas y sin caerse. Muchos años fue recordada aquella helada como se recuerdan las epidemias y las inundaciones. Pashi, el tabernero, decía:

—»*Presco* que estaba el chacolí y duro, que me lo compraban por libras.

»No salían a trabajar ni a pescar y por la noche los mozos, aburridos y un poco chispos, hacían el gamberro...»

Unamuno es más fácil aún en el ensayo, que era lo único de él que a los Ramones diferentes y a mí nos gustaba. Por ejemplo:

«Y yo no digo que no, y si lo digo entenderse puede como una afirmación, que entre el afirmar y el negar no hay más diferencia que la actitud y la postura y aun, si a mano viene, más negadora es la afirmación que la negación, y viceversa. Digan lo que quieran, por encima del sí y el no y el quizá y el quién sabe, hay la afirmación silenciosa del soma con su armazón de buenos huesos medulares. Y entiéndalo quien pueda y no quien quiera, que yo me entiendo a mí mismo y aun diría (y El me perdone) que dentro de mí y de esta muda presencia de mi soma Dios se entiende a sí mismo...»

Valle Inclán era más difícil, porque su afectación tenía raíces en lo profundo del ser y del idear. No hay bromas con don Ramón:

«En su puño de esclavo de la gleba Liberato el Cano alza la almorzada de cerezas y las ofrece a la doncella que cabalga la yegua del prior de Santa María de Meis. Las campanas y un revuelo de palomas nos recuerdan que es la mañana del Corpus Christi y al salir el abad cazador la jauría desemboca por la puerta cochera con ladridos atenorados.

»—Otrora cazábamos con halcones neblíes —dice el abad.

»Desde su caballo el montero comentaba:

»—Por el camino de Viana del Prior saltarán las perdices.

»—La montura de la doncella es asustadiza —advertía el sacristán.

»—¿Lo dices por los tiros?

»—Y por el volar de las aves que brincan de los pies de las bestias y levantan fragor.

»Por el atrio doña Sabelita asomaba llevando todavía en los brazos el ramo del sagrario con el cuidado y la ternura con que llevaría un bebé:

»—No castiguéis a las bestias, que hoy es el día del Señor.»

Entre los personajes de don Ramón no hay amigos ni amantes que dialoguen con afabilidad, y si hay algún idilio, a menudo une a los amantes un resquemor común. Tampoco hay amor por las cosas ni por los animales. Hay sólo una inclinación sensual por el misterio de la naturaleza. Y la rudeza de la necesidad.

Valle Inclán no sólo es un escritor masculino, sino afectado de masculinidad. En su prosa se realza lo viril hasta la crueldad. Todo es violencia, dureza simulada e insensibilidad moral. Pero Valle Inclán era sensitivo y vibrador como la hoja labrada del helecho antiquísimo que tiembla con el sonido de la campana y se cimbrea con la brisa del aleteo de la abeja.

Los diálogos de Valle Inclán toman plasticidad a fuerza de inquina, lo que no les quita belleza ni posibilidad lírica.

Me había sucedido algo raro al dejar Madrid para ir a Marruecos. Se lo conté a Ramón I, quien solía tomar en serio mis problemas. Tenía en Madrid una amiga recatada y siniestra como la Circe, con la que tropezaron los amigos de Ulises. Como la Circe que les dio a beber de una copa mágica y los convirtió en cerdos, con excepción de Eurylochus, quien corrió a llevar la noticia a Ulises. Este, habiendo recibido de Hermes la raíz de altea y del ajo silvestre que lo harían inmune a los encantamientos, bebió la copa de Circe sin daño y obligó a la hechicera a devolver a sus compañeros el ser natural. Después, enamorado de Circe, estuvo con ella un año y fue el padre de Telegonus, fundador de Tusculum.

La raíz de altea —el malvavisco— y la raíz del ajo silvestre hacían al hombre inmune a los encantamientos, entonces.

Yo dejé a la ninfa del verde barrio de las Vistillas antes de salir para Africa en manos de un amigo vasco, de nombre Ramón Irazábal Pando (era el Ramón V o el VI), quien parecía inmunizado también por aquellos olores. El ajo silvestre lo envolvía en un olor intolerable, pero mi Circe era una ninfa con poderes mágicos, también, y estando en Marruecos me enteré de la desgracia de mi amigo. Una desgracia que podríamos llamar habitual en los campos siempre trillados y siempre nuevos del amor trisobulbal o vaginoseminal, o comoquiera que lo llamemos. Aquel Ramón V o tal vez VI dejó en un papel blanco sus iniciales: R. I. P. y se dio un tiro en la sien. En cada uno de aquellos Ramones mi sombra parecía regocijarse y expanderse, pero en aquél cuyas iniciales eran funestas mi sombra se disolvió sobre el abismo sin nombre. Circe era una ninfa cuyo deseo podía ser más fuerte que los olores crudos y cáusticos de las raíces silvestres o cultivadas. Circe no reparaba en nada. Tenía una misión (la naturaleza confiaba y descansaba en ella) y la cumplía.

Una mujer honesta, la novia de las flores de azahar sobre el velo blanco de la doncellez, no habría tolerado el olor del contraveneno de Hermes. Habría vuelto la espalda y habría huido. Pero las náyades de las Vistillas o de los ibones manantiales entre los pinos son arrastradas por un deseo más fuerte que la planta de la flor blanca y las raíces negras. Freud restauró en ellas la naturaleza olvidada por largos milenios de servidumbre a los tabús más poderosos, y entonces esas ninfas quisieron compensar en la brevedad de una vida las privaciones de tres mil años de una clase de lascivia precariamente nupcial.

El resto ya lo sabemos. Vicente me escribió de Madrid contándomelo. Vicente, que se había librado del servicio militar por corto de talla y por hijo de viuda. El caso de Ramón Irazábal Pando me trae al recuerdo muchas pequeñas cosas de aquel tiempo. Yo confieso que presenté mi Circe a Ramón tratando de facilitar la sucesión porque iba a marcharme a Marruecos; es decir, a hacer un largo viaje que representaría tal vez una ausencia definitiva. Siempre quedan en la casa que uno abandona zapatos usados, a veces en perfecto estado, pero usados, que no caben en la maleta. Ocasionalmente, no sólo zapatos en buen uso, sino hermosos y lujosos (¿qué va a hacer uno con ellos en la guerra?) Así, Circe.

Y me fui. Ramón era mucho más galán que yo (yo no lo he sido nunca), era una especie de alférez abanderado del amor, tal vez irresistible. Pero hay una clase de Circes que guardan rencor a esos galanes y los llevan a la orilla de un precipicio que sólo ellas conocen. No supe nada más hasta la noticia de la muerte de Ramón VI, que me explicó Vicente desde Madrid en una carta bobamente retórica, detrás de cuya decorativa resonancia se veía esa disimulada alegría con que los filisteos cuentan el suicidio de un amigo. Se mató Ramón —creo yo— por la cancelación y ruina del objeto del amor-costumbre-voluptuosidad-utopía. (La verde ninfa del bosque, prevaricante.) Luego supe que mientras aquella ninfa estuvo conmigo tenía ya relaciones clandestinas con ese Ramón VI y que, por lo tanto, al presentársela yo estaba ofreciéndole algo que Ramón tenía ya por conquista secreta.

Cuando pasó a ocupar mi puesto (oficialmente) Circe decidió tener otro Ulises clandestino, por si acaso. Pero la hembra, deslizándose subrepticiamente de nuestro lecho para entrar en otros más o menos vecinos, deja al *homo ibéricus vulgaris* desolado, vuelto en su estéril desnudez hacia sí mismo y sin perspectivas ni esperanzas. Es lo que le pasó a Ramón VI. Ni siquiera el deseo de castigar, de agredir. Habría sido injusto, porque Circe no había puesto en la empresa su amor. En realidad, ella no cree en el amor —ese amor con ventanas al infinito, del hombre—. Circe no cree en el amor ni nos pide las ventanitas del nuestro a los hombres.

Cuando no hay culpable a quien castigar, el *homo* ibérico orienta la necesidad de la agresión hacia sí mismo. Todo ha vuelto de pronto contra el sujeto. Lo otro, es decir, el campo donde proyectar nuestro desamor trágico, ha desaparecido. A mí, por fortuna, esquizofrénico compensable —que diría un psiquiatra—, me quedaba siempre mi Valentina, en un espacio indeterminable, pero muy deslindado. Ella, concreta y viva en su cuerpo, figura e imagen. En su materia y en su idea.

Yo le hablaba de todo esto en Marruecos a Ramón I —aunque sin citar nunca el nombre de Valentina— y teníamos largas discusiones sobre esa materia siempre virgen. El me hablaba de una muchacha marroquí con su estrellita azul tatuada en la frente (como un asterisco y su llamada culta que refería la mente al sexo), las palmas de sus manos teñidas de bermellón indeleble y su cuerpo sin un solo vello, cuidadosamente depilado.

Ramón andaba alerta, porque sabía que con las mujeres marroquíes siempre hay un riesgo, el de ser sorprendido por algún moro en horas del alba y sacrificado a Muley Shiriguá. Con los testículos cortados, metidos en la boca y ésta cosida con una aguja saquera. Era el ritual de los celos berberiscos.

En Marruecos, yo tomaba las cosas mecánicamente, lo mejor que podía, y tenía reflexiones sombrías que, por el contraste, hacían menos feo el mundo que me rodeaba; digo, reflexiones basadas en recuerdos. Por ejemplo, recordaba algunas personas que se habían suicidado en tiempos de mi infancia o mi baja adolescencia (es decir, del neolítico inferior o del neolítico superior). Suicidas muy diferentes de Ramón, el de las iniciales fúnebres.

Me correspondió vivir un largo período de castidad (más largo que el de Aínsa), que me pareció difícil al principio y más tarde placentero. Mi aspecto exterior cambiaba. Incluso mi color. De cetrino se hacía claro y luminoso.

Ramón I dejó el regimiento antes que yo, pero se quedó en Melilla como redactor de un diario, con su morita depilada.

Poco antes de cumplir yo y ser licenciado recibí una carta de mi abuela materna —la viuda del viejo Luna— pidiéndome que fuera a un hospital cuyas señas me daba, a ver a un tal Alfonso Madrigal, sobrino nieto de ella, de Zaragoza. Me pedía que si podía hacer algo por él lo hiciera, «aunque en verdad no lo merecía porque había estado en presidio», pero añadía que si íbamos a abandonar a todos los que merecen estar en presidio *se acabaría la humanidad*. Al parecer, aquel Alfonso Madrigal era un contrapariente lejano mío (pariente por matrimonios, no de sangre), aunque el parentesco era tan lejano que no lo alcanzaban los galgos, como la abuela decía. Luego, deduje que era un primo de aquel chulo o zagal o rabadán (estos tres nombres tiene en mi tierra el aprendiz de pastor) que se lamentaba de haber *perdido el chuflo* años antes.

Resultó que el lugar donde aquel ciudadano estaba era un hospital en un poblado francés de la raya de Argelia. No era territorio del protectorado español, pero se podía pasar allí sin documentación especial (aunque no se podía entrar más adelante). Había guardias en las carreteras y, lo que es peor, guardias moras; es decir, de policías indígenas, que son las peores.

Lo que más me decidió a seguir las indicaciones de mi abuela era el hecho de saber que aquel individuo había sido sospechoso para la policía en Zaragoza. En seguida pensé que tal vez había conocido a Checa y a Esteban y a otros antiguos héroes. Debía ser aquel Alfonso Madrigal doce o quince años más viejo que yo.

Di con él en un caserón que olía a fenol y a yodo. Un enfermero alemán me salió al paso y quiso hablarme español. Mostrándome un frasco me decía:

—Jodo.

Yo no comprendía. «Bien, ¿y qué?» —le dije—. El repetía mostrándome el frasco: «*Jodo*». Por fin vi que trataba de decir *yodo*, pero que leía la jota alemana a la española, lo que hacía la cosa humorística.

Le dije quién era y lo que buscaba y el enfermero, que parecía ser un antiguo soldado de la legión francesa convaleciente de heridas, me llevó al cuarto de Alfonso con una prisa entusiástica, lo que me hizo pensar que eran amigos.

Era Alfonso un hombre seco, denegrido, con una mella de dos dientes que le hacía silbar algunas palabras. Estaba en la cama y hablaba como alucinado. «Este tío, promete», pensé.

Resultó que conocía gente de mi pueblo. Conocía también a Juan el de la «Quinta Julieta» y había conspirado con el Checa. Pero, según decía, «había perdido las ideas». Se refería al anarquismo.

Estuvo hablando más de dos horas. Se desquitaba porque, según dijo, llevaba veinte días sin hablar con nadie. He aquí lo que dijo:

«*Me llaman Alfonso Madrigal, un buen nombre, ¿verdad? Algo es algo, digo, el nombre. Estoy cavilando y mientras uno cavila está vivo. Cada ser vivo tiene la esperanza y las ganas de seguir viviendo, con la sangre revuelta y todo. ¿Quién no tiene la sangre alterada en tiempos como éstos?*

»Vine a Marruecos a los veintidós años. Hasta entonces mi vida en Zaragoza fue tan ordinaria como la de cualquier otro, pero sufrí un percance y me condenaron a las compañías disciplinarias del regimiento de infantería número 42, que llaman de Ceriñola. Los primeros tres años los pasé sin pena ni gloria. Luego ascendí a cabo y me reenganché, porque no sabía a dónde ir estando como estaba solo en el mundo. Uno llega, además, a tomarle gusto a la desgracia y a la mise-

*ria. El hombre no quiere dejar de gozar aunque no tenga
de qué.*

»*Había cogido las ideas con Checa, pero cuando lo mata-
son las perdí. Es natural, supongo.*»

Yo le dije que no era natural y él miraba mis insignias
y no sabía qué pensar. ¡Un alférez!

Del hospital llegaban olores y rumores parecidos a los de
los prostíbulos de lujo. Las tocas de alguna monja escanda-
lizaban.

Yo pedí a Alfonso que siguiera hablando y me acomodé
para escuchar, haciendo crujir mi sillón de mimbres.

Hablaba Alfonso como borracho. Borracho de palabras.
Dijo que pasaba su vida entre el cuartel y el poblado que
llaman Cabrerizas Altas, un pequeño barrio de casas de un
solo piso, con el techo plano, donde vivía esa clase de gente
pobre, resentida y agria, de origen turbio que no despierta
compasión por grande que sea su desgracia.

Estaba el poblado, como digo, junto al cuartel y se extendía hacia las rompientes del cabo Tres Forcas, que caían sobre
el mar. En aquel lugar las aguas siempre se veían como en
marejada, revolviéndose en una hondura donde alentaba la
resaca del estrecho. Allí me había asomado muchas veces para
ver abajo el fondo maligno de la mar.

Madrigal hablaba de lugares, cosas y personas que yo
conocía, aunque se refería a diez años antes.

Como todos los que tienen hambre de conversación, decía
banalidades. Pero ¡qué lujo poder hablar de sí mismo! Ese
era el favor que yo le hacía a aquel sujeto. Escucharle.

¡Qué orgía de mismedades!

«*Salía a veces a comprar tabaco. Podía comprarlo en la
cantina del cuartel, pero no quería hacer consumo ninguno
allí porque el coronel —mala peste— llevaba parte en los
beneficios, según me dijeron. Muchos soldados evitaban entrar
allí por esa razón. Era la nuestra una precaución bien inocente. El coronel hacía su agosto por otros lados. O al menos
eso decían. Luego salió verdad, porque lo sumariaron y lo
echaron del ejército.*»

Yo sabía quién era aquel coronel. Ramón I me había
contado horrores. Lo peor era que otros jefes y oficiales se
sentían envilecidos estando a sus órdenes.

Pero Madrigal seguía hablando. Yo recojo ahora aquí, cuidadosamente, sus palabras porque creo que dan una idea

aproximada de lo que era la vida en Ceriñola 42 en aquel tiempo. Decía Madrigal:

«*Aquel día, al doblar la esquina y entrar en la calle pavimentada con canto rodado vi a la señora Tadea barriendo y peleando con su vecina. Siempre peleaba con alguien la Tadea:*

»—*A mí no me echa usted la basura, tía puta —decía con una voz delicada de niña pequeña.*

»—*Cállese, vieja cerda.*

»*La Tadea habría arremetido quizá contra la vecina, pero en aquel momento llegué y entramos en la tienda, que era pequeña aunque con bastante espacio para una mesa de billar y cuatro o cinco veladores de mármol. Siempre me extrañaba ver aquella taberna tan limpia.*»

No me importaba la prolijidad de Madrigal hablando. «Valora tanto los pequeños detalles —pensé— porque acaba de salir de un peligro grave, de un peligro mortal.»

Y así supe después que había sido.

Pero Alfonso se apasionaba con sus recuerdos.

«*La señora Tadea era pulcra en todo menos en su manera de hablar. Mientras ella pasaba al otro lado del mostrador a buscar el tabaco, yo metía la cabeza en la cortina de bejuco y abalorios que cubría la puerta de la cocina.*

»—*¿Qué miras ahí, chusquero? —me dijo.*

»*La tenía tomada conmigo; es decir, con todo el mundo menos con su marido, a quien adoraba.*

»—*Es que podría ser que Antonia hubiera vuelto a Cabrerizas —le dije.*

»—*Lo que tú pienses le importa a ella menos que el oreo del abanico del maricón del moro Solimán.*

»*Como yo nunca discuto con mujeres, le dije: "Me alegro tanto, Tadea". Y salía con mi pastilla de tabaco de La Rifeña, que abría por un extremo para gozar su fragancia antes de liar el primer cigarrillo.*»

Naturalmente, las palabras que yo le atribuyo a Alfonso Madrigal no son exactamente las mismas. Pero creo que vale la pena contar todo esto para dar una idea de lo que era Marruecos, entonces. Por eso lo hago con tanta minucia.

Probablemente aparecerá entre estas líneas alguna influencia más o menos concreta y directa del libro *Imán,* de Sender, que leí y me gustó. También era aquél un relato veraz. Yo trato de recordar lo mejor posible las palabras de Madrigal, que por lo menos y aparte de su veracidad valdrán —espero— por una narración documental no demasiado torpe.

«Dejaba detrás a la vieja hablando consigo misma e insultando todavía a su vecina de al lado. La de enfrente era viuda de un suboficial muerto en el Peñón de la Gomera y no hay nada que decir contra ella, aunque recelo que tenía tratos con un cura rebotado que andaba por los prostíbulos del Polígono vendiendo cocaína.

»Como cada soldado de mi regimiento y como tú, yo llevaba el 42 en el cuello. Y cuando un moro vagabundo —todos los moros de Marruecos lo parecen— veía aquel número debía pensar: "¿Todavía quedan soldados del 42?" Porque habían matado hacía meses a seis o siete mil de nosotros. Nos llamaban ceriñolos y no solían mirarnos de frente cuando nos encontraban en la calle o en los caminos. Cautela. El regimiento había sido exterminado dos veces por ellos y nosotros solíamos andar alerta. ¡A ver! En las operaciones en el campo, si caía un moro herido a nuestro alcance, acaso se hacía con él lo mismo que ellos hacían con nosotros: les cortábamos los testículos, se los poníamos en la boca y les cosíamos los labios con una aguja saquera. Siempre había algún soldado que la llevaba en el macuto para un apuro, con el bramante enhebrado y en lugar de nudo final una travesilla de caña. Algunas veces hacíamos esto después de matarlos, y seguramente por este motivo los moros, dentro o fuera de la ciudad, tenían una opinión más elevada de un soldado del 42 que de otro de Gravelinas o de África 59.

»Impresionados, los moros solían decir:

»—Ceriñolos estar como chacales.

»Si los chacales están alguna vez desesperados, es posible. Los de Ceriñola andábamos amarillos, malcarados, repitiendo con desgana de hombres viejos que la vida, la desgracia y la muerte misma no eran más que rutina.

»Era la consigna de Melilla: rutina.

»A fuerza de veteranía, los hombres se hacían rutinas, especialmente los andaluces. En sus bromas se insultaban y nunca oí insultos más puercos. En comparación con otras, cabrón, por ejemplo, era una buena palabra. Nadie se ofendía por eso.

»Ceriñola era mal visto en Melilla entre los españoles. Aunque su nombre aludía a grandezas históricas, allí sólo representaba pobreza, sangre y piojos. En muchas casas de prostitución no nos dejaban entrar a los ceriñolos por eso.

»—Cuando veo a un pistolo del 42 me dan siete gustos —decía alguna pupila irónica.

»Ninguna se quedaba callada al vernos, eso no. Tampoco los soldados de otras unidades. Los del Tercio, gente valiente, se tentaban el cinto antes de vérselas con uno del 42. (Sabían que ese regimiento tenía compañías disciplinarias.) Sospechaban que teníamos menos que perder que ellos.

»La población civil de Cabrerizas era casi toda andaluza.

»Los de Almería tenían fama de cegatos, los de Málaga de mala leche, los de Cádiz de afeminados, los de Sevilla de falsos y los de Jaén de matones.»

—¿No había aragoneses? —le pregunté yo.

—¡Nooo! Nosotros somos babiecas.

—Yo diría honrados.

—Salvo los hijos de puta, que no faltan.

Reímos, y Madrigal pareció sentir algún dolor en la garganta. Repuesto, continuó:

«A mí me tenían por un ser diferente, aunque ni mejor ni peor. ¡Qué gente! Hablaban todos por alusiones sexuales sucias, pero no bastaba con la suciedad llana, sino que tenía que ser compuesta y refinada. A fuerza de porquería, aquello llegaba a ser inocente cuando uno se acostumbraba. Yo me acostumbré pronto, ni que decir tiene.

»Detrás del cuartel había una explanada de algunos kilómetros que acababa como la proa de un buque entrando en el mar a gran altura. Desde el cuartel al mar habría por aquella parte la distancia de un tiro de fusil y la costa tenía vertientes violentas de roquedo gris y azul. Toda la escoria de España había pasado por el cabo Tres Forcas en las cuatro o cinco generaciones últimas, creo yo. Unos en Ceriñola y otros en el penal de Rostrogordo, que estaba cerca.

»Yo también pasé por allí, como estoy diciendo. Y no por mi gusto. Yo fui allí después del proceso y la sentencia, como tantos otros.»

Tenía la impresión Madrigal de haber sido fusilado y de haber sobrevivido. Porque se dan casos. Eso decía.

Ya digo que estaba un poco loco.

Seguía hablando de aquellos tiempos —diez años antes— como si se refiriera a una era histórica diferente.

«No era fácil la vida en Melilla. El agua de beber había que subirla de la ciudad en barricas como las que usan los marineros y aunque sabía a salitre, ponían al lado de la cuba un soldado con armas para evitar que abusáramos de ella, como si fuera un licor raro.

»Ya digo que cada batallón tenía dos compañías formadas por criminales condenados en la península. Algunos andaban cerca de los cuarenta años y otros eran todavía de menos de veinte. Servir en las compañías disciplinarias era una pena de muerte medio disfrazada. Lo malo era que mientras la muerte llegaba nos daban muy mal de comer.

»Había pertenecido yo durante tres años a la segunda compañía del tercer batallón. En España fui procesado por violencia "con efusión de sangre", pero no tenía yo toda la culpa. La cosa pasó en Zaragoza, donde parece que nunca puede pasar nada malo, no sé por qué. Digo, he corrido tanto mundo y he visto tantas miserias, que cuando me acuerdo de Zaragoza es como si pensara en la gloria celestial, y la calle de Boggiero, donde vivía, me parece mejor que eso que llaman los curas los campos elíseos.

»La culpa de mi delito no era mía, ya digo. Era la culpa de mis tíos, con los que vivía. Que son algo parientes tuyos.

»En Cabrerizas no había agua, como digo. A un tiro de honda del cuartel, en dirección de la ciudad, había algunos armazones de hierro en forma de pirámides con rosetones arriba. Dos molinos que debían subir el agua de la ciudad, pero los tubos de plomo que se veían en el suelo entre las rocas no traían sino aire seco. Algún oficial del cuerpo de Ingenieros había hecho allí su agosto tiempo atrás. En cuanto al coronel de Ceriñola, no tenía interés en que llegara el agua cobrando como cobraba una comisión por cada botella de cerveza vendida dentro del cuartel, o al menos eso decían.

»Para obligarnos a hacer consumo en la cantina del cuartel el coronel prohibía a menudo salir a la tropa. A mí no me importaba, porque iba al tren de combate, desataba un mulo y salía por la puerta que daba al poblado llevándolo del ronzal. Iba con aire aburrido y canturreaba entre dientes una retreta que decía:

> La cantinera tiene una hermana
> que a puta y fea nadie la gana...

»Pensaban los centinelas que iba yo a alguna parte de servicio.

»No todas las rutinas eran tan inocentes, pero si me veía alguna vez descubierto, me hacía el tonto. Eso siempre gustaba a los superiores, quienes agradecidos por la ocasión de const-

derarse más listos no castigaban a uno sino con un pequeño arresto.

»Los oficiales ni siquiera se dignaban asomarse al barrio de Cabrerizas, que estaba a la espalda del cuartel.

»Los tenientes de la escala de la reserva tampoco iban allí, aunque no había más distancia entre el cuartel y Cabrerizas que el ancho de la carretera. Se entendía que a aquel barrio de casas bajas con tejados planos, persianas verdes y ventanas con quitasoles de colorines sólo acudían soldados y clases de tropa. Allí era como aceptar que uno ya no pensaba llegar a ser nadie en la vida.

»Algunos sargentos consideraban también el nivel social del barrio demasiado vil, y no iban. Esos sargentos solían ser gente ambiciosa y estudiaban cursos por correspondencia para mejorar de condición. Si alguno de ellos iba a Cabrerizas, lo trataban los cantineros con una deferencia especial.

»En cambio, dos o tres suboficiales ya cincuentones acudían a menudo a alguna taberna o sala de billares, bebían su cerveza y jugaban su partida de naipes. Discutían con los cantineros las posibilidades de ascenso y también las calidades del tabaco de contrabando.»

Ya lo sabía yo, aquello. Una pastilla de picadura habana y dos de La Rifeña, de Juan March, daban el mejor tabaco imaginable.

Así pues, todos queríamos a Juan March, quien, por otra parte, había sido amigo de mi padre. Era una especie de bienoliente chacal para nosotros.

»El parroquiano más asiduo era el suboficial Valero, según el cual el tabaco de pipa unas veces había que rociarlo con ron y otras con coñac en una caja de lata.

»De las operaciones militares no se hablaba nunca, a no ser que hubiera muerto en ellas algún cliente.

»Detrás del cuartel, hacia el remate del cabo Tres Forcas, asomándose a un alto rompiente, se podía ver un acorazado embarrancado: el Alfonso XIII. Parecía que el buque podía echar a andar en cualquier momento, pero estaba atrapado por los bajos rocosos y perdido para siempre. Le habían quitado los cañones y por las cubiertas anchas y despejadas pasaban las olas con su cenefa azul. Era aquel barco una vergüenza para la oficialidad de la Armada, pero no toda la culpa era de ellos, porque el rey Alfonso, por el número que hacía, el trece, daba mala suerte. Todo lo que tocaba el rey o llevaba su nombre se malmetía. Daba "mal vagío",

*como dicen los andaluces, a España entera y España se lo
pagaba mirándolo con ojeriza. Era gafe. Un rey gafe no se
ve cada día, es verdad. Pobre hombre, en medio de todo.*

*»En Cabrerizas, al oír su nombre, algunos tocaban hierro
o madera. Había otras manías. Un paraguas abierto dentro
de la casa, un cuchillo raspando sobre un cristal, un sombrero
sobre una cama, el pan puesto "cabeza abajo" eran cosas que
a fuerza de atacarle a uno los nervios tomaban alguna clase
de maleficio.*

*»Manías de la pobre gente. Cuando Alfonso subía a bordo
de un barco para inaugurarlo, se hundía poco después (el
Reina Regente) con toda la tripulación. Cuando un acorazado
llevaba su nombre, embarrancaba al pie del roquedo de Tres
Forcas. Un capitán de trasatlántico que recibió al rey a bordo
fue arrastrado poco después por una ola y murió ahogado. El
cañón de las salvas en su honor reventó una vez.*

*»Casos hubo también en que la presa de un pantano, al
día siguiente de ser inaugurada por el rey, se cuarteó y se
derrumbó.*

*»Y ya se sabe que cuando puso Alfonso la mano en la
política militar de 1921 vino la catástrofe de Annual. Daba
mala suerte el rey gafe y el que sufría esa suerte era todo
el país.*

*»El coronel robaba, pero era escrupuloso en política y
prohibía jugar al ajedrez porque en ese juego se decían a veces
expresiones contra el rey y la reina. Lo ladrón no quitaba
lo leal.*

*»Como el rey Alfonso era gafe, para evitar su nombre
se referían a él por los apodos. Unos lo llamaban Gutiérrez
y otros el Botas.*

*»Entre el acorazado perdido y los molinos que no subían
agua a Cabrerizas Altas, había una población semicivil de
antiguos criminales redimidos a medias. No eran mala gente.
Grandes bebedores de no importa qué si había quien pagara.*

*»De un modo u otro, todos recurrían al alcohol, porque
el agua que subían de Melilla en barriles era salobre y daba
cólico.»*

Ciertamente, aquello de que un elemento tan noble y
simple como el agua fuera dañino y nos desguitarriara las
tripas hacía sospechosas todas las demás cosas de Marruecos,
desierto que toma su nombre de Marraquesh, la vieja capital
dromedaria y amurallada con su alcazaba y sus fondaks.

»En aquel barrio de Cabrerizas vivían también algunos moros vestidos a la española, aunque con pantalón de tropas mixtas llamadas regulares; es decir, con su enorme bragueta musulmana en las rodillas. Los españoles se consideraban superiores a los árabes. Yo nunca me creí mejor que ellos, ni tampoco el suboficial Valero. No nos creíamos superiores, aunque tampoco inferiores.

»Aquellos alrededores estaban tranquilos, pero un poco más adentro, hacia el zoco El Had de Benisicar y a una distancia no mayor de diez kilómetros, había "pacos" tirando desde las faldas del Gurugú sobre los caminos. Un poco más adentro, campaban los rifeños.

»El Had quiere decir en árabe y en hebreo el domingo. Ese día había zoco; es decir, mercado en tiempos de paz. En la época de la que estoy hablando no se celebraba zoco alguno. Demasiada sangre en los caminos.

»Ibas detrás de tu mulo con agua o con harina para la tahona y de pronto te colocaban —desde el macizo del Gurugú— una bala entre las costillas.

»Los morancos son traicioneros y valientes, cosa rara, porque el valiente suele dar la cara.

»Aunque en Cabrerizas Altas no había nada que temer, cuando yo bajaba a la plaza después del toque de retreta (escapándome, para lo cual escalaba la muralla) tenía que caminar unos tres kilómetros por campo desierto en una oscuridad peligrosa —si no había luna— y llevaba abierta en la mano la navaja. Cantaba entre dientes y en árabe, para distraerme:

Qu'il beidá
ah, Muley Shiriguá
tibarkani mlej
ah, Muley Shiriguá...

»No es que tuviera miedo, pero en aquellos lugares se daban sorpresas de vez en cuando y no siempre de moros. Entre los soldados de las compañías disciplinarias, por un billete de veinticinco pesetas había quien era capaz de matar a su padre. Y si eran moros del interior, por un arma de fuego o por cinco cartuchos de fusil, que eran joyas preciosas.

»Cuando llegaba a las afueras de la ciudad dejaba de cantar, doblaba la navaja y me la guardaba.

»Andábamos con pupila, aunque a pesar de todo yo sentía

*más respeto por los árabes que por algunos ladrones nuestros;
en serio. Ellos —los moros— defendían lo suyo por lo menos
y no robaban a nadie sino tal vez arriesgando la vida, lo que
tiene cierto mérito.*

*»Durante la noche, los chacales lloraban como personas al
lado de los vertederos de los campamentos y los moros
decían que aquellos animales tenían alma. A mí no me impre-
sionaban. Su manera de aullar me recordaba a los cantadores
de flamenco.*

»Ay, ay, aaayiiiiii...

Escuchando a Alfonso Madrigal con su mella silbadora
de dos dientes yo pensaba: «Este tío está loco de soledad».

*»Los moros despreciaban a España y yo no la desprecia-
ba pero tampoco la quería. Le tenía miedo nada más. Para
mí era España la administración civil o militar o religiosa
presidida por el rey. Poca cosa, desde luego. Se suponía que
cada cual robaba lo que podía en Marruecos y aunque no
dudo de que entre ellos había alguna persona decente, la
mala fama les alcanzaba a todos.»*

Alfonso tenía razón y para los oficiales y jefes honrados
aquel malentendido de los haberes soldadescos del coloniaje
y del contubernio con la intendencia debía ser incómodo
hasta la desesperación.

*»Hay ladrones que comen más alfalfa que los mulos
—decía Madrigal.*

*»Bien mirado, los pobres ladrones frustrados o crimina-
les licenciados del presidio de Cabrerizas Altas eran honestos.
Por eso yo simpatizaba con ellos y en sus cantinas bebía con
un moro o un cristiano, o un judío si se terciaba.*

*»Entre aquellos pobres diablos cantineros había tal o
cual militar retirado defendido por su propia inocencia y
acostumbrado a la pobreza. En aquella atmósfera, la honradez no era necesariamente una cualidad que mereciera respeto y al inocente, si había alguno, lo consideraban un badanas.*

*»En el cuartel, la comida no la querían ni los perros,
porque cuando los soldados vaciaban contra el muro sus platos llenos de una pasta violácea de sardinas y agua con mano-
jos de espinas flotantes, los perros se acercaban a oler indecisos y no se arriesgaban a probar aquel condumio. Otras
veces nos daban garbanzos agusanados flotando en agua sucia.
Entonces comíamos el pan, que al fin era harina de trigo y
con eso podíamos seguir en pie. Algunos soldados pensaban
que aquello era todo lo que podía hacer España por ellos y*

*se resignaban. Rutina. También yo lo creía al principio y
es que nosotros mismos —digo, los criminales— éramos gente de buena fe natural, la mayor parte, al menos.*

»*Un día más —decía alguno abriendo las ropas del
camastro en la noche, para acostarse— y un día menos.*

»*Tener una madre pobre —España— que no puede dar
de comer a sus hijos era una desgracia y no una vergüenza.
Eso creíamos al principio.*

»*—¡Pero ya, ya!*

»*El garbeo andaba por todo lo alto.*

»*La verdad es que sólo deja de robar en la vida el que
carece de ocasión. Yo no la había tenido aún, la ocasión, y
tal vez no la tendría nunca. Eso me deprimía un poco.*

»*Llevaba cuatro años en el cuartel —por haberme reen-
ganchado me llamaban chusquero, es decir aficionado al pan
de munición— y me hice un poco filósofo. Pensaba: "La
vida hay que ir pasándola sin hacer ruido cuando uno no
es bastante valiente para darse un tiro debajo de la barba".
Yo no tenía miedo a la muerte, pero era joven y la fuente
de la esperanza no se había secado aún. Además, hay tiempos
en que se acostumbra uno a la miseria igual que al bienestar
y a veces hasta se goza de ella, como he dicho antes. Ese
era mi caso.*

»*Cada semana me daban diez reales y medio, lo que me
permitía comprar tabaco y tomar de tarde en tarde una cerveza. Alguna vez jugué a las cartas con suerte y hubo ocasión
en que hice, con naipes marcados, hasta quince duros. Pero
era muy raro. Los soldados pertenecían a familias pobres
que no les mandaban dinero.*

»*Había por allí un mendiguillo de cinco o seis años que
vestía una vieja chaqueta militar cuyos faldones le arrastra-
ban (con las mangas cortadas por el codo). Si le preguntaban
lo que quería ser en la vida, solía decir:*

»*—Capitán general con mando en plaza.*

»*—¿Y qué harás cuando seas capitán general?*

»*—Me compraré un panecillo.*

»*Al chico lo llamaban de muchas maneras: Furriel, Rutina, Peneque. Yo no le tenía simpatía y deseaba que se muriera porque la vida debía ser para él una pejiguera constante.
Pero el miserable andaba buscando alimento y tratando de
vivir como cada cual. Debajo del chaquetón iba desnudo del
todo.*

»Iba también descalzo. Un día me dijo que su padre era un perro vagabundo que andaba por el Polígono.

»Yo estaba por creerlo. Así como hay perros que parecen hijos de personas, hay personas que deben haber nacido de una coyunda de perros vagabundos.

»A mí me gustaba andar por Cabrerizas, oír el viento en las canaleras inseguras y ver cómo, a veces, me llamaban desde la puerta de alguna cantina:

»—¡Eh, Madrigal!, ¿quieres echar una partida?

»Mis amigos eran de Jaén, la tierra del ronquío. Verdaderos maulas saltatumbas, pero entonces estaban destacados en el interior. A veces la gente me preguntaba cómo me las componía para no salir al campo. En el campo había piojos como en Cabrerizas, pero además había balas. A mí no me gustaban las balas y no salía al campo. Bastantes años había pasado yo entre Monte Arruit y Annual.

»Había gente rara en Cabrerizas. Recuerdo una vieja que se dedicaba a reacomodar las ropas militares y enseñaba el oficio a un sobrino cojo. Tenían en el pequeño taller donde trabajaban una especie de capilla con un santo de madera y velas y flores. Cada vez que el sobrino cojo blasfemaba, la vieja le daba un golpe en la cabeza con una caña que tenía al lado. Así se ganaban el cielo los dos, según decía ella muy segura.

»Los sábados rezaban el rosario en voz alta y el chalequero cojo, mala leche, blasfemaba para sí o en voz baja, con objeto de evitar el cañazo.

»Conocía yo a un maestro armero que remendaba cerraduras, relojes y máquinas de escribir. Tenía una hija prostituta y un hijo sacristán de monjas, en Tarifa. Pequeños oficios. Enfrente de él vivía una mujer que hacía abortos y un poco más abajo un curandero y ensalmador que era hijo de moro y española y que tenía, según decían, dinero escondido.

»Los demás eran gente pintoresca, también. Un ex corneta que había envenenado a su mujer sin conseguir deshacerse de ella, el capellán que colgó los hábitos y vendía cocaína en los prostíbulos del Polígono y también un chico de costumbres equívocas que se llamaba Pardo y a quien decían Pardela y que ayudaba al cura en su comercio...

»Este cura a veces se emborrachaba en el prostíbulo, pero, a pesar de ello, las prostitutas se arrodillaban a su alrededor de buena fe. Porque decían que rebotado y todo el cura seguía siendo un cura.»

En definitiva —pensaba yo oyendo a Alfonso Madrigal—, esa manera de consagrar venía de los antiguos ritos órficos en los cuales el estado de embriaguez se consideraba propicio para la relación con la divinidad.

Pero los recuerdos de Alfonso eran ocasionalmente abyectos.

«Había una mujer viuda del comandante de las islas *Chafarinas de aire mantecoso y doble papada que convocaba a los espíritus haciendo uso de un velador y representaba la aristocracia del barrio. Tenía un gramófono gangoso que siempre cantaba la misma canción:*

> Y ven y ven y ven
> vente chiquilla conmigo...

»Aquella mujer, que tenía el trasero —no sé por qué razón— más alto que lo ordinario, me llamaba a veces y hablábamos a la manera soldadesca:
»—Tú, Madrigal, sabes navegar —me decía.
»—Pche.
»—Diquelas tú un rato.
»—Veteranía.
»—¿A quién te cargaste en España?
»—Menda no es de esos, señora. No me da por ahí.
»—¿Qué vas a decir tú? Pero estuviste en la disciplinaria.
»—Cumplí. La prueba de que cumplí es que me ascendieron y ahora tengo un destino en Mayoría.
»—¿A quién le diste mulé en España? ¿No tienes redaños para confesarlo?
»Eso es lo que a ella le gustaba: que hubiera enfriado a alguno en Zaragoza.
»—Ya le digo que a nadie. Se me subió la sangre a la cabeza un día y le enseñé el cuchillo a mi tío. Eso fue todo. Un empalme y un presente.
»—Ya se lo meterías en las costillas, Madrigal, que por un presente no le ponen a uno el 42 en el cuello. Anda, deja el disimulo y dímelo a mí, que me gusta la gente echada palante.
»Aquella mujer tenía debilidad por los asesinos y cuando veía que algún hombre que le gustaba no había matado a nadie se decepcionaba.

»—Los chupatintas —decía— a mí no me hacen tilín. Prefiero un indultado de la horca.

»—Lo siento, señora comandanta, de veras.

»—Sin chufla, pistolo.

»—La lengua de la gachí no falta nunca. Puede insultar y no falta.

»—Pistolo, digo.

»—No falta nunca, la gachí.

»—Un samaritano de los gordos, prefiero yo, pistolo. Pero tú no debías estar en Ceriñola sino en Wad Ras.

»—Eso, según y conforme, leche. Y sin faltar, señora. Yo no soy de los de Wad Ras.

»Había una canción para los de la primera compañía del primer batallón de Wad Ras que se hacía rimar con "detrás", pero yo no me ofendo con bromas de mujer y si a la ex comandante le gustaban los criminales de sangre, allá cada cual. Yo me hacía el enfadado con ella por las meras apariencias. La hembra jugaba su papel y yo el mío. Así, los dos quedábamos satisfechos. Si yo le hubiera dicho que había asesinado a mi padre, me habría llevado a su cama, pero yo no he asesinado a nadie.»

Escuchando a Madrigal yo me sentía a mí mismo en una situación pintoresca. Lo que decía era excepcional y vulgar a un tiempo. De los corredores del hospital llegaba un olor de algodón fenicado y aquel tío que tenía las apariencias de un criminal era pariente mío.

Fuera, una monja presentaba a dos personas y se oía una voz afrancesada diciendo:

—Madame...

Y otra amariconada repitiendo:

—Enchanté, enchanté.

Pero sigamos oyendo a Madrigal:

«Vivía aquella mujer del culo peraltado cerca de la cantina de la Tadea y sabía quién entraba y salía. El viento sacudía en su puerta una cortina de saco a pesar de la cenefa de casquillos de fusil vacíos que tenía abajo cosidos como contrapeso. Al atardecer se oía dentro de aquella casa el gramófono con un disco rajado y la hembra se asomaba con su trasero demasiado alto, como si llevara sostenes en aquel lugar.

»Era yo escribiente en la oficina de transeúntes y en ese destino conocí al suboficial Valero. Nos llevábamos bien, a pesar de la diferencia de edad y de categoría. El suboficial

*era cincuentón, soltero, con algo de fraile que no cree en
Dios. Tenía manía de los naipes. Cuando no había con quien
jugar se ponía a hacer solitarios en la cantina. Algunos días
no parecía fraile, sino más bien un cómico retirado que ha
hecho en su juventud papeles de galán y se cree injustamente
postergado.»*

Oyendo a Madrigal yo pensaba: «Si le escribo todas estas
cosas a mi abuela no entenderá una sola palabra y creerá
que la extranjería me ha sorbido el seso. Lo que en las
aldeas es creencia fácil.»

Yo escuchaba a Madrigal con interés. Ya digo que no
apuntaba sus palabras, pero mi memoria selectiva es buena
y recuerda lo que se debe recordar. Por eso puedo escribir ahora estas páginas.

*«En la mili se aburre uno y muchos días me tumbaba en
el camastro con una novela de quince céntimos, grasienta, a
la que le faltaban siempre las últimas hojas. El caso es que
en medio de aquel cuadro de miseria estaba encandilado por
una hembra. Hambriento o harto, el hombre es hombre, sobre
todo en la juventud. Ella se llamaba Antonia y vivía en
la cantina con Tadea y su marido, Crisanto; pero a menudo la
niña desaparecía y nadie sabía dónde estaba ni cuándo volvería, y yo que quedaba despistado y mordiendo las tablas de
mi camastro.*

*»Aquellas ausencias me traían loco. Bebía los vientos por
Antonia y todos lo sabían —ella también—, pero la verdad
era que no se lo había dicho nunca. Mucha gachí aquélla
para un triste cabo del 42. Un día le canté por lo bajini:*

Yo no sé por qué motivo
vuelves la cara a otra parte
cada vez que yo te miro.

*»Y desde entonces ella no volvía la cara cuando me encon-
traba. Eso quería decir que tenía algún respeto por mis sentimientos. Tan loco estaba yo por ella que más de una noche
me la pasé calculando cómo entrar en su casa y matar si
era preciso a la Tadea y a su marido y violarla a ella; pero
luego me avergonzaba de aquellas malas ideas. Lo que pasa.*

*»Una vez que la encontré sola en el camino de Melilla
le dije:*

»—¿Me permite que la acompañe, Antonia?

»—*El camino es de todos, Madrigal* —*dijo ella amistosa, pero muy seria*—, *y yo no tengo nada contra usted.*

»*Anduvimos juntos más de un kilómetro hasta llegar a Cabrerizas y bajo el rumor de huesos removidos de los molinos que no subían el agua me dediqué a hacer el canelo diciéndole que en España era oficial metalúrgico, pero que si me quedaba en el ejército un día sería sargento, tal vez maestro armero, tal vez oficial, quién sabe. Quería hacer el pavo real y no tenía con qué.*

»*Nada hay tan lastimoso como un hombre enamorado. Yo, que no le hago ascos a ningún mal paso en este mundo, me conducía allí como un doctrino cordero lechal; es decir, un lilaila. Esas son cosas del querer, no lo niego. Aquel día no me atreví a hablarle del amor y después me acordaba de la ocasión perdida y sentía una rabia secreta. Pero no es fácil hablar de amor cuando se quiere tanto como yo quería a Antonia.*»

Oyendo aquello yo recordaba a Valentina. A mi novia morenita y esbelta, con luz debajo de su piel dorada por el sol amistoso de las vacaciones.

Cuando alguien se mostraba de veras enamorado yo imaginaba a su meritoria novia con alguno de los atractivos físicos o morales de Valentina, aunque siempre inferior a ella, claro; incomparablemente inferior.

Madrigal, a su manera, estaba tan enamorado como yo, aunque —yo diría— más a ras de tierra. Y seguía hablando.

«*Era ella delgada, mimbreña, de color de trigo, pero con los ojos azules, y por vivir con Tadea y su coime al principio yo creía que era su hija y malagueña como ellos. Tenía aquel matrimonio la costumbre de enjalbegar la vivienda dos veces al año y a aquella tarea la llamaban "el calijo". Yo iba y les ayudaba como pretexto para acercarme a Antonia, pero la última vez la muchacha no estaba en Cabrerizas.*

»*El marido* —*digámoslo así*— *de Tadea era Crisanto, un mastuerzo como suelen ser los que han salido de presidio con la voluntad rota. (Si es que Crisanto tuvo alguna vez voluntad.)*

»*La mujer del cantinero era, en cambio, enérgica y andaba siempre protestando. Lo que más la enfadaba era que alguien anunciara una boda en el poblado. ¿Casarse? Todos parecían casados en Cabrerizas, pero en realidad ninguno lo estaba. El que alguno hablara de casarse le parecía a la Tadea*

un insulto. "¿Se han figurado que son mejores que nosotros?", decía fuera de sí.

»Nadie en Cabrerizas esperaba nada de la vida, realmente. Yo creo que, bien mirado, esa situación puede tener un
lado cómodo y yo gozaba de ella a mi manera, digo, cuando
a fuerza de imaginación me hacía la idea de que Antonia
se había casado con otro. Entonces, era como si el sol se
fuera apagando.

»El mendiguito al que algunos llamaban Furriel andaba
descalzo y con su chaquetón de paño de Béjar. Solía merodear
por allí; pero no le dejaban entrar en ninguna parte. A
veces, para hacerse el gracioso, el chico se asomaba a una
puerta y hacía el gesto de sacarse un piojo del sobaco y
arrojarlo al interior. Luego escapaba riendo. Malasombra de
zagal.

»Iba Valero afeitado siempre, con la piel un poco esco-
cida de la navaja. No solía alzar la voz para hablar. Nada
ni nadie le importaba, sino su aspirina, su cerveza y su partida de naipes. Me miraba con amistad y a veces me gastaba
bromas con mi nombre: Madrigal (nombre de amores y mar-
telos). Era redicho, un poco leído y superior a la gente de
Cabrerizas, lo que no es mucho decir. Se hablaba de que
Valero venía de una familia distinguida y querían decir con
eso de una familia sin antecedentes penales. Tenía sus opiniones sobre las cosas; digo, su filosofía.

»—La humanidad —solía decir cuando se presentaba el
caso— es un cerdo que engorda.

»Yo pensaba: "¿Quién se lo come, ese cerdo? ¿El diablo?" Valero tampoco lo sabía.

»Al salir un día a la calle después de haber estado en
la cantina jugando a las cartas le dije al suboficial, tratando
de averiguar lo que tanto me importaba:

»—La hija no estaba hoy en la cantina ni en Cabrerizas.
Digo, Antonia.

»—Antonia no es hija de ese matrimonio.

»—¿Pues qué hace viviendo con ellos?

»—No hace más que eso: vivir.

»—Es guapa, la niña.

»Valero se detuvo, me miró en silencio, suspiró, puso
los ojos en blanco y respondió lentamente:

»—Guapa es la niña como la estrella de los reyes magos.
He nacido veinticinco años tarde y no me preguntes más,
Madrigal, porque me molesta tener que repetir siempre lo

*mismo y no podría decir otra cosa. Antonia es Antonia y
yo soy yo. Y al que Dios se la dé, Muley Ab-el-Selam se
la bendiga. Eso es.*

»—Entonces usted... —dije yo con recelo— ¿anda poniéndole los puntos?

»—Entonces, nada. El mundo es feo como el trasero de
una mona y yo soy demasiado chivani para ella, aunque ella
no sea demasiado joven para mí y yo me entiendo. Estar en
casa de Crisanto es estar cerca de una de las pocas cosas
hermosas que quedan en este valle de lágrimas. El amor es
el amor y es malo acercarse a la vejez y volver a caer en
la pasión de la hembra. La casa de Tadea está embrujada.
El amor embruja a las casas. ¿No te habías dado cuenta? El
amor mío embruja las paredes de esa cantina.»

Esta expresión de Madrigal me gustó. No hay duda de
que el amor hace más inteligentes a las personas. En cierto
modo, un enamorado como yo con Valentina era un hombre
que había entrado en relación con la causa primera y universal. Algo así podría sucederle también a Madrigal, quien
seguía con su historia. El amor de Valero embrujaba la
cantina.

»—Y el mío —dijo Madrigal.

»—El tuyo no embruja na.

»—Hombre...

»—Na de na.

»—Usted, es un suponer...

»—De na, te digo. Cuando oigo el ruidito de las tiras de
bejuco y cristal que cubren la puerta de la cocina se me
alegra el alma porque detrás suele aparecer ella. Pero eso y
nada es lo mismo. ¿Qué dices? —preguntó de pronto creyendo que yo había dicho algo entre dientes—. ¿Qué dices tú,
mameluco?

»—Nada, suboficial.

»—Algo estás pensando.

»—Poca cosa. Pienso que se ha levantado usted faltón
esta mañana.

»—Tú decías que soy chivani. Cabrona idea esa, Madrigal.

»—Lo ha dicho usted y no yo. Si es viejo, usted lo
sabrá, pero no lo muestra.

»—El pelo gris y el tozuelo pelado como un buitre.

»—Eso nada quiere decir, porque hay quien está pelado
y calvo a los treinta. Y antes.

»—*Menda el escarolero es viejo para ella. ¿Qué dices, beduino?*

»—*Allá usted, dicho sea sin faltar. Y Antonia no está siempre en Cabrerizas. ¿Adónde va cuando se marcha de Cabrerizas?*

»—*A alguna parte.*

»—*Me lo figuro, suboficial.*

»—*Tú no te figuras nada, mostrenco. Y no me llames chivani, que no lo soy.*

»—*Usted se lo dice todo, pero de lo que a mí me conviene oír, de eso ni pío. ¿No tiene confianza conmigo, rediós?*

»—*Menda tiene derecho a saber un poco más que tú sobre ella y en eso tienes razón.*

»—*Pero se lo calla.*

»—*Menda ha viajado y devengado haberes.*

»—*A la vista salta.*

»—*La niña es la niña y tú eres tú.*

»—*Así son las cosas.*

»—*¿Qué cosas?*

»—*Las de la vida.*

»—*¿Qué vida, cabito?*

»*Cuando alguno me llamaba cabito yo entendía cabrito y me requemaba por dentro. El suboficial volvía a preguntar:*

»—*¿Qué cosas?*

»—*Todas. Cada cual es cada cual y me callo. ¿No ve usted que me callo?*

»—*Tú no eres nadie. Más vale que te calles porque no eres nadie.*

»—*Y bien que lo siento. No seré nadie hasta que sea alguien, como cada cual. Y entretanto, Dios me ampare. Bien lo siento.*

»*¿Qué es lo que sientes?*

»—*No poder decir otra cosa. Digo, por el momento.*

»—*En cambio yo estoy en el sexto lugar de la escalilla de ascenso y cualquier día seré alférez. Mañana, pasado. Es verdad que tan soltero como tú soy yo. Libre como el pájaro en el aire, aunque tú creas que soy chivani. No lo dices, pero lo piensas y pierdes el tiempo, porque yo no voy a ponerle los puntos a la niña. ¿Oyes? Yo no me casaría con ella aunque ella me aceptara. No valgo yo para casado porque emputezco demasiado a la hembra y luego de vivir conmigo más de tres meses cualquier mujer es una tirada para el resto de su existencia. Las emputezco demasiado y en eso he salido a mi abuelo materno. La niña es sagrada para mí y debe serlo para ti. Todavía yo voy a ascender cualquier día y podría ofrecerle una posición. Digo, en la sociedad.*

»—Sobre eso... —recelaba yo—. Pero lo uno no quita para lo otro.

»—¿Qué quieres decir?

»—Sagrada y todo, Antonio es mujer y soltera. Y es un suponer...

»—Tú no tienes na que suponer. Ya he dicho que yo no quiero emputecerla.

»—Hombre, el pensar no compromete. Ni el decir.

»—Aunque digas algo es como si no dijeras nada. Es como si lo dijera el piojito Furriel.

»Era un abusón el suboficial, algunos días. Si no fuera por el uniforme no habría yo aguantado la segunda palabra, pero en la mili uno se acochina delante de los galones. Era ya de noche. Encendió Valero un cigarrillo; me miró aprovechando la luz, apagó la cerilla sacudiendo la mano y echó a andar solo. El suboficial no decía "cerilla" sino "cerillo", costumbre andaluza. "Este hombre —pensaba yo— conoce a la familia de los cantineros desde la península, desde Málaga." Y esperaba que un día dijera todo lo que sabía de ellos, y sobre todo de Antonia.

»El suboficial tenía razón al decir que Antonia no era hija de Crisanto. Yo me alegré cuando lo supe, porque cualquier irregularidad en la vida de la chica, por ejemplo no conocer a su padre o vivir con gente que no era la suya, parecía acercarla a mí, que no valgo gran cosa, digo, en la escala social. (Fuera de ella valgo lo que otro y si me apuran más que otro y lo he demostrado. En Zaragoza y aquí lo he demostrado.)»

Seguía hablando Madrigal y yo oía voces otra vez en los pasillos —la puerta abierta—. Alguien decía en un estilo antiguo: «*Ecoute couillon, mignon, le diable t'emporte. Dictez amen et allons boire un coup. Je ne ferais bonne chère de deux, non, de quatre jours*». Oyendo aquello, yo pensaba: «Debe ser un cura provenzal. Un *aumonier*».

Pero a lo que estamos, tuerta, que diría mi amigo el Bronco:

«*Crisanto, el cantinero, debía haber nacido para chupatintas, con su cabeza calva, sus ojos perrunos, su pelo distribuido por la calva y los manguitos que se ponía en el bar para que no le salpicara el vino y que parecían manguitos de oficina.*

»No se remangaba los brazos porque llevaba tatuajes del presidio de Ceuta. Por ellos, cualquier habitante de Cabrerizas habría podido deducir la época en que estuvo y hasta la brigada penal de la que formó parte. Los de la brigada veterana de principios de siglo —reos de muerte indultados— se tatuaban poniendo encima de la mujer desnuda (es decir, sobre su cabeza) un murciélago. Los de la brigada reciente ponían un avión. La influencia del progreso, digo yo.

»No podíamos imaginar los que conocíamos a Crisanto qué crimen había podido cometer un hombre tan apacible. Hacía faenas de mujer, como fregar los suelos y barrer el portal, y canturreaba a veces con el ritmo de la escoba y con los giros maricas y aflamencados:

> *...er seniso,*
> *me traho aqueya muher er seniso.*

»Suponía yo por esa copla que su crimen había sido pasional y me reía para mí. ¡Crisanto enamorado! ¡Oh, el mequetrefe que había querido ser como los otros!

»—¿No ha vuelto Antonia? —pregunté un día a la Tadea en la calle.

»Ella me miró de pies a cabeza y se quedó callada como si pensara: ¿Y a ti qué te va en eso?

»Sabía el suboficial dónde estaba la niña, pero tampoco quería hablar. Parecía hombre blando, Valero, pero tenía sus gatitos en la barriga y su trastienda. Los de Málaga son así, según dicen, y no hay que fiarse de ellos. Yo no me fiaba, pero al final de poco me valió el estar alerta. De nada me valió. Luego diré por qué.»

Escuchando a aquel individuo yo tenía impresiones incongruentes. Por ejemplo, la de que lo habían fusilado y había sobrevivido. Se daban casos. Lo mismo pensaba él.

Yo me sentía un poco aburrido y hacía crujir debajo de mí los mimbres del sillón, pensando en mi dulce Valentina.

Sin embargo, Alfonso seguía:

«*Un día llegué a la cantina y vi a Valero mezclando tabaco de pipa. Me senté frente a él. En la puerta, sin atreverse a entrar, estaba el niño Furriel y tenía la cara casi cubierta de moscas. Para hacerse presente y que le dieran algo imitaba los toques de corneta con las letras que les*

había puesto los soldados, sobre todo el toque de fagina
—rancho— que decía:

> Sin comer sin beber
> no se puede trabajar...

»*Yo le di cinco céntimos. No podía darle más aunque*
quisiera. Luego volví a mi silla y encendiéndole el cigarrillo
a Valero repetí la pregunta que había hecho otras veces
en aquellos días:
»—*¿Ha vuelto la niña? ¿No? ¿Por qué no vuelve la*
niña?
»*Valero se olía los dedos húmedos de coñac, con delicia,*
y callaba. Yo le suplicaba:
»—*Respóndame, suboficial, no sea malasombra.*
»—*¿Responderte? ¿A qué?*
»—*Digo, sobre la gachí.*
»*Recitaba el suboficial, burlándose:*

> ¿Dónde estás, prenda querida,
> que no te duele mi mal?

»*Fumaba y hacía anillos de humo en el aire. Luego me*
preguntó:
»—*¿Es que yo soy su marido o su padre para estar infor-*
mado de su vida privada?
»*Se frotaba los ojos lenta y delicadamente por debajo*
de las gafas y añadía:
»—*Aunque así fuera. Hay cosas que se saben y que se*
olvidan. En la vida lo que vale es la discreción. Y tú debías
hacerte un nudo en la muy.
»*Me quedaba intrigado, aunque no creía que la niña*
pudiera andar en malos pasos.
»*No había malos pasos para ella, en el mundo.*
»—*Si usted lo sabe y yo no —dije vacilando—, eso quie-*
re decir algo.
»—*No quiere decir na. En estas materias hay que tener*
miramiento y no preguntar. Digo en lo que toca a la vida
privada de las mujeres. En la vida no hay que dejarse ir.
Tú te dejas ir y eres un voceras boquerón.
»—*Sin faltar, suboficial.*
»*Podía ser ofensivo Valero con el gesto y hasta con el*
silencio. Se ponía a barajar las cartas buscando un buen corte

*y no decía nada. Jugamos una cerveza con helado de limón,
que gané yo. Bebimos y después salimos juntos de la cantina. Los dos pensábamos en lo mismo; digo, en la niña.*

»*Parecía Valero distraído; pero se detuvo un momento a
mirarme de frente:*

»—*¿Quién eres tú para querer saber dónde está Antonia? Ya sé lo que vas a decir: que tú vales lo que otro, galones aparte. Eso, sí. Pero eres un pipi si crees que como cabo
de un regimiento de línea vas a casarte con esa criatura, y
mucho menos a liarte con ella. Ni tú eres un hombre de
posibles ni ella es una cualquiera.*

»—*El buen querer es libre y no hay malicia en eso,
suboficial.*

»—*Fantasías, Madrigal.*

»*Se tocó el occipucio con un dedo y añadió:*

»—*Los beniurriagueles la llevan aquí. Digo, la fantasía.*

»*Entre los moros llamaban así a un manojo de pelos que
algunos se dejaban en el cráneo afeitado.*

»—*Y los regulares, en el fez —le dije yo, en broma—.
Pero he nacido como los demás; es decir, en cueros y lo
mismo que me puse el uniforme me lo puedo quitar. Otros
lo han hecho y ahora se ven fajados en billetaje.*

»—*¿Y a qué te vas a dedicar tú?*

»—*El comercio no requiere galones.*

»—*No seas caloyo. Para el comercio hace falta capital.*

»—*Se saca de donde esté, aunque sea arrancando piedras
con los dientes. Se garbea donde lo haya, el dinero, si es
preciso. Lo que haga otro manús lo hago yo debajo de la
capa del cielo.*

»—*¿Tú? Tururú. Eres pobre de solemnidad. Un peniten-
ciado que ascendió a cabo por amor al chusco.*

»—*Un hombre como otro.*

»—*Sin numerario.*

»—*Se gana con los brazos.*

»—*Con los brazos sólo se gana el pan y el ataúd para
el entierro.*

»—*Se garbea —repetí—. Donde lo haya.*

»—*Se garbea donde lo haya. Diciendo eso has dicho más
de lo que tú piensas. Donde no lo hay es bastante difícil
garbearlo. Pero ¿es que tú serías capaz? Lo pregunto porque
quiero saber si hay alguien entre la gente que conozco que
se atreva de veras. Toda la vida me la pasé buscando a un
tío capaz de eso. Un buen golpe. No por nada, pero quería*

saber si había gente de esa en el mundo. Sólo conocí blancos huevones. ¿Es que tú serías capaz de garbearlo donde lo haya?

»—*Depende* —dije yo—. *Depende del aquél. De donde estén los vellerifes y de la ocasión. El rejo no falta.*

»*Esta respuesta le pareció a Valero más galana y firme que si yo hubiera dicho que sí y volvió a cavilar en voz baja:*

»—*De la ocasión, desde luego. Y es fácil que la ocasión no falte si uno sabe buscarla, eso es. Las cosas se hacen por algo. Por la hembra, supongamos. La cama nos tira. Yo no me casé ni tuve una amante que valiera la pena. Confieso una vez más que las emputezco demasiado. Y ahora, solterón y viejo, voy a la cantina de Crisanto cada día y espero que Antonia se acerque y me sonría. Poco es la sonrisa y mucho es, según como se mire. Supongo que te has dado cuenta de que todos los días estoy allí como un clavo y ella me espera. ¿Oyes? Ella me espera y no digo más, pero cuando me ve llegar me sonríe.*

»—*Ella no sonríe nunca a nadie. Al menos, menda no lo ha visto.*

»—*Mañana podrás verlo, cabito, hombre de poca fe.*

»—*¿De dónde vuelve la niña?*

»—*De donde cantan los chacales. Es decir de donde aúllan los chacales: Uuuuuuh...*

»*Imitaba a los chacales con una completa falta de seriedad. Aquello no iba bien con su pelo ni con sus galones, creo yo.*

»—*Las almas en pena* —dije, por decir.

»—*Aquí no hay más alma en pena que la tuya, Madrigal, y eso no es decente, porque tú no mereces el corazón de la mocita. Ella podría venir en el anca del caballo de un moro, de un cristiano o de un budista chino. Y tú no tienes derecho a los celos, voceras. No, no me mires así. Te engañas, cabo. Yo soy viejo para ella y una vez más digo que...*

»—*Que las emputece, ya lo ha dicho.*

»—*Eso es. En las primeras semanas. Es verdad que en la vida no tengo muchos placeres, pero otros tienen menos. Cada día llego a las cinco de la tarde, entro y saludo a la manera mehallí: salud y pesetas a los hijos de puta. A Crisanto le gusta ese saludo, porque es persona bien nacida. Algunos hijos de puta auténticos hay en Cabrerizas y a ésos no sería posible saludarlos de esa manera porque se ofenderían.*

*Si Crisanto fuera hijo de puta, yo tendría que llamarlo señor
Crisanto y saludarlo respetuosamente. Es, por ejemplo, mi
caso. Yo soy inclusero y no me desdoro por decirlo, aunque
si me lo dijera otro tendría que romperle el hocico. Con
los militares en activo el honor es más quebradizo que con los
civiles.*

*»—Hombre, eso... —dije yo extrañado pensando que
Valero llevaba una copa de más y se había ido de la lengua.*

*»—Eso es la fija y viene a cuento de Antonia. El sentir
celos de ella es tomarse atribuciones sin motivo y con una
ligereza que podríamos llamar colonial. Aquí, todo nos sale
por una friolera. Nadie frena sus inclinaciones. Marruecos no
es España, es verdad. Pero la niña no es basura y los chacales pueden aullarle a la luna, que no la catarán. Digo, los
chacales de las compañías disciplinarias. Para pensar en ella
hay que ponerse en España y considerarla en su puesto de
hija de familia. Con manteles blancos y cubiertos de plata.
Y tener por lo menos una estrella en la manga. Yo, cuando
está ella cerca, me siento más a gusto dentro de la piel. Yo,
cabito pipí. Y tú sabes lo que pasa. Voy a la cantina y
Crisanto, licenciado de presidio, me da la baraja, la caja de
fichas y el tapete verde. Me acomodo y me pongo a barajar.
Date cuenta de que yo no he dicho nada de Antonia. Nunca
pregunto.*

»—Preguntar es inocente y no tiene malicia.

*»—Preguntar es preguntar y podría ser sólo un paripé;
pero entrar cada día preguntando por ella sería mal visto a
mis años. Como digo, llego, me siento, me pongo a barajar y
espero. No tengo que esperar mucho. Toso dos veces y a
la segunda, la cortina de cuentas de vidrio se abre y viene
Antonia con la botella y el vaso. Entonces es cuando yo le
digo con aire distraído: "Hola, milagrito del Señor". Ella
responde: "Hola, señor Valero". Como un ángel de la guarda
del Dios vivo. Yo podría ser su padre y hay que saberse
refrenar en las palabras y no decir más que aquello que a
uno le es permitido. Eso se llama idiosincrasia.*

*»Yo callaba —no quería hacerme mala sangre— y cami-
nábamos en la noche. Valero se ponía especialmente habla-
dor cuando nos deteníamos en una esquina de aquel callejón que daba al mar. En aquella esquina donde la luna se
mostraba a veces verde, Valero no daba abasto con las ideas
y las palabras.»*

Yo, Pepe Garcés, recuerdo bien aquella esquina. El mar fluido parecía hacer crecer una luna de hojalata verde en los bordes. Otros días parecía la luna de plomo. Toda la miseria del mundo se asomaba allí y no era desagradable. A veces, en aquella esquina yo envidiaba al piojito Furriel. La miseria y la abyección tenían un doble fondo gustoso.

—*Enchanté* —decía alguien en el pasillo del hospital.

Y Alfonso seguía hablando, incorporado en la cama:

«*Al lado vivía la viuda de Chafarinas. Habría sido buen partido para Valero aquella hembra del culo peraltado. Y Valero alzaba la voz queriendo hacerse oír de ella y hablando con ese placer con que las gentes importantes hablan de sí mismas a sus inferiores:*

»—*Debo confesar que yo no he sido honrado del todo hasta lo presente. Sé algo de mí y de los otros y callo lo que callo. Tampoco diré por qué. Aunque haya hecho alguna cosa al margen de la ley se me puede disculpar, porque los incluseros no tenemos salidas en la vida, aparte de esta del Ejército y la Iglesia y también, si a mano viene, el ruedo; es decir, el toreo. Pero yo no tenía facultades para el toreo ni para la Iglesia. Sólo las tengo para la milicia, y eso lo he demostrado en el campo y en la plaza. Entretanto, por una razón u otra, aquí me tienes. Cada día voy a la cantina y allí acude Antonia con la cerveza y el vaso.*

»—*Cuando tose usted la segunda vez, ¿eh?*

»*Se quedó mirando el suboficial un poco escamado, y cuando se dio cuenta de que le hablaba sin guasa respondió:*

»—*Eso es, y a veces me sonríe aunque tú no lo creas. Yo la quiero y ella me corresponde como una hija. A lo mejor lo has visto ya, pero los achares te hacen decir blanco por negro. Achares sin motivo, porque yo no me hago ilusiones. Ya digo que no me casaría nunca con un ángel como Antonia, porque me conozco y sabría renunciar antes que... digamos pervertirla. Y entretanto, me quiere como una hija. Una hija sagrada.*

»*Suspiró y recitó entre dientes:*

Aunque no quiera Undivé
las cosas que ella se calla
son cosas que yo me sé.

»*Bajo la noche marinera pensaba yo que un día conseguiría la amistad de aquella hermosa criatura y tal vez —quién*

*sabe— algo más. Confieso que me encandilaba y me hacía
ilusiones. Aquella noche las cosas parecían más fáciles y no
podía resistir las ganas de burlarme de Valero.*

»—*¿Así es que ella acude cada día con la botella y el
vaso?*

»—*El vaso refrigerado, porque pone granalla de hielo y
cuando está frío saca la granalla y me lo trae fresco ella
misma, con su corazoncito de virgen.*

»*Yo seguía con lo mío:*

»—*¿A qué hora volverá esta noche?*

»*Otra vez el suboficial se puso a recitar:*

Volverán las oscuras golondrinas...

»*Echó a andar añadiendo: "Vuelve al cuartel si no quieres que te arrastren". Se alejaba a pasos lentos y me figuro
que iba pensando: "Madrigal se atreve a insinuarse con gua-
sitas porque le he dicho que soy un inclusero". Se arrepentía de aquella confidencia, supongo, con la brisa de la mar
en la frente y un poco de alcohol en las venas y sentía ganas
de vengarse, el tío Cabra. Debía pensar: "Madrigal está fuera
del cuartel después del toque de retreta y seguramente no
tiene permiso. Otras noches sale sin permiso también, otras
muchas noches". Llevaba en el estómago la vergüenza de
haberse confesado hijo de puta y quería hacérmelo pagar a
mí. Avisó aquella noche a la guardia para que me arrestaran cuando volviera y el sargento de cuarto dio orden a los
centinelas. (Yo lo supe más tarde.)*

»*Pero no me chupo el dedo y no entré por ninguna
puerta, sino que salté la muralla por el lejano rincón de las
cocinas. Así, pues, no me arrestaron.*

»*Cuando lo supo el suboficial, es seguro que sintió reconcomio; pero al día siguiente se le había olvidado. Mala sangre
tiene Valero, pero le dura poco.*

»*A veces soplaba sobre Cabrerizas el famoso levante. Por
la noche, los chacales aullaban más lastimosos y el viento
acercaba o alejaba los aullidos. Pobres chacales. Son animales demasiado grandes para tratar de vivir en el suelo maldito de Marruecos. Allí sólo pueden vivir las ratas y malamente; es decir, arrimándose a los basureros de la tropa. Las
bestias con un estómago más grande que el de las ratas, están
perdidas en aquellos secarrales. El viento venía del mar y*

traía, sin embargo, una sequedad áspera y algo de la zozobra de los paisajes arenosos.

»Nosotros, con un estómago mayor que las ratas, nos veíamos negros para llenarlo.»

Lo que decía Alfonso del levante era verdad. Un viento arenoso que hinchaba las olas del mar, las ponía a hervir y nos dejaba arenilla en los dientes, la misma que nos queda en ellos cuando comemos las almejas de la paella.

Al mismo tiempo, el levante nos traía noticias de Siria y de Mesopotamia en un lenguaje indescifrado.

Los días de levante todo estaba seco en aquella planicie de Tres Forcas. Si había alguna mata de hierba raquítica sólo recibía de vez en cuando la humedad sucia de la orina de un caballo.

El levante agitaba el mar y el barquito correo de Málaga llegaba con retraso y se le veía acercarse coronado de humo. cabeceando, hundiéndose en las colinas de agua para volver a salir y hundirse otra vez.

Era el barco más marinero; es decir, el más bailarín de los que navegaban entre África y Europa. Yo lo recuerdo —¡maldito sea!— como un lugar lóbrego con vías abiertas a la intemperie, ramalazos de agua y un olor sucio a jugos gástricos. No tenía Madrigal necesidad ni ganas de volver a España y el levante en aquella esquina de Cabrerizas —que a otros les molestaba— era para él un viento amigo.

«Somos viejos conocidos, el levante y yo, y los días que me despierto por la mañana sin sentir arena entre los dientes no me encuentro a gusto.

»Por las mañanas, la tropa que no estaba destacada en el interior hacía la instrucción en la explanada entre el cuartel y Rostrogordo. Los aprendices de trompeta soplaban al socaire de un grueso muro de piedra que había en medio. Un muro de quince o veinte metros de anchura y más alto que un hombre de buena talla; un muro sin finalidad, al parecer, porque no cerraba, ni encuadraba, ni separaba nada. Tenía dos filas de sacos terreros en lo alto.

»Tardé algún tiempo en comprender para qué servía aquel muro. Un día, un corneta viejo me explicó que el muro era un terrero (así decía: terrero) para recibir las balas de la escuadra cuando fusilaban a algún malasombra. Ponían al reo delante. ¿No había visto un raíl de tren clavado en el suelo profundamente? Allí lo ataban, al manús, si era preciso. Pero

nadie quería escaparse al llegarle el matarile, *y además hacía
años que no habían fusilado a nadie.*

»—No es fácil atraparlos en falta —explicaba el corneta,
como lamentándose—. Cada día el soldado es más maula.
Vienen ya aprendidos del vientre de su madre.

»—¿Eso te cae mal a ti?

»—Ni mal ni bien. ¿Qué saco yo con eso? El que la hace
la paga y allí me las den todas.

»Más de una bala se clavó allí después de trizarle a alguno los sesos o el corazón. La última vez que fusilaron a un
soldado fue quince años atrás, según me dijo el sargento de
cornetas. Algunos cantineros de Cabrerizas recordaban también el caso. Fusilaron a un saldado que llegó a las disciplinarias desde Cazadores de Luchana y tenía un bigote colgante
al estilo antiguo. Quedó boca abajo y un sargento lo volvió
hacia arriba con el pie porque es obligatorio que la tropa
desfile y lo vea bien. Cuando la tropa llegaba a su altura el
oficial mandaba:

»—¡Vista a la... derecha!

»Y los soldados miraban y veían que el muerto tenía un
ojo fuera de la órbita. Pero es inútil. Nadie escarmienta en
cabeza ajena.

»Yo, en la noche veo y oigo más cosas que en el día, como
los gatos. En aquel rincón de Cabrerizas el levante sonaba
y ponía sobre las cosas una capa fina de polvo. De polvo
color de oro, que se metía en los ojos.»

Bueno; a Alfonso le gustaba hablar del levante. Yo escuchaba voces en el pasillo. Debía ser otra presentación —siempre están presentando a alguien las monjas de los hospitales— y una voz masculina, pero beata, respondía:

—Enchanté, madame.

Y luego rectificaba: «plutôt ma soeur... ou ma mère».

A través de aquellos rumores de fuera seguía oyéndose
a Alfonso:

«A pesar de lo que dijo el chivani Valero no vino Antonia aquella noche y al día siguiente fui a la cantina sin
haber dormido, porque estuve toda la noche vigilando. Valero me vio entrar y se adelantó a decir:

»—Ya sé que anoche hiciste el plantón en la esquina de
la viuda. Todo se sabe. El que espera desespera y se te ve
en la jeta la señal del desengaño.

»—¿Por dónde ha de venir la niña? ¿Por la tierra o por
el mar? —pregunté yo.

»—O por el aire como el raudo gavilán. O por las ondas del dulce sueño soñito.

»Y volvió a ¹a de siempre recitando entre dientes:

>   Soñaba un sueño soñito
>   soñito del alma mía...

»—No sea pelma, suboficial —repetía yo impaciente—. ¿Por dónde vendrá?

»Aquella noche el suboficial parecía tener prisa y no me invitó a sentarme. Por el contrario, guardó las cartas, las fichas, dobló el tapete de franela verde, se levantó y me puso la mano en el hombro:

»—Espérala esta noche igual que ayer en la esquina de la viuda. Espérala y la verás volver. ¡Como hay Dios que volverá, cabito!

»Estuve aquella noche otra vez en la esquina desde donde percibía por un lado el aliento del mar y por otro las sombras del barrio medio alumbradas por la luna. Oía rumores dentro de las casas próximas y por ellos pensaba si era alguna persona conocida o no. Digo, conocida mía. Seguí clavado en mi puesto y tuve tiempo de hacer suposiciones de todas clases. Ya digo que los enamorados hacemos el telele y el canelo a cada paso. Cuando creí que la muchacha ya no llegaría se oyeron cascos de caballo. Eran dos moros montados en buenos alazanes a corta distancia el uno del otro y se detuvieron frente a la puerta de la cantina. Sentada a la grupa del primer caballo iba Antonia con un moro cuya cara no vi.»

Oyendo a Alfonso yo me acordaba de Abindarráez y la hermosa Jarifa. Y lo imaginaba a él *acojonado* —era la manera de hablar allí— contra un rincón. Porque era lo que iba a suceder. Los moros saben que se les teme y abusan. Son gente de teatro. Ellos, que no tienen teatro, lo hacen en la vida de cada día.

Madrigal me dio la razón con las siguientes palabras:

«El jinete que iba detrás guardándoles la espalda, al verme, vino muy decidido y cuando me tuvo acorralado descabalgó y preguntó:

»—¿Qué haces tú aquí, paisa?

»—Nada —dije yo sorprendido de la manera amistosa de aquel tipo que un instante antes parecía quererme atropellar.

»Miraba yo ansioso al otro jinete, quien ayudó a Antonia

a desmontar y se metió con ella en la cantina. ¡Cosa más
rara! Quedamos en la calle solos el moro y yo. Tenía el
moro la parte baja de la cara tapada para evitar respirar la
arena del levante. Y hablaba:

»—Entonces tú haser ahora caminarte.

»Miré a los dos lados por si llegaban más moros y viendo
que no y que estábamos solos le pregunté:

»—¿Dónde tienes tu autoridad para mandarme a mí,
moranco?

»—En el forro de los calzones.

»—No tienes calzones para tanto. Y ese que acompaña
a Antonia ¿quién es? Anda, dímelo, mohamed, si no quieres
soñar conmigo esta noche.

»Llevé la mano a la empuñadura de una bayoneta corta
que suelo tener algunas veces en el cinto cuando salgo de
noche. El debió darse cuenta, soltó a reír y sin dignarse
responder me pidió un cigarrillo. Se lo di, lo encendió bajando un poco el trapo sucio que le cubría la boca, volvió a reír
en tono alto y agudo y se fue despacio llevando la rienda
del caballo. Entretanto decía algo en árabe. Un insulto,
tal vez.

»—¡La tuya, mohamed! —le dije al estilo andaluz.

»—El jinete que llevar a Antonia en la grupa estar el
mismo djin —me informó el moro volviéndose a medias.

»Y regoldó muy recio, como sólo un moro puede hacerlo.
El djin; es decir, el diablo. Antes de desaparecer, el moro
dijo entre dientes:

»—¡Jambebe! —quería decir hijo de mala madre.

»Me devolvía la cortesía. Tanto mejor. Así quedábamos
en paz.

»Las babuchas del moro hacían tanto ruido sobre las losas
como los cascos del caballo. Este resbaló y una de las herra-
duras sacó de las piedras un ramillete de chispas.

»Me quedé otra vez solo, con una sensación de extrañeza. "Este es —pensaba— un yebala". Mucha apariencia,
pero poco nervio.

»En materia de rivalidad amorosa con los árabes, tú sabes,
el español se juega la vida si no anda alerta. Conocía un
caso cuyo recuerdo me enfriaba en la cabeza las raíces de
los pelos. El árabe se acercó a su rival, le habló amistosamente, le echó incluso el brazo por el hombro, pero al mismo
tiempo le puso un pequeño cepo de acero en el cuello y se
apartó. Había hecho el cepo con las varillas retorcidas de

un paraguas sacado de los vertederos y se abrochaba tan firmemente que el hombre no se lo podía quitar aunque tenía las manos libres y tampoco podía gritar porque tenía la garganta apretada.

»Así, en silencio, corrió enloquecido con aquel pequeño cepo en el cuello hasta que cayó falto de aliento y murió retorciéndose en el polvo como una culebra. Tal vez, alguno de aquellos moros intentara hacer lo mismo conmigo por celos de Antonia y había que andar despierto y agudo. Lo que es a mí no me pone un cepo en el garguero ningún mohamed.»

Y me miraba Alfonso, como diciendo: ¿Qué te parece? Yo descubrí entonces que Madrigal se sentía feliz tuteándome como pariente siquiera lejano y como oficial siquiera de complemento.

Y seguía, con esa elocuencia fácil de los hombres que hablan acostados:

«Por lo demás, me parece imposible que un hombre enamorado tenga miedo de nada ni de nadie. Estaba pensando esas cosas cuando detrás de mí se abrió una ventana y una voz de mujer me asustó diciendo:

»—Ya volvió la mosita, Madrigal.

»Era la hembra del gramófono, que no parecía hablar nunca con la boca sino con el sexo. Un poco atropellado di las buenas noches y eché a andar lentamente. La mujer reía y decía:

»—¿En qué pasos andará la niña para volver después de la medianoche y con escolta rifeña? ¿Eh, Madrigal? ¿En qué pasos anda?

»Lo mismo estaba pensando yo, maldita sea. Yo, con el regusto de aquella voz de la viuda en la cruz de los calzones. Aquella hembra del culo peraltado que sólo pensaba en el metisaca.

»Llegó Antonia a lomos de un caballo y abrazada a la cintura del jinete, pero podía venir de donde quisiera, con moros y españoles, de noche y de día. Era ella, y lo demás no importaba, porque Antonia no podía hacer nada que estuviera mal. Al menos para mí.

»Al día siguiente fui a ver al suboficial y le dije lo que había ocurrido. Valero me escuchaba y después de soplar en su pipa vacía me dijo:

»—¿Quieres un consejo? Tú no debías ir a casa de Crisanto, y te lo digo en serio. Podría ser que a alguno le disgus-

tara eso, a alguien que va y viene y que no entra en la
casa pero mira desde fuera, por la ventana, y tal vez no entra
ni mira, pero recibe el soplo por el oído. Algún moro o
cristiano, paisano o militar, que tiene derecho a velar por ella.

»—¿Derecho? ¡Mala puñalá!

»—Ni buena ni mala. Alguien que tiene derecho y le
sobra. ¿Oyes? ¿Qué dices que viste ayer? Tú no viste nada.

»—Ella iba a la grupa de un caballo abrazada a la cintura de un moro y otro detrás, a caballo también, guardándoles la espalda. A las doce y media de la noche, eso es
algo. Bien mirado, suboficial, yo no digo nada en contra ni
permitiría a nadie que lo dijera delante de mí, pero llevo dos
noches sin dormir.

»—¡Sin dormir! ¿Y qué derecho tienes a desvelarte por
esa niña? El hombre que la trajo anoche tiene derecho a
mirar por ella.

»—Casada, que yo lo sepa, no lo está.

»—No está casada.

»Nos quedamos callados y después el suboficial siguió:

»—Todo lo que ves y oyes en relación con Antonia es
falso o te hace sacar consecuencias falsas.

»Y como yo no decía nada añadió canturreando como
siempre:

> No creas en lo que ves
> porque lo que ves es fácil
> que lo estés viendo al revés.

»Eran los moros yebalas más o menos amigos de España; pero campaban por sus respetos. No hacía un año todavía
que habían destruido batallones completos en Monte Arruit,
en Zeluán y en otras partes, aunque ahora nos sonreían ser-
vilmente a los españoles.

»Los chacales, entretanto, comían carne de cristiano y
lloraban en los vertederos todas las noches, como personas.

»—Ay, ay, ayíííí...

»Así se estaban toda la noche y nos ponían en la sangre
el cenizo, como dicen los andaluces.»

Lo que nos ponían en la sangre —yo habría dicho en
el caso de Madrigal— era un poco de zumo de limón frío.
Frío y silvestre.

«Algunos días de levante —seguía Alfonso—, el niño
Furriel bajaba de Cabrerizas al Doble Tono (una casa de

niñas) y aunque no le dejaban entrar le daban una manta
vieja y el golfín —así le llamaban ellas— dormía en el quicio
de la puerta. Al día siguiente, el golfín comía el mendrugo
que le daban y volvía satisfecho a Cabrerizas Altas. Había
aprendido pronto que abajo hacía menos frío que arriba.

»Pero yo pensaba en Antonia día y noche. No querían
ser vistos los moros que la trajeron y parecían tener algún
motivo para escurrir el bulto. Eso yo no lo entendía y cavilaba en vano. Morancos de Beni Sicar. O de Beni-Urriaguel
O de la Elvira, porque elvira quiere decir en árabe el desierto. ¿Por qué venía acompañada de moros y a medianoche,
la hora de los que andan en malos pasos? De los fantasmas
y de las casadas emputecidas.

»Por la tarde, volví como siempre a la cantina. Antonia
preguntaba algo y el suboficial le hacía repetir la pregunta,
primero para demostrarle que no había oído porque estaba
distraído de ella (eso siempre intriga un poco a la hembra)
y luego para oír su voz dos veces. También lo hacía para
darse tiempo y buscar una respuesta.

»Luego, como el que no quiere, repetía que era el número seis en la escalilla de clases de tropa y que cualquier día
ascendería a oficial por antigüedad. ¡El viejo mangante!

»Un día cambié algunas palabras con la muchacha y pude
ver que había tres personas ofendidas con mi conversación:
Crisanto, su mujer y Valero. La peor era la vieja, que en
aquel momento estaba hablando otra vez del Peñón de la
Gomera, donde había nacido hija de un maestro armero que
venía de casa grande —así decía ella.

»—¿Nunca baja usted a la plaza, Antonia? —le pregunté
a la niña.

»—¿Yo? ¿A qué?

»—A pasear, a ver la gente en el parque. Digo, en el
parque Alfonso XII.

»—¿Qué hay allí, además de la gente? —y abría sus grandes ojos almendrados.

»—Pues hay música —decía yo, temblando de emoción.

»—Sola no me gusta ir a los sitios.

»—Podía ir acompañada.

»La Tadea, que iba a la cocina con dos botellas vacías,
se detuvo y dijo:

»—Para ir mal acompañada es mejor que se quede en
casa. Un cabo no es compañía para nadie y menos aquí. Todavía en la península hay cabos de reemplazo hijos de familia

y esos serían de considerar por una joven de mérito. Pero
no tú. Tú vienes del marqués de la Mangancia.

»—Poco a poco —intervino Valero con su acento bona-
chón, sin apartar la atención del juego—. Un cabo trompitero es poca cosa, pero puede ascender y cabos ha habido
que han llegado a la cumbre. De modo que en todas las
cosas hay su según y conforme.

»—¡A ver! —refrendó Crisanto.

»—No hay que hablarle de la mangancia porque sea un
simple cabo.

»—Ella no va sola ni mal acompañada a ninguna parte
—dijo con inquina la bruja del Peñón.

»Aquello era demasiado para Antonia, quien replicó:

»—Soy bastante grande para elegir mi compañía. Si un
cabo es pobre, más pobres somos los cantineros que tratamos
de vivir de él y yo no he pensado nunca que sea una ventaja
pasear con un capitán o un coronel.

»El suboficial Valero soltó a reír paternal sin dejar de
atender a sus cartas:

»—¡Bien dicho! La muchacha es bastante grande para
elegir su compañía, eso es verdad, y el único en el mundo
que se lo podría prohibir no está aquí, eso es.

»Eso último lo dijo para intrigarme a mí y aquella tarde
no volví a hablar con Antonia, al menos delante de los cantineros. Estaba resentido yo porque el suboficial, con el pretexto de dar la cara por mí, me había llamado trompitero; es
decir, amigo de los trompitos —los garbanzos— del rancho.
Viendo las cosas como son, también lo era él, que llevaba
más años que yo en la milicia. Pero Valero tenía intenciones
de marrajo y todo lo hacía por segundas.

»Al salir con el suboficial nos detuvimos en la esquina
de la viuda. El me miró en silencio —yo diría que con alguna
envidia— y habló despacio:

»—Has dado el primer paso con buen pie. La chica tiene
carácter y como no es hija de ese matrimonio, pues dicho
está que tiene derecho a hacer lo que quiera. Yo no he
dicho que lo haga, pero puede ir a donde le plazca con la compañía que le cuadre. Irá un día contigo aunque sólo sea para
darle en la cabeza a la vieja suripanta del Peñón de la Gomera
y lo único que te pido es que si sales con ella esperéis un
poco a que yo me haya marchado de la cantina; porque ya
sabes lo que sucede. Necesito que ella me sirva mi cervecita y se quede un poco respirando el mismo aire de uno.

*¿Comprendes? Eso es para mí tan importante como la reli-
gión para las beatas. ¿Estamos? ¿O quieres que te lo diga
por escrito?*

»—Suboficial... —*decía yo, incómodo.*

»—*¿Qué?*

»—Na. *Que la vida privada de uno es una cosa y otra
es la vida del cuartel. Y que en la vida privada no valen
las categorías ni los galones.*

»*Se quedó callado Valero, y por fin dijo:*

»—No te lo digo como superior jerárquico, sino como
amigo.

»*Yo no quise responderle. Estaba tentado de decirle que
allí donde había una mujer por medio la amistad nada valía.
Pero ya digo que me callé.*

»*Íbamos caminando y los dos pensábamos en lo mismo.
El decía otra vez:* "Tienes suerte. Has debido nacer de pie".
*Me preguntó si tenía planes concretos y como yo tardaba en
responder volvió a sus coplas:*

La ilusión que tengo niña,
solito yo me la sé,
yo solito y Undivé.

»*A mí me ponían mal cuerpo las canciones entre dientes
de Valero y un resquemor se me iba y otro me venía. Por
fin pregunté:*

»—Aquel moro bujarra *que la traía a caballo, ¿quién
era? Usted lo sabe, si a mano viene.*

»—Mira, cabito, *tú te precipitas y comprendo que es
la garambaina del amor. Yo no le sigo los pasos a ella ni
a nadie y aunque sepa algunas cosas no es necesario decirlas
al primero que llega. Los viejos somos cuidadosos. Cautela,
muchacho. Además, yo no vi al moro que la traía. ¿Cómo
dices que era?*

»—Yebala, *diría yo. Pero no lo juraría.*

»—Haces bien, *porque no todo el que parece moro
yebala lo es. Pero, ¿no había otro moro a caballo guardándoles las espaldas? ¿Y no hablaste con él?*

»—Como hablar, hablé *y me dijo que el moro que llevaba
a Antonio era un cazador de chacales.*

»*Se quedó Valero pensativo:* Cazador de chacales. ¿Es
que existen los cazadores de chacales? ¿A quién le interesa
cobrar una pieza tan inmunda? Sería mejor decir extermi-

*nador de chacales. Luego reflexionó todavía, debió pensar
alguna cosa desagradable y exclamó:*

»—*¡Ah, el gran cerdo, hijo de la madre* bassani!

»*Caminábamos en silencio. Valero se puso muy serio y
añadió:*

»—*Para un enamorado siempre hay soluciones. Pero para
ti no veo otra que la solución del sublimado corrosivo bebido
en ayunas.*

»*Y soltaba a reír, el viejo maula.*

»*Luego decía:*

»—*Los yebalas han sido siempre gente sometida, pero
son brava gente. Tiran el dinero cuando lo tienen, aunque
matan a su padre si es preciso por un cartucho de fusil. Y
cobardes no lo son. Yo no he dicho nunca que fueran cobardes. ¿Me oyes, cabito? Tengo algún amigo entre ellos. Amigos que saben algo de Antonia, que saben más que tú y
más que yo.*

»*Estábamos otra vez en aquella esquina donde sonaba
el levante y desde donde se veía la casa de Crisanto. Vimos
que salía la niña a la puerta con el tapete de la mesa de
juego, lo sacudía como una bandera verde de paso libre y al
vernos se quedó un momento mirando. Yo me disculpé con
Valero y eché a correr hacia la cantina. Antonia me vio llegar
y frunció el bonito entrecejo:*

»—*¿Qué pasa, Madrigá?* —*decía Madrigá, sin pronunciar la ele.*

»—*¿Qué quiere que pase?* —*hablaba yo con el aliento
alterado*—. *Que le tengo voluntad. ¿No lo sabía? Nunca lo
sabrá bastante. ¿Por qué no sale conmigo una tarde al café
de la Marina, a donde usted quiera y cuando usted quiera?
Necesito poder hablarle, Antonia. Sí, yo a usted y a solas.*

»*Miraba ella con grandes ojos y no decía nada. En aquel
silencio se oía golpear el mar contra el roquedo y más cerca
la voz gangosa del gramófono:*

...y ven y ven y ven.

»*El disco estaba rajado entre el segundo y el tercer ven.
Gracias a la voz del gramófono no se oía la risa falsa del
suboficial que miraba desde la esquina. Era evidente que a
Antonia le gustaba mi declaración de amor.*

»—*¿Por qué no?* —*dijo ella sonriendo con los ojos*—.
Claro es que podríamos salir.

»*Aquella sonrisa de ella era el gran premio de mi vida y sólo podría haberlo entendido yo.*

»*—¿Cuándo, bien mío? —pregunté.*

»*—¡Oh! —bromeó Antonia—. El año tiene más de tres-cientos días, según dicen. Venga mañana a la cantina y se lo diré.*

»*Hablaba ella con un poco de coquetería gitana. Por ejemplo, en lugar de se lo diré, pronunciaba ze lo diré. En aquel momento, la vieja se asomaba a la puerta:*

»—*Antonia, basta de conversa, que es tarde.*

»*Antonia me dio la mano, yo la tomé, estuve un momento sin saber qué decir y dije por fin:*

»—*Esa vieja me da mal vagío.*

»*Porque aunque soy aragonés con ella yo hablaba a veces como andaluz, por darle coba.*

»—*¡Basta de pelma! —decía la cantinera.*

»—*¡La vieja zorra!*

»—*Cállese por Dios —decía Antonia divertida—. La pobre cree que tiene derecho a mirar por mí.*

»*La contemplaba yo tiernamente:*

»—*Antonia, ¿sabe qué le digo? Que esta noche he naci-do, como hay Dios.*

»*Ese como hay Dios era la expresión favorita de Valero y me di cuenta de que lo estaba imitando, pero ya no tenía remedio. No puedo menos de hacer alguna tontería en mo-mentos de emoción, porque tontería era imitar a nadie cuando estaba diciendo la palabra más importante de mi vida. Pero soy así.*

»*Se metió Antonia en casa riendo y yo eché a andar cabiz-bajo, olvidado del resto del mundo. Al encontrar a Valero y oír su risa me sobresalté un poco. Él me dijo:*

»—*Estás en Babia, Madrigal, y no es para menos. Ya he visto que le volcaste el perol. Hace falta valor, cabito. Se lo volcaste como si fueras un señorito de la ciudad. O un oficial de estado mayor. Se lo volcaste. También vi que ella te dio la mano. ¿Qué te dijo? Sus últimas palabras no las pude oír.*

»—*Dijo que vendrá conmigo un día.*

»—*¿Adónde?*

»—*¡Al parque y al cine, y al café, supongo!*

»*Valero hablaba con una voz rajada como el disco del gramófono:*

»—*Eso cuesta dinero. Y el taxi para llevarla y traerla. Porque no vas a llevarla a pie, digo yo.*

»—*Ya veremos.*

»—*Ya veremos, decía un ciego —y volvía a reír sin ganas.*

»—*Un hombre puede hacer lo que haga otro.*

»—*No digo que no. Por ejemplo, si te dice que sí puedes llevar a Antonia a bailar la Nochebuena a la comandancia general en una carroza de ocho caballos. O en un coche Hispano-Suiza.*

»—*Eso a ella le importa menos que a usted y a mí. Ella es mujer de corazón y no de tontas fachendas.*

»*Íbamos hacia el cuartel. El suboficial entraría por la puerta y yo iría al rincón de las cocinas a saltar la muralla.*

»—*¿Por dónde saltas el muro? —preguntó, ladino.*

»—*Por ahí —dije yo, vagamente.*

»—*¿Por el rincón de las cocinas?*

»—*Eso es. Por allí.*

»*Nos dimos las buenas noches y nos separamos. A la hora de escalar la muralla yo vacilé un poco y en lugar de hacerlo por las cocinas —tuve la sospecha de que podía caer en los brazos del sargento de guardia avisado por Valero— fui al extremo contrario del cuartel y brinqué para ir a caer frente a las oficinas de Mayoría. No era que desconfiara de Valero, pero por si acaso. Los hospicianos tienen a veces malas intenciones.*

»*El día siguiente por la mañana Valero se hizo el encontradizo conmigo en el patio del cuartel. Se le veía resentido, aunque me hablaba amistosamente:*

»—*Voy a decirte quién era el moro que quería echarte el caballo encima. Era Haddu Ben Yusuf. ¿Oyes? Haddu. Un memorialista que hay en el fuerte de la Marina. Un cafetín bastante miserable, la verdad.*

»—*Ya sé quién es, ese moro que escribe cartas.*

»—*No es probable que lo sepas, porque hay varios memorialistas en ese cafetín y el que yo digo no habla con ningún soldado a no ser que vaya de mi parte. ¿Tú quieres saber quién era el moro que traía a la niña en la grupa del caballo? Anda al cafetín y pregúntale a Haddu. Que lo diga Haddu, que sabe si puede o no puede decirlo. Es un favor que te hago y debes agradecérmelo. Un día comprenderás que todo es misterio en la vida si se ahonda un poco y nada lo es si se ahonda un poco más. Todo es misterio menos las cosas* que parecen a primera vista misteriosas, por ejemplo, una mujer árabe con la cara tapada por un velo. Eso no es misterio alguno, por lo menos para mí que llevo diez años en Marruecos.

»—Las gachíes que habrá conocido —dije yo, adulador.

»—Es lo que decía mi abuela que en paz descanse, Madrigal: de puta a puta, cero. Salvo Antonia, claro.

»—Lo mismo pienso yo, suboficial. Salvo Antonia.

»Aquella tarde fui al fuerte de la Marina, entré en el cafetín y no tardé en ver a Haddu en un rincón, sentado en el suelo, la espalda contra la pared y un cuaderno grande en las rodillas. Era el mismo que me llamó jambebe la noche que volvió Antonia. En el cuaderno escribía un galimatías árabe con una cañita afilada que mojaba en un tintero. Fui a su lado y esperé. Del mostrador llegaba el tufo del carbón vegetal.

»Me dieron un vaso de té con hojitas de hierbabuena flotando, por el que pagué quince céntimos. Bebía a fuertes sorbetones al estilo moro porque sólo así era posible beber sin quemarse —el aire de las burbujas enfriaba el líquido— y cuando el memoralista terminó de escribir me acerqué y le dije:

»—Buenos días, Haddu.

»Tenía aquel moro ese aire de mala intención que tienen muchos españoles de origen quizá musulmán:

»—¿Te acuerdas de mí? —le dije.

»Al tomar el cigarrillo que le ofrecía pareció acordarse:

»—¡Ah!, eres el ceriñolo que está mochales por la niña.

»—¿Quieres decir quién era aquél que llevaba a Antonia a la grupa del caballo? Soy amigo de Valero.

»—¡Ah! —dijo Haddu con sorna amistosa—. No dar informes de baracalaufi. Amigo de Valero, paga, paga.

»Yo le enseñé dos pesetas, insultándolo en mis adentros.

»—No, no —desdeñó Haddu—. Yo estar rico por bolsilla. Yo decir todo por tres peines de fusil.

»Prometí llevárselos y al ver que me confiaba tan pronto en cosa tan delicada el moranco dejó el cuaderno en el suelo, la cañita en el tintero, y cogiéndome por la manga añadió con los ojos brillantes:

»—Chacales demasiados en Dar Bona.

»Hacía ademán de echarse un fusil a la cara y luego imitaba el disparo. Aquellos gestos eran chocantes en un moro que cuando estaba serio parecía más noble que Boabdil el

Chico. Yo pensaba: "la nobleza se la guarda Haddu para tratar con otros árabes, conmigo no la necesita, el puerco, porque me desprecia". Debía pensar que todos los españoles éramos moros renegados y tal vez tenía razón. Otras veces lo he pensado yo también.

»Bajando más la voz, Haddu añadió:

»—Tú traer dos paquetes de peines, cada uno de cincuenta cartuchos y Haddu decir cosas que tú quieres saber y pagar diez laureanos encima.

»Oían los moros hablar en caló a los soldados y nos imitaban: laureanos. Lo mismo que yo le había enseñado antes dos pesetas, Haddu me mostró un billete que pareció sacar de debajo de la cruz de los calzones. Diez duros. Sonreía el moro y decía exagerando cómicamente su fruición: "chacales estar jediondos".

»Con el dedo índice y el pulgar se apretaba la nariz. Aquella bufonería de Haddu me caía mal a mí.

»—¿Traer los cartuchos? —preguntaba.

»—Mañana sin falta. Pero tú me darás los diez duros.

»Miró Haddu alrededor y me dijo:

»—Por lo bajini. Tus tratos conmigo por lo bajini, cabo.

»Seguía usando la germanía colonial, pero su advertencia era razonable.

»Al día siguiente, en el cuartel saqué dos paquetes de cartuchos de los cinco que tenía en el macuto y salté las tapias por el lugar más alejado de la guardia, luego bajé a paso ligero a la ciudad y en el cafetín encontré a Haddu, quien me dijo:

»—Tú eres disciplinario del año 1919. Haddu sabe.

»—¿Yo?

»—Tú.

»—Tú recibir en la mili más palos que una estera.»

Oyéndolo, yo pensaba en aquel cuento de la estera colgada de un tendedor de alambre y los dos vagabundos golpeándola por encargo de la dueña, uno por cada lado y de pronto uno soltando la vara y dando grandes brincos por el corral mientras la dueña preguntaba desde la ventana: «¿Es un saltimbanqui?» Y el otro respondía compasivo: «No señora. Es que le he dado un vergajazo en los testículos sin querer.»

Pero Madrigal seguía sin entender mi media sonrisa:

«No le pregunté a Haddu cómo se había enterado, porque con el dinero en el bolsillo quería marcharme cuanto antes. Poco después volví a la cantina de Crisanto con los diez duros

*y con algunos secretos que acababa de confiarme el moro.
El hombre que llevaba a Antonia en la grupa del caballo no
era amante, ni novio, ni marido sino el padre de la muchacha. Nada más ni nada menos. Fue un descanso y un respiro,
saberlo.*

*»Entré en la cantina ligero de ánimo. El jugador de naipes
se había marchado y no había nadie. Cogí un taco de billar,
encendí la lámpara que había sobre la mesa y me puse a
jugar mientras Antonia llegaba o no.*

*»Se presentó la señora Tadea con malas pulgas y apuntó
la hora en la pizarra:*

»—Ya sabes que el precio de esta mesa es cinco reales.

*»Le pagué adelantado. Estaba agradecido a todo el mundo
por el hecho de que el hombre que llevaba a Antonia a la
grupa fuera su padre.*

*»El rumor de las carambolas atrajo a Antonia, quien
contestó a mi saludo con media sonrisa. Era la primera vez
que yo la veía sonreír de aquel modo; es decir, para mí.
No había nadie en la cantina y yo pensaba: "¡Oh!, morita mía
de mi corazón". Porque si su padre era moro, ella debía
pertenecer a la misma raza.*

»—Tarde vienes hoy —dijo ella.

*»Tomó una de las bolas que estaba descascarillada y la
sustituyó por otra nueva que no era blanca, sino un poco
amarillenta y al echarla a rodar por la mesa dijo:*

»—Es de marfil puro.

»Yo miraba a Antonia en éxtasis:

»—¿Mañana? ¿A qué hora? ¿A las tres, mi vida?

»—A las dos y media.

»Lo dijo como si quisiera decir: lo antes posible.

»—Antonia, ¿me dejarás que te quiera?

*»—El querer es libre —y añadía burlona—: No olvides
que los de Málaga somos muy exigentes.*

*»Pensaba yo: tú no eres de Málaga sino árabe y por serlo
todas las cosas de Marruecos son mejores que las de Málaga
y París y Estambul. Pero le dije:*

*»—Esta noche la pasaré sin dormir, pensando en ti, mi-
rando el reloj y escuchando el levante, porque me gustará
pensar que tú estás haciendo lo mismo. Tú también lo escu-
charás, el levante.*

*»—Yo estaré durmiendo. Duerme como yo, Madrigal,
que el levante altera el sentío.*

»Hablamos un poco más, siempre en broma, hasta que
de un modo inesperado ella me dijo: "Buenas noches, cabito", y se fue adentro. Yo hice dos o tres carambolas más,
luego dejé el taco y salí caminando. "Ella me permite ser
su amigo —pensaba—. No me atreveré a pedirle nunca que
me quiera. Recibiré lo que ella me dé cuando y donde y
como me lo quiera dar." Eso pensaba. Me sentí fuerte y capaz
de todo en el mundo, aquella noche.

»Pensando en mi buena fortuna fui al barracón, vi luz
en el cuarto del suboficial y lo llamé.

»Salió y nos pusimos a pasear por la ancha explanada
que había entre las dos filas centrales de barracas. Con la
luna llena los cuerpos hacían sombras largas y de vez en
cuando ladraba un perro lejano.»

Por aquella explanada había paseado yo solo, algunas
noches; yo, Pepe Garcés, pensando en mi amada lejana, a
quien veía siempre acompañada de la corza blanca.

Las sombras que daba la luna llena eran azulencas, como
si trajeran reverberos del caudaloso Mediterráneo.

Imaginaba a Madrigal y al suboficial Valero paseando
detrás de sus propias sombras que se proyectaban hacia
adelante.

Y Madrigal hablaba:

«—Estuve en el cafetín de la Marina —le dije—. Y vi
a Haddu.

»—¿Entonces sabes ya quién era el que llevaba a la
grupa a la niña? ¿Dices que sí? No, su padre no es moro.
Parece que Haddu no te lo ha dicho todo porque nunca lo
dice todo la primera vez. El padre de Antonia se viste de
moro y habla selha, pero es tan español como tú y como yo.
Es hombre bien plantado, recio y cabal, con nervios de acero
y fuego en las venas. Lo llamaban, cuando estaba aquí, Lucas
el Zurdo y su nombre es Viñuales: Lucas Viñuales. Fue
soldado hace veinte años en este mismo regimiento y el jefe
de su compañía era un capitán a quien los soldados llamaban
el Gallinazo. El capitán la dió de un tiro detrás de la oreja
como una bestia verdadera, en una descubierta. El tiro salió
de un fusil español y le partió el cráneo al capitán como una
granada, en dos grandes mitades. Un tiro bien puesto. Después de tantos años en estas tierras, yo no me asusto de
nada. Rutina. El capitán le había pegado un día a Lucas
con su rebenque; tú sabes que tienen la mano larga algunos
oficiales; pero el primer día que hubo jaleo en la descubierta

el soldado le pasó la factura con recargo. Yo no digo nada. Un rebencazo en el hocico no hay cristiano que lo aguante como no sea un cabrito y todavía un cabrito joven. Lucas le dio un tiro de refilón y se pasó al moro. Anda ahora por el campo con los yebalas como uno más.

»—Tengo oído yo algo de ese capitán, porque tiene un hermano teniente en la compañía de ametralladoras del tercer batallón.

»—Pegaba a los soldados, el Gallinazo. Yo lo conocí. Mal bicho.

»—Algunos se figuran que son Dios todopoderoso.

»—Eso pensaba el Gallinazo cuando pegaba. Era Dios, pero ya ves: murió como un conejo. Dio una vuelta en el aire antes de caer, como un conejo. Yo no digo que estuviera bien, pero las cosas son como son hasta que dejan de serlo, eso es. El padre de Antonia es de los españoles que saben tomarse la justicia por su mano. Nosotros pertenecemos a la clase de los lanudos que hincan el pico. Con nuestro cuerpo se hacen los tambores: ran, rataplán, ran, rataplán y ésa es nuestra gloria.

»—¿Entonces el padre de Antonia es un renegado?

»—No creo que tuviera ninguna religión de la que renegar. Tan religioso como yo. Bueno, yo creo en Dios. La vida es una porquería y alguno debe saber por qué. Pues, sí; el padre de Antonia se cargó al capitán y se echó al monte. Tuvo que largarse para evitar el paredón de los cornetas. Tú sabes. Le olía la cabeza a pólvora.

»—¿Y la madre, digo la de Antonia? ¿Quién es?

»No quería Valero hablar más aquella noche.

»En todos mis bolsillos sonaban monedas al caminar y el suboficial escuchaba intrigado.

»—Gané al juego y limpié a un sargento —mentí.

»El retintín de las monedas le ponía avizor. Yo creo que sabía lo que había pasado pero disimulaba, el maula.»

Mientras hablaba Madrigal llegaba de los pasillos olor a materia fecal. Apareció una monjita de ojos azules apretando la perilla de goma de un pulverizador para limpiar o perfumar el aire. Yo se lo agradecí con una mirada desde mi sillón de mimbres.

Entretanto, al pie de la ventana se oía el saludo de dos árabes: *Salam alicum.* Y Alfonso volvía a hablar:

«Valero no me creía en lo del dinero, pero no quiso

*hacerme más preguntas para no obligarme a mentir. Tenía
sus delicadezas, Valero.*

*»Uno de los batallones de Ceriñola había ido al Zoco
El Had y abundaban allí los moros que se emboscaban en
las colinas y hostilizaban.*

*»El padre de Antonia iba y venía a caballo con algunos
moros jóvenes que no lo llamaban Lucas sino Medua, o algo
así, porque vivía en unas jaimas de Ras Medua en el campo
rebelde.*

*»El día siguiente salí con Antonia y fuimos al parque,
al cine y al café. Ella me llamaba cariñosamente "cabito" y
era tanto como decirme: "Ya sé que eres poca cosa, pero
no importa". Yo sonreía, imitando sin querer el aire bondadoso y superior del suboficial Valero, y le dije: "Ahora soy
cabo nada más, pero si tú lo quieres un día seré capitán"*

*»—¿De bandoleros? —preguntó ella con una expresión
que no era del todo burlona.*

»Viendo que no se burlaba, respondí:

*»—Si es necesario, de bandoleros. La vida es la vida y
uno está a todo por el querer de una criatura como tú.*

*»Entonces me dijo algo que me chocó un poco. Era como
si quisiera con aquello invitarme a la confianza:*

*»—Yo soy hija natural —y se detuvo mirándome de
frente.*

»Yo no sabía qué responder y ella añadió:

*»—Huérfana natural, soy. Pero yo soy un poco más
natural que los otros, parece. No creas que eso me disgusta.
Siempre está bien ser diferente.*

*»Entonces me preguntó por qué me habían condenado
en España y enviado a un regimiento disciplinario. Yo me
alegré de poder contar aquel mal paso a Antonia, porque
era como si le diera algo muy secreto e íntimo. Yo también
era huérfano desde chico y vivía en Zaragoza con unos tíos.
En el fondo me alegraba de ser huérfano. Tener padres no
me parecía ventaja ninguna. Trabajaba en un taller de ayudante segundo de tornero y llevaba el jornal a casa. Pagaba
a mis tíos veintitrés de las veinticinco pesetas que me daban
cada semana y no había en la relación de ellos conmigo sino
puerco interés. La pobreza tiene cara de perro.»*

Es verdad, de perro rabioso. O de esos monos que llaman
cónsules o que parecen perros, aunque más taciturnos y con
rabo recuperado o absorbido o atrofiado o eliminado. Pero

la pobreza es en Zaragoza menos bellaca que en Madrid o
en Andalucía, y sobre todo más honesta que en Melilla.

Había llegado la narración de Alfonso a un lugar patético
y yo escuchaba. En aquel momento percibía no sé por qué
olor a goma quemada, fuera del cuarto.

«*Un día al volver a casa encontré a la tía lavándose el
pelo con la cabeza mojada y enjabonada sobre una jofaina
que había puesto encima de una silla. Enseñaba la nuca y la
espalda desnudas. Ellos me decían de vez en cuando: "Tienes que agradecer lo que hacemos por ti, mala pieza". Lo
decían medio en broma, pero lo pensaban en serio. Cerca
de la silla había un cuchillo de cocina y pensé: "Mi tía no
me ha visto". Tenía el pelo echado por delante, los ojos
cubiertos de jabón, los oídos seguramente tapados también
con espuma de modo que ni veía ni oía. Tuve una mala idea.
Si le hubiera dado con el cuchillo en la nuca no sabría nunca
quién había sido. Tal vez moriría antes de poderlo imaginar.
Una idea del diablo. Pero yo la odiaba de veras.*

»*No es que yo pensara hacerlo. Tuve la tentación, pero
fue sólo una locura de esas que vienen y se van y me arrepentí. Aun ahora me da vergüenza pensarlo. La prueba es
que en lugar de darle con el cuchillo me fui, me acerqué
y la besé en la nuca. Ella se quedó un momento quieta y
dijo alegremente: "Hola, Servando". Creía que era su marido.*

»*Pero luego vio que el marido no había vuelto aún del
taller y entonces comenzó a mirarme de una manera rara.
Yo pensaba: "Se lo va a decir a mi tío y quién sabe lo que
pasará".*

»*No era razonable, mi tía, la vieja alcahueta. Como yo
suponía se lo dijo a su marido. Estaban los dos muy lejos
de imaginar que a pesar de todo, ella me debía la vida. Mi
tío, que era parsimonioso para lo bueno y para lo malo, se
quedó cavilando: más tarde se le ocurrió que mi tía me había
provocado de algún modo y que tenía la culpa. No dijo
nada por algunos días y yo los oía discutir a través del tabi-
que. Pero mi tío me la guardaba. Un día, por una tontería,
por si me había puesto unos zapatos viejos que eran de él,
tuvimos un altercado y peleamos. El me dio un mal golpe
y casi me reventó un oído. Yo llevaba un cortaplumas de
bolsillo y le di dos viajes, ninguno grave. En el juicio me
salió la negra y me mandaron para acá.*

»*No le había contado aquello a nadie y me sentía más
ligado a Antonia desde que se lo dije. Añadí que aunque*

*en España no tenía todavía categoría de oficial tornero, en
realidad lo era ya y si volvía tendría pronto un salario mejor
que el de un teniente con pluses de campaña.*

*»—¿Por qué no vas entonces a España? —decía ella,
extrañada.*

*»—Porque necesito estar cerca de ti. Desde ahora, yo
sólo iré a donde tú vayas y estaré donde tú estés.*

*»En el cine besé el brazo desnudo de la muchacha, sin-
tiendo aturullamientos que quise disimular, pero que ella
probablemente percibió y que yo no explico ahora por
decencia. Más tarde, cuando volvíamos en el taxi, al pasar
por un parque de las afueras, ella señaló un grupo de casas
de jefes y oficiales con balaustradas de cemento.*

*»—Ahí nací yo —dijo con una expresión de encono—.
En esa casa de la esquina. Mi vida es como una comedia de
títeres, sólo que hace llorar en lugar de reír. A mi lado sólo
pasan desgracias. Tú eres huérfano y yo también. Nuestra
vida no depende de nosotros. ¿Para qué habremos nacido?
¿Por qué nacería yo en esta tierra, Madrigal?*

»—Para que yo te conociera y te quisiera, mi vida.

*Cuando llegamos a la cantina eran más de las nueve de
la noche y allí estaba en un rincón, aburrido y macilento, el
suboficial Valero. Estaba haciendo solitarios con la baraja.*

*»Yo vi que estaba cargado con sus cartuchos de dinamita
en la tripa, a punto de estallar. Hice como que no me daba
cuenta, pero eso habría sido peor y me acerqué así como sin
pensarlo.*

*»—¿Qué hace ahí a estas horas? —pregunté sintiéndome
un poco culpable.*

»Puso Valero en la mesa el cuatro de copas sobre el tres.

»—¿No lo estás viendo?

»—¿Solitarios?

»Entonces, por la cortina de boliches apareció Crisanto:

*»—Mira, Antonia, lo que haces no está bien. Anda,
sírvele al suboficial su cervecita, que no quiere recibir la
botella sino de tus manos.*

»Acudió corriendo Antonia con el vaso y la botella:

»—¿Me ha esperado toda la tarde?

»Puso Valero el cinco sobre el cuatro:

»—Y te esperaría toda la noche, milagrito del Señor.

*»Cuando Valero terminó su solitario y su cerveza, salimos
juntos. Parecía tranquilo Valero, pero yo sabía que la procesión iba por dentro.*

»—¿Quién te figuras tú que eres? —preguntó en la calle, simulando a duras penas serenidad—. No eres más que un sumariado que vino a las compañías disciplinarias a que le dieran el tiro en la cresta.

»—Señor Valero, sea usted razonable.

»—Yo no soy señor. En la vida militar cada cual se llama por el tratamiento de su grado.

»—Perdone usted, suboficial.

»—Eso de perdone sólo lo dicen los caballeritos de los cafés, Madrigal.

»—Hombre, bien mirado, Antonia no es su novia de usted ni su mujer ni su hija, y un día la muchacha tendrá que casarse, digo yo, como se casan las demás. Y yo valgo lo que valga otro.

»—Está bien, y mientras ese día llega yo sólo pido ser atendido en la cantina, que es un lugar público, según mi costumbre de viejo suboficial. Pero además, ¿de dónde sacas tú que esa muchacha pueda casarse con un cabo de infantería? ¿Qué dices? ¿Que tienes planes? ¿Qué planes puedes tener tú, pobrete?

»Le dije una vez más el salario que cobraría si volvía a España. Valero dudaba de que un obrero de fábrica cobrara más que un teniente y arguyó:

»—Suponiendo que eso sea verdad, tú tienes antecedentes penales y no te darán el trabajo así como así.

»Eso era lo que Valero habría querido, que no me lo dieran. "Veo que está usted quemao", le dije. Y Valero, más enfadado aún y siguiendo la línea de su cabreo, exclamó:

»—¡Iluso! Aunque un hombre esté dispuesto a todo, te falta la ocasión, la oportunidad, porque en un desierto no hay lo uno ni lo otro. Y Marruecos es un desierto.

»—Otras tierras hay en el mundo.

»Antonia me había dicho que si se casaba sería con un buscavidas y no con un hombre de salario fijo; eso me había dicho exactamente. Al oírlo, el suboficial se calló y luego dijo entre dientes: "Ten cuidado no seas un buscamuertes, fantoche".

»Yo callaba. Nadie podía ofenderme, porque tenía mi victoria secreta y eso era todo lo que quería en el mundo.

»Los chacales que mataban Haddu y sus amigos en los alrededores de El Had eran chacales españoles, según me decía el mismo Haddu guiñando un ojo. Y yo pensaba: "A mí ¿qué?" Según parece, los moros apuntaban con preferen-

cia a los oficiales, porque hacían la guerra calculando, como
los cazadores, si la pieza valía el disparo. Los cartuchos les
costaban caros. Dos reales cada uno. La vida de un soldado
raso no valía tanto para ellos, sin duda.

»Pocos días después llevé otros dos paquetes de cartuchos a Haddu, de quien recibí la misma cantidad: diez duros.
Y entonces, el moro, sin dejar de reír y bromear, dijo algunas
cosas que revelaban confianza. Dijo que los peores chacales
eran los de la mehalla; es decir, la policía indígena formada
por moros al servicio de España. Moros traidores.

»Mis cartuchos mataban oficiales moros de la mehalla,
amigos nuestros. Yo pensaba: "Allí me las den todas".

»El cafetín olía a carbón quemado y a hierbabuena, de
la que ponían una hojita flotando en cada vaso de té.

»Haddu hablaba, y mientras le oía insultar a los de la
mehalla comprobaba al tacto que el billete de diez duros
estaba en mi bolsillo. Todavía me dijo Haddu:

»—Si un día, cabo Madrigal tener líos con los chivani
de Ceriñola, agarrar metrallosa y salir de naja a Dar el Beida.
El padre de Antonia no se arrepiente. Tú podrías hacer lo
mismo, cabo chusquero.

»Salí pensando: "Este Haddu es un patriota". ¿O un
cínico? ¿Aquellos cartuchos eran para él o los volvía a
vender? Debía ser Haddu de la parte del Zaio, hacia la
Argelia francesa, porque decía metrallosa y no ametralladora.

»Las transacciones con Haddu y las tardes con la muchacha se repitieron otras veces. Ibamos a la playa por la parte
del Hipódromo y nos bañábamos en el mar. Yo jugueteaba
con Antonia en el agua y conseguí besarla varias veces,
aunque no en los labios. Una vez en el hombro, otra en la
pierna. Ella parecía prometedora, pero a veces se enfadaba:

»—Sólo piensas en tocarme.

»—En otras cosas pienso también, mi vida, y no las digo
porque me mareo, Antonia. Pero si no quieres darme más
me conformo y moriré agradecido y feliz, aunque mataría a
media humanidad por casarme contigo.

»—Yo —dijo ella— sólo me casaré en Dar el Beida,
donde silban las balas.

»Desnudos sobre la arena tibia y bajo el cielo azul, olvidaba las dificultades de la vida y miraba a la muchacha con
codicia. Necesitaría diez años para poder comenzar a decir
cuáles eran mis sentimientos entonces. Le pregunté seriamente si vendría un día a España conmigo.

»—No, a España no —respondió ella como asustada—. Es una tierra maldita.

»Le dije que podría yo ascender en el ejército y casarnos y quedarnos a vivir en Melilla.

»—La verdad —bromeaba ella otra vez— es que no me gustan los sargentos.

»—A mí tampoco. Por eso creo que si ascendiera y me viera un día por la mañana en el espejo con la navaja barbera en la mano... no podría resistir la tentación.

»Ella reía: "No mates al del espejo, niño". Y después de una pausa larga añadió: "Hay que apuntar más alto".

»—¿A las estrellas, como tu padre?

»Antonia se puso repentinamente seria y creo que hasta cambió de color. Se veía que lo quería, a su padre. No volvimos a hablar aquel día sino del tiempo y de otras bobadas. Yo pensaba: "No debía haberle hablado de su padre, porque es como citar vanamente el nombre de Dios". Pero así soy yo. Cuando me emociono pierdo el control y hago alguna barbaridad.

»Así pasaron los días.

»Una tarde vino Valero a mi encuentro en el patio del cuartel con una prisa aturdida. Llevaba el gorro de cuartel en lugar de la gorra de visera.

»—¿Adónde vas, Madrigal? Espera, necesito que me digas una cosa. ¿Qué es lo que has conseguido de Antonia, digo, hasta ahora?

»Creía yo haber entendido mal. Repitió el suboficial su pregunta y yo respondí ofendido:

»—Si consigo algo de Antonia es cosa mía y nadie tiene por qué saberlo. ¡Vaya, hombre, pues no faltaría más! Son cosas que sólo a ella y a mí nos interesan.

»—Tú sabes que yo me preocupo por la muchacha.

»—¿Y qué? Más me preocupo yo.

»—Más que yo no es posible, y por eso te lo pregunto de buena fe.

»—La pregunta, de buena o mala fe, es una porquería. Dicho sea con respeto: ¡una porquería!

»El suboficial se calló y después de un largo silencio desvió el tema y dije que ella me había mostrado la casa donde nació. Con algún temor pregunté a Valero si sabía quién era la madre de mi novia y Valero hizo también un esfuerzo para responder con calma:

»—Era una mujer medio aristócrata. Se quiso matar de un tiro estando embarazada, tres semanas justas antes del plazo de dar a luz. Los médicos le hicieron una operación cesárea y sacaron a la niña viva. La madre curó, pero se volvió loca. Esa mujer era la esposa, es decir, la viuda del capitán a quien llamaban el Gallinazo. Sí, no te espantes. Fueron buenos amantes Lucas y la viuda. La niña nació como las diosas de la antigüedad, pero tú no sabes de estas cosas.

»—¿De qué?

»—De las diosas de la antigüedad, que nacían con la operación cesárea.

»Al verme tranquilo aventuró otra vez la pregunta indecente: "¿A qué grado de intimidad has llegado con Antonia? Digo, si no te molesta la pregunta."

»Yo callaba. No protestaba ya, pero callaba. Y no protestaba porque se veía que el suboficial parecía culpable. Aunque no arrepentido, eso no.

»Me puse a hablar de otra cosa.

»—Por favor —suplicó él—. ¿Qué has conseguido hasta ahora de la niña?

»Yo callaba y Valero estuvo a punto de estallar. "Mucho has debido conseguir si no puedes decirlo." Se quedaba resentido con la mirada encendida y callado, lo mismo que yo.

»El día siguiente volví a salir con la muchacha. Nos besamos largamente en el taxi y nos cambiamos promesas. Yo quise decir algo de su padre y ella se puso triste y me advirtió: "Vale más que nos digas nada de mi padre para bien ni para mal." Comprendí que adoraba a su padre o que tenía miedo de él, o quizá las dos cosas juntas.

»Aquella tarde me dijo de pronto, súbitamente alegre:

»—Yo soy un poco difícil en el amor. Yo lo quiero todo, en el amor.

»—¿Qué es todo?

»—Pues, el bien y el mal, el día y la noche, la vida y la muerte.

»—Mi idea es la misma, digo, contigo. Yo te la doy, mi vida. La muerte también te la daría aunque no sé cómo. La vida de un cabo puede no valer mucho, es verdad. Pero la muerte es la misma en el rey y en el último soldado, ¿verdad? Me gustaría que la muerte fuera un ramillete de flores y dártela yo a ti, la mía, y que tú la olieras y pensaras algo bonito. Y perdona que hable así. Cuando te hablo a ti, Antonia, es como si fuera otro. Yo mismo no sé quién soy.

»*Después de un silencio largo, ella suspiró:*

»—*La vida es difícil* —*dijo*— *y la nuestra no va a ser más fácil que la de los otros.*

»*Yo seguía fuera de mí y no sabía lo que decía, pero sé que decía la verdad más honda:*

»—*Probaremos a vivir, y si no podemos vivir probaremos a morir, digo, al menos yo. Todo será maravilloso si yo puedo seguir besándote alguna vez y viendo que me miras con amistad, como ahora. El resto del mundo puede hundirse.*

»—*Lo que dices está muy bien para ti, cabito. ¿Sabes por qué? En el amor todo el secreto está en querer y no en que le quieran a uno. Querer es la gran maravilla y tú me quieres.*

»*No sabía yo qué responder* —¿*me estaba diciendo que no me quería?*—, *pero vi que me miraba con una gran amistad. En eso yo no me engaño. Iba a preguntarle si ella quería vivir o morir conmigo, pero no me atreví porque parecía estar diciéndome: "Soy feliz viéndote a ti dichoso con tu amor y por el momento eso debe bastarte." Cuando uno ve esa expresión en la mujer de la que uno está enamorado hay que callarse y escuchar por la noche* —*es lo que hacía yo en todo caso*— *el levante y tratar de gozarse en la propia tristeza si es posible. Porque es el último recurso, ése. A mí no me faltaba, la verdad.*

»*Al mismo tiempo que yo escribía a España buscando empleo estudiaba las ordenanzas militares para ascender a sargento y, como se ve, andaba desorientado haciendo gestiones contrapuestas.*»

Oyendo a Madrigal, yo pensaba una vez más en Valentina. No podía menos de sentir algún respeto por aquel lejano pariente de dientes mellados que pronunciaba las eses y las efes dando un soplido como las culebras.

—¿Tenías entonces la mella? —pregunté.

—No —se apresuró él a responder—. Eso vino más tarde. Por la ventana llegaba un olor a hierbas quemadas.

Y Madrigal suspiró perdido un momento en el laberinto infausto de sus memorias y continuó:

«*Al regresar un día al cuartel, el sargento de semana me dijo que me presentara en el cuerpo de guardia donde me reclamaba el oficial. Yo, sin dar a aquello demasiada importancia, fui antes a la oficina de Valero, quien me ofreció un cigarrillo y comenzó a hablar de un modo tan elocuente, tan amistoso y tan satisfecho de sí que no pude menos de extra-*

ñarme. "Es como si hubiera recibido una herencia", pensaba yo.

»—Te voy a decir, Madrigal, las cosas que ignoras todavía en relación con Antonia. Te diré todo lo que quieras saber, porque en realidad y a pesar de todo yo soy tu amigo. Tú sabes ya quién era la madre de Antonia. Pues bien, Lucas Viñuales, el Zurdo, después de matar al capitán y echarse al campo, venía de vez en cuando a la plaza vestido de moro y con papeles falsos. Con su barbichuela en punta y la cabeza afeitada no lo habría conocido la madre que lo parió. Una noche entró en el cuarto de la viuda del Gallinazo y consiguió hacerla suya poniéndole el cuchillo en el cuello. Lo bueno es que a ella no le disgustó y luego se hicieron amantes. Cosas de la vida. A las mujeres no las entiende ni Dios. Ella quedó encinta y quiso matarse cuando otro hombre que le había prometido matrimonio la abandonó. La vida tiene ocurrencias de Satanás. La madre se volvió loca, pero yo creo que era una golfa. Después, al volverse loca, a todos nos parece un poco más decente. Misterios de la vida. Lucas se marchó otra vez al monte y se hizo salvaje como un beniurriaguel. Luego, cuando sucedió la cosa de Monte Arruit, digo, la mortalera, tengo oído que andaba por allí mantando gente. Si pensamos que un hombre es un hombre y no un animal de carga, y que no se puede esperar de nadie que aguante un rebencazo en el hocico sin ser un verdadero hijo de puta, y yo que lo soy tampoco lo aguantaría, tenemos que meditar antes de juzgar al padre de Antonia. Será un desertor, un renegado o lo que quieras. El nombre no le hace, pero ni tú ni yo podemos culparlo. ¿Qué harías tú si un capitán abusón te diera con la fusta? Cuidado, yo no digo que justifique al padre de Antonia, pero tampoco le acuso. Es hombre de temple y salió por su honra. Que un sargento le pegue a un sorche que se desmanda, bien está. Eso es cosa del servicio, pero en aquel capitán era ya mala sangre. Y Viñuales salió por su honra.

»Yo repetía en mi imaginación: "La honra de Lucas Viñuales." Aquello me sonaba como una religión después de haber visto cuáles eran los sentimientos de Antonia para su padre. Pensaba en él como en un ser superior de veras, con quien ni Valero ni yo podíamos compararnos.

»Valero seguía hablando como si se emborrachara con las propias palabras, hasta que yo le interrumpí para decirle que tenía que presentarme en el cuerpo de guardia porque

*me llamaba el oficial. Entonces se calló y se quedó con la
pipa en el aire —sin llevarla a la boca— disimulando su
sorpresa. No era lo que se dice asombro, pero sí extrañeza.
Era como si él esperara aquello, pero no tan pronto.*

*»—Ten cuidado, cabo —me dijo, pero evidentemente sin
el menor deseo de interesarse por mi suerte.*

*»En sus ojos había una lucecita fría que me dio mala
espina. Poco después salí recordando que algunos meses atrás
el que entonces era oficial de guardia había dirigido la tarea
de dar sepultura a millares de esqueletos de Monte Arruit.
Yo trabajaba a sus órdenes y llevábamos todos un algodón
en la nariz mojado con fenol, porque algunos esqueletos
tenían carne todavía y olían muy mal bajo aquel calorazo.*

*»Me fui hacia el barracón pensando en el consejo de
Haddu: "Coge una metrallosa y escapa a Dar Bona". El
suboficial me había denunciado, creo yo. No sé. Todavía no
puedo asegurarlo.*

*»Haddu me había aconsejado: "Cuidado, hay que tratar
conmigo por lo bajini". Pero era ya tarde para tomar precauciones. Me salieron al paso dos soldados de la guardia, con
armas, y me llevaron al cuarto de banderas. Por el camino
me preguntaban: "¿Qué has comido, cabo?". Querían decir:
¿qué has puesto en tu estómago que te ha sentado mal? Era
la broma acostumbrada. Pero la cosa tenía más importancia.
Me había buscado la negra. Poco después estaba encerrado
en el calabozo. Los arrestos leves se hacían quedándose el
culpable en el cuerpo de guardia o en la compañía. Los verdaderos delincuentes eran enviados al calabozo. Desde el primer
momento comprendí que aquello iba en serio.*

*»La cosa olía a cuerno quemado, que es el peor olor del
mundo. Peor que el excremento.»*

En aquel momento y en el hospital olía a desinfectantes
balsámicos, a listerina o algo así. Es que había pasado por
delante de la puerta un carrito de curación empujado por el
enfermero alemán.

Madrigal torcía el gesto antes de seguir .

*«Se reunieron el día siguiente dos oficiales y un jefe y
me llamaron a declarar. El comandante que presidía era
hombre con fama de valiente, hijo de un héroe de la guerra
de Cuba. Aunque era persona de costumbres normales, tenía
maneras un poco femeninas —esos tipos valientes y afeminados hacen furor en el ejército—. Parece, según me dijeron,
que había ido a Marruecos a que lo mataran para dejar a*

*su mujer y a sus tres hijas el sueldo de campaña íntegro como
viudedad. Un hombre honrado. El hecho de que lo hubieran
puesto como juez me asustó, la verdad.*

*»Pensaba con desesperación en Antonia y con envidia
en su padre, que había sabido escapar a tiempo.*

*»El comandante, hombre de cara enjuta y piel tostada,
se sentaba debajo del retrato de S. M. y comenzaba a hablar
siempre con las mismas palabras: "Según las apariencias...".
De los dos oficiales, uno escribía y el otro callaba o preguntaba. Yo pensaba, mirando el retrato del rey Alfonso: "Ese
tío cenizo que tiene el número trece me va a traer la ruina,
igual que a los doce mil esqueletos de Monte Arruit y a los
otros doce mil de Annual".*

*»En general, los tres oficiales me trataban con bondad
y aquella dulzura —que no se veía nunca en el ejército—
me escamaba mucho y me hacía pensar en el paredón de los
cornetas. Porque yo había traicionado vendiendo municiones
de guerra al enemigo. La cosa era seria. De matarilerón, era
la cosa.*

*»El cuerpo del delito era una caja de cartón vacía con
sus dos asas de cinta blanca, encontrada en un pozo de tirador
en Dar Bona al hacer la descubierta. Y la caja tenía números
e iniciales, señales de identidad en las que no había pensado
yo cuando se las vendí a Haddu. En aquel pozo de tirador
había estado un mohamed "matando oficiales de la mehalla",
al parecer. Allí me falló la "rutina", lo confieso.*

*»No podía comprender que aquellos tres hombres que
se sentaban detrás de una mesa cubierta con una manta
cuartelera y que parecían gentes sin peligrosidad pudieran
llevarme al paredón de los cornetas.*

»La manta cuartelera olía a las lejías del despiojamiento.

*»Naturalmente, yo lo negaba todo, pero no me hacía
ilusiones y mirando al comandante que presidía recordaba las
palabras de Valero y pensaba: "Ahora éstos aprovecharán la
ocasión para mostrarse justicieros y decir a los de Madrid que
en Ceriñola todo está en orden". De aquel modo darían el
pego, porque el coronel se aprovecharía de aquellos tres
oficiales honrados para dar el pego, digo, en Madrid.*

*»Después de cada interrogatorio me llevaban a la prisión,
me echaban el doble cerrojo y el proceso seguía su marcha.*

*»Iban y venían exhortos a Dar Bona y al zoco El Had y
en esas idas y venidas aquellos tres hombres iban preparando
mi matarile contra el famoso muro. Los vecinos de Cabrerizas*

*iban a casa de Crisanto a buscar noticias sobre mi proceso
(en realidad, a averiguar cuándo me fusilaban) y el suboficial
jugaba su partidita como siempre.*

»*Antonia preguntaba:*

»*—¿Qué pasa con Madrigal?*

»*—Está en el calabozo y han abierto sumario.*

»*Se fingía dolido el suboficial.*

»*—Grave podría ser, niña mía. Cayó en delito de traición
frente al enemigo.*

»*—Si a Madrigal le pasa algo —dijo ella— tendrá que
responder usted delante de mi padre.*

»*—¿Hm? —respondía Valero poniendo una carta boca
arriba en el tapete, y añadía—: Vamos, Antonia, que no es
para tanto.*

»*Las víctimas de las venganzas de los moros aparecían
a veces empaladas y puestas de pie al lado de los caminos.
El suboficial lo sabía, pero preguntaba sin dejar de jugar:*

»*—¿Qué tengo yo que ver con la mala suerte de nadie?
Además, el cabito puede salir del trance bien o mal. Se dan
casos.*

»*Entonces, la mujer de Crisanto dijo que un día en el
Peñón de la Gomera habían fusilado a un hombre por robar
municiones y vendérselas a los moros. Así el honor quedaba
a salvo, como decía la vieja.*

»*—¡El honor! —respondía Valero poniendo un tres de
oros encima del dos—. Cosa grande ésa. Un cabo no tiene
honor. Yo mismo, siendo suboficial, no tengo tanto honor
como tendré un día, digo, cuando ascienda a alférez. Y soy
el número seis en la escalilla. Me faltan cinco puntos para
tener pleno honor.*»

Oyendo hablar así a Madrigal me acordaba yo del honor
del teniente Astete en «Los cuernos de don Friolera». Tenía
ganas de reír, pero no reía porque Madrigal seguía de lleno
en aquella escena de la cantina. Hablando de Valero:

«*Por fin se levantaba, doblaba el tapete verde y se despe-
día con el saludo mehallí. Crisanto respondía:*

»*—Y muchos años para disfrutarlo.*

»*Dos días después, Antonia le hablaba otra vez a Valero
en la cantina:*

»*—Mi padre, desde Ras Medua, va a enterarse de lo que
le sucede a Madrigal, ¿oye usted?*

»*—¿Hm? —preguntaba Valero atento a las cartas.*

»Con la ira se le encendía a Antonia una lucecita verde en los ojos. Pensó Valero: "Perder la vida a manos de Haddu o de otros moros que merodean a veces por Cabrerizas (aunque lo mutilaran a uno y le cosieran la boca y lo empalaran) sería más tolerable que perder la amistad de Antonia".

»Sin dejar de atender a las cartas, sacando la sota del extremo derecho y colocándola en el izquierdo, repetía:

»—Tiene suerte, Madrigal. ¿Tanto te interesas por él?

»Ella se iba a la cocina sin responder y quedaban las tiras de bejuco moviéndose rumorosas.

»Estaba mi calabozo en una de las esquinas de la muralla. La puerta era una reja de hierro y entre los barrotes yo veía a veces la rodilla doblada del centinela.

»Y le oía canturrear por la noche.

»Estaban los calabozos en los cuatro rincones donde se unían las murallas cercando al cuartel en un inmenso cuadrilátero. Al oír yo las pisadas de las parejas de relevo, cada tres horas, me acercaba a la puerta.

»Los cabos y los soldados de la guardia tenían orden de no responder si les hablaba. De día no contestaban y de noche yo me dormía en mi camastro oyendo sonar el levante en las almenas y las aspilleras. Oía también en mi recuerdo la voz de Haddu sobre la metrallosa y tenía la obsesión de aquella metrallosa dicha así, con nombre afrancesado.

»Por la noche creía oír a los chacales por la parte de Rostrogordo y tenían voz humana, de veras, con sus ayes de agonizantes.

»Olía allí a la grasa quemada de los calderos, porque las cocinas caían cerca. Es decir, no había cocinas. Guisaban al aire libre, en un rincón, entre las murallas aspilleradas.

»Y oyendo a los malditos chacales pensaba en Antonia, nacida no del amor, sino de la venganza, y trataba de darle a ese hecho alguna razón, buena o mala, en relación conmigo. No lo conseguía.

»El levante me despertaba a veces y otras el relevo. Por la noche los soldados hacían la guardia con la bayoneta calada y un cartucho en la recámara, por si acaso. El ruido del cerrojo del fusil —cuando lo cargaban— me hacía sentir la miseria de mi situación. Aquel era el único detalle que me molestaba en mi prisión, porque, al fin y al cabo, no me gustaba ser tratado como un criminal. Aunque confieso que lo era, eso es aparte.

»*Oyendo el rumor del levante en las aspilleras pensaba:*
"Antonia ha nacido para ser el premio de un hombre que ha
sido tan castigado en la vida, que no tiene más remedio que
hacer algo inesperado y tremendo". Yo estaba dispuesto a
hacerlo, pero ¿era tiempo de hacer algo aún? ¿De hacer qué?

»*Otras veces, viéndome en aquella situación, pensaba:*
"Estoy pagando el precio de algunos besos y caricias de Anto-
nia". No era demasiado y no me quejaba. "Pero —añadía— si
hubiera sabido desertar como Lucas, ¿quién sabe?" El viento
en la puerta enrejada —el levante— me recordaba las maña-
nas de instrucción y las trompetas junto al paredón de piedra
y adobe. Y aquella diana que los soldados cantaban con una
letra cochina.

»*Cuando no dormía por la noche, me entretenía en*
escuchar los ruidos remotos. A veces oía los rosetones de los
molinos de viento que giraban sin elevar agua alguna.

»*Durante el día los toques militares me hablaban de la*
vida de los otros soldados que gozaban de una relativa liber-
tad y seguridad. Escuchaba los toques de corneta. El de reco-
nocimiento era el mismo que el de oración. Los soldados
decían repitiendo la melodía de la corneta y exagerando cómi-
camente la pena: "Camaraaa... ¡qué malito estás!". A través
de aquellas letras se traslucía una vez más la tontera de los
soldados campesinos. Es verdad que el inocente es el que
paga en la vida. ¡Y vaya si pagaban! Yo no era inocente,
pero me había conducido igual e iba a ser aplastado también.
Nosotros, digo los soldados, no teníamos sino que bajar la
cabeza y morir de piojeras (de tifus), de hambre o de los
ocho tiros de la escuadra de ejecuciones. Yo no merecía otra
cosa, lo confieso.

»*Pensaba todo esto por la noche, oyendo girar los rose-*
tones de las norias inútiles y tratando de calcular cuál sería
la intervención que Valero había tenido en todo aquello.

»*Algunas noches, el levante me traía el olor de la mar,*
que es olor a mujer moza. O mosita, como dicen los andaluces.

»*Una noche probé a hablarle al centinela:*

»—*¿De qué batallón eres?*

»—*Del mío —respondió el soldado, desapacible.*

»*La respuesta valía, sin embargo, más que el silencio.*

»—*Yo creía —le dije amistoso— que estabas en el mismo*
batallón que yo y por eso preguntaba, rediós. Una buena
palabra la merece cualquiera.

»—*¿Cuál es tu batallón?*

»—El segundo. Está destacado en El Had, pero cuando
salió yo me quedé en la compañía de transeúntes con un
destino. ¿Cuánto te falta para cumplir?

»—La mitad y otro tanto.

»—Ya veo. Eres hermano y me niegas. Lo siento. Hoy
estoy chapado yo aquí, pero mañana podrías estarlo tú. Esas
cosas suelen pasar lo mismo con los quintos que con los veteranos.

»—Seguro, dice mi abuela.

»—Entonces...

»—Si te escucho más de la cuenta y se entera el sargento
me veo en globo.

»—Un sargento no empapela a un hombre por una cosa
así.

»—Podría ser el oficial de guardia. Se dan casos.

»—El marica oficial no hace la ronda, y mucho menos a
estas horas.

»—Tiene repentes, a veces.

»—Repentes de ladrones... El que no roba es solamente...
porque no puede.

»—Cada cual va a lo suyo; a mí eso no me sobresalta.

»—¿Qué nos han dado hoy? Trompos con gusanos y agua
de barril. Algo es algo. Carne son los gusanos. Más tarde
esos gusanos se tomarán la venganza y se nos comerán también
a nosotros.

»—No entiendo esa música.

»—Tú y yo y el otro, estamos haciendo el litri, entretanto.

»—Sobre todo, tú.

»—Abre la puerta y nos echamos al moro, que yo sé
dónde nos recibirían bien.

»Rió el centinela con sorna:

»—No me gusta el cus-cus.

»—Yo sacaré una camioneta, que sé manejar. Hombres
por hombres, al menos seremos libres, que el pájaro es libre
cuando sale de la jaula.

»—Para caer en la trampa buscando el alpiste.

»—O no.

»—Para que se lo coma el alcaraván. Todos estamos frega-
dos desde que nacimos. La comadrona nos pegó para hacernos llorar y desde entonces hasta el día de nuestra muerte
será siempre lo mismo. Lo demás, monsergas y cuentos de
vieja.

»—Abreme. Yo sé dónde está la caja del regimiento. Saca-

remos un buen fajo y saldremos de naja, que el mundo es ancho.

»—Para esos enjuagues hay que ser un mandamás. Tú y yo somos demasiado pipiolos. El coronel es el que entiende la manufactura.

—»Al amanecer estaremos lejos.

»—Sería un mal paso. Menda va a su pueblo en septiembre con la media gaseosa.

»Quería decir con los papeles amarillos de la licencia.

»—De aquí a septiembre hay lugar para muchos percances. Tú puedes caer también.

»—Pero tú no lo verás. Los macabeos no ven.

»—¿Lo dices por el paredón? ¡Mala follá!

»—Yo no he dicho nada. ¡Que conste que yo no he dicho nada, chavó!

»Y con su falsa vergüenza, el centinela mostraba la satisfacción de hombre no empapelado ni amenazado. Le pedí que no denunciara aquellas palabras mías proponiéndole la fuga porque agravaría mi caso y el centinela pareció ofendido:

»—¿Por quién me tomas? A ti te podrán dar mulé, pero yo no soy un cañuto soplón.

»Y se ponía a canturrear, dando por acabado el diálogo:

> Ay, arrabal rabalero
> el de la niña en la puerta...

»A veces, el levante producía un alto silbido en las aspilleras que se mantenía varios minutos y yo lo sentía en las entrañas pensando en Antonia. ¿Estaría ella oyendo aquel mismo zumbido del levante contra su ventana florida? ¿Y lo sentiría ella en las entrañas como yo?

»Las cosas iban demasiado de prisa. Siempre pasa eso con la desgracia. La felicidad viene despacio y la maldición rápida como el rayo.

»En la cantina de la señora Tadea todo seguía como siempre.

»Un día, el suboficial Valero interrumpió su solitario, bebió el resto de su cerveza y dijo a Antonia:

»—Lo siento, pero Madrigal está perdido. Lo que se dice perdido.

»Antonia se le quedó mirando como se mira un zapato viejo:

»—Pida el traslado, señor Valero —le dijo secamente.

»*Valero la miraba sin saber cómo entender aquello y ella añadió con la misma expresión: "Mi padre se enterará y podría pasarle a usted un desavío". "Pida el traslado", balbuceaba Valero sin saber qué decir. Y entonces ella añadió sencillamente unas palabras tremendas:*

»—*Usted puede evitar que le pase a Madrigal lo peor. Si usted le salva la vida podrá hacer de mi cuerpo lo que quiera. ¿Entiende?*

»*Pero hacía falta estar lelo para creer una cosa así. Valero lo creyó, porque el hombre, en materia de faldas es un doctrino y no entiende que la mujer que lo encandila puede estar burlándose de él. Necesita tener el engaño delante y no lo ve aún, hasta que se da de narices. Todo esto lo supe yo después.*

»*Decidió Valero hacer algo por mí, ya que en mi salvación tenía su gloria. No sé si lo hizo por miedo a Lucas el Zurdo o por amor a Antonia, o por las dos cosas. Valero llamó a un almacenista de víveres gallego, pariente suyo, y le dijo sin preámbulos:*

»—*El coronel no puede negarte nada por razones que tú y yo sabemos.*

»—*Más cautela, Valero, que de esas cosas no se habla por teléfono.*

»*Era verdad que aquel almacenista se repartía con el coronel algunos miles de duros todos los meses. El comerciante añadía:*

»—*Si es razonable lo que buscas, ven aquí y hablaremos. Pero no por teléfono.*

»*El galleguito era serio y el coronel también. Hay formas de latrocinio que sólo prosperan bajo la máscara de la seriedad.*

»*Bajó a la plaza el suboficial muy a regañadientes y fue al almacén de su amigo. Aquella gestión le parecía demasiado incómoda. No creía Valero que yo mereciera tanto. Salvarme la vida por teléfono habría sido bastante.*

»*Pero allí fue, a aquel almacén que olía a tocino, a alubias y a aceite rancio.*

»*El suboficial podía ser hombre de empuje, digo capaz de convencer a otros de lo que le convenía.*

»—*Pídele al coronel la vida del cabo Madrigal* —*dijo Valero al almacenista de víveres*—. *Está empapelado y lo veo en el paredón.*

»*Se rascaba el comerciante el pescuezo:*

»—Te equivocas, Valero, si crees que tengo tanta vara alta.

»Recordando la promesa de Antonia sacó Valero un papel y escribió en él con buena letra inglesa —el suboficial era un calígrafo y lo tenía a gala— mi nombre completo y se lo dio al comerciante:

»—Cuanto antes —le advirtió—, porque podría ser que llegáramos tarde.

»Estuvo Valero tentado de decirle la promesa de la niña, pero se contuvo pensando que si se enteraba el comerciante quizá despertaría en él la envidia y no querría hacer nada. Se limitó a decir:

»—El cabo es inocente. Tú y el coronel tenéis vuestros enjuagues y lo que tú le pidas lo hará sin chistar.

»Tuvo también la tentación de decirle que si yo era fusilado se le crearía a él un problema de vida o muerte, porque Lucas, el padre de Antonia, no andaba con bromas. Pero tampoco se lo dijo, sospechando que entre amigos y medio parientes el riesgo de muerte del uno podía ser un aliciente gustoso para el otro. Así es la vida, y entre parientes nunca se sabe. Valero había vivido bastante para darse cuenta de aquello y le ocultó el peligro en el que estaba, por si acaso.

»Tenía el gallego sus curiosidades y trataba en vano de averiguar hasta dónde iba a salir su paisano aventajado con aquella gestión. Valero le dio a entender que tenía conocidos en Madrid y que podían dar un escándalo en los periódicos denunciando las irregularidades de los abastecimientos militares.

»El día siguiente Valero se acercó al calabozo por primera vez y me dijo con su voz de siempre, indolente y medio paternal:

»—No te apures, que no irás al muro. ¿Oyes, Madrigal? Lo mereces, pero no irás, no te apures.

»—No me apuro aunque vaya al muro, suboficial.

»Pero no era verdad. La noticia de Valero me quitó una parte de la angustia, porque, al fin y al cabo, la vida es lo único que tenemos. El viejo cabra me dio a entender que había hecho algo por mí obedeciendo a la presión dulcísima de Antonia. "Pero no te hagas ilusiones —añadió—, porque aunque te salvaremos la vida nadie te quitará una condena a cadena perpetua".

»Valero se presentó a declarar ante el juez diciendo que le constaba que me habían robado a mí del macuto los cinco *paquetes de cartuchos porque yo se lo había dicho algunas semanas antes. Valero dijo que me había aconsejado que diera parte escrito al capitán de mi compañía. A partir de esa declaración, todo mejoró un poco. Yo lo supe en seguida.*

»Por el momento me fue levantada la incomunicación y salía una hora cada día a pasear, vigilado. Iba y venía por el espacio central del campamento mientras cuatro centinelas, plantados a distancias regulares, me vigilaban arma al brazo.

»Yo paseaba en diagonal, o paralelo a los barracones. Los cuatro centinelas con bayoneta calada acotaban los puntos extremos de un gran cuadrilátero. Yo iba y venía, sabiéndome observado. Los soldados me miraban desde las gradas de cemento de cada barracón, pensando: "Ese es y no querría yo estar en su piel". Nadie se acercaba a hablarme y tampoco yo esperaba que se acercaran. Un día se presentó Antonia en la puerta del cuartel que daba al lado de Cabrerizas. Yo la saludé desde lejos y ella me sonrió tristemente. Se veía que tenía ganas de llorar, pero no lloró porque la miraban los soldados.

»Uno de mis centinelas canturreaba por lo bajo:

Compañías carcelarias
que despliegan en guerrilla
por las Cabrerizas Altas...

»Aquella tarde vi a Valero que salía del cuartel y que se me acercaba con ganas de decirme algo. Pero al mismo tiempo salía el comandante de la guardia con el sable al brazo y Valero no quiso que lo viera conmigo; es decir, con un sumariado. En lugar de acercarse a mí, Valero desvió el camino y se fue a Cabrerizas a jugar su partida con Crisanto. Pero Antonia ya no le servía la cerveza. Lo hacía la vieja señora Tadea. El suboficial disimulaba, ponía una sota encima de un caballo y decía de vez en cuando:

»—Dígale a Antonia que no se apure por Madrigal.

»Y a Antonia le dijo, viéndola más adusta que nunca:

»—No me tengas inquina, muchacha, que yo sé olvidar las promesas difíciles. He hecho lo que tenía que hacer sin esperar el premio. Nada te pido, sino tu buena voluntad.

»El viejo huevón había conseguido quitármela a mí, aunque no fuera para él, y eso le bastaba para sentirse a gusto en sus calzones.

»La acusación contra mí se mantuvo, pero sólo fui condenado por negligencia y estaba tan acostumbrado a esperar lo peor, que la primera impresión no fue tan buena como se podía suponer. Ir a la cárcel lejos de Antonia y perdiéndola a ella —me condenaron a quince años—, era tan malo como el paredón de los cornetas. Eso pensaba yo entonces, pero, claro, nunca está uno conforme con su suerte y si me hubieran condenado a muerte estaría suspirando por un indulto aunque fuera a cambio de estar preso toda mi vida.

»Podría haber sido absuelto también. No digo que no. Podría haber salido libre como el pájaro en el aire, pero para eso habría necesitado la influencia y la gestión de dos proveedores más de víveres, al menos. No lo digo con mala sangre, sino de verdad. Mucha gente honrada había entre los oficiales y aun diría yo que la mayor parte lo eran, pero aquel coronel merecía la misma suerte del Gallinazo. Eran esos jefes más dañinos para España que Abdel-el-Krim.

»Las grasas del rincón de las cocinas comenzaron a oler menos mal, pero la sentencia me aplastó. De un modo u otro, era privarme de Antonia para siempre, y yo lo sabía.

»De noche volvía a oír el viento en las aspilleras y las malas ideas acudían a mí, todas juntas. Debo confesar que aquel gemido del aire en las aspilleras, a pesar de los pesares, me daba una especie rara de placer y hacía vibrar mis nervios como las cuerdas de un violín. No habiendo sido afortunado en la vida y siendo, al fin y al cabo, mi juventud como la de cualquier otro, pues, la verdad sea dicha, me sentía injustamente castigado. Pensaba en la vida civil y en Zaragoza como en el paraíso.

»Malo es sentirse así, pero hay otras cosas peores. Porque todavía cuando uno cree que ha sido atropellado por el destino le queda a uno el recurso de levantar la cabeza al cielo y pedir explicaciones. Eso es. Es lo que hacía yo, de noche.

»Está bien eso de poder decir: "aquí estoy yo, bueno o malo, rico o pobre, grande o pequeño. Yo, que no le pedí a nadie que me trajera a la vida". Y esas palabras no las decía yo, sino el viento en las aspilleras. Un viento fino. Mi calabozo tenía aspilleras en lugar de ventanas, aspilleras para disparar con rifle, iguales a las que había en el resto de la muralla. En aquellas aspilleras se estaba el levante a veces con una nota alta casi media hora, y parecía un sollozo no de mi madre, sino de la madre de toda la puerca humanidad. Aquel gemido del viento en las aspilleras me recordaba las

marchas militares por tierras secas, donde sólo encontrábamos
algún esqueleto de caballo y tal vez de hombre, que tan
lastimosos son el uno como el otro, y más la calavera del
caballo con la tremenda simpleza de sus dientes amarillos.
¿Qué había hecho yo sino querer a Antonia? ¿Es tan malo
querer a una mujer? Vendí cartuchos a un moro, es verdad,
pero más soldados españoles mataba el hambre y la enfermedad por desidia y por latrocinio.

»Y a ciertas gentes se les llenaban las arcas de oro, se
enriquecían. Podían ofrecer esos tíos muchas cosas a su
hembra y yo sólo pude ofrecerle a Antonia mi muerte —estaba seguro de morir en el presidio—, que no sería siquiera una
muerte gallarda. Sería la muerte callada de un granuja.

»Y todavía el levante en las aspilleras me permitía sentirme en mi desgracia superior a otros hombres, como Valero,
que estaba en libertad. No es broma. Yo allí, solo, desgraciado, abandonado y pensando a veces que me habían negado
el muro de los cornetas con restos de masa encefálica de antiguos fusilados. Tal vez aquélla era la muerte bonita. Ahora
yo pensaba en aquel muro como un regalo que me habían
prometido y que a última hora me escamoteaban.

»Moriría no como un granuja, sino como un granujilla. Un
pobre diablo que se atrevió a enamorarse.

»No se trataba de ganas de morir ni de romanticismo,
porque lo que tengo yo de romántico no pasa de mi nombre
—Madrigal—, sino de alguna clase de gozo. El muro de los
cornetas era mi amigo. Había en él partes de piedra, de
argamasa y mortero y de sacos de tierra. Y cuando sonaba
una trompeta a su lado rebotaba el sonido y se esparcía por
la llanura y yo sentía en los toques y tientos aquellas tres
materias, una por una, y las manos que lo habían levantado,
digo el muro, y la sangre de los que habían caído delante.

»Creía entonces y creo ahora que morir frente a una
escuadra es una de las muertes mejores, porque es una muerte
sin enfermedad y con menos miserias que las otras, o sin
miseria alguna. Aquello de caer frente a ocho tíos que esperan
verle a uno desfallecer y poderles decir hijos de puta, es algo
grande y no hace falta explicar por qué. Finalmente —ya lo
dije antes— porque aquélla habría sido la muerte hermosa
que podría haberle regalado a Antonia. Mi ramillete oloroso.

»Cuando uno acaba de enterarse de que no va a ir al
muro de los cornetas y no va a ver ya nunca a la hembra y
no va a dejar de estar solo el resto de su vida, o al menos

los años mejores de su vida, entonces el levante de Marruecos
se va haciendo amigo de uno y el gemido de ese levante trae
paisajes con barrancos en el fondo de los cuales hay, además
de los huesos mondos, alguna flor todavía, porque en el
revés de la felicidad nunca falta algún buen rincón donde
ampararse.

»Para el que sabe hallarlos y gozarlos, claro.

»No debe ser tan terrible. Lo que sé decir es que todos
los muertos de guerra que he visto sonreían de una manera
mucho más franca que los muertos de enfermedad.

»Las mujeres saben gozar mejor de su desgracia y podrían
enseñarnos a los hombres, pero no hay más comunicación
entre ellas y nosotros que el beso y lo demás. El macho y la
hembra se atraen hasta que se juntan, y desde ese momento
en que se han juntado, todo los separa. Yo no me he juntado
con Antonia —un beso no es mucho, aunque con ella es más
de lo que yo podría decir aquí— y sólo me quedaba entonces de ella el recuerdo y la soledad.

»Pero volviendo a lo de antes, digo al cuento de mis desgracias, no todo fue tan malo. Como se puede suponer, Antonia no cumplió la promesa que hizo a Valero, y después de
ser yo sentenciado y llevado a prisiones se fue al campo y
nadie volvió a saber de ella en Cabrerizas. Preguntaba el suboficial ansiosamente: "¿Era el moro Haddu quien se la llevó?
¿O su propio padre?" Nadie supo o quiso darle razón. Desde
que la gente comprendió que me había jugado una mala
partida comenzaron todos a darle de lado a Valero. Aquella
miserable gente de Cabrerizas que yo creía despreciable,
tenía también su sentido de la justicia, y cuando yo me enteré
confieso que me llevé una sorpresa. Le hacían pagar a Valero
su faena conmigo. Pobre gente.

»Comenzó Valero a emborracharse, lo que contribuyó a
hacerle perder la estimación. Salía de la cantina dando tras-
piés y los chicos, moros o españoles, le gritaban palabras feas.
El piojito se atrevió un día a tirarle un troncho de col. Valero
se volvía hacia él y le decía con las de Caín:

»—Niño, ¿cuándo vas a subir al cielo?

»Pasé ocho años en el penal. Muchos años, que me dieron
la moral del presidiario para el resto de mi vida, creo yo. En
cuanto a Valero, me lo había quitado todo, el viejo cabra.

»Trabajé en el taller de la prisión y en mi oficio de
tornero, ganando incluso un pequeño salario que se me fue
acumulando con el tiempo. La vida allí no era peor que en

el cuartel y lo único amargo era la falta de noticias de Antonia, sobre todo sabiendo que desde el penal a Cabrerizas Altas no había más que cinco kilómetros.

»Oía de noche el mar y me consumía yo allí, tan solo.

»No sé por qué aquella prisión me parecía que tenía silencios y ecos como una iglesia antigua, como una catedral. En serio. Los talleres eran la parte más honrada y había carpinteros como San José y como Jesús.

»Allí supe distinguir los olores de la piedra, del cemento, del cordobán y de la grasa de los torniquetes. Estos, en mi taller, claro.

»Los otros presos eran buena gente dentro de lo que se puede esperar en un penal, claro. Había porquerías y riñas. Yo me salvé de aquello porque estaba enamorado como un zoquete o como una bestia o como un ángel. (Yo diría que lo estaba de las tres formas.) En la vida normal, aquellos seres degenerados habrían sido buenas personas, creo yo. Porque no se puede decir que fueran verdaderos maricones.

»El criminal militar es mejor que el civil. En mis años de experiencia cuartelera había visto que los soldados que iban al calabozo solían ser mejores, más honrados, más inteligentes y, por decirlo así, más enterizos. También se podría decir que eran más educados, más leídos. No había duda de que el preso militar era mucho mejor que sus centinelas y yo había podido verlo desde los dos lados, siendo centinela y siendo preso.

»Aprendí a fabricar algunas piezas de recambio para las ametralladoras y hasta para la artillería ligera, pero aquel trabajo, siempre el mismo y la idea de que no volvería nunca a ver a Antonia me iban entonteciendo, creo yo. La sangre por lo menos se me agriaba.

»Opinaba yo que en la vida militar sucedía todo lo contrario de lo que solían decir los periódicos y los libros. Por ello, ser soldado no me parecía honroso, sino vil, al menos en aquel entonces.

»Una miseria desde todos los puntos de vista.

»Me sentía más satisfecho de mí estando en la cárcel. Aunque, como se puede suponer, el alejamiento de Antonia me tenía desesperado. Ya dije antes que en la población penal había de todo, pero no eran mala gente. Había casos de degeneración disimulados y ellos mismos se avergonzaban, creo yo. Sólo había un marica verdadero y franco, a quien llamábamos la "tía Gila".

»Era una equivocación de la naturaleza, porque no tenía
pelo en la barba y sus caderas eran redondas. Parecía una
mujer —mientras no hablaba— y si lo hubieran vestido con
faldas nadie habría dudado. Pero cuando hablaba sacaba una
voz aguardentosa, de macho, violenta y agresiva. Una voz
ronca que sólo he oído en algún burdel de Málaga. Porque
hay voces en las cuales se ve la bondad o la maldad por el
tono y sin atender a las palabras.

»Tenía sus ideas "la tía Gila", no se crea que no. Lo
metieron en la cárcel por complicidad supuesta o verdadera
en el asesinato de una cantinera en Kandussi, mucho antes de
que yo llegara a Melilla. Y no quería salir, digo, de la cárcel.
Así como otros hacíamos méritos para que nos redujeran la
pena, él parecía sentirse a gusto y hacer lo posible para continuar encerrado. ¡Hace falta ser cabrito para no desear la
libertad! Hasta un cerdo, hasta un gato, hasta el último animal
se juega la vida por conseguir la libertad. Bueno, en su caso,
¿quién sabe? Por lo menos tenía cama. comida, médico gratis.
Y como no tenía afición a las mujeres, no las echaba de
menos. Al revés, le gustaban los hombres y allí no faltaban.

»Parece que en la guerra había sido valiente. No lo
entiendo.

»Uno de los rasgos de su afeminamiento era su necesidad
de andar husmeando noticias y comadreos por todas partes.
Sabía más que nadie de lo que pasaba dentro de la prisión y
también fuera, en las inmediaciones. Pero no le pude sacar
nunca una palabra sobre la familia de Crisanto ni sobre Antonia. Es verdad que conmigo no se fiaba, porque el hecho
de que yo hubiera vendido municiones de guerra a los moros
para llevar al cine a mi novia le parecía a la "tía Gila" una
verdadera ignominia.

»Era patriota "la tía Gila". Había estado en el Tercio y
allí lo llamaban "la Turquesa", nadie sabe por qué. Era muy
receloso; no se fiaba de mí, no se me acercaba nunca y cuando
otros hablaban bien de mí, ella arrugaba la nariz y ladeaba la
cabeza con un gesto altivo de asco. Y decía: "Nosotros los
del Tercio..."

»No me podía perdonar que les hubiera vendido cartuchos a los "morancos" —así decía ella—. Cada vez que decía
"nosotros los del Tercio..." solía recibir una patada o una
bofetada de alguno de los soldados del Tercio que había en la
prisión y que se sentían disminuidos, como es natural. Entonces, "la tía Gila" se ponía a llorar y decía:

»—Conmigo os atreveréis ustedes, con una pobre mujer indefensa.

»Para los soldados del Tercio, que eran echados palante y bravucones, la presencia de "la tía Gila" era la peor incomodidad que sufrían en la prisión. Era verdad que había estado ella en la legión extranjera, eso no podían negarlo y les avergonzaba. Le daban una paliza cada vez que declaraba haber estado en el Tercio. Es natural.

»A veces, "la tía Gila" decía a alguno con su acento andaluz exagerado:

»—Unos llevamos la fama, pero otros cardan la lana.

»Tenía razón. "La tía Gila" no era el único que practicaba la homoxesualidad, pero era el que recogía todas las descargas, más o menos secretas, del escándalo.

»Yo le llegué a tener simpatía porque vi que se conducía como una buena mujer con los que necesitaban ayuda, con los enfermos, con los que eran castigados. A veces, en el taller hacía el trabajo suyo y el de otros. Y siempre encubría y disimulaba y protegía a los que caían en alguna clase de culpa con la administración. Para mí, después del primer año, llegó a ser "la tía Gila" un ser inocente, asexuado y algo así como una monja. Una monja viciosa, claro, que las hay.

»Un monstruo. Iba y venía meneando las caderas y llamando hijos míos a los presos. Yo aguantaba la risa. A veces no podía, soltaba la carcajada y ella se apartaba y decía: "El putrefacto se carcajea".

»Porque a mí me llamaba el putrefacto.

»Yo no la trataba mal. Pero ella se daba cuenta de que la despreciaba. En una o dos ocasiones la protegí y ella me respondió insultándome. En su rencor contra los que la protegíamos se veía, quizá, el último adarme de masculinidad que le quedaba.

»Los empleados de la prisión lo trataban como si fuera mujer —a él le gustaba eso— y todo el mundo había aceptado a la tía Gila y se había acostumbrado a ella como si tal cosa. Viendo yo aquello, me decía a veces: "La gente no es tan mala como se piensa". Nadie trataba de hacer desgraciada a la tía Gila.

»¡Y hay que conocer por dentro la vida de un presidio para saber a qué atenerse! Nunca se podría imaginar la pequeñez y la estrechez y la virulencia —todo junto— de las pasiones de la gente presa. Como los valores que rigen fuera de la prisión no existen allí, la gente inventa otros y se crean clases,

jerarquías sociales, diferencias, sobre los más pequeños inci-
dentes. Cada uno dedica las veinticuatro horas del día a
demostrar a los otros que es más que ellos y para eso suelen
procurar el envilecimiento del vecino a toda costa. ¡Qué cosas
inventan para lograr emporcar al prójimo!

»Luego, a fuerza de estar encerrados, el carácter de cada
cual se agría y la obligación de ver todos los días las mismas
caras a las mismas horas enloquece un poco a los presos más...
bueno, yo diría más vitales. Eso es. A los más vitales .

»Por ejemplo; había un pobre diablo desesperado que no
hablaba con nadie y que se pasaba el tiempo tumbado en
un rincón diciendo que estaba enfermo. Iba al taller porque un
sargento lo llevaba a puntapiés. Pero cuando acababa la jornada se tumbaba en su jergón y allí se estaba sin querer comer,
con los ojos cerrados. Se veía que había decidido morirse.
Quería morirse, pero a pesar de todo estaba lleno de salud.
Pues bien; la tía Gila le llevaba la comida a su camastro, le
hablaba con amistad, lo trataba como una madre. Los otros
presos se burlaban del uno y de la otra y yo salía en defensa
de la tía Gila. Marica o no, aquel individuo tenía un corazón.
Como hombre era ridículo, pero no como mujer.

»Yo lo defendí dos o tres veces, y sin embargo la tía Gila
me miraba a distancia con desprecio:

»—Defiende a tu madre —decía— y no te ocupes de mí.

»Aunque ella me llamaba también hediondo, la que olía
mal era ella. Algunos días se habría dicho que menstruaba
como las hembras.

Aguantaba yo mis angustias, como cada cual, en cuestión
de sexo. Cuando se está en libertad parece más fácil pasarse
sin mujer. Pero la idea de estar separado del mundo y sobre
todo de las mujeres le pone a uno calenturas raras en la cabeza. Y en eso del sexo, como en todo, lo peor es la cabeza,
digo, lo que uno imagina. Lo que yo imaginaba era que algo
había en mí que funcionaba mal —digo, en mi carácter y en
la manera de conducirme— cuando a mi edad (26 años)
todavía no había tenido una hembra en los brazos. Bueno,
digamos la verdad, había estado algunas veces en el Buen
Tono, un prostíbulo del Polígono, donde la mujer costaba
poco. Es verdad que salía uno con blenorragia las más veces,
pero luego la curación en el cuartel era gratis.

»Lo enviaban a uno al hospital. Después, como castigo y
como medida de higiene, le hacían los médicos a uno la
fimosis —no sé si se escribe así—, que es lo que los judíos

*llaman la circuncisión. Para eso le ponían a uno a caballo en
una especie de armatoste que se levantaba dándole a un
pedal. Y allí le recortaban a uno la piel del prepucio y luego
la cosían.*

»*A eso le llamaban los soldados "subir al burro". "¿No te
han subido todavía al burro?", preguntábamos a veces. Por la
noche, mientras dormía uno se producía alguna erección como
es natural, y los puntos de sutura dolían y había que ver a los
operados recientes pasear encogidos de noche por la sala
insultando a las once mil vírgenes y esperando que el frío
de las baldosas redujera la cosa.*

»*Olía aquella sala a permanganato y a yodoformo, esto,
creo yo, para los que tenían chancros sifilíticos.*

»*Yo había estado en el Buen Tono y como soy hombre
de cierta prudencia en mis costumbres, cuando vi que tenía
gonorrea, pues dejé de fumar y de beber. Tampoco bebía
café ni té morisco —que son excitantes— y ni casi comía.
Así, pues, cuando me llevaron al hospital estaba mucho mejor
que los otros y el médico me dio de alta pocos días después.
Me había hecho subir al burro, como a los otros, claro. De
eso no se libraba nadie. Salíamos de allí hechos una especie
de judíos honorarios.*

»*A los 26 años de edad yo estaba, pues, en el caso de
ser un hombre que había sufrido casi todos los inconvenientes
del amor sin haber gozado ninguna de sus delicias. El beso
que le di en la nuca a mi tía me costó ir a Ceriñola 42; la
vez que me acerqué al Buen Tono e hice el amor, si se puede
decir que aquello era el amor, me costó la enfermedad, el
hospital, el subir al burro, etc. Después, el amor limpio de
Antonia —la amistad con inclinación amorosa de aquella criatura— me llevó a dos pasos del paredón de los cornetas. No
me quejo, sin embargo. ¡Yo, que desde los dieciséis años
podría haber sido el amante perfecto de tantas mujeres!*

»*Como digo, no había tenido ninguna. Era una especie
de inmaculada virgen gonorreica, condenada por malas costumbres, con mala fama, con todos los inconvenientes del
libertinaje, pagando culpas de todas clases y, como digo,
virgen. Todas aquellas cosas juntas supongo que me daban un
aire merecedor de alguna clase de desdén, y la tía Gila no
dejaba de percibirlo y de aprovechar la ocasión. Me despreciaba desde el fondo de su falsa matriz, la gran puta.*

»*Porque ya digo que en la cárcel cada cual andaba buscando oportunidades en las cuales basar su desdén por los*

otros. Cuando no las encontraba, había que inventarlas, y hasta los más imbéciles descubrían algún motivo. ¡Qué cosas inventaban! Yo al principio me indignaba y quería matar a mis calumniadores. Después me divertía y a los dos años de estar en el presidio todo me tenía sin cuidado.»

A medida que yo oía hablar a aquel pobre Alfonso Madrigal iba cobrándole respeto. En el hospital lo trataban como a un miserable cuya vida no le interesaba a nadie. Yo iba sintiendo incluso un poco de amistad y ya no me complacía tanto en decirme a mí mismo que era un pariente *lejano.*

Podía ser un *pariente* próximo.

Pero él seguía:

«A fuerza de pensar en mí mismo llegué a tener ideas medio religiosas. Habría querido matar a media docena de colegas de la prisión y como no era posible, entre otras razones porque no tenía armas, acababa por inclinarme del lado de la bondad y de la generosidad y casi de la religión. No es que yo me hiciera ilusiones. He visto demasiadas cosas para que tenga algún respeto por la Iglesia. Pero tenía preocupaciones nuevas y pensaba por qué habíamos venido a la vida y por qué nos golpeaba tanto la Providencia y qué era lo que salía ganando Dios o quien fuera con mis desgracias.

»Como se puede pensar, cada día me envolvía más en oscuridades y conflictos y acababa volviendo a lo que el cura de la prisión llamaba mi escepticismo. Porque todo lo arreglan los curas poniendo nombres a las cosas y diciendo un latinajo para hacernos ver nuestra ignorancia. En definitiva, lo que hacía el cura era lo mismo que los presos entre sí. Venía a decir: "Tú eres menos que yo. Baja la cabeza, desgraciado, que eres polvo en el polvo. Obedece, oveja descarriada y calla". Un día le hablé claramente:

»—Todo lo que dice usted me parece bien, pero no sé por qué nunca acabo de creer en la Iglesia. Aunque quiera, no puedo.

»—¿Qué es lo que te molesta, la autoridad?

»Olía el aliento del cura a buen tabaco; mucho mejor que el mío, y ya eso me ponía la mosca en la oreja. Cuando yo le decía que me molestaba la autoridad, él levantaba la cabeza y explicaba con una desgana de persona que está perdiendo el tiempo —su precioso tiempo:

»—Eso es satánido orgullo.

»Yo le respondí un día: "Será orgullo, pero hay otros orgullos peores, porque todavía no me he atrevido a pensar

y mucho menos a decir que hablo en el nombre de Dios como usted". Eso le dije. Se quedó muy incomodado conmigo y luego comenzó a intrigar con la administración. Cuando vi que si le llevaba la contraria me enviaba a limpiar los retretes, decidí no discutir más con él y darle la razón en todo. Hasta la tía Gila me despreciaba cuando andaba castigado en aquellas faenas. Sobre todo la tía Gila.

»Y a veces —creo yo— con motivo. Llegué a sentirme con el tiempo muy inferior a la tía Gila, que andaba siempre queriendo ayudar a alguien. Me deslumbraba un poco aquella facilidad con que la tía Gila hacía que olvidáramos su fealdad moral y física, su mariconería, en fin. No es que yo crea que un invertido sexual sea un tipo a quien hay que negarle el pan y la sal. Es un enfermo, en definitiva, y no es responsable de su dolencia. Pero no podía evitar un movimiento de retroceso y de asco. Y ella lo notaba.

»Recuerdo algunas cosas inolvidables.

»Dos o tres veces que nos dieron vino con la comida, ella consiguió favores especiales en la cocina, bebió más de lo que hacía falta para emborracharse y es fácil imaginar lo que sucedió. Se desnudó en el patio durante la hora de recreo y lo mismo quiso hacer con su conciencia; es decir, con su alma —digámoslo así—. La cosa tuvo un final muy feo, porque los otros legionarios le pegaron saliendo por el decoro de su legión, como es natural, y entonces hubo quien quiso pegarles a los del Tercio. Se armó una considerable marimorena y los empleados intervinieron a golpes y los centinelas estuvieron a punto de disparar.

»Luego se vio que los de la administración defendían también a la tía Gila. Es verdad que ella era perfecta como maricón y si nosotros hubiéramos sido la mitad de perfectos como machos o como presos o como lo que fuéramos, mejor nos habría ido a todos. Recuerdo que la tía Gila hizo un discurso así, más o menos:

»—Yo no debía estar en esta cárcel melillense sino en otra en la península, porque soy persona de mérito y valor por valor, tanto vale el mío como el de otro. Yo nací en un barrio de Málaga y serví en mi juventud en varias casas de niñas, metiendo y sacando orinales de las habitaciones, llevando recados y también apuntando las cuentas del ama. No me llamaban entonces todavía la tía Gila, que eso vino de un pintor que había en el Tercio y que se había venido a buscar el tiro en la frente después de encontrar a su mujer

acostada con otro. En el Tercio me dijo que le recordaba no sé qué pintura de Goya donde hay un maricón y que la pintura se titulaba así: El maricón de la tía Gila. Pero hasta entonces, en Málaga me llamaban Rafaé. Que mi nombre es Rafaé Millán de las Heras. Don Rafaé, eso es. Pero aquí hay gente tirada que no entiende lo que es el decoro y que le ha vendido municiones al enemigo. Gente como Madrigal. ¿Y cómo voy a esperar que tipejos como ése lleguen nunca a entender mi caso?

»Después, la tía Gila andaba correteando y brincando para dar con el trasero contra las paredes. Entretanto, decía que le faltaba un sexo femenino como el de las cabras y que con eso habría sido feliz.

»Los del Tercio le volvieron a pegar. Yo intervine en favor de aquel miserable, pero uno de los legionarios acertó a colocarme un buen puñetazo que me derribó en tierra. Cuando desperté, la tía Gila reía como un chacal nocturno y me insultaba. Se ponía de parte de sus verdugos contra mí, que lo había defendido.

»—Vaya —dije yo al estilo andaluz— se ve que tenéis ustedes espíritu de cuerpo.

»Los legionarios eran caballerosos a su manera, digo puntillosos. Creyeron que yo me burlaba y vinieron y me pegaron otra vez. Espíritu de cuerpo. Caí a tierra y la tía Gila me dio una patada en la cara rompiéndome dos dientes delanteros.

»En fin, todo aquello pasó y salí de presidio en 1930 con la amnistía del general Berenguer. Fui a buscar a Antonia, pero la cantina de Crisanto había desaparecido. Por entonces a mí me llamaban el Mellao por el hueco que me quedó en los dientes.

»En cuanto a Valero, había ascendido a alférez y muerto poco después en la toma de Tizzi Aza, no lejos de donde cayó el teniente coronel Valenzuela, un hombre bravo si los había. Yo me alegré, lo confieso. Digo, de la muerte de Valero.

»Como nadie me daba noticias de Antonia, con el dinero de la prisión saqué pasaje para España pero recordando las opiniones de Antonia dudaba y tenía la seguridad de que por muchas amnistías que hubiera ni ella ni su padre volverían nunca a la península.

»Revendí el billete perdiendo algo y me dediqué a buscar a mi antigua novia. Necesitaba saber si se había casado (esto me parecía peor que su muerte, así es el egoísmo de

los enamorados) o si seguía soltera. La idea de hallarla solte-
ra y poder casarme con ella me enloquecía como antes de ir
al presidio. Un poco desfigurado estaba yo con la falta de
dos dientes, pero si evitaba el sonreír no se me notaba. Y,
además, tal vez podría arreglar aquello un dentista.

»Iba todos los días al cafetín árabe de la Marina con la
esperanza de encontrar a Haddu, pero no lo vi ni supo nadie
darme razón.

»Entretanto, yo me las componía con los ahorros de la
prisión. Me habían prometido empleo dos personas, pero una
se desdijo al saber que había estado en presidio y la otra
no acababa de organizar el pequeño negocio que llevaba entre
manos y del cual dependía mi empleo.

»Aburrido de no encontrar a nadie que me diera noticias
de Antonia, volví a Cabrerizas y busqué entre la gente más
vieja. Encontré a la viuda de Chafarinas, la del gramófono,
que estaba como si los años no hubieran pasado por ella.
Tenía discos nuevos y aquélla era la única señal de paso
del tiempo.

»Seguía con un trasero más alto de lo que se podía esperar.

»Como yo salía de presidio pensé que podría aquello ser
un aliciente conociendo sus inclinaciones, pero era ella tam-
bién una puta del género patriótico y decía que quería crimi-
nales de sangre y no traidores.

»Así y todo, después de algunas semanas de andar por
Cabrerizas pude conseguir que la viuda del gramófono me
dijera algo en relación con la vida de Antonia. Ella no sabía
nada, pero estaba segura de que Crisanto podría informarme.

»—La Tadea murió, ya lo sabrás —yo dije que sí para
evitar explicaciones—. Pero Crisanto vive.

»—¿Dónde?

»La gente de Cabrerizas sabía dónde estaba Crisanto, pero
no solía decirlo por decoro. Aquello me extrañó. Nunca pude
imaginar que hubiera en Cabrerizas ninguna clase de sentido
moral ni de orgullo de barrio. La viuda me decía, bajando
la voz:

»—Creo que Crisanto está en el Doble Tono. Por lo
menos ha estado empleado allí como hombre de brega y
matón.

»Yo me espantaba, porque Crisanto era un bendito inca-
paz de energía ni de violencia, pero la viuda aclaraba:

»—O vigilante, o cosa así. No creas que Crisanto es el
mismo de antes, porque desde que murió la Tadea ha cambia-

do mucho. Era su mujer que lo quería demasiado y lo tenía al pobre hecho un mandria. No lo conocerías ahora. Es un tío bragao.

»Aguantaba yo la risa, incrédulo, pero salí en seguida hacia el Doble Tono. Ya dije que había en el Polígono, entre otros burdeles, uno que se llamaba el Buen Tono y otro el Doble Tono y la diferencia estaba justificada por los precios, ya que en el segundo las muchachas costaban diez pesetas en lugar de cinco.

»Me extrañaba que Crisanto, en los últimos peldaños de su decadencia, hubiera ido a parar a un lugar todavía de cierta distinción como aquél.

»Cuando llamé salió a abrir una daifa y me dijo huraña:

»—Si vienes de pelma estás de más, paisa.

»Iba a cerrar cuando apareció el mismo Crisanto en persona que me reconoció por la voz.

»Parecía más alto —llevaba botinas de bailaor andaluz—, se había dejado bigote y andaba con una camisa de manga corta que mostraba los antebrazos con los tatuajes del presidio de Ceuta. Es decir, que entonces se enorgullecía de ser un ex presidiario y al parecer con Tadea habían muerto sus esperanzas de una vida decente, si es que las tuvo alguna vez. Supe que también él había querido a aquella arpía y que su muerte lo desmoralizó. Es raro hallar el amor entre gente tan vieja, fea y miserable.

»La casa de niñas olía a pachulí y a agua de colonia añeja.

»En el patio había palmeras con lazos de seda sujetando las palmas.

»Era Crisanto en el Doble Tono un rufián con todos los requerimientos de la profesión. Detrás de él llegó una vieja sarmentosa que me miraba en silencio como un búho. Yo no podía sostenerle la mirada.

»Pregunté por Antonia, pero Crisanto se puso a hacerme consideraciones morales sobre mi delito, mi proceso y mi condena y sobre lo mal visto que había sido el hecho de que traicionara por unos billetes de diez duros. Yo lo dejaba expansionarse pensando que si hubieran sido billetes de mil le habría parecido bien, y cuando terminó, repetí mi pregunta:

»—¿Dónde está Antonia?

»El se puso otra vez a hablar de mi delito y entonces la vieja de ojos de búho dijo con una voz afónica:

»—Lo que el caballero quiere saber es dónde está la Antonia.

»El "caballero" era yo. Crisanto me miró en silencio, gravemente.

»—Más vale que la olvides a Antonia —dijo por fin—. En serio, Madrigal. Si la vieras no la conocerías. No. No es la vejez. Es que va vestida de mora, lleva la cara cubierta, las manos con la palma pintada de rojo y una estrellita azul tatuada en la frente encima del caballete de la nariz. Como una Fátima verdadera.

»Tenía miedo yo a hacer algunas preguntas:

»—¿Soltera?

»—Soltera.

»Debí mostrar alguna clase de alegría en los ojos, porque Crisanto añadió como si quisiera desengañarme:

»—Para el caso es como si no lo fuera. Es peor que si estuviera casada.

»Quise que me explicara, pero en aquel momento llamaron a Crisanto desde un cuarto interior y se disculpó y me dejó con la palabra en la boca. La pupila que me había abierto la puerta me invitó a sentarme. Yo miraba el patio con columnas doradas y alguna otra palmera enana. Había alfombras y cortinas de tisú de plata o que lo parecían. Yo pensaba que había prosperado aquel burdel, en los últimos años. La vieja bruja decía:

»—Hemos mejorado el mueblaje, pero la ocupación sigue costando lo mismo: dos duros.

»Cuando volvió Crisanto venían con él dos chicas más que me miraban con cierto respeto, por lo que deduje que mi amigo debía haberles dicho que acababa yo de salir de presidio y no debió decir la causa de mi condena para no desprestigiarse él mismo con aquella clase de relaciones. Debían suponer las daifas que yo era un criminal nato. Aquello me daba tono con las pupilas del Doble Tono.

»Llegaba Crisanto con dos buenas piezas:

»—Aquí —dijo presentándomelas— la Blanca y esta otra es la Irene.

»—Sea para bien.

»Ellas respondieron con ceceos y miradas oblicuas. La coquetería de las mujeres es cosa que siempre me ha caído bien.»

Madrigal hacía una pausa en su minuciosa narración para encender un cigarrillo y darle dos o tres succiones.

En aquel momento el hospital olía raro y yo trataba de

identificar el olor que era así como a leche materna y a pañales de infante.

Pero Madrigal volvía a hablar. Estaba —en sus recuerdos— frente a Crisanto, el rufián. Y Madrigal hablaba:

«Preguntaba yo a mi amigo si estaba empleado permanentemente en aquella casa y él decía con una expresión de falsa modestia:

»—Tengo a cargo las bebidas.

»—Y los bebedores, cuando alguno se desmanda —dijo Blanca.

»Me pedían que las convidara a un anisado con soda. Yo accedí y Crisanto fue a buscarlos y me los cobró con descuento.

»La vieja explicó muy afable:

»—Para los cabritos es tres veces más caro.

»Blanca me cogió del brazo —estábamos sentados en un diván— y aclaró amablemente:

»—Este no es cabrito, que es mi amigo.

»Crisanto me hablaba del difunto Valero con esa gravedad arrogante y un poco protectora que se emplea para hablar de un amigo muerto. El suboficial era un caso perdido desde que yo entré en la cárcel; es decir, más bien desde que Antonia salió de Cabrerizas. Daba vergüenza pararse a hablar con él en la calle. Parece que el ascenso le llegó cuando estaba ya a punto de que la enviaran al hospital y al verse alférez se sintió hombre nuevo, quiso salir al campo y hacer su servicio como cada cual y mostrar sus redaños. Lo enviaron a un puesto avanzado. Andar con veinte hombre en las avanzadillas arrastrando la tripa por el suelo no era cosa para gente de su edad. Pero Valero decía que si como suboficial estaba bien detrás de la mesa de una oficina, como alférez se sentía un poco ridículo al lado de los jóvenes recién salidos de la academia y decidió ascender por méritos de guerra o liarla.

»Y la lió sin dejar de ser ridículo, el pobre. Es lo que pasa, a veces.

»Trajeron el cuerpo en el techo de un autobús de viajeros, tapado con una lona impermeable —la misma que se suele emplear para cubrir los equipajes—, pero le dieron su buen ataúd con manillares blancos de metal, a cargo todo de la paga del mes, porque cuando lo mataron era día veinte y las pagas estaban devengadas desde la revista de comisario del día uno.

»Una de las pupilas del Doble Tono, dijo a Crisanto:

»—Y tú pusiste algo de tu bolsillo particular.

»Crisanto abrió los brazos con modestia:

»—La corona, con un letrero de purpurina que decía:
De Crisanto y Tadea, con el deseo de la paz eterna. Valero
murió como un héroe y merecía respeto.

»Recordándolo, Crisanto se enjugó una lágrima por el alférez y otra por la Tadea.

»Al entierro fue muy poca gente: Crisanto, dos hembras
del Doble Tono, la vieja costurera de Cabrerizas y la viuda
de Chafarinas, la del gramófono. ¡Ah!, también fue el Piojito.

»La de Chafarinas lloraba como si Valero hubiera sido
su amante y repetía que había estado Valero —el héroe muerto por la patria— enamorado de ella. Mentira, pero tenía la
vena romántica.

»—Yo también fui al entierro —dijo la vieja de la voz
aguardentosa.

»—¿Cómo?

»A veces no la oía bien porque se le quedaba la voz
dentro de su pecho acartonado y seco. Y ella, viendo que yo
le prestaba atención, añadió:

»—Antes de enterrarlo, a Valero se le abrió la piojera.

»—¿Eh? —pregunté yo sin entender.

»—Se le abrió y se llenó de gusanos que era una perdición.

»No entendía aquello y tenía miedo de que la vieja me
explicara más.

»—¿Dónde puedo ver a Antonia? —pregunté con algún
temor.

»Dijo Crisanto a las mujeres que yo estaba enamorado
antes de entrar en el presidio y salía ocho años después tan
enamorado como entré. Eso las conmovía y me miraban con
admiración porque las prostitutas suelen ser las mujeres que
toman más en serio el amor y la fidelidad.

»En resumen de cuentas, Crisanto no quería ayudarme
a encontrar a Antonia:

»—Yo estoy todavía en buenos`términos con Lucas el
Zurdo —decía— y no quiero perder su amistad.

»—¿Sabe el padre —pregunté— que yo estoy en
libertad?

»—Sí, sabe que cumpliste la condena, pero dice que eres
hombre para poco, ya que pudiste salir de naja a tiempo con
el rifle y las municiones después de cargarte a algún jefe y
no lo hiciste.

»Añadía que sólo los gallinas se dejan atrapar.

»—¿*Tú la ves a ella?* —pregunté.

»*Me miraban todos en silencio como pensando: "¿De dónde viene este tío para hacer una pregunta como esa?"*

»—*No la ve nadie* —dijo la vieja de la piojera.

»*El hecho de que aquella mujer la conociera me deprimía más de lo que se puede imaginar. Crisanto añadió en voz baja y como si tuviera miedo de que pudiera oírles alguien:*

»—*El padre de Antonia se conduce como un saltatumbas anticristo renegado.*

»*Había que considerar la vida que había tenido Lucas* —decían las niñas defendiéndolo—. *Treinta años por aquellos secarrales sin el arrimo de nadie, echado al monte con un rifle y durmiendo a la intemperie con un harapo en las narices para defenderse de la arena del levante.*

»*Una vida peor que la del chacal aullador.*

»—*Lo que digo yo* —repetía Crisanto implacable—: *El anticristo.*

»*Una daifa dijo que bastaría con denunciar al padre de Antonia a las autoridades para que lo arrestaran y lo encausaran. Le saldría la perpetua. Discrepaba Crisanto y creía que con la amnistía Medua no sería ya molestado por las autoridades militares ni civiles.*»

—Eso creo yo también —le dije a Alfonso Madrigal—. Con la amnistía de Berenguer todo eso es agua pasada.

En aquella gama de olores que percibía en el hospital se sentía el de azafrán, pero no sabía si venía de fuera —por la ventana— o de dentro, por los corredores.

Madrigal seguía:

«*Todo lo que pude conseguir de Crisanto fue que me dijera que entre el Zaio y la frontera de Argelia había un sufí o anacoreta moro que podía darme noticias del padre de Antonia y de ella misma. Debía ir yo allí y preguntar por Ben Hamet el Hach de parte de Crisanto. En un morabito construido al pie de una palmera famosa; es decir, una palmera sagrada.*

»—*No tiene pierde* —repetía—. *El moranco que vive allí te dirá dónde está Medua, si quiere. No le digas que vas de parte de Crisanto, el del Doble Tono, sino de Crisanto el de Cabrerizas. Eso es importante.*

»*Yo calculaba cómo iría al Zaio. Una de las hembras me dijo que había un barquito que iba a Cabo de Agua desde Melilla y que una vez allí la distancia no era mucha.*

»*Luego supe que había un autobús desde Melilla hasta el Zaio mismo, pero resultó que no funcionaba porque habían descubierto que hacía contrabando de armas con Argel y la empresa, que era humilde, no pudo pagar la multa y decidió declararse en quiebra.*

»*Después de pensarlo un poco creí que lo mejor sería ir caminando. No había sino dos jornadas de distancia.*

»*El primer día llegué a Zeluán. Antes, en el zoco de Nador me compré una chilaba comprendiendo que mi traje europeo no me ayudaba mucho. Yo mismo me espantaba de lo fácilmente que un español puede parecer moro. Iba con los pantalones remangados y con babuchas. Naturalmente parecía un moro bastante civilizado y algunos mendigos musulmanes creían que yo era alguien, me bendecían al pasar y alargaban la mano. Yo sabía algunas frases en árabe, como las saben casi todos los soldados veteranos en Marruecos, pero me callaba.*

»*Dormí la primera noche en la alcazaba de Zeluán, en un rincón del gran patio descubierto, lleno de burros, mulos, caballos y camellos, la mayor parte enjalmados y dispuestos para seguir el viaje de noche. Olía a boñigas y a esparto.*

»*No dormí mucho, la verdad. Me acordaba de Valero muerto y de las palabras de la vieja del Doble Tono. ¿Qué piojera era aquella que según la bruja se les abre a los muertos? Según me dijo estaba en la cabeza, en esa parte que los médicos creo que llaman la fontanella.*

»*Tenía mi dinero —el que me quedaba de la prisión— en un nudo del faldón delantero de la camisa y sentía la presión en la cintura. Cerca de mí había tres moros sentados en el suelo alrededor de una hornilla de carbón vegetal donde habían puesto una tetera quemada y mugrienta. Dos de aquellos moros eran beniurriagueles, maldita sea su estampa.*

»*Otro moro canturreaba y hacía intervalos en la canción durante los cuales decía con una voz muy atiplada:*

Ala... Ah, la ilah, ilaha...

»*Debía estar rezando al mismo tiempo. Porque los moros, mientras preparan su té, asesinan a un cristiano y le roban la bolsa a otro moro, rezan como nuestros frailes en los coros.*

»*Antes de amanecer volví al camino y hacia el mediodía llegué al Zaio. Allí hice exactamente lo que me había dicho Crisanto. Fui a un morabito que tenía una palmera muy alta*

al lado, pregunté por qué aquella palmera era sagrada y me
dijeron que había nacido de un hueso de dátil que Mahoma
el profeta expulsó sin digerir al detenerse a satisfacer una
necesidad cuando pasó por allí camino de la Meca. Yo pensaba: "Estos árabes siempre mezclando la porquería con la
divinidad". Porque ellos son así.

»Entonces me acerqué a una especie de derviche muy
miserable, lo saludé al estilo árabe y le pregunté por Hamet
el Hach. Me dijo en árabe una serie de cosas que yo no
entendía, pero por la manera de señalar con la mano comprendí que El Hach vivía en una agrupación de jaimas de buen
aspecto entre chumberas y pequeñas cercas donde el verde
polvoriento se encendía a veces con el rojo de alguna flor.

»Era aquél un aduar bastante bueno para lo que se acostumbra en Marruecos.

»Fui allí y pregunté por el misterioso Hamet el Hach.

»Me indicaron una jaima en lo alto del aduar, rodeada de
vides y de algún árbol frutal, especialmente higueras y grana-
dos. Cerca andaban algunas gallinas con sus pollitos.

»Cuando me acercaba vi levantarse al lado de una empalizada un remolino de polvo sobre el cual asomaban dos orejas
puntiagudas de chacal. El animal, que estaba atado por el
cuello a la empalizada, no trataba de atacarme sino de huir.

»Los chacales son animales muy nerviosos, no están un
momento quietos y aquél parecía que se iba a estrangular
él mismo. Dio un gañido y siguió tirando del fencejo que le
rodeaba el cuello y lo sujetaba a la valla.

»La abertura de la empaladiza estaba allí al lado y yo
no sabía si acercarme o no, porque aunque el chacal no es
particularmente enemigo del hombre tiene sus arranques y
tampoco se sabe que sea su amigo. No he conocido a nadie
que haya logrado domesticar un chacal. Se puede esclavizarlo,
pero no domesticar. En cuanto los sueltan escapan y nadie
los vuelve a ver.

»El mismo moro que me había indicado antes la vivienda de Hamet el Hach me hablaba diciendo a grandes voces:

»—Entre, que el chacal no le hará daño.

»Como hablaba en árabe —es decir en selha, porque
nadie hablaba verdadero árabe en aquellos contornos— yo no
lo entendía al principio y le pregunté qué decía. Al oír mi
voz salió un hombre de unos cincuenta años, con cierta mala
voluntad en el gesto. Le pregunté dónde podría encontrar
a Medua y aquel moro me miró con atención y dijo:

»—Medua murió hace tiempo. No hay tal Medua en el mundo.

»Me hizo entrar en la empalizada y yo le seguí lleno de confusión. Si Medua había muerto, la situación era mejor de lo que me habían dicho. Mis esperanzas crecían.

»Hamet el Hach me hizo señal de que esperara y entró un momento en su casa. Miré al interior desde fuera y vi en el centro del patio —con suelo de tierra— una incubadora artificial debajo de la cual ardía un mechero de petróleo que al parecer la calentaba. Se oían dentro centenares de pollitos piando. Hizo aquel hombre algo en la incubadora y luego salió y se sentó a mi lado.

»—¿Quién es usted? —me dijo—. Porque a pesar de la chilaba usted es rumí, también.

»Con aquello se confesaba español. Gañía el chacal al otro lado de la cerca y el moro se levantó con gestos indolentes, fue adentro, salió con algo en la mano que le arrojó por encima de la empalizada y el animal calló. Se le oía roer en silencio. Pero lo que quería aquel animal era escapar —verse libre— y no comer. Así, de vez en cuando gemía igual que una persona agonizante. Era impresionante aquello, así, tan cerca. Nunca había oído un chacal tan próximo. El moro me miraba fijamente con recelo y dijo:

»—Medua murió, es un decir, pero su fantasma sigue en pie con otro nombre. ¿Quiere usted verlo?

»—No, necesariamente. Es a su hija a quien querría ver.

»Me miraba el Hach como si yo fuera un perro con dos cabezas u otra cosa rara y yo no decía nada. Sospeché un momento que el Hach podía ser Medua mismo y que estaba burlándose de mí. Por fin, dijo, en una larga relación de tono confidencial y amistoso, algo que me dejó de veras desorientado. Es decir, hablando en plata, me dejó helado y todavía lo estoy.

»—Antonia no es la hija del que pasa por su padre. Bueno, él creía que lo era y la había tratado siempre como una hija. Era el padre más apasionado y cariñoso del mundo, usted sabe. Pero un día la niña tuvo una enfermedad, algo del apéndice y la llevaron a un hospital donde la operaron. La cosa se complicó y la niña perdió mucha sangre. Entonces hubo que hacerle una transfusión y su padre el moro Medua ofreció la sangre suya. ¿Qué más natural? A la hija, a quien el padre le ha dado la vida una vez, se la daría otra. ¿No es así? Además, Medua había podido hacer pocas cosas por *ella en la vida. Pero cuando todo estaba listo los médicos vieron que la sangre de Medua no valía. Parece que en el análisis resultó que Medua no era el padre de la muchacha. Un descubrimiento como otro cualquiera, dirá usted. Pero se dice pronto. Medua pensaba después de la operación: "Antonia no es hija mía. No es hija de nadie. No es hija de nadie, la hermosa Antonia". Lo mismo dice ahora, un año después. No es Medua hombre para andar en condenaciones de la madre de Antonia ni en celos del tiempo pasado. Y después, una noche de luna, cerca de la noria que sacaba agua para regar los plantíos, le dije a Antonia: "Hija, ¿tú sabes que no eres mi hija?" Y ella no decía nada. Y se miraban y se estaban callados.*

»*Allí cerca, al otro lado de la valla, gritaba el chacal:*

»—*¡Aaaaaay, aaay!*

»*Igual que una persona.*

»*El Hach seguía hablando y yo lo escuchaba y sentía que con su voz llegaba hasta mí, a veces, un olor de tabaco argelino. Dentro de la casa piaban los pollitos. Centenares, millares de pollitos. Fuera, el chacal volvía a sus gañidos y yo sentía en los pulsos el batir del corazón. El llanto del animal parecía ahora resignado y por eso más lastimoso. Si hubiera sido mío aquel animal le habría pegado un tiro.*

»*Se quedó el Hach callado mirándome a los ojos:*

»—*Ese animal lo tengo ahí —dijo— para matarlo cuando la covada de pollos —y señaló el interior de la casa— crezca. Entonces lo disecaré y lo pondré en medio del corral, de pie, para escarmentar a los otros chacales que vienen por la noche y me roban el pollerío.*

»*Seguía hablando por hablar, espiándome los ojos y pensando en lo mismo que yo. Al fondo del aduar, limitado por dos vallas de chumberas, la noche recogía sus brisas. El Hach decía:*

»—*El año pasado puse en el corral un chacal descuartizado para escarmentar a los otros, pero vinieron, se comieron el chacal muerto y me robaron más de cuarenta pollos. El chacal disecado les dará miedo, porque los animales tienen su fantasía como las personas y un animal muerto, pero de pie, les impresiona.*

»—*Aaaaaay —gemía el chacal como si entendiera lo que hablábamos.*

»*El moro repetía:*

»—*Muerto y de pie, lo pondré. Como Medua.*

»*Diciéndolo reía de una manera provocadora y bestial.*

»—¿*Medua no es el padre de Antonia?* —*preguntaba yo estúpidamente*—. ¿*Y viven juntos?*

»*El Hach afirmaba. Aquella afirmación era una sentencia peor que la de Cabrerizas Altas, sin prisión y sin el muro de los cornetas. Todos los muros eran ahora como aquél y todo el universo era prisión. No podía hablar porque aquel moro —que era tan moro como mi padre— no dejaba de hacerlo y yo creo que hablaba tanto, adrede y para que yo no metiera baza.*

»—*Ella se curó con sangre de otro y vinieron luego a vivir aquí. La tercera noche a una hora así como la presente y estando los dos debajo de aquel árbol, el Zurdo dijo: "Antonia, tú no eres mi hija". Y ella respondió: "Ya lo sé, padre. Ya sé que no soy su hija". Bueno, usted puede figurárselo. Fue ella más bien que él quien lo abrazó y besó diciéndole ternezas de hembra y el padre que no era el padre decía después: "Es cosa grande querer de pronto con el cuerpo a una persona a quien se ha querido veinte años sólo con la buena voluntad". Y la diferencia era cosa de milagro, porque Medua estaba día y noche como borracho aunque no probaba el vino. Por costumbre ella le llamaba y le sigue llamando padre todavía y él a ella la llama hija, pero viven como amantes. Ella fue quien se le arrimó, querenciosa. Algunos piensan que esa es la pareja más perfecta del mundo y el premio de la vida para un hombre que ha vivido treinta años como un animal silvestre, siempre huyendo y siempre con la muerte en los dientes. ¿Qué dice?*

»*Yo no decía nada. Me sentía a veces salir fuera de mi piel y callaba. Pregunté aún:*

»—¿*Está seguro Medua de que no es el padre de Antonia?*

»—*Se sabe en los hospitales por la sangre. Y aunque hubiera alguna duda —dijo el moro impaciente— ¿a usted qué le va en eso?*

»—¿*A mí?* —*dije yo como un idiota*—. *Eso es cuenta mía.*

»*Lo dije con el tono con que habría dicho: "La vida me va en eso". Y él se dio cuenta, pero siguió hablando. Yo no lo escuchaba. Mientras hablaba oí dentro en la sombra del patio otra vez piar de pollitos. La incubadora había sido abierta y alguien sacaba al parecer los pollitos pequeños para pasarlos de un departamento al otro y ellos protestaban, huían y sobre todo piaban lastimosamente cuando se veían atrapados. El moro seguía mirándome a los ojos:*

»—Ella era feliz entonces y lo es ahora. ¿Todavía quiere usted verlos, después de saber lo que sabe? No es fácil. Ellos pasan meses enteros sin ver a nadie.

»Estaba yo con la sangre envenenada y el moro se dio cuenta y me dijo amenazador: "Le advierto que Medua sabe que viene usted".

»—¿Yo?

»—Sí; el Mellao, como le llamaban a usted en el presidio.

»Al otro lado de la empalizada gemía el chacal y yo me acordé de que llevaba un cuchillo en el cinto.

»—¿Sabe ella que yo he salido de la cárcel?

»—Puede que sí y puede que no.

»La mirada del Hach iba mucho más lejos de mí.

»—Yo querría verla a ella a solas, si fuera posible.

»—¿Cree usted todavía que puede convencerla? —preguntaba él con sorna.

»—Quizá.

»—¿De qué?

»Callaba yo oyendo una vez más al chacal y pensaba de pronto que era necesario tal vez renunciar. Dentro de la casa se oían piar los pollitos otra vez.

»—Dígame dónde vive —le dije— y yo me las arreglaré para tratar de verla.

»—Vamos, Madrigal, no sea malasombra. Esa reunión de los amores de Antonia y su padre Lucas —que no es su padre— es más de lo que el sabio puede imaginar y el tonto gozar. Si Medua sabe que usted anda por aquí con esas intenciones podría haber esta noche sangre en el aduar.

»—¿En qué aduar?

»—En éste.

»¡Ah, vamos, vivían allí! Y yo respondí:

»—Esa idea será la de Medua. La mía es otra.

»El chacal gritaba tanto que apenas podíamos oírnos. No me extraña que los moros digan que son almas en pena. El moro callaba y me miraba con una extrañeza burlona:

»—¿Quién crees tú que soy? Sí, Madrigal. Soy ese que tú piensas. Sólo aciertas en eso. Medua soy yo: Lucas el Zurdo. Yo, Lucas Viñualas. El padre y el galán de Antonia.

»Mientras lo decía se levantaba y una vez de pie vi que era más grande que antes. Yo me disculpaba:

»—He pasado ocho años en presidio. ¿No cree que tengo derecho a decirle a Antonia dos palabras antes de marcharme?

»—No, tú no mereces decirle nada. Ni siquiera adiós. Yo
entiendo de hombres, Madrigal. Tenía ganas de verte de cerca
y eres el mismo de aquella noche cuando Haddu quiso echarte el caballo encima. ¿La quieres todavía, a Antonia? ¿Por
eso has venido? No es ésa la manera de conseguirla, Mellao.
Debías haber venido sin que yo lo supiera, sin que lo supiera nadie, y meterme una bala en los sesos a traición y sin
que nadie te viera. Luego podías quizá cruzar el Muluya y
escapar a Argelia. Y algún tiempo después venir a buscar a
Antonia. Pero es demasiado tarde ahora, porque ya sé quién
eres y lo que buscas. Como no puedes matarme, dicho está
que tienes que salir del Zaio ahora mismo y no volver. Eso
es lo que vas a hacer porque te conozco y eres un blanco.
¿Oyes? —Ay, aaaaay, ay ay, gritaba el chacal—. ¿Quieres
que te lo diga todo? Antes de ayer quedó abierta en el otro
lado de la casa, cara al camino de Mostaganem, una especie
de trocha. Abierta está todavía y tiene el tamaño de una
fosa. ¿Quieres verla? Si te queda algo de hombría después
de los ocho años de presidio podemos hacer hablar a las
navajas y ver quién de los dos va a ocupar esa fosa. Si
eres tú el que cae, yo echaré la tierra encima de tu cuerpo
antes del amanecer. Y ni Dios sabrá nada.

»Estaba yo quemándome por dentro. El terreno bajaba
en una suave pendiente y en la noche se encendían algunos
fuegos al fondo de las puertas abiertas, entre las chumberas,
a cien pasos de nosotros.

»En el patio de la casa piaban los pollitos, todavía.

»—Padre —dijo ella de pronto, asomándose a la puerta—.
¿Por qué gritas tanto? ¿Quién es ese hombre?

»Era la misma de otros tiempos pero vestida de mora.
Detrás de aquellas palabras quedó callada. Por fin pareció
conocerme —en la media luz del atardecer— y habló sin
sorpresa ninguna:

»—¿Qué haces aquí vestido de moro, Madrigal?

»Fui hacia ella, pero entonces el padre me dio un golpe
con el revés de la mano en la cara. Casi me derribó. Al
mismo tiempo me hizo el presente. El sabido presente de
la navaja en la otra mano. En la zurda.

»Yo pensé: "Bien, se acabó. Ha llegado el momento y
por fin voy a hacerle a Antonia el regalo de mi muerte".
Sin odio contra Medua, saqué mi cuchillo. En aquel momento
Medua se reía, pero no como un hombre, sino con gritos
parecidos a los del chacal, aunque éstos eran lastimeros.

»—¿Quién te bautizó en la prisión de una patada en los dientes, Mellao? ¿Un marica?

»Yo callaba pensando que si le colocaba la navaja entre las costillas la niña sería mía aquella noche y tal vez para siempre. Pero estaba en duda y lo inmediato era la puñalada (darla y evitar recibirla). Medua, con la faca en la mano, me decía también tranquilo, al parecer:

»—La fosa está abierta detrás de la casa, Madrigal.

»Creo que Antonia, viéndonos tan poco alterados y en la sombra primera de la noche, no se daba cuenta de la situación. Dijo desde la puerta:

»—No es fosa ninguna, sino un hoyo para sacar el caolín y venderlo a los alfareros. No es la sepultura de nadie sino la veta del caolín, Madrigal.

»Se la veía un poco alertada, pero en la oscuridad no se daba cuenta aún de lo que sucedía y su voz me sonaba de un modo familiar y acariciador después de tanto tiempo.

»Se me acercó Medua, yo le di una patada en el vientre y salté hacia atrás. Entonces ella dijo algo. Dio un grito y no pude entender sus palabras porque se dio cuenta de la situación y su voz fue demasiado espantada y sin control. Medua y yo peleábamos ya. Cada vez que yo veía relumbrar su faca pensaba: "Es el último relumbro que veo en mi vida". A mí no se me daba gran cosa de la vida ni de la muerte. me daban más miedo los aullidos del chacal que la navaja del Zurdo. Y no sé cómo me las arreglé pero pude herir a Medua en un brazo —un rasguño sin importancia, creo yo—. Al ver la sangre, Lucas dijo con un ronquido:

»—Me la vas a pagar, hijo de puta.

»Antonia gritó en la oscuridad:

»—Madrigal, ¿qué locura te ha dado?

»Y luego, viendo que yo insultaba al Zurdo y le buscaba el costado, la niña gritó fuera de sí:

»—¡Mátalo, padre!

»Como una fierecita, como una pantera en celo. Sus palabras me hirieron más que la navaja del Zurdo. Y no sé lo que sucedió después. Lo último que oí fue —todavía— al chacal. Sólo sé que cuando me recogieron era de día y el sol estaba alto. Parece que Medua y su hija me llevaron a medio kilómetro de allí y me dejaron en el camino de Mostaganem con una cuchillada en el costado.

»Ahora estoy en este hospital francés. Todas las tardes viene el juez a hacerme preguntas, pero yo no digo nada.

Son cosas de hombres que no importan a la justicia. Cuando salga, buscaré a Lucas otra vez y ya veremos lo que pasa. En aquel encuentro yo creo que fue el chacal que me dio mala suerte.

»Hasta ahora no se puede decir que haya gozado de la vida ni de la muerte con Antonia. En mi vida todas las cosas han sido siempre así. Digo, a medias. Tampoco me mataron en el paredón de Cabrerizas ni me dejaron en libertad. Cuando las cosas vienen así ¿qué se va a hacer? Rutina, dirán. Pero yo no soy de esos que se conforman con la rutina, y el padre de la niña ha hecho mal dejándome con vida.

»Yo, en el caso de Medua, no habría dejado vivo a mi enemigo, la verdad. La puñalada me la puso bien, pero sabía que con ella y todo yo iba a vivir. Debía suponerlo. Tal vez Antonia le impidió que me matara. Sólo así se puede comprender y la verdad es que esa idea me gusta. Estoy seguro de que ella debió interceder en favor mío. Como digo, yo la oí gritar aquella noche y aunque fue un grito de rabia y de horror, después debió cambiar de parecer. Yo debí caer sin conocimiento. Aquel chacal me dio la negra.

»A veces le pido a la enfermera un espejo y mirando la segunda herida —una pequeña punzada en el cuello al lado de la yugular— pienso en Antonia. Parece como si hubiera ido su padre a degollarme y sólo pudo interrumpir el golpe por la intervención de ella. Es lo que pienso, al menos, ahora, aquí, en la cama. Tal vez m e hago ilusiones.»

—¿Tú ves? —y alzaba la cabeza para que viera los esparadrapos con que le habían cubierto aquel conato de degüello.

Volvía a hablar de Antonia con un doble acento —¡pobre Alfonso!— de satisfacción:

—Hubo un tiempo, hace ocho años, que nos quisimos. Esa punzada del cuello me da alguna felicidad y el día que salga del hospital ya veré lo que hago. Es posible que Lucas y su hija hayan ido a emboscarse con su incubadora y sus pollitos y su chacal disecado al otro lado del Muluya, en Argelia. Ya veremos en ese caso lo que hago cuando salga, porque en cuestiones como éstas ni uno mismo lo sabe hasta que llega el momento. Es todo lo que puedo pensar por ahora. Mi vida no está acabada ni mucho menos. Podría todavía comenzar —recomenzar— mañana, creo yo. Al fin, nunca he tenido una mujer en los brazos, todavía. Bueno, tú me entiendes...

Le dije que podía ir a España, a Zaragoza, a Madrid; trabajar en su profesión de tornero mecánico o en otra cualquiera. Tal vez yo, como ingeniero, podría ayudarle. Pero él no me escuchaba:

—Tengo un asunto pendiente —repetía, pensando en Antonia y en su padre.

Lo decía con una secreta determinación.

Yo sentía respeto por aquel paisano y medio pariente. Dejé en su cama dos paquetes de cigarrillos que llevaba, le ofrecí dinero que rehusó y le pregunté qué manera era la mejor para volver a Melilla. Me dijo que había un autobús que iba a Cabo de Agua y que allí podía tomar el mismo día un barquito correo que iba a Melilla en dos o tres horas.

Lo abracé como pariente y me fui. Desde Melilla envié un telegrama a mi abuela diciendo: «Alfonso Madrigal está bien. Dejará pronto el hospital y no necesita nada. Es un hombre feliz.» Lo decía en serio. Estaba Alfonso enamorado y quería arriesgar otra vez la vida por su amor. ¿Qué mayor felicidad se puede esperar? Que lo quieran a uno es otra cosa. (¡Es tan fácil, eso!) Querer uno mismo es el gran regalo de Dios. Querer cada cual a su manera. Yo, como Pepe Garcés. Madrigal, como Madrigal. Lo demás, mujeres culirrosas, inventos mecánicos, programas políticos, son pequeñas cosas que exigen pequeñas atenciones en los días nublados e impares.

Estuve en Melilla dos semanas más, preparando la marcha. Como era oficial y las plazas de plantilla estaban todas ocupadas por los profesionales, me enviaron a la península. Era la ventaja de hacerse alférez de complemento, entonces.

Mientras embarcaba o no, pasaba el tiempo pensando en Madrigal, el hombre feliz. (Increíblemente feliz, de veras.) Yo habría jurado antes que era con mi Valentina y su corza blanca el único hombre feliz del mundo, pero vi que había dos.

El otro, con su herida en el costado y los esparadrapos sobre la yugular, era feliz, también.

Bueno, entendámonos.

Cuando yo volví a Málaga en el *Monte Toro,* marinero y brincador, las cosas de España estaban bastante cambiadas. En Madrid acababa de proclamarse la república y entré por la estación del Mediodía lleno de curiosidad. Me encontré con que todos tenían doctrinas particulares y personales y querían ponerlas en práctica sin tener en cuenta al vecino. Los ismos y las siglas de las organizaciones se multiplicaban. Los más

tontos y hasta las más tontas (porque había dos o tres mujeres diputadas) ensayaban maquiavelismos y actitudes históricas. Entre éstas, digo, las féminas elocuentes, había una tal
Dolores Ibarruri, que llamaban «Pasionaria», mujer hermosa
y de dotes mesiánicas que se consideraba un gran hombre.

Me había hecho la idea de encontrar en seguida un buen
empleo, pero se había producido una inhibición súbita en
los capitalistas y un retraimiento notable en la alta industria.
Escribí a mi familia y Concha, que se acababa de casar, me
dijo que Valentina era novicia en un monasterio de San
Juan de Luz. Yo no sabía qué hacer. A veces pensaba que
debía ir a buscarla, pero me sentía tan desabrido, tan falto
de fe —no en mí mismo sino en la inercia de la desventura
y en la malevolente inclinación de las cosas— que pensaba
a veces que tal vez Valentina era más feliz con su idea angélica
del amor, su idea primera, la que tenía yo también en la
infancia, y dedicando aquella idea y sentimiento a Dios, el
único que la merecía en toda su delicadeza grande. (Que
merecía a Valentina.)

Yo era entonces ateo (bueno, sentía la presencia del misterio natural en torno mío), pero cuando pensaba en Valentina no podía menos de creer que ella tenía razón. Recordando los diálogos entre Dios y el Alma enamorada en la
capilla de las monjas clarisas, me sentía miserable y culpable
y no necesariamente por razones religiosas, ya que si hay
Dios antropomórfico, sin duda debía reírse de aquellas cosas.
Me sentía culpable de traición. Detrás de esas culpabilidades,
sin embargo, era feliz.

Habría yo querido a veces morir con Valentina, ya que
vivir con ella me parecía cada día más difícil. En todo caso,
le escribí y no me contestó. Mi hermana Concha me decía
que era natural, porque la madre de novicias de su convento
ejercía sin duda una severa censura y no habría permitido
que le llegara una carta de amor. Yo no podía entender. ¿Qué
hacía Valentina en un convento? ¿Tenía quizá con ella en
el noviciado la corza blanca? ¿No sería, aquélla, la corza
mística corriendo hacia el manantial —el *ibón* pirenaico de
Epona— con una sed inextinguible? En el manantial no
esperaba el caballo blanco de los griegos, sino el Amado indefinible. Tal vez era yo una parte de ese amado indefinible.

Pero nada de eso me tranquilizaba. Pensando en Valentina crecía mi necesidad de verla. Yo era ya ingeniero, aunque
con un futuro no despejado aún. Tal vez su familia no

tendría nada que oponer a mis pretensiones. Pero dos cartas
más que le escribí a Valentina me fueron devueltas abiertas
desde Bilbao. Sin duda, las monjas las enviaron a sus padres
sin que Valentina llegara a verlas.

Estaba desesperado y para evitar la ruina moral pensaba
en algún otro individuo más desgraciado que yo. No se trataba tanto de desgracia como de perplejidad. Pensaba en alguno que no había podido sobreponerse a su perplejidad y
decidió poner fin a su vida como el de las iniciales R. I. P.
Algún desgraciado abismal y definitivo. Algún aullador solitario y nocturno. Yo también podría aullar como él —como
un perro— en mis soledades. Sin dejar de ser relativamente feliz.

O ir hasta el fin por el mismo camino que fue él. Pero
con una gran felicidad más grande que mi vida y que no
me servía para nada.

Pensaba en un campesino vecino mío de la infancia. Yo
tenía ocho o nueve años y estaba en la peor época (aunque
parezca extraño) de mis relaciones con mi padre. El vecino
debía andar en los treinta y decían que estaba loco. Como
casi todos los locos (al menos los que yo he conocido), aquel
era un hombre gallardo y de una genuina hermosura viril.
Y es lo que yo digo: no debía estar tan loco cuando supo
que la única salida que le quedaba era el suicidio. Porque,
en un caso como aquél, era una decisión inteligente.

Decían que aquel vecino estaba loco porque los días de
viento, es decir, de grandes vendavales, daba voces en su
casa o en la calle. Voces destempladas en las que no decía
nada concreto. Grandes voces en cuya falta de control había
como una amenaza para todo el mundo. En mi pueblo no
es infrecuente la locura y no sé a qué atribuirla. Tal vez
a la alimentación o a la violencia del paisaje, o a alguna
clase de herencia misteriosa y nefasta. Es como si en la Edad
Media hubiera habido por los alrededores un hospital de
locos y éstos, instalados en la aldea (es sorprendente cómo
los locos pueden disimular), se hubieran puesto a hacer la
vida ordinaria y se condujeran bien aunque de vez en cuando
produjeran algún caso de insanidad un poco escandalosa. Pero
¿no es así en la mayor parte de las aldeas españolas? Tal
vez no nos parecen locos porque están en un plano histórico
tan anacrónicamente diferente del de las ciudades y atribui-
mos a ese hecho la diferencia. Pero uno deslinda la verdad.

Entre los amiguitos de mi infancia (en la aldea) hay tres

que acabaron o viven aún en el manicomio. Y lo curioso es que, a pesar de lo que yo he leído más tarde sobre psiquiatría, aquellos casos de mi infancia no los puedo clasificar. Escapaban a los cuadros de la psicopatología moderna —creo yo—. No esquizofrénicos, ni paranoicos, ni neuróticos ni psicóticos. Eran individuos que habían nacido —así dirían los campesinos— con algún nervio maestro cruzado con otros y se conducían de un modo inesperado, insospechable y tremendo.

Aquel vecino loco (que sólo daba voces cuando hacía viento) se llamaba Manuel. El loco Manuel, decían. Pero la mayor parte del tiempo estaba tranquilo y me veía pasar con ojos encendidos y lejanos. Ardientes y congelados. Inmóviles y avizores. También aquel hombre tenía una felicidad secreta, que no encajaba con la de los otros.

Lo que no recuerdo es haberlo visto reír ni sonreír nunca. Tenía un perfil demasiado alerta y ojos de visionario. Esto último no quiere decir nada. También Picasso tiene ojos de visionario y otras personas a quienes por esa razón es difícil mirar a la cara. Ojos de visionario, digo.

Recuerdo otro loco de mi pueblo que tenía mi edad y que jugó muchas veces conmigo. Se llamaba Miguel y se volvió loco al salir de la adolescencia. No quería ver a nadie en el manicomio y vive aún, a lo largo de tantas peripecias y crisis y guerras y miserias. Menos mal que pertenecía a una familia rica y han podido atenderlo y cuidarlo.

De niños fuimos amigos. A veces, yo pensaba ir a verlo al manicomio, pero no me atrevía. Me dijeron que él creía que estaba muerto:

> *Tal vez igual que tú, yo soy un muerto*
> *que sigue caminando sin permiso*
> *y si te hallara en un lugar desierto*
> *me entenderías.*

Los manicomios españoles están siempre —no sé por qué— en medio de paisajes desiertos. Manuel el loco, un día decidió que había encontrado el camino —el suyo— y se fue. Su camino era el de todos los suicidas: el tozal. Para llegar allí primero había que salir del pueblo por el callejón de Santa Cruz. Luego trepar peñas arriba casi verticalmente zigzagueando por un sendero entre las rocas y una vez en lo alto de las ripas (sin aliento, sudoroso y vencido) sucedía que se veía desde allí el pueblo entero acostado al pie. En lo alto de las ripas estaban los sasos. Eran las ripas un escalón excavado por el raudo Cinca a lo largo de millones de años. Y aquel violento escalón cortado a cuchillo seguía paralelo al río diez o doce kilómetros.

En el borde del saso, a la orilla misma de las ripas, había algunos salientes rocosos que la erosión del Cinca había respetado. Uno de aquellos salientes tenía la forma de media columna vertical de piedra, redonda y esbelta, de un grosor tal vez de veinte o treinta metros. Y de una altura de ciento cincuenta o más. El tozal. Cuando había peleas entre los enamorados no era raro que uno dijera: «Un día subiré al tozal.» Con eso se sabía que amenazaba al otro con el suicidio. Y el loco Manuel fue al tozal y con el aliento alterado por la fatiga de la ascensión contemplaba a sus pies las anchas fajas de hortelanía que había entre el río y las ripas, las casas apiñadas de la aldea con sus tejados rojizos, la cinta azul del Cinca, el otro pueblo vecino, la lejanía gris perla, hacia el norte, con el ventorrillo blanco y cúbico al lado de la carretera. Y la plaza del pueblo, rectangular, parecía muy pequeña, y la torre de la iglesia, que era la más alta de la comarca, resultaba sólo como una torreta de pajar con sus veletas y su nido de cigüeñas que había que mirar «hacia abajo». Los suicidas, al llegar a lo alto de las ripas, habían salido ya en realidad del mundo y estaban en una especie de limbo desde donde se veía la tierra áspera y cruel.

Los humos de las chimeneas se desperdigaban abajo sin llegar a lo alto de las ripas. «Un mil e docientos fuegos», decían los antiguos al hacer el censo. Los sonidos de las campanas tampoco llegaban si había brisa contraria. Froilán, el hombre más grande del pueblo, casi un gigante, parecía pequeño como una rata. Desde aquel limbo de las ripas la idea de volver otra vez al pueblo y entrar en las pequeñas miserias de cada día debía parecer incongruente y sin sentido. Así, pues, una vez arriba, saltar por el tozal redondo era continuar el viaje «hacia arriba» también. Es decir, que desde el tozal arrojaban el cuerpo abajo, pero el alma se quedaba tal vez para siempre en aquellas alturas arrastrada por el viento rasante y ululador de los sasos.

De allí bajaba a la aldea en las noches frías de otoño o invierno —sobre todo en febrero y marzo— aquel gemido del viento que sugería grandes peligros inciertos en lugares próximos y nunca visitados.

El loco Manuel cumplió con el ritual de todos los suicidas: dejó en el borde del tozal su boina sujeta con una piedra y, entre las dos, un cigarro encendido que seguiría consumiéndose y dando su hilito de humo al aire algunos minutos después de haber muerto el que lo encendió. Era aquel un cigarrillo votivo.

Esa boina, esa piedra y ese cigarrillo equivalían a la carta al juez. Eran el «no se culpe a nadie de mi muerte». Si no fuera por aquella boina y aquel cigarrillo, el juez tendría que hacer indagaciones y ver si era un suicidio o un asesinato. Así eran entonces las cosas allí.

No fumaba el loco Manuel, pero llevó consigo cigarrillo y cerillas. Una vez arriba debió pasar revista a aquella parte de su vida que le hería más. (O que le halagaba más inquietantemente.) Debió pensar en los otros, que lo miraban con una curiosidad fría. Y también se llevó, como tantos otros, mi estampa en el fondo de sus ojos, para siempre y «a ninguna parte».

Porque los locos deben ir a ninguna parte, realmente.

Antes de lanzarse al espacio, esos suicidas llenos de inútil vigor deben pensar que no dejan nada importante en la tierra. Desde las ripas la aldea parecía atareada y simple. Hablo de *suicidas vigorosos* pensando en el salto. Campeones de todos los tiempos y países. Ciento cincuenta metros, y todavía el otro salto (el del alma por la infinitud de los espacios). Aunque la verdad es que el suicidio de Manuel lo redimió de la locura, no sólo por la muerte sino por la lógica y la incongruencia, ya que el loco que se suicida —sobre todo tan limpiamente como Manuel— restablece entre los hombres el crédito que había perdido. (Su suicidio era un acto razonable.) Heroica y disparatadamente razonable. Con su felicidad secreta, implícita.

Tardaron en recoger el cuerpo entero tres días, porque uno de los pies de Manuel apareció a una distancia de más de doscientos metros del lugar donde cayó. Aquel pie parecía quererse marchar y alejarse del lugar de la catástrofe, él solo.

Mucho tiempo después, en las noches de viento yo oía aullar a Manuel lo mismo que antes. Escuchaba con la boca abierta y cuando decía que oía gritar al loco mi madre me replicaba:

— ¡Cállate, bobo! ¿Cómo va a gritar, ahora?

Pero le quedaba una duda a mi madre y rezaba un Ave María por su alma. Yo me preguntaba cómo le podía aprove-

char un Ave María al alma de un loco. Pero por si acaso,
la respondía respetuosamente.

Volviendo a aquellos tiempos agitados de Madrid, escribía yo a Valentina, pero no me contestaba y yo andaba por
el mundo como un alma en pena también, aunque con toda
mi felicidad secreta.

En las calles, en el Congreso, en todas partes, la tensión
social y política se hacía cada día mayor. Conseguí un empleo
que no tenía nada que ver con mi carrera: jefe de correspondencia de una compañía de seguros. Me pagaban bien
y entretanto observaba y buscaba algo mejor. Aquél fue un
tiempo feliz en mi vida, lleno de raras extravagancias. Sólo
me habría faltado, para que la dicha fuera verdadera y completa, recuperar mi relación con Valentina. Pero ausente y
todo, también me daba una clase indiscernible de gloria.

Andaba cerca de la cosa política porque tenía dos antiguos compañeros de escuela y un profesor que eran diputados. El profesor era republicano y los estudiantes, juveniles
y rebeldes, eran —cosa rara— monárquicos. El mundo al
revés. En general, los rebeldes son los jóvenes, que se hacen
republicanos o anarquistas.

Pero monárquicos o republicanos se toleraban recíprocamente y la dificultad comenzaba con las tendencias extremistas. Allí estaban dispuestos al combate los teorizantes más
irreductibles con sus doctrinas de segunda mano; es decir,
llegadas de Berlín, de Roma o de Moscú, y dispuestos a todo.
En las calles había tumultos y atentados, en el Congreso
amenazas sangrientas, todo el mundo parecía tan loco como
Manuel y como él ululaban en los mítines aunque no hiciera
viento. El que más y el que menos estaba preparando también su salto en el vacío y eligiendo la boina, la piedra y el
cigarrillo votivo.

Yo asistía todavía al laboratorio de la Escuela de Ingenieros, porque conservaba contactos con los profesores. Como
andaba siempre jugando y experimentando, descubrí una
reacción que en aquellos tiempos debía haber tenido alguna
clase de consecuencias. Y luego logré adaptarla a un mecanismo ingenioso. Con eso fabriqué un arma mortífera de la
peor condición, ya que con aquel arma se podía matar impunemente. Un arma para cobardes y como éstos constituyen la
mayoría de la humanidad, un arma llamada a tener una aceptación entusiástica en todas partes. A pesar de las pasiones

políticas que bullían a mi alrededor, yo no podía pensar en matar a nadie más que a don Arturo.

Pero antes de seguir adelante creo que debo hablar de otro Ramón negativo, un *Menos Ramón* que parecía siempre enfadado. Un Ramón dedicado al culto positivo de la actitud negativa en la vida. Aunque parecía esto demasiado antitético se comprendía conociéndole a él.

El *Menos Ramón* estaba, como digo, siempre enfadado. La filología tiene lindas sorpresas si se sabe hacer uso de ella. Enfadado quiere decir *enhadado*; es decir, en pelea y marimorena con el destino. Con el hado. O los hados. Enfadado. *Menos Ramón* estaba siempre zarpa a la greña con los hados y de sus enfados permanentes salía bastante bien. Lo contrario de lo que le sucedía a Alfonso Madrigal.

Sabía desenfadarse cuando quería o cuando el enfado se hacía insuperable y comenzaba a ser peligroso. Y se desenfadaba viendo algún suceder neutro de la naturaleza; es decir, viendo pasar el agua bajo un puente o correr por el cielo nocturno un meteorito. O simplemente cerrando los ojos y dando su frente y sus cabellos a la brisa. Ese *Menos Ramón* era el que se identificaba más a menudo conmigo.

El fue quien me sugirió aquello de la pistola química. Aunque sólo la idea abstracta. No el truco mecánico. Este lo inventé yo.

Mi cerebro funciona bastante bien, especialmente cuando alguien lo siembra de alguna idea. Es decir, que mi cerebro no ama especialmente la iniciativa y todos los estímulos deben venirle de fuera. En cuanto al dispositivo mecánico, se me ocurrió dormido. Lo vi en un sueño.

Supongo que eso es natural, en mis condiciones.

Menos Ramón estaba siempre poniendo estímulos en mi cerebro y dándome quehacer. La pistola química, como digo, vino de él. Es decir, de una sugestión suya. Tenía que venir de un *enfadado,* es decir, de un hombre en colisión con los hados. O en secreto acuerdo malsano con ellos.

De un profesional del pensamiento negativo. Porque Ramón (es decir, *Menos Ramón*), que tenía, como dije, veleidades literarias, pensaba escribir un libro titulado «El pensamiento negativo como elemento crador». La fórmula química vino de él y el dispositivo mecánico lo inventé yo.

Tenía yo más o menos cerca de mí en aquella época varios Ramones. Siete, si la memoria no me falla.

Un buen número de Ramones, el siete. (Más tarde supe que todos querían matarme a mí.)

Cuando hube inventado la pistola química, mi amigo, el Ramón negativo, me dijo:

—Si explotas ese invento te harás rico y te podrás casar con tu bella durmiente del bosque.

Yo argumenté en contra hablando del bien general y él me dijo que el bien general era una expresión sin sentido, ya que se basaba en el bien individual de cada uno y el de cada uno pugnaba con el del vecino. Yo sabía eso hacía tiempo, pero a veces me gustaba discutir con *Menos Ramón* por el gusto de oírlo. Solíamos coincidir aunque traía a colación los temas más dispares. Un día le hablé de la fatalidad de las guerras. Desde que existía la historia, la humanidad se había dedicado a guerrear y a verter sangre. Era una fatalidad que debía tener alguna explicación esotérica que la gente no alcanzaba. El enfadado —*enhadado*— Ramón veía a través de los hechos más herméticos y me dijo:

—Cuando la cultura se hace demasiado subjetiva y los hombres creen sólo en sí mismos (en los frutos de su imaginación y de su conciencia), entonces viene una guerra para recordarles que la realidad exterior existe por sí misma. Para recordarles la inmanencia del orbe.

Yo solía dar crédito a las opiniones de aquel Ramón por el hecho de estar siempre en pleito con los genios silenciosos que lo perseguían. El solía dejarse alcanzar a veces, sólo para robarles alguno de sus secretos.

En esto de la guerra tal vez tenía razón.

Insistió en que debía explotar mi invento y me dijo:

—El mal busca el bien y el bien desemboca en el mal. Todo actúa en forma de círculo vicioso. Todo. De ahí el cero como símbolo del infinito. El cero a la izquierda, que es todo lo contrario del cero a la derecha, pero es lo mismo que el cero universal.

Así y todo, yo me resistía a explotar la pistola química. Llegar a los brazos de Valentina a través de una multitud de gentes asesinadas con mi arma me parecía no vicioso ni pecaminoso sino simplemente incómodo y de mal gusto, que era peor.

—No estoy bastante *enfadado* —le dije.

El no comprendía y le expliqué el sentido de la expresión. Mi amigo *Menos Ramón* pareció intrigado y a partir de aquel día decidió sonreír alguna vez y aun reír a carcajadas.

Yo, que tenía un salario decente, me había separado de mi colega de adolescencia y tenía un buen apartamento de soltero en la avenida precisamente de Menéndez Pelayo. *Menos Ramón* venía a menudo y discutíamos largas horas sobre lo humano y lo divino.

Trabajaba aquel Ramón en un instituto como profesor de Filosofía y no podía ver a Vicente, a quien llamaba el sabio de Lumpiaque. También Vicente había obtenido una plaza de catedrático en el mismo instituto y trataba de difundir ideas marxistas en algunos lugares a donde iba durante los fines de semana usando un automóvil viejo que quemaba mal la gasolina y daba estampidos y disparos. A Vicente no le disgustaba esto, porque gracias al escape de gases se sentía en plena subversión.

Iba a veces a Ocaña, donde —decía— había que despertar las conciencias.

Ramón —es decir, *Menos Ramón*— y yo nos burlábamos de él. Pero con la república, Vicente consiguió en seguida (dentro del partido socialista) situarse. Y solía repetir que si tuviera medio palmo más de estatura lo habrían hecho hacía tiempo gobernador. Yo le dije: «Sancho Panza no era muy alto, tampoco.»

Vicente se ponía amarillo y callaba. Decía que los *anarcos* eran el lastre de la república y de la revolución. Pero luego me hablaba también de mi pistola química, con envidia y codicia. Por fin construí un modelo y lo ensayé con algunos animales. Salió escandalosa y alarmantemente bien.

En aquellos tiempos todos eran *antialgo*. Es decir, que antes de ser *pro* eran *contra* y esto último era lo que contaba. Mi invento tenía futuro por esa razón.

Obreros, campesinos, burgueses, aristócratas, religiosos, maestros o militares, cada cual se sentía más *contra* algo que *por* algo. Era lo típico español. Cuando se le pide alguna forma de acción a un español, éste responde preguntando:

—¿Contra quién?

Tal vez era la mejor manera de quedarse solo. Que es una mala costumbre en materia social y política. Pero hay antecedentes. Entre los árabes, nuestros hermanos a lo largo de la historia, se considera una virtud esa de poder afrontar la soledad. Cuanto más solo está el individuo y menos necesita de los otros más se acerca a la perfección. El español dice que *no* más veces que *sí*, cada día. De niño, a los dos años ha aprendido ya a decir que no. La afirmación llega más tarde. Y el bebé se equivoca. Dice *zí* o *shí* o *tí*. Pero con el *no* el bebé no se equivoca nunca.

Somos siempre miembros potenciales de cualquier forma de oposición. No necesariamente de la revolución (eso implica la preponderancia del *sí* como en cualquier obra constructiva), sino simplemente de la oposición. Los jefes políticos deberían tratar de hallar una manera de incorporar el *no* a los factores positivos, lo mismo que los navegadores expertos en la antigüedad sabían disponer las velas del barco de manera que éste pudiera navegar contra el viento. Los políticos que cuenten sólo con el *sí* se verán en dificultades. Digo con el *sí* espontáneo y sin doblez.

En aquellos tiempos republicanos se trataba de la colisión callejera, universitaria, ateneística y eclesiástica (y militar y también masónica) de los *antis*. El gran deporte. No se trataba tanto de revolución como de oposición verbenera (también en las verbenas hay sangre, a veces). Yo recuerdo que en Madrid, el día 14 de abril de 1931, los masones y el más gordo de ellos, Pedro Rico, sacaron una bandera enorme por un balcón y la dieron a «las masas». Yo estaba en la casa de Pedro Rico, aunque no fui nunca masón. Estaba con un grupo de estudiantes gozando de la verbena cívica.

Cuando vi la bandera roja, gualda y violeta me llevé una sorpresa desagradable. Era una bandera «contra». Y había en aquello un peligro. Todos los españoles habíamos jurado (en las escuelas o en el ejército o en los juegos infantiles) la bandera roja y gualda. Todos teníamos recuerdos inefables ligados al rojo y gualda.

Para mí fue una sorpresa. Cierto es que yo no daba demasiada importancia al color de un trapo, pero cuando vi aquella bandera nueva y la ligereza con que hacían de la enseña nacional un signo negativo y partidista pensé:

«Esto va mal.»

Podrían haber conservado la bandera tradicional añadiéndole un escudo republicano en el centro o en una esquina. Algún signo que diera dinamicidad nueva y afirmativa a la bandera a la que todos estaban acostumbrados. Porque la costumbre en los países viejos cuenta.

La nueva bandera era «anti». Era provocadora y arguyente. Por allí comenzó la cosa. Y ya sabemos cómo terminó. El suelo ensangrentado y el mar de los naufragios está hoy lleno de banderas mojadas o incendiadas. Todo el suelo de España, lleno de banderas rojas, gualda y violeta. Algunos me decían: «El violeta es más español que el rojo y el amarillo.» Es verdad, era más monárquico e inquisitorial. Era más despótico y absolutista.

Al menos, los colores borbónicos venían de reyes liberales franceses y, sobre todo, cualquiera que fueran sus orígenes, estaban incorporados a alguna clase de tendencia solidaria de carácter popular y nacional. Cuando vi el cambio de bandera yo comprendí que la república iba a ser muy accidentada y trabajosa. Comenzaba con una ligereza.

Pero volviendo a mi pistola, todos los asesinos del mundo habrían codiciado aquel arma que yo inventé y en los planos bajos de la política ha habido siempre plétora de asesinos potenciales o presenciales. He aquí en qué consistía el invento: Era una especie de pistola más pesada que las ordinarias que se disparaba con aire comprimido y sin ruido, ya que el cañón llevaba un silenciador que suprimía la vibración. El disparo producía un rumor como el aire de los frenos de un autobús, pero más tenue, y en la calle y en medio de una multitud pasaría desapercibido, y si lo oía alguno sería un rumor inocente como el del roce del zapato de un niño contra el pavimento, cuando resbala.

El proyectil no era mayor que la cabeza de un alfiler, pero no de metal, sino de hielo. Llevaba una solución de cianuro de potasio. Dentro de la pistola yo lograba, por medio de una pequeña cámara de bióxido de carbono, un frío muy por debajo del cero y la presión del aire que acompañaba a la congelación era relajada de pronto y producía el disparo. Así, pues, en cualquier lugar un hombre podía colocar debajo de la piel de otro un proyectil de hielo pequeñísimo sin que la víctima advirtiera más que el roce de un pliegue o un nudo en el tejido de su ropa interior.

Pero cuando el cianuro de potasio entraba en el sistema circulatorio la víctima moría sin remedio y sin saber de qué, en su casa o en su trabajo; es decir, lejos del lugar de la agresión. La impunidad era segura.

No sabía yo qué nombre dar a mi invento. Debía haber en aquel nombre una alusión a la sal —al cianuro— y a la muerte. Pensaba llamarla *Occisal* I, aunque parecía el nombre de un somnífero. En todo caso, el subfijo *al* parecía adecuado a lo trágico de mi juguete (como en mortal, final, letal, fatal, etc.) Y el ordinal I le daba un carácter científico.

Pensaba guardar secreta mi invención, pero fue imposible porque, como dije, la ensayé dos veces con animales y la segunda se enteró alguien. La primera fue con un perro. Al sentir el impacto el animal hizo un movimiento con la cabeza como si fuera a rascarse con los dientes en aquel lugar, pero desistió, sin duda porque la sensación de la picadura la consideró una falsa alarma.

Tardó tres horas en morir. Sin sufrir, casi. Con el hombre yo calculaba que aquel veneno tardaría en producir efectos letales algo más. Y no sabía si llamar a mi arma *Occisal I,* o simplemente X13. (Demasiado misterioso, eso de X13). Cuando hice el ensayo con un gato cometí la imprudencia de decírselo a Vicente. Gracias a Dios él no sabía nada de mecánica, porque en este caso la información que yo le di, fragmentaria y todo, habría sido peligrosa.

Descubrí que Vicente era un tipo voraz y aprovechado. A todo trance quería que yo pusiera en circulación mi pistola. «Tienes en la mano tu fortuna», me decía con ojos alucinados. Me ofreció incluso hacerse mi socio capitalista vendiendo algunas propiedades que tenía en la montaña. «¡Vaya con el fanático de Menéndez Pelayo», pensaba yo.

No me extrañó en definitiva la reacción de Vicente porque con frecuencia, cuando reprimía el deseo de ser impertinente o pugnaz —en una simple discusión—, los ojos seguían poniéndosele estrábicos, no hacia adentro, sino hacia afuera, y aquello me parecía peligrosamente anomal sin saber por qué. Ya lo había observado antes, pero no con tanta frecuencia. Además, su risa era también más falsa. Seguía sin saber reír y le daba hipo con más frecuencia. Yo me decía: «Una risa que da hipo tiene que ser malsana.»

Descubrí, pues, que Vicente estaba obsesionado por mi invento y fue entonces cuando desmonté la pistola y arrojé las diferentes partes en lugares distintos y apartados. La cámara de gases en una piscina que llamaban La Playa —en el Manzanares—; el cañón, en el estanque del Retiro, y el resto, en una boca de drenaje de la calle de Alcalá. Al mismo tiempo que lo hacía me arrepentía ya, digo, de destruirla.

Entretanto y como siempre, yo tenía una amiga: Carmen. Y ella un sobrinito de cinco años. Mi amiga no había cumplido aún los veinte y se quedaba a veces al cuidado del chico cuando su hermana y su cuñado iban al teatro. Aquel niño, que era el típico granuja —se llamaba Tomasito—, tiranizaba a mi amiga hasta extremos difíciles de entender.

La hermana de mi amiga Carmen le encargaba con el mayor interés que no le diera golosinas y menos aún chocolate, porque el médico se lo tenía prohibido; pero en cuanto Carmen se quedaba sola con Tomasito, éste le decía:

—Tía, dame chocolate.

—No te conviene y me ha dicho tu madre que no te lo dé.

Tomasito se daba una cabezada contra la pared. Una cabezada tremenda que le levantaba un chichón. Y repetía:

—Dame chocolate o me voy a abrir la cabeza. Me voy a matar de una cabezada.

Y repetía el golpe. A veces se quedaba medio desmayado, pero en cuanto volvía en sí repetía:

—Dame chocolate.

Carmen, en un estado de alucinado pánico, corría a dárselo.

Al saber aquello, los padres dispusieron el cuarto con un zócalo mullido alrededor, de modo que aunque se diera de cabezadas el chico no pudiera hacerse daño; pero entonces, cuando le negaban el chocolate, el chico decía:

—Aguantaré el aliento hasta que me muera.

Y retenía el aliento y se ponía rojo y luego morado y comenzaban a temblarle las manos. Carmen corría a darle chocolate y entonces volvía a respirar y se iba a un rincón como el perro con su hueso. Carmen estaba horrorizada, pero al padre no le preocupaba y decía que el niño revelaba firmeza y sería alguien en la vida.

Vicente habló todavía de mi invento a no sé quién y algunos seres extraños comenzaron a buscarme con proposiciones obscenas. La primera experiencia de esa clase la tuve con un tipo de una organización política de extrema derecha. Era, al parecer, hombre de dinero, industrialista conocido.

Se acercó a mí pensando —supongo— que yo era un muchacho listo en materias de laboratorio, pero tonto o poco menos en otras cosas. Me invitó a comer en el hotel Palace, y a los postres, así como por azar, sacó a colación el tema de la química refrigeradora y de las cámaras de compresión de gases.

Mi arma era un instrumento de refrigeración (y de enfriamiento). De enfriamiento definitivo. El disimulaba y hablaba de que era comanditario en una fábrica de estructuras de aire acondicionado y de clima artificial. Yo decía a todo que sí, pero muy alerta a lo que importaba. El industrialista tenía un defecto grave: creía que los demás éramos gente sin resistencias.

Aquel hombre, cuando se dio cuenta de que todo era inútil, me dijo poniendo la mano plana en la mesa:

—Francamente, yo tengo para usted cien mil pesetas.

—¿A cambio de qué?

—Del *Occisal I.*

¡Ah!, sabía incluso el nombre. Yo reflexionaba: «Creo que no debo aceptar ese dinero». Y se me encendían los ojos de codicia pensando en don Arturo y en Valentina.

—Si le parece poco —insinuaba mi anfitrión—, podríamos discutirlo.

—No es eso. Es que me parece inmoral, sobre todo en un tiempo como el que vivimos en España.

—¿Qué tiempo es ése?

—El tiempo de la aspirina —dije yo en broma.

Me miraba con reservas altivas que no me gustaron. En aquella época y entre políticos y gente de negocios solía decirse de una persona influyente si era venal o no era venal —lo que era capitalmente importante a veces— por una especie de paranomasia bastante indecente. Se solía decir: «Fulano jode» o bien «Fulano no jode». Es decir, que aceptaba o no aceptaba dinero por favores de índole privada. En mi caso, la desvergüenza no habría sido tan grande porque disponía de lo mío.

El industrial estaba mirándome y pensando que yo no jodía. Eso alteraba los términos del problema. Pensó quizá que por haber hablado de la situación de España era un *virgo fidelis* del tipo moralizante y se propuso convencerme. Hablaba mirándome con recelo:

—El arma no sería para fabricarla y ponerla en circulación en España sino para vender la patente a los Estados Unidos. Si hay inmoralidad, sería fuera de nuestra patria.

Negué con la cabeza lentamente y sin mirarlo, porque me parecía que si lo miraba descubriría y haría visible en mí alguna clase de vacilación. Al fin, era la fortuna y la solución del futuro.

—No lo creo —dije— porque en los Estados Unidos o aquí la fabricación tendría que ser clandestina, ya que la ley prohibiría esa clase de armas que, por decirlo así, consagran y legalizan la alevosía. Quiero decir que no conseguiría usted la patente ni aquí ni en ningún otro país civilizado.

Entonces el pobre diablo se permitió darme consejos que a un tiempo eran amistosos y amenazadores.

—En todo caso, tenga cuidado porque la noticia se

expande y despierta curiosidades, a veces inocentes, pero a
veces ligeramente arriesgadas. Quiero decir, sangrientas. Y de
veras, yo he estado muchos años en los Estados Unidos y
conozco el tejemaneje de las patentes industriales. Tengo allí
un socio: Ramón Dodge. Es un teósofo que estudió sánscrito
en su juventud y tenía la obsesión hace algunos años de que
lo perseguía la Iglesia de Roma. Es un tipo curioso. Alto y
flaco, parece Don Quijote.

—¿Loco? —preguntaba yo, pensando: «Otro Ramón».

—No necesariamente, pero tenía reservas en la zona intermedia entre la razón y lo que podríamos llamar los paréntesis de la cordura.

—Vamos, un poco guillado.

—No, no estaba loco Ramón Dodge, pero entonces quería
establecer leyes un poco barrocas entre la futilidad e inexac-
titud de todo lo aparente.

—¿Hizo alguna experiencia concreta en ese sentido?
—dije yo, interesado.

—Y tan concreta. Se arrojó por la ventanilla del tren allí,
en los Estados Unidos, yendo de viaje con su joven esposa.
Las ventanillas de los expresos americanos están cerradas
herméticamente, de modo que en verano el aire del interior
se mantenga frío y en invierno caliente. Así, pues, las ventanillas no se pueden abrir y el aire se renueva por ventiladores
invisibles que lo filtran, y en las camaretas de los *pullmans*
por respiraderos cuya intensidad gradúa uno fácilmente con
la mano igual que en las cabinas de los barcos, y como en
ellas producen un siseo agradable.

—Ya veo —decía yo mirando la sortija de diamante en
el dedo anular del industrialista y calculando, aburrido, su
precio.

—En el tren, pues, no se puede normalmente abrir una
ventanilla. Van cerradas, selladas. Pero en los lavabos y
retretes hay ventanillas practicables.

—¿Se mató en definitiva?

—No. Fue a los lavabos y no volvió. Encontraron su
cuerpo descoyuntado, roto, pero vivo al pie del terraplén.
Se arrojó por aquella ventanilla de los lavabos y debió ser
difícil porque Dodge era largo, huesudo y quijo-
tesco. Sólo pudo salir con un laborioso esfuerzo de oruga.
Su esposa quedó en el tren, esperándolo. Cuando vio que
pasaban las horas sin que Ramón apareciera comenzó a inquie-
tarse y a hacer indagaciones. Ya por entonces estaba el tren

a más de cuatrocientos kilómetros de distancia del lugar del accidente. Los trenes americanos corren a velocidades de 160, 180 y hasta a veces doscientos kilómetros por hora.

—¿Qué buscaba Ramón Dodge en aquella experiencia?

—Á eso voy. Quería ver si los hechos exteriores eran verdad o ilusión. La esposa americana, que tenía alguna secreta impaciencia por heredarle, no volvió nunca a querer aceptar que su marido estuviera vivo. Para ella, pues, su marido se perdió en los lavabos de un tren que marchaba hacia el sur a velocidades fantásticas y se había matado o lo habían matado. Como digo, míster Dodge tenía tendencias teosóficas. Le venía su tendencia de familia. Procedía de Costa Rica. La cultura toma en América fácilmente una dirección seudorreligiosa y, en cambio, la religión un carácter positivo y librepensador. ¿No le parece? —yo afirmé por cortesía—. La teosofía y la metapsíquica están en los vanos e intervalos de esas dos actitudes, y ahí caen con frecuencia algunos, como míster Dodge, que no tienen muy firmes los tornillos del trascender.

Yo pensaba: «Sabe que tengo tendencias anarquistas y me está buscando las cosquillas por el lado teosófico y metapsíquico». Aquello me disgustaba, porque supongo que mi anfitrión me consideraba idiota. Uno de esos idiotas con genio científico en mis infraestructuras secretas. Pero seguía hablando de Dodge y todo aquello era una maniobra de distracción: «Como le digo, míster Dodge tenía tendencias teosóficas desde niño. Le venía esa tendencia de una escuela presidida por un profesor que había hecho traducciones como "El loco", de... —el industrialista consultó un papel que sacó del bolsillo— Kahlil Hibran, árabe hinduizante. Eran traducciones deficientes de ediciones francesas exaltadas y torpes. Y se extasiaba con notas explicativas de las leyes de Manú —aquí abrió una cartera de cuero y sacó unos papeles—, como la siguiente, que supongo que le será familiar: "El zodíaco, llamado en sánscrito *rasi-chakra,* rueda y círculo de los signos, está dividido en trescientos sesenta grados o partes (*ansas*), de las cuales treinta corresponden a cada uno de los doce signos mencionados: *mesha,* capricornio; *vrisha,* o el toro; *mithuna,* o los gemelos; *kartakaka,* o el cangrejo; *sinha,* o el león; *kanya,* o la virgen; *tula,* o la balanza; *vrischika,* el escorpión; *dhanus,* o el arco —sagitario—; *makara,* el monstruo marino; *kumbha,* la urna o el acuario; *minas,* los peces"».

No estoy seguro de que fuera esa cita como yo la escribo, pero fue parecida. Yo tengo buena memoria y sé un poco de sánscrito también.

Volviendo a su cartera de referencias, aquel señor parecía buscar afanosamente un papel mientras yo pensaba en Alfonso Madrigal y en si habría logrado o no matar al renegado padre de Antonia; es decir, padre putativo.

Pensaba escribir a Alfonso y decirle (si vivía aún) que volviera a Zaragoza y olvidara a Antonia, aunque aquello me parecía un poco difícil.

El industrialista había encontrado el papel que buscaba y se ponía a leer algo así como «Los hechos son como sigue: Dodge no se limitaba al Manú ni al misticismo oriental, sino que buscaba sus prolongaciones e influencias en la cultura grecolatina y traducía por ejemplo del latín el libro XI de las *Metamorfosis,* de Ovidio —volvía a consultar su cartera—, que, como es sabido, se refiere a la ira de las euménides que atacan, hieren, desgarran y matan a Orfeo en el bosque. Diseminan sus miembros y la cabeza va a dar en Lesbos. Júpiter lo reconstruye y Orfeo recorre los lugares del orbe que había encantado con su lira y encuentra a Eurídice, con la cual es eternamente feliz. (La encuentra en España, puerta o más bien zaguán y antesala del infierno.) Dodge buscaba a Eurídice, tal vez. Y éste era su trascender difícil. Una americana como su esposa (persona honesta, por lo demás, y llena de fe en él, a quien esperaba heredar) no podía ser le habían sometido las euménides, las parcas y las furias en la redacción de su tesis doctoral. Porque se hizo doctor en no sé qué ciencias oscuras, si podemos llamarlas así. Quería organizar su trascender como cada cual. En Costa Rica y en aquellos tiempos (1925) el trascender era el vuelo hindú, chino, persa, grecorromano hacia un horizonte del que no se vuelve. A estos oceánidas les falta el sentido telúrico de los españoles, que sabemos que todos los vuelos acaban en lo mismo: en la tierra. ¿No le parece? —yo afirmé sin convicción alguna—. Así, pues, es a la tierra a la que hay que pedirle, en fin, los caminos del trascender. Y en ella no es fácil perderse. Aunque, en definitiva, tampoco vamos por sus caminos a ninguna parte. Le digo todo esto porque realmente antes he hablado con ligereza de Kahlil Hibran. Es decir, no hablé ligeramente sino que dije que el padre del teósofo había trasladado a Hibran de una mala traduc-

ción francesa. A pesar de eso, no estaba tan mal y voy a
poner algunos ejemplos. Este se titula «El espantapájaros».

Y el industrialista leyó —no sé con qué fin— algo como
lo siguiente:

«Dije una vez a un espantapájaros: "Te debes cansar de
estar de pie y solitario en este campo". Y respondióme: "La
alegría de espantar es profunda y durable y jamás me canso".

»Díjele, después de un momento de reflexión: "Verdad
dices, porque yo también conocí esa alegría".

»Respondióme él: "Sólo quienes estamos rellenos de paja
podemos saberlo".

»Transcurrió un año, durante el cual se hizo filósofo el
espantapájaros, y cuando pasé de nuevo junto a él vi dos
cuervos construyendo un niño bajo su sombrero.»

No sé lo que se proponía el industrialista con ese ejemplo. ¿Tal vez recordarme la futilidad del espíritu anarquista
de agresión? Ya lo sabía yo, eso, ¿Y la tristeza de la filosofía, de toda filosofía? Lo sospechaba a mi manera. Pero mi
anfitrión seguía en la brecha, mientras encendía un cigarro puro:

—Quiero citarle dos ejemplos más que me parecen inte-
resantes. El segundo se titula «El perro sabio», y dice así:
«Pasó una vez un perro sabio cerca de un grupo de gatos
y al aproximarse vio que estaban muy interesados en algo.
En aquel punto, levantóse la voz de un gato grande y grave
diciendo: "Hermanos, orad y cuando hayáis orado una y
otra vez, sin duda alguna en verdad os digo que comenzarán
a llover ratones». Y cuando esto oyó el perro rió en su
corazón y apartándose de ellos iba diciendo: "Ciegos y torpes
gatos, ¿acaso no está escrito y no sé yo ni supieron mis
padres que cuando se ora con verdadera fe lo que llueven no
son ratones sino huesos?"»

Encendido el cigarro puro, el industrialista aspiraba y
lanzaba al aire anillos de humo que suscitaban admiración en
los camareros, mientras esperaba mi reacción. Yo tenía
cuidado de no mostrar opinión ni emoción alguna. En vista
de eso se lanzó a leer su tercer ejemplo:

—Este es el de los dos eruditos y creo que le gustará.
Dice así: «Vivían una vez en la antigüedad y en la ciudad
de Afkar dos eruditos que se odiaban y que trataban de
empequeñecer recíprocamente su saber, porque uno de ellos
negaba la existencia de Dios y el otro la afirmaba. Un día,
encontrándose los dos en la plaza del mercado y en medio

de sus secuaces, comenzaron a disputar y a argumentar acerca de la existencia o no existencia de Dios y después de cuatro horas de debate se despidieron. Aquella tarde, el incrédulo fue al templo, se postró delante del altar y pidió a Dios que le perdonara sus pasados extravíos. Y a la misma hora, el otro erudito que había defendido la existencia de Dios quemó sus libros sagrados porque se había hecho ateo.» ¿Qué le parece? Este último ejemplo es el mejor y viene a decir (¡oh, manes!) que no hay solución ni fórmula final ni descanso en la tierra.

Aquella exclamación (¡oh, manes!) me impresionó favorablemente y esperé una oportunidad para hacérselo saber. Pensaba: «Esa es la única actitud religiosa justa. No hay descanso en la razón ni en el conocimiento. Sólo hay un descanso: la muerte. Todos hemos visto que a veces un muerto en accidente o en la guerra nos da una sensación (caído en la tierra) de descanso casi envidiable. Ya no piensa, ya no siente, ya no espera y sus miembros, sus huesos, se pegan al suelo con una especie de decisión final voluptuosa. En su cara por vez primera hay una expresión de indiferencia, desinterés y calma».

Era la expresión que debía tener aún en vida don Ramón Dodge, comentador de los glosadores del Manú, proclamador del misticismo como instrumento de conocimiento positivo, traductor de Hibran y corifeo de los Rosa Crucis. Los oceánidas son así. Siguen siendo así y lo serán muchos siglos aún. Míster Dodge quedó al pie del terraplén con dos huesos fracturados mientras oía la sirena de un motor Diesel de aceite pesado alejándose (y disminuyendo). Y convencido de que la realidad exterior existía por sí misma. Las euménides le habían atacado en los lavabos al parecer y lo lanzaron hacia la difícil comprobación del mundo exterior.

—Lo más extraordinario de todo esto —siguió hablando el industrialista— es que suponiendo que míster Dodge estaba muerto su esposa lo vio aparecer en la puerta de su casa. Ella, que sabía también sus rudimentos de teosofía, le dijo: «¿Adónde vas, querido? Ya no perteneces a este mundo». «Eso creía yo —respondió él—, pero parece que sí. Me entablillaron el hueso y aquí estoy.» «Ya no —insistía la esposa—, tu mundo es otro, ahora.» «¿Cuál? ¿Puedes decírmelo?» «No sé. Es otro muy diferente del nuestro.» «¿Pero cuál?» La verdad es que ella no quería decirle a su esposo que era el mundo de los muertos el que le corres-

pondía porque tenía miedo de ofenderlo o asustarlo. Sin
embargo, tenía (según me dijo) los pelos de las cejas erizados
y era ella la más asustada de los dos. Le dijo afablemente en
tono de súplica: «Márchate, Ramón, márchate y no vuelvas
nunca». El se fue como un obediente escolar. Pero es lo que
uno se dice: ¿Adónde? A casa de su abogado, porque ella
estaba reclamando fieramente la herencia. Y aquello era
cosa seria.

Oyendo al industrialista, yo sonreía; y él me dijo brus-
camente, cambiando de tema:

—¿Doscientas mil?

Yo le prometí que lo pensaría, porque si negaba a secas
sería el cuento de nunca acabar y él se levantó, satisfecho,
creyendo haber ablandado mi disposición y se fue advirtién-
dome desde la puerta del hotel que pagaría lo que pagara
otro por mi pequeña invención. Hasta seis ceros. Yo creía
haber oído mal, pero fue eso lo que dijo: seis ceros. Yo
pensaba en Valentina y suspiraba.

Confieso que, a veces, me mareaba en una vorágine de
reflexiones entre codicias y generosidades, entre vilezas y
noblezas y no sabía a qué carta quedarme. Aunque en realidad y pensando en Valentina mi decisión no podía ser más
que una y estaba ya hecha desde el principio. No aceptaría.
Pensando en Valentina no debía haber dudado un momento.
Seis ceros convencerían a don Arturo. Pero pensando también
en ella no podía aceptar. En sus niveles más altos la vida
es siempre así: un círculo vicioso.

Aunque no tenía yo color político definido —aparte de
mi simpatía por los anarcosindicalistas— me invitaron a dar
una serie de conferencias, una de carácter técnico sobre los
aldehídos y otras de materia doctrinal y social, que a pesar
de mi inexperiencia salieron bastante bien y me dieron cierta
pasajera nombradía. Poca cosa, claro. Siempre ha habido un
nivel de libertarianismo culto en España desde el tiempo de
los alumbrados de Pastrana, quienes en definitiva eran los
antecesores de Anselmo Lorenzo y de Ferrer. A mí no me
disgustó aquella naciente popularidad. Pero la inquina entre
las tendencias de un lado y de otro aumentaba y se advertía
que la guerra civil iba haciéndose inevitable. Yo lo veía en
pequeños detalles, como la heroica desesperación de algunos
señoritos que nunca habían sido capaces de pelear y que de
pronto parecían dispuestos a matar o morir por una palabra
o una banderita.

«Esto no tiene remedio», me decía. Y pensaba en mi pistola, indeciso.

Mi pistola habría ayudado a reducir la tendencia a la superpoblación que va a arruinar a la humanidad un día. Es decir, que en definitiva con ese invento yo podía hacer bien a los hombres.

Pero todo eso era puro sofisma.

Y seguía pensando en Valentina y mirando la calle desierta del amanecer desde mi ventana después de una noche de insomnio. Seis ceros. Eso había dicho el industrialista generoso y sanguinario. La cifra primera no la había dicho: podía ser el uno, el dos, el tres, hasta el nueve. En materia de guerras, el capital que se suele invertir es fabuloso. Y con aquel invento mío la guerra sería algo más que una guerra fría e impersonal. Sería la guerra privada de cada cual que cada cual ganaría a su tiempo satisfactoriamente. Venderían millones de pistolas el primer año y desaparecerían millones de enemigos de esas personas. Como en una guerra. Pero sería una guerra a la medida de cada cual. La ganarían los hábiles y los amorales contra los que tenían escrúpulos de conciencia.

La ganarían los imaginativos, embusteros y criminales natos. ¿Pero no era así, ya? Porque la pistola que yo inventé se podría adquirir por menos de cien pesetas. ¿Quién no tiene cien pesetas para matar a uno de esos amigos-rivales-conjeturables-incrédulos-disidentes-maliciosos - astutos - aprovechados-suspicaces-aventajados-seudoleales-escamones - sobreavisados-avispados-alertas-braguetones-generosos del tipo ofensivo, cordiales del incordio, que habitan una parte del espacio por donde uno quiere pasear a solas o con su pareja? ¿Quién no tendría cien pesetas para hacerse su justicia y su guerra privada? Yo dudaba, sin embargo, y pensaba en Valentina. Todavía. Siempre. No podía ni puedo remediarlo. (Ni quiero.)

Sucedió lo último que podía esperar yo en el mundo: vino a Madrid el Bronco con su mujer (se había casado) en viaje de novios. Me refiero a aquella bestia del neolítico inferior que cantaba romances pornográficos y que en la aldea de mi abuelo fue mi mejor amigo. Se había casado con Cristeta. Al parecer, el amor comenzó con la sugestión del nombre; es decir, de las dos últimas sílabas del nombre que cuando estuve en la aldea le traían ya inquieto y obseso.

Aquellas dos sílabas fueron desarrollando glándulas y protuberancias en la imaginación del Bronco.

Por entonces se acabó de construir un ferrocarril en la comarca y consiguió el Bronco que le dieran un puesto de guardabarrera. Esto sucedió el año último de la monarquía y los reyes fueron a inaugurar aquel ferrocarril. El Bronco decía *ferroscarril*.

Desde que supo el Bronco que tenía casa gratis, sueldo fijo y retiro de vejez decidió casarse. Pero había que esperar y hacer ahorros para la boda.

El día de la inauguración, la reina se detuvo a hablar con algunos empleados humildes, uno de ellos el Bronco. No podía menos de suceder. Un ejemplar del antropopiteco en dos patas no se encuentra todos los días. La reina le dijo:

—¿Es usted guardabarrera?

Escuchaba el Bronco muy serio, con los pies juntos y la gorra en la mano:

—¡A ver!

—¿Y le gusta el oficio?

—Pues... depende —y el hocico del Bronco se torció un poco para añadir—: porque en invierno t'helas, en verano t'asas y siempre te jodes.

La reina disimuló el sobresalto y se apartó, sonriendo. El Bronco tenía dos motivos de satisfacción en su vida (según decía). El haber hablado con la reina de igual a igual y el ser amigo mío. Cuando llegó a Madrid venía sin saber dónde hospedarse, confiando en que yo lo llevaría a mi casa. Al ver que yo no tenía casa propia sino alquilada y sin sirvientes se llevó un gran chasco. Y perdí en su estimativa. Lo llevé con su novia a una posada de tipo campesino en la Cava Baja y advertí al encargado que pagaría por él. Suponía que no estaría más de una semana, pero aunque estuviera tres o seis sería igual. Yo lo estimaba, al Bronco.

Estuvo tres semanas. Bien es verdad que no permitió que pagara. Tenía sus delicadezas el Bronco, aunque por pura fachenda.

Como buen paleto, no se extrañaba de nada. Los grandes edificios, los viejos palacios, los autobuses, la plaza de Oriente, el Prado (al museo no lo llevé porque estaba seguro de que se aburriría) le parecían cosas ordinarias. También el Retiro, aunque allí encontró una sorpresa. En el parque había muchos mirlos negros y se dejaban acercar bastante. El Bronco, que no había visto nunca aquellos pájaros, se excitaba:

—¡Un tordo! —decía buscando una piedra para tirársela.

El tordo era en su aldea un ave estimada por los cazadores. Fue lo único que le impresionó en Madrid.

La novia —yo la recordaba muy bien— parecía en cambio
asombrada de todo y miraba alrededor sin hablar. El marido
debía darle unas sesiones eróticas inhumanas y la pobre
llevaba hematomas y señales de mordiscos por todas las partes
visibles de su cuerpo. En las partes cubiertas debía ser peor.

Iba y venía el Bronco por Madrid con aire distraído y
altivo, como si hubiera estado en la ciudad toda su vida.

Aunque me preguntaba por mi vida en Madrid, desde
que descubrió que no tenía casa propia no creía una palabra
de lo que le decía: que era ingeniero, que había hecho el
servicio militar y era oficial de complemento. Mientras yo
hablaba, él movía la cabeza para decir al final:

—¿Ya te has gastado la herencia de tu abuelo?

Y añadía, dirigiéndose a su esposa: «Porque el viejo Luna
le dejó un buen gato de reales».

Le decía yo cuál era mi vida, pero él no me escuchaba.
De pronto me interrumpía:

—¡Un hombre que no tiene siquiera un cobijo a
su nombre!

Se creía superior a mí por ser guardabarrera con domicilio propio y por haberse casado, y en esto último tenía
razón. Ya querría yo haberme casado con Valentina. Cuando
le preguntaba por qué no creía que fuera ingeniero, respondía:

—Pues hombre, ¿cuándo se ha visto que un ingeniero
ponga bombas en los trenes?

No había manera de convencerlo de que no las ponía en
parte alguna y cuando su mujer, Cristeta, se lo quiso explicar,
él se enfadó y dijo:

—Lo conozco mejor que tú. Desde chico, la policía le
seguía el rastro. Por eso digo que se está malmetiendo.

Nos quedábamos los tres callados y el Bronco decidió
adularme, conciliador:

—Pero con eso y todo, Pepe es de los que entran pocos
en docena.

Yo le habría dado de bofetadas si no fuera por Cristeta.
Los llevé un día a comer a una taberna ínfima de la calle
de Toledo y el Bronco estuvo haciéndome preguntas sobre
la política republicana. En realidad quería averiguar si tenía
yo influencia y posibilidad de recibir nombramientos o de
darlos. Yo le dije:

—Mira, la política no consiste en poder dar empleos. Se trata de influir más o menos en la marcha del mundo.

—¿Cómo? El mundo marcha solo. ¿Qué puede hacer nadie para cambiarlo?

En aquel momento apareció en la taberna Ramón I, que llegaba un poco sudoroso y sin rumbo con algo de animal silvestre, y lo invité a sentarse con nosotros. Vio Ramón en la expresión de los novios esa fatiga sexual un poco indecente de la luna de miel.

Había visto ya a Ramón I en Madrid, adonde había venido atraído por el cambio de régimen, y me dijo que Alfonso Madrigal (de quien yo le había hablado), harto de buscar a Antonia y a su padre sin hallarlos, había venido también a Madrid.

Parece que se había inscrito en el sindicato socialista metalúrgico. Pero seguía con la obsesión de encontrar a Antonia en España. Esto hacía de él un tipo un poco descentrado.

El Bronco, que escuchaba y conocía a mis parientes, comenzó a hablar de Alfonso Madrigal:

—Es borde, pero tiene suerte. Todos los bordes (los bastardos, quería decir) lo son. ¿No lo sabías? Ese va a hacer carrera porque tiene mucho de aquí.

Se llevaba la mano a la bragueta, el cafre. Luego añadió que Alfonso había estado en presidio y lo decía con una sombra de respeto, como si dijera que había estado en el colegio de cardenales de Roma o en la universidad de Bolonia. Yo contemplaba al Bronco con una mezcla de simpatía y repugnancia y él, que se daba cuenta, reía, satisfecho.

Esperaba yo que Ramón I comprendiera la clase de igorrote que teníamos delante, pero Ramón andaba preocupado. Parece que había traído a España a su dulce Fátima, quien le creaba problemas de adaptación. Vestida a la europea, perdía Fátima su atractivo. Resultaba según él de una vulgaridad ofensiva.

En fin, aquello no era grave.

Ramón no se preocupaba del Bronco ni de su mujer y parecía querer decirme algo. Siempre parecía Ramón I deseoso de comunicar a cada uno de sus amigos alguna clase de consigna secreta.

Y debía ser importante, porque no la decía delante de mis amigos campesinos. Miraba el Bronco con gran atención a mi amigo y debía pensar: «Este sí que tiene casa propia en Madrid».

Traía Ramón I noticias. Todo el mundo las tenía en aquellos días, digo, sobre la violencia de la política y los choques de los grupos extremistas.

La novia del Bronco, que seguramente estaba exhausta desde que se levantaba (por haber pasado la noche en ejercicio nupcial), sonreía bobamente cuando la mirábamos. Si la sonrisa era demasiado tonta, el Bronco se daba cuenta y salía en su defensa:

—Esta, aquí donde la ves, es más lista que Lepe. Ve crecer la hierba. Mira si será lista que me ha atrapado a mí.

Lo decía sinceramente y, como suele suceder, la extrema sinceridad se trocaba en humor. El Bronco ofrecía con los dedos a su mujer un gajo de cebolla y como ella rehusaba el galán lo comía, advirtiendo:

—La cebolla es muy buena pa el reglote.

Es decir, para eructar.

Yo hacía caso omiso de la pareja aldeana y me dirgía a Ramón I:

—Cuando viniste estábamos hablando de política en la medida en que se puede hablar de algo con este samarugo —el aludido mascaba cebolla y reía satisfecho— y yo iba a decirle que hay dos tendencias, como tú sabes, en la historia de la humanidad: la del espiritualismo: Buda, el dulce Jesús, San Francisco, Gandhi, y la energía racionalista; es decir, Syva, Maquiavelo, Nietzsche y… digamos Stalin. Entonces…

Sonreía mi amigo Ramón divertido, pensando que estaba perdiendo el tiempo si quería hablar de aquella manera a personas como el Bronco. Pero mi doctrina le interesaba.

—Es verdad —decía—. Ahora mismo, en España todo el problema está en eso. Yo diría —añadió— que Jesús y Buda son el principio femenino, la dulzura pasiva y los otros el masculino: Syva, Maquiavelo, Nietzsche, Hitler o Stalin; pero ahora, con razón o sin ella, tú ves lo que pasa: la bandera de Cristo la reclaman los sindicatos obreros y la del rigor y dureza nietzscheanos una parte de la Iglesia. Un verdadero caos. Habría un tercer término: Sócrates. Es decir, Platón y Sócrates.

—Pero sin solución. Nadie ofrece la solución, por el momento.

Miraba el Bronco con los ojos entornados y convertidos en dos rayitas horizontales:

—¿De qué hablan sus mercedes? —y había cierta ironía en la entonación.

Ramón miró al Bronco pensando que era la primera vez quizás en doscientos años que aquella expresión «sus mercedes» volvía a oírse en Madrid.

—Hablamos de las maneras de ser felices o desgraciadas las sociedades humanas y los hombres.

—A mí —dijo el Bronco— que me den cien mil duros y un pellejo de semen para ponérmelo en los riñones.

—Se trata de otra cosa —le dije yo—. Se trata de la manera de tener tranquila y satisfecha a la gente.

—Tranquilidad viene de tranca —afirmó el Bronco.

Yo pensaba en términos pedantes, como si con aquello quisiera defenderme de la rusticidad del Bronco: «Se siente feliz porque, como dice Spinoza, la felicidad consiste en el paso de un nivel bajo de perfección a otro superior». Realmente, el Bronco era antes un perfecto rústico y ahora un perfecto rústico casado y con hembra. Y estaba alegre, porque la alegría se adquiere con la sensación de poder. Creía el Bronco ser poderoso habiéndose casado con Cristeta, teniendo un empleo de guardabarrera (vivienda gratis), habiendo hablado un día con la reina y estando en Madrid, donde se permitía dudar de mis opiniones. Lo bueno es que yo, por encima de todas las incomodidades, me alegraba de volverlo a ver. Y eso me irritaba.

Seguramente le pegaba a Cristeta por la noche y comenzaba así a ejercer el poder de Syva o de Indra. Mi amigo Ramón me miraba extrañado de que anduviera con personas como aquéllas. Y se permitió sospechar si seríamos parientes. Cuando me lo preguntó se apresuró a explicar justificándose:

—En las provincias hay a veces parentescos con gente rara.

—Más que parientes, somos —intervino el Bronco y añadió una vez más apartándose con las dos manos el pelo encima de una oreja y mostrando una cicatriz blanca de ocho o diez centímetros—: Mire, ¿ve usted? Me lo hizo él, de un peñazo.

Lo decía con orgullo. La gente del bajo neolítico tenía sus maneras de entender los placeres de la amistad.

Pero venía a nuestro lado el chico del tabernero, que conocía a Ramón. Era un chico de cinco o seis años, gentil personita, que ayudaba ya a su padre. Traía alcaparras en un plato. Señalando al Bronco preguntó: «¿Quién es éste?»

—Aquí en Madrid —dije yo— es un paleto recién casado, pero en la montaña es un lobo aullador que se pasa la noche brincando por los montes.

El chico lo creía y el Bronco reía guturalmente. Ramón le preguntó al muchacho qué clase de animal querría ser si tuviera que elegir. ¿Un lobo?

—No. Un animal marino —dijo el muchacho.

—¿Un tiburón?

—No, un pulpo.

—¿Por qué querrías ser un pulpo? ¿No es feo ese animal?

—Sí, pero puede empujar con los testículos a la gente.

—¿Cómo? —dijo Ramón asombrado.

—Con los testículos. Tiene ocho.

—Tentáculos, hombre, tentáculos.

Cristeta se ruborizaba y el Bronco, viendo su rubor, echaba luces lúbricas por los ojos. Debía pensar que tener ocho glándulas de aquellas representaba un privilegio. Tampoco estarían de más los ocho tentáculos para los abrazos envolventes, en la cama. Suponiendo que lo que decía el chico fuera verdad.

El tabernero, desde el mostrador, llamó al muchacho pensando que nos molestaba. El chico fue a su lado y se puso a limpiar una bandeja.

Pero Ramón volvió a hablar de cosas graves —filosofía moral— y yo traté de ignorar al Bronco y dije que la solución estaba en el pensamiento de Spinoza, a quien llamaba Novalis el «envenenado de divinidad». Suspiré hondamente:

—Un poco de ese veneno tengo yo también.

Entonces Ramón me dijo que le habían propuesto hacerse masón y que se negó. «Es difícil para mí ser masón —añadió—, primero porque soy católico y segundo porque no creo en Dios.»

Yo aprecié aquella salida como merecía —Ramón I tenía opiniones al margen de lo político, siempre chocantes— y me puse a hablar otra vez de Spinoza, pero Ramón cambió de tema. Quería saber más de aquella pareja de paletos. ¿Dónde se hospedaban? ¿Qué les parecía Madrid? ¿Tenían hijos? Ramón era distraído y siempre decía alguna cosa inadecuada. Preguntar a recién casados si tenían hijos era imprudente.

—Eso lleva tiempo —dijo el Bronco, reflexivo.

Se puso a decir que desde que se fueron los reyes Madrid era una ciudad como Barbastro, tranvía más o menos. Añadió que yo había dado orden en la fonda de que no les cobraran, pero que estaba pagando cada semana y si lo decía en aquel momento era para que yo me enterara y no me cobraran a mí, también, ya que en Madrid hay mucha marrullería y es necesario atarse los calzones para andar entre la gente. Podría ser que en la fonda quisieran cobrar dos veces.

—Ya veo —dijo Ramón—. Se ve que usted sabe lo que se pesca.

Sacaba el Bronco la cartera que llevaba en el bolsillo interior de la chaqueta y que estaba rodeada —en la doblez— por un cordón que iba cosido al forro.

—Los carteristas no van a ganar mucho conmigo. Uno entiende de ciudades, sobre todo ahora que viajo gratis en los *ferroscarriles*.

Comimos unos filetes suizos (carne picada bastante mala) que al Bronco le parecían estupendos y bebimos buen vino de Valdepeñas, aunque el Bronco, acostumbrado a los vinos espesos de Aragón, encontraba aquel vino más bien para señoritas. Al final tomó café, vertiendo en la taza dos copas de anís, y encendió un cigarro puro de los que habían sobrado el día de la boda, dándonos otros a nosotros. Eran unos cigarros miserables, que olían a asfalto. El fumaba el suyo con la sortija puesta y, lo que es más notable, inhalaba el humo. Se ponía amarillo con la primera alentada y luego iba volviéndole el color. El color rojo de la digestión; es decir, de la congestión. Le dije, imitando el habla de la aldea:

—Estás colorado como un perdigacho.

—La buena comida —dijo él, muy convencido.

No se habría cambiado el Bronco por un duque. Yo tenía ganas de que se marchara de Madrid, pero no me sentía mal en su compañía. Lo único incómodo era aquel aire pornográfico de recién casados que tenían los dos. No sé cómo no se daban cuenta. Ella no sabía disimular las ojeras ni la demacración con afeites. Al Bronco le divertía aquello y a veces, a espaldas de su esposa, me guiñaba un ojo. Y decía por lo bajo: «Está con la cara ajada». Pero lo decía uniendo las dos últimas palabras y haciendo de ellas una sola, procaz.

Mi amigo Ramón me dijo que la cosa pública iba mal y que a la república se la llevaba el diablo. Los jefes políticos creían que gargarizando en el Parlamento estaba todo arreglado. Luego iban a sus tertulias y comentaban sus recíprocos discursos. Creían que aquello era todo lo que había que hacer para conducir a buen puerto la nave del Estado, que era más bien la nave de los locos. O de los tontos.

En la calle había asesinatos; en los cuarteles, conspiraciones contra el régimen. Entretanto, los republicanos hablaban y cuando más eficaces querían mostrarse ensayaban algún pequeño truco que les parecía maquiavélico entre sus amigos, es decir, contra sus amigos disidentes.

—Esto se lo lleva el diablo —repetía mi amigo.

El Bronco hacía a veces comentarios congruentes. Cuando oía decir a Ramón que el orden republicano no existía y que el monárquico había desaparecido, le gustaba al Bronco repetir aquello de «tranquilidad viene de tranca». Más tarde, el Bronco tuvo razón y la tranca impuso alguna clase de tranquilidad.

Tenía a veces sus puntos de vista serios, el Bronco. Por ejemplo, decía que la implantación de la jornada de ocho horas en el campo era imposible porque si se deja la cosecha sin recoger y viene una tronada, *se malmete*. Además, la orden de no llevar cosechadores ni peones de una parte a otra (de un municipio a otro) era la ruina para los propietarios y para los campesinos.

Los puntos de vista del Bronco, como suele suceder con la gente ignorante pero pragmática, no estaban mal. Miraba a Ramón y parecía pensar: «Este es de los que ponen bombas también». No parecía tenernos en mucho a Ramón ni a mí y decidió que tampoco mi amigo debía tener casa propia en Madrid. En todo caso, el Bronco se ponía a contar nuestras batallas de chicos a un lado y otro del río y los refuerzos que llegaban a veces con escopetas cargadas con sal. El Bronco se acordaba de los nombres de sus partidarios y de los míos. El y su novia estaban ebrios de nupcialidad y ésta era como un licor barato, como un aguardiente sin marca, del que bebían demasiado por la noche.

—¿Verdad que el Bronco es un bestia? —repetí dirigiéndome a Cristeta.

Ella se apresuró a decir que sí, y añadió:

—Desde pequeño.

Mi amigo la señaló alargando la mandíbula:

—Esta me conoce desde que éramos críos. Bien sabía lo que le aguardaba casándose conmigo. También yo la conocía a ella, tú sabes.

—Cállate —le dije—. Eres una mula sin albarda.

—También éste me conoce —dijo él, satisfecho.

Volvió a hablar con entusiasmo de nuestra infancia en la aldea. Recordaba con especial amistad a otro chico de mi pueblo, a Carrasco, que le dio tal pedrada en un tobillo que anduvo cojeando tres meses. Lo recordaba riendo a carcajadas. «Era un chico muy templao, Carrasco», decía.

Más tarde, durante la guerra civil, yo imaginaba que el Bronco asesinaría si se presentaba ocasión a la mitad de su aldea natal; pero no hizo nada parecido. Fue hombre de orden, que no estuvo en un lado ni en el otro. No salió de su casilla de guardabarrera, en la que se limitó a poner una banderita, por si acaso.

Una ligera deformidad en los huesos (que le hacía cojear imperceptiblemente) y la pedrada de Carrasco, de la que se resentía los días de lluvia, le libraron de ser movilizado y, como digo, no mató a nadie. Parece que en el paleolítico también existía algún sentido moral.

Se acordaba aquella tarde en la taberna de todas nuestras andanzas infantiles, y como conocía mi pueblo natal (al otro lado del río) estuvimos hablando del entierro de la Clara, de algunas bodas famosas y también del crimen del hijo de la Barona.

—En eso —decía Bronco— yo ayudé a tu abuelo y también a tu medio tío, al que tiene ahora la hacienda. Un tío —añadía dirigiéndose a Ramón I— que es más joven que el sobrino.

Y reía con gusto, echando la silla atrás. Cuando él reía lo hacía también su novia. No hay duda de que la tenía hipnotizada. Yo recordaba sus opiniones de adolescente en relación con la mujer: «Son mal ganado. Hay que domarlas como a los potros: en una mano la cebada y en la otra el látigo».

En fin, el Bronco y su mujer dejaron Madrid y se fueron un día a su casilla de guardabarreras. Como a ella le gustaban las flores le compré en Madrid la mejor colección de semillas de rosas, claveles y sobre todo girasoles. Luego supe que su casilla era la más florida de la vía férrea.

Yo preguntaba por Alfonso Madrigal, pero no lo encontraba en ninguna parte.

Entonces vino a verme una poetisa chilena que aparentaba veintidós o veintitrés años. Y, sin embargo, estaba casada y tenía ya dos hijos: un niño y una niña; lo que los franceses llaman un *ménage princier*.

Vivía con su marido en un hotel de la calle de Velázquez que se llamaba, si mal no recuerdo, Majestic y que tenía anchos salones forrados de maderas oscuras.

Si digo que no he visto en mi vida una mujer más hermosa —del tipo fornicatorio— los lectores sonreirán. Se dice eso tantas veces y con tanta ligereza... Pero es verdad. Al decir *tipo fornicatorio* quiero decir sólo una mujer inmediatamente deseable. Porque ella era de costumbres irreprochables, lo que tenía más mérito, ya que los enamorados surgían a su alrededor en todas partes, como los hongos en el bosque.

Su marido era muy poco aventajado de estatura y de cualquier otra cualidad. Pequeño, de cabeza rubia. Era escritor y su mente un puro galicismo. Amable y atento venía, sin embargo, a Madrid y no a París con algún fin, no comprendía yo cual. Más tarde lo supe.

En aquellos días de Madrid muchos hombres se enamoraron de ella. Todos los que la vieron de cerca, probablemente. Yo habría sido uno de ellos si la imagen de Valentina no me acompañara día y noche como un ángel tutelar (con la corcita blanca detrás). También se dejó impresionar un hombre distinguido: Ortega y Gasset, y aprovechó el marido la reverencia para publicar un libro de ensayos —discretamente informativos más que especulativos— en la colección de la «Revista de Occidente». Como escritor era sólo discreto; es decir, mediocre en el sentido clásico latino, que no tiene nada de denigratorio.

Obviamente, ella era fiel a su marido, aunque ninguno de nosotros pudiera entenderlo, ya que era superior a él en tantas cosas. Aunque tal vez lo que en una mujer tonta habría sido un pretexto para engañarlo, era en ella una razón para quererlo y serle fiel. El diablo entienda a las mujeres.

De ella escribió Gabriela Mistral: «Es la mejor poetisa de Chile, pero es más que eso: es una de las grandes poetisas de nuestra América, próxima a Alfonsina Storni por la riqueza del temperamento, a Juana de Ibarburou por la espontaneidad». Y más tarde: «Ahora ella vive el dorado mediodía de la dicha; ahora su verso puede tener el vuelo fácil y extendido de la gaviota chilena, del ave de seda y de sal». Más tarde, todavía: «Donosa y fresca mujer joven, dueña de una poesía hecha a su semejanza, alabémosla, démosle admirativa amistad, cabal elogio. Es de nuestra raza».

El adjetivo «donosa» era una graciosa alusión al nombre de su marido, quien, como dije antes, era un escritor discreto que llevaba su profesión con una dignidad natural y sin mayores pretensiones. Conocía sus límites y en ellos se desenvolvía mejor que otros escritores de talento en los suyos.

No sé para qué venía ella a mi lado. Es decir, venía a algo concreto y ella no lo sabía. Se acercaba la poetisa con gestos redondos de gran gatita culpable. Pero era para ella sólo una travesura de muñeca grande. De muñeca, no de mujer. Y nunca pasaba nada.

Decía ella con esa sabiduría inguinal de las poetisas hispanoamericanas:

> Amor grito a todos los vientos,
> mi vida entera está en mi voz,
> pero hay algo en mis pensamientos
> que tú no sabes... ni sé yo.

Una gran parte de eso que no sabíamos ni sabía ella misma fue lo que la condujo a asomarse a la ventana de mi secreto peligroso. A la tremenda ventana tapiada. Inocentemente, claro.

Ortega estaba tan deslumbrado como cualquiera de nosotros y debió quedarse perplejo cuando la poetisa se desvaneció para siempre. Ella, la mujer de todos los merecimientos y de todos los privilegios naturales. La hembrita perfectamente ajustada a una realidad que habiéndole dado belleza, talento, juventud y el gozo del misterio natural se lo había dado todo. Era la mujer polarizadora de cualquier posible forma de bienestar en la tierra. La mujer bebé a quien todo el mundo corre a darle el juguete caro para que no llore. Yo creo, incidentalmente, que ella no lloraba nunca.

Y seguramente Ortega, que tantas cosas comprendió y explicó para los demás, no pudo explicarse a sí mismo ni comprender que aquella muchacha no llorara. La impresión de facilidad que daba aquella mujer en los otros, en los logrados del mundo, hace pensar que trataba la vida como un amable juego. Si ese juego se daba bien, la alegraba, y si no, la divertía. Pero nunca la torturaba. Probablemente las cosas contingentes no le dieron nunca un mal rato; es decir, un minuto de ansiedad, ni mucho menos de angustia. La máscara mortal de la angustia cuando luchamos a solas con las encontradas realidades de fuera y de dentro, no la conoció ella. Podría traer aquí muchos ejemplos de aquella serenidad hecha del dominio sobre la red de las afinidades relativas de cada hora, pero no lo haré por nada del mundo. Detrás de la sugestión de su memoria, para todos los que la tratamos debe quedar un aura inexplicable. Un ámbito de nadie, aromado de respetos.

Y venía a presentarme un jefe político de izquierdas sin saber para qué. Yo tampoco tenía interés en averiguarlo. Lo único interesante era ella, perfecta en la línea de sus labios y en la de su cintura de adolescente a pesar de la maternidad. Cuando no acertaba ella en la vida —por ejemplo, presentándome aquel hombre sin saber para qué— era la vida la que se disculpaba y no mi amiga. La gracia con que renunciaba al acierto valía más que la vida misma. Aquella mujer habría merecido ser la azafata de Valentina.

No le dije que seguramente venía, como tantos otros, en el mayor secreto para tratar de usar mi invento y poder matar impunemente a sus enemigos. Impunemente. (Y a ofrecerme sin saberlo, una vez más, bastante dinero para acercarme a Valentina.)

Al revés que otras mujeres, no tenía ella la pedantería de su belleza natural. Se diría que cultivaba inconscientemente (o conscientemente, vaya usted a saber) esa dosis de tontería natural que en los seres hermosos como ella es realce y en los demás es desgracia y a veces miseria. No entendamos esto al pie de la letra. Cuando hablo de tontería me refiero a descuido del intelecto, al dulce y amable abandono a la simplicidad. La de ella tenía la espontaneidad fragante de un brote vegetal.

Hablar de su *tontería* es una licencia poética para aludir al lado encantador de su descuido. Su abandono era mejor que todas las actitudes compuestas, y todos los espejos de este lado y del otro de los mares lo sabían. Se habla de la «tontería» de alguna mujer como de una cualidad más de su perfección. También se dice que no hay verdadera poesía sin una cierta dosis de tontería, y es lo mismo. Esa tontería no es sino la que va implícita en el atreverse al abandono secreto y confianzudo de los seres excepcionales. En los otros, todo es precaución.

No era pedante de la belleza y mucho menos del sexo, como tantas mujeres tratan de serlo como una derivación culta del escepticismo. Tal vez son esas mujeres, esas pedantes de la vagina, la causa principal de que entre los hombres de letras de nuestro tiempo abunde el homosexual, al menos fuera de España.

Con aquella mujer la vida de todos era un poco mejor, en la tierra. Yo no insinué siquiera la provocación al adulterio porque habría sido estúpido. En fin, aquella mujer murió durante la guerra. Después de su muerte yo supongo que la muerte nuestra, es decir, de todos los hombres vivos que la conocimos, será mejor también. No debe ser tan terrible pasar por donde ella ha pasado ni ir al lugar donde ella está, aunque ese «dónde» sea la nada. La nada augusta.

Ella no se fiaba mucho de su talento, porque sabía que nunca llegaría a ser tan sugeridor como su mera presencia física. El talento de ahora va menos ligado a las gracias de lo corpóreo. El «intelecto» está demasiado alejado de cada cual. Todavía si fuera, como antes, el *entendimiento*... Ella sabía todo eso y se acomodaba dentro de su realidad exquisita con esos escalofríos con que algunas muchachas se estremecen dentro de un costoso gabán de pieles o entre los brazos del amado. La vida le hacía raras y preciosas caricias. A ella. A la mujer hermosa, segura y sin cautela.

En todo lo que hacía —hasta en la presentación de aquel hombre político de izquierdas— asomaba ese contento natural de los privilegiados del destino con una especie de rezume gozoso. En su cuerpo había esa redondez (sin conjetura de esqueleto) que hay en algunas chinas hermosas. Era española por la tibieza del color de la piel —trigueña candeal— y por sus ojos, un poco vagos, como recelosos de su poderío. Tenía, por otra parte, la infalibilidad de movimientos de la mujer francesa, sin nada de afectación ni de su agresivo don de flirt. No lo necesitaba. Todos los hombres del mundo se adelantaban al deseo de ella de hacer impresión. Sin embargo, yo no la comparaba nunca con Valentina. Mi amada era de otra especie y de otro mundo.

La chilena me presentó aquel hombre que buscaba la manera de conseguir mi invención. Por dinero, claro está, aunque no llegó a decir cuántos ceros. Ella no sabía lo que aquel sujeto pretendía. Nunca buscaba ella la raíz de las cosas y todas le parecían plausibles a priori.

Fue entonces cuando yo me di cuenta de los peligros que me envolvían personalmente y decidí cambiar de nombre cuando frecuentaba algunos lugares, a ver qué sucedía. El cambio tenía que ser hecho con el mayor cuidado, como se le trasplanta, por ejemplo, a un ciego la retina de un muerto en accidente, para que vea. En mi caso era más bien para no ser visto.

En aquellos días vi a Alfonso Madrigal y fue una gran sorpresa y un motivo de contento por algunas horas. Se había arreglado la mella de los dientes. Trabajaba y ganaba buen jornal.

Pero ya hablaré de él otro día.

Aquí acaba el cuaderno VII de Pepe Garcés.

Esta vez los versos de nuestro héroe no son tan líricos y se reducen a un soneto sarcástico de doble sentido fácilmente perceptible:

De la solemnidad de los sextantes
v en un recinto lleno de latidos
van bajando los pobres discrepantes
al hipogeo de los excluidos,

acecha en los pasillos bifurcados
la muerte vil y en el umbral del Asia
otra muerte de armiños mosqueados
y cetro rematado en flor de casia.

En subterráneo oscuro y secretario
lleno de sombras sensacionalistas
se calla dubitante el comisario

y desde algún lugar las imprevistas
calaveras del fondo del osario
muestran su humor de desviacionistas.

Creo que se refería al hombre que le presentó en aquellos días críticos la poetisa chilena María Monvel.

La orilla donde los locos sonríen

Y ahora digo yo, *vamos a ver cómo nuestra naturaleza humana percibe o no percibe la luz del conocimiento. Veamos. Hay algunos seres humanos viviendo en el fondo de una caverna que tiene una claraboya abierta a la luz. En la caverna han estado desde la infancia esos hombres, sujetos por cadenas y argollas de modo que no pueden mirar hacia atrás. Encima y detrás de ellos hay una antorcha encendida a alguna distancia y entre la antorcha y los prisioneros hay un camino y a lo largo del camino un pequeño muro o parapeto como el que los trujimanes suelen tener delante, sobre el cual muestran sus marionetas.*

«¿Qué vemos?

»Lo que vemos, digo, es una serie de hombres pasando por ese camino llevando consigo toda clase de objetos: ánforas, estatuas y figuras de animales hechas de madera y de piedra y de otros materiales, que se dejan ver sobre el parapeto. ¿Están viéndolos ustedes?

»Es una extraña imagen de cosas movedizas pasando detrás de un muro y de un grupo no menos extraño de prisioneros. ¿Qué ven estos prisioneros? Sólo su propia sombra y la sombra de esos objetos que la luz del fuego proyecta contra el muro contrario de la cueva.

»*No pueden los presos ver otra cosa, porque no les es permitido volver la cabeza. No pueden ver sino las sombras de las cosas que pasan por detrás.*

»*Así sucede con nosotros. Lo que llamamos la verdad es sólo la sombra de las imágenes de unas cosas cuya naturaleza ignoramos.*»

Así dice Platón en el libro séptimo de *La República*.

Aunque en este cuaderno octavo no hay nada que no hayamos podido ver en los anteriores, ahora es diferente. Un poco diferente.

El autor es el mismo con su voz y su acento (ambos en la orilla de lo literario y no exactamente dentro de la expresión literaria convencional). En estas páginas parece referirse a la confusión de unos días llenos de extraños dobles y triples fondos difíciles de identificar a la luz del recuerdo para el que no haya pasado medularmente por el mismo calendario. Aquella fue una semana tremenda, o más bien —yo diría— enorme.

Este cuaderno es más breve que los siete anteriores, pero tal vez más intenso. No pongo versos en este corto prefacio porque no los hallé y porque, según creo, el autor los puso dentro del texto y en un lugar que le pareció más adecuado. Hay sugestiones e insinuaciones de carácter lírico que entenderán sólo algunos lectores. Una vez más, no hay política en estas páginas, sino humanidad, a veces cálida y hasta ardiente, a veces tibia y sugeridora, pero nunca fría.

Se refieren los dos capítulos o cuadernos siguientes al período de la guerra civil que todos querríamos olvidar. Las cosas se hacen irreales en el recuerdo de Pepe Garcés, como solía sucederle —él mismo lo dice— cuando veía algo que su razón no podía digerir. Sin embargo, ese irrealismo no es un escape de la realidad, sino una integración en ella por la vía esencial de los juegos de símbolos, más entrañable que la del referir visual. En todo caso, yo creo que cuando escribió este capítulo que sigue trató el autor de decir muchas cosas que no se habían organizado aún en su conciencia con ideas y palabras coordenables. O que —quién sabe— tal vez se habían organizado demasiado y sólo se podían decir parabólicamente para mantener toda su intención.

Algún lector lo encontrará largo a pesar de todo, pero a mí me ha parecido corto, y a otros les sucederá lo mismo.

Debo confesar que aunque todo lo que he escrito y sigo escribiendo es verdad, he idealizado en los primeros cuadernos un poco —bastante— a mi padre, por diferentes razones. Primero, para hacerlo verosímil, porque si lo presentara como era no lo creería nadie. Segundo, por piedad filial. Tercero, porque haciéndolo un poco más aceptable, la gente que lea estas páginas, si alguien ha de leerlas, nos respetará más —digo, a los exiliados que sobrevivan—. Generalmente los que leen estas cosas son gente de la clase media culta, que tienen el poder, más o menos, en todas partes. Esas gentes no le perdonan a uno que tenga un padre demasiado salvaje o demasiado plebeyo. Mi padre no lo parecía, pero lo era. Era las dos cosas.

No es que mi padre no pudiera pretender el trono de España, pongamos por aspiración razonable. Aunque parezca raro, todos venimos de reyes, incluido mi padre. Y lo que es más raro, los reyes han procedido de nosotros:

> *Nos no venimos de reyes,*
> *que reyes vienen de nos.*

Basta para comprenderlo la reflexión siguiente. Si tomamos un lápiz y comenzamos a sumar nuestros antepasados

directos y consanguíneos, generación tras generación (los
4 abuelos, los 16 bisabuelos, los 64 tatarabuelos, etc., etc.),
llegamos pronto al siglo XVI, en el que tenemos más antepasados consanguíneos que habitantes tiene España, y al
siglo I, en el que el número de personas consanguíneas
nuestras es mayor que el de la población entera del planeta
—no exagero— multiplicada por cien. Invito al lector a hacer
la comprobación.

Así pues, todos somos hermanos, incluidos los reyes. En
mi familia hay tres nombres de reyes: el de mi padre, Garcés;
el de mi madre, Borrell, y otro, quizá el más importante, de
una dinastía de Ceilán y la costa Malabar de la India, a cuya
dinastía se refiere Marco Polo. De la costa de la India (la
costa Malabar), donde estaba (según dicen las religiones orientales) el paraíso terrenal, y de la isla de Ceilán, adonde los
pueblos más viejos van en peregrinación a adorar las huellas
del paso por la vida de Buda. Y a venerar *la tumba* del primer
hombre; es decir, de Adán. Si viviéramos ahora en un período
romántico y yo fuera un figurón como Espronceda, podría
tratar de darme importancia con las razones del disparate
narcisista, mas sensacionalmente legitimadas. Pero ¿quién
quiere hoy parecerse a Espronceda?

Además de ser cada cual hermano consanguíneo de todos
los demás hombres, yo y los míos venimos un poco más directamente de reyes por tener los nombres que tenemos. Mi
padre podría haber sido uno de aquellos reyes que mataban
a sus hijos de un garrotazo en la cabeza, como Iván el Terrible, o por medio de un veneno, como Felipe II. Tenía mi
padre algo de los dos. Y sin embargo, sólo fue estudiante de
cura, como Stalin, y después secretario de varios ayuntamien-
tos rurales, desde el más humilde hasta otros crecientemente
importantes. Cuando sucedieron los hechos del primer cuaderno de esta serie era mi padre secretario del Ayuntamiento de
Tauste, al norte del Ebro, no lejos de Egea de los Caballeros.
Entre estas dos ciudades estaba el castillo de Sancho Garcés
Abarca, adonde íbamos a veranear. Tenía mi padre algunas
propiedades —y también mi madre—, pero con tantos hijos
y sirvientes aquellas propiedades no representaban gran cosa.
Tal vez algún lector curioso, entre bromas y veras, querrá
ir algún día a ver esos lugares y a comprobar cómo son y a
gozar una inocente sorpresa viendo que son realmente como
yo los describo ahora y como los vieron Pepe y Valentina.
Es decir, como es toda realidad: idílica, legendaria, sórdida,

legendaria, mediocre, legendaria. Lo legendario es el común denominador de aquellas realidades, que por alguna forma de amor pasan a merecer una categoría absoluta. Lo legendario es lo real absoluto de lo sucedido.

La humanidad gusta de verse a sí misma enaltecida por la memoria de alguno que fue antes, sobre todo si fue inspirado y desgraciado (en esa categoría estamos todos ahora, digo los españoles), y lo mismo sucedería con cualquiera que en lugar de dedicarse a un desnacer secreto y mudo y sórdido y anónimo escribiera sus recuerdos de infancia y adolescencia como los escribo yo.

Pero volvamos a lo nuestro.

Habían pasado varios años —los mejores de mi juventud— y yo había renunciado —¡qué remedio!— al amor, pero no al sexo. No es que hubiera matado a Valentina en mi recuerdo. Valentina vivía en la cámara o en la morada más secreta de mi alma y en ella seguía embalsamada por mi amor, como los cuerpos de las princesas egipcias en la entraña de las pirámides, con la importante diferencia de que ella no sólo estaba viva, sino que yo iba depositando en ella toda la vida que se alejaba y toda la muerte que se aproximaba (esta muerte joven que va y viene por este campo de concentración y nos vigila, celosa).

En aquellos días —digo, antes de salir de Madrid, en el verano— me pasaron cosas que recuerdo aún con frecuencia y que trato en vano de comprender. Un día, por ejemplo, el 13 ó el 14 de julio, fui a una fiesta de cumpleaños cerca de la plaza de Manuel Becerra. No eran aquellas chicas como las que solían desfilar por el techo de mi cuarto. Yo no hacía entonces ejercicios impresionistas en relación con las siluetas callejeras. Las de aquel día eran casi todas chicas de clase media bien educada; es decir, inefablemente aburridas y un poco cómicas. ¿Qué le vamos a hacer? Me habían invitado en casa de un compañero de la Escuela de Ingenieros y esperaba encontrar allí alguno de los Ramones de los cuales he hablado antes, a quienes de un modo u otro yo consideraba mis alter egos.

La fiesta (era una fiesta de media tarde) fue un poco rara. Nadie creía que existiera el menor peligro ni que hubiera todavía motivos de alarma. Casi todas las muchachas hablaban del rey desterrado diciendo «el señor», como suele hacer la aristocracia. Una niña muy linda quiso decir, cuando apareció en la fiesta alguien que no tenía grandes simpatías entre los invitados, aquello de «éramos pocos y parió la abuela», pero encontrando la expresión demasiado cruda la disfrazó: «Eramos pocos y dio a luz la mamá de mi papá».

Luego se arregló la orquídea, que llevaba en el pecho con el tallo metido en un tubito de plástico lleno de agua. Yo, que fui a tocar la orquídea con el dedo meñique, lo sentí mojado y tuve la rara impresión de que se me había humedecido con alguna clase de secreción del pecho de la niña. Ella se ruborizó y me miró diagonalmente con un reproche. Yo dije, aludiendo a las aguas de la orquídea: «Hay que perdonarla. Es tan joven…» Ella se puso a presentarme a las chicas más próximas. Les decía que yo era un ingeniero *famoso*. Con esto se formó un grupo cerca del hueco de un balcón abierto. Entre las chicas presentadas había las siguientes: Loli (vestida de lino blanco trasudable, esbelta y un poco clorótica). Clorinda, vestida de rosa tornasol, quien asomándose un poco a la calle me preguntó cuál era mi coche. Cuando yo le dije, mintiendo: *aquel Alpha Romeo blanco,* hubo un coro de aprobaciones. Pensaban, sin duda, que con las regalías del *blue print* de mi pistola hacía millones. La muchacha pelirroja que tenía a la derecha habló en voz baja con su compañera y las dos rieron en tono menor. Pero seguían las presentaciones: Pili, Suni y Any, tres hermanas bastante hermosas, del género culirrosa. Mirándolas, pensaba: «Yo querría tener varios sexos y poder dedicarme simultáneamente a las tres, aunque dicho está que en este ambiente no se puede tomar una copita, sino comprar la botella entera!» Tres lindas botellas embriagadoras. Provisionalmente embriagadoras. Me presentaron a varias chicas más y yo comenzaba a sentirme culpable viendo que la mayor parte venían a mi lado. El hecho se debía a que me había instalado en un lugar, entre dos balcones, donde la luz favorecía a las damiselas. Estaba contra el muro (como un espadachín amenazado) y ellas cara a la luz (a una luz topacio, melada). Las chicas que se estiman y que entienden los trucos de la belleza nunca se ponen con luz a la espalda, sino con luz tenue y directa de frente. Y allí estaban. La conversación fue curiosa:

LOLI. — Vine tarde porque ayer se casó mi prima. Con un ingeniero también. Los compañeros de promoción le hicieron un túnel de espadas.

Alzaba su bracito, desnudo y frutal.

CLORI. — ¿Espadas?

LOLI. — Es ingeniero militar.

SUNI. — Mi hermana se casó con un militar también, el año pasado, y los amigos hicieron el túnel y les cantaron a los novios la «marcha de infantes».

YO. — ¿Sigue en activo su cuñado?

SUNI. — No. Se retiró con la ley del Faenas.

El Faenas no era «distinguido». Eso dijo Pili, y a su justa observación respondió otra chica que acababa de llegar.

—El obrero es malo y el Faenas viscoso.

Yo solté a reír, lo que pareció extrañarles a todos un poco. Viendo a aquellas muchachas pensaba en Valentina, que no sería (no podía ser nunca) como ellas. Lo curioso es que el género cursi no me disgustaba. Había algo inocente en la cursilería, aunque por cursilería algunas de aquellas niñas serían capaces un día del adulterio, e incluso del crimen, creo yo. Es decir, que en sí misma la cursilería no es inocente. Nada es inocente en sí mismo, ni las flores de María, que dan alergias a algunos párrocos.

En aquel momento llegaba Ramón II:

—Lo han matado.

—¿A quién? —pregunté yo.

—No hablen de cosas tristes —se oyó una voz argentina en alguna parte.

Aquella voz no se refería a nosotros. Y Ramón II, que iba vestido con pantalones de algodón veraniego y zapatos de tenis, fue envuelto en miradas de desaprobación. Luego las chicas me miraron a mí. No iba yo mejor vestido, pero habían oído algo del invento de una pistola «sin ruido y sin proyectil, que mataba por rayos ultravioleta» —así dijo alguien— y algunas chicas creían que era un producto de tocador bueno para la piel, para tostarse sin ir a la sierra ni al mar. Porque todas tenían el color de las playas, o al menos de las piscinas del Manzanares.

Ramón habló de García Lorca y las muchachas torcieron el hociquito: no era de buen gusto hablar de poetas. Había que hablar de caballos, de coches, de playas y de nombres de familias ilustres. Algunas mamás de cincuenta años que vigilaban desde los sofás acercábanse a veces con palabras discretamente impertinentes. «Yo —decía una de ellas a otra de la misma edad— he creído siempre que la novia debe llevar al matrimonio una dote igual a la capitalización del sueldo del novio, considerando este sueldo como intereses.» Y lo decía bastante alto, para que los jóvenes solteros lo oyéramos. ¡Pobres niñas culirrosáceas que estaban en Madrid en la proporción de siete a uno! (siete por cada varón). ¡Ellas, que desnudas de ropa y de manerismos podrían haber enamorado al sultán de Turquía y al sha de Persia! Pero así es la vida. Ramón se daba cuenta y era un poco cínico. La verdad es que a mí me extrañó verlo llegar allí y que según me dijo hubiera venido sólo para encontrarme y darme la noticia. Lo habían matado. Pero ¿a quién?

—La guardia de asalto llegó a su casa al amanecer —decía—, lo sacaron y en un autocar descubierto lo llevaron al cementerio del Este. Por el camino, desde el asiento de atrás, alguien disparó sobre la nuca del preso, quien debió morir en el acto. Luego siguieron y lo dejaron en el cementerio. Allí está.

Las niñas, que oían a medias, creían que se trataba de un chiste y algunas reían. Ramón estaba muy serio y me decía: «Hay que tomar una determinación, porque dentro de algunas horas se va a armar la de San Quintín». ¿Qué determinación podíamos tomar él y yo? Aunque en términos generales yo sabía que debíamos cambiar de nombre y de lugar para despistar a los acechadores.

Las niñas seguían riendo.

LOLI. — Dice la de San Quintín. ¿La marquesa?

Aunque iba descuidadamente vestido Ramón, comenzaban a tutearlo familiarmente, igual que a los otros. La niña de la orquídea que hacía aguas en mi dedo meñique había bebido un vasito de curasao y estaba con candelitas en los ojos. Rota la armadura de lo cursi, decía cosas graciosas. Le pregunté si tenía novio y me dijo que no. Me asombré, por cortesía, pensando en otra cosa: pensando en el cementerio del Este y en los ángeles con largas trompetas que presiden la entrada de ladrillo rojo de aquel noble lugar.

—¿Es posible?

—¡A ver! Yo voy por ahí moviendo el rabo, pero que si quieres.

Escuchaba Ramón pensando que la clase media de ahora era superior a la de veinte años antes. La cursilería de 1915 era grotesca y la de 1925 boba, pero la de 1935 comenzaba a ser idílica. Y Ramón miraba alrededor y debía pensar: «La clase media ascendente». El lo veía todo desde el punto de vista de la lucha de clases.

Pero el diablo esperaba detrás de la esquina, con la rebaja. Mientras Ramón y yo nos trasladábamos con la mente al cementerio y andábamos bajo los porches de Caronte por el lugar más exótico que tiene Madrid (es bueno y humorístico considerar exótica la muerte, según el discreto estilo madrileño), las niñas hablaban entre sí con gorjeos y altibajos:

ANY. — Déjate de virguerías, Pili.

LOLI. — ¿Qué son virguerías?

ANY. — Delicadezas que no vienen a cuento, mira ésta. Como un postre de frambuesa antes de la sopa.

Ramón y yo oíamos sin escuchar y sin atender, realmente. Seguíamos bajo las trompetas del cementerio del Este, las trompetas de Jericó que iban a conmover la tierra. La realidad nos obligaba de pronto a tomar posiciones serias. Nosotros, máquinas de la risa, debíamos convertirnos en príncipes de la seriedad, así, de pronto, y no era fácil. Muchas máquinas de la risa morirían sin dejar de reír o de hacer reír en aquellos días. Y algunos de los invitados iban desapareciendo con expresión inquieta.

Había que situarse. Así dicen los políticos cuando hay un cambio de régimen, o al menos de gobierno. En esos casos situarse representaba adaptarse para evolucionar hacia algo mejor. En el caso presente era más bien eludir la catástrofe. Yo me daba cuenta, porque las cosas comenzaban a hacerse irreales a mi alrededor. Se oían los ángeles trompeteando en las Ventas del Espíritu Santo, como los ciervos pirenaicos en la brama.

PILI. — ¡Virguerías dice Any! A todo le llaman ahora virguería.

LA NIÑA DE LA ORQUIDEA MOJADA. — Mi hermano el capitán dice que en la vida sólo hay virguerías o cabreamientos.

LOLI. — Cabreos se dice.

PILI. — Esa es una palabra prohibida. No sé por qué. Hay cabras y cabros. El cabro es el marido de la cabra. Y el cabro brinca por los montes. La virguería es algo así como el cabello de ángel y el cabreo lo contrario.

ANY. — Es un enfado así como diabólico.

PILI. — Cabello de ángel y cabreo no pegan.

Oyéndolas, yo pensaba: «Son hermanas o hijas de militar. Más bien hermanas. Porque los militares viejos son más cuidadosos con el lenguaje familiar. Los jóvenes hablan en su casa como en el cuarto de banderas y las hermanitas vírgenes los imitan sin saber lo que hacen. Virguerías y cabreos. Todo en España había sido virguería hasta el golpe militar de 1923. Desde entonces todo iba a ser paquete y cabreo. Y las niñas lo repetían como loritos amazónicos».

Pero Ramón y yo estábamos aún mentalmente en los porches de ladrillo rojo del Este. Bajo los ángeles que anunciaban con sus largas trompetas la gran faena del Faenas. Es decir, propiciada inocentemente por el Faenas, como suelen propiciar las catástrofes históricas. Así, con el *affaire des diamants* del cardenal de Rohan y María Antonieta antes de la degollina francesa. Pero ahora no había cardenal ni diamantes en Madrid, sino virguerías y cabreos. La niña que movía el rabo inútilmente lo había dicho. Yo la miraba con la imaginación perdida en los porches de ladrillo rojo y me decía: «Pronto vais a tener hambre canina y frío felino y miedo cerval, en los largos inviernos de Madrid. Pronto vais a tener carne de gallina, ceguera moral de topo, frío de mármol, inquietud mercurial, insomnio de gallo viejo, cansancio de beduinas caminadoras, desesperanza de reos de checa (reas, ¿por qué no reas?), hormigueo en la nuca como los del pánico nocturno, ronquera de oso (de osa virgen), amargor de raíz malvavisca, salsedumbre de alga, ridiculez de víctima (hay un grado de ridiculez en la desgracia), desesperación de gallinas atrapadas, acidez de limón verde, vergüenza de hembras no solicitadas o de hembras violadas, temor de conejitos de indias, fastidio de ratas solitarias, humor de melindres pasados, fervores de viejas de miriñaque, angustias de calvario de tramoya (comparables a las del Gólgota), ironías de viejas con dispepsia, calambres de ahorcados, vergüenzas de turistas cuyo cheque no llega, disenterías de bebés (pañales mojados), arrebatos de furcias, recelos de brujas por el riesgo del quemadero, perplejidades de preñadas vírgenes, contracciones de píloro, hambres confesables (ahora sí), nalgas caídas rebosando en la silla. Pronto tendréis —y bien lo siento, porque no soy sádico, todavía— propensiones de verduguitas amateur, exterioridades marchitas delante y detrás, sesgos fuera de medida, contornos sin el límite de la gracia, aliento con olor de altramuces mascados, digestiones de lentejas verdes, minuciosidades (ya no virguerías) de mendiga, circunstancias de luto, orina frecuente provocada por el resquemor, curvaturas sin sentido, quereres y no poderes extenuantes, noches pespunteadas de plomo, tormentas secretas, clorosis sin adolescencia y sin maldita la gracia, profundidades inútiles, tonterías graves y tragedias hilaras, ecos sin resonancia, ventosidades de solterona, lejanías frustradas y sin nadie en el horizonte, horas sin números, apartamientos sin distancia, distancias sin seguridad ni lejanía, escozores sin motivo y urticarias

sin ortigas, bendiciones sin gracias y maldiciones sin odios,
hematomas sin besos y besos sin succión (como los que se dan
a los parientes que acaban de morir)». Sí, todo eso iban a
tenerlo pronto las pobres niñas merecedoras. La vida iba
a mostrarles sus trasfondos funestos. Iba a mostrárnoslos a
todos, pero uno estaba ya prevenido. Entretanto, la sala
donde se celebraba la fiesta iba iluminándose con los apliques
de las paredes (cada uno con dos caperucitas de seda amarilla).
La luz de fuera (de la tarde declinante) chocaba con la de
dentro y los apliques parecían candiles de Bagdad lejana.

LOLI. — (*Alzando la voz*). El Faenas lo ha matado, pero
no ha sido confirmado aún. La radio dice que no está confir-
mada la noticia.

YO. — (*A Ramón.*) ¿Qué hacemos aquí? Los otros se han
han ido.

Pero Ramón no me oía. Debía estar con su imaginación
también en el Este, debajo de las trompetas de Jericó.
Recuerdo que había ido algunas veces al cementerio para
acompañar a algún conocido que había perdido un pariente
y siempre me había impresionado aquella portada que era
como la del valle de Josafat, orientalmente y silenciosamente
justiciera. Pero escuchaba a mi alrededor. Una señora entraba
con las manos sobre el corazón:

LA SEÑORA DE EDAD. — Lo han matado, a Pepe.

Entonces fue cuando sentí que algo terrible iba a suceder
y que era inmediato e inevitable. La víctima había vivido
en Zaragoza años antes y sido amigo de mi padre. Hasta que
vi que alguien lo llamaba Pepe —como a mí— el peligro me
había parecido lejano. El victimado era un hombre honesto
que creía en lo que decía aunque lo dijera a veces de una
manera demasiado retórica para mis gustos.

YO. — (*A Ramón II.*) ¿Qué hacemos aquí? ¿Por qué no
nos vamos?

Estábamos bloqueados dulcemente por Pili, Loli, Suni,
Any y otras muchachas frágiles e intactas. Esa cualidad de lo
intacto hacía de las culirrosas personas vagamente sobrenaturales. Aunque yo estaba vacunado, en definitiva. Yo tenía
un ángel que me acompañaba y me inmunizaba: Valentina,
con su risa cristalina y sus grandes ojos seguros de la vecindad
propicia de Dios.

Mirando a las chicas, yo volvía a pensar (desde las arcadas
bizantinas de Jericó): «Nada tiene remedio. Vuestro Faenas
—que consideráis viscoso— os condena desde ahora sin saber-

lo (y contra su expresa voluntad) a una especie de desaliento invernizo del que no os recuperaréis ya nunca». Pero las chicas parecían superiores a cualquier forma de tragedia. Debía tener algún mérito la cursilería, cuando podía superar la tragedia. Más tarde comprendí que no la superaba, sino que era incapaz de alcanzar su tronitonancia. Pero las limitaciones de la cursilería, cuando ésta era adolescente, no carecían de encanto. Y desde los porches rojizos de Jericó yo seguía diciéndome a mí mismo: «¡Oh, trompetas de Jericó! (nombre que en hebreo quiere decir *fragante*). ¡Oh, Jericó!, ciudad lunar soberana desde cuyas torres se veían los barcos del mar Negro con sus pescadores de hombres. ¡Oh, Jericó de los cananitas despojados por Josué!, destruida y reconstruida más tarde por Herodes el Grande. ¡Oh, Eriha moderna con tus trompetas calladas que ahora tenemos aquí!» El cementerio del Este me parecía a mí Eriha (el nombre iba bien con su arquitectura). Y las trompetas parecían traídas desde el Deuteronomio y desde los Macabeos para los asesinatos de Madrid. Miraba a las muchachas y me decía, lleno de una compasión mezclada de deseo: «Nos llega a todos la hora detrimental, especialmente a vosotras que salís del baño para la unción de nuestros ojos carniceros. Nos llega a todos el decaimiento progresivo que sólo podremos conjurar en un lado y otro con el crimen. Vais a conocer la postración, la dimisión, el agobio y el anonadamiento».

UNA VOZ LEJANA. — Lo han matado, a Pepe.

Yo me sentía a mí mismo en aquel Pepe dislacerante. «El desistimiento y la vileza que a veces lo acompaña, vais a conocerlos desde ahora. Yo sólo los había presentido, pero están llamando ya a todas las puertas. ¿Qué hacer, ¡oh vírgenes de España!, tan propensas a cualquier clase de anuencia?» Por el momento, ellas miraban los pantalones de algodón veraniego de Ramón II y parecían estar formando su composición de lugar. Se preguntaban si no formaríamos parte de los grupos agresores y culpables. Al menos, oíamos la noticia sin otra reacción que un poco de palidez en la frente (un amarillo cambiante de culpabilidad), aun sin ser culpables por acción ni por omisión. La señora que daba grandes voces venía hacia nosotros preguntando con la mirada.

YO. — Señora, lamento de veras lo que ha sucedido. Yo no sería nunca capaz de una cosa como esa.

LA SEÑORA DE LAS VOCES. — Pero, ¿qué hacen?

YO. — Nos hemos ido con la imaginación a Eriha.

LILI. — ¿Compungidos?

YO. — ¡Quién sabe!

LA SEÑORA DE LAS VOCES. — ¡Señor!

CORO DE VIRGOS. — ¡Qué va, qué va! Nuestra oportunidad no ha llegado todavía.

Mi amigo Ramón y yo estábamos consternados. Aquel asesinato camino de Eriha iba a hundir el país en el caos. Lo de menos era la guerra que se veía venir (al fin, una guerra es como un duelo que bajo las normas del marqués de Cabriñana tiene todavía alguna decencia). Pero veíamos venir otras cosas más cruentas e inconfesables. Me acerqué al balcón y vi en el entresuelo de la casa de enfrente el anuncio de una clínica:

ENFERMEDADES VENÉREAS
(De cien casos, noventa y ocho curas)

Por el doble sentido humorístico del anuncio conseguí evadirme un poco de la realidad, pero en aquel momento llegaba alguien (un hombre ya entrado en años) con barba blanca y guedejas tipo restauración. Al verlo, Ramón fue sobre él y comenzó a hablarle. Debía ser el caballo blanco de la poesía; es decir, alguien de quien esperaba Ramón ayuda económica para publicar una revista (una de esas hojas efímeras donde hacen sus equilibrios media docena de jóvenes a quienes podríamos llamar los casquilucios de la metáfora). Ramón hablaba, hablaba, accionando con énfasis. El caballo blanco parecía desinteresado y quienes escuchaban mejor a Ramón eran las muchachas.

Un amigo nuestro, joven gallardo, que se llamaba José y tenía aire de compositor vienés (también podría haber actuado en un film como hijo de Guillermo Tell), había propuesto el título de aquella revista, pero Ramón dudaba si aceptarlo o no. Después del anuncio de aquella clínica con sus noventa y ocho curas y sobre todo del asesinato en el autocar, el título parecía un poco extemporáneo. El caballo blanco insistía en averiguarlo y hacía de ello cuestión *sine qua non*. Tanto insistió, que Ramón tuvo que decirlo:

—Nuestro amigo José lo propuso, el título.

—¿Pero cómo es?

—Espero que no lo tome a mal.

—No quiero comprometer de antemano mis opiniones.

—Pues el título es...

Seguía vacilando. El coro de los virgos encornadores gritaba al unísono:

—¡Dilo, por los clavos del Señor!

Y yo, viendo que Ramón no se atrevía:

—El título es un poco largo, ciertamente. Pero no es cuestión de longitud, sino de poder expresivo. El título es: «*Las cosas van poniéndose de tal forma que se podrán enamorar los sacerdotes*».

La señora de las voces acudía extrañada y nos miraba a los tres, por orden de edades.

LA SEÑORA DE LAS VOCES. — Esto es andar de zocos en colodros.

LILI. — Callarse, que vamos a jugar.

ANY. — ¿A qué?

LILI. — Al matarilerón.

CORO DE VIRGOS:

> *¿Dónde están las llaves*
> *matarile, rile, rile*
> *dónde están las llaves*
> *matarile, rile ron?*

LA SEÑORA DE LAS VOCES. — Esto es cacarear sin poner el huevo. Pero a mí poco me importa.

EL CABALLO BLANCO. — ¿Qué quiere decir?

LA SEÑORA DE LAS VOCES. — Veremos lo que pasa. De momento, las exequias. El sepelio con todos los honores. Capilla ardiente, sacramental, esquelas. Túmulo, catafalco. Hay que salir de aquí a uña de caballo y dirigirse a Eriha, como dicen esos jóvenes. No esperar aquí el santo advenimiento. Hacen falta misas de cuerpo presente, de terno y requiem, con las gregorianas de la octava. Yo me encargo de eso, como de imprimir los recordatorios y las bulas de difuntos.

CORO DE VIRGOS. — *Matarile, rile, rile...*

LA SEÑORA DE LAS VOCES. — Yo buscaré el altar de ánima y el paño de tumba, con calaveras y huesos cruzados y gotas de cera y todo. Sobre los responsos, no sé qué hacer. No faltará quien les dé a mis gestiones carácter político. Ustedes, jóvenes, me están mirando de cierta manera. Como si no estuvieran muy convencidos. Yo sé que en esto, como en todo, hay que menear las tabas y hacer gestiones. Algunas por teléfono, pero las más, personalmente, de coz y codo. No hay que exagerar. No se trata de saltar por las picas de Flandes, pero hay que hacer algo, o sobre ello, morena.

CORO DE VIRGOS. — *¿Quién las irá a buscar...?*

En los apliques amarillos de los muros un halo de requiem iba cuajando y no sabía si rezar por el muerto —hombre honrado, al fin— o comenzar a golpes con toda aquella gente que estaba allí.

LA SEÑORA DE LAS VOCES. — (*Metiéndose un pañuelo de randas en el descote y torciendo el cuello con mimo.*) La era tumultuaria va a comenzar. La sarracina y la zurribamba. Me huele a chamusquina y me da en la nariz que la gente le ha encontrado el pelo al huevo.

RAMON II. — Eso es verdad. Se va a armar la gorda. No hay quien lo impida.

Una señora llegada de Lima se asomaba a una puerta estrecha y alargaba el cuello con un mohín amargo:

LA SEÑORA DE LIMA. — ¿Qué hacen todas aquí? ¡Mariconas!

RAMON II. — (*Resentido.*) Yo no soy mujer. Si me insultan, que sea como hombre.

LA SEÑORA DE LIMA. — Lo de mariconas iba por las niñas. A ustedes habría que llamarles de otra manera.

RAMON II. — (*Retador y con las de Caín.*) ¿Cómo? ¡Se guardará mucho!

La señora de Lima desaparecía del vano de la puerta. Y la de las randas volvía a hablar: «Todavía anda la paz por el coro, pero comienzan en todas partes las discusiones sobre si fue o si vino y los mastuerzos venga a trabarse de palabras. Antes de la noche andaremos a tres menos cuartillo y apuesto a que mañana nos hemos tirado los trastos a la cabeza. Los machos tienen sangre caliente y comienzan a darse de las astas, los de un lado con ras, los del otro zarpa a la zarpa. Y a renglón seguido, la artillería en la calle, es decir, primero las tanquetas. Y ustedes, ¿qué hacen ahí, gallipavos? Hay que meterse en docena. Eso del párrafo aparte no va conmigo. Ni fríos ni renegados ni apóstatas. La alferecía se impone más o menos provisional como ejemplo de empuje y de honrada lidia. Los otros están creciendo como la mala hierba.

LA MUJER DE LIMA. — (*En la puerta.*) ¡Mariconas!

RAMON II. — Aquí no todas son hembras. Y mucho ojo con lo que se dice.

LA MUJER DE LIMA. — (*Apareciendo otra vez.*) ¡Maricones!

Ramón II gruñía sin atreverse a protestar, ya que al fin se trataba de una extranjera que había llegado a la boda de su sobrina.

CORO DE VIRGOS: —

> *Yo las iré a buscar,*
> *matarile, rile, rile...*

LA SEÑORA DE LAS VOCES. — *(Dirigiéndose a la mujer de Lima.)* ¡A lo que estamos! No hay que tragarse la píldora ni comulgar con ruedas de molino. Desde que ha pasado lo que ha pasado yo no tengo prójimos y me están creciendo pelos en el corazón. La que tenga tan malas tripas como yo, que me siga. Yo seré la primera que meta el palo en candela y a los demás que les toquen seguidillas manchegas y yo les daré en la caperuza, a la tercera mudanza. No estén ahí hechos tres pavesas, el caballo blanco de la poesía, los suripantes y los coimes. El caballo va de rocín a ruin, y yo me entiendo. Remisos y blandengues son los jóvenes de ahora, mientras que las hembras como yo echamos por la calle de enmedio listas a la venganza. Yo, con la manta liada, voy a dar una de *pópulo bárbaro*.

LA MUJER DE LIMA. — Eso es verdad, maricona. O herrar o quitar el banco.

Pensando en Erihá, en las trompetas de Jericó y en la honesta víctima, Ramón y yo nos decíamos que toda la violencia de la historia iba a desencadenarse. Volvía Ramón a hablar del *affaire* del cardenal de Rohan y de las guillotinas, y yo pensaba que ya no se usaban aunque cada vez que veía la cabeza de la mujer de Lima las echaba de menos. En aquel momento y en todo el país se estaba fraguando la violencia, y lo peor era que en los dos lados tenían argumentos igualmente lógicos.

LA SEÑORA DE LAS VOCES. — *(En el centro de la sala y alzando todavía el pito con escuarzaguicos en la gorja.)* Yo doy libelo de repudio y levanto la férula. Yo, en nombre de mis antepasados. Yo, con los causahabientes por el huevo y el fuero. Yo, *in utroque jure* y por mí misma y por derecho de gentes. Yo, con el índice expurtatorio de los ultramontanos, apelo al privilegio del capelo y del cañón. Nadie sea absuelto *ab cautela*.

EL CABALLO BLANCO DE LA POESIA. — Las cosas se están poniendo de tal modo que podrán enamorarse los sacerdotes.

Las trompetas de Jericó las oía en el vano del balcón. Y las voces de la sala se diluían en los metales vibradores.

LA SEÑORA DE LAS VOCES. — *Excomunion ferendae sententiae!* Es natural que en los primeros días nadie dé pie con bola, pero no se perderá la tramontana. Esos jóvenes del balcón me huelen a cuerno quemado y a plebeyez stalina; pero mucho ojo, que cada paso es un gazapo y a nadie se le cuece ya el bollo. Y lo confieso en este primer día de la nueva era: inverecunda soy. Inverecunda moriré.

Preguntaba yo a Ramón:

—¿Qué es eso de *inverecunda?*

—Cállate y escucha. Quiere decir *desvergonzada,* y esto va de mal en peor.

El autocar de los guardias de asalto (ensangrentado) volvía haciendo sonar la sirena. En otros lugares caían hombres del pueblo igualmente inocentes, pero anónimos. La impersonalidad era virtuosa y por eso los mártires impersonales tenían derecho a ganar la última batalla, pero, de momento, la primera la ganaba aquella mujer gritadora.

LA SEÑORA DE LAS VOCES. — Desenmascaradamente y no *ab procuratio.* Ellos han dado la campanada y nosotros acudimos al sometén. Hay quien comienza a decir: entrémonos, que llueve. Pero va a diluviar y no precisamente agua. Van a diluviar sapos y culebras. El Faenas ha derribado la silla y yo derribo la mesa. Echémoslo todo por la de Pavía y suenen los órganos de Móstoles. Al baile todos, aunque no pegue el son con la castañeta. Usted, señor caballo blanco, no se salga por peteneras, que yo le haré apearse. ¿Qué pregunta usted? ¿Que quién soy yo? Yo soy la de ayer y todos hemos pisado mala hierba.

YO. — ¡Esto es ya demasiado!

RAMON II. — Cállate, que la historia se ha detenido. Con la muerte de la noche pasada, la historia va a detenerse. No más progreso, no más libre examen, no más diálogo. Esto es ya la rehostia, el desmigue. Cállate y a ver cómo salimos de aquí.

LA NIÑA CULIRROSA. — Pasarán sobre nuestros cadáveres.

YO. — Cuando esas niñas hablan así, no hay remedio. Hay que ver cómo salimos de aquí. Todo el mundo se juega las diez de últimas.

RAMON II. — ¿Quién las perderá?

YO. — Todos las han perdido ya. Los blancos y los negros, los buenos y los protervos. La gente está corriéndose, sin sentir, hacia la orilla donde los locos sonríen. Cuando eso sucede, se acabó.

LA SEÑORA DE LAS VOCES. — El surco está abierto para cada cual y el más listo que se lance el primero. España es ya la casa de tócame Roque, pero el toque pincha. Los más sutiles buscan la deyección del lagarto para hacer ensalmos, pero el que cayó ha caído y el que está de pie que mire dónde lo pone. (*La señora se dirigía al coro de los virgos.*) Se les fue la oportunidad, niñas mías. No hay que dejar verde ni seco. Arruinaremos el solar de nuestros padres y lo sembraremos de sal. Ustedes llevarán el saco.

LA SEÑORA DE LIMA. — (*Todavía asomada al vano oscuro de la puerta entre dos apliques amarillos con sus nimbos.*) ¡Mariconas!

RAMON II. — Esto pasa ya de castaño oscuro. ¿No te parece?

YO. — Cállate, tú.

LA SEÑORA DE LAS VOCES. — La deuda nacional se desconsolida, pero iremos en harapos al fregado. Entre lo vivo y lo pintado, un ahorcado. Perdida está la patria como Carracuca, y el berenjenal se va a regar con sangre. La hazaña y la cizaña y la telaraña campan por España. El cisma, la crisma y la morisma asoman por Cádiz. La crisma del descrisme. Y el hisme de la carisma.

YO. — ¡Qué raro! Está blasfemando.

LA SEÑORA DE LAS VOCES. — Caballeros y niñas empezonadas: se abre la era de la zarpa a la greña, la era de la hoguera sanjuanera que quema los cuerpos y salva las almas. Zegríes y abencerrajes unidos contra los guajes y las furias de las Asturias. Todos a picarse las crestas y nadie me busque la lengua, que diré lo que nunca se ha dicho. A cencerros tapados lo mataron y a cencerros tapados mataremos. Ese caballo blanco tiene la cabeza a las once, y si alguno se pavonea lo capolaremos para el engorde de la pascua. ¡Cristo con todos y Santiago a caballo! Dicen que el pueblo tiene razón. Yo se la quitaré a torniscones.

EL CABALLO BLANCO DE LA POESIA. — (*Tratando de restablecer la paz y dirigiéndose a los virgos.*) Oiganme, criaturas:

> ¿Va a morir el señor del océano
> el que acorre a la hiena en sus amores
> y a la garza en su vuelo de verano
> raudo por celos?

YO. — Eso no viene a cuento. Yo quisiera irme con los míos.

RAMON II. — Los nuestros.

YO. — ¿Dónde están? En todas partes menos aquí. ¡Vámonos!

Se interpuso la Señora de las Voces, cubriendo la puerta por donde se asomaba la mujer de Lima.

YO. — Es que hace calor.

Detrás de mí hablaba alguien.

LILI. — Yo tengo que asistir a la boda de mi prima. Los oficiales le harán un túnel de espadas desnudas.

LA SEÑORA DE LAS VOCES. — Ya no seréis culirrosas, sino culipardas, porque la guerra se nos viene encima con sus naturales escaseces.

IRENE. — *(Asomando en la puerta donde antes se veía a la mujer de Lima.)* Me voy, porque soy la que guarda el fichero de la Falange.

Era una mujer hermosa, y demasiado delicada para aquella misión. Me daba pena. Ella miraba a Ramón y no a mí. Me daba envidia.

LA SEÑORA DE LAS VOCES. — Harina de otro costal. *(Al caballo blanco.)* El señor del océano nos tiene sin cuidado. Irene va a ir a salvar el fichero y ustedes *(por Ramón y por mí),* cualquiera que sea su credo...

—Somos descreídos, delante de las mujeres —dijimos a un tiempo Ramón y yo.

LILI. — Quiere decirse que nos ningunean.

RAMON II. — No, vida mía. Quiero decir que no peleamos con las *féminas nuptialis.*

Unas sonrieron y otras arrugaron el ceño. Había allí de todo. Lejos, por las ventanas y los balcones de la calle, se oían los aparatos de radio a todo meter y había proclamas rojas, azules, verdes. Todo un arco iris, y no de bonanza.

LA SEÑORA DE LAS VOCES. — *(Tratando de cubrir las de las radios.)* Estas niñas han sido hasta hoy lo que yo llamo derramasolaces, pero ahora se acabó la calma y no habrá jolgorio sino para algunos arciprestes. Hay otra sentencia con ejecución aparejada. He oído decir algo a ese joven que se recata al lado del balcón. Ha dicho que soy la máquina de la risa. ¡Vaya risa! Máquina o no, voy a tener un día la sartén por el mango y a llevar por los cabezales a más de uno. Máquina de la risa o no, ahora lo veredes, dijo Agrajes. ¿Qué? ¿Que la pelota está en el tejado? Quizá,

pero las pelotas están donde siempre y hay que darle al prójimo contra una esquina mientras no declare sus creencias. Si
somos hembras o no, eso habría que verlo y Agustinas ha
habido en Aragón.

YO. — Y Marianas Pinedas en Granada.

LA SEÑORA DE LAS VOCES. — Se ve por dónde respiras,
galán. Pero a Mariana la colgaron.

RAMON II. — Objecionable.

YO. — Por una hoja de guipur, más o menos, en una
bandera de seda.

Parpadearon dos veces las luces de los apliques y Lilí
gritó como si la hubieran pellizcado.

YO. — ¿Dónde está Irene? Que guarde bien el fichero
porque yo, aunque enemigo de los falangistas, los tengo por
gente de valor físico y los respeto.

RAMON II. — ¿Tú?

YO. — Sí. Mi respeto para ellos y mi pasión para el
pueblo. Yo soy hombre del pueblo, como sabes.

LA SEÑORA DE LAS VOCES. — Pasó el tiempo de las caballerías. ¿Tú ves lo que dicen ahora las radios balconeras?
Que el incidente sangriento de anoche se ha confirmado. El
Gobierno lo lamenta. Los terroristas actuaron por cuenta
propia y el Gobierno se sacude al muerto. Pero el muerto
no se va y quedará pegado a cada cual como la sombra al
cuerpo. ¿Qué dicen ahí? ¿Como un aerostato? ¿Flotante sobre
el campo de batalla? No es mala manera de comparar. Si el
Gobierno consigue salir de Málaga será para entrar en Mala-
gón. Entretanto, aquí estamos papando moscas. Tú, Lilí, no
trates de ir a la boda de tu prima, que llegarás tarde. Deja
que sea tu prima, ella sola, quien le dé la tostada a su cortejo.
Irene, no te vayas. Ya sé que eres una *virgo fidelis* y que
no guardas fichero ninguno. Eso lo dicen los de la Falange
para despistar, y tú lo repites porque te lo mandan. Pero
tú no has guardado fichero ninguno. Es un truco que podemos llamar de contraespionaje. Lo digo porque a estas alturas ya no hay truco que valga. Lo dices tú con la boca chiqui-
ta y yo sé dónde está ese fichero y quién lo tiene, y no lleva
faldas el que lo guarda. El contraespionaje tiene sus enre-
dijos, y el que tiene el fichero es un varoncete de barba sobre
el hombro. Nadie salga de aquí todavía hasta ver lo que
dicen las radios y por dónde apunta el sol. No hay que meterse a averiguar la renta del excusado y lo que sea sona-
rá. Ahora habla don Diego de Sevilla. ¿Eh? Don Diego de

Sevilla. Parece el título de una comedia. Don Diego, que se abre de noche y se cierra de día. Y dice que ofrece participación en el gobierno a los contrarios. Quiere parar de tenazón, pero no le vale; que el golpe va bien dirigido y el caballo desbocado. Don Diego, grado 33, hombre del pueblo, agudo y honrado, que a mí no me duelen prendas. Pero tardío, don Dieguito. Abrete también de día y mira alrededor, que vas a ver cosas. Dieguito de noche, también a mi me gusta la gente de Sevilla y la bondad de palabra y hasta de corazón, pero *too little and too late*. Que si subiste por la escalinata, bajarás por la zancajera, dicho sea con respeto. Entretanto, confesáis el desafuero. Culpa no la tienes, Diego, ni la tiene Santiago y menos Manolo; pero es igual, porque habéis criado a vuestros pechos a los sucedáneos y éstos se han desmandado. Ahora nos vamos a desmandar todos, ojo por ojo y diente por diente. Anda, escríbele una carta en letra procesal antigua al *musiú* de Montpellier con tu firma y rubro. Que prepare las cosas para la propaganda exterior. A *calamo currente*. Y hazte pintar un retrato a la chamberga. Tu estrella se apaga y la mía luce. En todo lo descubierto del orbe se va a hablar de los tirios y los troyanos otra vez, y los unos y los otros recogerán aplausos y maldiciones según el temple y el destemple de cada manús. Y un día, la mitad de España criará malvas y espárragos y la otra mitad se irá a freírlos a barlovento. El pobre pueblo que pagó la monarquía pagará la república y sobre sus lomos se levantarán estructuras palabreras nuevas y nuevas fortunas. Va a ser un buen desfile de figuras de cera, ¡oh, don Diego de Noche! Una serie de cuadros disolventes, la verdad. Sobre un horizonte artificial donde cada cual erigirá su castillo de naipes. Yo no me quejo. De menos nos hizo Dios.

CORO DE VIRGOS. — *Matarile, rile, rile...*

LA SEÑORA DE LAS VOCES. — Por las vértebras cervicales me corre un calambre, por las dorsales un remejimiento y por las lumbares un contraparalís, mientras el huesito palomo se está en su sitio como si tal cosa. Estos tres días que vienen nos van a decir cuál será el destino de cada cual y entre ellos habrá uno estacionario o transitorio —quién sabe—, inmóvil o inestable, eso ya lo veremos. Por lo indeleble de la luz de ese día sabremos nosotros cómo afrontar el de la eternidad, si tiene afronte, de veras. Pronto se sabrá. Ahora, prepárense las niñas a la ley del estampido. Habrá reventazones de aire y de metralla, voladuras de puentes y de occipucios, habrá deflagraciones con retardo y sin él, barrenos de paso a nivel y terrapleneros —yo pensaba en el Bronco—, crepitaciones de tubo giratorio y de tubo quieto, habrá esquilmos y esquileos y banderas, banderolas y banderines —sin contar los estandartes de la caballería, aunque parece que ya no se usa—. Mi estrella es Saturno, la de los venenos prontos, y la de don Diego es Venus, la del amor. La mejor estrella la lleva cada cual entre pecho y espalda, en su *sancta sanctorum:* pero ya va siendo mucho cuento el de los corazones y los incordios, que todo es uno. Hace poco he oído decir que con la tragedia de anoche la historia se ha detenido, pero ¿no será que se ha acelerado? ¿No? ¿Y quién es usted para decirlo? Bueno, usted puede ser alguien y puede no ser nadie. Supongamos que es alguien y aún más que alguien. Supongamos que le habla a Dios de tú. A mí se me da igual. De los de su clase entran pocos en libra. Y en docena. Así y todo, puede que al opinar se salga usted de madre. ¿Se detuvo la historia, eh? ¿Ó dio marcha atrás? Hay maneras desatinadas de opinar, eso es. Y ya se sabe, albarda sobre albarda. Veo que a usted no le importa pecar por carta de más, aunque vea que se le sale el portón de quicio. Bien; pues yo le digo que la historia no se ha detenido, sino que ha dado un brinco. Puede que las democracias estén de más. ¿Que no? Bueno ¿y cómo lo sabe? ¿Que no se puede gobernar sin el consentimiento del pueblo? ¿Está seguro? Cuidado, no vaya a salirle la verdad a la cara. ¿La historia se ha detenido? Y ¿qué dice usted de mí? ¿Que soy una destrozona? ¿Yo? ¿Porque hablo así? Usted es un espantapájaros. Yo le sacaré mentiroso si vivimos tres días más. ¿Eh? Ya veo que le gusta asirse a las ramas, a usted. Pero no pasará el río. Aquí no hay ni rey ni Roque que pueda demostrarlo. ¿Las masas ascendentes y los cuadros regresivos de la oligarquía? Áteme esas dos moscas por el rabo. Aquí no regresa nadie, sino el camión de los guardias de asalto que vuelve de ese lugar que usted llama Jericó. Los del *requiescat in pace.* Con la paz, por muy democrática que sea, no se anda camino. Quedarse a papar moscar y a gozar del chascarrillo o de la cantinela no es de hombres. Pero cuando hay petardito, la historia marcha adelante. El fulminato de mercurio ha hecho por el futuro más que todas las palabras de ustedes. ¿Que yo no sé quién es usted? ¿Está seguro? Por el hilo de Marianita se saca el ovillo de Riego y de Anselmo Lorenzo, mira éste. La pólvora acorta el cami-

no. Riego no riega nada, pero el algodón pólvora empuja
el hierro hacia alante, y detrás viene lo que yo me sé. La
nitroglicerina rige el mundo y el mundo empuja la historia.
De la guerra salen inventos y de los inventos una guerra
nueva, y la humanidad no anda marcando el paso sino a
trancos y barrancos. ¡Menudo tranco el que ha comenzado
hoy, gachó! Vamos a echar con cajas destempladas a todos
los zarramplines. Se van a ir con un pie tras otro. Sacramenta-
da está la democracia, no me haga usted reír. ¡Un buen
ataúd de plata le vamos a hacer!

Yo veía en aquella hembra a la destrozona de los alboro-
tos. Veía más exactamente a Benito, el hijo de la Barona,
con los cencerros colgando del cinto corriendo a grandes trancos por la aldea del viejo Luna y buscando las onzas de la
vecina. Diez mil onzas, cinco mil onzas peluconas; luego,
conformándose, con tres almorzadas, luego con una, pero
tranqueando y barranqueando detrás del oro. Aquella mujer
debía llamarse Benita y estaba defendiendo su *conque*. La
faldeta le salía por debajo de la chambra y llevaba almohadas
de preñez en la cintura; es decir, más bien pechos falsos que
le resbalaban y se le quedaban abajo como vientre de hembra
grávida.

YO. — Usted es una pelleja.

LA SEÑORA DE LAS VOCES. — ¿Yo?

YO. — Una pelleja fétida.

La mujer de Lima asomaba a la puerta entre los dos apliques encendidos y abría la boca, pero antes de que hablara
protestaba otro grupo de niñas —las Prosopopeyas— de las
que no he hablado aún:

CORO DE LAS PROSOPOPEYAS. — ¡Nos llama maricónas!

YO. — En Lima llaman así a las mujeres para poco.

LILI. — Yo no soy para poco. Depende del caso.

LA SEÑORA DE LAS VOCES. — Ya lo oyes, caballerito. Del
caso y de la casa. Porque el caso de estas chicas medionubi-
leras requiere casa y quinquenios. Tú no tienes lo uno ni
lo otro. Sólo una pistola química y alevosa, que mata sin
sangre *(oyendo aquello yo me avergonzaba, la verdad)*. Y
todo lo que traes es falsedad y cuento. Tienes tus valimien-
tos, aunque no tantos como el Ramón que escucha ahí sin
chistar; tienes tus dobleces, pero no tantas como el caballo
blanco de la poesía. Tienes tus fondos falsos, pero de poco
te sirve porque yo los veo. Te enamoraste como las plantas
que vienen tempranas y se hielan con la primera rosada,

así te pasó a ti. Todo lo ves negro. Y buscas camorra, al menos de boquilla. Es lo que pasa desde que el sol alumbra. Tienes papeles y tienes ideas, pero los papeles están mojados y las ideas son trasnochadas como las de don Dieguito, que les echa la conversa por la radio a los navarros. Haces a dos caras, pero conmigo no te vale y cuando hablas de estas cosas lo haces de dientes afuera, porque la planta prematura no llegó a dar flor. Yo lo sé. Con tu pistola has asentado crédito, pero si no la empleas no alzarás cabeza de linaje. Alguna verdad has visto y la sigues, pero no la alcanzarás ni con galgos.

Yo me acordaba no sé por qué del intento frustrado de acabar con todo (cuando en las afueras de Alcannit recibí la rociada de aguas sucias del tren). Tal vez tenía razón la destrozona y yo era sólo un espantapájaros que antes que nada se espantaba a sí mismo. Hay que ver el miedo que deben pasar esos espantapájaros solos en la noche o alzados en el campo de batalla. Así me pasaba a mí, entonces.

Y las trompetas de Jericó seguían sonando.

YO. — Cada cual ha plantado su semilla y ha llegado el momento de verla crecer.

LA SEÑORA DE LAS VOCES. — ¿Qué clase de planta era la tuya? ¿Plantaina para los canarios flauta? ¿Melisa para el agua samaritana contra los nervios? Tu planta era el bálsamo de la Meca al que se agarran las cantáridas. Yo sé lo que digo. El amor de los mecatecos por su Dulcinea y, en el otro extremo del espinazo, la herramienta que se excita con la cantárida. Eso es. Mira a la calle. Se oyen voces. Hay manifestaciones y banderas. Dicen que quieren ir al cuartel de la Montaña. ¡Que vayan! Pero la historia no se ha detenido. Allí se les dirán de misas. ¿No vas tú también? Anda, que tal vez necesitarás pronto las misas de réquiem.

YO. — Vieja puta.

CORO DE LAS PROSOPOPEYAS. — *¡Ay, mamá, qué noche aquélla!*

RAMON II. — ¡Callarse!

Las niñas cantoras del *matarile* eran también, sin darse cuenta, las prosopopeyas chicas, cada una de las cuales representaba un elemento del día meridiano. Del día infinito con dimensiones interiores, que maduraba. Pili era el azúcar parlante, sólo que como todos los azúcares podía convertirse en el hidrocarbono explosivo. (Hidrato de carbono amenazador.)

Las otras, a su modo, tenían también su sentido prosopo-
peico; por ejemplo Clori —el aceite—, que como todas las
grasas combinadas con ciertos ácidos se hacía detonadora.
Y Suni y Any, las virguerizantes del cabreo que hablaban
y cantaban el *matarile* como elementos aparentemente neutros
que eran de la conflagración que se acercaba, que había
comenzado ya. Eran como la glicera griega con el ácido nítri-
co de los iberos.

Yo se lo dije a Ramón, y mientras las prosopopeyas
chicas y las grandes se alineaban contra el muro debajo de
los apliques amarillos, él me dijo:

— ¡Qué duda cabe! ¡Debíamos habernos dado cuenta!

La señora limeña se asomaba a la puerta, abría la boca
pero no decía nada, ya no insultaba a nadie. En realidad
habría sido inadecuado y un poco torpe insultar a las prosopopeyas, todas las cuales juntas y bien armonizadas podían
representar por el momento, tal vez (aunque nunca sustituir),
a Valentina.

Por la calle pasaban grupos dando vítores. Iban a alguna
parte, pero en realidad lo importante era el tremolar de la
bandera y el proclamar a voces las pasiones broncas en
la calle. Aquello me calentaba a mí el alma. Es decir, me la
confortaba. Pero la vieja seguía perorando: «Las fiebres se
embanderan, las trompetas vienen de Jericó y no hay otras,
puñela. Entérate de una vez. Aquí íbamos a hacer una fiesta
y nos salió la cuenta torcida. Era prematura, también. Te
convidaron a ti las culirrosas y acudiste, pero luego te arre-
pientes de haber venido. Así es todo. Vas y te quedas a
mitad de camino. No, no me digas nada. Ya sé que estuviste
en la cárcel como cada cual. ¿Qué quiero decir con eso?
Sólo una cosa: que te dejaste atrapar como un conejo. Y
si eso te suena feo, como un lobo en una trampa. Te dejarás
la pata en el cepo si quieres escapar. Tú verás si vale la
pena. Porque arrastrando el cepo no podrás seguir mucho
tiempo y además no irás muy lejos, creo yo. Bien, acudiste
a la fiesta con Ramón y con el caballo blanco, pero el rego-
cijo no había comenzado aún cuando llegó el trompetazo.
El festival de las culialfeñicales deleitosas. ¿No las llamabas
así? La leila quedó en mero proyecto, pero aquí estamos.
¿Qué hacemos? Ya sé que lo mismo para Ramón que para
ti, cuando no hay fornicio no hay diversión. La domingada
es incompletísima y después de lo que hemos sabido podías
animarla tú, podíais animarla los tres con una especie de

danza prima. La olimpíada de Jericó. Suena bien, eso. Puro camelo, claro. Las chicas esperaban jarana y tienen que conformarse con el *matarile-rile-ron*. Peor para ellas. Ahora bien, yo no sé vuestros apellidos ni vosotros sabéis los míos, y no importa, porque en veinticuatro horas a lo mejor nos veremos en una sala de policía frente a frente. O de juzgado. O en la cárcel, unos como presos y otros como guardianes. Sí, óyelo bien. Ahora, marchaos y Dios os asista, porque el diablo no os ha valido mucho por ahora.

Yo bajé las escaleras con mis dos amigos, a toda prisa. Arriba seguían cantando el *matarile* y, al parecer, bailándolo según el compás de pies. Eran las Prosopopeyas. Entre dos pisos había un ascensor detenido y dentro un hombre de media edad y pelo gris que sacaba un cortaplumas por una ranura de la puerta y lo alzaba y bajaba mirándonos a nosotros con recelo. Yo creo que no se atrevía a pedir auxilio porque temía que los que acudieran fueran sus contrarios políticos y le obligaran a alguna declaración concreta.

Al llegar a la calle seguían oyéndose las trompetas de Jericó y por todas las ventanas salían discursos políticos. «Es frívola siempre, la política». En un tranvía detenido, alguien iba rompiendo los cristales a codazos. Yo pensé: «Lo hacen con los codos para no cortarse las manos con los vidrios. Buena idea».

Luego, los tres amigos nos separamos entre impacientes y desalentados.

La guerra había estallado y algunos de nosotros íbamos y veníamos sin saber dónde estaban los amigos ni los enemigos, porque no se habían estabilizado aún los frentes. Iba yo con el coche de uno de los Ramones hacia el norte y era detenido en los cruces de las carreteras unas veces por los republicanos y otras por los nacionales. Mostraba mis papeles falsos con mi nombre nuevo —Ramón Urgel—, que no sé por qué causaba respeto. Recordaba aquel cuento del chinito en tiempos del *kuomintang*, que yendo y viniendo por territorio no identificable, cuando un centinela le daba el alto y le preguntaba: «¿Qué partido?», respondía: «Pues di tú primero».

Pero no era cosa de broma. En algún pequeño malentendido podía dejar la vida, tan sencillamente como una oveja deja el vellón en la zarza.

Aquel día transitorio que duró más que ningún otro en mi vida tuve experiencias de todas clases y sufrí más de un malentendido. Voy a recordarlo minuciosamente para explicar el carácter de las relaciones humanas en aquellas horas y porque me encontré con el Palmao —el de Alcannit—, que llevaba también una identificación falsa (más tarde lo mataron en un choque en las afueras de Sigüenza). Del Palmao sólo diré eso: que lo mataron antes de que yo pudiera preguntarle por Isabelita.

Fue precisamente en esa antigua ciudad donde una patrulla de nacionales (antes de fijarse la divisoria y en plena confusión) me salió al paso y me llevó nada menos que a Burgos. Tenían allí ya montado el tenderete policíaco con gente profesional de Madrid. Yo estuve unas horas en Burgos, en las oficinas de la comisaría general, hasta que comprobaron que el coche era mío (falsa documentación bien preparada), lo que ya era un paso hacia la confianza y que mi nombre, Urgel, no estaba en las listas negras. ¿Cómo iba a estar? Mi amigo no tenía antecedentes políticos de ninguna clase. Pero tuve que esperar en las oficinas de la comandancia varias horas, durante las cuales vi y oí algunas cosas notables. Estaba yo al lado del despacho del jefe superior de policía. Había varias mesas metálicas color verde oscuro y una percha para los sombreros en la que nadie colgaba nada. Entes empistolados y sospechosos entraban y salían mientras yo, para mostrar que no tenía por qué temer, trataba de leer un librito de Pitigrilli y de vez en cuando reía. El posible lector de Pitigrilli era el tipo más tranquilizador en aquel momento. Sugería una especie de joven descuidado y un poco tonto en su inocencia.

Había un hombre de cincuenta años que tal vez era un coronel o un general, con pómulos mongólicos, quizá de origen filipino. Iba vestido de paisano, pero a los coroneles como a los curas se los identifica fácilmente cuando dejan los hábitos profesionales. Además, los otros lo trataban con un tipo de respeto *standard* y cuartelero.

Con el libro de Pitigrilli en las rodillas, yo escuchaba lo que se decía al lado. Como no estoy seguro de que el jefe fuera un militar y no quiero hacer atribuciones gratuitas, lo llamaré el archicomisario, ya que no hay duda de que como tal actuaba. Por otra parte, si a un comisario se le confunde con un general se siente halagado, y si sucede lo contrario, el general se ofende. Yo no quiero ofender a nadie.

Tenía en el despacho del archicomisario a un secretario de sindicatos socialistas detenido y sometido a interrogatorio.

Debía ser un caso grave, ya que lo interrogaba el archi y no
un agente de investigación. En la masa verdosa de la habitación donde me habían dejado (de ese color verde botella que
sólo se encuentra en los cristales desenterrados de las ruinas
de Pompeya), las palabras que llegaban del cuarto de al lado
parecían tener colores. Diferentes tonalidades de rojo, desde
el rojo grosella y clavel al tomate y fresa madura. Como
estábamos en verano, esas sugestiones no me parecen extem-
poráneas.

Yo oía el interrogatorio dos veces. Una directamente y
otra a través de un transmisor de extensión (receptor fijo)
que había sobre una mesa y que alguien había dejado, por
fortuna, abierto. Las voces directas y las proyectadas formaban a veces una especie de eco en la bóveda del cuarto que
parecía una simple oficina, pero tenía antesalas peligrosas
alrededor. Vi en seguida que de allí se salía con dos clases de
libertad: la libertad civil o la metafísica; es decir, la calle
o el cementerio. En el otro lado —el de la república— había
oficinas parecidas, pero el estilo era diferente. Ni mejor ni
peor, y la diferencia era una cuestión de tónica. En el día
transitorio que vivíamos la cuestión del estilo era importante. Yo diría que lo era todo. Ser fusilado de una manera u
otra tenía algún valor.

Recuerdo muy bien lo esencial del interrogatorio. Porque
eso es todo lo que oí: un interrogatorio.

ARCHICOMISARIO. — (Satisfecho de sí, con voces narci-
sistas, es decir, cambiantes y polifónicas.) ¿Es posible que
no haya oído usted hablar de mí? ¿Es posible que usted no
conozca mi nombre? ¿No estuvo usted en Barcelona en los
años heroicos? Bueno, es usted joven y no me extraña. Pón-
gase en esa otra silla, de espaldas a la ventana, porque al
parecer la luz le deslumbra. Ha estado usted tres días en un
calabozo oscuro. ¿Tres días? Entonces ha debido ser usted
uno de los primeros detenidos por los agentes del movimiento. Tres días y tres noches son setenta y dos horas, el plazo
legal de la prisión preventiva. Ya ve cómo yo atiendo a las
leyes de la Constitución. ¿Qué dice? ¿Cómo? (Dando un
puñetazo en la mesa.) ¡Hable usted más alto! Aquí sabemos
escuchar, pero para eso es necesario que hable usted. ¿Eh?
¿Qué dice?

PRESO. — Tengo sed.

ARCHICOMISARIO. — ¡Ah!, tiene sed. ¿Por qué tiene usted

tanta sed? ¿No le dan agua? (*Amistoso.*) ¿Tampoco le habrán dado a usted de comer?

PRESO. — Sí, bacalao seco. Me muero de sed. Tengo el garganchón seco y ardiendo.

El *garganchón*. El preso debía ser de origen campesino, porque sólo ellos hablan así. Un obrero habría dicho la garganta. Aquel preso dijo algo más, pero confusamente, y yo oí sólo la palabra *médico*. Lo que oía yo mejor era la voz del archicomisario. A juzgar por sus dobles fondos ejecutivos volví a sospechar que era hombre de alguna importancia. Me acordaba no sé por qué del jefe de mi batallón en Marruecos, un tal teniente coronel Cirujeda, bondadoso o implacable según los casos. La asociación me pareció inmotivada y absurda, porque Cirujeda era un hombre honrado.

ARCHICOMISARIO. — ¿Un médico? El forense. Aquí sólo interviene el forense y eso será después. Usted acaba de hacer una acusación grave contra los funcionarios a mis órdenes y puede ser el origen de un proceso si esa acusación se formula por escrito. De momento, yo, que estoy bien dispuesto con usted, olvido la acusación. A usted le habrán dicho que soy una hiena, ¿verdad? ¿O no? ¿Es posible que usted no conozca mi nombre? Es lo que dicen de mí, que soy una hiena. ¡Qué poca imaginación tienen estos muchachos! Vamos a ver, hable usted. ¿Dónde tienen el depósito de armas, digo, el que escondieron los mineros? Parece que hay treinta y dos ametralladoras, sesenta cajas de munición, ocho morteros con setenta granadas de espoleta (*hablaba despacio y vacilante como si estuviera consultando un papel*) y seis cajas más de bombas de mano. También tienen la dinamita de los barrenos. Estamos bien informados. ¿Dónde está ese depósito?

PRESO. — Tengo sed.

ARCHICOMISARIO. — Esta mañana dio una respuesta falsa. Comprendo que le mareaban con tanta pregunta y quería usted sacárselos de delante. Digo, a los agentes. A mí no me mentirá usted, ¿verdad? Entre otras razones porque aquí tengo, como ve usted, una jarra con agua fresca. La he hecho traer para usted. Agua fresca como la de los arroyos de la primavera donde beben las ninfas del verde bosque.

Oí un rumor súbito de lucha. Y otra voz, una tercera voz. Deduje que el preso se había abalanzado sobre la jarra de agua y un agente que debía estar en el cuarto se interpuso. En aquel momento yo leía en el libro de Pitigrilli una frase según la cual una señora de clase media se extrañaba de haber hallado en el cuarto de su hija, a quien suponía virgen, un irrigador vaginal. El irrigador vaginal sumía a la familia en confusión. La exclamación de perplejidad de la madre no me hizo gracia, porque estaba atento a los rumores de al lado.

ARCHICOMISARIO. — ¿Cómo es eso? Aquí no vale la impaciencia. Toda España está alzada en armas. Sólo España está impaciente. Usted no tiene derecho a precipitar las cosas. Hay que saber esperar. El agua se la daré yo. No quiero privarme de ese placer. (Se oía el ruido refrescante del agua cayendo de la jarra en un vaso. Un vaso ancho y grande, porque el rumor era en «a». Algo así como gargargargargar..., etc. Si el vaso hubiera sido estrecho y alto el rumor se habría producido en «o»: gorgorgorgorgor..., etc.) Favor por favor. Claro es que el agua no se la voy a dar en seguida. Habrá que esperar a ver si ha dicho usted la verdad (Volvía a oírse el gargargargar..., etc.) Porque a mí no se me imponen términos. Treinta años de servicios y no ha nacido todavía el que me la juegue a mí. Vamos a ver. Usted dijo que el depósito de armas, del que al parecer van a incautarse los sindicatos de la comarca, estaba en... en... (Parecía consultar otro papel.)

PRESO. — Yo dije la verdad, pero puede que desde que yo vi ese depósito lo hayan cambiado.

ARCHICOMISARIO. — Así me gusta. Hay que hablar. Para cambiar ese depósito necesitaba la gente del sindicato al menos veinte camiones y no los tienen ustedes. Así es que no me venga con pegas. Aquí está el agua. Además, tengo para usted, si responde honradamente, dos botellas de cerveza frescas. Y para que vea usted que no me duelen prendas le diré que sé dónde está ese depósito. Sus propios compañeros, digo, los que están en el calabozo de al lado, me lo han dicho.

PRESO. — Miente.

ARCHICOMISARIO. — Yo no miento nunca.

PRESO. — Perdone, pero en eso ha mentido.

ARCHICOMISARIO. — No me ofendo oyéndole a usted llamarme embustero. No quiero abusar de mi superioridad. Yo podría responderle a usted llamándolo hijo de puta, pero no serían sino palabras. Está usted en mis manos. Por una palabra mía han ido algunos al otro barrio vestidos y calzados. ¿Voy a ofenderme? Pero tampoco quiero asustarle. Yo,

con usted, estoy bien dispuesto. Yo represento a mi país. En
cierto modo, también usted. Usted pertenece a los estamen-
tos del trabajo. Pero por el momento tendré que renunciar
a darle a usted el agua *(gargargargargargar…, etc.)*. El depósito de armas lo tienen ustedes en… bueno, lo tenían en un
lugar que yo sé. Con su confesión no va usted a revelarnos
nada, porque estoy al cabo de la calle. Lo único que quiero
es que demuestre usted que en este momento es una parte
de la patria misma que yo represento haciéndome ver su
buen deseo; es decir, su buena fe. Eso es. Quiero salvarlo
a usted en un momento en que nadie tiene tiempo para
salvar a nadie. Usted tiene un compañero de celda y ese
compañero ha hablado. Eso quiere decir que ha salvado la
vida. Es lo que yo le pido a usted, que me permita salvarle
la vida. ¿No le engañaban los que decían que soy una hiena?
Desde los años de la monarquía, de gloriosa memoria, me
llaman a mí *(con suficiencia)* la hiena de la comandancia
de Barcelona. En la calle de San Pablo, ¿no se acuerda usted?
¿O no estuvo usted en Barcelona?

   Yo recordaba, con el libro de Pitigrilli abierto, a aquellas
chicas culirrosáceas de la tarde en que oía las trompetas de
Jericó, pocos días antes. Comprendía que el archicomisario
quería averiguar dónde estaba el depósito de armas y que el
preso no quería decirlo. Al mismo tiempo, yo pensaba que
por haberme detenido como sospechoso me veía establecido
en la vía de los fusilables (cualquier incidente podía cambiar
mi *status* y empeorarlo) y trataba de formar un plan de
cautelosa defensa. La verdad era que no me acusaba nadie
de nada y que mi nombre no estaba en ningún registro, pero
me habían arrestado por viajar sin tarjeta nacional por tierra
fronteriza, donde los linderos políticos eran aún demasiado
fluidos. Yo comprendía que si no podía volver al sector
madrileño tendría que salvarme disimulando, y para eso lo
mejor sería unirme de algún modo a los servicios paramilita-
res o parapoliciacos. Estos últimos me repugnaban, no me
agradaban, como se puede suponer.

   Ojeaba a Pitigrilli, escuchaba y trataba de componer
una actitud indiferente y despegada. En la oficina no había
nadie. A veces entraba algún policía y me miraba, al desgaire.
Yo evitaba su mirada. Una vez dijo alguien «hola» al verme
y yo respondí con un *hum* lleno de falsa confianza, sin
levantar la vista del libro. En el cuarto de al lado se oía
al archicomisario: «Lo que yo hago por usted es todo lo que

un hombre puede hacer por otro hombre. (*'Ahora se pone conciliatorio', pensaba yo.*) Se podría decir que por el momento me debe usted la vida. En cambio, sólo le pido me muestre su buena voluntad. Si yo veo que confía en mí entonces comprenderé que es usted leal y que no tiene nada que temer. Como le digo, yo sé ya dónde está ese depósito de armas. No va a decirme nada nuevo».

PRESO. — Lo dudo.

ARCHICOMISARIO. — Te juegas la cabeza, pobre idiota.

PRESO. — Deme agua y haga de mí lo que quiera.

ARCHICOMISARIO. — Sólo quiero que hables. Pero veo que estás en tus trece y que no quieres mostrarnos la menor señal de lealtad. Yo tengo otras cosas que hacer y vamos a interrumpir nuestra visita por algunos momentos. (*Dirigiéndose a alguien, probablemente a un agente.*) Vaya a buscar al compañero de celda de este pobre diablo y tráigalo aquí. Déjelos solos, pero llévese el agua. Quiero tener el gusto de darle el agua yo mismo cuando regrese. Vaya a buscar al otro preso. Vaya, que yo me quedo aquí. Póngale antes a éste las esposas, por si acaso. (*'El archicomisario tenía miedo', pensaba yo.*) Eso es, las esposas.

Se oyó el clic y salió un agente grande y cargado de espaldas. Al ver que estaba yo en la oficina me miró un momento, pero salió por la puerta contraria para volver poco después con otro preso, que era un hombre visiblemente castigado, tembloroso e inseguro sobre sus pies. Yo pensaba: «No es bueno que vea todo esto, porque a los policías les va a molestar que haya un testigo. No es bueno». Y volvía a Pitigrilli. No tardó en desaparecer el policía cargado de espaldas con el preso castigado, por la puerta del cuarto donde se celebraba el interrogatorio. Y volví a quedar solo y a escuchar. Y a fingir que leía.

Pero no hablaban. En aquel momento se oyó arrastrar hacia atrás una silla (sin duda el archicomisario se ponía de pie) y oí medias palabras que yo traté de completar con mi imaginación:

AGENTE CARGADO DE ESPALDAS. — Aquí está.

ARCHICOMISARIO. — ¿Cómo se llama este manús?

AGENTE CARGADO DE ESPALDAS. — No sé.

ARCHICOMISARIO. — Hay que saberlo. No podemos aceptar que sean pasados por las armas hombres de quienes no se sabe ni el nombre.

Yo pensé: «Tal vez he hallado un camino. Una distracción estratégica». ¿No se dice así? La identificación de los presos desconocidos. Esa sugestión había de servirme de cortina de humo durante algunos meses, cuando salí de allí. Pero escuchaba a los de al lado:

ARCHICOMISARIO. — Déjelos aquí un momento. Que descansen. Luego volveremos y estoy seguro de que este obstinado hablará. Le va en eso la vida. ¿Oye? Digo que le va la vida.

PRESO. — Ya lo sé.

Se les oía salir y yo compuse mi mejor gesto de confiado abandono. Salieron, es decir entraron en la oficina donde yo estaba, el archicomisario y el agente. El primero me miró extrañado; el agente lo tranquilizó en relación conmigo (yo no pude atrapar sus palabras, lo que me dejó confuso un momento y volví a Pitigrilli). Pero no me tranquilizaba el frívolo autor italiano en la vecindad de aquellos tipos de los que dependía mi vida. Acudí a Valentina, que, como siempre, vino en mi auxilio. Con su imagen en mi recuerdo, me sentía fuerte.

El archicomisario y el agente se inclinaban en la mesa de enfrente sobre el receptor de caja para oír lo que hablaban los dos presos. Entretanto, hablaban ellos también:

ARCHICOMISARIO. — ¿Qué se puede hacer con un recluso no identificado?

AGENTE. — Lo siento. No es culpa mía.

Yo lamentaba otra vez ser testigo de aquellas intimidades porque suponían un riesgo, pero creía estar aprendiendo. Y los dos presos hablaban en el cuarto de al lado. Eramos tres los que escuchábamos. Yo seguía simulando indiferencia, con el libro en las rodillas.

VOZ DEL PRESO. — ¿Has dicho algo?

VOZ DEL PRESO CASTIGADO. — Es difícil hablar porque las palabras rebotan en las paredes y vuelven contra las orejas como pelotazos.

VOZ DEL PRESO. — ¿Pero has dicho algo?

VOZ DEL PRESO CASTIGADO. — Todavía no he dicho nada. En mi calabozo hay un hombre muerto. Las ratas se le han comido un pie.

VOZ DEL PRESO. — Esas son locuras.

VOZ DEL PRESO CASTIGADO. — Uno calla y todos escuchan. Las paredes están llenas de ojos y de orejas. Estoy lleno

de sangre y me ponen en la comida unos polvos azules que
no me dejan dormir.

voz del preso. — Calla.

voz del preso castigado. — Callar, callar. No es fácil,
callar. Tú estás acostumbrado a esto.

voz del preso. — Si hablas te matarán.

voz del preso castigado. — Mentira. Me están matando porque no hablo. Tengo que matarlos a todos. Envié un
recado a mi mujer y me han dicho los policías que no estaba
y que la habían visto en una casa de citas con un cura.

voz del preso. — Todo lo que dicen es mentira.

voz del preso castigado. — Si nos pueden matar, ¿por
qué van a mentirnos? A la gente se le miente cuando no
se le puede hacer otro daño mayor.

Oyéndolos en el transmisor fijo, el archicomisario movía
la cabeza escéptico.

agente. — Si me dejara usted emplear mi sistema,
veríamos.

archicomisario. — (Impaciente.) Vamos adentro otra
vez.

Los dos volvieron al cuarto en vista de que los presos
habían dejado de hablar y parecían sumidos en un silencio
definitivo. Yo volví a aguzar el oído. Igual que antes, oía
las palabras dos veces: a través de la puerta y del transmisor fijo.

preso. — Que se lleven a ése.

archicomisario. — ¿A quién? ¿A tu compañero?

preso. — No hablaré mientras no se lo lleven, a ése.

archicomisario. — Te impresiona, lo comprendo.

preso. — ¿Por qué lo maltratan? ¿Por qué nos maltratan a él y a mí?

archicomisario. — Perdona, pero el que pregunta soy
yo, todavía. En el otro lado del mapa preguntáis vosotros.

preso. — Que se lleven a ése.

archicomisario. — (Al agente.) Llévatelo. Devuélvelo
al calabozo.

El agente volvió a aparecer cruzando la sala con el preso
castigado, que parecía tener movimientos de autómata, pero
de una clase de autómata al que le faltara alguna rueda o
que necesitara lubricación en las rodillas. Yo seguía con
Pitigrilli.

archicomisario. — Yo se lo han llevado. Vamos, habla.

preso. — Sí, voy a hablar. Pero deme agua, por favor.

ARCHICOMISARIO. — Cuado hayas hablado.

PRESO. — ¿No ve que estoy ronco? ¿No ve que no puedo hablar si no bebo?

ARCHICOMISARIO. — *(Gorgorgorgorgor..., etc.)* Está bien. Bebe.

Se oyó al preso tragar agua, suspiraba, volver a tragar agua, volver a suspirar. Toser. Volver a toser.

PRESO. — Ahora estoy sudando. Tengo toda la ropa mojada. *(Suspirando una vez más.)* ¡Qué buena es la vida! Gracias.

ARCHICOMISARIO. — No hay nada mejor que la vida y sólo tenemos una. Vamos, habla.

PRESO. — El otro preso no ha dicho nada, ¿verdad?

ARCHICOMISARIO. — ¿Por qué quieres saberlo?

PRESO. — No sabe nada. No puede decir nada.

ARCHICOMISARIO. — ¿Eres tú quien lo sabe?

PRESO. — Sí, señor. De perdidos al río.

ARCHICOMISARIO. — Dímelo. ¿Dónde están las armas?

PRESO. — Espero que ustedes...

ARCHICOMISARIO. — Si lo dices te pondremos en libertad.

PRESO. — No basta.

ARCHICOMISARIO. — ¿Qué más quieres?

PRESO. — Los míos se enterarán de que he cantado y me matarán cuando salga a la calle.

ARCHICOMISARIO. — Nosotros no diremos nada.

PRESO. — Hay alguien que podría decirlo. El compañero que estuvo aquí hace un momento. Ese hablará y sacarán la verdad los otros.

ARCHICOMISARIO. — Está medio loco. Cuando salga, si sale, estará loco del todo y nadie le hará caso.

PRESO. — Me denunciará con los míos y me matarán, y harán bien porque soy un traidor. *(Exaltado.)* Usted comprende. La vida es buena. Y tengo dos hijos. No lo hago por mí, sino por mis hijos.

ARCHICOMISARIO. — Comprendo. Vamos, habla.

PRESO. — No, señor. Tienen que cargárselo, al otro. Si no se lo cargan yo no me sentiré seguro, digo, para hablar. Tanto vale mi vida como la suya.

Vaya, aquello era sensacional de veras. Yo aguzaba el oído. El color verde oscuro de las mesas metálicas parecía hacerse negro. Yo no podía estar seguro de haber oído bien y agucé el oído. El preso repetía: «Es la condición que les pongo, usted comprende. Tienen que cargárselo antes de hablar yo».

ARCHICOMISARIO. — Te doy palabra de que será ejecutado. Tengo autoridad para eso y para más.

PRESO. — Tengo que verlo yo. No me fío ni de mi padre.

ARCHICOMISARIO. — Pero es que urge descubrir ese depósito. Sin incautarse de él no pueden comenzar las operaciones en el valle del Pisuerga.

PRESO. — Aquí hay una ventana que da a un patizuelo interior. Todo puede hacerse en tres minutos. (Pausa.) ¿Es que usted piensa que está mal que un hombre defienda su vida? Ya digo que los míos me matarían si se enteraran.

ARCHICOMISARIO. — Ya veo. Tienes un ánimo de jabato y algún día trabajarás a mi lado. No te pesará. Lo comprendo.

Yo no podía creer lo que estaba oyendo, pero sabía que era verdad. La miseria es humana y es más frecuente que la grandeza. Nunca me había hecho yo demasiadas ilusiones sobre los hombres. Ni siquiera sobre los de mi cuerda.

PRESO. — Dé usted la orden si quiere que ganemos tiempo.

ARCHICOMISARIO. — (Hablando al parecer por teléfono.) ¿Eh? El preso que estuvo aquí un momento. Búsquenle una identidad cualquiera y que le apliquen el artículo 23 ahora mismo en el patio, bajo la ventana de mi oficina... Sí, ahora mismo. Yo firmaré la orden a posteriori.

Hubo un largo silencio.

PRESO. — Pensará usted que soy un canalla. ¿No es eso?

ARCHICOMISARIO. — Eres un hombre como los otros y miras por tu propio bien.

PRESO. — Las armas están todas en el mismo lugar y yo estaba a cargo de ellas. Usted dirá que traiciono a los míos, pero es que uno está harto ya de ver miserias e injusticias en mi campo, usted comprende. También en mi campo.

ARCHICOMISARIO. — ¿No he de comprender? A ti te pasa algo de lo que me pasa a mí entre mi propia gente; salvadas las distancias. Por eso te comprendo. Claro es que ante todo soy un funcionario disciplinado y ésa es la razón de que...

Estando yo todavía con la mirada puesta en aquella página de Pitigrillo donde la familia de la muchacha virgen se espantaba de hallar en su cuarto un irrigador para lavados vaginales, se oyeron dos tiros. Primero, uno. Luego voces apresuradas y lejanas (que no entendí) y otro disparo.

Me sentía yo con los pulmones llenos de aire contenido, pero me callé. Ponía toda mi vida en mi manera de seguir escuchando. «Estoy perdido», pensé. «Estoy perdido por haberme enterado de esto.» Me levanté de puntillas y fui a cerrar el transmisor fijo. Así habría menos probabilidades de que pensaran que había oído los diálogos. Además pensaba fingirme sordo, si era preciso. Yo también quería sobrevivir, como el preso. Todos somos miserables, a veces.

Lo que se oía ahora era la voz del preso, que después de ver morir a su compañero por la ventana decía, levantando un poco —no demasiado— la voz, algo que, sin embargo, no entendí. Después se produjo un silencio largo y luego la misma voz.

PRESO. — Ahora mátenme a mí si quieren. Porque sólo lo sabíamos él y yo.

El archicomisario se sintió atrapado en una circunstancia humillante, sobre todo delante de los subordinados. Yo pensaba: «La máquina de la risa va a estallar». Pero yo mismo estaba en gravísimo peligro, a mi vez, sólo por haber oído. La máquina de la risa, el archicomisario, estaba a punto de estallar.

Seguí leyendo. Temeroso de que salieran y me vieran allí, me aventuré a asomarme a la puerta contraria. Había dos oficinistas y otra percha con gorras militares y cinturones con revólveres, colgados de una percha. Pregunté ingenuamente si estaba listo mi permiso para viajar fuera de la provincia y como nadie sabía nada, yo dije *arriba España* y salí con el libro de Pitigrilli como salvoconducto. Luego, en otra oficina, me dieron la tarjeta a nombre de Ramón Urgel.

El dueño del coche que conducía yo estaba en Barcelona esperándolo. Podía esperar sentado. El caso es que me quitaron el coche —se incautaron los requetés más tarde— y el responsable de aquella incautación se llamaba O. y me tomó simpatía. Resultó que cuando estaba hecha la incautación y al entregarme los papeles, apareció un hermano de O. que había conocido dos días antes y en cuya casa había estado. Me invitó a comer aquella misma noche en la ciudad cercana, donde vivía, y yo acepté. Me convenía aquella clase de relaciones si quería salvarme.

El resto de mis recuerdos hasta llegar a Casalmunia es confuso y los contaré al azar de mi memoria. Es decir, como pueda. Todo era vago, pero se me iba haciendo irrealmente exacto.

Ya no estaba en Burgos, pero no recuerdo el nombre de la nueva ciudad. Sé que dos horas después salí en busca de la casa de O. (había dejado mi magro equipaje en una posada campesina). Fuera a donde fuera e hiciera lo que hiciera iba pensando en aquellos dos presos que se sacrificaron para salvar un secreto de guerra. Y sobre todo en el que engañó al archicomisario. «No hay duda —pensaba yo— que la gente del pueblo es más aguda que cualquier oligarca.» En cuanto al espíritu de sacrificio, era igual en los dos lados, lo declaro paladinamente. Lo pensaba entonces y lo pienso ahora.

No recuerdo la ciudad donde sucedió lo que voy a contar. Por su emplazamiento podría ser Zaragoza, pero no por los hechos. ¿Sería la capital de la Rioja? Tampoco lo creo. Ahora, ya digo, no puedo recordar; de tal modo los hechos se me hicieron confusos.

En todo caso, llegué en un camión de intendencia. Tenía otro amigo allí, que me acogió en su casa. Era anarcosindicalista, y andaba disimulando. Más tarde logró escapar a nuestra zona.

Mi amigo me contó lo de la muerte del Palmao en las afueras de Sahagún, y como los hechos de esa naturaleza se repetían a cada paso ya no nos impresionaba. Le dije que el hermano de O. me había invitado a comer. Salí y me dirigí a casa de O. contra mi voluntad, aunque lo estimo y tengo el mejor concepto de él. Pero sus invitaciones no eran realmente placenteras, como las de otras personas. Yo sé bien por qué. Conoció a la familia de don Arturo y no me hablaba nunca de Valentina, como si hubiera que evitar el tema por tener algo implícitamente funesto. No creo que valga la pena insistir en eso por ahora. Desde luego, ese tal O. ignoraba mi verdadero nombre. Eso era importante.

Yo buscaba un taxi y caminaba entretanto en la dirección aproximada de la casa de O. Aquella casa abundante y casi lujosa, pero de una cierta ordinariez y con olor a raíz de malvavisco, uno de esos olores que se consideraban en la antigüedad como conjuros contra las euménides; es decir, las parcas.

Encontré por las calles cosas raras. No taxis, por el momento. Las calles iban cambiando de carácter y entre ellas aparecían espacios yermos y campestres atravesados a veces por la vía férrea de la Compañía de Ferrocarriles del Norte y a veces por una autopista bordeada de una pequeña valla de alambre. De una valla de alambre no muy alta, puesto que sólo me llegaba a las rodillas.

En una de aquellas autopistas —al otro lado había también calles y casas— vi aparecer un carruaje muy raro. Parecía uno de esos carruajes especialmente construidos para transportar en atrevidas perchas siete u ocho coches nuevos y superpuestos. Yo buscaba un taxi y hallaba uno de aquellos armatostes incalificables. Creo que no tienen nombre en español, aún. Se les podría llamar automedontes con más sentido que llamaban así los retóricos del romanticismo a los aurigas: *automedontes*. Aquél iba vacío y era por lo tanto nada más que un armazón perchero muy grande. Llevaba una velocidad mayor que la máxima de un coche ordinario. Tal velocidad, que yo pensé: «No tardará en estrellarse». Y así fue, en la curva de la autopista, a una distancia de unos trescientos metros de donde estaba yo. Acababa de estrellarse contra unos postes y una alambrada alta cuando apareció otro carruaje exactamente igual con la misma velocidad loca. Le sucedió lo mismo y yo, menos alarmado porque el primer accidente me había preparado para el segundo, crucé entonces la autopista y entré en la casa que había enfrente para usar el teléfono y llamar a la policía. Suponía que había muertos y heridos. Estaba seguro. Como los dos accidentes los había previsto me eran perfectamente explicables. Cuando uno puede explicarse una catástrofe no impresiona ni duele tanto.

Una vez dentro de aquella casa vi que se trataba de una peluquería. Había varios empleados, con blusas blancas y el peine como si tal cosa en la oreja. Todos parecían italianos. Fui al teléfono, pero cuando buscaba el número de la estación de policía recordé que todavía no tenía yo taxi alguno para ir a casa de O., quien me hablaría tal vez de Valentina, y decidí antes que nada pedir un taxi. Luego recordé que no sabía la dirección de O. y como me había dejado el libro de direcciones en casa del otro amigo era un problema, aunque pensándolo dos veces caí en la cuenta de que la dirección de O. debía estar en la guía de teléfonos y me puse a buscarla para apuntarla y dársela al taxista. «Lo más importante en estos momentos —pensaba— es tratar de identificar a la gente y saber quién es cada quién.»

Luego vi que aquella guía telefónica era la de un sector de la ciudad que no correspondía al de O. y, por lo tanto, no tenía su teléfono ni su dirección. «Buena la he hecho»,

302   Crónica del alba, 3

pensaba, desconcertado. El olor de agua de colonia hacía mi
decepción pretenciosamente chirle.

En aquel momento, yo, que había dejado mi sombrero en
una percha, vi que el dueño de la barbería se acercaba a
preguntarme:

—¿Dónde compró ese sombrero?

—En Zaragoza y me costó ochenta pesetas.

Pero aquellas monedas —las pesetas— estaban un poco
desvalorizadas ya. Yo creo que por el terror. El valor de la
moneda requiere alguna clase de calma y de legalidad. El
jefe de la peluquería dijo a los otros: «Este es un cliente
distinguido». Yo prometí sentarme en un sillón y cortarme el
pelo si alguien entretanto llamaba a la policía y pedía ambulancias. Y taxis. Al menos un taxi con el cual yo pudiera
volver a buscar mi cuaderno de direcciones. O ir directamente a casa de O.

Mientras me cortaban el pelo, uno de los hijos del barbero
vino y estuvo haciendo algo en mi reloj pulsera. Yo pensaba:
«En esta barbería arreglan los relojes así como en otras recor-
tan las uñas».

Finalmente quise salir al oír las ambulancias fuera, pero
iba sin sombrero. Tuve que volver a buscarlo y el barbero
se consideró un poco en evidencia, no por nada, sino por
ser un sombrero tan caro. «No crea —decía— que se lo
quería robar.» Yo no comprendía sus excusas.

Le dije lo del taxi y él me aseguró que no hacía falta y
que por eso no lo había pedido. La casa de O. estaba cerca
y fui caminando en una determinada dirección que me expli-
caron. Pero iba penetrando en barrios realmente extravagantes. Era aquello como una aldea polaca cerca de Rusia, en
el distrito de Vilna, quizá, con campaniles bizantinos y almia-
res con techumbre de paja amazacotada por las lluvias antiguas. El suelo en declive, siempre en declive y de tierra; es
decir, sin pavimentar.

Caminando al azar, pero en la dirección de la casa de O.
y esperando que una vez allí mi amigo me hablaría de la
familia de don Arturo, me di cuenta de que estaba bajo
techado aunque aquello no era casa, sino una especie de
cobertizo exterior de una fábrica o estación de ferrocarril o
aeropuerto. Vi algunos grupos de personas y avancé hacia
ellas. No era la casa de O., pero era más interesante que la
casa de O. Aquellas personas, al ver que me acercaba se
retiraban como tratando de evitarme. Unos de espaldas, otros

de costado y alguno de un modo que podríamos llamar diagonal y oblicuo. Pero sin perderme de vista. Aquello me asustó un poco, ya que cualquier clase de recelo podía complicarme entonces.

Salí de aquellos cobertizos y viéndome otra vez al aire libre eché a caminar sin rumbo, aunque, como siempre, en la dirección vaga del sol naciente. (Era antes del mediodía.)

En un cruce de caminos encontré a un individuo de quien me he acordado algunas veces, después. No sé por qué me he acordado, la verdad. No tenía rasgos salientes que merecieran ser recordados. Aparte de su nombre, porque tenía alguna notoriedad como escritor.

Es decir, comprendo que no lo haya olvidado porque los dos hablamos mintiéndonos el uno al otro y al principio nos fingíamos partidarios de los nacionales sin serlo. Más adelante, aquello volvió a sucederme con una mujer.

Pero voy a contarlo más detalladamente. Era un hombre ordinario, de estatura algo más que mediana, moreno y adusto a primera vista. Luego, hablando, se veía que podía ser un tipo amable.

La primera impresión no le favorecía, la verdad.

Nuestra relación fue accidental. Estaba yo tan cansado de caminar sin rumbo hallando sólo experiencias de tipo incongruente (cuya incongruencia añadía a la fatiga una especie de penosa perplejidad), que debía caminar como borracho, en aquellos momentos. Y viéndome el otro ir contra un poste, vino, me cogió del brazo, me ayudó a volver al camino y me dijo:

—¿No se encuentra bien? ¿Qué le pasa?

Yo iba a echar mano de mi falsa documentación pensando que podía tratarse de un policía, aunque raramente suelen ir solos (por lo menos van con otro). Aquel individuo repitió su pregunta y yo se la agradecía en el fondo de mi alma.

—No, no. Estoy bien. Estoy muy cansado, pero bien.

Me parecía tan raro y chocante aquello que ni siquiera le di las gracias. El otro trató de echarlo a broma:

—¿Quién no está cansado estos días? Aunque sólo sea de dar voces, ¿verdad? El entusiasmo fatiga. Es lo que me pasa a mí, también. Tiene un límite físico, el entusiasmo.

Cerca había un banco, lo que no dejaba de ser raro en una carretera, digo, en despoblado. Aunque no era realmente despoblado, aquello. A media legua de allí había como una ciudad a medio construir. O a medio derruir. No

es fácil determinar cuándo la obra del hombre es constructiva
o destructiva y hay que esperar al fin para darse cuenta, y
ese fin no llega a veces.

Nos sentamos en el banco. Se veía que aquel joven tenía
ganas de hablar. Yo también. Todos tenemos ganas de hablar,
pero cada cual tiene necesidad de hablar de sí mismo, y la
verdad es que escuchamos con recelo o no escuchamos.

Lo que a cada cual le interesa de un desconocido es:
primero, si es rico o pobre. Luego si es generoso o mezquino.
Finalmente, si es peligroso —de los que matan— o propicio
—de los que mueren—. Es decir, victimario o víctima. Si de
la investigación resulta alguna forma de comodidad, uno se
pone a hablar de sí mismo. Cada cual escucha al otro sólo a
medias, esperando una oportunidad para colocar su parte
como en el teatro.

Lo que me extrañó de aquel individuo es que parecía no
hacer teatro. Allí estábamos, sentados, y ni él ni yo comen-
zábamos a hablar. Por fin dije, señalando con un movimiento
de cabeza los extraños cobertizos que había dejado medio
kilómetro atrás:

—¿Qué es aquello? Parece un aeródromo a medio construir. Pero no hay aviones.

El otro se encogió de hombros:

—Todo es un poco raro, ahora.

—Pues bien —dije yo, volviendo a lo de antes—; como
dice usted, el entusiasmo fatiga. Físicamente, claro.

—Sí, físicamente. El entusiasmo estos días llega a una
especie de paroxismo. Y en eso consumimos energía. Entonces
nos quedamos, a veces, un poco exhaustos. Bueno, es una
manera de hablar.

Yo quise pedantear, viendo que el otro parecía hombre culto:

—En eso pasa algo curioso. Digo en eso de la energía
que consumimos. ¿Sabe usted la cantidad de materia y masa
que representa la energía que un hombre consume a lo largo
de toda su vida? Digo, la cantidad de materia que esa energía
podría producir.

Mi pregunta le extrañó a aquel individuo y yo tuve la
impresión de que no comprendía y aclaré:

—Yo soy ingeniero. Perdone si le hablo un poco por los
cerros de Úbeda. ¿Usted sabe que la energía y la materia
son una misma cosa? La luz se consume luciendo; el sonido,
sonando; la mirada, mirando; el movimiento, actuando y

cambiando, hasta el agotamiento. Una parte de la materia del automóvil se consume con el sonido del motor, el gemido de los frenos, el calor de las llantas. En nosotros, con la voz, con la energía del mirar (afectos u odios), con el calor del movimiento de la sangre en las venas. A eso me refiero. ¿Sabe usted la cantidad de materia que podría ser creada por la energía que un hombre consume a lo largo de ochenta años de vida?

Me miraba aquel tipo disimulando la extrañeza, y sólo por cortesía parecía entrar en el juego:

—Algunas toneladas, quizá. Muchas toneladas, ¿no es eso?

—No, no —reí yo—. Menos de una onza. Muchísimo menos.

Mi amigo —yo me creía con derecho a considerarlo así— parecía asombrado y un poco decepcionado. Volví a reír y expliqué todavía:

—La energía que un hombre consume en una vida entera de trabajo manual o mental pesa sólo convertida en materia la sesenta milésima parte de una onza.

Mi amigo se puso a atarse un zapato —se le veía reflexionar, al mismo tiempo— y cuando levantó la cara me preguntó:

—¿Es usted de veras hombre de ciencia?

—Tengo curiosidades en ese campo. Soy ingeniero.

Me preguntó cómo me llamaba y yo le dije mi nombre falso:

—Ramón Urgel.

El me mintió también. Pero lo asombroso es que dijo mi nombre:

—José Garcés.

Como se puede suponer, me quedé de una pieza. Mi reacción inmediata fue de pánico. Luego quise decirle que aquél era mi nombre, pero me contuve. No habría sido prudente. Después de un largo silencio, mirándonos el uno al otro y calculando cada cual la cantidad de riesgo que había en aquel silencio me animé a decir la verdad:

—No sé por qué confío en usted, pero mi nombre no es Urgel.

—¿Pues cómo se llama? —preguntó el otro con la mirada indecisa y como palpitante.

—Yo soy Pepe Garcés. Un ingeniero industrial que se llama José Garcés. Sí, el mismo nombre suyo.

Mi amigo se apresuró a decir que había usado aquel nombre por vez primera y que tampoco era el verdadero nombre suyo. El se llamaba Ramón Sender.

Mi primera impresión fue de abandono a la confianza. Por entonces, Sender era algo conocido por haber publicado dos o tres libros medianejos, creo yo. La notoriedad se adquiere pronto en España. Pero yo me puse en guardia. Años antes un pícaro sudamericano que se llamaba Armando Basán y que como la mayor parte de los sudamericanos que venían entonces a Europa tenía la enfermedad de la letra impresa y cultivaba la sinestesia lírico-marxista en verso y en prosa, se me presentó un día en una librería de viejo diciendo que era Ramón Sender. Yo lo creí de buena fe y nos pusimos a hablar. Poco después, el tal Armando Basán * me pidió dos duros. Por cierto que no pude darle más que uno. Conté esta ocurrencia a Sender, quien riendo me dio las gracias por mi generosidad, y dijo que no podía menos de sentirse halagado de que su nombre valiera cinco pesetas —lo decía en serio y no bufoneando—; me juró que, bueno o malo, era el Sender genuino; me aseguró que no iba a pedirme nada y se ofreció a devolverme el dinero. Seguía hablando:

—¡No es nada, cinco pesetas, que digamos! Con ese dinero —añadía— se puede comprar una cantidad de materia trescientas mil veces mayor (de plomo, supongamos) que su equivalente en energía humana. ¡Trescientas mil veces!

Cambié el disco mientras comprobaba que aquel pícaro peruano (que ha publicado dos o tres libros sin importancia) tenía algunas de las condiciones físicas de Sender. Muy moreno, aunque en Basán se advertía alguna sangre india. Luego supe que por algún tiempo y en algunos barrios a Basán se le llamaba Sender. Bromas de la vida joven.

Aquel hombre —aparentaba unos treinta años, quizás algo más— contenía la risa pensando en lo barroco del caso. Debía pensar que su risa habría denunciado alguna clase de delectación. Pero añadió, igualmente divertido: «No me extraña. En el tercer día de la sublevación militar, antes de que quedaran definidos los frentes, un grupo de anarquistas quiso fusilarme a mí porque me hacía pasar por Sender. Los milicianos decían que conocían muy bien a Sender y que yo era un impostor. Fue esa la primera vez que tuve una idea

---

* Este incidente es rigurosamente cierto.

de lo que nuestros antepasados entendían por la "gloria literaria". De veras, podía ser algo. Siempre me había parecido
un malentendido ridículo, pero en aquel caso concreto la
ridiculez de la gloria tenía su reverso en el cadáver (la fórmula cristalizada de mi pobre nombre) caído en tierra con seis
u ocho balazos. Por un lado me halagaba, pero era un halago
un poco mercurial y venenoso. Usted comprende».

Y reía ahora. Yo pensaba: «Suena a Sender, eso, pero
¿será realmente él?». Podía ser un agente provocador que
esperaba tirarme de la lengua. En ese caso, yo estaba perdido
porque al usar aquel tipo mi nombre como si fuera suyo
parecía querer advertirme un poco siniestramente: «No
vengas con evasivas y trucos, que sé muy bien quién eres».
Al mismo tiempo, mis recelos parecían sin base porque la
actitud de aquel hombre era natural, cordial y sin sombras.
De vez en cuando, sin embargo, yo veía en su manera de
mirar que recelaba también de mí. No sabía qué pensar.

—Entonces usted es Garcés —repitió como abstraído.

—Y usted Sender. Yo lo imaginaba de otro modo.

—¿Cómo?

—De otro modo. Más...

No acabé la frase. En realidad, no sabía qué decir. Sender
me estaba mirando como si pensara: «Este es un carajo a la
vela». Pero no parecía tener mucha mejor opinión de sí
mismo.

De momento se me ocurrió que ni él ni yo nos salva-
ríamos en la coyuntura siniestra en la que estábamos
atrapados.

En fin, el encuentro me pareció de todas formas agradable y deduje que los problemas del nombre son, en realidad, problemas de tragicomedia. Es lo que yo encuentro de
falso en algunas formas de la tradición cultural española, por
ejemplo el teatro de Calderón: que ligan demasiado el nombre (el honor del nombre) a los valores del alma, de una cosa
tan innominable como el alma y tan ligada al inconsciente
innominado como el alma.

Repetí que mi nombre era Garcés y que lo ocultaba innecesariamente, ya que no había pertenecido a ningún partido
político. Todavía añadí que coincidía con los nacionalistas
en algunas cosas. No dije en «muchas», sino en «algunas».
Y entonces, Sender me miró con alguna clase de reproche y,
como a desgana, dijo que él también aceptaba «mi acepta-

ción». Y con ella mi deseo natural de disimular mi identidad
verdadera, ya que el nombre es la persona —la máscara—
y puede jugarnos trucos innobles. Trucos sucios. «En la pelea
del hombre contra el hombre, que puede ser honesta, la persona suele dar golpes bajos.» Eso dijo.

Aquello me hizo confiar, aunque siempre quedaba un
recelo, en el fondo. A él le sucedía lo mismo conmigo. (Más
tarde supe —repito— que aquel era Sender, de veras, y que
pudo pasar las líneas y llegar al campo liberal sin daño,
aunque más tarde lo sufrió y grave. Pero ¿quién no recibió
heridas en la guerra civil?) En conjunto y a primera vista
me pareció un hombre complejo y elemental, simple y hosco,
afable y violento a un tiempo. Yo diría un hombre cuyo
único lujo en la vida era, tal vez, caminar por ella sin máscara. Atrevida audacia.

En un aragonés no era, sin embargo, demasiado raro.
Como mi abuelo (aunque tenía su trastienda, claro) o el
criminal Benito, o la Clara en el balcón con su flor en el
pelo, o incluso el Bronco bestial que habló «de igual a igual»
con la reina. Ser sinceros, sin embargo, no quiere decir ser
estúpidos, sino ser valientes y un poco desesperados. (Un
lujo, en suma.) O quizás hay un fondo idiota, en todo eso.
Quién sabe. En mí, al menos.

Sender me pareció más elaborado que yo en su desnudez
moral. No necesariamente para bien suyo ni de nadie. Y no
quiero decir más inteligente. Un hombre que no es práctico,
no puede parecer inteligente a nadie. Era su caso. No creo
que podía ser un hombre práctico, aquél.

De momento, los dos poníamos alguna clase de gozo en
el diálogo:

—¿Adónde va usted? —preguntó Sender.

—Allá —dije yo, vagamente.

—¿De dónde viene?

—De allá —y señalé hacia el lado opuesto.

—Pero ¿qué lugar es ése?

—No sé.

—¿Y cuál es el lugar a donde va?

—Tampoco lo sé.

—¿Está seguro al menos de saber usted quién es? ¿No?
Un *nombre,* al menos. ¿Verdad?

—Eso es. Un *nombre* intercambiable, como usted ha visto.

—Pues aquí estamos. No sabemos de dónde venimos, no
sabemos a dónde vamos, no sabemos quiénes somos, pero

hay que seguir caminando por un sistema de palancas y de voliciones que tampoco entendemos. Incómodo, ¿eh? Y sin embargo, hay que cambiar miradas con otros y a veces sonrisas y apretones de manos, nosotros. Y hasta salvar alguna alegría de ser. De otro modo, no se podría seguir andando.

—Yo la he salvado, creo, hasta ahora, esa alegría. ¿Y usted?

—He visto el vacío absoluto y después de verlo es difícil. La vida, sin embargo, es verdad. El sexo quiere lo suyo. El estómago quiere comer. Las tripas quieren asimilar o evacuar. La cabeza tiene necesidad de sobresalir de las otras cabezas para recibir, como el pino que sobresale en el bosque, el rayo del cielo. La vida contingente. No es mucho.

—Cuando habla usted del vacío absoluto, ¿qué quiere decir?

—Si no lo ha sentido usted nunca no podrá comprenderlo.

—¿La falta de sentido de todas las cosas?

—Sí, la nada como una perfección única de la cual, sin embargo, no podemos gozar.

—¿Por qué no se suicida usted?

—También yo me lo pregunto a veces. Tal vez porque hay algún hijo de puta que se alegraría. Me falta generosidad.

—Es una buena aventura, la vida, en el peor caso.

—Lo es a pesar de todo. A veces pienso que ninguno de nosotros la merece.

—Entonces ¿de qué se queja?

—No, si yo no me quejo. Pero sin haber llegado a merecer la vida, vea usted lo que hacemos. Caminar.

—Huyendo de la muerte para ir a un lugar donde nos espera la muerte, seguros de que llegaremos.

Yo sentí escalofríos, pero quise erguir la cabeza como un imbécil:

—No hay que dar tanta importancia a la muerte.

—No. Yo no se la doy. Es ella quien se da importancia y a veces le convence a uno. Es decir, convence sólo a una parte de uno. A la persona, a la máscara. Antes, usted usaba un nombre que no es el suyo. Yo también. Escapábamos de una muerte que se encarniza en eso: en la persona nominable. En la exacta muerte nominada y experta. Ahora tiene usted un poco más de miedo. Mucho más miedo. Tiene más miedo porque alguien le llama por su nombre y antes (con un nombre falso) creía que escapaba mejor. La muerte le busca a uno por el nombre. A usted, Garcés. Y a mí. Nos

busca con sus palabras y sus silencios. Con palabritas cargadas que estallan aquí y allá como granadas de mortero. Y
lo malo es que nunca sabemos por dónde van a llegar esas
palabras. Esos morterazos.

Hubo un largo silencio. Por el cielo pasaban tres aviones.

—Cuando queden estabilizados los frentes será mejor
—dije yo, por decir.

—Sí, la muerte se hará más impersonal. Será mejor. Tiene
usted razón. En este lado está ya la línea fijada con bastante
continuidad y hay campos de minas y trincheras. Han trabajado de prisa los zapadores, y han hecho bien, porque era
un territorio demasiado abierto. ¿No cree?

—No sé. Ando desorientado. Pero de un modo más
general, ¿qué diría usted de todo esto? Digo, de lo que
está sucediendo.

—Es fácil de entender.

—Políticamente, sí. Pero eso de la política es una tontería. Quiero decir en el plano de los intereses humanos.

—En un lado y otro —dijo mi amigo como aburrido—
están recogiendo toda la libertad de la que somos capaces
los hombres para ofrecerla voluntariamente a alguien.

—¿Matando al prójimo?

—El asesinato personal impune es el sacramento de la
libertad. Y no se escandalice, que le hablo en serio.

—Eso es lo que me escandaliza, su seriedad. ¿Usted sabe
lo que está diciendo? ¿Para qué esa libertad del asesinato
a capricho?

—Pues, para cerciorarme de ella, primero. Luego para
ofrecerla a alguien. La libertad no la percibimos sino cuando
la ofrecemos a algo. A un mito, generalmente.

—¿Pero no es un mito la libertad?

—No. De todo se puede hacer un mito, menos de la
libertad. Primero la gente se cerciora de ella matando gente.
Aquí precisamente, en la península. Nuestra patria es un
país libertario, con más potencialidades en ese sentido que
ningún otro, incluida Rusia, que ya es decir. No es ninguna
broma. Era España (la última Hesperia de los antiguos) el
país adonde iba el sol, en su declinación. Los hombres mejores de China, de la India, de Persia, de Egipto, de Mesopo-
mia, de Grecia, de Italia, identificaban al sol con Dios y a
Dios con la difícil libertad. Y lo seguían, al Sol. Y llegaban
al último eslabón de la difícil realidad geográfica, al último
país de occidente. Las palabras nos revelan muchas cosas y

occidente quiere decir el lugar de la muerte. De la muerte del Sol, que era como la muerte de todo. Aquí se quedaban los exiliados, porque no se podía ir más lejos. Mis antepasados quizá son un ejemplo. Mi nombre es sánscrito. *Sender* quiere decir «hermoso», lo que es un despropósito ridículo porque no tengo nada de eso ni pretendo tenerlo, ya que la hermosura física para un hombre siempre sería un poco grotesca. Me gusta mi fealdad. Sin embargo, debo confesar que si en una futura reencarnación (en la que no creo) me dieran a elegir entre ser hermoso (es decir, digno de amor) o genial (es decir, digno de admiración), yo elegiría sin duda la hermosura. Uno quiere ser amado antes mil veces que admirado y parece que eso es natural, puesto que la existencia es antes que la esencia. Pero no se trata de mí. En definitiva y volviendo a lo que decíamos, todo el problema consiste en amar la libertad y en organizar a los amadores de la libertad. Los libertarios etruscos, gente sabia y artista y noble, lograron organizarse y crearon nada menos que a Roma. Por su parte, Roma organizó a los libertarios helenos y todos juntos, con los no menos libertarios semitas, crearon el cristianismo, cifra más alta hasta hoy de la sublimación de la libertad. Luego, los romanos, con su sentido de la libertad articulado ya, vinieron a España, península libertaria sin leyes ni reyes, regida sólo por la costumbre. Tan sin leyes, que en Sagunto la gente moría heroicamente por los romanos, mientras en Numancia morían no menos heroicamente contra los romanos. Lo único importante era el gozo del heroísmo. Es decir, el «morir a gusto», o por lo menos el «morir bonito», como dicen algunos toreros todavía. ¿Deplorable? Yo no lo diría. Es un hecho, y es bastante. Cuando los romanos articularon la locura libertaria de los íberos, crearon una nación: España. Una España que con la ley romana creó a su vez innumerables naciones al otro lado del Atlántico y del Pacífico. Con la ley romana y las parábolas de Cristo. Claro es que del mito al hecho hay gran trecho, pero ahí están los ejemplos históricos, en pie, con nuestras virtudes y nuestros defectos. Es el milagro de la libertad gozada hasta la orgía y articulada luego; es decir, cuando los libertarios se han estragado de la falta de objeto de su libertad. Y la han ofrecido a algo: un mito, una idea, incluso a una persona que se creía capaz de encarnarlas, equivocada o no. Es en cierto modo lo que está pasando ahora. La libertad la gozamos, pero no basta con gozarla. Todo el mundo, en un

campo y en el contrario, «goza» de esa libertad hasta el libertinaje orgiástico, matando gente. Matando cada cual la clase
de gente que no le gusta. Eso es abusar de la libertad. Pero
usarla, realmente no la usamos (con los placeres implícitos)
hasta que la ponemos a los pies de algo o de alguien, aunque
sea una imagen religiosa que en sí misma. no es nada, pero
que es una sugestión (plástica y artística nada menos) de
algún fin absoluto. No podemos concebir el infinito; y algunas personas como usted y como yo renunciamos, pero
mucha gente sencilla no quiere renunciar a nada y ponen el
infinito en esas sugestiones, lo que en cierto modo es respetable. ¿Por qué vamos a quitarles ese recurso si no podemos
darles a cambio otra imagen del inifinito palpable y men-
surable? Y por el momento, mientras la orgía de la sangre
continúa, en el campo republicano se defienden las libertades y se las reagrupa tratando de «usarlas» de la única
manera posible: poniéndolas al pie de un esquema capaz
de creación, en constante desarrollo y avance. En este otro
lado tratan de consolidar y fortalecer otro esquema, ya establecido también, para imponerlo y hacerlo aceptar a las
masas libertarias o liberales. Que las ideas vengan de fuera,
de Cristo, de Roma, de Buda, de Dantón, de Rousseau, es
lo de menos. La geografía política no es un absoluto, pero
la libertad, sí; la libertad en abstracto. En todo caso, entre
libertarios —es decir, abusadores o usadores de la libertad—
anda el juego. El pueblo republicano lleva una dirección
diferente del pueblo de aquí. Mi pueblo y el suyo lleva la
dirección de la vida por la vida, lo que es históricamente
justo y noble y, desde el punto de vista práctico, un poco
bobo, aunque generoso. Los otros, los que están amenazando
desde el otro lado, llevan una dirección opuesta: la vida por
la muerte y la muerte por Cristo y por el imperio (pero me
parece que Cristo no pedía la muerte de nadie) y ya no hay
imperio alguno ni es posible sino en el reino del espíritu.
Pero aquí tienen un esquema vernáculo y propio. Los esquemas no llegan a cristalizar, y entretanto en los dos lados
sigue la orgía y cada cual mata a su enemigo, pone en el
parabrisas del coche incautado (¡qué gozosa e infantil mate-
rialización del libre albedrío!) las iniciales (las siglas, dicen
ahora) de su organización, corren en coche por las carreteras
asfaltadas por los esclavos de ayer y procuran masticar a
gusto y fornicar cuando pueden. ¡Ah!, y de paso tratan de
levantar la cabeza un poquito más que el vecino, a ver si

la gente localiza en esa cabeza el infinito (tan difícil), a ver si se crea el mito a cuyos pies los otros puedan poner la libertad (ya estragados de abusar de ella). Y el que más levanta la cabeza sabe que lo hace provocando al rayo, porque éste suele buscar en el bosque al pino más alto. Pero creen que la experiencia vale la pena. Lo mismo en un lado que en el otro. Lo que pasa es que en el lado nuestro el pueblo es el futuro, y uno se inclina a pensar que tiene razón. Siempre el futuro tiene razón y, en definitiva, es lo único que nos queda a todos, ya que el pasado es experiencia mortal, vida cancelada y fosa común.

Mi amigo, aunque hablaba tanto, no parecía excitado por sus propias palabras.

—Pero... —le interrumpía yo.

—Se ama la libertad —insistía él—, pero sólo se la percibe cuando podemos ofrecerla a otros. Estos, digo, los de este lado, que nos persiguen a usted y a mí, se la ofrecen a la Iglesia y al Estado con el cual la Iglesia se ha identificado para asegurar algo que ya tienen; es decir, algunos privilegios de animal de pocilga: la comida y el fornicio. Los otros, los nuestros, en cambio, quieren ofrecerle esa libertad a un mañana inseguro y problemático aún, pero en eterno avance y desarrollo. Por eso, yo no puedo estar sino con los del otro lado. He visto el vacío absoluto, es verdad, pero los únicos que me podrían salvar de esa catástrofe que a todo el mundo le atrae después de haber visto el vacío, son las gentes del pueblo que sirven al futuro; es decir, a la vida, como la servían en otros tiempos Jesús y Buda y tantas otras grandes creencias que se alzaron en el lado absoluto de la libertad.

Yo oía aquello como la más dulce música; pero el problema seguía siendo para mí el de mi inmediato futuro, como es natural. Había pequeñas o grandes cosas que no acababan de convencerme. Admiraba la confianza con que aquel tipo me hablaba, pero tuve que preguntarle por qué estaba tan seguro de mí. Por qué confiaba en mí tan fácilmente.

—Porque es usted —me dijo— hombre de esperanza.

—¿Yo?

—Sí. Usted anda huyendo —me dijo— y el que huye tiene la esperanza de llegar a alguna parte.

—¿Usted no?

—Ya le digo que he visto el vacío absoluto.

—Debe ser horrendo, eso.

—La esperanza disminuye, pero no se agota necesariamente. Otros lo han visto, también.

Dejó pasar una pausa larga y luego añadió:

—Todo lo que vive quiere seguir viviendo.

—Venga conmigo.

—¿A dónde?

—No lo sé.

—Tiene que saberlo.

—Usted dijo que soy hombre de esperanza, pero no estoy seguro de que tenga usted razón.

—Entonces más vale que siga solo. En esos casos se salva mejor un hombre solo que acompañado.

Queriendo cambiar el sesgo de la conversación, me preguntó:

—¿Dónde come usted?

—Por ahí. Donde me coge.

Me levanté disculpándome y allí mismo, un poco apartado, me volví de espaldas para orinar. En seguida se cumplió el refrán según el cual nunca un español evacua a solas sus aguas, si hay otro cerca. El refrán es estúpido, pero certero. Cuando terminamos, volvimos a sentarnos.

—Los riñones —dijo mi amigo— funcionan bien. Los míos, digo. En tiempos de inquietud y de nervios tirantes los riñones filtran más de prisa. ¿Cuándo orinó usted la última vez?

—No recuerdo. Hace una hora, quizá.

—¿Y ha bebido desde entonces?

—No. Creo que no.

—Se está deshidratando. Eso me pasó a mí una vez en Marruecos cuando salvé la vida escondiéndome dentro del costillar de un caballo muerto. Eso de orinar a menudo es lo que los gitanos llaman la *jindama*.

—Pero no tengo tanto miedo, yo —dije un poco ofendido.

—La jindama no es miedo al peligro de muerte sino al misterio. No miedo a que lo maten, sino a que lo traten a uno de manera incomprensible, con muerte o sin ella. Es lo que me pasaba a mí, entonces. Y alguna otra vez, más tarde. Ahora, no. Ahora comprendo que deberían matarme si supieran que fui el que escribió «Imán». Cuando se comprende una cosa ya no se tiene jindama.

—¿La tuvo usted cuando los amigos anarquistas lo quisieron matar por hacerse pasar por Sender?

—No llegué a tener jindama entonces, porque la risa no me dejaba.

—Tal vez aquellos anarquistas decían la verdad. Entiéndame. Tal vez a quien conocían era a Armando Basán, que se hacía pasar por usted en los puestos de libros viejos y en las tabernas.

—Es bien posible. La broma del peruano pudo costarme cara. Lástima que Tupac-Amaru no matara a sus antepasados cholos hace dos siglos. Digo, en el Perú.

—¿Quién era Tupac-Amaru?

—Un indio valiente que venía de los incas y estuvo a punto de acabar con el virreinato. Si hubieran matado a los Batanes se habría interrumpido la generación de esa cadena de cholos literaturizantes y mi sosia cabrón no habría nacido.

Después de orinar estábamos más confianzudos.

—¿Usted cree que sólo por haber escrito «Imán» me fusilarían?

—Quizá.

—No leen libros, esta gente. Y si alguno los lee, tiene por sus autores alguna clase de respeto. Bueno, para ser exacto, no necesariamente respeto sino superstición. En esa superstición tal vez …

—No, no. En aquel libro yo ponía los nombres de algunos sujetos que se condujeron con cobardía y se defendieron a tiros contra gentes que querían obligarles a cumplir con su deber; es decir, a batirse. Puse sus mismos nombres. Eso no lo perdonan ellos ni sus familias. Y uno de ellos está allá, en ese cobertizo de donde ha venido usted.

Mi amigo sonrió y añadió:

—Después de esta revelación que le hago tiene usted mi vida en sus manos. Lo digo porque si se encontrara en peligro inmediato y me denunciara a mí salvaría su vida.

—¿Por qué me lo ha dicho?

—Qué quiere usted —dijo mi amigo, alzándose de hombros—. La imprudencia es mi lujo.

Avanzando la mandíbula en la dirección del cobertizo, añadió: «Vaya usted a denunciarme, si gusta.»

—¿Cómo puede usted suponer eso, de mí? —y lo dije ruborizándome como un adolescente.

Sender soltó a reír: «Ya sé que no lo haría. Por eso se lo digo. Además no sabe usted el nombre del oficial cobarde». Y volvió a reír.

—Aunque lo supiera, el nombre.

—¿Quiere que se lo diga?

—¡No!

Y después de una pausa, durante la cual miró mi amigo arriba y abajo con recelo, me atreví a decir:

—Esa manera imprudente de conducirse obedece a lo que llaman ahora el instinto de la muerte.

—¡Bah!, palabras. Es como decir el instinto de la vida. Lo mismo da. La verdad es que yo gozo con mi manera desesperada como otros gozan con sus precauciones astutas. A esto algunos psicólogos lo llaman «liberación». Soy un liberado gozador sempiterno.

Viéndolo de perfil, pensaba que nadie habría imaginado en aquel hombre un gozador secreto ni sempiterno. Pero era posible. Yo quise saber el tiempo que faltaba hasta que se hiciera de noche:

—¿Qué hora tiene usted? —le pregunté.

—No sé. Mi reloj lo vendí la semana pasada.

Y añadió, mirando al sol:

—Deben ser las cuatro, más o menos.

Me dijo que aquella noche pasaría las líneas.

—¿Con esa facha? —y yo miraba su traje civil color marrón.

—Tengo un plan. Con todos los detalles previstos. Aunque no sea bueno, siempre hay más probabilidades de salvarse con un plan equivocado que sin plan ninguno.

Se quitó la boina negra y la volvió del revés. El forro de la boina era rojo, de seda y se convertía en un *chapela gorria* requeté.

—Eso no basta —le dije.

Entonces mi amigo desdobló las solapas de la chaqueta que se podía abrochar sobre el cuello convirtiendo el traje civil en algo como un uniforme militar. Tenía, además, mi amigo una estampa del corazón de Jesús con un letrero al pie: «*Detente, bala*». Podía ponérselo en el pecho con un imperdible. Eso me hizo reír.

—Lo malo es —dije, bromeando— que algunas balas no saben leer.

—No se ría usted —respondió—, porque no es cosa de broma. Estos *detentes* son copia de los que usaban los árabes cuando invadieron la península en el siglo VIII. Llevaban la palabreja bordada en árabe sobre el corazón y como entonces no había balas, decían: *detente, flecha*. No es broma. El problema de España es el mismo, todavía, de los omeyas y de los almoravides. O, si usted lo prefiere, de los abencerrajes y los mozárabes cristianos.

Mi padre tenía una finca llamada los Almoravides y tal vez venía de ellos con su *detente flecha* y su alfanje curvo. No quiso decirlo porque en España, cuando se habla de una finca rústica con nombre antiguo, los otros creen que se las da uno de señor feudal. Mi padre estaba lejos de serlo y en ese terreno era un pobre diablo. Yo estuve dudando si hablar o no de mi pistola de la alevosía, pero mi amigo volvía a su tema:

—El dios de los árabes es el mismo de los cristianos; es decir, de los judíos, que lo tomaron prestado en el Sinaí. En el Antiguo Testamento nos dicen que Moisés se sintió «propenso», y se casó con una mujer árabe, quien le habló de Yaweh; es decir, de Jehová, el dios de los rayos y truenos. Los cristianos lo adoptaron más tarde. Todavía en plena ocupación musulmana de España, cuando escribía Santo Tomás su teología, tomó de un árabe cordobés inspirado, Averroes, su idea de la unidad de Dios. Así es que en un lado y en el otro, el dios que adoraban era el mismo. Supongo que los soldados de Rodrigo el del Guadalete llevaban también su «detente» en latín. Árabes y cristianos debían crearle un serio problema a su dios con esos «detentes».

—Sí —dije yo comenzando a aburrirme—. Los fanáticos de todas las religiones llevan siglos y siglos tratando sin darse cuenta de poner en ridículo a Dios.

Mi amigo abundó en mi opinión diciendo que algunas oraciones son una ofensa a Dios porque representan una forma de adulación que no toleraría ningún hombre medianamente discreto en este mundo. ¿Por qué pensar que va a tolerarlas Dios? Todas y cada una de las oraciones son una acumulación de elogios tal como los desearía el autor mediocre de un mal libro, en este mundo. «La verdad es que el Dios, autor del *valle de lágrimas* donde todo el mundo llora y sufre y donde tantas injusticias vemos a cada paso, podría ser identificado —así decía Benavente— como el autor glorioso de una obra mediocre y en ese caso la gente de sotana cree que Dios necesita adulación. Si ese dios de los rezos de las beatas existiera, uno lo imaginaría sentado, escuchando las oraciones y repitiendo entre dientes: "Bueno, mi creación no está del todo mal, pero tanto como eso...."» Yo repetí que los fanáticos hacían inocentemente lo necesario para convertir a Dios en un vanílocuo. Adulándolo creían taparle los ojos con palabras para poder seguir pecando en paz, guardando el dinero que le sacan al pobre y fornicando.

—¿Cree usted en Dios? —pregunté yo.

—Sí, desde luego. ¿Cómo es posible vivir sin creer? Pero no en ese Dios a quien algunos adulan.

—¿Le salva a usted esa fe de la catástrofe?

—¿Qué catástrofe?

—¿No decía que la visión del vacío absoluto es una catástrofe?

—¡Ah, sí! Pero Dios no le salva a uno de nada en la vida. Lo que pasa es que cuando llegamos al borde del abismo viene a sentarse en ese borde con uno y lo sentimos al lado, callado pero amistoso. Esa compañía le hace a uno reconsiderar el problema desde su base, y a veces uno cree que podría llegar a convertir la presencia del vacío absoluto en un placer. Un placer legítimo.

—¿Cómo? Eso no lo entiendo.

—Pues... —tampoco él parecía muy seguro— por medio tal vez de la obra de arte. No hay que olvidar que Dios se ha expresado desde los orígenes de la humanidad a través de los escritores de talento. Los Upanishads o Vedantas, el Mahabarata y el Ramayana, el Kalevala, la Biblia, son buenas antologías poéticas. La misa católica es poesía práctica, como un ballet lleno (lo están siempre los ballets) de juegos de símbolos. Bueno, yo no he llegado a gozar la sensación del vacío absoluto, pero para algún hombre de verdadero talento no sería imposible. Los ha habido en el pasado. Y tal vez hoy.

—Por ejemplo.

—Cervantes, Shakespeare, Gogol, Tolstoi... y antes Dante. Y algunos santos que escribieron, como San Agustín. En fin, se han dado casos. Yo no tengo talento. Tengo alguna habilidad para componer libros y salir del paso, pero verdadero talento, no creo.

—Si lo tuviera, diría usted lo mismo.

—Tal vez, y es una reflexión amable la suya.

Se quedó callado y luego añadió:

—Además, si yo tuviera talento creo que no lo negaría. ¿Por qué iba a negarlo? ¿Por modestia? Los hombres de talento no son modestos; es decir, no necesitan serlo, y si lo son, en todo caso no les vale, porque todos se dan cuenta.

Añadió que la prueba, la gran prueba, consistía en poder dirigir el vacío absoluto. Era la prueba del talento verdadero.

—Yo puedo asegurarle a usted —concluyó— que a mí
la noción del vacío absoluto me desintegra, me descompone,
me mata con una muerte horrible. Una muerte de cada día,
que nunca se cumple.

—Veo que está vivo, a pesar de todo.

—No es vida. Es una angustia más fuerte que yo, y por
eso es inexpresable para mí. Usted comprende. Si pudiera
expresarla, un día, sería un placer.

—Creo que podría ser un placer. Eso sí que lo entiendo.

—Pero ¿sabe usted? Yo creo que los que han conseguido
hacerlo en el pasado no estaban del todo conscientes. Dante,
Cervantes, Shakespeare, se defendían del vacío absoluto
creando realidades exteriores más fuertes que las de dentro,
digo, más fuertes que la realidad que les angustiaba. Yo estoy
demasiado consciente. Por eso soy y seré un autor menor.

No me atreví a protestar por miedo a que creyera que lo
adulaba. Además, tenía respeto por las palabras, que me parecían del todo sinceras. En esto de calibrar la sinceridad de la
gente, se me entiende algo. Por otra parte... ¿quién sabe?
Era posible que Sender tuviera razón. Los amigos míos que
lo habían leído decían cosas contradictorias, pero no faltaba
quien hablara de él con simpatía. Otros lo entendían al revés.
Recuerdo un obrero de Vallecas, muy poco leído, el pobre,
que le dijo un día, según me contaron: «Si sigues escribiendo
y mejorando cada día, tal vez podrás llegar a ser un segundo
Vidal y Planas; es decir, un hombre que escribe cosas que le
hacen llorar a uno». Eso le dijo un obrero al final de una
conferencia. Yo recordé el incidente y añadí: «Un escritor
que tolera eso sin pestañear, sin responder y sin soltar a reír
está seguro de su propia valía y no creo que se considere
un escritor menor».

—No tenía por qué enfadarme ni por qué reírme —dijo
Sender—. Aquel obrero hablaba de buena fe y creyendo
hacerme un favor. No me entendía, pero ¿qué tiene de
particular si yo no me entiendo tampoco? Un crítico dijo un
día de mí que yo escribía «con el temperamento». ¿Quién
puede escribir con el temperamento? Con el temperamento
sólo se puede amar u odiar, matar o morir. Pero es verdad
que tampoco escribo con la razón. Escribir es una función
compleja y consiste, para mí, en dirigirme a los que no quieren
escuchar, a los que no han escuchado antes. Poco se conseguiría de esa gente con la razón y poco también con la voluntad. Yo tengo que hacer uso de una facultad más o menos

secreta, que carece de nombre todavía, pero merced a la cual
recibo ondas de los niveles más oscuros y hondos de la vida
y las transmito a esos «que no quieren escuchar» y que tal
vez no han escuchado antes realmente a nadie. Son muchos,
claro. Y las palabras no siempre son elementos de facilitación
con ellas, sino, a menudo, una dificultad, ya que esas ondas
llegan también a *los que se niegan a escuchar* más fácilmente
sin palabras, a veces a través del rumor de la lluvia en las
empalizadas o del ulular del lobo en los montes. O de la luz
metálica de las tormentas.

Yo no decía nada y Sender debió sentirse un poco ridículo
—se había excitado con sus propias palabras—, porque se
apresuró a añadir:

—Bueno, en realidad la literatura no es la vida inmediata
y de lo que se trata. por el momento, es de salvarse. ¿Tiene
usted algún plan?

—No sé. En todo caso, un plan nebuloso.

—Espero alguna clase de ayuda del azar. Una de esas
ayudas imponderables que a veces se presentan. Tendré que
esperar por ahí, medio emboscado.

—Pero esperar ¿qué?

—Ya digo que no sé. Una rectificación de los frentes, por
ejemplo. Usted espera cruzar la línea y yo espero que la línea
me rebase a mí. O algo parecido. De momento, creo que
cuanto menos me mueva, mejor. Aunque no soy conocido,
como usted, también podría ser peligroso para mí llamar la
atención. Hay que moverse lo menos posible.

—Hacerse el muerto, ¿eh?

—Eso es, en cierto modo. Hacerse el muerto.

—Si pudiera esperar, quizá lo intentara yo también,
porque no es fácil atravesar de día o de noche una línea
guarnecida con granadas, morteros, ametralladoras y bayo-
netas. De todos modos, yo no puedo esperar. En cuanto oscu-
rezca me iré hacia allá.

Después de mirar a derecha e izquierda y comprobar que
no había nadie, sacó un plano toscamente trazado y estuvo
consultándolo. Vi que lo desviaba discretamente de mi curiosidad, lo que no dejó de parecerme impertinente.

—¿No quiere que lo vea? —pregunté.

Volvió el plano del revés y explicó:

—Es por su bien. Supongamos que le muestro el plano
y esta noche, al cruzar la línea, me atrapan y me fusilan. Si
eso sucede yo tendré alguna razón para sospechar un instante

de su lealtad (aunque parezca ahora absurdo) y usted mismo al enterarse de que me han matado, tendrá algún resquemor de conciencia sospechando que yo pude dudar de usted en el último momento.

—La vida es complicada —dije yo en broma.

—No hay que complicarla más todavía. Es lo que suele hacer la gente.

—Me protege usted y se lo agradezco. Me protege contra mí mismo.

Mi amigo creyó que me burlaba y me miró sin decir nada, aunque con una sombra de decepción. Yo entonces alcé la voz y le dije que en aquella manera suya de propiciar la llegada de las ondas secretas y de transmitirlas a los que no querían escuchar —precisamente a ellos—, había una presunción y una arrogancia un poco ofensivas. En su manera de protegerme contra mí mismo había un sentimiento de superioridad injustificado y cómico. Mientras hablaba yo, los ojos de aquel tío parecían apagarse. Yo me escuchaba a mí mismo y sentía alguna clase de rencor, más fuerte cuanto más irracional.

Aquel individuo se levantó despacio, se guardó el plano, se desperezó y dijo, disponiéndose a marchar hacia la montaña:

—Ya veo. Me he hecho un enemigo más.

—¿Quién? ¿Yo?

—Sí.

—¿Está usted loco?

—También lo he pensado a veces. Un día se lo dije a un médico y él me respondió: «Mientras lo diga usted, no hay peligro. Lo malo es cuando la gente comienza a decir que están locos los otros».

Yo tenía de pronto ganas de reír —viéndome atrapado sutilmente— y sentía que el rencor se desvanecía:

—Usted es un humorista —le dije, por decir.

Al ver que mi estado de ánimo cambiaba, aquel individuo que había dicho ser Sender (y bien podría serlo) volvió a sentarse.

—Esos —dijo señalando con la mandíbula los cobertizos que yo había dejado atrás— ganarán la guerra, probablemente.

—¿Por qué?

—Los llamados «pronunciamientos» en España suelen triunfar. Es una ley universal, esa del *infringimiento*. Se ha descubierto hace poco que es necesario infringir una clase de orden para acercarlo más —ese orden— a la verdad.

—¿Usted cree que la verdad la tienen ellos?

—No. No la tienen ellos. Tampoco la tenemos nosotros. Sólo tenemos opiniones.

—Pero usted dice que ellos ganarán.

—No es que ganen para siempre, pero se impondrán por ahora. Eso, seguro. A la larga, por haberse impuesto ellos por la violencia, podremos nosotros o nuestros hijos rectificar. Ganar no habrán ganado, porque serán un día víctimas de su error. Pero a la verdad se va por el infringimiento y no hay otro camino. Es lo que quiere decir la gente cuando repite que para ponerse bien las cosas, antes tienen que ponerse mal; es decir, llegar a su extremo de maldad. No es un gran consuelo para usted ni para mí, claro.

—¿Recibe usted muchas revelaciones de esas? —pregunté en broma.

—Esa no es una revelación que me hayan hecho a mí. Es una ley universal científicamente establecida. Usted debía saberlo.

—No lo veo.

—La ley de Planck.

Me quedé un momento deslumbrado:

—Sí; bueno, no es sólo Planck. Son Max Born y otros. Y es la ley de indeterminación. Pero, ¿cómo sabe usted eso?

Comprendía yo que aquel tipo tenía razón en lo del infringimiento, pero gozaba tanto teniendo razón que se hacía intolerable. Por un momento, la idea de que lo fusilaran al tratar de pasar la línea me pareció agradable.

Podía ser buena persona aquel tío, pero —repito— intolerable. El mismo se daba cuenta, a veces, y desviaba el tema hacia lo vulgar.

—¿Tiene usted hambre? —preguntó.

—Desde que comenzó este asunto de la guerra tengo hambre siempre. ¿Y usted?

—Yo también. Pero hay que andarse con cuidado, porque a todos los animales, desde el primero hasta el último, se les atrapa haciendo uso de ese truco del hambre. Tal vez allá —y señaló los cobertizos lejanos del lado derecho— encontrará algo que comer. Pero tenga mucho ojo.

Yo le dije que estaba invitado por O. a cenar. El dijo que no comería nada hasta llegar al otro lado de las líneas.

«El hambre aguza el olfato y el oído, cosas importantes para
mí esta noche si quiero evitar a los centinelas.»

—¿Hay luna?

—No saldrá hasta las once, la luna.

—¿Tiene armas?

—Sí, una pistola; pero la tiraré antes de llegar a la línea.
¿Qué vale una pistola contra nuestros enemigos? En estas
condiciones andar inerme es una manera discreta de preve-
nirse y hasta de defenderse.

Yo le aconsejé que comiera algo antes de afrontar su
aventura definitiva. Por toda respuesta sacó de un bolsillo
una pequeña cebolla y del otro un limón.

—Con esto —dijo— puedo vivir si es preciso algunos
días.

—Ya veo que anda usted prevenido. Así y todo, podrían
atraparlo.

—Y usted se alegraría.

—¿Por qué iba a alegrarme yo?

—Hay algo en mí que le ofende. Le soy antipático.

—¿Y a qué lo atribuye usted ?

—A lo de siempre. Soy un espejo donde usted se ve de
un modo un poco desairado. Usted es un pobre hombre.
Yo también lo soy. Todo el mundo lo es, bien pensado, pero
yo no me resigno y ahí es donde usted ve mi arrogancia. Yo
no me resigno, porque habiendo visto el vacío absoluto y
teniendo derecho a ser un degenerado, un criminal, o al
menos un escéptico o un cínico, soy honrado. Sí, no se ría.
Honrado hasta lo increíble. No tiene mérito, porque no conci-
bo otra manera de vivir. Soy de una pureza tan increíble que
nadie la aceptaría nunca. Ya sabe usted que la realidad es
una de las cosas más inverosímiles en el mundo, a veces. Más
inverosímil que las novelas antiguas de caballerías. Más que
el Amadís y el Palmerín de Inglaterra. Soy un hombre abyec-
tamente puro y por eso no me resigno a ser sólo «un pobre
hombre». Un pobre hombre increíble, sería mejor.

—En cierto modo es lo que me sucede a mí.

—Sí, usted es también un hombre monstruosamente puro.
Es decir, no contaminado. Aunque usted tiene su Aldonza. Es
fácil ser puro a la manera suya; es decir, sin haber visto
el vacío. Los dos somos hombres puros y la diferencia suya
está en su Aldonza. No me diga que no. Su *Aldonza* o su
na dolza, como decían en la baja Edad Media por *Doña Dulce.*
De ahí *doña Dulcinea.* Todas son dulces. Usted tiene su pe-

queño absoluto accesible. En eso está la diferencia. Por eso usted se resigna, como la mayor parte, a ser un pobre hombre. Tiene su victoria secreta. Yo no tengo mi Doña Dulce, o la tengo y no creo en ella. Así, trato de convencerme a mí mismo a sabiendas de que es un poco ridículo.

—No tanto. Yo no se lo reprocho, eso.

—Sí, eso es lo que le irrita a usted. Se ve en mi espejo como un pobre hombre que no se resigna. Aunque parecemos amigos, representamos dos polos opuestos de la pureza, lo que nos podría hacer más incompatibles que si uno fuera honesto y otro vicioso. En cierto modo, uno de los dos acabaría por destruir al otro si tuviéramos que vivir juntos algún tiempo.

—Usted mira la vida desde fuera de la vida.

—Y usted desde dentro. Pero el riesgo es el mismo para los dos. Sin embargo, es más probable que caiga usted. Su fe lo acabará, porque esa fe es como una fiebre que nos consume. Una fe admirable, desde luego, pero mortífera. Esa fe le acabará. Es casi seguro que yo le sobreviviré a usted, y no lo considero ninguna ventaja, porque mi vida, como usted ve, es un ejercicio constante y desesperado para convencerme a mí mismo de que no soy un pobre hombre. (Sabiendo que lo soy y que no tiene remedio.) Entonces, una vida así no es gran cosa.

—¿No tiene usted una pistola?

Era como si yo le dijera: «¿No ha pensado en el suicidio?» Y él la sacó del bolsillo después de comprobar que no había nadie alrededor, abrió el resorte de la culata, sacó un poco el cargador, volvió a meterlo con un golpe seco y dijo:

—Pero no me sirve de nada. Yo no soy de los que se matan. No creo en la vida ni en la muerte. A los minerales les está vedado el suicidio, y mi vida es sólo eso: una vida mineral.

Me ofreció la pistola: «Usted es de los que podrían suicidarse si llegara la ocasión. Tome, se la regalo. Pero le aconsejo que no se mate o que antes de matarse se lleve por delante a alguna otra persona que valga la pena».

—A usted —dije yo sin aceptar la pistola—. A usted, por ejemplo.

—No. Yo no estoy en la vida y, por lo tanto, no se me puede sacar de ella.

—Palabras. Usted tiene una vida vegetativa, pero vida.

—No. Mineral. Como el calcio o el sodio. Por lo demás, como digo, no importa.

Yo creo que lo monstruoso de aquel sujeto consistía en que habiendo visto el vacío absoluto se obstinaba en seguir viviendo. ¡Qué pretensiones!

Lo miraba con horror (sin mirarlo de frente; es decir, buscando discretamente el ángulo *del reojo*) y creo que se daba cuenta. Entonces se ponía a decir alguna trivialidad, como antes cuando habló del comer o del beber y los riñones y el orinar, y lo decía con cierta suavidad afectada, que contrastaba con la aspereza de su expresión. Juraría que a veces quería pedir perdón por su presencia, que era como un infringimiento fuera de los términos corrientes y molientes de lo humano.

Un infringimiento con posibilidades visionarias. Y lo digo tan en serio como se puede decir una cosa como esa.

Señaló otra vez los cobertizos lejanos:

—Allá suceden cosas raras. Se oyen conversaciones y músicas.

—Donde hay música no puede haber cosa mala —dije, recordando a Sancho.

—Precisamente la hay.

—¿El qué?

—La cosa. No mala ni buena, sino indefinible. Vaya y verá. Es mejor que lo descubra usted. Como la mayor parte de las cosas del mundo, esa cosa es incalificable.

—¿Habla en serio? Entonces, ¿por qué trata usted de calificarlas, las cosas?

—Es la historia del desvivirse de cada cual, que es una historia parcial, pero inmensa en profundidad; es la historia del desvivirse de la humanidad entera. Ya que es usted hombre de ciencia, se lo diré en sus propios términos. Las cosas han sido formadas por una acumulación espontánea de energía. Las cosas minerales, vegetales y sus formas. Al destruir esas cosas artificialmente por el fuego, nos dan en un momento toda la energía que acumularon durante años, milenios y hasta eones —¿no se dice así?— o edades estelares. ¿Lo quiere más concretamente? En diez minutos se quema la rama del pino y quemándose nos devuelve el calor solar que la produjo en quince años. Con sus aromas de resina y de alcohol forestal. En dos horas nos devuelve esa misma energía la rama del roble que tardó algunos años más en formarse. Mucha más energía. El calor del carbón vegetal dura mucho porque nos devuelve con el que recibió en el árbol el que le prestaron en los hornos del carboneo. La roca mineral, la hulla petrificada a lo largo de los milenios en lo hondo de la tierra, sometida a un proceso de destrucción (en nuestras estufas) nos devuelve cantidades mucho mayores de energía aunque la masa sea mucho menor. En el «desvivirse» de los átomos cuya formación ha necesitado eones, es decir, períodos estelares de tiempo, nos devuelven una energía de una capacidad de destrucción (o de creación, depende) que nos horroriza. En un segundo libera el núcleo del átomo mil millones de años de energía acumulada. Su *desvivirse* nos descubre un poco de la razón del ser del orbe entero. ¿Comprende?

Había verdad y originalidad en lo que estaba diciendo aquel hombre, pero no acababa de entender a dónde iba a parar. El se dio cuenta de mi confusión y añadió:

—Luego verá por qué busco estos ejemplos. Todo en la creación es una secreta reciprocidad entre el vivir y el desvivir (no la muerte, sino una especie de reagrupamiento de las formas de energía espontáneas en otras determinadas por nuestra voluntad y nuestro artificio). Escribir, para mí y para cualquier otro escritor y poeta, es desvivirse rindiendo en un instante la energía que nos ha formado a lo largo de las generaciones. Una energía que en un poema o en una página de prosa pueden alcanzar la fuerza del misterio o, simplemente, de la verdad de siglos y de milenios. El orden de mis escritos es el de mi gozo o mi angustia de desvivencia. Se puede decir que en el plano moral el fenómeno es el mismo, o al menos se le puede explicar por las mismas leyes.

—Lo entiendo, pero ¿qué necesidad tiene usted de *desvivirse?*

—¡Ah!, eso es cuestión mía. El mundo de lo esencial es tan vivo como el otro y, por otra parte, más verdadero ya que es el único mundo realmente objetivo y objetivable; es decir, cuya existencia nos revela y confirma la nuestra. Yo trato de objetivarme con mi desvivirme.

—Pero ¿qué necesidad tiene de esa objetivación?

—¿Le parece poco probarme a mí mismo que existo? En ese desvivirme me compruebo y no tengo otra solución si quiero tratar de entender la circunstancia de mi presencia en el mundo. Cierto que un perro u otro animal no tiene necesidad de comprender su propia presencia.

—Cuando lo dice, usted cambia de color. Se pone de color ceniciento.

—Sí. Es aproximarse a la muerte. A una muerte anticipadamente inútil. La muerte es inútil, pero no el desvivirse consciente. Lo que yo hago ahora.

Llevó la mano al bolsillo y no sé por qué tuve un momento de recelo pensando que podía aquel hombre estar un poco loco y hacer uso de su pistola, contra mí. También se dio cuenta. Y me dijo: «¿Tiene usted miedo?»

Yo no sabía qué contestar. Y él siguió:

—El que se pone ahora color de ceniza es usted. Y con razón. Yo le estoy enseñando a usted a desvivirse. A usted, mi vecino, mi hermano. Un día probará a desvivirse. Eso quiere decir que yo lo habré matado *, tal vez.

La verdad es que escribo ahora yo también mi desvivirme para dar en unos días y en unas páginas (como el roble quemado al fuego del invierno) mi energía a los otros, para ayudarles y calentarlos con mi testimonio. Para encender un poco de luz con la materia (sesenta milésima parte de una onza) de mi energía de toda la vida e iluminar así el camino de los otros, aunque sólo sea con la luz de una luciérnaga. Al menos, esa luciérnaga verde cerciorará al caminante de que no hay abismo alguno debajo, de que está en tierra firme. Y se habrá encendido con la sustancia de mi presencia. Y habré sido útil.

Esta reflexión me conforta, de veras. Digo, pensando que un día puede alguno leer estas páginas. Pero entonces, aquella tarde, sentados en el banco, pensaba yo de manera muy distinta. Por llevarle la contraria a Sender, que parecía firme y seguro de sí —era lo malo en él—, le dije que las artes eran poca cosa al lado de las ciencias, que la filosofía era una divagación ociosa al lado de las matemáticas y que el progreso técnico liberaría a la humanidad. Mientras hablaba, lo miraba de reojo sin llegar a verlo de frente; es decir, extendiendo hacia él mi ángulo visual y fingiéndome intere-

---

* Mientras escribo estas líneas en Argelès no puedo menos de acordarme de aquellas palabras proféticas. Todo lo que he escrito en estos cuadernos es, en suma, mi proceso detrimental de desvivencia. Tal como me lo dijo aquel hombre que había hecho el idiota en cien combates por el pan y la paz de los otros, sin lograr sino agudizar su propia angustia y desvivirse en el campo, en la cama (con la hembra) y en la palabra escrita. Pero que no se arrepentía y que seguiría así —decía— hasta el fin. Tiene su mérito, eso.

sado en las evoluciones de dos pequeñas mariposas que se entreperseguían.

—La técnica —dijo él— producirá más patatas y mejores y acortará las distancias con aviones, pero no es seguro que libere a la gente. La ciencia es una escalera de errores, decepciones y contradicciones. Es decir, infringimientos. Galeno rectificó a Hipócrates y Harvey a Galeno. Entretanto, miles de hombres sufrieron y murieron por sus errores, por sus verdades parciales.

—La medicina no es una ciencia —dije yo.

—Bien, Newton negó y rectificó a los egipcios y Einstein corrigió a Newton. Una escalera de infringimientos creadores. Pero a nadie hizo sufrir Homero con su *Ilíada* y Virgilio añadió nuevas delicias a las de Homero. Más tarde, Dante enriqueció aún a los hombres con su poesía sin tener que negar la de Virgilio, y Shakespeare el teatro sin destruir a Sófocles. Yendo más lejos aún en cosas de arte, la cueva de Altamira y la pintura de Picasso parecen suprimir los quince mil años que hay por medio sin que la una niegue a la otra.

—Bien; pero la ciencia es segura.

—Segura como la muerte, es verdad. A través del *infringimiento,* como decimos hoy. Los peldaños del infringimiento que nos llevan a la muerte. Pero el arte es...

Yo me adelanté, en broma:

—La vida.

Aquel tío se levantó como si fuera a pegarme, pero se limitó a plantarse delante, tieso como un espantapájaros:

—Bien, la vida. Eso, la vida. No es ninguna broma; la vida es todo lo que tenemos. Enseñar a los hombres un poco de respeto por los hombres es lo que hizo Sócrates hace dos mil quinientos años y es lo que uno trata de hacer con sus pobres medios. Para ti no es importante, tal vez. Para mí...

Cuando mi amigo se enfadaba tuteaba a la gente, al parecer.

Yo me levanté, también. El cielo comenzaba a oscurecerse y cada cual debía seguir su camino. Un hombre, con aspecto de mendigo, había salido de la carretera, receloso de nosotros. Pero sintiéndose a una distancia segura, se detenía a escuchar. Decía mi amigo:

—Para mí, a pesar del vacío absoluto, la vida conserva sus valores intactos. Todo consiste en que yo me incorpore o me niegue a incorporarme. Tú ahí y yo aquí, estamos vivos y gozamos aún del aire que respiramos como de un licor precioso. Pero si ese imbécil que nos escucha (y Sender bajó la voz) va a denunciarnos al primer retén de milicias estamos perdidos. Tu ciencia no va a valerte mucho, digo yo. Pero mis poetas y mis filósofos, mis artistas y mis contempladores del vacío me han resuelto mi problema, me han enseñado a gozar de la vida y de la muerte.

—Nadie goza de su muerte.

El vagabundo del camino, todo harapos y mugre, juntaba los pies calzados con botas dispares y hacía el saludo de los tiempos de Nerón con el brazo en alto:

—¡Arriba España!

Lo hacía de un modo adulador y pensando que de ese modo se congraciaba con nosotros, lo que nos hizo reír. Pero Sender se había enfadado conmigo y marchaba a la montaña sin dejar de repetir:

—La vida. Eso es: la vida. ¡Claro, que la vida!

Era desagradable aquel individuo, alejándose en aquel momento. «¡Ojalá lo maten!», me dije.

Tenía más o menos mi edad, pero parecía más viejo, creo yo. Habría ido yo detrás en todo caso para despedirlo de una manera amistosa, pero se veía que le tenía sin cuidado. Todo el mundo le tenía sin cuidado. Entonces pensé que debía haberle sucedido algo terrible y no había querido decírmelo.

Bueno, era bastante horrendo aquello del vacío absoluto.

Todos lo teníamos delante ese vacío; pero unos lo veían y otros, no. Debo confesar que yo no lo he visto hasta hace algunos meses, cuando me sacaron de España y me trajeron a este campo de Argelès.

Al vernos aquí (en Argelès), Sender y yo nos reconocimos en seguida a pesar de las barbas. El estaba muy flaco, pero la visión del vacío absoluto no lo había herido de muerte como a mí. Un día lo vi bien vestido y afeitado y supe que salió del campo. Luego corrieron historias, sobre él. Dijeron que había fabricado unas barras de plomo y las había cubierto con una ligera capa de oro —ayudado por un fontanero que tenía herramientas—. Los franceses, que andaban avizores pensando en las barras del Banco de España, pagaron una fortuna después de someterlas al toque del ácido sulfúrico, y parece que Sender y el fontanero y dos más salieron y se fueron a París y luego a América. Aquel mismo día que se marchó me dijo, como si quisiera disculparse:

—Tengo dos hijos pequeños aquí, en Francia, y no tienen madre y mi obligación es darles de comer y hacer de ellos un par de idiotas satisfechos de sí como los demás.

Tal vez usaba la palabra «idiotas» en el sentido helénico. Todavía se acordaba de nuestras palabras de aquel día lejano y repetía: «Tú tienes tu Aldonza. Quédate aquí y muere con ella».

—Ella está lejos —dije yo—. Ella, con su corza blanca.

—Está lejos y cerca, como todo. Todo está lejos y cerca.

Podría haberme sacado del campo con su dinero, pero entonces yo no sabía que había hecho el truco de las barras de plomo. Así y todo, tenía yo la impresión de que mi suerte dependía de él. No me importaba. El podía sobrevivir al vacío absoluto, pero no yo.

Es decir, tal vez podría, pero no me interesaba. No me interesa.

Pensando en él, me digo a veces que con toda su experiencia puede ser algún día un granuja notable o un gran sinvergüenza. O también —no me extrañaría— un santo. Sin dejar de ser el idiota que es cada cual por su cuenta y riesgo *.

Allí estaba, marchando a la montaña, muy decidido. En las primeras horas de la noche y fuera de camino, por un terreno desigual, debía caminar como un borracho conservando la cebolla en un bolsillo, el limón en el otro, su boina rojinegra y su «detente bala». «Ojalá lo maten», me dije otra vez.

No había llegado a admirarlo por sus libros ni por su persona. No creo que haga nada como escritor. Sabía demasiado sobre el mal implícito en las cosas, para poder ligar

---

* Yo también tenía la impresión de haber dejado en Argelès una parte sustancial de mi vida. O tal vez en España. En todo caso, la guerra destruye al débil y fortalece al fuerte. No es que yo fuera más fuerte que Pepe Garcés, pero él estaba enfermo. Uno de los dos (pienso ahora) debía morir y murió él. Con él quedó una gran parte de mi lastre dificultoso, que me habría embarazado en mis movimientos por la vida. Es decir, por este lento desvivirse que ha sido luego la vida para mí. Al hablar de aquel amigo no hablo de su personalidad aislada y concreta, sino de todos los otros españoles que salieron conmigo y que habiendo visto también el vacío absoluto tuvieron que sucumbir.—R. S.

con los intereses ordinarios de la expresión. Digo, para hacerse escuchar de la gente.

Se desvivirá en prosa o en verso, pero morirá como cada
cual, en su rincón. Sin haber llegado a comprender nada, como yo. Como el Bronco, como mi abuelo, como mi padre,
como todos los demás. La única persona que parecía saberlo
todo era Valentina. ¿Pero dónde está? ¿Está, aún, en alguna
parte?

En todo caso, está muy lejos, Valentina. En un horizonte
que cada día se aleja un poco más. Yo oigo a veces su voz
—muy claramente—. Pero cada noche más lejos.

En fin, cuando vi que Sender desaparecía en las sombras
de la prima noche me quedé pensando: «¿Qué quería decirme, ese majadero?» Sentía un rencor nuevo, nuevamente
justificado. ¡Ah, el farsante, modestamente pretencioso, creyendo tener el secreto de mi vida y mi muerte y esperando
obtener de ellas alguna cosa! Lo habría alcanzado para insul-
tarlo y darle de patadas. O escupirle en la cara. Pero ya no
lo veía. Además, creo que a pesar de todo sentía por él
algún respeto y no puedo explicarme por qué.

Perdiendo la compañía de aquel tipo (a quien sin duda
iban a atrapar y fusilar en cualquier momento) yo tenía la
impresión, a pesar de nuestras discrepancias, de haber perdido
a uno de esos hermanos potenciales que todos tenemos al
otro lado del muro y cuya compañía fraterna no vamos a
gozar nunca, porque el destino nos la niega cuidadosamente.
En cuanto a sus libros, como dije, no me interesaban. Recordando al obrero de Vallecas que dijo que «con el tiempo
llegaría a ser un Vidal y Planas», no podía evitar la risa. Me
gustaba que alguien hubiera dicho de él una opinión tan
vejatoria. No sabía si lo odiaba o lo quería. Había en aquel
tipo una especie de soberbia fuera del tiempo. No ofendía a
ninguno de los que esperaban algo de la vida, porque se
veía que no podía ser un rival. No pretendía el principado
de la seriedad, ni ser brillante ni poderoso; no habría aceptado un manto de emperador ni un halo de divinidad antigua.
No buscaba nada. Era una especie de Don Quijote interior,
estúpida e inútilmente arrojado. Era de una soberbia que a
veces dejaba indiferente a la gente (no la percibían) y otras
la ofendía absolutamente. Mortalmente.

En todo caso, era un tipo a quien esperaba también la
muerte en cada esquina.

La mayor sorpresa que he recibido yo en mi vida fue cuando lo vi aparecer en Argelés. Una sorpresa un poco decepcionada. Lo lógico sería que lo hubieran matado.

Pero volvamos a mi narración:

Como digo, llegué a los cobertizos. En el primero de ellos había una pequeña multitud de buena presencia. Hombres, mujeres. Rostros tranquilos, de gente civilizada. Ojos benevolentes y nobles, pacíficos, expresivos y estilizados —no necesariamente hermosos, o de una hermosura de ningún modo decorativa ni teatral—. No iban maquillados, tampoco. Eran, simplemente, rostros bien provistos de lo que llamamos el neuma o el alma; yo diría, incluso, bien provistos de dos o tres almas superpuestas: una para el bien, otra para la voluptuosidad, otras para la indiferencia activa o pasiva y todas genuinas, incluso el alma ocasional de la falsedad. Porque así suelen ser las cosas.

No sé el tiempo que transcurrió allí. Nadie hablaba de violencia, pero veía un riesgo inmediato (no necesariamente amenazador, aunque presente) en las miradas. Y no era desagradable.

A mí me miraban con amistad, pero sin interés en besarme ni en matarme. Era bueno aquel desinterés. Las mujeres me miraban como hombres y los hombres como santos antiguos de los altares que estuvieran pensando: «Este podría ser de los nuestros». Si quisiera yo, claro; pero no quería bastante. Y sin violencia. No había violencia alguna alrededor. Yo tampoco había sido nunca concretamente violento.

Nadie hacía nada para convencer a nadie. La vida en aquel lugar era natural y rica de contenido, pero sin dificultades ni facilidades. Era esa vida que la vida misma quería ser cuando se da importancia con nosotros y quiere hacerse superior e inaccesible. Una vida fluyente y meritísima. El dinero era poco, alrededor (la gente no parecía insolentemente rica), pero también tenía esa verdadera importancia que se da a veces el dinero con los que no lo tenemos.

Quise ver la hora, pero en lugar del reloj pulsera (que se habían quedado en la barbería) me habían puesto una especie de calendario de aluminio grande, desigual y macizo —aunque no pesaba nada—. Tenía pequeñas ranuras y aberturas pequeñas circulares por las cuales se veían números y otras indicaciones: la hora, el día, la semana, el mes, las constelaciones del Zodíaco, las fechas del futuro en las que aparecerían cometas (el Halley, por ejemplo). Cuando yo miraba todos aquellos indicadores sin comprenderlos del todo, se me acercó una muchacha, me sonrió y se puso a manipular en aquel brazalete mío, tan raro. No sé lo que hizo, pero por una ranura de la parte inferior salieron hasta quince o veinte monedas de plata, de esas que quedan a veces en el depósito del teléfono público cuando vamos a usarlo y se las guarda uno fraudulentamente.

La muchacha me dijo:

—Pasa eso a veces, con los calendarios de aluminio. Es plata retenida.

Parece que aquella gente que iba y venía en silencio era gente de cine, y el lugar, un estudio de una empresa conocida. ¿Quién habría podido imaginar tal cosa? Gente de cine nada presuntuosa ni afectada. Y normales, no maricas ni lesbianas. Parecían tener esa edad «corriente» a la que se refieren graciosamente las señoras de 45. Podían hacer a voluntad papeles de adolescentes, de gente madura o de carácter (barbas). Viejos no había ninguno. Jóvenes tampoco. Algunos se veía que eran españoles, otros checoslovacos y maggiares. Algunos, hiperbóreos. Más vegetales que animales.

Pregunté por O. y nadie supo decirme nada. Nadie sabía dónde estaba la casa de O. Yo había ido una vez en el coche de otro —conduciendo otro— y sólo cuando estuviera a cuatro o cinco cuadras podría reconocer el lugar. Tenía que ir allí porque me esperaban.

Avancé en la dirección que me parecía más adecuada y al abrir una puerta vi una sala con signos ancestrales en las molduras de los muebles y en el centro una especie de poste totémico como los de los indios en los continentes lejanos. Alrededor del poste bailaban la pavana jóvenes pálidas de la alta Edad Media. La orquesta no se veía, y cuando pregunté me dijeron:

—Está dentro de los muros, la orquesta. Y la música sale por aquellos ventiladores de rejilla.

En una especie de tribuna y en el centro, había un hombre gordo, vestido con sotana y manteo, que fumaba un cigarro puro y eructaba de vez en cuando. Era un actor que hacía de cura. Alguien dijo cerca de él, con entonación afable:

—Están ensayando una película anticlerical.

Todos se pusieron a mirar y el cura sonrió con sorna (tal vez era obispo) y dijo: «Palabras, palabras. Feligreses, acercaos a mi sombra, que la doy gratis. Los frailes de los silogismos cornudos nos quitan lo mejor de la fiesta, pero el

Estado provee. Yo soy la prosopopeya número tres. Acercaos
y hacedme aire por el lado derecho, que la oreja se me
congestiona siempre después de comer. Tú, ateo de Pi y
Margall, ráscame en el colodrillo, que eso ayuda a la digestión.
No digas que no, porque la negación comportará seis años
y un día. Tenemos 42.510 iglesias, pero como sólo acuden
a ellas el uno por ciento de los españoles (según la última
estadística), las iglesias, colegiatas, catedrales y basílicas tocan
cada una a siete ciudadanos y dos tercios, de cada uno de
los cuales dos están resfriados, otro se ha olvidado y uno
más tiene la fe variable, de resultas de lo cual se puede
calcular que cada templo tiene seguros tres feligreses concu-
rrentes y un sexto de feligrés probable. No nos quejamos,
porque los tiempos son malos. Nuestros bienes (clero secular)
eran en 1931 de cuatro mil millones de pesetas. No es mucho,
comparado con los del clero regular, digo los frailes silogi-
zadores, pero Dios proveerá y tiempos hay de resignarse y
tiempos de protestar y reclamar. España es pobre. Pero, gracias a Dios, nosotros —y volvió a eructar— velamos por
ella. Ella se encarga de nosotros en vida y nosotros nos encar-
gamos de los españoles después de haber muerto. Así es.
Todavía nosotros les cobramos un derecho de peaje para
entrar en el moridero, pero no es mucho. Y luego, cada cual
lo paga a gusto a cuenta de librarse del muerto. ¿Qué esposa
no se alegra de la muerte de su oíslo? ¿Qué hijo no celebra
la de su abuelo, si le deja algo? Por eso pagan a gusto y
nosotros, pues, nos unimos a la alegría de la familia y saca-
mos nuestro estipendio, según una costumbre consagrada. Del
altar sale el yantar. Pero lo de menos es el estipendio de
bautizo, boda y fosal y el sueldo diocesano y la congrua. En
plena república y después de sufrir toda clase de depreda-
ciones, la renta de patronatos es la que corresponde a un
capital de 667 millones y tenemos 11.925 fincas rústicas,
7.828 predios urbanos y 4.912 censos. Todavía hay justicia
y sol en las bardas y Dios en las alturas, aunque la paz entre
los hombres sea cada día más precaria. ¿No me oyen ustedes? *(La gente iba girando alrededor del que hablaba, como
en las aldeas suelen hacer alrededor del kiosco de la música
los domingos.)* No crean que me estoy quejando. Ya digo
que los tiempos son malos, pero Dios no deja de proveer a
los pájaros del campo ni de vestir a los lirios del valle. Y
nosotros somos prudentes y modestos en nuestras ambiciones.
Sólo queremos, como cada cual, tener un alero, una cama y

una mesa seguros. Y un poco de atención, digamos de respeto, pongamos de veneración. Yo soy, como dije, la prosopopeya número tres. No se diga que nos aprovechamos. Cada cual tiene que pagar por cada ventaja, y no digamos por cada privilegio, que eso ya es cosa sabida. Y a cambio de esa seguridad que nos dan —incluida la veneración y la venerabilización—, pues, tenemos un calendario negro por delante. Y cuando uno acude a Roma hay pontífices que dicen: "No todos los curas muertos violentamente pueden ser considerados mártires de la fe. La Iglesia necesita purificarse de vez en cuando con un baño de sangre." Ya ven ustedes, condiocesanos *(con dioses sanos),* que afrontamos un vía crucis y que a la vuelta de la esquina nos aguarda el tío Paco con la rebaja, dicho sea con respeto. No es que uno sea mejor ni peor (los únicos objecionables en todo esto son los frailes, que se llevan lo mejor de la tarta), pero en comparación con lo que cada uno de nosotros saca de la rebatiña, lo que arriesgamos es exagerado.»

El cura era un actor vestido de cura que estaba cultivando el tipo. Pero las cosas que decía eran verdad o debían serlo, porque otro cura (éste, verdadero), que estaba escuchando como consejero de la empresa, afirmaba con aire deprimido como si pensara: «Yo protestaría, pero no puedo sin faltar a la verdad». Y el de los regüeldos seguía: «Nosotros les mantenemos a ustedes después de muertos y ustedes a nosotros nos mantienen en vida. Hay diferencia, no lo dudo. Somos más *gastibles* los vivos que los muertos. Pero también decimos misas en sufragio del alma, y trabajar es trabajar. Aunque las paguen sus mercedes, no es mucho el estipendio (algunas pesetas). Uno se crea necesidades según el rango y hay que hacerse respetar cuidando los menores detalles. Mi madre era una humilde lavandera y yo nací con asco y desdén por la pobreza. Soy caritativo, pero huyo de la fealdad, de la suciedad y de la paralipomenidad ante los actos de la vida privada, es decir, que huyo también de la necesidad de explicación. Así es».

Aquel cura alzó la voz y preguntó:

—¿Qué, se mantiene el tipo?

El cura consejero suspiró y dijo:

—Los datos son todos ciertos. Digo, las cifras.

El director, de aspecto judío, se me acercó y quiso explicarme que se trataba de hacer una película.

—¿Anticlerical? —pregunté yo.

—No. Una sátira del anticlericalismo, más bien. Pero con datos ciertos.

Hubo un largo silencio y alguien comenzó a reír y a decir entre dientes al vecino:

—Inútil. Ha comenzado ya la guerra civil. Todo esto será imposible y estamos perdiendo el tiempo.

Más adelante había algo parecido en otra sala. Ensayaban una película antimilitarista y había un espadón retirado que seguía cobrando el sueldo sin hacer nada. Y se lamentaba de que la pobre España que le daba el salario —que se lo ragalaba— le obligara a ir a buscarlo un día cada mes a la oficina de clases pasivas.

No era, sin embargo, un film antimilitarista —me dijeron— sino una sátira del antimilitarismo aunque con datos ciertos; es decir, bien documentada. ¡Ah!, ya me extrañaba a mí.

Sin embargo, no era seguro que el film pudiera ser acabado, por causa de la guerra.

—¿Qué guerra? —preguntaba un irlandés que no se había enterado.

—La guerra. Siempre es la misma. Un hombre sopla en una trompeta· y los otros corren con rifles y cuchillos a matar al vecino. Sí, al vecino de enfrente. Siempre hay un vecino de enfrente.

Estuve escuchando un rato al falso militar, que era más divertido que el falso cura porque tenía acento callejero y desgarrado y aseguraba descender de Isabel la Católica, retorciéndose un bigote inexistente y advirtiendo que cuando se hiciera el film en serio llevaría un bigote de principios de siglo. Por eso se lo retorcía, aunque en realidad no lo tenía aún.

La gente apreciaba la explicación.

Yo quería marcharme, pero no sabía cómo. Suele suce· derme cuando las cosas toman un cariz político, aunque sea bajo formas ficticias y satíricas. Entretanto, seguía mirando alrededor. Aquella gente parecía tener mucha vida secreta y en sus ojos se advertía un dramatismo cauteloso. Pero yo pensaba: «Ninguno de vosotros trató de suicidarse como yo en la vía del tren de Alcannit ni recibió las aguas sucias de los retretes». Esa reflexión me hacía sentirme vagamente superior. Sin embargo, aquél no era mi lugar. Por otra parte, creo que no había cámaras fotográficas. Estaban sólo ensayando, tal vez. Un hombre de aspecto muy respetable se me acercó y dijo:

—Aquí lo único que hacemos es pasar el tiempo.

A aquel hombre lo acompañaba una mujer vulgarmente interesante. Usaba una manera inferior de mostrarse superior. Y me decía:

—Joven, ¿es usted estúpido?

—Sí —le dije—. Siempre he creído que lo era, aunque no tanto para que una persona como usted se diera cuenta. Eso, no.

—¿Qué me pasa a mí?

El *producer* me miraba muy divertido y yo tendía la vista alrededor, desconcertado:

—Esto, la verdad, no parece Zaragoza. Nadie diría que es Zaragoza. ¿Qué es, entonces?

No me respondían y, disculpándome, me fui por otro lado. Se acercó un ujier:

—¿Busca usted a alguien?

—Sí, pero no está aquí. Busco a O. y también a Valentina, claro. A Valentina, sobre todo.

—¿Qué relación tiene usted con ella?

—¿Cómo?

—¿Es su amante?

Retrocedí ofendido:

—Su pregunta es del todo extemporánea.

Esta respuesta me hizo ligeramente atractivo para algunas señoras que había cerca y me seguían con la mirada. Todas parecían buenas personas. A fuerza de ejercer la prostitución, habían llegado a aprender los trucos de la honestidad mejor que nadie. Eran altivas y honradas «de regreso». Pero yo no debía haber dicho allí el nombre de mi novia. Ese fue mi error, lo confieso.

La gravedad natural de aquellas mujeres me recordaba a las que bajan por las escaleras automáticas cuando uno sube por las de al lado. Cada peldaño hace la mirada del hombre menos rendida y la de la mujer menos solemne hasta equilibrarse un segundo en el nivel del cruce (que tenía alguna calidad libertina). Fue después de subir por un escalador mecánico y llegar arriba cuando me puse a hablar con tres señoras muy delicadas de aspecto. Y a hablar de los parientes de Valentina, del pastor del castillo de Ejea y de mi iniciación erótica en Alcannit. Ellos querían que hablara también de Valentina, pero yo desviaba la conversación. No era mi relación con Valentina algo que ellas pudieran entender.

Así iba y venía yo por aquel estudio, e investigando a diestro y siniestro fui a dar en el recinto de los hechos de sangre. El último, el del hombre que fue amigo de mi padre en su juventud. Y que murió días antes bajo las trompetas de Jericó.

Había salido de casa en busca de O., pero en realidad, para evitar la horrible congruencia de aquellos años durante los cuales acabé la carrera.

Lo primero que me sucedió al salir a la calle por un pasadizo trasero (sin puertas) fue que me encontré envuelto en una multitud de hombres que hablaban idiomas extranjeros, cada uno con sus polainas y su cámara Leica. Estaba yo en el caso de renunciar a ver a mi amigo O. y sabiendo que en el fondo era buena persona, pensé que no se ofendería por haber declinado su invitación sin avisarle. Más tarde le explicaría.

Pero ya digo que por entonces era revolucionario a mi manera, una manera ligeramente discrepante de todas las demás. Había salido de Madrid —creo yo— huyendo de los que querían comprarme la maquinita del crimen, y aunque yo no pensaba venderla se había desarrollado una fiebre extraña en esa dirección, que me avergonzaba. Como no conocía a nadie en aquellos estudios no tuve que decir mi nombre, y cuando creía estar saliendo resultó que había otra estancia en la que entré por distracción y sin saber quiénes eran los que estaban en ella. Eran gentes con adornos arcaicos como minúsculos roeles, losanjes y flordelises.

Esta es —pensé yo— gente retroactiva; es decir, gente que por llevar delante su caudal parece que camina hacia atrás. Todos se proponían también detener la historia. Se llamaban don Rodrigo, don Beltrán, don Mendo, doña Elvira, doña Guiomar, y no eran viejos ni jóvenes, valientes ni cobardes. Eran sencillamente discretos en la fortuna y en la desgracia.

Hablaban de cosas inmediatas y prácticas. La sala era enorme y tenía dos o tres niveles a los que se subía por anchas escalinatas. En lo alto, tres arañas de cristal con prismas donde la luz se irisaba.

Hablaban de organismos vivos y organismos muertos. De entidades activas y nominales; entre las primeras, las asambleas del colegio de cardenales en Roma, y entre las segundas, los municipios que en 1931 habían votado contra el rey.

DON BELTRÁN. — Creo que ha llegado la hora de pensar en salir.

DON RODRIGO. — (*No el de la Cava.*) ¿Para ir a dónde? Estamos ya en el lugar adonde podríamos ir. ¿No se dan cuenta ustedes?

Se hacía un largo silencio y don Beltrán, que era hombre de buena estatura y con tradición marinera en la familia, se dirigía a las damas que se mostraban temerosas por aburrimiento:

DON BELTRAN. — Nosotros no entramos en la danza. Estamos al margen, ya que no se trata de un pleito dinástico.

Al oír la palabra «danza», algunas muchachas lo entendieron mal y, creyendo que se trataba de bailar, formaron un grupo y comenzaron con la pavana de Ravel, sugestiva de mirtos y cipreses.

La musica llegaba del interior del muro, por las aberturas del clima artificial. La mocosita del Milanesado cantaba:

¿Dónde vas Alfonso Doce...?

Aunque la melodía era diferente del ritmo, se adaptaba a la pavana y la combinación no era desagradable.

DON BELTRAN. — Todo depende de las diputaciones. Otras veces ha ganado el pueblo, pero a la hora de delegar su autoridad ha acudido a nosotros. Por otra parte, yo me declaro incapaz de tomar determinación alguna contra el pueblo.

DON MENDO. — Bien entendido, el pueblo, digamos; con las pasiones debidamente controladas y canalizadas. Por gremios, cofradías, hermandades, patronatos, corporaciones; cada cual sin salirse de su estamento. Como nosotros en nuestras órdenes y los cardenales en sus colegios sacros y los obispos en sus concilios. Y los curas en las diócesis.

DON BELTRAN. — Curas ya van quedando menos de los indispensables. (¿Qué querría decir con «indispensables»? Incidentalmente, este don Beltrán no era el de la Beltraneja.)

Una chicuela con diadema de aljófar declaraba paladinamente: «Hay que sentar la cabeza». Y miraba en el fondo de la sala (en el nivel segundo) una cabeza cortada como la de Holofernes en un sillón balancín con asiento de rejilla que se columpiaba delicadamente. Alguien indicó aquella rara

circunstancia y preguntó: «¿Quién mece a Holofernes?» Pero
era una cabeza de madera, de una vieja talla rota bajo los
bombardeos, quizá.

DON MENDO. — No tiene bastantes barbas para ser Holofernes.

LA RUBIA DE ALMODOVAR DEL CAMPO. — Ni está degolla-
da, mira éste.

El cardenal hablaba de la corrupción de los tiempos y
yo recordaba cuando me ponía corrupio en casa de Bibiana
la de Alcannit, aunque con humor.

CARDENAL. — Sólo la extraterritorialidad podría salvar-
nos. La patria...

DOÑA SIBELINA DE MADRIGAL DE LAS ALTAS TORRES. — La
historia es un carnuz.

Esa palabra —carnuz— estalló en el aire como una piñita
y de ella salían otras desflecándose como serpentinas: fetidez,
corruptela, pútrido, carroño, ranciedad y gusarapiento. Las
muchachas, sin embargo, seguían con la pavana, que era
una danza lenta, con escorzos de buche y cola. La música
era castellana, pero galificada con su pizca de azafrán romántico. Buena para los atardeceres. Los ancianos vivían su atardecer tornasol. Algunos gozaban de él y todos parecían
conscientes.

En su conjunto, la sala hacía buen efecto. Yo pensaba
en Valentina. La pavana habría logrado su mejor rondidez
armónica si ella estuviera entonces sentada al órgano, tocán-
dola (ella sola, sin Pilar) e interviniendo de vez en cuando
con alguna de sus opiniones angélicas y sulamíticas. Por ejemplo, cuando alguien se lamentaba en aquella sala de la dificultad de los tiempos y de la baja en el bolsín del amortiza-
ble libre, yo la imaginaba a ella, espigadita y noble, tranquila
y natural, diciendo: «¿Para qué quieren ser ricos? La
riqueza es un quehacer de cada minuto. Y un quehacer de
los más molestos».

Siempre tenía razón Valentina, en mi imaginación y en
la realidad. Me alegraba, por otra parte, de que Valentina
no estuviera allí. Comenzaba a pensar que no había lugar
en el mundo para ella fuera del valle de Panticosa, con el
cielo azul en el fondo del estanque, la corza al lado y doña
Julia en la ventana del sanatorio repitiendo: «No la verás,
Pepe, sino en mi presencia». Y retirándose después de decirlo, como un muñeco de guiñol con pelo vegetal.

No había compañía más segura para Valentina que la mía,

en el mundo. Pero ¿quién podría entenderlo, aquello? Cualquiera menos doña Julia y don Arturo, el comedor y digeridor de jabalíes.

Valentina era la prosopopeya innolvidable, con su diadema de luciérnagas vivas (yo le puse una de esas diademas una noche de verano y era la niña más naturalmente sobrenatural de Aragón). Luego, su madre la dejó sin postre y don Arturo me acusó ante mi padre y a mí me condenaron a encierro en el lagar de aceite donde había arañas con el vientre más rosado de venenosidades que nunca.

Aquel día, la diadema de luciérnagas daba su verde-esmeralda limpio y candoroso; pero al llegar a su casa se pusieron a quitárselas a Valentina con varios peines (las luciérnagas se sentían felices adornando a Valentina y no querían salir). Yo veía en cada luciérnaga una gema con luz propia, pero don Arturo sólo veía lo que tenían de bichos. « ¡Qué te parece! ¡Una diadema de bichos! Ese chico es un degenerado y acabará mal!» Valentina sonreía segura de sí, y no respondía. Doña Julia quería darle una azotaina y se contenía pensando que a ella no le había puesto nunca nadie una diadema de luciérnagas y que si se la hubieran puesto no le habría parecido mal del todo. Sin embargo, las probabilidades de que don Arturo le hiciera a su esposa un homenaje tan gracioso eran menores cada día.

En cierto modo, tenía razón don Arturo al decir que las luciérnagas eran bichos. Pero todas las cosas de la vida son así y aquéllos eran bichos del césped elíseo y no inmundos como él repetía. La verdad fue que las luciérnagas, al sentir las púas de los peines, se enroscaron sobre su vientre diminuto y apagaron la luz. Al enroscarse, algunas atraparon un cabello y quedaron fijas en él. Valentina repetía, razonable: «Déjalas, mamá, que se abran y luzcan otra vez y entonces, por la luz, yo sabré dónde están y con un espejo me las quitaré una por una».

Era la solución más luminosa, pero sus padres estaban impacientes por quitarle «los bichos». Así era también con mi amor. Y Valentina y su corza blanca comenzaban a situarse en un lugar indeterminable del tiempo y del espacio. Allí están todavía. Allí estarán, siempre, ya.

Entretanto, seguía la pavana.

CARDENAL. — La sociedad está en peligro de desintegración. Durante la noche se oyen disparos y se encienden y apagan las luciérnagas del crimen en las puntas de los fusiles.

De los muros huecos del clima artificial llegaba la música de órgano (órgano y guitarra, extraña combinación que sonaba por cierto a leyenda —armonías en *quintas*— del medioevo). Yo pensaba que no todo estaba mal en el medioevo. Había incluso libertades medioevales gracias a las cuales los arciprestes hacían justicia galana a las «dueñas chicas».

En los muros se veían cruces solares (todas las cruces son solares), en lábaro (la de Constantino), en *lignum crucis*, en cuatro gamas, en aspa —el rayo de Indra—, en tetrafolio, la de Malta, y ni que decir tiene las cruces caballerescas: orden de Jerusalén (los cruzados importadores de la lepra), de San Antonio, de Santiago, de Alcántara, de Caravaca, de Calatrava, de Montesa y también (ésta era de veras infausta) la cruz que llaman *potenzada* (en forma de doble horca patibularia). Esa era la cruz nacional, por el momento, en los dos lados de la península.

La mocosita del Milanesado decía, sin dejar de bailar la pavana: «Ya no hay santos». El cardenal miraba extrañado y alguien ordenaba silencio. En aquel silencio sólo se oían el órgano y la guitarra con la pavana lenta.

CARDENAL. — *(Rompiendo el silencio como una nuez con un cascanueces.)* ¿Santos? ¿Para qué santos? Tenemos bastantes y lo que necesitamos es mayoría de concejales que voten otra vez por la monarquía. Concejales y diputados.

DON BELTRAN. — Y mesnaderos.

DON RODRIGO. — Ahora todos son excedentes de cupo.

DON MENDO. — Necesitamos algún lansquenete y muchos forrajeros.

DON RECAREDO. — *(No el que entraba de rodillas al concilio.)* Más bien maestres de campo y sargentos mayores.

Había pinturas en el muro del fondo, con soldados indígenas de diferentes partes del mundo: cosacos, zuavos, mamelucos, áscaris, almogávares.

DOÑA GUIOMAR. — Necesitamos también algunos corredores de lonjas y de cambios.

El cardenal quería hilvanar un sermón, pero no lograba una atención sostenida que valiera la pena. Entonces trataba de ponerse al nivel del *populo barbaro* con frases hechas y de doble sentido. No siempre lo conseguía. Lo hacía para improvisarse una audiencia adecuada.

CARDENAL. — Hay que cancelar las ceremonias y hablarse de gorra, por decirlo así. Muchos andan de capa caída en estos amaneceres y si amanecen así, todo el día quedarán desmalazados y sin pulso. Lo que digo yo es que ruin es el que ruin se considera y que tanto vales cuanto crees que vales. Y no lo digo sólo yo, que de menos nos hizo Dios. Pero, entretanto, el espíritu inmundo ronda nuestras casas. *Ayacuá,* rodeado de lemures, nos acecha. Y los concordatos son papel mojado. Las decretales, letra muerta, por el momento. Yo, francamente hablando, absolvería a vuestras excelencias *ad cautela* y con reservas. ¿Qué hacen vuestras señorías?

Los viejos sacaban sus gafas de la faldriquera y se las ponían. Eran más bien antiparras antiguas, del tiempo de doña Berenguela.

CARDENAL. — Eso es diferente. La tradición debe mantenerse y plegue a Dios ser mantenida en los días por venir. No todos los días son iguales, y el que vivimos trazas lleva de no acabarse. Amaneció gloribundo y al filo de la media mañana, el que más y el que menos sintió que le corrían las tripas. La tardecica fue discurridora y las horas prima, tercia, sexta, nona fueron horas de festividad para los héroes. El véspero pasó y estamos esperando un nuevo amanecer. Pasó, pero no el sidéreo y mal rayo nos parta a todos si antes del nuevo meridiano no se les desbarata el vientre a los mejores; digo, a los mejores del otro lado. Porque a los peores, a ésos hay que conquistarlos. Para presentar esquemáticamente la situación a vuestras señorías sería bueno que se interrumpiera la danza.

Voces de diferentes lugares de la sala gritaban: «No, no, no, más vale que su eminencia examine el pantógrafo y llegue a una conclusión sin que se acabe la música ni el baile se interrumpa». La mayor parte eran voces femeninas, pero también se oía entre ellas la de don Beltrán, que estaba limpiándose las gafas, luego las narices (en un pañuelo de hierbas) y más tarde los oídos con el meñique. «Un poco de cera», decía a los más próximos, disculpándose. Luego alzaba la voz:

DON BELTRÁN. — *Dineros habemus,* pero no bastan. Amonedar no es imponerse ni imponerse es vencer. Tres elementos necesitamos para lograr salir adelante: *cumquibus,* efectivo metálico y *numerata pecunia.* Los tres pueden portamonedarse en las sombras mientras los hijos de Dios se baten el cobre contra los hijos de ramera que tienen el oro acuñado, o sus señoras, que tienen el cuño orificado en las bodegas del banco. El parné, o el llamado *unto de rana,* puede engrasar las ruedas; es decir, los osillos de las ruedas del carro de la victoria. No lo digo por mí, que en todo caso saldré vencedor. Así, en estas horas llenas de controversias, trabacuentas y altercados, ya sin frenos el caballo del apóstol, conferida la autoridad y bendecida por la mano de quien puede, no escalibemos buscando el fuego secreto, no porfiemos ni debatamos entre el yunque y el martillo. Ungidos de nuca y conciencia, pensemos que la crisma de todos es la de cada uno y que el disconformar y malquistar, por sí mismo, nos traerá a todos la negra. En la mesa tenemos la manzana de la discordia, que no será ya de la anuencia como la del paraíso no puede volver a ser la de la paz interior sin el auxilio sacramental. Avenidos y desavenidos, convincentes y convencidos, vindicadores y reivindicados, tirios y troyanos, zegríes y abencerrajes, como dije al principio, divisos y unánimes, automedontes y conducidos, digamos todos a una: mañana será otro día y al que Dios se la dé… etcétera.

La pavana continuaba y todos escucharon otro rato en silencio. Luego, alguien dio una voz que quedó largo tiempo en el aire.

DOÑA GUIOMAR. — Ese etcétera de don Beltrán me ha llegado al alma.

Todos convinieron en que había sido la parte más elocuente del discurso. En voz baja, se decían unos a otros: «Hay etcéteras y etcéteras». Pero la mayor parte daban a aquel *etcétera* una dimensión discriminante, en la que coincidían. El que se mostraba más sensitivo era Abdulah-Zis, príncipe heredero de un reino de África oriental. El cardenal lo escuchaba asintiendo con la cabeza y con la mano izquierda, que movía discretamente al final del brazo de las bendiciones.

ABDULAH-ZIS. — Yo podría traer más tropas para la cruzada, pero mi primo Yusuf se opone, y lo peor es que no me queda el recurso de eliminarlo, porque como mi pueblo es tan supersticioso y cree que los príncipes tenemos origen divino, si lo mato se producirá en las masas una cierta decepción; usted comprende.

CARDENAL. — Pero hay causas y causas.

ABDULAH-ZIS. — Yo diría concausas.

El cardenal movía la mano (con el brazo caído e inmóvil) en un movimiento circular, pero ahora al revés, de izquierda a derecha.

LA MOCOSITA DEL MILANESADO. — Esos dos etcéteras han sido soberbios, mamá.

Se dirigía a un hombre viejo que se atusaba la barba, impaciente. Al oírla, comentaba otra niña: «Podría ser la madre, a pesar de todo. Nadie ha visto la diferencia por dentro y la verdad es que hay mujeres con barba, sólo que en los circos. Así es que ésta debe ser una *mamá circense*».

CARDENAL. — Lo malo de un día como el presente es que no hay serenidad, sino más bien una calma con fiebres interpoladas.

Invocaba yo a Valentina y me preguntaba por dónde saldría para poder llegar al sector republicano. Sólo tenía la brújula de mi entendimiento y la idea de que debía seguir la dirección del sol naciente. Pero en todas partes había sorpresas. Mi seguridad era precaria y sólo me consideraba seguro en lugares como aquél o (como me había sucedido poco antes) en la dirección de policía de Burgos, porque nadie podía imaginar que un enemigo declarado se metiera allí. El verme voluntariamente en aquellos lugares —en la boca del lobo— les hacía sobrentender lo que a mí me habría sido difícil explicar.

YO. — (*Al capiscol de Vallehermoso, hombre de nariz frígida porque no debía llegar a ella la circulación.*) ¿Qué sentido da su fachenda a esos etcéteras?

VALLEHERMOSO. — Es que aluden a la gran dificultad.

YO. — ¿En qué consiste esa dificultad?

VALLEHERMOSO. — En la identificación de la gente paseada. Ha llegado a ser un problema nacional en los dos campos. Los dos etcéteras quieren decir que se repite en nuestro campo y en el contrario. Es un signo de unidad peninsular que a mí, en estos momentos, me complace, a pesar de todo.

Yo pensaba que, en último extremo y si no podía llegar al lado republicano, podría quedarme en el nacional y hacer algo en algún gabinete de identificaciones. Podría al menos emboscarme y aguardar, callado y prudente. Lo más urgente era, por el momento, identificar. Eso no había que perderlo de vista.

Las mujeres se guiñaban y contraguiñaban los ojos sin mirar concretamente a ninguno de nosotros para que no dijeran que coqueteaban, porque de pronto se sentía todo el mundo más o menos puritano.

Los de las antiparras miraban en la misma dirección, pero no veían nada.

Yo miraba a las mujeres pensando: «Son vivíparas, pero un día parirán huevos como las ocas y esos huevos serán

346 Crónica del alba, 3

fecundados en incubadoras. Entonces se podrá decir que las mujeres han hecho su revolución, también, pero no antes».

En cuanto a los hombres, lamentaba que no hubiera una definición legal, todavía. El código civil, el penal e incluso el militar debían comenzar por definir al hombre. Nadie lo ha hecho sino a medias; es decir, fisiológica y zoológicamente. Por ejemplo, el hombre es una espina dorsal con la idea en un extremo y los testes en el otro. Por los alrededores y los intermedios van las vísceras y los haces de hilos eléctricos (los nervios). No se puede negar que la definición de Unamuno es luminosa: un ser de carne y hueso. Genial. Yo añadiría, sin embargo: y de vértebras, cartílagos, músculos, sangre, nervios, humores —el famoso *húmedo radical*—, ojos, boca, labio, lengua, diente, nariz, oído, garganta —el conocido complejo otorrinolaringólogo—, bronquios, pulmones, tragaderas, es decir esófago, estómago, vientre, ano, corazón, venas, glandes y glándulas, riñón, hígado, pecho, esqueleto interior, esqueleto exterior de los cruzados antiguos con sus armaduras; todas las partes, en fin, de esta máquina de la risa que se enfiebrece de vez en cuando y se pone a hacer ruido sobre una piel de burro curtida y estirada en un bastidor redondo. Como decía Voltaire. Cuando el redoble se hace más rápido, las otras máquinas de la risa salen y se ponen a matar a los vecinos. Luego se dan cuenta de que sería mejor identificarles antes, pero en la mayor parte de los casos esa reflexión es tardía. Eso no se le ocurrió a Voltaire, el glotón sexual dispépsico.

Viendo todo aquello, yo tenía bascas y alguien se me adelantó cambiando la peseta en un rincón. Se extendió por la sala una brisa acre. Los ciudadanos transitorios de la España eterna se miraban de hito en hito y, a pesar de las gafas, no se podían ver. Eran, sin embargo, por el momento, gente de criterios lentos pero seguros y de tendencias moderadas; es decir, más bien morigeradas. No mataban. No morían. Se preocupaban de las identificaciones. Sus virtudes no llegaban a ser ejemplares, pero el conjunto daba una impresión de templanza; es decir, de sospecha y recelo contra las extremosidades. El purpurado removía ahora la mano derecha con el brazo quieto y caído. El movimiento era circular y más o menos acelerado, como el de los molinitos de papel de colores que compran las chicas en los parques (el cardenal tenía la mano enguantada en seda roja, con un anillo en el índice). Creo que hablaba, pero desde mi sitio no se oía.

YO. — Más alto, eminencia.

CARDENAL. — Sí, hijo mío. Hay virtudes cardinales y teologales: prudencia, justicia, fortaleza y templanza. Fe, esperanza y caridad. Ante todo, la justicia. Luego vienen las otras. El señor senescal de las Hurdes, yo diría que es impenitente.

YO. — ¿Impertinente? ¿Inoperante? ¿Intemperante?

CARDENAL. — No. Impenitente. Yo sólo puedo arrogarme una cualidad: la prudencia. Una virtud que parece menor en tiempos como el presente. Por eso pido que se exacerbe el celo en lo que a las identificaciones se refiere. *(A mí se me ocurrió que una recomendación del cardenal me ayudaría a encontrar un empleo como antropomensor e identificador, si el caso llegaba.)* Paciencia y benignidad, aunque sin olvidar la firmeza. Castidad y abstinencia. *(Hubo risas en un extremo de la sala.)* Bien, hermanos; ya veo que es la parte más ardua del problema. No os pido el ascetismo ni el cenobitismo, y menos en tiempos en que el hombre se juega su futuro; pero sí que os pido alguna austeridad, incluso alguna estrechez, alguna parsimonia y frugalidad. Todo para la defensa de la fe. Todo para la causa. En lo que se refiere a la abstinencia, repito que es la parte más ardua y en relación con ella, para que veáis la bondad infinita del Señor, os contaré un cuento. ¿Me escucháis? El buen humor es también un don de Dios. Bien, cuando el Señor se le apareció a Moisés en el monte Sinaí, con los mandamientos, cada vez que le daba uno, Moisés bajaba al valle a consultar con los jerarcas del judaísmo y volvía a la montaña a decirle al Señor cuál había sido la reacción de la gente. «Amar a Dios sobre todas las cosas». Bien, aprobado por unanimidad. «No decir su santo nombre en vano», también. «No mentir, no robar, no matar». Bien. Todo el mundo los aceptó con entusiasmo. Pero cuando Moisés bajó y dijo: «No desearéis la mujer de vuestro prójimo», hubo un gran murmullo de reticencia y alguna protesta aquí y allá: «No desearéis la mujer de vuestro prójimo». Y las protestas aumentaron y llegaron incluso a generalizarse y a levantar una tempestad tremenda. Moisés volvió y se lo dijo al Señor, añadiendo por su cuenta: «Ya sabéis, Señor; son unos gorrinos». También discutieron mucho el sexto mandamiento. Y entonces, Dios se quedó un momento pensando y exclamó por fin: «Bueno, bueno, escritos quedan los dos y no es cosa de borrarlos. Que haga cada cual lo que pueda».

La mocosita del Milanesado reía en tono de contralto y todos se volvían hacia ella tocados de propensión viril.

YO. — (*Mirando al cardenal.*) ¡Como siempre!

Pero necesitaba su recomendación y no dije nada más. En cada lugar de expiación necesitaban un oficial de antropometría y había muchos lugares expiatorios. Yo creía haber comenzado a orientarme. Era necesario, porque sólo sobreviven los que se orientan.

Habría salido de allí con viento bolinero, pero no sabía cómo ni por dónde. Además, había algo que me retenía (no sé todavía qué, yo creo que cierta sensación de seguridad física y el temor a la intemperie que aquel día sufrían todos). En fin, yo no estaba entre los míos y debía extrañarme de estar vivo todavía. Así es que veía y callaba.

El capiscol de Vallehermoso era rosáceo y blando como un intestino (el intestino delgado) y la capiscola parecía su apéndice vermicular. Sin embargo, los dos resultaban agradables a segunda vista, porque se les veía tan asustados como los otros (todos tenían miedo, menos el cardenal). La mocosita del Milanesado daba la impresión de un vidrio bufado y tornisqueado con un poco de fuego dentro. El maestro de ceremonias que presidía la pavana iba y venía con su bastón de plata. Don Mendo parecía un ceporro de viña recién arrancado y retuerto. Iba diciendo que quería sacar limpio el caballo y yo no lo entendía.

CARDENAL .— (*Mirando con desvío.*) Usted, señor, se anda a la flor del berro. ¿Qué pretende con eso?

«Hay cosas que yo no entiendo, la verdad», me decía yo. Y no me atrevía a preguntar, porque no quería llamar la atención. Mejor que hacerse conspicuo era hacerse el muerto. No es que yo tuviera miedo a morir, sino a morir vilmente y en manos de mis orondos enemigos triunfadores. Que debían estar allí.

De los otros, el que llamaban don Rodrigo era un batracio del género *ránula* aunque con cierta gallardía de actitudes y sin énfasis en la manera de moverse ni en la pronunciación de las palabras acabadas en «on» como contrarrevolución, precaución, exterminación. Lo que era bastante difícil de evitar en aquellos días.

En cambio, don Beltrán era un bailío que daba una impresión notable de verticalidad. Hombre bien plantado, natural, deseoso de hacer algo meritorio. Me recordaba a Garcilaso de la Vega en tiempos de Carlos V. Hay bailíos nobles como los hay villanos, y estos últimos suelen ser enfáticos a contrapelo y fuera de ocasión. Y no se baten ni a la de tres. No era éste el caso de don Beltrán, claro.

Había otros que decían llamarse don Bermudo, don García y don Nuño, y eran respectivamente un indeciso tientaparedes, un vaginiforme (es decir, un vaina) y un rompesquinas matamoros. Yo los miraba a distancia. Trataba de conducirme de un modo elusivo y de evitar la luz de frente para que no se dieran cuenta de que era un *elemento extraño*. Entretanto, la pavana continuaba. Hay que tener en cuenta que una pavana dura mucho; pero las niñas, habiendo orinado concienzudamente antes de entrar en la danza, no tenían razones inmediatas para dejarla.

La pavana seguía y era aquella música el elemento atenuante, aliflotante, aliviador y aliterante de la tarde. Por ella nos manteníamos todos en paz.

CARDENAL. — (*Llamándome con un gesto de mano.*) Acérquese, joven.

YO. — ¿Me llama? ¿A mí?

CARDENAL. — (*Dándome una tarjeta blasonada.*) Usted es un menesteroso. Buena ocasión la de haberme encontrado. Vaya con esto al jefe de Casalmunia y le darán empleo.

El cardenal había escrito unas palabras al dorso de la tarjeta y firmado con una letra que se podría llamar canónica y que recordaba la *panceta* de los benedictinos.

Yo me sentí feliz y quise entrar en la pavana, pero el maestro de ceremonias me hizo ver que tendría que emparejarme con una mujer y sólo quedaba una libre, que no quería bailar por hallarse encinta. Y menos conmigo. Con un plebeyo. Ella decía que solía estar siempre encinta para dar ejemplo de ciudadanía.

Entonces me dediqué a recordar a las chicas del día de Jericó, especialmente a Irene, la falsa depositaria del fichero. Estaba sin duda en Madrid y me preguntaba qué habría sido de ella. Madrid había quedado por la república, y las personas de significación abiertamente contraria se verían en dificultades. Ese debía ser el caso de Irene. Me habría gustado saber lo que era de ella, aunque apenas llegué a cambiar con ella algunas palabras.

En medio de todo esto, yo no sabía dónde estaba Casalmunia ni había oído nunca aquel nombre. Supongo que sería una especie de castillo o monasterio o granja de origen morisco, o las tres cosas juntas, lo que a veces sucede. Tenía

ganas de llegar allí. Aquel día había sido largo. Es decir,
como los otros, pero mucho más ancho. Una jornada abismal
y marina; toda bolsas de agua amarga por las raíces de las
algas, tan ricas en yodo.

La danza seguía sin interrupción, y como la música venía
de un disco averiado se repetía un mismo compás una vez
y otra y otra, y también los danzantes repetían una vez y
otra el mismo gesto con una especie de tozudez boba. Por
fin, alguien intervino y la música siguió adelante y sugirió
la mudanza a los que bailaban.

Fue entonces cuando entró en la enorme sala una persona nueva. Al principio pensé que era una mujer (iba en
pantalones, pero muchas hembras los llevan porque están
ahora un poco testicularizadas) y luego vi que podía ser un
hombre. El caso es que por más que lo miraba no acababa
de obtener el cercioro.

YO. — *(A Vallehermoso.)* ¿Quién es ése?

VALLEHERMOSO. — No es *ése*. No es hombre.

YO. — Pues ¿quién es ella?

VALLEHERMOSO. — Tampoco es ella. Lo siento, pero no
es ella.

YO. — Vaya, qué raro. Un epiceno. ¿Cómo? ¿Qué dice?
¿La prosopopeya del futuro?

El recién llegado es decir, *lo* recién llegado, se quedaba
de pie en el centro de la sala y nos miraba a Vallehermoso
y a mí sin expresión alguna en el rostro. Luego, contemplaba
a las danzantes sin cambiar de indiferencia (hay indiferen-
cias atentas y otras distantes), y tuve la impresión de que
aquello crecía seis o siete centímetros dentro de su sudadera
gris plomiza. Tenía ojos vidriados pero vivos (aunque sin
expresión), ojos de memo contumaz. Manos de cartón, o de
pasta de papel, o de engrudo seco. Manos rígidas medio cris-
padas. En cuanto a la frente, parecía la del héroe de Mrs.
Shelley. (El héroe de la novela de la esposa de Shelley, la
dulce autora de *Frankenstein,* tenía la misma frente zurcida
por cirujanos inseguros.)

Yo miraba aquel ente que caminaba casi resbalando; es
decir, sin el altibajar de las zancas, con pasos cortos y rápi-
dos. Se detuvo y bostezó con ruidos coyunturales, ruidos de
tabletas desajustadas y vueltas a encajar. Muy fuerte debió
ser el ruido del desencaje, porque se oyó bien a pesar de
la música y de la danza.

YO. — ¿Pues cómo le llaman ustedes?

VALLEHERMOSO. — La Cosa.
YO. — (*Sorprendido.*) ¿La cosa? ¿Qué cosa?
VALLEHERMOSO. — La Cosa. Con mayúscula.

No hay duda de que me producía algún desconcierto y que trataba de superarlo por la comprensión; pero no era fácil, de veras. Mi turbación venía de la relación de la cosa (con minúscula) y la Cosa (con mayúscula). Una relación bastante incongruente para hacer saltar la chispa poética. Seguro que no se me ocurrió nada en aquel instante; pero ahora que lo recuerdo, sí.

> La interfecta tiraba del cordón
> umbilical, celosa y semanaria
> y había una reserva en un vacío
> de aquella pelvis extraordinaria.
>
> Si mi muerte buscáis, halladla al menos
> —yo me ofrezco sin grande sobresalto—
> mientras el sol como un vellón de lana
> se esponja quieto y fulvo en lo más alto.
>
> (Pero la Cosa no me respondía
> ni me escuchaba —creo—, atareada
> ella misma en saber si era aquel día
> macho castrable o hembra vulnerada.)
>
> Buscaba más allá los repalmares
> de nadie, ricos en lavandería,
> y señalaba con los dos pulgares
> la huella par de la bellaquería.

Era la parturienta del futuro. La parturienta epicena del porvenir. De ella o de ello nacería un mañana sórdido o brillante. Era difícil prever las condiciones del mañana.

Iba a decir algo más, pero me interrumpió la del Milanesado, también en verso. (Esto sucede ahora en mi recuerdo, digo en mi imaginación, aunque no sucedió en aquel lugar de la pavana donde la Cosa seguía presidiendo lo impresidible.) Digo que la mocosuela decía:

> Yo me asomo trepando
> por el vibrar que queda en el espacio
> después del golpe de la campanada
> a la terraza azul de su palacio,
> y una estatua enlutada
> —la Cosa, aún— remuévese despacio.

Entonces, la Cosa habló también en verso:

> *Aunque vengo del pueblo*
> *ved cómo traigo el frío*
> *del tiempo que no ha sido*
> *en mis manos de engrudo.*

Varias voces gritaron en la sala: «¡Que se calle!» Yo
comencé a sentirme incómodo, pero podía más la curiosidad
y permanecí allí. La Cosa, como si no hubiera oído nada
—estaba a pesar de todo más segura que nadie, en la sala—,
continuó:

> *Jóvenes salamandras*
> *vestidas de abadesas*
> *van descendiendo hacia*
> *la transparencia turbia de los vados,*
> *mientras el pueblo eterno,*
> *sin acento, sin voz, sin forma casi,*
> *por las fronteras va de la alianza*
> *marcando con banderas*
> *los silencios donde la Nada avanza.*

Siguió a esas palabras un largo silencio, y por fin dijo
un noble:
—¡Siempre está así! ¡Siempre lo mismo!
Yo preguntaba de nuevo:
—Pero ¿quién es?
Nadie me respondía.
Por la rejilla del clima artificial llegó, en cambio, una
voz muy agresiva:
—Coronada de radiactivas nubes, ¡viva la muerte!
Respondieron aquí y allá con desgana.
Las chicas bailaban aún. Yo, que trataba de entender lo
que pasaba, me decía: «Estas lindas mujeres deben ser las
prosopopeyas que conocí en Madrid aquel día luctuoso, pero
ya evolucionadas. Sólo ha pasado un corto período (¿dos
semanas?) desde que las vi con sus matariles, pero están evo-
lucionando tal vez o están evolucionadas ya del todo». En
cuanto a la Cosa, se veía que era enemiga de ellas, pero no
las asustaba.
Entre aquellas prosopopeyas, cada una representaba otra
cosa: la del Milanesado era probablemente el calcio, y como

tal cantaba un poco ronquilla. La Rubia de Almodóvar era el mercurio y doña Guiomar el caolín. Y ahora, en lugar de cantar el *matarile,* bailaban la pavana. Un poco más cursi, la pavana, pero graciosa.

Estaban todavía en el período del desarrollo aunque no lo juraría. Daban vueltas al poste tribal tomadas de las manos y con las caras hacia nosotros, con pasos pautados de danza, de costado y semigenuflexiones un poco paganas.

Pero Dios no podía haber muerto —como decían algunos epígonos de Nietzsche—. Gritar *¡viva la muerte!* debía ser, por eso, un poco prematuro. Y blasfemo y reprobable.

Las muchachas seguían con la pavana y yo me acerqué a la Cosa, tratando de trabar conversación. No las tenía todas conmigo. Me faltaba ese mínimo de sosiego interior necesario para hablar; es decir, para encontrar la primera palabra. Yo habría querido comprender la diferencia entre la cosa y la Cosa (cuestión de una inicial) y no sabía cómo. La Cosa parecía un prodigio incalificable.

Algo terriblemente superior e inaccesible, en lo bueno o en lo malo; más bien por encima de lo uno y lo otro.

Era aquella Cosa como un intermediario de lo absolutamente indecible.

Y me había hablado en verso, poco antes.

—¿Por qué habla en verso? —pregunté a Vallehermoso.

—Él puede hacer lo que quiera. Lo que no puede hacer nadie, él lo hace.

—¿Cómo es eso?

—Todo le es permitido. Todo le ha estado siempre permitido.

—Tiene otros nombres —me dijo alguien a quien no había visto hasta entonces—, pero sólo son conocidos esos nombres entre los iniciados.

—¿Entre los masones?

—No, no. ¿Qué tienen que ver los masones con nada de esto? Nombres así como el Estupefacto, el Ptolomeo. También se llaman *El de la Val de Onsera.*

Se veía que lo trataban con recelo y reverencia.

Nadie lo entendía, y él tampoco quería dejarse entender. Sin embargo, vino hacia mí, extendió la mano y me dijo:

—Juan Pérez, para servirle.

Me llevé un susto notable y retrocedí. Luego, comprendiendo que mi actitud era impertinente, me acerqué y estreché su mano, que era muy grande y nervuda —un poco

fría, de humedad—. Me di cuenta en aquel momento de
que la Cosa ni sugería la aristocracia ni el pueblo, ni la
oligarquía ni la clase media; pero tenía una fealdad hecha
de retazos hispánicos de lo peor de cada estamento. Aristócratas había que se llamaban Juan Pérez (Pérez, compuesto,
seguido por *Del Pulgar, De Hita, de Sahagún* o *de Castro*);
también había oligarcas, arzobispos, banqueros, profesores,
empleados del catastro, generales, obreros o campesinos, digo,
con ese nombre. Millones de Pérezs. La Cosa era por el
momento la Cosa del día. De un día solar ibérico igual que
los otros y diferente, como suelen ser los días.

Yo no sabía qué hacer allí y buscaba un pretexto para
marcharme.

Si no me iba aún era porque al salir tenía que dirigirme
a alguna parte y la verdad es que no tenía a dónde ir. Si
me veían caminar indeciso, sospecharían. Si hacía preguntas
en los cruces de caminos, resultaría demasiado despistado y
el despiste era considerado entonces lesa patria.

No debía salir hasta que tuviera a dónde ir directamente
y sin pedir informes. Como se había ido poco antes en Madrid
el último Ramón.

Me dirigí al cardenal seguido por la Cosa, que aunque
no era demasiado grande parecía caminar ahora en zancos.

YO. — ¿Su eminencia quiere decirme cómo llegar a
Casalmunia?

CARDENAL. — *(Encogiéndose de hombros.)* Yo no soy
su *curator ad bona* ni tampoco *ad litem*.

Oyendo estos latines, me sentía orgulloso de hallarme
en Castilla.

LA COSA. — *(Señalándose el pecho.)* Yo soy Juan Pérez
y quiero que bailen la pavana mientras digo mi etopeya. Así
es que calle la música. Yo, Juan Pérez, alias el de la Val
de Onsera, voy a hablar para todos... *(Hubo un corto silencio y luego, con una voz fluida, metálica y atenorada, siguió
hablando.)* Vertical y sin cuerpo, por el campo de Marte
se alza sobre mis tiempos la sombra de la ira, Jesús, con las
vestales pasa y en el baluarte de lo eterno te mira; al pie
del muro, ríe un infante desnudo; las vírgenes dormitan en
la sombra del foso, y en lo más alto, el cielo es como un
escudo: el de lo fabuloso; los vidrios de la sangre y de la
clorofila y del celo amoroso y del sol que nos dora, van
extendiendo en la pascua de la Sibila los jugos de la mora;
y Jesús, el del llanto sin grandes consecuencias, hermoso

como Apolo (como él luminiscente), consagra las virtudes en esas evidencias de lo eterno presente; todos te aman, Jesús, los hermanos del día no tan lejano en el que aprendieron tu nombre. ¿Por qué, pues, someterlos a esta inútil orgía de la ira del hombre? Las vestales dormidas en el foso repiten tu loa y el infante contémplase desnudo, y los reos, en su impotencia, se transmiten un gran silencio mudo; de una inmortalidad prometida al nacer, las almas de los mártires escuchan los clarines y las de los verdugos tratan de comprender las causas y los fines; su lección la conocen desde la misma cuna y es quizá dolorosa, pero un ingenuo amor más fuerte que las veleidades de la fortuna nos sostiene el fervor; en los campos del mundo, debajo del arcano a donde nos conduces, amable anfitrión, no aprenderemos nada como no sea un vano secreto de aflicción; sálvalos todavía para el carmen del día eterno por el trance de tu sabiduría; que el gozo sea como lo expresaban de niños Pepe y Valentina; y así regresarán a las eternidades llenos de los tesoros de la fe que les diste y poblarán con ellos tus vastas soledades, ¡oh!, propietario triste; pero si continúas aquiescente, yendo desde la arena al foso donde los puros gimen y por panda omisión la orgía permitiendo de la orden del crimen; déjales que disfruten al menos en el trance final, arrodillados de su gloria privada, y que sus labios tiemblen de sed viendo a su alcance los labios de la nada. (*Al llegar a este punto, se miraba la Cosa en un espejo grande cubierto de tul rosa, donde una mosca verde se debatía en vano.*) Estás en permanente y legítima ausencia, dirigiendo la vida común y su reverso, cristalizada y alta y viva esa presencia en la del universo. Yo estoy en la sustancia de mis viejos rencores, que son amores vanos y sin satisfacción, y en ese lugar donde los sabios horrores se hacen oración: en esa nada tuya, poblada algunas veces por la arrogancia de las inútiles verdades, con tu amor sin objeto, te ahogarás en las heces de tus perplejidades. ¿Quién la suerte entendió y en su rara elocuencia quiso hallar los designios de la vida? ¿Quién remitió a mi sombra la peligrosa ciencia, la ciencia prohibida? ¿Y qué saben los hombres si tu muerte es la prueba de su gloria en la ignorable providencia, y en esa muerte aun la humanidad se asoma a una nueva y virgen inocencia?

La Cosa calló. El cardenal dijo entre dientes, incómodo:

—Eso de *vox populi vox Dei* es un cuento chino. ¿Quién lo ha dicho y cuándo y dónde?

DON RODRIGO. — Es Juan Pérez, pero a veces se remonta.

LA COSA. — Cállate, Roderici cabrón. *How many casualties?*

DON RODRIGO. — Esto es intolerable. ¡Ni siquiera habla el idioma patrio!

La mosca verde, atrapada en el tul color rosa, daba su zumbido electrónico y aquella Cosa tremenda que podía ser Prometeo o Polifemo, pero que decía llamarse Juan Pérez, me miraba. Buscaba dónde sentarse y comenzó a subir al segundo nivel de la sala, pero parecía moverse con grandes dificultades. Yo no sentía compasión, porque ante un monstruo sólo tenemos reacciones de inhibición; pero no podía olvidar que en su extraño discurso en verso había aludido a Valentina y a mí. Por ese detalle, la monstruosidad de la Cosa comenzaba a atenuarse; pero mi miedo, es decir mi jindama, era la misma y en sus reversos aleteaba algo como un buitre herido. O un milano, yo no sé.

. La veía tratar de subir y habría querido ayudarla. Parece que su dificultad estaba en el coxis, en las articulaciones de los fémures con las caderas. Para subir tres peldaños necesitó cuatro minutos largos. Y se quedó de pie, descansando. Y sin embargo, no parecía débil. Allí arriba, me di cuenta de su estatura. Era el más alto de todos los presentes.

Ya en el rellano —un rellano tan ancho que ocupaba toda la sala, de muro a muro—, trató de sentarse, pero tenía las mismas dificultades. Se doblaba a medias e iba buscando acomodo, aunque volvía a erguirse por alguna dificultad no sólo en los músculos, sino en los huesos. Se veía que era artrítico.

A pesar de todo, la Cosa parecía saludable, aunque mal construida, eso sí. Yo no me atrevía a reír, aunque había algo grotesco en todo aquello. No faltaban otros que rieran en la sala, aunque disimuladamente. Sin duda, la Cosa era también la triste máquina de la risa de la que he hablado antes, y todos lo somos más o menos; pero como tal máquina, estaba la Cosa lograda sólo de un modo irregular. No podía sentarse y no sé por qué esos inconvenientes nos afectaban a todos.

Comenzaban esos inconvenientes por una contrariedad pequeñísima, como cuando uno lleva los cordones de los zapatos sueltos o el calzoncillo desabrochado bajo el pantalón y descolgándose hacia la cruz de la entrepierna y rozándonos con sus alas las rodillas. Una contrariedad ordinaria, pero luego ganaba en molestias y se convertía en verdadero engorro o pejiguera. Allí era —en la pejiguera— donde la risa se hacía difícil. Ya digo que yo no me reí. Cosa y todo —es decir, sin dejar de ser la Cosa—, se veía en ella la posibilidad de la angustia y la máquina de la risa pasaba a ser la máquina de una risa redimible por la desesperanza de los que han de morir. Pasaba a ser el príncipe de la seriedad, la Cosa.

Yo mismo no sabía si podía seguir pensando así. El caso es que la Cosa no lograba sentarse, y mientras la pavana seguía sonando probaba a bajar agarrada a la barandilla. Descender era más fácil (siempre lo es dejarse caer; la gravedad nos ayuda y está con nosotros, porque todo lo que sea volver a la tierra de donde salimos le gusta a nuestro pobre cuerpo); pero fácil y todo, tenía sus molestias. Además, tropezó en el ribete de goma que tenía cada peldaño para evitar el deslizamiento. Lo que se suponía que debía ser una facilidad —digo, ese ribete— por vejez y despegue se había convertido en un peligro. Iba bajando la Cosa, y cuando llegó otra vez abajo miró a su alrededor. Junto a la pared había un sillón frailuno como el que tiene (en el retrato del Greco) el papa Sixto (creo) y también el fraile Pala... o Paravicini (no recuerdo), y la Cosa fue lentamente hacia aquel sillón.

Una vez al lado, se repitió la misma escena. Todos mirábamos y esperábamos que la Cosa lograra sentarse, pero todos sus esfuerzos resultaban vanos. No poder levantarse es triste para un hombre; aunque es más fácil de comprender, por lo que decía sobre la gravedad. Pero no poder sentarse era absurdo y nos hacía a todos partícipes del trance. La Cosa no perdía la paciencia, sin embargo. Parece que al final desistió y se dirigió al centro de la sala otra vez.

LA COSA. — Es la crujía.

Ya digo que la dificultad debía estar en el coxis.

Era un poco embarazoso para todos, pero nadie pensaba —ni remotamente— en ayudarle. Yo, menos que nadie. ¿Cómo puede uno ayudar a sentarse a un monstruo? El cardenal parecía conocer los secretos de aquellas dificultades y repetía moviendo la cabeza: « ¡Trabajo te mando! »

Luego, la Cosa volvió a hablar: «Desde que entré he comprendido —dijo— que todos están con el agua al cuello, los de dentro y los de fuera. Yo no lo confesaría, así, en público, porque en gran parte lo que sucede es obra mía y no lo niego. Pero lo peor será después; digo, cuando todo haya pasado y la angustia reverdezca en la memoria. Ahora todos actúan sin pararse a reflexionar. Más tarde habrá que tratar de comprender y eso será lo peor». Añadió que se iba a marchar y aunque hacía con los pies movimientos del que camina, la verdad era que al apoyar uno de ellos en el suelo retrocedía al lugar donde estaba antes y la Cosa daba la impresión de estar marcando el paso como hacen a veces los soldados. En fin, era la Cosa una ocurrencia tragicogrotesca, típicamente española, de la cual yo no habría sido capaz nunca de reírme. Ella se exhibía en sus miserias y yo me inhibía y callaba.

DON BELTRAN. — Aquí donde lo ven, esa Cosa es el hombre más gallardo de España. Es decir, lo sería si se lo propusiera.

VARIAS VOCES. — El más gallardo del mundo.

VALLEHERMOSO. — Nuestro mejor aliado.

LA COSA. — Eso es mentira, leche.

VALLEHERMOSO. — Subjetivamente, nuestro enemigo; objetivamente, nuestro aliado, y entitivamente... entitivamente, el futuro.

YO. — Pero ¿se llama realmente Juan Pérez?

VALLEHERMOSO. — Su verdadero nombre es un secreto. Se llama UGTCNTFAIPCEPSUCPSOE. Impronunciable, claro. Y si quisiera, en cuarenta y ocho horas acabaría con todo esto.

La Cosa inclinó su cabeza sobre un hombro:

LA COSA. — Es esta artritisinglosis maligna que me tiene medio impedido. Así y todo, mis hijos están batiéndose cada uno en nueve frentes al mismo tiempo: el interior, el exterior, el intermedio, el sesgado, el posterior, el objetivo y el imponderable. Nueve al mismo tiempo, y como leones.

CARDENAL. — Es verdad. Pelean contra todo el mundo. Incluso contra nosotros.

LA COSA. — Lo malo es que las siglas se me atraviesan sobre tal parte y me tienen medio inválido, y por eso he pedido que me lleven al frente en un sillón de ruedas.

YO. — Pero ¿qué hace aquí?

LA COSA. — A este joven le extraña.

YO. — ¿Es que lo tienen preso?

LA COSA. — No, pero se me revuelven las siglas y estoy con artritis, con empacho y del todo incapaz, se lo juro.

La mocita del Milanesado quería estar orgullosa de aquella presencia en la sala y ordenó:

—¡Que hable la Cosa! ¡Habla! ¡Que vean todos quién eres!

Entonces la Cosa comenzó a perorar en tono engolado y elocuente, como si estuviera en una tribuna y tuviera delante una multitud. Era en aquel momento realmente UGTCNTFAIPCEPSUCPSOE y decía:

—La endeblez teórica y organizativa de las agrupaciones de izquierdas combinadas con la vehemencia y las ansias de justicia, están haciendo su laboriosa tentativa. Exactamente, ¿cuáles son las condiciones y de qué manera se realiza la proyección y adaptación correcta de este enunciado a cada libre situación concreta? La necesidad de que el proceso se dé en ausencia de un movimiento de masas cuando éste —una de las condiciones necesarias— no existe al comienzo, requiere la esperanza de crearlo sobre la marcha. A los camaradas les cabe culpa, y no poca, ya que inconscientemente e informalmente difundían consignas equívocas; pero ha llegado el momento de dar las bases teóricas del concepto de la lucha de clases. Un cuadro de izquierda, una de las fracciones designadas por una sigla exclusiva en esta época, se conectó primero a nivel amical y luego a nivel conspirativo con determinados dirigentes campesinos de la zona que hoy es la cota 23, y surgió entonces, muy decidido, un dirigente comunal con cierta trayectoria de lucha, aunque de nula capacitación y de más escasa aún formación teórica. Un día antes de la fecha fijada para mi hijo mayor, éste se retiró en un automóvil y una camioneta expropiados como punto final de las acciones urbanas. ¿Qué tipo de razonamiento empírico lo condujo a una acción tan elementalmente discutible? Una deformación, a partir de una interpretación equívoca del proceso particular y un aislamiento casi total de las masas. No digo que carecía de alguna capacitación política, aparte de que en algunos casos se trataba de camaradas con trayectoria de militantes en alguno de los partidos de izquierda, de los que se habían escindido por discrepancias que muy frecuentemente tenían relación con la necesidad de producir acciones armadas. Por aquella época hacíamos todos la preparación de nuestros cuadros, y el plan estratégico consistía en combinar las acciones de masas de la zona adecuada con los núcleos de extracción pequeño burguesa y las capas medias. Una minoría era producto de familias proletarias y pese a que la concepción estrategicotáctica era evidentemente discutible y a que posiblemente los mismos elementos de crítica enumerados un año antes volvían sobre el campo de acción, no hay que dejarse llevar de fáciles evidencias y hay que distinguir las verdades objetivas de aquellas otras que lo son por aproximación. El grupo había incorporado a su bagaje activista importantes conocimientos en el aspecto de la táctica, pero ciertamente no había ganado en perspectiva, en concepción nacional, en amplitud de miras y en la incorporación de una problemática que le era propia y obligatoria a toda una minoría proyectable. Un proceso revolucionario que se frustra porque alguien olvidó la llave para abrir la puerta que le permitiría a la revolución pasar a su etapa siguiente, es ciertamente un proceso que se encuentra encauzado muy lejos todavía de la concepción del desarrollo de los movimientos socialistas. Todo proceso debe tener un mínimo de impulso vital, que no puede ser proporcionado por las acciones tacticomilitares y que deviene de las condiciones objetivas y subjetivas del país. Con una interpretación un tanto exageradamente ortodoxa en materia de internacionalismo se habían hecho cuadros foráneos que seguían fielmente las consignas de sus organizaciones. Periódicamente, se hacían presentes los dirigentes máximos del aparato internacional que usualmente tenían residencia en el extranjero. Todo esto rebasaba rápidamente las condiciones políticamente subdesarrolladas a las cuales se encuentran acostumbradas las organizaciones de izquierda. Todo el aparato político se encontraba extraña y equívocamente intermezclado con el comparativamente poderoso aparato militar, y el conjunto, muy débilmente conectado con el otro extremo de este eje revolucionario: los campesinos. Tampoco lo estaba, en términos de eficacia, con los llamados intelectuales y sólo circunstancialmente con la base proletaria industrial. Pero la coyuntura era la coyuntura y el desenlace se dio ligado a las condiciones particulares de la estructura revolucionaria que se examina ahora, sobre las fuerzas en presencia. Surgieron discrepancias entre los miembros de la dirección política, y aún más entre éstos y el aparato militar, y en los momentos inminentes se planteó la cuestión de si era de veras necesaria una dirección política y si en caso de existir debía estar por encima de la militar o por debajo o a su nivel. Sobre esta materia, los artículos de análisis llovieron en las revistas internacionales y los reportes en las comisiones. El problema esencial era el mismo: unidad. Es lo que falta. Lo que me falta a mí.

La Cosa seguía hablando, y un vecino me dijo:
—Es el empacho de las siglas. Por lo demás...
Yo esperaba a ver qué era «lo demás», pero mi vecino se calló.

YO. — ¿Qué quiere decir?

VECINO. — ¿Yo? ¿Sobre qué?

YO. — Sobre *lo demás*.

VECINO. — ¡Ah!, que lo sabe todo. Juan Pérez lo sabe todo. Digo, lo que pasa en el plano proletario. Todo lo sabe, aunque no ha aprendido a unirse al de la acera de enfrente. Pregúntele usted y verá. Le responderá en prosa o en verso, a voluntad. Todo lo sabe. Lo trivial y lo determinante.

Entonces, yo interrumpí a la Cosa para preguntarle si sabía algo de mi pariente Madrigal, el de Marruecos. Y la Cosa me respondió en verso:

> — *Alfonso Madrigal ha regresado a España*
> *y va buscando al Zurdo o a Hamet el Hach,*
> *y entre un Angel Checa y otro Angel Pestaña*
> *se queda rezagado y funeral*
> *viendo esas cosas tristes que todos padecemos.*

Oyendo a la Cosa hablar en verso, las prosopopeyas se habían puesto otra vez a bailar, con el ritmo del recitado. Gente joven, aprovechaba cualquier ocasión. Y viéndolas bailar, la Cosa, que a pesar de su horrible aspecto (horrible por los retazos malcasados de las siglas hermanas y enemigas), quería ser amable, siguió sin dirigirse a mí:
—Hay nieblas en la barra del puerto de Bayona, los cuervos van volando hacia levante y ese viejo que cuece el pan en la tahona ve a través de la lluvia que en el árbol gigante los nidos ya se pudren, los del año pasado. Yo, paladín del odio en mis horas perdidas, escucho los gañidos de los pavos ruantes y proclamo, inseguro de las astronomías, la parvedad de los bancos garantes desde esta linde fría del solar castellano. Yo, un hombre del pueblo.

No quería oír más de todo aquello. Estaba harto de la Cosa y de sus prosas y de sus versos, y un poco asustado, la verdad. Y aburrido con la cursi pavana. Salí al campo libre y eché a andar en la dirección del sol naciente. Pude subir en algunos camiones (que detenía al azar en las carreteras) y con mi tarjeta de identidad y, sobre todo, con la del cardenal que, sin embargo, sólo mostraba por si acaso a los conduc-

tores que iban afeitados (siempre podía haber entre ellos algún
jacobino para quien la tarjeta fuera contraproducente) avancé
bastante en la dirección que me proponía.

Cuando creí que estaba en la frontera de Aragón, me
acerqué a un conglomerado de casas de aspecto monacal-cas-
trense. La sorpresa fue agradable cuando vi que se trataba
nada menos que de Casalmunia. «Esto es cosa de Dios», pensé.
Pero, claro, todo es siempre cosa de Dios, menos los ritos de
algunas iglesias.

Fui al comandante (todo aquello lo mandaba un comandante) y le mostré la tarjeta del cardenal, diciéndole que era
especialista en identificaciones. Lo dije con la palabra técnica:
antropometría. El efecto fue inmediato, y recordando a la
Cosa me dije: «Si hay alguna incongruencia, no será para mal.
Lo único monstruoso de la Cosa es su falta de unidad».

Repetí ante otro jefe lo que dije al anterior, diciendo
que estaba especializado en identificaciones (recordando lo
que vi y medio aprendí en la cárcel de Madrid). No era que
yo tuviera mucho interés en sobrevivir, pero pensando en
Valentina tenía menos interés en morir.

Aquel sector estaba ya cortado de Madrid por los frentes
de guerra «sin solución de continuidad», como decía el juez.
Cuando los frailes que vivían en el monasterio se marcharon
—que fue al caer allí las primeras granadas—, el lugar se
convirtió en prisión de delincuentes o sospechosos políticos.
En realidad, los carceleros eran iguales que los encarcelados,
con la única diferencia de que aquéllos iban a misa y salu-
daban la bandera con una emoción más aparente.

Sobrevivir era entonces el signo de la excelencia, o al
menos de la miseria adaptadiza, en un lado del frente lo mismo
que en el otro.

Encontré allí una maquinita registradora de sonidos y
voces y comencé a usarla y a sacar partido de ella. Siempre
me han gustado los pequeños inventos, lo que no es raro,
dada mi profesión.

Ocultaba mi nombre por varias razones. La primera,
porque con él había adquirido una pequeña nombradía entre
los anarcos en Aragón y Madrid, lo que podía costarme un
disgusto. Por otra parte, con mi nombre falso no podrían
movilizarme, ya que no aparecía en ningún registro civil.
También porque mi verdadero nombre andaba relacionado
con el invento de la pistola alevosa, tan codiciada en uno y
otro campo. La minúscula bolita soluble de cianuros fatales:

potasio, sodio o mercurio. Aquel secreto lo querían los bandos extremistas que recibían consignas de fuera de la península, en Moscú o en Berlín.

Los míos, al menos, tenían sus mandos dentro de España (frecuentemente no los tenían en parte alguna) y no parecían muy interesados en matar impunemente, ya que las responsabilidades no les asustaban. Los anarcos. Los ratificados vehementísimos.

Ocultaba mi nombre, también, para evitar que mi padre descubriera mi paradero y se condujera como Iván el Terrible o como Felipe II. Así y todo, había el peligro de que alguien conocido de los dos (de mi padre y de mí) me viera a su lado con el cuento. Porque mi padre estaba geográficamente en la zona de los nacionalistas. Y pensaba probablemente en mí con alguna clase de inclinación a algo que yo no podía identificar por el momento. Más valía precaverse.

Lo curioso es que me alegré de que mi padre se hubiera salvado —tal vez en la otra zona lo habrían matado—, porque en general los jóvenes somos generosos o idiotas (o ambas cosas juntas). También oculté mi persona y mi nombre detrás de aquel oficio mediocre y vil —identificación de presos—, porque estando trabajando en una organización seudopolítica y paramilitar a nadie le extrañaría que no estuviera en el frente. Finalmente, con aquel trabajo podría ayudar a alguno de los míos interceptando el proceso de su identificación, que sería tanto como aplazar o cancelar su muerte. Pero esto último tendría que hacerlo con una gran cautela y sin dejarme entrampillar yo mismo.

En fin, aquel era el único lugar donde podía, de momento, salvarme —eso me parecía entonces— y allí me quedé silencioso, disimulado y activo. Además, ocasionalmente me hacía el tonto, que en todos los tiempos y en todas ocasiones ha sido una excelente manera de mostrarse adicto entre personas demasiado suspicaces.

Y las cosas fueron, ni más ni menos, como las esperaba. Sin que dejaran de suceder algunas de las que temía. En aquel complejo de edificios de piedra y ladrillo mudéjar iban encerrando a muchos presos. Había una guardia militar con un alférez, que no era profesional, sino de milicias y que había sido dedicado a aquel oficio de retaguardia porque usaba gafas de miope y tenía, por lo tanto —supongo—, una forma de deterioro físico que lo invalidaba para el frente.

En el cuartel de la Guardia Civil, que había sido abandonado por los guardias (concentrados en la capital de la provincia), vivían los soldados que daban los servicios armados de aquella prisión.

Mucha de la gente que vivía en la población próxima había ido concentrándose allí, huyendo de los bombardeos de la artillería. Esa población era cabeza de partido judicial y había quedado abandonada dos kilómetros más adelante. Entre la gente refugiada figuraban las fuerzas vivas: el alcalde, el juez de instrucción, un abogado y algunas otras personas dedicadas a mantener la legalidad lo mejor que podían antes de condenar y ejecutar a los presos políticos. El peor de aquellos individuos que ejercía la autoridad era, como se puede suponer, el que hacía de acusador público.

Ya no había sido una clase de ciudadanía culpable y otra meritoria, y lo uno o lo otro dependía del color de las banderas. En una de esas dos clases entrábamos todos. Y la clasificación se hacía no sólo por evidencias, sino por sospechas. Ahí era donde actuaba yo con eficacia. Creo que los mismos que representaban la autoridad trataban de situarse en lo *meritorio* a fuerza de condenar gente enemiga para evitar que las suspicacias los enfocaran a ellos. Incluido entre estas personas el mismo fiscal, que era un tipo de antecedentes liberales. Todos representaban (o eran) hechos contingenciales dependiendo de una u otra circunstancia.

El abogado, un tal Villar, me pareció al principio más objecionable incluso que el fiscal, porque hacía gala de no creer en nada ni en nadie y servía —según decía desenfadadamente— al que mandaba.

Trato de contar las cosas como las vi en aquellos memorables días. Es decir, de un modo desinteresado y presentándome yo mismo a la luz a veces desfavorable de los que tratan ante todo de salvar la piel. Los lectores, si los tengo un día, dirán si yo era también un bellaco o un héroe, aunque no hay duda de que a veces reconocía en mí mismo si no las dos realidades, al menos las dos potencialidades, como cada cual.

Necesitaba alguna información sobre la situación de las fuerzas en los frentes y no era cosa de andar preguntándolo a los oficiales de Estado Mayor, que eran jóvenes arrogantes, secretos y vagamente peligrosos. Había que evitarlos como al diablo.

Yo, en Casalmunia, pedía algunas máquinas (siempre da tono eso de necesitar máquinas y tecnificar los quehaceres) y mientras llegaban estuve leyendo libros que sacaba de la biblioteca del antiguo monasterio. Eran todos libros religiosos, de santos. El autor que más me gustaba era San Agustín, porque me parecía el más humano. Lo que me molesta en los escritores santos es su rigidez, que los hace poco inteligentes, con excepción de San Agustín, en la Hesperia Magna, Santa Teresa, en España, y en Francia San Francisco de Sales. Leyéndolos, yo me sentía en una situación de veras extraña y no necesariamente incómoda. Admiraba al santo francés como escritor y psicólogo, a San Agustín como poeta (su filosofía me sonaba a poesía) y a Santa Teresa como una especie de sagrada y linda trabajadora del jardín de Jehová, siempre necesitado de poda, fertilizante y riego. Lo que más me gustaba en ella, aparte sus coloquios con el Amado, era la autoridad que como buena esposa se tomaba con El cuando le reñía: «¿Por qué tratas tan mal a tus amigos? ¡No me extraña que tengas tan pocos!» Así le decía a Dios.

Pero siempre hay una realidad superior a todos los santos y por encima de ellos. La realidad de la vida ordinaria y pugnaz. Yo me pregunto qué habría hecho San Francisco de Asís allí, en Casalmunia, oyendo las descargas de los fusilamientos. Y en otro orden de cosas, consideraba más meritorio al campesino que pensando en el hambre de sus hijos pequeños se pasaba el día labrando una tierra seca y estéril y que mirando de reojo al cielo a ver si le prometía un poco de lluvia, veía llegar los aviones de bombardeo. O al obrero de poca salud que contaba sólo con sus brazos para sacar adelante a una familia numerosa; o al soldado herido y abandonado en la noche invernal, viendo cómo las alimañas le comían —vivo aún— las entrañas humeantes. O al enamorado que dudaba horas, semanas y meses, si matar al rival o matarse a sí mismo; o simplemente al lúcido estudioso, que frente a la vida o al muro blanco de su soledad trataba de entender su presencia en la tierra sin lograrlo. La realidad siempre nos excedía a todos, incluso a los santos más genuinos. Por eso Santa Teresa le reñía a Dios.

Los hombres de la fe ciega que hacen su negocio de la felicidad eterna (¡vaya una gracia!) no me convencían. Si hay un dios antropomorfo que piensa como un hombre sabio y justo (incalculablemente más justo y sabio), le dará la salvación antes a uno que lucha con sus dudas que a un santurulico que está seguro de ganarse una eternidad de bienaventuranzas porque no blasfema ni come carne el viernes. No me convencían siempre aquellas lecturas, aunque admiraba mucho a sus autores como seres de excepción.

En cuanto a los Evangelios, opinaba, como San Agustín, que están llenos de contradicciones. Pero, en todo caso, la vida y pasión y muerte de Jesús era lo más hermoso que había podido concebir la mente del hombre.

Entretanto, en Casalmunia fusilaban, como digo, a la gente.

Aquí termina el cuaderno octavo. Añado algunos versos como los que van en los cuadernos anteriores, eligiéndolos entre los que Pepe Garcés dejó en mis manos:

> El agua acogedora de la alberca
> muestra los brotes nuevos por febrero
> sobre la empalizada de la cerca
> en cautivos amores
> estallando los nudos interiores.

No hay duda de que Pepe Garcés pensaba en Valentina cuando escribió:

> Las aves camineras
> me devuelven el vuelo
> poblador de las eras
> de aquel cielo
> que se llevó mis exaltaciones para siempre.

> En él están las damas
> de las astronomías
> y la estrella en las ramas
> albas y frías
> que bajo los abetos del monte analizaba.

> En el aire civil
> de estas mis madureces
> resuena el añafil
> de tus preces,
> aquellas que me cosquilleaban en la oreja.

> ¡Oh!, caminantes ciegos
> reos de eternidad,
> por los anchos sosiegos
> de la verdad
> que vive en Valentina, yo os perdono y os amo.

En la raya de menta
de su boca Dios bebe,
y algo en mí se lamenta
y se atreve
a sentirse celoso de Dios por el momento.

Una de las secretas obsesiones de Pepe era entonces que Valentina podía haber muerto en los bombardeos y contrabombardeos de la aviación sobre Bilbao.

La vida comienza ahora

Sin duda, el último cuaderno de Garcés es el presente y estaba copiado por un vecino suyo de campamento que, al parecer, ponía en limpio sus escritos. Como se ve, tuvo Garcés alguna clase de ayuda en sus últimos días.

No le faltó tampoco asistencia médica, poca e ineficiente, como se puede suponer. El alude en unos versos fraccionarios a esa circunstancia:

> *...la araña gris colgada de su hilo*
> *mece a su criatura y entretanto*
> *escucho su canción cuando en el filo*
> *de la senda aparece la tercera*
> *sangre sobre mi voz y al poco rato*
> *viene aromada de mentol y tilo*
> *con sus pechos gemelos la enfermera.*

No creo que todos los versos que he hallado correspondan exactamente a la situación del que los escribió, y no me extraña, ya que por ellos trataba más bien de escapar a la realidad (más que con la prosa). No quería derramar odios ni tampoco suscitar piedad. Quería ayudar a los otros a olvidar y marcharse, también.

Pero no es tan fácil, marcharse.

> *Cada cual se medía con su propio rasero,*
> *desconfiando del de su abadía;*
> *y en esas confusiones prendía un reverbero*
> *con la antorcha de la ciudadanía*
> *y yo soñaba que era mi propio asesino.*

Esto último fue sólo verdad a medias. No era Garcés el tipo del suicida. Sentía algún respeto —aunque fuera un poco humorístico— por la vida y la muerte. Y que él me perdone la manera de calificar ese respeto suyo.

El cambio fue considerable.

Como yo suponía, aquel lugar era un antiguo monasterio-castillo-almunia. Tenía todas las condiciones de un reducto de guerra, aunque en su origen fue una granja árabe. Almunia quiere decir eso. Es decir, en castellano las palabras árabes conservan el artículo incorporado al nombre. Los árabes dicen sólo *munia*. Como cuando decimos *alberca*. Los árabes dicen sólo *berca*. O Almanzor (el victorioso). Ellos dicen Mansur. El monasterio-castillo-almunio tenía todas las condiciones de un reducto de guerra: polígonos exterior e interior, líneas de defensa rasante, ángulos muertos, la llamada obra accesoria, su alcazaba, su poterna, sus glacis, contrafuertes y blocaos, casernas y casamatas, escarpas, cresterías, adarves, parapetos, batientes, excavaciones, caminos cubiertos, fosos y contrafosos, nidos artilleros y, en fin, todo lo necesario para hacer aquel baluarte inexpugnable.

Pero, a última hora, el mando decidió que aquello era innecesario para la defensa y lo dedicó a prisión. El frente se había establecido algunos kilómetros más adelante.

Los frailes de aquel convento (no recuerdo la orden a la que pertenecían) debían ser combativos y pugnaces como los almorávides musulmanes o los templarios que cultivaban la magia blanca de Salomón. Y habían ido construyendo aquel baluarte callada y sencillamente. Cuando vi todo aquello (que no se percibía apenas desde el exterior) decidí llamar a aquella congregación los *hormiguiotas* cristianos. Firmes como el hormigón, activos y silenciosos como las hormigas y un poco ilotas bajo la república. Absurdos, merecedores y respetables, en cierto modo.

Pero ya digo, todo su esfuerzo resultó vano.

En las cocinas había una especie de superintendenta, mujer de aire oriental y de alguna delicadeza que me miró con amistad desde el primer momento. Me di cuenta de que no estaba de acuerdo con los nacionalistas, pero yo le guardaba el secreto y le hablaba como si lo estuviera. Ella comprendía que yo no pensaba como los que mandaban allí y, por reciprocidad, disimulaba también. Así, pues, los dos solíamos hablarnos a veces como reaccionarios sin serlo. Y la falsedad era obvia en los dos.

Se llamaba Carmela, como la de la canción del «ejército del Ebro».

Como es natural, yo también estaba atento a salvar mi vida a mi manera y lo iba logrando día tras día, sin necesidad (¡gran Dios!) de hacer demasiadas concesiones y, sobre todo, concesiones demasiado villanas.

De noche oía las descargas de fusilería, y, a solas conmigo mismo, me preguntaba: «¿Por qué?» Trataba de comprender en vano. Bien se veía que había, en el fondo de aquella especie de locura, una combinación de odio y de miedo. Pero había más.

El odio se había creado (por varias razones) como una consecuencia de la discrepancia política violenta: el cambio de bandera nacional, la desvaloración de las formas de vida de nuestros padres (sobre todo, la tradición católica) y el auge económico de las clases humildes durante la república. Esto no bastaba para matar, sin embargo. Ni en un lado de la península ni en el otro.

Así como las teorías de Freud suprimieron un día el pecado sexual, las prácticas de Hitler y Stalin hicieron frívolo y habitual el crimen político. Casi todas las mujeres económicamente independientes se atrevían a ir a la cama con cualquier hombre; las empezonadas, las escorzoneras y las culirrosas; porque Freud abrió las puertas para el pecado y acabó por suprimirlo en nombre de alguna especie de positiva moral o higiene del alma. Yo podía hablar de eso con sólo recordar mis tiempos recientes de Madrid. Pero no es preciso. Es decir, creo haberlo hecho ya.

Hitler y Stalin decían: «Matad a vuestros disidentes». No a «vuestros enemigos», sino a vuestros *disidentes,* lo que representaba alguna forma de progreso sobre el idealismo kantiano del siglo XIX. Y no sólo autorizaban con el ejemplo el crimen político, sino —lo que es peor— lo pusieron de moda. Y ya se sabe que los cursis, en España y en otros países, siguen las modas. Así es que, en el lado republicano y en el nacional, se mataba por cursilería política.

Hacía falta un poco de resentimiento defensivo, más o menos genuino (había que salvar la cara), para decidirse a seguir la moda, porque en todo caso había que empuñar un arma y apretar el gatillo. En cuanto al miedo, lo crearon los ideófonos; es decir, los altavoces de las radios, y sobre todo de los mítines políticos, presentando una y otra vez al dragón enemigo; o sea, a la fiera corrupia que quería violarnos y destruirnos. Cada cual hablaba del dragón enemigo y de su peligrosidad.

En el lado republicano sucedía lo mismo que en el nacional, aunque se podía sugerir la disculpa de los hombres pobres e ineducados, secularmente sumisos a la explotación y milenariamente humillados.

El peor inconveniente, por el momento, consistía en que no había una figura política capaz de hacerse escuchar por las masas y de llamarlas al orden. Eran sólo jefes de grupo y de parroquia, que iban a lo suyo mezquinamente. Unos, con cara de calabaza genial, que sólo querían ser presidentes para tener tiempo de escribir dramas. Otros, con aspecto más decorativo, trataban de imponerse (dentro de la red sindical) a sus rivales. Pero no había un jefe conductor de masas, aunque cada cual leía a Maquiavelo.

La verdad era —dicho sea por respeto a los unos y los otros— que no había habido vagar en aquellos tiempos de la república inesperada para que se levantaran corrientes y movimientos de masas. Eso lleva tiempo.

Así es que, por la nación entera y en su nombre hablaban insolentemente los cursis que seguían la moda del otoño moscovita o de la primavera prusiana. Nadie les daba la palabra, pero ellos se la tomaban. Y en un campo y en otro y por una razón u otra, la bandera era la misma: la calavera y las dos tibias. No la bandera de los piratas, o en todo caso la de los piratas bordada con bodoques y entredoses y calados por las hijas de María, que fueron haciéndose progresivamente elocuentes. (En los dos lados, ¡y había que oirlas!) Entre esos dos lados, la calabaza genial y la pera canónica no aprobaban el crimen y tampoco lo condenaban. Querían ganar por los dos lados, y así les fue a los dos y a los tres y a los cuatro.

Así nos fue a todos.

Yo comprobaba aquello pegado a la radio, por la noche. Y me decía: «Estamos sin remedio. Nuestra salvación, si la había, no podía venirnos de Rusia (*spassiva*), ni de Alemania (*schönen dank*), ni de Inglaterra (*thanks so much*), ni de Italia (*gratie...*), ni de los cursis elocuentes y ni siquiera de los maquiavélicos reorganizados, sino de algún lugar indiscernible fuera de este mundo. A mí, por ejemplo, la salvación podía llegarme de Valentina». Pero también yo quería ganar (en mi edad erótico-conflictiva) por dos lados. Como la calabaza genial y la pera canónica. Y Valentina.

Verdad es que no era bastante cursi para matar.

Al menos, con revólver o puñal. Pero más tarde... Bueno, cursi del tipo sangriento no lo fui nunca. Aunque bien mirado... En todo caso, a su tiempo lo diré; porque hay un tiempo para cada cosa. Aunque cada día, ese tiempo sea menos sólido y más fugitivo y fluido.

Volando por los vanos ultraespaciales a una velocidad creciente —dice Einstein, el divino *clown*—, el tiempo va haciéndose elástico. Poco tiempo elástico o rígido me queda aquí, ahora, en Argelès; pero esa declaración mía vale por otras más extensas fuera del tiempo y del espacio: Yo no era bastante cursi para matar, eso es verdad. Y no sé si lamentarlo o no.

Y además, estaba enamorado. Y había inventado un arma secreta. Los enamorados que inventan armas secretas no necesitan matar a nadie. Y no matan a nadie.

Pero... ¿y qué? Yo no maté a nadie en la guerra, ni antes ni después. Esa reflexión, sin embargo, no me da tranquilidad alguna. Tal vez si hubiera matado a alguien, ese hecho tampoco me daría ninguna inquietud. Aunque nunca se sabe. En aquel tiempo, tan reciente, los cursis mataban y nosotros, los que siempre habíamos osado las cosas difíciles y vivido a contrapelo, éramos razonables y relativamente honrados. Es lo que pasa. No por honradez, sino por ir contra la corriente. Por evitar caer en la moda.

En Casalmunia evitaba encontrar a Carmela —la intendenta— aquellos días.

Vivía en un cuarto lleno de maquinitas grabadoras, fichadoras, etc., y trataba de pasar desapercibido, pero había demasiadas cosas a mi alrededor que me inquietaban. Naturalmente, disfrazaba mi inquietud. Por ejemplo, en la parte del monasterio que llamaban el torreón había varios reos de muerte que iban siendo fusilados al amanecer o a primera hora de la tarde. Me obligaban a ir y venir con mis maquinitas tomando declaraciones y luego daba las cintas magnetofónicas al juez. Ciertamente, cuando la declaración perjudicaba a los reos (y yo lo sabía porque estaba en interioridades de los autos) la suprimía alegando defectos técnicos y volvía a grabar otra, hasta lograr la que podía favorecerles. A veces, esto último era imposible y me encerraba en mi albergue soñando en una oportunidad para escapar al otro lado. No me hacía ilusiones, sin embargo, y sabía que en aquel «otro lado» encontraría los mismos paredones y fusilamientos, maquinitas más o menos.

Por la radio oía cada noche las arengas de la derecha o de la izquierda (cuando oía Madrid ponía el volumen del sonido muy bajo). Era como si España entera estuviera empavesada de gallardetes vitales o mortales, según el color. La calidad de los unos y los otros era intercambiable, a veces. Yo oía todo aquello y volvía después un poco mareado a mi trabajo pensando otra vez que Buda, San Francisco, Proudhon, Bakunin y Gandhi eran el amor y la paz (un poco femeninos) y Syva, Maquiavelo, Gengis Kan, Nietzsche, el lado viril y pugnaz. Pero las banderas estaban a veces cambiadas y el conjunto bastante confuso. En todo caso, a mí me gustaba oír hablar de la libertad por las estaciones de radio republicanas.

Entre los presos del torreón había uno a quien llamaban Luis Alberto Guinart, pero el nombre era falso. Todo el mundo —digo, entre las gentes de Casalmunia— quería identificarlo porque lo consideraban un pez gordo, y naturalmente me enviaban a mí por delante.

Me confundía la mirada de Guinart, una mirada sin miedo pero también sin esperanza. Con el clásico *nec spee nec mectu*. Algo congelado había en ella que me helaba, también a mí.

Hablaba Guinart sin acento regional alguno, aunque por el apellido que se atribuía debía ser catalán.

—¿Cuándo me fusilan? —preguntaba a veces con aire ligero.

—Yo no sé —decía disimulando y sintiéndome de alguna manera culpable—. Yo estoy encargado solamente de las fichas de identidad.

Añadía para mí: «Si me descuido y me identifican, me fusilarán a mí antes que a ti». Iba y venía tratando de adivinar la clase de idiota que era cada cual (idiota en griego quiere decir identificado), mientras evitaba que descubrieran la clase de idiota que era yo. Dándose cuenta Guinart de que mi acento tenía una doble resonancia se atrevió a preguntar:

—¿Es ésta mi última semana?

—No creo. Primero hay que identificarlo. Luego tal vez lo juzgarán; pero eso no es cosa mía, usted comprende.

—A veces fusilan sin proceso. El día que entré en la prisión fusilaron a varios hombres sin saber quiénes eran. Por sospechas.

—El caso suyo es diferente. Parece que usted no se negó a decir su nombre sino que dijo un nombre falso. Es diferente.

Me marchaba llevándome los útiles de mi trabajo y Guinart se quedaba murmurando.

Más tarde me enteré de algunas circunstancias de la vida de Guinart, una de ellas bastante curiosa. Tendría catorce o quince años Guinart cuando, estando un día con su madre en la terraza de la casa y en medio de una terrible tormenta eléctrica, el chico alzó la cabeza al cielo y dijo:

—Yo quisiera creer en Dios. Vamos a ver. ¡Si hay Dios, que caiga un rayo sobre mi cabeza!

La madre se santiguaba, daba voces pidiendo misericordia al Señor y en lo alto bramaba la tronada. Guinart repetía:

—¿Hay Dios o no? Si lo hay, que me fulmine un rayo. Así mi madre lo dirá por ahí y la gente más escéptica comenzará a creer. Vamos a ver. Si Dios tiene poder sobre la naturaleza, que me envíe un rayo. De otro modo, seguiré creyendo que no existe. Y si existe, que no tiene poder alguno sobre la naturaleza ni sobre mí.

Cayeron algunos rayos, pero ninguno sobre Guinart. Uno, incidentalmente, sobre la torre de la iglesia. Pero su madre dedujo la existencia de Dios del hecho de haber escuchado sus rezos y perdonado al hijo.

Su padre, que aunque era muy beato era también codicioso, acudió a una compañía de seguros e hizo uno a nombre de su hijo poniéndose él como beneficiario. Un seguro contra las exhalaciones eléctricas. Era como hacer a Dios socio industrial. Iba con su hijo a las montañas en días de tormenta. El hijo subía a las crestas y volvía a desafiar al destino, pero éste no le escuchaba.

Yo me acordaba de mi padre, receloso. Mi padre parecía un animal prehistórico, de aquellos que representaban simbólicamente al clan. Un día de ésos diré la verdad sobre mi padre. A veces me parecía una figura desprendida de las pinturas de la cueva de Altamira. Pero ya digo que un día próximo hablaré más despacio de él. Y más exactamente.

Aquella extraña ocurrencia de Guinart me la había contado el basurero que venía dos días a la semana con un camión blindado a llevarse los desperdicios. No sé de dónde sacaba el basurero tanta información ni por qué conociendo a Guinart no intervenía en su favor ni en contra suya.

El basurero era un tipo raro, harapiento y jovial. Tenía una barbichuela deslucida que un día debió ser rubia.

Yo le pregunté a Guinart si conocía al basurero y él no me respondió. Es decir, respondió repitiendo su pregunta de siempre:

—¿Cree usted que van a conseguir averiguar quién soy?

—Por el momento, tenemos dos datos genuinos: su foto y sus huellas dactilares. Bueno, y su voz.

Mi cuarto-laboratorio era ancho, cuadrado con muros de piedra. Se veían las junturas de los sillares, como en los castillos.

No comprendía yo qué era lo que hacían en aquel monasterio-castillo, pero suponía que el frente sería rectificado cualquier día y entonces la seguridad de aquellos lugares sería mayor y podría fumar mi pipa en paz cuando al caer la tarde me retiraba a mi albergue.

Tenía en el cuarto diversas máquinas, entre ellas dos dictáfonos y una grabadora que yo mismo había hecho con los restos de otras dos estropeadas, y algunas docenas de rollos de cinta que acababa de ser inventada y que causaba todavía asombro.

Escribía a veces cartas a Valentina, llenas de ternura. No las echaba al correo, como se puede suponer. No sabía dónde estaba ella, y si estaba en Bilbao mi carta no le llegaría nunca, porque entre Bilbao y Casalmunia había trincheras, campos minados y baterías.

Me pasaba el día y parte de la noche «haciendo que hacía». Me había dado a mí mismo el puesto de jefe de gabinete antropométrico. Al principio, los militares no sabían lo que aquello quería decir, pero con alguna palabra técnica que dejaba caer a su tiempo, y sobre todo con mi laconismo verbal y con mi nombre falsamente noble que recordaba La Seo de Urgel —ciudad que había quedado en el campo contrario—, nadie se tomaba la molestia de dudar. Alguien había dicho incluso que yo era pariente del obispo de Urgel y yo no lo negué —era extremadamente prudente en aquellos días—, aunque la atribución era absurda.

Me sentía un poco prisionero, también, en aquel lugar, pero mirando al cielo me acordaba de Panticosa. Pasaban también formaciones de ocas migratorias en ángulo, altísimas y lanzando a voces su grito (parecido al graznido de los cuervos, pero no tan ronco) unánimemente. En el eco que aquellas voces producían en los adarves sentía yo, no sé por qué, la infinitud del espacio.

Las ocas migratorias llevaban entonces la dirección contraria: iban de España a Francia. Tal vez huían de la albufera de Valencia, porque había bombardeos de aviación en el Grao.

Aquella gente de Casalmunia parecía distraída de todo menos de las obligaciones judiciales militares. Se distinguían de los míos por su aire ejecutivo y uniformativo. Unidad de silencios, de movimientos, de banderas y de palabras. Gente uniformatoria. Ejecutivos y uniformadores. A mí me chocaba la nueva retórica imperial, que no estaba mal como estilo literario, pero faltando el imperio y la posibilidad de restaurarlo resultaba inadecuada y un poco desairada. Había un joven que llegaba a veces no se sabe de dónde con una motocicleta y papeles y hacía tantos saludos y tan bien hechos como en un ballet. Yo lamentaba que todo aquello (como también la retórica), careciera de base, porque los que lo cultivaban debían sentirse tan frustrados como los buenos actores cuando representan una mala comedia. Aunque eran enemigos míos, los consideraba elementos ciegos del destino y no les guardaba rencor.

Casalmunia era grande y complicado como los castillos de las decoraciones de los dramas románticos. Aunque nunca he creído en duendes ni fantasmas, sucedían cosas raras. Por ejemplo, algunas noches se oían pasos dentro de mi habitación y otras como si alguien manipulara en la poma de la cerradura. Como el cuarto era ochavado con varias ventanas, yo corría a ver desde alguna de ellas quién estaba fuera, y no había nadie.

Supongo que lo mismo que en un disco de ebonita se conservan sonidos de años anteriores (y los oímos en un gramófono), pueden en ciertas condiciones oírse ruidos del pasado sin aparente motivación. No me preocupaba.

Habría en aquella prisión unos cien individuos esperando juicio y condena. Y ocho o diez ya sentenciados, algunos a muerte, que iban siendo ejecutados a las mismas horas cada día por una escuadra, contra una muralla. Como los rebotes en las piedras eran peligrosos, habían puesto contra el muro sacos terreros que retenían en su entraña las balas zumbadoras igual que en Cabrerizas Altas.

No me sentía a gusto allí, pero tampoco había estado a gusto en parte alguna sino cerca de Valentina. Gozaba de la vida como cada cual, aunque es difícil gozar de una cosa que no se entiende. Se podía uno embriagar de vida y producirse a sí mismo alguna clase de anestesia con la embriaguez. A veces, el placer era genuino, pero duraba poco. Yo no era ni soy sentimental; así, pues, no sufría demasiado por las ejecuciones sino —digámoslo así—, en mi mente, en mi razón. No era hombre de llantos ni de angustias, sino más bien de perplejidades frías, como sucede en tiempos de grandes crisis.

En el muro de mi habitación había un cuadro de un santo o de un anacoreta en el desierto, uno de esos anacoretas que todos los pintores del siglo XVII han pintado, con su calavera al pie y un crucifijo sobre el saliente de una roca. «Esos anacoretas —me decía yo— no necesitaban entender la vida, pero creían entender la muerte, lo que era lo mismo, o mejor.»

Pensaba a veces en la fuga, pero era algo que había que intentar una sola vez sobre seguro y con fortuna. De otra manera, me jugaba la cabeza, y por el momento las probabilidades estaban todas en contra.

Me conducía de una manera cuidadosamente impersonal. La impersonalidad es una buena arma si se sabe usar. Evitaba fácilmente a la superintendenta de las cocinas, porque ella tenía también miedo de hacerse notar y, con su perfil berberisco, sabía andar por aquel pequeño mundo de Casalmunia de puntillas. Pero los demás eran ruidosos y había ruidos de ignominia y horror. A la pobre debían despertarla de noche las descargas de la fusilería. Tal vez, igual que yo, ella despertaba en la cama, se volvía de lado y se dormía otra vez gruñendo entre dientes. La conciencia de uno argüía protestando contra aquellas ejecuciones y el cuerpo gruñía por el simple hecho de haber sido arrancado del gustoso sueño. Este cuerpo nuestro cuyas letras, reajustadas con una metátesis sabia, decía: *puerco*. El puerco *cuerpo* quería dormir, a pesar de todo.

Mi situación era provisional. También lo era la de todos los españoles cualquiera que fuera la bandera que seguían. Era como si la vida, o al menos la historia, se hubiera detenido de pronto.

La muerte no se hizo frívola, sino familiar. Hay familiaridades y frivolidades, y debemos saber distinguir.

No odiaba yo a los nacionales, ni siquiera a los jefes militares que ponían más tesón y saña en sus misiones. Morían como cada cual; es decir, a veces como perros. En la guerra o en la paz, debía ser difícil morir. Sólo individuos como aquel anacoreta del cuadro entendían la muerte.

Como se puede suponer, en mis grandes crisis de soledad pensaba en Valentina. A veces no podía resistir y volvía a escribir diciéndole cosas importantes, pero no podía firmar con mi nombre ni arriesgarme a que me contestara poniendo mi nombre en el sobre, falso o verdadero. Además, me repugnaba la idea de mezclar a Valentina en una mixtificación de aquéllas.

Cuando más tarde las tropas nacionales ocuparon Bilbao, me alegré a pesar de todo, porque Valentina quedaba en mi sector y de un modo u otro podría escribirle. Por lo tanto, la noticia de la caída de Bilbao tenía un sentido ambivalente. Por un lado me hería y por otro me halagaba. Pensaba a veces que lo mismo que en Panticosa estuvo a un tiempo conmigo y con su madre, digo, en dos lugares a la vez, tal vez en Bilbao estuvo a un tiempo dentro y fuera del peligro.

Pero escribirle a Valentina era difícil de veras. Resultaba más fácil hablar con ella en Panticosa, acompañados los dos de una corza blanca y sin que mi dulce amor hubiera necesitado salir del lado de su madre para venir a pasear conmigo a la montaña. (Extraño prodigio que todavía no comprendo).

A mi cuarto no se acercaba nadie con excepción de Blas, el ordenanza de la guardia y sacristán de la capilla. Un hombre de cincuenta años que me admiraba porque no me

había visto reir nunca. Ni siquiera sonreir. No estaba el
horno para bollos. Aquel hombre había sido sacristán en
la población vecina, destruida por la guerra. Aunque parecía
estar de acuerdo con los nacionalistas, había algo que le
gustaba en los republicanos. Todos se tuteaban en la prisión,
altos y bajos, cultos y analfabetos. En tiempos de terror, cada
cual necesita sentirse más cerca del prójimo, y a veces Blas
probaba a tutear a algún superior en su campo, entre los
nacionales. Pero no conseguía nada. Lo había intentado dos
veces conmigo y yo había seguido tratándolo de usted con
acentos más fríos que antes. Parecía decirle: «Ojo, que conmigo no hay familiaridades». Tenía yo miedo entonces a cualquier clase de confianza.

Aunque era alférez, esperaba que esa circunstancia pasara
desapercibida, porque mi expediente militar estaba en el
cuartel de la Montaña en Madrid, en los archivos del regimiento de Asturias. Y además con otro nombre, con el mío
verdadero.

Me dedicaba a reimprimir en una cinta nueva las declaraciones de Guinart, cuando Blas llamó a la puerta:

—¿Caigo a deshora? —preguntó—. Estaba pensando en
ese Guinart. Yo digo que es hombre de más caletre del que
aparenta y me dije, digo, pues vamos a ver qué es lo que
opina el señor Urgel.

—Yo no tengo —dije secamente— más que opiniones
técnicas, y ésas las guardo para el juez cuando las pide.

Blas se puso a mirar alrededor:

—La verdad —confesaba rascándose en la mejilla—, eso
de que la voz de uno quede en la cintita sin que se vea
en ella nada escrito...

Cogí un micrófono y se lo acerqué a los labios:

—Hable usted —le dije.

—¿Yo? —y Blas retrocedió un paso recordando que aquello se hacía sólo con los llamados delincuentes—. ¿De qué
voy a hablar?

—Haga un sermón o un discurso. Diga cualquier cosa. Es
para que oiga su propia voz, después.

Vaciló un momento asustado y se negó.

Aquella noche vino a verme también el abogado Villar,
quien quería oír las declaraciones de Guinart, porque lo
habían nombrado defensor de oficio. Yo le hice oír una cinta
y luego evité los temas personales.

El día siguiente, a media mañana, iba y venía por los corredores donde estaban los calabozos cuando vi que Blas, asomándose a la verja de la puerta de Guinart, le gritaba.

—Eh, tú, el abogado que viene a verte.

Detrás de él entraba Villar con una cartera bajo el brazo. Escuchaba yo al azar, desde el pasillo. Solía hacerlo para entender mejor las circunstancias de mi adaptación. Me pasaba la vida escuchando. Y callando.

Era mi vida en aquellos días, de veras sórdida.

Ahora, recordándolo, pienso a veces si mi esperanza de Valentina no sería un subterfugio para salvarme, para justificar mi salvación, lo que en todo caso no era menos prodigioso. Valentina era lo único deseable que había en mi futuro.

El abogado Villar se dirigía otra vez al preso llamándolo Sr. Equis, y éste aclaraba:

—Me llamo Luis Alberto Guinart.

—A mí puede hablarme con franqueza. Soy su defensor. Claro es que tiene usted que firmar la aceptación.

Sacaba un papel de la cartera.

—¿Me permite ver ese papel? —decía Guinart, y el abogado se lo daba—. Ignacio Villar. ¿No era usted un político liberal?

Se sobresaltaba el abogado, con las dos manos en la cruz de los calzones:

—Poco a poco. Liberal antidemocrático. Me arrimo al sol que más calienta. No estoy seguro de tener fe en mí mismo, ¿y quiere que la tenga en los demás? Conozco los hombres. Unos se rigen por el corazón, otros por la cabeza, otros por el estómago y la mayor parte por el bolsillo. Yo soy de estos últimos; digo, es una manera de hablar.

—En esta prisión —dijo Guinart alzando las cejas— cada día muere alguno por sus convicciones.

—¡Bah!, ¡bah!, ¡bah! —arguyó Villa, escéptico—. La mayor parte mueren para purgar el error de no haber aprendido a vivir. Por eso, algunos, cuando se ven perdidos, abjuran de sus ideas; pero es tarde y no les vale. Van al muro. Usted abjurará también cuando se vea perdido.

—Yo no tengo nada de que abjurar.

—Le aconsejo a usted entre nosotros —insistía el abogado— que me diga francamente quién es. Usted es alguien, pero en este rincón nadie le conoce. En todo caso, ¿no dicen que ama usted a la humanidad? Confíe en mí, que soy una parte de la humanidad.

Reía, mostrando sus dientes limpios e irregulares. «Es usted un bellaco —murmuró Guinart con acento ligero, y añadió con falsa cortesía—: Digo, si no lo toma usted a mal.»

—Lo soy, pero les sobreviviré a ustedes, hombres puros. ¿Firma usted, aceptándome como abogado? Veo que sigue usted en sus trece, como se decía de los judíos cuando la inquisición. Los trece puntos de Maimónides. Tentado estoy de creer que Guinart es su verdadero nombre. ¿No tiene confianza en mí? Hace mal. En este momento piensa usted que los nacionales debían haberme fusilado siendo como era un liberal conspicuo. Yo le diré por qué no me han fusilado. Cuando alguno comienza a recelar de mí, digo, entre los nacionales, le cuento un cuento procaz, alguna cochinería a solas. Reímos y el riesgo se resuelve en camaradería. Yo sé que los nacionales nos desprecian a mí y a los míos. Si yo comparto ese desprecio general contra mí mismo, la gente me toma por un granuja simpático. Tengo familia, pero en el seno del hogar todos nos despreciamos, lo que no deja de ser una manera de estar todos de acuerdo. Mi mujer es un pendón; mi hija, de quince años, una virgen curiosa y viciosa, aunque no tanto como sus dos hermanos, de los cuales ninguno se parece a mí. Son hijos míos por el nombre, nada más. En serio.

El preso comenzaba a escandalizarse:

—Sólo se habla con esa desnudez de conciencia a un hombre perdido y sin remedio. Cerca de nosotros, en esta misma cárcel —añadió sencillamente— hay algunos hombres en quienes podría usted creer. Están esperando la ejecución. Saben quién soy y si me denunciaran salvarían su vida. ¿Qué hora es? Dentro de unos instantes van a fusilar a esos dos presos. Van a morir. Pues bien; hace dos semanas se me acercaron en el patio y me dijeron: «¿No se acuerda de nosotros?». Yo les dije: «Sí, son los hermanos Lacambra». Y aquí viene lo importante, señor Villar. Añadieron, bajando la voz, que por ellos no sabría nadie quién era yo. Estas palabras dijeron exactamente: «No pase pena, que por nosotros no lo sabrá nadie». Como digo, dentro de unos instantes van a fusilar a los dos presos y ellos saben que salvarían la vida denunciándome, como la han salvado otros en esta misma prisión por identificar a un enemigo de los nacionales. Si dicen mi nombre se salvarán y seré yo quien irá al muro. Yo, en lugar de ellos. Creo que es mi obligación darles a esos honrados muchachos la última oportunidad. Vaya usted y dígales que les autorizo a decir mi nombre.

—Eso es falso —declaró Villar—. Suponiendo que fuera verdad, ¿cómo es posible que usted acepte ahora el riesgo?

Guinart se alzó de hombros: «Ellos son jóvenes. En las grandes catástrofes, siempre tienen prioridad de salvación los jóvenes sobre los viejos. Vaya y dígaselo».

Excitado e impaciente, el abogado tomaba del brazo a Guinart:

—Si lo que dice es verdad, salvarán la vida. Claro es que la salvarán.

Salió, y Guinart se quedó solo una vez más y en silencio. En el marco de la puerta asomaba Blas:

—¿Has firmado? ¿No? Haces mal. Los que entraron aquí contigo están ya criando malvas y tú vives todavía. Pero en lo de no firmar, te engañas. Ese tío, digo, el defensor, te estima. Y mientras hay vida hay esperanza. Eso es. Uno tiene experiencia. Figúrate que hubiera un terremoto y que se rompieran los muros y que murieran los soldados de la guardia. Tú podrías salir y llegar a Francia con tus buenas botas de campo.

Escuchaba Guinart, inquieto:

—No se han oído como otros días las descargas.

—Hoy matan a los dos hermanos de Tardienta. Yo vi al pelotón de la guardia que iba para el muro. El mayor de los hermanos llevaba tres días y tres noches mirando al suelo encogido y quejándose como si le dolieran las tripas, pero al decirle que había llegado la hora se ha levantado y ha salido con su hermano para la capilla tranquilo y pisando recio. Como un emperador. ¿Y tú? ¿Dices que no has firmao?

—¿Qué más te da a ti?

—Ni me va ni me viene, pero lo que hablas cuando duermes lo registra Urgel en una maquinita. El de la identificación va como un médico con su maletín. Es hombre de luces que no se dejaría ahorcar por un millón. Yo miro desde la reja, nada más. El cine de la historia. A ti te convendría firmar, porque ese abogado es hombre de trastienda. ¿Cuánto pagaste por ese calzado? ¿No te acuerdas? Eso es lo que te pierde, la falta de memoria. Unos dicen que eres Juan y otros Pedro. Tú pensabas cruzar la montaña y pasar la frontera. Para eso hay que ir bien calzado.

—¿Qué es lo que yo he dicho en sueños?

—Esas botas tuyas pensaban pisar el romero y la aliaga al otro lado de la sierra. Les salió mal la cuenta. Para lo que haces aquí te habría bastado con las zapatillas de casa; digo, las que te lleva tu mujer cuando vuelves del trabajo. ¿No te las lleva tu mujer? ¿O eres soltero?

Parecía poner Blas en su pregunta un interés excesivo y Guinart no respondía.

—A mí puedes decirme la verdad —insistía Blas—, porque yo no ando por ahí con el soplo.

—¿Para qué quieres saber si soy soltero?

—No pienses que estoy sonsacándote, pero tú eres un as de la baraja grande. En cambio, yo no soy nadie. Lo mejor para llegar a viejo es no ser nadie. Ser como un gusano. Pongamos un gusano de Dios. Eso suena un poco más decente. Y esas botas valen quince duros como nada. Y veinte. No vayas a pensar que cada fusilamiento me vale algo a mí. Muchos, por ejemplo, llevan alpargatas porque es verano y ésos no me valen nada.

—¿Qué haces con las botas? —preguntaba Guinart sin interés alguno.

—Algunos no tienen botas —repetía Blas—, pero, en cambio, tienen reló y pluma estilográfica. Son los efectos del margen. Si son casados, todos esos efectos van a la viuda. Si son solteros, nadie reclama y entonces... pues los apando yo. Pero no creas que yo te lo preguntaba por eso.

Alzándose la manga mostraba siete u ocho relojes de pulsera:

—Los efectos del margen. Para tabaco. Los relojes —explicaba torciendo el gesto— tienen marcas de poco más o menos. Algunas no las he oído mentar en mi vida. Venus, por ejemplo. ¿Qué clase de reló será ése? ¿Y tú? ¿Tienes reló? Es difícil venderlos, porque la gente sabe de dónde vienen y tienen reparo. Piensan que el fantasma va a venir por la noche a preguntar la hora. ¡Falta de cultura!

Guinart escuchaba los rumores de fuera, sin comprender:

—No se oye nada.

—Algo ha debido pasar con ésos, digo, que la función se retrasa a veces porque algunos presos se niegan a marchar o no pueden y se caen. Entonces tienen que llevarlos entre dos hombres y a veces vomitan. A mí ya no me impresiona. Todo consiste en la costumbre. Lo malo es que los presos vienen sin dinero. Se lo quitan al entrar. Si tuvieran dinero, yo pondría una cantina. De oro me haría, porque teniendo dinero estos hombres que van al muro lo gastarían a manos llenas. Y como yo sacaría los víveres del economato militar, doble negocio.

—Eres práctico.

—El muerto al hoyo y el vivo al bollo, como decía mi abuela. Lo malo es que me gusta el vino, y lo que avanzo en cinco años lo pierdo en un día de borrachera. Pero el economato no es una persona, sino un organismo. A un organismo se le puede dar el pego. Uno conoce el tejemaneje de los vales. Yo les doy el pego a esta gente de uniforme. Además, yo voy a misa y eso le da a uno vara alta con ciertas gentes, digo, los que deciden ahora las cuestiones.

—¿Los curas?

—Sí y no, porque entre ellos hay de todo. Hay curas rojos también, no creas. Esto se me da a mí —y escupía en el suelo—. Pero con los otros, si los tienes en contra, ni Dios te vale.

—Es lo que yo creo.

—Pero si tengo un poco de gobierno con el vino, todo va bien. Aquí dentro de la prisión tú caminas muy poco. Se ve que no gastas las botas. En que pase un mes estarán tan buenas como ahora.

—Y dos —prometió Guinart incómodo tratando de escuchar los rumores lejanos—. Calla.

—Son las voces del piquete. Yo en el caso de usted... —se oyó una descarga—. Ya cayeron. Vaya, Dios les perdone. ¿Sabe? Cuando cae uno de ésos siempre parece que tiene razón y que dígase lo que se diga...

Estaba Guinart con la cabeza entre las manos:

—¿Tú crees en Dios? —preguntó.

—Yo soy un ignorante —declaró Blas, cautamente —; y es lo que digo: ¿hay Dios? Algo sales ganando. ¿No hay Dios? Nada pierdes.

Le ordenó Guinart, sombrío:

—Anda a buscar a ese abogado.

—¿Pero has firmao? ¿No? Esto que pasa ahora —dijo gravemente—, es la purificación de la patria. Escapularios, bandas, condecoraciones, ciudades enteras que salen en procesión. Historia pura. De lo que dices de que soy imbécil, puede que tengas razón; pero es porque no tuve escuela.

En aquel momento se oyó una disparo y Blas, experto, comentó:

—Uno de los dos debió quedar con vida. Ahora lo han rematado; Dios le asista. Les vuelan la cabeza. El otro murió en el acto.

Transcurrió un largo espacio en silencio.

—Yo tengo también mi filosofía, no vayas a creer. Morir lo más tarde posible en mi buena cama, con indulgencias plenarias, por si acaso. Yo no soy mala persona, ya ves. Vengo aquí a echarte la conversa y de eso yo no saco nada.

Villar entraba en aquel momento, muy agitado:

—Increíble y absurdo, pero era verdad.

—¿De qué hablan? —se atrevió a preguntar Blas.

—Fuera de aquí —le dijo el abogado—. La ley me autoriza a estar solo con el preso.

Blas miraba el reloj:

—Sólo media hora. A propósito. ¿No necesita usted un buen reló barato?

El abogado le respondió con un silencio corrosivo. Luego, dijo:

—Increíble. Estuve un momento con ellos y también con el comandante de la prisión. Les dije a los reos: «¿Saben quién es el hombre que está en la torre vieja? Si me dicen su nombre salvarán la vida». El comandante les prometió lo mismo y ellos respondieron que no podían decirlo porque habían dado palabra de callarse. Cayeron sin hablar. Increíble. No hablaron porque habían dado palabra de callarse.

Guinart miraba fijamente al abogado y dijo, después de una pausa traumática:

—Uno de ellos quedó vivo. ¿Quién era?

—El menor. Quedó con la espina dorsal rota, pidiendo que lo remataran. Viéndole sufrir, le dijeron: «Si dices el nombre de ese preso del torreón te remataremos y si no lo dices seguirás sufriendo ahí todo el día y toda la noche». Pero ni la promesa de la vida ni de la muerte dieron resultado. Por fin, le dieron el tiro de gracia.

Lejos se oían los pasos a compás del pelotón y las voces mecánicas de mando.

—Es una aberración —dijo Villar, meditando—; pero no sé... Yo mismo no sé lo que pienso en este momento. Podían haber dicho el nombre de usted y salvarse. Podrían haber evitado la muerte.

—No, señor. La habrían aplazado nada más. Todos hemos de morir un día. Ustedes también. Usted y el comandante morirán de otra manera, supongo.

Con los ojos fijos en un lugar vago del aire, confesaba Villar:

—Es admirable, pero no comprendo. ¿Qué gana nadie con ese altruismo? Bueno; usted es el único que lo puede encontrar justificado, porque usted gana algo. Han muerto por usted.

—Cuando muere alguien como esos dos hombres, la vida de los que quedamos vivos vale un poco más. Incluso la suya. Ahora no es usted tan miserable. Antes no me fiaba yo de usted y ahora sí.

—Hace usted mal en fiarse de mí —decía Villar, con el acento penetrante de la amenaza—. Ya le dije antes que soy un bellaco.

—Confío tanto en usted, que voy a decirle quién soy. Quizá me equivoco y este error me cueste la vida. No importa. Ese nombre que los que acaban de morir no quisieron decirle se lo voy a decir yo ahora. Soy... Julio Bazán.

Yo, ya lo sabía —digo, yo, Pepe Garcés—, porque se lo había oído decir en sueños. Y me dije, cuando vi que Guinart confesaba su identidad: «Eso me obligará a buscar y tratar de desarrollar otro plan en su favor». No sabía cual, todavía. Entretanto, Villar se recuperaba de su asombro:

—¿Bazán, el de los sindicatos catalanes? Hay que ocultarlo por todos los medios. Si lo supieran, vendrían a matarlo aquí mismo, ahora. Desde la puerta, sin pestañear, sin dejarle hablar. No repita esas palabras. Yo las olvidaré. Yo las he olvidado ya. No seré un héroe como esos dos pobres muchachos fusilados, pero también sé callar. Voy a tratar de salvarlo, a usted. Lo salvaría, si fuera necesario, aun contra sí mismo.

Tomando la pluma, Guinart se dispuso a poner su nombre falso.

Fuera de España, la guerra agitaba el mundo entero. Algunas personas que aman y buscan el faro de la publicidad se acercaban para dar pretexto a que la prensa hablara de ellos. En ese caso estaban algunos escritores cosmopolitas. Otros acudían de buena fe y no pocos voluntarios a combatir poniendo su vida como respaldo de sus convicciones. Sinceramente, creo que esos voluntarios eran la crema de la humanidad, igual en un lado que en el otro y por encima de las ideologías.

Había también un lado pintoresco. Poetisas sudamericanas que se hacían fotografiar junto a un tanque blindado con la falda por encima de la rodilla; damiselas surrealistas

inglesas que pasaban fines de semana con algún amigo
en las ruinas de un pueblo bombardeado y evacuado, y
hasta en una ocasión —¿quién iba a pensarlo?— Miss Universo en persona. Blas andaba deslumbrado.

Cuando ella se hubo marchado, las cosas volvieron a su
cauce y dos días después se celebró la vista de la causa de
Guinart.

La sala era grande. A la derecha estaba la tribuna del
defensor y abajo, entre dos policías, Guinart. Tenía la misma
expresión que debía de tener el día que desafiaba las iras
del cielo bajo la tormenta.

Era la luz de la mañana, selvática y montañosa, con olor
de tomillos. En la sala de al lado, que llamaban sala de
testigos, esperaba yo como siempre, por si eran necesarios
mis servicios técnicos. Con Guinart me había hecho mi composición de lugar. Los caminos de mi ayuda eran enrevesados
y laberínticos, pero bastante eficaces —creía yo—. En todo
caso, desde la sala de al lado llegaba el discurso del fiscal
lleno de opiniones ofensivas contra el reo. Acabado su informe, comenzó el de Villar y yo lo oía con indiferencia porque
consideraba el caso perdido. Todo lo que podría intentar yo
sería algún trabajo de distracción y confusión.

Fue un discurso largo. Escuchaba, pero a veces renunciaba a seguir oyendo, como digo, por escepticismo. Otras,
aun Villar bajaba demasiado la voz y no llegaba hasta mí a
través de la puerta entreabierta. —En cumplimiento de mi
deber —decía el abogado, engolado y forense— vengo a esta
tribuna a defender no sólo la vida sino también la libertad y
el honor del preso Guinart, a quien se ha acusado de los
mayores crímenes, antes aún de conocer su verdadera identidad. La fantasía más atrevida le atribuye conspiraciones, atentados, y otros hechos nefastos que están muy en contra de
su naturaleza moral. Han llegado a decir que este hombre
maniatado y custodiado por la *benemérita* es nada menos que
Julio Bazán. No es Julio Bazán un hombre cualquiera, no
es un innominado, no es un ciudadano ordinario y mucho
menos virtuoso, no es tampoco un idealista ni un doctri-
nario, señores. Julio Bazán es el mayor criminal que ha conocido la historia de nuestra patria. ¿Cómo es posible que hayan
confundido a mi defendido con él? Mírenlo vuestras señorías.
¿Es ese rostro viril y confiado, ese continente grave y reposado, esa honesta expresión la que corresponde a un criminal
conocido en Barcelona con el nombre de Tigre del Paralelo?

¿El que organizó la ejecución de cardenales y la sublevación de cuarteles?

Yo no escuchaba, pensando en mi amigo, el Checa. Era mi rememoración como una escapada, pero no al ensueño sino a la realidad. Pensaba en el Checa y también más atrás, por ejemplo en mi infancia, que he contado en uno de estos cuadernos mintiendo un poco —repito una vez más—; es decir, idealizando a mi padre en sus relaciones con la sociedad y sobre todo conmigo. En todo lo demás he dicho la escueta y exacta verdad; sobre todo en relación con Valentina.

La aldea donde yo nací no era la misma donde conocí a Valentina. Yo nací en otro lugar, lejos de los caminos reales y los ferrocarriles, en una aldea olvidada de los agitadores políticos y de los propagandistas en tiempos de elecciones. Una aldea con un nombre que parecía árabe: Alforta. La población más cercana era Rivaltea, y los chicos de cada pueblo se insultaban recíprocamente:

—Alfortino, tripa de pollino.

O bien:

—Rivalteano, tripa de mardano.

El *mardano* era el carnero. En el primero de estos cuadernos, yo mentí para mejorar la figura de mi padre. Creo que hice mal. La ventaja de los españoles nacidos en esas pequeñas aldeas, trasladados después a la capital de la provincia y tal vez de la nación misma, consiste, como creo haber dicho, en que a lo largo de su vida se puede decir que han vivido en los diferentes estratos de un período histórico de quince o veinte mil años. Porque muchas de las aldeas españolas viven hoy todavía en el neolítico inferior o en el mesolítico.

Así pensaba yo mientras oía al abogado Villar, quien daba ahora grandes voces: «Mi deber de honesto ciudadano de una gran patria renacida para la gloria del imperio...» Y seguía recordando yo: «Alforta, en 1905, vivía plácidamente en el mesolítico. Pocos sabían por propia experiencia lo que era un tren, nadie podía imaginar el telégrafo, la ley civil era algo impuesto desde arriba y de menos importancia que la costumbre, que venía de abajo. La gente comía el pan que fabricaba con sus manos, bebía el vino sacado de las uvas que exprimía con sus pies y, de tarde en tarde, aquellos pobres hombres tenían carne de un animal que cazaban con cuerdas ayudados por perros venteadores. Una escopeta era un lujo. La única de la aldea era la de mi padrino de bautismo, el señor feudaloide, que se llamaba don Antonio Juárez y que no debía tener con todas sus rentas reunidas un ingreso superior a dos mil pesetas al año. Su casa, sin embargo, era señorial, en un extremo del pueblo, asomada a un acantilado altísimo sobre un vasto valle donde se reunían dos ríos con sus meandros azules. Era viudo y tenía una hija muy hermosa.

Había nacido yo en aquel pueblo en una casa humilde como eran todas, en la plaza. Mi padre era secretario del Ayuntamiento. No estoy seguro de que tuviera entonces otro empleo, aunque más tarde fue secretario, al mismo tiempo, de Rivaltea. Iba del uno al otro por cañadas y sendas extraviadas, a caballo y armado. Nunca se sabe cómo puede reaccionar la gente del mesolítico.

Lo curioso es que al lado de los campesinos o pastores más primitivos y selváticos —seguía yo pensando en Casalmunia y en la sala que llamaban «de testigos»— se encontraban, de pronto, hombres viejos o jóvenes de una sabiduría reposada y reflexiva que sería imposible hallar en las ciudades más cultas y entre los hombres más instruidos. En el mesolítico, esos hombres debían existir ya, y lo bueno es que los otros, los cerriles y selváticos, los respetaban. Claro es que había tipos inadaptados y que de vez en cuando sucedían cosas siniestras. La última que recordaba yo era aquella del indiano que habiendo nacido en la aldea volvió rico de América y estuvo toda la noche invitando en la taberna a sus antiguos amigos. Todos bebieron y rieron, y la verdad es que el indiano no era tan rico, pero le gustaba aparentarlo. Se gastó aquella noche más de cincuenta duros en vino y jamón. Luego, ya de madrugada, salieron en grupo hacia la venta donde se hospedaba el indiano y por el camino, resentidos por tanto convite, lo mataron.

Pero no todo era así en aquella aldea. El hecho de que hubiera en ella más suicidios que asesinatos, me parece hoy conmovedor.

Mi padre era secretario del municipio y no sé cuál sería su salario; pero un año después de nacer yo pasó a ser también, como digo, secretario de Rivaltea, donde ganaba mil pesetas al año. Con ese sueldo se consideraba casi rico y tenía una casa más decente que la anterior, también en la plaza; cuatro hijos, y uno nuevo cada año. Entre sirvientas con salario, vecinas que acudían a la sombra de nuestro bienestar y voluntarias que trabajaban en las faenas domésticas por amor a la convivencia con nosotros habría en mi casa no menos de ocho mujeres, lo que quería decir que la tribu prosperaba.

En la sala de al lado oía a Villar gritar con su voz de barítono: «Así, señor juez, se ejerce la justicia en esta sala donde todos esperamos deslindar la verdad y perder o salvar a un hombre que, en mi opinión, es honrado y merece no sólo vivir sino vivir con el respeto de todo el mundo».

Volvía yo a mis recuerdos: «Mi madre y mi padre habían nacido en Rivaltea. La familia de mi madre era de ganaderos que en tiempos pasados tuvieron alguna importancia y riqueza. Se llamaban Borrell. Cuando mi madre se casó, tenían sólo algunos rebaños y la carnicería de la aldea. Tenían también algunas fincas de labranza y de monte, que pasaron a pertenecer a mi padre como dote de bodas. Con ellas no habríamos podido vivir, sin embargo.

»La familia de mi madre era socialmente más importante que la de mi padre. Mi abuelo paterno había sido un jornalero que trabajó a medias para una familia hidalga. Analfabeto y sin curiosidad alguna por el mundo civilizado, era sin embargo, mi abuelo, el mejor hortelano de la aldea, y sus melones, pepinos, espárragos, espinacas, eran famosos en la ribera. Como producía mucho más de lo que solía consumir, vendía gran parte de las cosechas y, desdeñando las costumbres mercantiles modernas, tenía su dinero en el desván y en moneda menuda de cobre, con la cual había llenado varias talegas. El metal —cualquier clase de cobre, bronce o hierro— tenía prestigio entre aquellos hombres del mesolítico.»

—¡Ese es Guinart! —gritaba Villar en la sala de al lado—. ¡Ese es mi defendido!

Oyéndolo, yo comprendía que el tono, la energía, la violencia de la dicción, eran tan importantes como los mismos argumentos. Pero, desinteresado de todo aquello, volvía a pensar: «Por lo demás, mi abuelo paterno, el hortelano, no daba a aquellas talegas de cuadernas y reales importancia mayor y nunca las contó. Lo importante para él era la selección de semillas, el cuidado de los invernaderos o planteros y sobre todo las sobremesas del verano, cuando los cestos de fruta llegaban a la mesa perfumando el comedor con su fragancia. La fruta predilecta de mi madre era la fresa; la de mi padre, el melón. Había desvanes llenos todo el invierno de melones de cuelga. Por entonces, digo, mi abuelo ya no trabajaba sino que se había retirado y se entretenía en nuestro propio huerto, un huerto bastante grande, a orillas de una acequia, que formaba parte de la propiedad de la casa.

Mi abuelo materno era, por el contrario, un ganadero rico, según dije antes, y vivía en el pueblo vecino, al otro lado del río. El viejo Luna lo llamaban, como ya sabemos.

Desde muy niño yo tuve la idea un poco mezquina de mi inferioridad ante los poderosos. No me sentía superior a los que eran más pobres que yo, pero sí inferior a los que eran más ricos. Mi sentimiento de inferioridad era mayor a causa de mis deplorables relaciones con mi padre. Nunca llegaré a saber con certidumbre la causa de aquel odio de mi padre contra mí. Tenía no más de cuatro años cuando mi padre me hacía objeto de sus iras adultas y saciaba en mi pobre cuerpo la necesidad de venganza que frecuentemente le inspiraba la sociedad. Cada vez que mi padre se sentía frustrado o disminuido, tenía que pagarlo yo. Me daba tremendas palizas y al principio yo aguantaba sin gritar para que no me oyeran los niños de la vecindad, ya que aquellas palizas me afrentaban; pero el dolor era mayor que mi voluntad de decoro y acabé por llorar y dar grandes voces. Entonces, los chicos me oían y yo no me atrevía después a salir a la plaza, porque temía que me miraran con una curiosidad vejatoria. Yo era el chico más castigado del pueblo, y sin duda el más culpable, aunque no supiera de qué.

Creo que debo decirlo todo. Mi padre era un ogro conmigo, y esto hizo de mí un niño un poco raro, de reacciones desiguales y extrañas. Dulce y angélico o súbitamente agresivo y hosco. Vivía en un terror continuo y antes de los diez años me escapé de casa dos veces. Mi madre me decía: «No debes escapar de casa, pero tampoco debes ponerte delante de tu padre, porque un día te va a matar, hijo mío.» En otro país, a mi padre lo habrían llevado a la cárcel y a mí me habrían puesto en un orfelinato. Ni qué decir tiene, yo envidiaba a los huérfanos aunque no odiaba a mi padre. Le temía, nada más.

Oyendo a Villar, pensaba que mi padre estaba entonces en la lejana aldea e ignoraba dónde me encontraba yo. Tenía buen cuidado de que mi padre no se enterara porque habría sido capaz —pensaba entonces— de denunciarme a los nacionales como desafecto al régimen.

En aquel momento, Villar, el abogado, daba un golpe en

la mesa para decir luego algunas palabras confusas que yo no pude entender. «Esto debe ir mal para Guinart», pensé. Y volví a mis recuerdos. Más tarde, me di cuenta de que las reacciones de mi padre tenían, como cada cosa, su motivación y ésta era una especie de extravagancia atávica según la cual el hijo que no mostraba en su cara las señales exactas de la tribu o del clan debía ser aniquilado. En fin, yo no me parecía bastante a mi padre y eso le ponía furioso. En el fondo, había larvada alguna clase de locura sexual.

A la familia de mi padre la llamaban *los Mochos*. Quizás hubo generaciones atrás algún pariente amputado de un brazo. Así, aunque la gente nos estimaba, el apodo era como una advertencia en contra de nuestro supuesto deseo de subir socialmente.

Este deseo debía ser potencial y esencial en mi padre, pero nunca se manifestó concretamente. Tampoco en nosotros, los hijos (tres varones y tres hembras). Para que la simetría genésica fuera mayor, tres de nosotros eran rubios como mi madre y los otros tres morenos como mi padre. Los hijos nunca tratábamos de aparentar nada; sabíamos que éramos poca cosa y nos conformábamos. A veces, yo pensaba que estábamos al margen de toda clasificación, como bichos raros cuya especie no ha sido aún determinada. Más tarde, cuando leía historia, me enteré de algo divertido y absurdo: en mi familia había dos apellidos que habían sido llevados —creo haberlo dicho ya— por reyes de la antigüedad. Lo de los Mochos no sé cómo ni por dónde se le ocurrió a alguien.

Todo eso daba una dimensión rara a mi familia, o al menos así creo yo. Ha habido en ella errores y debilidades, pero no abyecciones, aunque —repito— si mi padre supiera que estoy aquí es posible que me denunciara; pero ya digo que se trataba de una locura, como debían tenerlas en el mesolítico. En cambio, ha habido hechos de heroísmo y de grandeza moral en mi gente. Subiendo por el árbol genealógico (cuatro abuelos, cada uno de los cuales tuvo cuatro abuelos, cada uno de los cuales... etcétera) se llega al siglo XV con algunas docenas de millones de antepasados directos y consanguíneos. Así, pues, todos tenemos duques, bandidos, prostitutas, mendigos y algún rey, entre nuestros parientes.

Cuando mi familia fue a Rivaltea, tenía yo año y medio. En el pueblo anterior no había luz eléctrica y en Rivaltea, sí. No puedo recordar cuándo empezó a odiarme mi padre. La vida comenzó para mí con sus tremendas palizas (es lo prime-

ro que recuerdo) a los tres o cuatro años. Uno de los primeros recuerdos de mi vida es el de haber sido encerrado en
una bodega de aceite al lado de una pila enorme hecha de
un solo bloque cuadrado de piedra. Una pila prehistórica,
también. Como nosotros no producíamos aceite, aquella pila
y aquella bodega no se usaban nunca y estaban llenas de
telarañas y mi imaginación infantil las poblaba de alimañas
fabulosas. Me recuerdo a mí mismo encerrado allí horas y
horas en plena oscuridad, con la frente pegada a la puerta
y sin atreverme a mirar detrás de mí.

Mientras seguía con mis memorias, gritaba el fiscal en la
sala interrumpiendo al abogado Villar:

— ¡Protesto, señor juez!

¿Contra qué protestaría el fiscal? —me preguntaba yo—.
Y volvía a los tiempos de mi infancia, apoyada la cabeza en
el muro y con los ojos cansados.

Nunca oí a nadie llamarnos por el apodo, aunque en las
aldeas de España no se considera esa costumbre ofensiva.
A los del linaje de Valle Inclán —Bradomín, señor de Bran-
deso— les llamaba la gente en Galicia «los chivos». Yo
no sé cómo ni dónde nació el apodo de la familia de mi
padre. La verdad es que cuando salimos de Rivaltea, para
no volver, yo no había cumplido aún los diez años y no me
interesaba averiguar cosas tan adjetivas.

En Rivaltea era monaguillo. Me pasaba algunas mañanas
en la sacristía, con mi sotana roja y mi roquete blanco rizado. A fuerza de ver comulgar a mi padre y de oír hablar
al cura de amor y de benevolencia, llegué a desarrollar una
especie de infantil escepticismo en relación con la religión.
Si mi padre, que durante meses enteros comulgaba cada día,
se conducía conmigo de un modo tan cruel debía hacerlo por
su cuenta, en cuyo caso era injusto, ya que yo no podía tener
culpa a los cuatro o cinco años, o lo hacía en el nombre de
Dios y entonces había que pensar que Dios era mi más terrible enemigo, sin que yo pudiera imaginar aún en qué consistía aquella enemistad. Esas dos hipótesis (que yo no me
planteaba aún conscientemente, pero que sentía agitarse en
el reino débil e inquieto de mi voluntad) hacían difícil para
mí desarrollar alguna clase de sentimiento religioso. Habían
de transcurrir muchos años antes de comenzar a comprender
que precisamente aquellas dos hipótesis podían en ciertas
condiciones ser la mejor base, ya que para mí el sentimiento
religioso genuino no representaba solución alguna y mucho

menos seguridad lógica, sino duda sin respuesta o con respuestas inquietantes e incomprensibles. Es decir, angustia.

De momento, mi vida infantil se desarrollaba entre la indiferencia de mi madre —que siempre tenía bebés nuevos a quienes dedicar su dulce atención—, el desprecio de mis hermanos, que veían cómo me maltrataba mi padre, y la compasión humillante de algunos amigos de la familia, entre ellos mi propio padrino, que cuando venía a Rivaltea trayéndome algún pequeño regalo y me encontraba con un ojo morado y equimosis en brazos y piernas preguntaba lo que me había sucedido y mi padre decía: «¡Lo que merece!» Viéndome tan desgraciado, mis hermanos se encarnizaban conmigo, no por maldad, sino por seguir el instinto natural según el cual el individuo imperfecto debe morir. La consecuencia de todo era un poco ridícula para mí. La desgracia, cuando alcanza ciertos niveles, se hace desairada y grotesca.

En la sala del juicio se oía ahora la voz de Villar insultando al fiscal. Le dijo palabras gruesas y el juez tuvo que amenazarles a los dos para hacerles callar. Oyéndolos, yo pensaba: «¡Qué raro, que el escéptico Villar gaste tanta retórica para salvar la vida de un ser humano! Todavía si hubiera tratado de salvar a algún ser de otra especie, por ejemplo a su perro... porque tenía un perro al que quería mucho y que se le parecía físicamente. Pero Villar comenzaba a ser un hombre nuevo».

Seguía yo recordando: Mi vida social de niño, dentro y fuera de casa, era más que penosa. Me recluía en mi soledad y me hacía amigo también de algún animal. Especialmente de los gatos. A esos animalitos, mi padre los odiaba y a veces los perseguía dentro de casa. Había semanas enteras dedicadas a algo que se podía llamar la exterminación de los gatos, y como había siempre quince o veinte y sabían rehuir el peligro, la tarea no era fácil.

Las pocas veces que mi padre me consentía ir públicamente a su lado, era para torturarme de alguna manera. En una ocasión que mi padrino protestó, le dijo mi padre: «Es un golfo». «¿Cómo puede ser a su edad?», preguntó el padrino, porque yo no había cumplido aún los seis años; y mi padre dijo: «En todo caso, hay que torcerle la voluntad desde pequeño. Porque si lo dejo, llegará a creer que puede más que yo».

No comprendía yo eso de torcerme la voluntad y lo entendí más bien como torcerme el pescuezo, lo que solían

hacer con los pollos para matarlos. Cuando oía los pasos de
mi padre en la escalera, corría a esconderme. No lo odiaba,
sin embargo; como no se odia al destino ni al rayo amenazador en las tormentas. Porque yo no era como Guinart.
Yo tenía miedo de los rayos.

Costaba trabajo encontrarme y hacerme ir a la mesa a
la hora de comer. Mi hermana Concha me compadecía. Los
otros hermanos, más pequeños, probaban a burlarse de mí,
me sacaban la lengua y me acusaban de extrañas fechorías
que no había cometido, sólo por congraciarse con mi padre.
Él aprovechaba todas estas coyunturas para justificar sus cas-
tigos y ensañarse.

La vida era miserable. No tenía yo sino algún rato de
sosiego cuando estaba a solas y miraba pasar las nubes, volar
los pájaros viajeros o flotar la luna caminadora. Me iba con los
ojos detrás de todas las cosas y los seres que se marchaban. Pero sólo con los ojos. Un día, viendo un pájaro muerto
que flotaba en la corriente huidiza del río, me quedé pensando que sería bueno flotar y huir como él a alguna parte,
a ninguna parte. Aunque estuviera muerto.

De pronto me decía, en la sala de testigos, oyendo mecánicamente a Villar: «Estoy pensando en mí mismo con ternura, con "coquetería". Una coquetería que permitía ver las
diferencias entre el que era entonces y el que soy ahora».
¡Qué raro les parecería a los que creen conocerme y me
tienen por un hombre frío y duro!

A pesar de estas reflexiones, seguía con los mismos módu-
los: Desarrollé entonces, digo, en plena infancia, un escepticismo que a mi edad debía ser monstruoso. Estaba prevenido contra la posibilidad de cualquier clase de amor, incluso
el materno, que me parecía también sospechoso. En todo
caso, era seguro que yo no merecía ser amado. Algún gato
o algún perro que llegaron a amarme, pagaron con su vida
la imprudencia, porque mi padre los hizo matar sangrienta-
mente y delante de mí. No me extrañaba ya nada, en
definitiva.

Y sin embargo, la vida era atrayente y tentadora, con
los milagros de la naturaleza, con las promesas de la sensualidad (para mí esas promesas eran sólo entonces el comer, el
beber, la música de la iglesia, los juegos de la luz natural
en las vidrieras, el canto lúgubre del búho en el tejado y el
zureo de las palomas al amanecer).

Estuve enfermo de no sé qué. Debía ser grave (tal vez tifus) y como tenía fiebre alta, para evitar que me diera meningitis me metían desnudo en una tinaja de agua caliente (era en invierno) y por detrás, sin que yo lo viera, venían con cubos de agua fría y la arrojaban sobre mi cabeza. Yo daba grandes gritos al principio; pero cuando oí la voz lejana de mi padre, me callé y aguanté como pude. Aquel sistema de curación se convertía en una especie de diversión —creía yo— de la gente adulta contra mi pobre naturaleza indefensa. Era yo terriblemente desgraciado y, como digo, un poco ridículo. Mi madre no intervenía en todo aquello, porque andaba siempre ocupada con los bebés más pequeños.

Como el agua de la tina se enfriaba pronto con la añadidura de la que me echaban por la cabeza, yo estaba en pleno invierno sufriendo un baño frío en medio de las criadas que, como todos los sirvientes, trataban de hacer más llevadero su trabajo añadiéndole alguna amenidad. En fin, yo me salvé de la meningitis, pero contraje una pulmonía. Además del tifus.

Mi madre me quería, sin duda. Solía decir a mis espaldas que tal vez sería un santo y ojalá hubiera acertado. Tenía yo una imaginación parecida a la de algunos santos, según mi entender de ahora; pero carecía en absoluto de medios de adaptarla a la realidad. Tenía miedo de Dios como de mi padre. Sin odiar a ninguno de los dos, quería huir de ellos y esconderme. La idea de amarlos me parecía inadecuada e insolente. Yo no merecía amarlos, no debía atreverme a amarlos.

Y así transcurrió mi infancia, mi juventud y en cierto modo mi vida adulta. Los que me ven ahora, duro e indiferente, no podrían entenderlo. Tendría ya más de treinta años cuando comencé a darme cuenta de que Dios me había mirado alguna vez; es decir, dedicado alguna forma de atención (y no había duda, según el desarrollo de algunos acontecimientos que no se podrían explicar por el orden natural). Tal vez El esperaba algo de mí. El hecho de que Dios me hubiera mirado me daba una sensación de gloria secreta que me mareaba, a veces. Eso no quiere decir que yo supiera quién era Dios. Era para mí, y es todavía, una hipótesis inefable.

El día que comprendí que mi padre natural era no más que un accidente y que yo era hijo más bien de esa divina hipótesis inefable, desarrollé una especie de orgullo sobrenatural gracias al cual me ha sido posible vivir más o menos de acuerdo conmigo mismo hasta hoy. Aunque, como se habrá visto, no hablo casi nunca de religión. Desde la infancia, el desdén de mí mismo hizo de mí un ser casi monstruoso. Lo pienso en serio y con plena conciencia del alcance de estas palabras. Sentía a veces una rabia secreta y a veces incluso me calumniaba a mí mismo sólo por mostrarle al destino que me importaba un bledo mi propia desgracia y que podía yo añadir, despreocupadamente, alguna clase de degradación social. Era como un desafío a los hados que tan mal mecieron mi cuna. Y ellos se encarnizaron conmigo de tal forma que durante años enteros he vivido, a veces, como una cosa, no como una persona; y sin embargo, cuidando la apariencia para no herir a los otros hombres con mi presencia o mi proximidad. Para no degradar demasiado a la especie humana a la que de un modo u otro pertenecía.

Al llegar a esta cruda evidencia, oí una vez más a Villar en la sala de al lado. Invocaba a grandes voces —esta vez eran voces de tenor— el nombre de Dios, y sentía yo vergüenza oyendo el nombre de Dios en aquel lugar.

El terror constante en que vivía de niño influyó en mi cuerpo, y hacia los seis años comencé a ver que la coloración de mi piel cambiaba y se hacía gris o sepia según mis estados de ánimo y también según las estaciones del año. Yo creo que así como la mayor parte de los animales desarrollan alguna aptitud a confundirse físicamente con el medio, y el león es del color de las arenas africanas, el leopardo de las manchas de luz en la selva, el tigre y la cebra del color de las rayas de sombra de los árboles —y en aquel momento la palabra *tigre* sonaba en la sala, porque Villar se refería al «tigre del Paralelo» y a los actos de violencia de los revolucionarios de Barcelona—; así, digo, como algunos insectos se confunden con la hoja verde en la que están posados y el camaleón toma poco a poco el color que tiene debajo, así yo, a fuerza de terror (no descansaba ni cuando dormía porque las pesadillas eran cosa de cada noche), vi que mi cuerpo reaccionaba de alguna manera y mi piel, como la de los animales citados y la de las liebres y los lemures de la tundra, que son de color marrón en verano y blancos en invierno para confundirse con la nieve, mi piel, digo, se sensibilizó de tal forma que cuando las palizas de mi padre eran más frecuentes (dos o tres cada día) se me formaban pequeñas manchas de color ocre. Y no se iban lavándome.

Comencé a avergonzarme físicamente de mí mismo. Sólo eso me faltaba. Era una reacción parecida a la que deben tener los pobres leprosos. A veces, me preguntaba si no lo sería. Mi hermana Luisa, que era pelirroja, tenía las mismas manchas en los brazos cuando le daba el sol, pero desaparecían cuando estaba algunos días sin salir al aire libre. Mis hermanos, desnudos o vestidos, eran mejores que yo. Mi padre no les pegaba. Es verdad que se parecían a él más que yo. Eran más *mochos* y más de la tribu. Mi madre no se atrevía a defenderme, porque entonces mi padre tenía celos de mí, que era el mayor de los varones. (Otra vez el mesolítico.)

En aquellos tiempos, mi vida se resumía en evitar llamar la atención de mi padre, ocultar mi piel manchada en algunos lugares de mi cuerpo y esperar la hora de ponerse el sol para gozar del fabuloso espectáculo de las nubes que formaban como lejanas ciudades de oro y plata. En aquellos lugares —que me parecían habitables— todo debía ser diferente. Mi deseo más constante era, como se puede suponer, aprovechar alguna oportunidad para actuar como un niño normal. Y merecer como tal niño alguna clase, no de amor (no pretendía tanto), sino de consideración humana. Es decir, que mi más alta ambición era «parecer como los otros» y así conseguir que «los otros» me dejaran en paz.

Pensando en todo esto, volvía a decirme: «¡Qué diferente soy en el fondo de lo que la gente piensa de mí!» Y seguía: Si alguna vez he conseguido en mi infancia parecer como los otros, lejos de mi padre aunque sólo fuera por algunas horas, debía irradiar luz. Lo que para los otros era natural, para mí resultaba glorioso e inaccesible. Cuando hice la primera comunión, creía que mi vida iba a cambiar. Tenía siete años y la impresión de estar entrando en el mundo de las personas mayores. Mi padre, sin duda por razones de vanidad a las que era y es aún enfermizamente sensible, consintió en que mi madre me encargara un traje adecuado a la solemnidad del caso: negro, con pantalón largo, camisa dura y almidonada, cuello de pajarita, corbata de lazo blanca. Parecía un caballerito pigmeo. Con mi cabeza rapada al cero, debía dar una impresión rara. Llevaba además un lazo de seda estampada en el brazo izquierdo, con trembleques dorados colgando.

Cuando vi todo aquello y supe que era para mí, me quedé de veras confuso. Podía pensar que mi padre lo hacía por respeto a Dios y a la eucaristía, pero era muy niño para esas reflexiones y todo lo que sabía era que después de tomar la comunión debía ir acompañado de una sirvienta a visitar parientes y amigos de la familia, en cuyas casas me darían algún refresco o golosina. Mi madre me dijo que lo que pidiera a Dios al tomar la primera comunión me lo concedería y yo le pedí que hubiera arcos iris a menudo. Recuerdo que aquel día, después de la comunión, me sentía tan sagrado que no me atrevía a orinar en ninguna parte y me aguantaba las ganas sin comprender que después de haber recibido a Dios en mi cuerpo necesitara hacer todavía las mismas cosas que hacían los perros.

Por algunos días no me pegó mi padre, y yo sentía que todo era mejor y que comenzaba a ser o a parecer un niño como los otros. La sensación de degradación social iba desapareciendo y también las manchas de mi piel, lo que me hace pensar que la sensibilidad física y moral de los niños —y la interdependencia de esos dos planos o niveles— es algo que los médicos deben considerar, si es que la mayor parte de los médicos (afanados en hacer dinero y reputación) tienen hoy todavía tiempo para considerar seriamente ningún problema. En fin, yo comenzaba a salir a jugar con los otros chicos a la plaza.

En la sala, volvía Villar a alzar la voz —era otra vez una voz atenorada— para apostrofar a los que consideraban culpable a Guinart. Y el juez le interrumpía con su voz de viejo escéptico:

—Ajústese a los hechos el señor letrado y déjese de divagaciones.

Yo no escuchaba porque seguía dedicado a mis recuerdos: La felicidad no duró mucho. Mi padre volvió un día de la oficina con expresión agria y al entrar en la sala (el cuarto de recibir tenía un balcón grande a la calle) estaba mi madre mirando por los cristales cuando mi padre le dijo con voz ronca:

—¿Qué miras ahí?

Y antes de que ella respondiera le dio una bofetada. Mi madre, con la mano en la mejilla, se fue a su cuarto llorando. Yo me quedé en el pasillo sabiendo que sería inútil huir y que era mi turno. Mi padre se acercó y fue a decir algo alzando la mano en el aire. Yo, con el gesto convulsivo acostumbrado, levanté los brazos y me cubrí la cabeza y la cara.

—Mucho miedo y poca vergüenza —dijo mi padre.

Me dio un par de golpes que casi me derribaron —por no perder la costumbre— y en el estado de ánimo habitual de los tiempos anteriores a la comunión me cogió del brazo y me condujo escaleras abajo, golpeándome con la rodilla o con el pie al bajar cada peldaño. Yo sabía que me llevaba al sotanillo de la pila de aceite, lugar sin luz, con telarañas y toda clase de miserias y amenazas.

Lloraba yo en tono menor y en voz baja para que los chicos de la plaza no me oyeran. La intuición de que la desgracia cuando alcanza ciertos niveles es vejatoria y degradante, me cohibía ante los otros y —cosa rara— ante mí mismo. Me sentía irremediablemente perdido. Si el haber tomado la comunión no me servía para que mi padre cambiara de conducta conmigo, no debía tener ya esperanza alguna. La eucaristía no me había mejorado a sus ojos y no había nada que pudiera salvarme. Yo, por mi parte, no era mejor aunque lo intentaba. Mi padre había pegado a mi madre delante de mí y yo no había sabido defenderla. Tal vez merecía las palizas que me daban por no haber sabido defender a mi pobre madre.

En su juventud, mi padre había sido estudiante de cura en un seminario y adquirió una manera esquizoide de entender las cosas: simular la virtud formal (frecuentar los sacramentos) y fuera de la iglesia atreverse a todo. Un día, mi padre colgó la sotana y sentó plaza de soldado en Zaragoza. Como había leído a Cicerón, no tardaron en hacerlo sargento y como tal hizo el resto del servicio militar obligatorio. Le quedó de sus tiempos de seminarista una especie de clericalismo más o menos agudo según las circunstancias, y aquélla era toda su religión. Una serie de prácticas mecánicas, con poca o ninguna relación con el mundo moral o espiritual. Por ejemplo, confesaba y comulgaba a menudo, pero le molestaba que lo hiciera su esposa, mi dulce madre.

Seguía yo en la sala de testigos, y me decía: «Si mi padre se enterara ahora de que estoy aquí; es decir, a su alcance, con un nombre falso, podría considerarme yo perdido». Por fortuna, mi padre me imaginaba en el otro lado de las trincheras, con los republicanos, porque no sabía que había salido de Madrid.

Mi escepticismo de niño —en la infancia— crecía más todavía y me apartaba de la realidad de un modo que recuerdo con asombro. Hay algo más triste que un niño desgraciado y es un niño escéptico. Me veo a mí mismo en aquel tiempo instalado en una zona intermedia entre la fantasía y la realidad de los otros, como un perfecto loco. Tal vez con alguna clase de defensas, porque la selección natural entre la gente del neolítico era entonces y sigue siendo, a través de un proceso milenario, muy dura. Así, los que veníamos al mundo traíamos tal vez reservas monstruosas de energía. En todo caso, no entiendo aún por qué no me volví loco del todo.

En la escuela había chicos de familias muy pobres. A veces, con enfermedades contagiosas. Y allí contraje la más miserable: la tiña. Me retiraron de la escuela. El médico venía y me arrancaba los pelos de la zona afectada con un alicate de cirugía. Luego ponía óxido de cobre en la llaga. Me tenían aislado. Me había convertido en un «intocable».

Cuando me curé me llevaron a un maestro particular, al que íbamos diez o doce chicos. El maestro no nos enseñaba mucho, pero debía de ser un vicioso hipersexual y nos contaba historias cochinas que no entendíamos.

Quería escapar entonces de mi padre y sobrevivir como una rata o un infusorio. ¿No quieren ellos sobrevivir, también? Todo lo demás era aleatorio y sin importancia. Creía, repito, que el mérito estaba en poder comer, respirar, caminar en dos patas y pasar entre los otros como uno más. Cuando mi padre, en vista de mis repetidos fracasos en la escuela, me amenazaba con hacer de mí un boyatero o un zapatero remendón, yo pensaba: «¡Qué bien, ir por los caminos tranquilamente, lejos de mi padre, con mi par de bueyes!» En cuanto a ser zapatero, me parecía demasiado. No estaba seguro de poder aprender nunca a remendar zapatos.

Oyendo las voces del defensor y del fiscal en la sala de al lado, me pregunté: «Bueno, ¿qué importancia tiene todo esto que estoy recordando ahora?» Pero mi imaginación seguía desarrollando la cinta del pasado.

El desprecio de mí mismo había llegado entonces a ser tan grande (digo, en mi infancia), que desconfiaba de mis aptitudes, aun las más simples. Creía lo que mi padre decía de mí. Yo era un error. Mi nacimiento había sido un error. Pero ¿de quién? ¿Y qué hacer? La muerte, como solución, no me convencía. Había visto morir algunos animales (que yo amaba) y el ejemplo era sencillamente horroroso.

Estaba tremendamente solo. La soledad me ayudaba, es cierto. Muertos mis perros y mis gatos, yo y mi sombra no nos bastábamos, sin embargo, el uno a la otra. Entonces, una pequeña circunstancia vino en mi ayuda. Un alivio infantil, puesto que yo era un niño: los cuentos de Calleja. Aquellos folletitos en dieciseisavo con cubierta en colores y una narración más o menos torpe en ocho o diez páginas, me abrieron horizontes nuevos. Me asombraba de que los niños fueran tratados en aquellas narraciones con respeto. Yo no podía distinguir la ficción de la realidad y el prestigio de la letra impresa era entonces enorme para mí, puesto que los únicos libros que había visto hasta entonces representaban la verdad revelada (libros de religión) o la ciencia (libros de estudio escolar). Los niños de los que hablaban los cuentos de Calleja eran virtuosos, sin duda. Pero mi único defecto consistía en mi resistencia al estudio, y no por rebeldía, sino por humildad. Creía en mi padre y en la idea que él tenía de mí. Según esa idea, yo no podía ser sino un golfo o un boyatero y me había resignado a esto último por una especie de escepticismo fatalista. Recuerdo que, una vez, mi padre se sintió tal vez culpable y dijo: «Tú serás un día mi peor enemigo, pero te mataré antes de que llegue yo a ser viejo, para impedir que me mates tú a mí». La hipótesis de mi padre, viejo y débil, muriendo a mis manos me daba una gran compasión y lloré. Pero al día siguiente, mi padre volvió a pegarme como si tal cosa.

A fuerza de infelicidad, las manchas de mis muslos volvían a hacerse visibles. Aparecían o desaparecían según la intensidad de mi desgracia. Por fortuna, había frecuentes arcos iris y yo creía sentir en ellos la amistad de Dios y le daba las gracias.

Cuando iba a la iglesia y actuaba de monaguillo, lo hacía sin sentido religioso alguno a pesar de los arcos iris. Sólo tenía miedo. Miedo de Dios y miedo del diablo, menos del diablo (que no era tan poderoso). Sentido del misterio sí que lo tenía, pero como pueden tenerlo los negros del centro de Africa. No me faltaba alguna palabra para conjurar las amenazas del diablo, pero para las de Dios no había conjuros. Tampoco para las de mi padre. La vida era grandiosa, pero no había en ella lugar para mí. Era de otros, la vida. Tenía miedo a Dios, al diablo, a mi padre, a la vida y a la muerte.

No creo que fuera cobarde, sin embargo. Una vez reñí con un chico y le hice sangrar por la nariz porque me había robado dos cuentos de Calleja. Perdió tanta sangre que pensé que iba a morirse y corrí a ocultarme en el fondo del gallinero de mi casa, donde me quedé más de dos horas. Cuando salí estaba lleno de piojos de gallina y tuve que ponerme en colada y jabonarme para librarme de ellos. Cuando mi padre se enteró de la riña no me dijo nada. En el fondo, tal vez le gustaba que me condujera de un modo violento y bárbaro con un enemigo superior en fuerzas y en edad. Debió pensar que honraba a la tribu. Aunque mi padre no había hecho en su vida nada heroico y ni siquiera nada violento sino pegarme a mí.

La mayor parte de los chicos iban haciéndose enemigos míos. Sólo tenía dos amigos: el hijo menor de la casa más rica del pueblo (que pasaba los inviernos en la ciudad) y el de Sixto el carretero. Este era un buen muchacho que no se metía en nada.

Yo era ese bicho un poco raro que he sido más tarde y que ha suscitado frecuentes malentendidos. Siempre en guardia contra el amor y la confianza. Sin embargo, me permitía un lujo increíble, un lujo peligroso al que no suele atreverse casi nadie en la vida: la sinceridad. No era por respeto ni por desprecio de los otros. Creo que era más bien por una especie de desesperación. Era como el que dice: de perdidos, al río. Nadar en aquel río de la desesperación (nadar, simplemente) era un placer. Tal vez algunos creían que yo era estúpido. Otros pensaban que era atrevido y temerario (¡no es nada, atreverse a decir la verdad!) En definitiva era ya entonces potencialmente un poco de las dos cosas extremas con otras intermedias y menos escandalosas. Pero estaba lleno de contradicciones. Lo más aproximado a la verdad era tal vez una timidez recelosa iluminada por decisiones serenamente desesperadas. Esa serenidad daba lugar a algunos errores, y así, unos creían que era un santo y otros un criminal en potencia, un ser inteligente, pero satánico o un idiota un poco angélico. Tal vez, a su modo, todos tenían razón. Lo que no sería ya nunca era un ciudadano. Me encontraba en un lío de contradicciones, con virtudes o vicios potenciales más fuertes que yo mismo. Por decirlo de un modo romántico, era una hoja desprendida del árbol del vivir y agitada por las brisas (a veces los huracanes) de Dios. Cuando creía en El, realmente, llegaba a gozar de mi fe infantil; pero la desgracia permanente en la que seguía hundido, creo que me impedía quererle, a Dios. Lo que he sentido por Dios es un deslumbramiento permanente, una admiración sobrehumana, basada en lo poco que me ha sido posible aprender (intuir y entrever) de El a través del orden maravilloso de su creación dentro y fuera de mí.

Una vez más, me decía que mi personalidad superficial y aparente de hombre cauto y de oficial de identificaciones y de antropometría (mintiendo a todos constantemente) estaba en desacuerdo con mi vida anterior. A veces, temía que aquel desacuerdo pudiera llevarme a la catástrofe. Esa catástrofe —es decir, la ejecución contra el muro— no me habría extrañado lo más mínimo. Y no la temía, en realidad.

Mi actitud genuina, ahora, en mi madurez, es parecida a la que adoptaba sin querer cuando tenía nueve años. No hay duda de que a esa temprana edad estamos ya formados o deformados para siempre. Lo poco que uno ha aprendido en los libros o en las experiencias sucesivas, no ha modificado las líneas básicas del carácter. Soy el mismo, tímido y serenamente exasperado, con mi idiotez y mi locura y mi sinceridad desesperada. Una sinceridad absoluta para la cual a veces no encuentro empleo en la tierra.

Mi padre dejó el Ayuntamiento de Rivaltea para ir como secretario al de Tauste, mucho más grande y rico, gran productor de trigo y casi una ciudad. Era para mi padre un ascenso importante. Creo que su sueldo pasaba a ser de tres mil pesetas. Yo tenía nueve años.

Marchamos allí y mi padre tomó una de aquellas casas de aire palaciego que costaban cuatro o cinco duros al mes. Recuerdo que tenía tres pisos y altas buhardillas. En Tauste la vida fue mejor. Por lo pronto, me dieron un cuarto en el tercer piso de la casa, para mí solo. Después, mi padre, que sin duda quería impresionar a la población con pequeños detalles decorativos, me hizo ir al sastre, quien me vistió como a un niño de casa rica. Tuve la sensación de que mi padre iba a tratarme mejor, pero no tardé en desengañarme.

Venía a casa un maestro de música para mis hermanas. Era director de la capilla de la iglesia mayor, donde tocaba el órgano, y decidió que yo debía formar parte del coro con otros cinco o seis chicos, entre ellos uno que tenía una voz de contralto de veras angélica y que cantaba los solos. Mi voz debía ser bastante mala y el maestro me ponía contra un panel de madera del órgano, de modo que tomara resonancia y gravedad.

Pasadas las primeras semanas de adaptación a la nueva vida, mi padre volvió a hacerme objeto de sus intemperancias. Me pegaba si no practicaba el piano, si lo practicaba y hacía errores, si no estudiaba, si estudiaba pero no bastante, si alguna hermana me acusaba de algo, si nadie me acusaba de nada, lo que le ponía desazonado y tal vez le hacía sentirse culpable. En fin, me azotaba por cualquier cosa, por todo y aun por nada. Necesitaba azotarme para sentirse mejor en la vida. Ahora dirían los psicólogos que así *reedificaba su ego*.

Oyendo la voz del abogado defensor, me sentía otra vez fuera de situación: ¿qué importaban aquellos recuerdos de infancia en medio de las dificultades que la vida tiene hoy para todos? Sin embargo, volvía a ellos. Un día, sin que la conducta de mi padre mejorara conmigo, yo descubrí a Valentina. Aquella niña siempre se dirigía a mí sonriendo. Sonreía con los ojos (negros como la noche inmensa), sonreía con los labios, con la voz, con las manos que no acertaban a accionar adecuadamente y tenían aún la impresión de las manos de los bebés y no opinaba sobre ninguna cosa hasta que yo había dicho lo que pensaba. Entonces, ella repetía mi opinión con tal convencimiento que todos la aceptaban. Valentina era mi secreta recompensa, mi rehabilitación ante el orbe entero. Ya dije antes que yo tenía un pequeño tesoro escondido: la colección de cuentos de Calleja. Lo que más me gustaba en ellos era el hecho de que los niños y las niñas fueran tratados en serio. A veces, temía que todo aquello fuera ficción y embuste; pero cuando conocí a Valentina me di cuenta de que aquellas grandezas deslumbradoras eran posibles. El color de mi piel comenzó a cambiar, desaparecieron las pequeñas manchas oscuras e hice frente a mi padre. Quiero decir, que recibí sus amenazas sin miedo y sus golpes sin dolor. Mi padre no podía comprender. Un día me sorprendió escribiendo una carta de amor y me dio dos bofetadas de esas que alcanzando parte de la órbita del ojo y tal vez de la córnea hacen ver estrellas, realmente. A pesar de todo eso, yo era entonces menos desgraciado. Me conducía fuera de casa como un héroe, llegué incluso a tener mi bando partidario y a hacer travesuras. Era, en fin, otro y se lo debía a Valentina. Ella había hecho el milagro.

A aquella edad era yo de una pureza completa en lo que se refiere a materia erótica. El no haber andado en juegos callejeros con otros chicos, salvó mi inocencia. Cuando Valentina me dijo un día que mi hermana Maruja la compadecía por ser mi novia, yo me puse colorado y ella, que debía tener ocho años escasos, también, para no ser menos. Al mismo tiempo, me miraba en silencio esperando que dijera algo. Yo hablé por fin:

—Bien podríamos ser novios y casarnos un día.

—Sí —rió Valentina, y añadió—: Cuando yo era niña quería casarme con papá.

—Tu papá está casado. ¿Qué iba a hacer tu madre? —pregunté yo estúpidamente.

—Mamá podría quedarse de tía en la familia. Eso creía yo antes, cuando era niña. Pero será mejor que nos casemos tú y yo y dejar a mamá que siga siendo mamá. ¿No te parece?

—Además —declaré, experto—, tú debes casarte con un hombre de fuera de la familia y de tu edad. Siempre son así las bodas: una mujer con un hombre de su edad.

Desde entonces, ella y yo vivíamos en aquellas ciudades de oro y plata que formaban las nubes al atardecer. Mi padre se daba cuenta de que algo sucedía y no acababa de entenderlo. Un día me dijo: «Piensas que eres más fuerte que yo, pero no te saldrás con la tuya». Vino sobre mí, alzó la mano y yo con las mías a la espalda levanté el rostro serenamente: «Anda, pégame —le dije desafiador—, si no te da vergüenza».

Y no me pegó. Pero no tardó en arrepentirse y comenzaron de nuevo a llover golpes. Un día, cuatro o cinco meses después, yo me marché de casa a media tarde (antes de que volviera mi padre de la oficina) con el plan de llegar a Zaragoza. Creo haberlo contado. Pero se hizo de noche, tenía hambre y sueño y tuve que volver. No fui, sin embargo, a mi casa, sino a la de Valentina. También creo haberlo contado. Todo lo que he contado en estas páginas es verdad, menos el género de relación que yo tenía con mi padre. He dado a entender que nos llevábamos mal, como tantos hijos y padres, pero en mis primeros cuadernos me daba vergüenza decir la verdad, por él y por mí mismo. Ya he dicho que la desgracia es ridícula.

En fin, cuando salí de casa de Valentina y volví a la mía, las palizas de mi padre recomenzaron. Parece que mi padre había decidido acabar conmigo.

Pensando en todo esto —en la sala de testigos de Casalmunia— comprendí que los recuerdos de infancia conmueven innecesariamente y, de pronto y de una manera abrupta, cerré los horizontes de mi memoria. Me quedé desorientado un momento, pero quería oír el discurso del abogado Villar, que parecía más apasionado ahora, en favor de su defendido. Aquella pasión no la entendía yo y suponía que era parte de la comedia sobrentendida, como en otras ocasiones con otros presos a quienes Villar había defendido y a quienes habían fusilado. Una vez me confesó Villar que aquellas defensas y contradefensas, aunque no salvaban a los reos, le servían a él para practicar la oratoria forense.

Decía Villar: «Permítame, señor Juez, que insista en este aspecto del conflicto por el que pasa el acusado. Hasta este tribunal ha llegado una afirmación en condiciones legales adecuadas para que la tomemos en cuenta. El oficial encargado de la identificación ha dicho, señalando a mi defendido: ''Este hombre parece ser Julio Bazán''. Y este hombre, que es un honesto profesor de ciencias, un buen padre de familia y un católico ferviente, ha tenido que sufrir equívocos vejatorios. Lo que yo digo —y el abogado volvía a alzar la voz— es que Julio Bazán, allí donde sea encontrado, debe sufrir una muerte vil. En el caso de mi defendido, lo de menos sería la muerte. Lo peor es el estigma que este tribunal haría caer sobre su persona si accediera a atribuirle ese nombre bochornoso. ''Si me matan —me dijo Guinart—, que sea con mi propio nombre honrado y no con el de Julio Bazán''.

«Esto de ser Bazán es verdad», pensé yo; y me propuse hacer algo en el caso de que esta identificación prosperara. Algo en favor de Bazán. Cavilaba y no sabía qué.

—Mi defendido —seguía el abogado— es un profesor de álgebra del Instituto Cardenal Cisneros de Madrid. Su identificación es irrefutable, aunque no ha faltado quien diga señalando a ese hombre: «Es Julio Bazán». Para ser más exacto, no ha afirmado, sino que se ha limitado a sentar una hipótesis: «Parece que es Julio Bazán». ¿Es que con un *parece* se define a nadie? ¿Vuestra señoría sabe, señor juez, quién era Julio Bazán?

—Todos lo sabemos —interrumpió el fiscal mirando a Guinart con una expresión de horror.

—Es necesario —dijo el juez— oír el informe del probo funcionario de identificaciones y hacerle ampliar el que dio por escrito y consta en los anexos del sumario. ¡Oficial de identificaciones!

Me apresuré a aparecer y dije desde la puerta:

—La verdad de los hechos responde a lo que he dejado expuesto en mi informe.

—Acérquese —ordenó el juez haciendo un gesto con la mano—. ¿Usted registró las palabras que el acusado dijo en sueños?

Yo me acerqué como si anduviera sobre algodón:

—Durante tres semanas, señor juez.

—¿Dijo que se llamaba Julio Bazán? —preguntaba el juez, obstinado.

Descubrí en aquel momento que el juez no había leído mi informe. Al parecer «practicaba», como Villar, esperando tiempos mejores. Mis planes de ayuda a Guinart se complicaban de pronto enormemente y no pudiendo hacer de momento otra cosa mejor me propuse aumentar esa complicación hasta la más embrollada falacia.

—No, señor. El acusado dijo lo contrario. Dijo que no era Julio Bazán. Si lo hubiera dicho una vez sola, no tendría importancia —expliqué yo lo más impersonalmente posible—. Pero lo dijo en diferentes ocasiones siete veces. El siete es el número mágico con el cual comienza a manifestarse la obsesión. Una obsesión difícilmente va sin un sentimiento de culpabilidad.

Me callé, moderadamente satisfecho de mí mismo. Intervino Villar, airado:

—¿Se puede saber qué es una obsesión?

Pensé yo: «Este abogado no puede imaginar que estoy trabajando en favor de Guinart». Y lo más tranquilamente que pude, expliqué:

—En un estado normal, la obsesión es determinada por la vigilancia del demonio. En la teología cristiana lo puede ver su señoría. El demonio influye desde fuera en aquellas personas a quienes quiere poseer. Primero las obsede y luego las posee.

Más satisfecho de mí mismo, pensé que la alusión a la teología le ayudaba en aquel lugar —en cualquier tribunal nacionalista— al reo. Trabajaba por Guinart y por mí mismo. Esperaba que el demonio nos ayudaría a los dos, a falta de otros defensores.

Preguntó el juez, escéptico:

—¿Es todo?

—Sí, señor —respondí yo, pensando que el juez era poco inteligente, pero buena persona.

—¿Negó siete veces y, por lo tanto, confesó que era Julio Bazán? No lo entiendo. ¿En la séptima vez estaba implícita la confesión?

Yo negaba:

—No, señor. Estaba en la acumulación de las siete negaciones: *excusatio non paetita, acusatio manifesta*.

Estaba yo satisfecho de mis propios latines.

—No lo entiendo —dijo el juez.

—Hace falta ser tonto —se me escapó.

Indignado, el juez se incorporó a medias sobre su sillón:

—Le prohibo sentar hipótesis ofensivas.

—Perdone, señor Juez. Quiero decir que, desde Duns Scotus, la razón no es la que debe tener la última palabra en materias tan delicadas.

Me miraba el juez todavía indignado, aunque lo había impresionado con mi cita. Pero, al mismo tiempo, estaba yo pensando en mi padre y en la posibilidad de que me denunciara si se enteraba de mi paradero (lo que lógicamente iba a suceder un día). Concebí allí mismo la idea de fugarme cuanto antes. Mi insulto contra el juez había salido de mis labios inconscientemente y contra mi voluntad. ¿Sería también cosa del diablo? ¿En qué otras imprudencias iba yo a caer?

Allí mismo, en la sala del juzgado, llegué a idear las condiciones concretas de mi fuga, pensando en el agente que la haría posible: en un aviador amigo mío que volaba a veces sobre territorio enemigo en aviones de caza y me había confesado que lo hacía con reservas mentales. En realidad tenía miedo. Disimulaba ese miedo con las reservas mentales y, por si acaso no bastaba, me habló también de una antigua dolencia de hígado. Como cualquier español, tenía que disfrazar su miedo y habría sido capaz de morir para encubrir su miedo a morir.

Pero el juez ordenaba al defensor:

—Continúe el señor letrado.

—Esa imputación —decía Villar, apuntando con el dedo al fiscal— ha hecho a mi defendido más daño que una sentencia condenatoria. Yo defiendo su dignidad de buen ciudadano, de miembro de la Iglesia de Cristo, de padre ejemplar. Comprendo y disculpo la ofuscación del oficial del gabinete antropométrico como un exceso en el cumplimiento del deber y admiro sus conocimientos en materia de teología y de demonología procesal. Rindo también homenaje a su independencia de criterio...

Yo pensaba: «Tú no sabes lo que estoy tratando de hacer. Tal vez lo entenderás más tarde». Villar seguía:

—El hecho de que mi defendido haya hablado durante el sueño de un modo u otro, no justifica que el oficial antropomensor —y permítame la sala este neologismo— le atribuya un estado de obsesión diabólica. Justifica todavía menos aún que insinúe el hecho de que el demonio pudo intervenir en la acción heroica de los hermanos Lacambra.

Alzaba la mano el fiscal:

—Protesto, señor juez. El heroísmo de los hermanos Lacambra implica la culpabilidad del acusado que se sienta en el banquillo.

—Se desestima la protesta —decía el juez y añadía, dirigiéndose a mí—: ¿Usted cree que el demonio pudo influir en ese hecho?

Yo aguantaba la risa, para lo cual tenía que simular una gran rigidez y gravedad:

—Siendo un acto de generosidad —dije—, no lo creo. Esos actos son inspirados más bien por la divina Providencia, si me es permitido hablar así. Según Duns Scotus...

Cada vez que lo citaba, el fiscal fruncía el entrecejo y me miraba con la expresión fría y distante del que no sabía de qué se trataba, pero Duns Scotus era un toquecito mágico en ayuda de Guinart. Estaba Scotus de moda entre los nacionales. Tenía yo otros toques más eficaces, que me reservaba para cuando llegara el momento.

—Eso creo yo también —interrumpió el juez, que tampoco había leído al teólogo de Escocia.

—El señor juez no tiene derecho a creer nada —saltó el fiscal—, mientras ocupa la presidencia y no hayan sido esclarecidos los hechos.

—Tengo derecho a creer en Dios —dijo el juez muy tranquilo, y añadió, dirigiéndose al abogado—: Prosiga su señoría.

Oyendo a aquella gente, yo pensaba que no sería imposible salvar a Guinart. El abogado volvió a sus tiradas retóricas alzando el brazo y estirando el puño de su camisa para hacer ostensible su nitidez:

—Decir que el honesto ciudadano aquí presente es Julio Guinart significa sólo un capricho de la fantasía excitada por el espectáculo diario de la sangre. En el trance más crítico de la vida de mi defendido, ¿saben sus señorías lo que nos pide? Nos pide sólo una cosa. Nos pide que lo ejecutemos con su nombre verdadero. No crean vuestras señorías que yo olvido los cargos del señor fiscal. Permítame que lo repita. Si mi defendido fuera Julio Bazán, no estaría yo aquí, sino que pediría un puesto de honor en la escuadra de ejecución.

Villar saludó dando por terminado el discurso.

—¿Tiene el procesado algo que decir? —preguntó amablemente el juez.

Guinart se levantó con una expresión de falsa indiferencia:

—No puedo menos de agradecer al abogado señor Villar sus argumentos en mi favor, pero se equivoca. Todo lo que ha dicho está bien, aunque se basa en falsedades. Yo soy Julio Bazán y el nombre que ocultaban los heroicos hermanos Lacambra era ése: Julio Bazán. Ni más ni menos.

Yo me asusté, al principio, pero pronto me di cuenta de que era posible todavía una maniobra en favor de mi amigo y pensé: «Tal vez se salve ahora mejor que nunca». El abogado defensor se había puesto en pie, muy excitado:

—Ruego al tribunal que tenga en cuenta que mi defendido sufre tal vez un acceso de locura y que lo someta a la observación de la ciencia médica. Ayer mismo le pregunté cuál era su verdadero nombre y me respondió que no podía decirlo porque no lo sabía y que ese nombre era un secreto que se habían llevado a la tumba los hermanos Lacambra.

Yo intervine con Duns Scotus:

—Se lo llevaron a la tumba los dos hermanos fusilados y Guinart se quedó sin nombre alguno. Es uno de esos misterios por encima de la razón a los que se refiere Duns Scotus cuando dice...

—Vanas palabras —me interrumpió Guinart con su mismo aire estoico—. Yo soy el del Paralelo, el del tren real y el secretario de la organización que decidió la aventura del cuartel del Carmen de Zaragoza en la que perdió la vida Angel Checa.

—Considerando ociosa y sin sentido toda diligencia ulterior —dijo el juez lentamente y como condolido— y rechazando el alegato de locura del defensor, creo que debo aceptar en su totalidad las conclusiones del señor fiscal. El reo, pues, pasará a ocupar una de las celdas de los condenados a muerte —y según costumbre ritual, antes de pronunciar la palabra *muerte* se puso de pie y se quitó el birrete, respetuoso—, donde esperará la fecha de la ejecución que será señalada oportunamente. *Laus Deo*.

Levantada la sesión, el abogado se acercaba al juez y le decía algo que en vano trataba yo de oír desde la puerta. Temía yo que mis diligencias secretas fallaran, pero en todo caso Guinart estaba perdido desde el principio. Yo quería más que nunca salvarlo desde que vi que aceptaba la responsabilidad por lo que hizo en Zaragoza mi amigo Checa.

Aquel mismo día por la noche me acerqué al juez y le dije: «Me consta que el verdadero Julio Bazán está en la zona republicana, porque he oído esta tarde un discurso por la radio. Un discurso suyo». El juez quedó hecho un mar de confusiones. Naturalmente, yo mentía peligrosamente. Esa era mi maniobra más arriesgada.

Pero a medida que avanzaba en mis intrigas en favor de Guinart, las cosas se iban complicando para mí. Debía ponerme al habla cuanto antes con mi amigo el piloto, lo que no era fácil. Salir de aquel rincón donde me había escondido era exponerme a ser visto e identificado a mi vez. Después de pensarlo mucho decidí preparar cautelosamente una entrevista con el piloto del hígado enfermo, que se llamaba Joaquín Torla y que estaba en un aeródromo no lejano.

Volví a mi morada, despacio.

Aunque no tenía necesidad de gafas, había encontrado un par en alguna parte y me las puse para disimular la disposición huidiza de mis miradas, que estaban en desacuerdo con todo lo que veían. Y me sentía más a gusto detrás de aquellas gafas. Lo malo era que debía andar con cuidado, porque con la vista desenfocada tropezaba a menudo.

Como sabía que estaba traicionando a los nacionales, el uso de aquellas gafas me ayudó un poco. «Así verán más difícilmente las ambivalencias de las luces en mis ojos.» La verdad es que solía tomar otras precauciones más sofisticadas. Todo era peligroso, entonces. Hablar, callar, moverse y estarse quieto. Y mirar. Y cerrar los ojos.

Al caer la tarde de aquel día se presentó Villar en mi aposento. Venía deprimido y excitado a un tiempo: «Así no se puede hacer nada», repetía. Yo estuve a pique de revelarle mi disposición propia y mis planes secretos, pero me contuve y me limité a darle elementos de juicio que ayudaran a derivar la imaginación de todos hacia un terreno más favorable al reo. Así, pues, le dije al abogado lo mismo que le había dicho al juez:

—Julio Bazán está vivo y en libertad en la otra zona. Yo mismo escuché un discurso suyo en la radio hace dos días. No dijeron su nombre, pero reconocí su voz y además dijeron que era el secretario del partido tal y cual, de modo que no hay duda.

Villar necesitaba aclarar algo. Siempre necesitaba aclaraciones:

—Si sabe usted eso ¿cómo es posible que acuse a Guinart de ser Julio Bazán.

—Yo no acuso a nadie. Tengo que registrar lo que dice en sueños y eso es todo. Si lo que dice es absurdo, no me toca decidirlo a mí sino a ustedes. La confesión de Guinart parece estúpida. El hacerse fusilar con el nombre de Bazán no lo es tanto si pensamos que tal vez el verdadero y peligroso Bazán tiene el propósito de venir a nuestra zona con un nombre supuesto, y en ese caso nada mejor que hacer pensar a todo el mundo que ha sido fusilado, digo yo. Estas gentes pueden ser muy astutas y la astucia ligada al heroísmo son omnipotentes. Cuando Guinart comprendió que lo iban a condenar, prefirió tal vez ser útil a la causa de esa manera. O tal vez me equivoco.

Me miraba Villar como si quisiera penetrar, a través de mis palabras, en los últimos rincones de mi intención. Luego, sin decir nada, salió precipitadamente. Yo me quedé pensando: «Ha cambiado, ese hombre. Antes era tranquilamente absurdo y ahora es atropelladamente razonable». No sabía qué pensar.

Lo cierto es que yo me estaba metiendo en laberintos de los que sería difícil salir. Pasé un par de días pensando en mi amigo el piloto, para quien volar era suicida, no por los cazas enemigos —decía él— sino porque le iba mal al hígado. Pensé escribirle y decirle que cuando tuviera un día libre se acercara por allí. Era un teniente de infantería que conocí en Marruecos y que luego pasó a la aviación. Se llamaba, como dije, Joaquín Torla y era enamoradizo en el estilo platónico, secreto y lúgubre. Había demostrado ser valiente, pero estaba desinflándose. Tal vez era verdad lo del hígado. A mi amigo Torla, todo lo que se hiciera en el mundo con el pretexto del amor le parecía autorizado y noble, como a mí en relación con Valentina.

Eramos, sin embargo, bastante diferentes. Por ejemplo, a pesar de estar siempre enamorado, Torla hablaba mal de las mujeres (de todas menos la suya) y usaba expresiones tan realistas que a veces yo no sabía si reír o indignarme cuando se refería a muchachas que conocíamos los dos.

Por disposición del juez pasó Guinart al calabozo de los condenados a muerte —que no era aún la capilla—. Se abandonaba Guinart un poco, llevaba barba de tres o cuatro días y con aquel aspecto parecía de veras culpable. Se lo dije, y me miró un poco sorprendido:

—Tiene usted razón. Uno debía cuidar la moral hasta en esos detalles.

Al fondo del calabozo y ocupando casi todo lo ancho del muro, en la mitad superior de éste había una doble reja y detrás de ella se veía, a veces, alguna vaga sombra humana, porque los presos que vivían en la espelunca contigua —sin luz— subían trepando para ver a Guinart y hablar con él.

En los dos lados de la reja el lugar era húmedo y sombrío.

Guinart ojeaba un libro de devoción, sin devoción alguna. De vez en cuando miraba una hoja al trasluz, mientras una sombra hablaba desde el otro lado de la reja:

—Bazán...

Sin dejar de mirar el libro, respondía Guinart con un gruñido amistoso. La sombra añadía:

—Nos asomamos a esta reja para hablarte. ¡Qué raro lugar es éste! Lo digo por la reja. ¿Sabes? Es que antes era un convento de clausura y ésta es la reja de eso que llaman el locutorio. Yo quería hacerte una pregunta, si no te incomodo. ¿Duelen mucho las balas, Bazán?

—Uno se desmaya y no vuelve del desmayo, eso es todo.

Lo decía Guinart sin dejar de mirar el libro y con un abandono natural. La sombra se daba ánimos:

—Otros han pasado por este trance como si tal cosa. Nosotros somos más fuertes, todavía.

—Tú y yo, sí. ¿Y los otros?

—Hay de todo. Aquí está Iriarte, que te quiere hablar.

Hablaba Iriarte de otra manera, no ligeramente como su compañero sino con modulaciones patéticas:

—Bazán, hace tres meses que no he visto el campo. ¡Tres meses!

—Debe estar verde ahora. ¿Se ve, por lo menos, el campo desde el sitio donde nos fusilan? Yo preferiría que me sacaran de noche con el cielo estrellado. Quiero hacer otra pregunta, Bazán: ¿Es verdad que la Tierra da vueltas alrededor del Sol? ¿Sí? ¿Y no se ha salido nunca del camino?

—No hay camino —decía Guinart con acento aburrido.

—Tiene que haberlo, Bazán. Piénsalo bien, porque tiene que haberlo.

Intervenía la sombra de al lado:

—Si se sale no importa, ¿verdad?

—No importa, dices bien.

—Y la Tierra ¿anda sola? —seguía preguntando Iriarte—. ¿Ella sola? Alguno tiene que empujarla. ¿Y si se cae?

—¿Quién se va a caer?

—La Tierra. Si pesa tanto ¿cómo no se cae?

—Anda éste —se adelantaba a responder la sombra—. No tiene donde caerse, la Tierra.

—Yo tengo donde caerme —decía, obstinado, Iriarte—. En la tierra. Pero la Tierra no tiene donde caerse, ¿verdad Bazán?

Por fin, Guinart alzaba los ojos del libro y los ponía en la reja:

—¿Por qué me llamáis Bazán? ¿Quién os ha dicho que soy Bazán?

—Nos lo ha dicho Blas, el ordenanza de la guardia. Y a nosotros nos gusta que lo seas.

—Pues... bien —respondía Guinart, paternal—: es verdad. La Tierra no tiene donde caerse y no se cae. ¿Adónde se va a caer?

—Abajo.

—No hay abajo ni arriba, fuera de la atmósfera. Digo, en el espacio.

—Eso yo no lo entiendo —se asombraba Iriarte—. Digo, eso de que no haya abajo. No lo he entendido nunca. Porque si no hay arriba ni abajo, entonces ¿qué hay?

—Fuerzas cósmicas que el hombre trata de entender —respondía Guinart.

Iriarte reflexionaba antes de hablar:

—Todo vale para algo. Aunque estemos aguardando la muerte. El cura también. Eso es lo que pienso yo. También el cura vale para algo. Cuando viene a verle a uno, es que le llegó el acabóse. Entonces uno se entera.

—¿Tú crees en Dios? —preguntaba la sombra.

—¿De qué me sirve creer si no lo entiendo? Bueno, algo se me alcanza. Nosotros tenemos poco dinero y podemos poco o nada. Por eso nos van a matar. El cura tiene algún dinero. El obispo tiene más y si se pone en favor tuyo te salvas. El Papa tiene millones. Dios tiene más que todos juntos; digo, es una manera de hablar, y por eso puede más que nadie. Los más ricos hacen y deshacen en la vida. En nuestra vida, al menos.

En aquel momento entraba Blas y contemplaba una vez más, en éxtasis, las botas de Guinart:

—¿No quieres que les dé una mano de grasa?

—No te preocupes, Blas, que se conservarán bien hasta el día que las heredes tú.

Pensaba yo: «Está obsesionado Blas también y el diablo lo mira desde las botas de Guinart». La sombra de la reja intervenía:

—Ahí viene el lechuzo. Hola, hijo de puta.

—Está llegando el teniente a pasar revista —gritaba Blas ofendido—. No trepen a la reja que los verá el teniente y además se pueden desnucar. Por lo demás, el reo en capilla no ofende.

Las sombras desaparecieron y el comandante de la guardia se presentó en la puerta:

—¿Luis Alberto Guinart?

—No. Yo no soy ése. Hay que cambiar el nombre en la lista.

Estaba de malas pulgas y se dirigía a mí:

—A ver si me hacen una lista sin pegas, porque yo tengo que firmarle la entrega al oficial saliente.

—No sé —decía yo, prudente—. Habrá que avisar al alcaide.

El alférez se fue taconeando y arrastrando el sable. Yo pensaba: «Cerca del frente no se usa el sable, pero a este alférez, como es profesional, le gusta el aparato y la bambolla militar de la retaguardia».

Bajo la mirada irónica de Guinart, pregunté:

—¿Quién le ha dado ese libro? ¿El capellán? Usted no cree en nada de eso. Entonces, ¿qué lee ahí?

Alzaba Guinart el libro en el aire:

—Mensajes del otro mundo. Este libro ha pasado por las manos de otros hombres que iban a morir y con un alfiler, o como podían, han marcado algunas letras.

Yo lo sabía muy bien. Algunos mensajes los había marcado yo. Guinart miraba al trasluz y leía:

—«Tú no eres Bazán, que yo lo sé muy bien».

Bajaba yo la voz mirando a la puerta:

—Lo he examinado página por página antes de que se lo entregaran a usted. En el libro hay tal vez un mensaje para usted pidiéndole que se haga pasar por Bazán y que si ha de morir muera con ese nombre. ¿No es eso?

—Ese mensaje —dijo Guinart, mirándome gravemente y bajando la voz— lo ha escrito usted. ¿Lo ha hecho ver a los otros, digo al juez?

Era verdad que se lo había mostrado. Y dije, con la sensación de estar por primera vez arriesgando la vida a cara o cruz:

—Todos andan desorientados. El juez piensa: «Los hermanos Lacambra mueren por Guinart, Guinart ahora afronta la muerte por Bazán, y, sin embargo, no hay más que una vida». Se pregunta el juez qué clase de gentes son ustedes. Eso piesa también algún otro.

Se oyó un rumor cerca y Guinart se alarmó, pero era el abogado. En la puerta se inmovilizaba Villar, viéndome a mí. Yo salí pensando: «Las cosas van a precipitarse y debo tratar de escapar lo antes posible».

Aquel mismo día vi en la comandancia militar a un teniente coronel que me conocía y me saludó con cierta sorpresa, como pensando: «No sabía que este sujeto estuviera con nosotros». Me conocía de Marruecos.

Llamé por teléfono al aeródromo donde estaba Torla con su hígado enfermo. No estaba, pero le dejé recado para que me llamara.

Estaba metiéndome en una encrucijada de triple fondo (las de doble fondo no son tan peligrosas) de las cuales sólo se salvan los más listos. Yo no lo era, pero andaba tan secretamente alerta, que podría salvarme también.

Entretanto, el abogado Villar bajaba la voz para decirle a Guinart:

—Hay noticias. El juez simpatiza con usted, pero después de haber sentenciado, su simpatía se la puede poner en los calzones. Además, no la necesitamos.

Guinart se incorporaba como si fuera a saltar:

—¿Qué dice?

—Que de un momento a otro le sacaremos a usted de aquí.

—¿Para el paredón?

—No; para el camino de Francia.

—¡Usted está loco!

—Tengo su libertad en la mano.

No lo podía creer Guinart. Yo también dudaba. En aquellos momentos sacar un preso como Guinart de la prisión era del todo imposible.

—Si tiene mi libertad en la mano, ¿qué hace? —preguntaba.

El abogado callaba y miraba hacia el pasillo.

—Vamos a la calle —repetía Guinart.

Sonreía, incrédulo, y el abogado seguía hablando:

—Mañana, a las nueve. Cuando oiga tres golpes de campana en el claustro, salga, que estará el camino despejado. En el patio verá el camión de la basura y usted entrará en él. Eso es todo. Les ganaremos la partida por unas horas. A propósito, el basurero es un tipo bufonesco y dice que es su padre.

—Mi padre murió hace tiempo.

Se ponía Villar un dedo en los labios indicando silencio: «No haga ningún comentario con nadie. No se extrañe de nada de lo que vea u oiga». Y se fue.

En la reja del fondo volvía a oírse la voz de Iriarte:

—¡Eh, Bazán! Los otros dicen que para que la Tierra ande necesita que alguno la empuje. ¿Oyes? Digo, para que la Tierra ande. ¡Bazán! Que alguien empuje a la Tierra o que haya un motor. ¿Qué motor, Bazán? ¿Qué motor puede tener una bola tan grande para que no se caiga y para que ande sola?

—Hay una fuerza que hace moverse a los planetas.

—¿Cómo se llama esa fuerza? —decía Iriarte—. Un maestro que hay aquí dice que es el magnetismo.

Y añadía, preguntando hacia adentro: «¡Eh, Santolaria!, ¿verdad?» Alguien le respondió que a Santolaria lo habían fusilado la noche anterior. Oyó aquella respuesta Guinart y se estremeció, pero simuló no haber oído:

—Cuestión de palabras, Iriarte. Pero cuidado. Alguien se acerca.

El alcaide de la prisión era un hombre de cabeza estulta y fisgona.

—¿Qué hablan ustedes ahí?

—Estábamos discutiendo —dijo Guinart— sobre la verdadera patria de Cristóbal Colón.

—¿En un día como éste? Hoy es la víspera de mañana. Todos los días son la víspera de mañana, pero no todos los días son iguales. En fin, mañana, a las tres de la tarde se cumplirá la sentencia. Es la única fuga posible en esta cárcel, mientras yo sea el director. Por el camino vertical; digo, el de los que suben al cielo o bajan al infierno. A juzgar por esa Biblia —concluía un poco sádico—, quiere usted ir al cielo.

Guinart no sabía qué decir. Por fin, acertó a hablar: «¿Mañana? ¿Entonces se ha revocado el acuerdo del aplazamiento?» El alcaide fue ahora el sorprendido:

—¡Ah!, yo no sabía que hubiera aplazamiento. Aquí... como no soy militar ni del cuerpo jurídico, no me comunican las decisiones. La verdad es que no venía a traerle la mala noticia, sino más bien a ver esa reja. Habría que tapiarla. El oficial de la guardia lo ha pedido muchas veces. En fin, si no me comunican antes por escrito el aplazamiento, a las ocho de esta noche entrará usted en capilla.

El alcaide salía y cerraba la puerta cuidadosamente. En la reja del fondo aparecía la sombra anterior:

—Bazán, lo tuyo lo habrán aplazado, y me alegro; pero lo nuestro no.

—¿Cómo lo sabes?

—Vino a traer la noticia ese mismo manús. Bueno, es lo que pasa. Lo peor es la víspera y lo que uno piensa ahora, ¿verdad? Eso es lo que duele.

Guinart callaba, mirando la Biblia.

—¡Eh, Bazán! —intervino Iriarte apareciendo otra vez en la reja—. No le hagas caso a éste. Yo soy el que te preguntaba hace poco si se caía o no la Tierra.

—No se cae —dijo Guinart.

—Pero si no la empuja nadie y no tiene motor, ¿cómo anda? ¿El magnetismo? Yo tengo un hermano electricista y dice que eso de la electricidad es un misterio. Alguno mueve la Tierra, Guinart. Es lo que yo digo. El cura dice que es Dios quien mueve la Tierra. ¿En qué quedamos? Tú decías que era el magnetismo.

—Dios tiene nombres diferentes —dijo Guinart, todavía distraído—. Infinitos nombres puede tener. Cualquier misterio es Dios. ¿Por qué no? Todo lo que no se puede explicar es Dios.

Iriarte no estaba satisfecho:

—Pero, ¿tú crees que Dios existe?

—Dios, para ser Dios, no necesita existir. Si piensas un poco en eso, lo comprenderás.

—Bueno, eso es diferente —comentó Iriarte más confuso aún, pero sin querer confesarlo—. Oye, Bazán, ¿se puede saber para qué hemos venido al mundo los hombres?

—¿Para qué han venido los árboles, los pájaros, los caballos y las águilas? Es la naturaleza, la vida. Somos la vida.

—Y ahora todo se va a acabar —dijo lúgubremente la sombra.

—No, nada se acaba nunca. Pero alguien viene otra vez. Salid de ahí.

Las sombras de la reja desaparecieron hacia abajo, pero el que entraba era sólo Blas.

—No te preocupes, que cuanto más borracho estoy soy más secreto. No soy en eso como los demás. Y si me aprovecho de los efectos del margen es porque algún tiene que aprovecharse; pero, entre nosotros, una cosa quiero decirte: que yo podría ir también al muro como cualquier hijo de su madre. Valgo tanto como otro. Yo, sin miedo.

La sombra reconoció desde la reja la voz de Blas:

—¿Estás ahí, lechuzo?

—Uno no es ningún borde ni inclusero. Mis padres me tuvieron a mí en legítimo matrimonio. Y aquí donde me ves, bailaré sobre tu sepultura. El garrotín floreao.

—Oye, Bazán —rió la sombra—, echa de ahí al lechuzo.

Pero Blas se marchaba sin que lo echara nadie. Y hablaba desde la puerta:

—El que te vayan a matar mañana no es para presumir de esa manera. El mismo ganado somos tú y yo.

Y añadía marchándose:

—Ya sabemos lo que es eso. Es como un viejo chiste, la muerte. Como un chiste del tiempo de los abuelos cabrones. Y todos se ríen después de muertos. Tú también vas a reírte, Iriarte. El seis doble es el que viene ahora. A mí me da lo mismo.

Hizo un corte de mangas y descubrió sin querer el antebrazo con los relojes. Se quedó mirándolos como sorprendido y se puso a explicar:

—Cada reló marca una hora diferente. El primero, la hora de la verdad; el segundo, la hora de los inocentes; el tercero, la de los que no tenemos miedo; el cuarto, la de los que lloran; el quinto, la de los que ríen antes del muro, en el muro y después del muro, y la sexta, la hora de los que se salvan. A vosotros no hay quien os salve ya. Yo diría que la hora de Bazán es diferente y para esa hora yo no tengo reló. Mucho salvarse es tres veces.

Se oía fuera el rumor lejano de los motores de aviación. Después, alguna explosión cuyas ondas llegaban a los recintos cerrados y los hacían vibrar.

—Aviones enemigos —dijo Blas.

Al mismo tiempo apareció el juez en la extraña compañía del basurero, que solía llegar dos veces a la semana conduciendo una especie de camión blindado. Era un hombre mal

vestido y sucio, con bigotes y perilla roja y unos ojos pequeños y oblicuos llenos de silencio. El juez entraba hablando:

—Vengo porque hay algo inesperado en relación con
usted, Guinart. Este es el basurero. Nadie estima gran cosa
a un basurero. Yo tampoco, pero viene a complicar más todavía el laberinto de su proceso, porque dice que es su padre.
Que él lo diga no es bastante para que yo lo crea.

—¿Mi padre?

El juez hablaba pensando, como siempre, en los hermanos
Lacambra.

—¿Es posible que un hombre de ideas subversivas como
usted tenga prejuicios de clase y se avergüence de ser hijo
de un basurero?

—Hombre, yo... —dudaba Guinart, del todo desconcertado.

Arreciaba fuera el bombardeo. Parecía que el riesgo de
muerte le hacía olvidar al juez las distancias y le hablaba a
Guinart como a un ciudadano ordinario y no como a un reo.
Reía entre tanto el basurero, como si se tratara de un
incidente cómico.

Evitaba el juez hacer consideraciones sobre la situación
del reo y al ver que el bombardeo había cesado preguntó a
Guinart si dormía bien a pesar de la sentencia, y salió sin
esperar su contestación. Por su manera de preguntar y de
eludir las respuestas, se veía que Guinart le tenía sin cuidado
y que había bajado a los calabozos a resguardarse de las
bombas.

Salió el juez con una especie de ligereza juvenil que no
correspondía a sus años, mientras el basurero reía y el centinela murmuraba contra los aviones enemigos.

—¿Por qué dice usted que soy su hijo? —preguntaba
Guinart al basurero.

—De alguien tienes que serlo —y reía el viejo con aire
superior.

Guinart esperó que el centinela (que había llegado acom-
pañando al juez) se alejara por los corredores, y dijo en voz
baja:

—Eso de las campanadas, ¿es verdad? ¿Mañana temprano?

—No, no. ¿A quién se le ocurre? Tiene que ser mientras
la guardia duerme. Mañana por la noche.

Entretanto, la sombra amiga de Iriarte trepaba otra vez
por la reja del fondo:

—Oye, tú, astroso, ¿eres el basurero? Antes le preguntaba a Bazán quién mueve el mundo y me decía que es el magnetismo. ¿Tú que piensas?

—¡Esto sí que es bueno! —reía el de la barbita roja—. Un basurero no está obligado a saberlo todo, pero lo único que puedo decirte es que en el mundo hay amor.

—¿El amor de la hembra?

—Pues... amor. Según dicen —explicaba el basurero, riendo— también lo hay entre los animales y entre las plantas y hasta entre las piedras. Piedras hay que quieren estar cerca de otras. ¿No has oído hablar de la piedra imán? Hay tierras lejanas y tiempos en la historia donde el amor y el imán significan lo mismo; pero, claro, si hay amor también tiene que haber odio, y las piedras, vegetales y animales que se repelen. ¿Qué te parece, rojillo?

Volvía a reír sin saber por qué.

—¿Es verdad, Bazán, eso de las piedras? —preguntaba el reo desde la reja del fondo.

Nadie contestaba, y por fin se oyó a Guinart:

—A ti te bastan mis respuestas, pero yo... ¿a quién voy a preguntarle yo?

—A mí —rió el basurero en un tono alto y agudo—. Tú crees que no soy nadie, pero todo el mundo abandona sus suciedades para que yo me las lleve y las queme en los incineradores. Así se llaman, incineradores. El incinerador universal.

—De una vez, ¿quién es usted? —preguntaba Guinart con la pregunta helada en sus labios grises.

—¿No te lo ha dicho Villar?

—¿Y es usted quien va a sacarme de aquí? ¿Cómo? ¿Por qué?

—Depende. Yo no puedo cambiar las leyes naturales. Mi patrón tampoco podría cambiarlas, aunque quisiera. Digo, él solo.

—¿El patrón?

—¡A ver! —y reía de nuevo, viendo la confusión de Guinart—. Ese joven taciturno que se ocupa de las identificaciones, un tal Urgel, me decía hace poco que yo debo ser el cornudo Pan de los viejos tiempos. El viejo Pan que sale del bosque y asusta a las gentes. Cree Urgel que la humanidad ha caído otra vez en el pánico antiguo porque he salido yo del bosque. Por eso ahora todos matan o mueren. Por pánico, más que por odio o por convicciones. Me decía que yo soy Pan y que entre este pelo rojizo de mala casta debo tener dos pequeños cuernos.

—¡Y es bien posible!

El basurero retrocedía para evitar que Guinart hiciera la comprobación y el preso seguía opinando, pálido y turbado:

—Eso del viejo Pan es solamente un mito de poetas. ¿Qué tiene usted que ver con eso?

El viejo volvía a reír jocundo y Guinart lo miraba más confuso, pensando que los basureros no suelen hablar de mitos ni de poetas.

—¿Vas a salvarme? —preguntó esperanzado, sin saber por qué

—Para eso necesito la ayuda de toda esta gente, y antes que nada la tuya. Hay que cambiar la ley natural.

—¿De qué ley hablas?

—Sólo hay una. Todas las cosas que viven quieren seguir viviendo: la roca y el árbol y el animal. Todas las cosas.

Guinart creía que el basurero estaba loco. Y repetía:

—No creo en los prodigios. ¿Qué tiene que ver eso con mi problema?

El basurero llamaba al comandante de la guardia sin hacer caso de Guinart, quien, temeroso de perder aquella oportunidad de hablar a solas con el basurero, repetía:

—Espera. Explícame un poco más. ¿Eres un borracho, un loco, un filósofo o simplemente un agente provocador? ¿Provocador de qué?

—No hay tiempo para esperar —y añadía bajando la voz: Tú no eres tan astuto como pareces, Guinart, o como quiera que te llames, y en tu situación se comprende. Pero ahí, en esa Biblia con letras pinchadas te decían que el alférez que está de guardia es... —haciendo con los dedos el gesto de contar monedas— vulnerable. Y no te has enterado. Te pasa la evidencia por delante de las narices y no te das cuenta.

—¿Vulnerable?

—Sí. Hay quien se juega la vida por un billete grande. Y no es culpa de él, porque le viene de familia la bellaquería, así como a otros les viene la grandeza. ¿Es que no ves las letras pinchadas en el libro de Job? El padre del alférez era un poco de la pecunia. Le viene de lejos eso. Hay la locura del oro, como hay otras locuras.

Aparecía el alférez en la puerta.

—¿Quién le ha dado permiso para entrar aquí? ¿Qué hace aquí?

—Vino con el juez —explicó Guinart, prudente.

—Este no se entera ni siquiera de lo que le conviene —dijo el basurero por Guinart— y tú, alférez, ni siquiera sabes su nombre.

—Todavía no ha cambiado su nombre en la lista —comentó el oficial, con una expresión lerda.

El basurero miró alrededor, sacó un fajo de billetes que parecían recién planchados y lo agitó en el aire:

—Puedo dejarlo salir —prometía el alférez apoyando la mano derecha y vacía en el cinto de cuero en el que repicaba con los dedos— pero sólo si hay bastante violencia para cubrirme. Ya lo dije ayer. Hay que sacar de en medio al centinela y al cabo. Con la sangre de ellos me cubro y nadie sospechará. Venga —y trataba de coger los billetes.

El basurero se guardaba el dinero, riendo a carcajadas:

—Te los daré después. ¿Qué dices tú, Guinart? ¿Matamos al centinela y al cabo?

Negaba el preso con la cabeza:

—No. Ese cabo y ese soldado son hombres del pueblo y son inocentes. No puedo permitir que los maten para salvarme yo.

Estuvieron discutiendo el asunto del dinero largamente, sin llegar a un acuerdo. Volvía el alférez a proponer la muerte de aquellos dos hombres y Guinart se negaba una vez y otra, mientras el basurero lo miraba complacido:

—Bien está —decía, sin dejar de reír—, pero muy bien. El prodigio. La ley natural, cambia. Por los dos lados cambia la ley natural. Primero, los hermanos Lacambra, que habían dado palabra, y ahora tú. Así todo será mejor.

Yo me alejé, sin embargo, convencido de que el asunto de Guinart se complicaba inútilmente y pensando que al reo le quedaban muy pocas horas de vida.

En cambio, mi problema (el de mi fuga) se presentaba mejor, ya que poco después llamé otra vez al aviador Joaquín Torla por teléfono y aquella misma noche llegó conduciendo un coche nuevo, según dijo para probarlo.

No habían ascendido a Torla a pesar de la facilidad de las promociones en tiempos de guerra. Era aún teniente y suponiendo que estaba resentido con los mandos, me alegré. Le dije que me habría gustado ser aviador porque tenían ellos un limpio sentido deportivo de la guerra y eran como trapecistas del circo de la muerte. Hacían su número difícil en lo alto, contra el cielo azul o gris. De vez en cuando sonaban las ametralladoras. Se lo decía esperando halagarle, pero él escuchaba con la faz congelada:

—¡Menudo trapecio!

—Ya, ya —dije gravemente—. No sé cómo te permiten volar con tu hígado enfermo. Es un crimen.

—La culpa la tiene el médico del aeródromo. Lo único que hace es darnos un vaso de coñac cuando volvemos de una misión. Eso ayuda a los nervios, pero ya ves tú: un vaso de coñac a un enfermo crónico del hígado. Cada día estoy peor. O muero de una ráfaga de ametralladora o de cirrosis hepática.

En la manera que tenía mi amigo de cruzar las piernas y echar la cabeza atrás creía descubrir, de pronto, una fidelidad al uniforme que no habría sospechado antes. Si Torla no aceptaba, podría suceder que me denunciara. En aquellos días nadie podía estar seguro de nadie. Había que medir cada palabra, cada silencio, cada gesto.

Avanzada ya la madrugada y viendo que sus resistencias parecían debilitadas por el insomnio, le hablé más francamente. No descubrí del todo mis cartas. Fui soltando la verdad, pero en pequeñas dosis. Torla me consideraba un tipo de quien podía esperarse cualquier extravagancia, aunque no en el sentido degradador ni vergonzante. Por ejemplo, sabía mi invento de la pistola alevosa y no podía comprender que no lo explotara.

—Sacrificar la vida a una causa —dije como preámbulo— es noble, aunque no se le puede exigir a nadie en una guerra civil. Digo, en esta guerra nuestra, entre hermanos. Si fuera contra un país extranjero sería otra cosa.

Me miraba Torla como si pensara: «Desde el principio sabía que aquí había gato encerrado». Yo argumentaba, atropelladamente:

—Si a mí me obligaran a batirme con los rojos en un avión de caza, no respondo de lo que haría. Los rojos son españoles también. Quizás estaría mi mejor amigo, en el avión contrario.

—Eso no importa. Lo único cierto es que cada vez que mi avión encuentra un bache de aire, el hígado se me pone aquí —y señalaba la garganta.

—Cuando uno se ofrece voluntariamente, allá él —insistí yo—. La vida, en el fondo, no es sino un largo y lento suicidio. Uno elige una clase u otra de muerte. Pero la que me ofrecen aquí no me gusta y estoy dispuesto a largarme y a pasar la frontera. Yo. Cuanto antes.

' No había hablado de pasarme al campo enemigo sino sólo de salir de España y quedarme en Francia. Por si acaso.

Torla me miraba en silencio como si no comprendiera, pero yo sabía que estaba al cabo de la calle. Entonces seguí hablando:

—Necesito que me lleves al otro lado de la frontera en tu avión. Sí, tú. Con eso no estoy pidiéndote que desertes, ya que podrías volver, supongo, y justificar la cosa con un accidente. Una tormenta, una avería en el motor. Eso puede pasarle a cualquiera.

Veía en los ojos de Torla intensidades cambiantes. También la sospecha de que yo estuviera sondeando la firmeza de sus convicciones para empujarlo al borde de alguna clase de precipicio.

—En definitiva —le dije—, ningún piloto está libre de ser atrapado por una corriente de aire contrario, por una tormenta. A mí me salvarías la vida y a ti nadie podría acusarte de nada.

Miraba Torla a otra parte para evitar que yo viera alguna expresión concreta en su cara. Tenía miedo de que yo descubriera su aceptación.

—Una corriente de aire contraria —murmuró—. ¡Y tan contraria!

Luego añadió:

—¿Dices todo lo que piensas? ¿Se trata sólo de tu problema y del mío? ¿No hay nada más?

Torla miró alrededor, todavía, con escama y dijo, riendo: «¿No estará funcionando alguna de tus maquinitas secretas?» Reía aún porque tenía miedo al fondo dramático de todo aquello.

—Hablas como un gato escaldado.

Tenía yo la sensación de la victoria, pero la disimulaba para no alarmarlo. Después de otro largo silencio, con la mirada perdida ahora en el techo, mi amigo extendió una pierna, hizo descansar el pie contrario en la rodilla, se abarcó el tobillo con los dos manos y preguntó:

—¿No hay leyes según las cuales cuando un avión cae en territorio neutral internan al piloto y lo desmovilizan? He leído algo de eso.

—En las guerras civiles creo que no. Eso pasa en las

guerras entre naciones, cuando un aviador cae en campo neutral.

Al parecer quería mi amigo que lo internaran en Francia después de fingir un aterrizaje forzado. Yo temía en aquel momento que mi amigo se volviera atrás y quise plantear las últimas dificultades y resolverlas de una vez:

—Es para ti y para mí, asunto de vida o muerte. Y la salvación no puede ser más fácil. Es sólo cuestión de coordinar los movimientos. Desde aquí a tu campo hay poca distancia. Yo tardaría en llegar unos treinta minutos, pero tendría que saber exactamente la hora de despegar para presentarme allí en el justo momento. Otra cosa sería peligrosa.

Torla podría negarse aún, pero la vida en combate de los pilotos de caza era corta. Seguir volando cada día en el ejército nacional no era solución alguna. Por si acaso, se lo recordé:

—¿No has rebasado ya el promedio de vida de los pilotos de guerra en el aire? ¿No es ese promedio de treinta horas?

—Treinta y siete —dijo él con voz ronca.

En aquella afonía percibí la última prueba de su convencimiento. El resto de la noche transcurrió, sin embargo —todavía—, en tanteos, consideraciones, cálculos y contracálculos. Faltaba poco para el amanecer.

—¿Tú ves? —le decía yo—. Treinta y siete horas. ¿No has rebasado ya ese promedio?

El afirmaba con la cabeza y aunque parecía enfadado consigo mismo quedamos en que me llamaría por teléfono dos días después, cuando estuviera de guardia en el campo. Tendría un avión listo. Había que precaverse contra la probabilidad de que la línea telefónica estuviera vigilada. Él me diría por teléfono: «Tu hermana se casa y la boda será a tal hora». Sería la hora del despegue. Dejamos bien claros otros pequeños detalles. Sin embargo, no había dicho expresamente que aceptaba, ni perdió el tiempo acusando a nadie ni opinando sobre sus jefes. En los casos de indignidad, lo peor está en las palabras y todas son ociosas.

Trataba de entretener al piloto hasta que se hiciera de día, ya que hay personas que cambian de parecer según sea de día o de noche. De día son tímidos y de noche atrevidos, o al revés. Influencias —supongo— del sol. Quería ver si el cambio influía en él.

Seguimos hablando hasta las siete de la mañana a plena
luz, y viendo que se mostraba aún firme y decidido, salimos.

La noche en blanco no me hizo mella, porque vivía la
mayor parte del tiempo en un estado de gravedad parecido
al sonambulismo.

Pasó el día sin novedad y al hacerse de noche me sentí
nervioso pensando en Guinart y bajé a la capilla, adonde
solían llevar a los reos veinticuatro horas antes de ejecutarlos.
Allí encontraría a Guinart y a los otros seis emplazados.

El baptisterio aparecía cerrado por una verja, detrás de
la cual se agitaban sombras humanas. Todo era confuso y
tétrico, como son las iglesias de noche. Fuera del baptisterio
estaba Guinart, a quien le habían cedido por extraños respetos toda la capilla. Desde la muerte de los hermanos Lacambra parecían mirar a aquel hombre a quien iban a matar con
alguna clase de elusiva reverencia. Vacilé un momento pensando que en aquel complot para liberar a Guinart, si fraca-
saba, podía quedar implicado yo gravemente. Fatalmente.
Lástima, ahora que la fuga con Torla parecía segura. Podría,
si las cosas fallaban, ir también al muro, lo que vendría a
ser grandemente inoportuno —pensaba con humor cáusti-
co—. Me quedé, pues, cerca y lleno de curiosidad, pero fuera
de la capilla. Oía lo que se hablaba y veía lo que pasaba,
pero no quería entrar.

Me sentía incapaz, por otra parte, de hablar adecuadamente con unos hombres que estaban esperando el fusilamiento.

Guinart estaba solo. Precisamente en aquel momento
llegaba el capellán y Blas lo anunció no sé si en broma o
en serio desde la puerta:

—Aquí está el reverendo padre. Las lechuzas vuelan de
noche.

De las sombras salió una voz:

—Bazán, echa al cura, que es un camándula.

El cura pareció súbitamente ofendido:

—¿Quién habla?

—Si estuviéramos libres yo y éstos —dijo la voz lejana—
te íbamos a cazar vivo y te pondríamos a trabajar en el
campo. Así arreglaría yo el problema agrario: la tierra para
los sacerdotes. ¡Que la labren y la escarden y suden sobre
ella! ¡Camándulas!

—¿Creerás que no trabajo yo? ¿Qué dices, desgraciado?
—preguntaba el cura haciendo avanzar su hocico en el aire

como una gárgola antigua—. Quizá trabajo más que todos los
campesinos juntos.

Con el desenfado de la desventura, la voz del baptisterio gritaba:

—Ya, ya, echando responsos y dando sablazos. Pues el
responso que me eches a mí no te va a valer mucho:

> *Cinco duros, cinco duros*
> *esos sí que están seguros...*

—Ya lo ve usted. Al borde de la sepultura, pero ofen-
diendo a un ministro de Dios.

—Discúlpelo —dijo Guinart, con un humor agrio y
subrayado.

—Márchate de ahí, camándula —gritó otra vez la voz de
las sombras.

—Aunque yo lo disculpe —replicó el sacerdote, ofendido
por ser tuteado más que por otra cosa— no los disculpa
Dios, a ustedes. A ti tampoco. Eres tan malo como los otros,
tú, Guinart. O peor.

Se marchaba el cura, pero recordando que tenía una misión
se detuvo antes de llegar a la puerta:

—¿Quieres confesar, Guinart?

—No. Se lo agradezco, pero no lo considero necesario.

Salía el cura, indignado, y tropezaba en la puerta con el
alférez que entraba. Este vio los ojos del cura febriles por la
ofensa:

—¿No se encuentra bien, padre?

El cura desapareció en un revuelo de palabras confusas
y de recelos.

El alférez me llamaba a mí y yo acudí un poco intrigado
y seguido del basurero, que me alcanzó y entró conmigo,
jovial y tranquilo como si no sucediera nada.

Yo me encontraba bajo la impresión de haber pasado
también a ser un reo de muerte y pensé de pronto en Panticosa, en Valentina y en la corza blanca. Pensaba también,
de un modo involuntario y maquinal: «A mí, por ser tal vez
civil y no militar, me ahorcarían en lugar de fusilarme». Y
decidía que era mucho mejor el fusilamiento. Pensándolo, me
entraban unas ganas tremendas de vivir, allí, en la noche,
bajo las altas bóvedas.

—¿Qué van ustedes a hacer por fin? —dije disimulando el temblor de mi voz.

El alférez respondía mordiéndose las uñas:

—Para salir de esta cárcel tiene que haber sangre, repito, o de otro modo me busco la perpetua. Si usted, Guinart o como se llame, no quiere matar a ningún hombre del pueblo, entonces lo matarán a usted. Hay que elegir, y pronto, porque la noche pasa de prisa, ¿verdad, basurero?

Este miraba a Guinart con expresión lejana y grave:

—¿Sí o no?

—No. Ya lo dije ayer.

Volvía el basurero a sus risas y chanzas:

—Este ha cambiado la ley natural.

Visiblemente ebrio, Blas se puso en el centro del corro:

—Donde hable el basurero también puedo hablar yo. Mi opinión es que los van a matar a todos. A mí también.

Calló para escuchar los ruidos de fuera. Estampidos de granadas enemigas, ametralladoras lejanas. Se oía también el fragor tormentoso de motores y de hierros mal ensamblados: tanques. Quizá tanques pesados. Un verdadero caos que los hacía callar a todos.

—Comienza la función, coño —reflexionó Blas.

—Tiran —dije yo al azar—, pero debe ser una finta para atacar en otra parte. Este frente no le interesa al enemigo. Todos saben que no le interesa.

—Pues como pegar, pegan —declaró el oficial, inquieto.

La artillería arreciaba y en aquel momento, y por encima del tronar de los cañones sonaron cerca, metálicas y concretas, las tres campanadas. Quedaron todos suspensos y en silencio. Iba yo a decir algo, pero me contuve. Quería huir recordando mis planes con Torla y temiendo invalidarlos con una imprudencia, pero el basurero se dirigía a Guinart:

—Mi camión está blindado. Vamos.

—¡El carro de la basura! —comentó, desdeñoso, Blas.

—¡Con un motor Diessel, señor! —gritó, enfático, el basurero—. Vamos, que no hay momento que perder.

Se atrevió el oficial a preguntarme, lleno de súbitos recelos:

—¿Qué hace usted aquí, señor Urgel? ¿Qué pinta usted en este negocio?

—Nada, nada —me apresuré a decir, feliz de marcharme—, pueden estar seguros, que por mí y suceda lo que suceda nadie se va a enterar. Mis ideas son contrarias a las de Guinart, y no precisamente por miedo a las tormentas ni a los rayos del cielo, pero no soy de los que van con el soplo. Yo soy ciego y sordo en este asunto.

El alférez me miraba pensando: «Este tío miente. Es de los que saben nadar y guardar la ropa». Yo salía riendo (mi risa imitaba sin querer la del basurero). Todos reían fácilmente y con cualquier pretexto, menos el alférez, engolosinado con el dinero y temeroso de perderlo.

Caminaba por el atrio tratando de escuchar todavía lo que se decía detrás de mí. Villar apareció no sé por dónde —quizás había entrado por la sacristía— y declaraba refiriéndose a mí:

—Ha hecho Urgel más por Guinart que por todos nosotros juntos, y es porque se enteró de que Guinart tuvo que ver hace tiempo con lo del cuartel del Carmen en Zaragoza. ¿Se acuerdan de aquel jorobado medio loco que se jugó la jeta y la perdió?

Con una determinación súbita, el basurero se ponía a dar órdenes:

—Anda, Blas; llama al centinela y al cabo de guardia, y acabemos de una vez.

—Veo que comprenden —dijo el alférez, feliz, creyendo que iban a poner en acción su plan de «cubrirle» con la sangre de aquellos dos hombres—; pero mucho ojos, que llevan armas y podrían defenderse. Hay que atraparlos por sorpresa y de espaldas. Eh, Blas, diles que soy yo quien los llama, de otro modo no vendrán. Tú, basurero, encárgate del cabo.

—¿Que me cargue al cabo? —preguntó el basurero riendo y entendiendo mal y bien al mismo tiempo las palabras del alférez—. ¿Yo? ¿Con qué? Voy sin armas.

—Toma mi pistola.

Y el alférez se la dio, lo que no dejó de causarme sorpresa. Era una serie de gravísimas imprudencias. El alférez debía haber bebido. Blas pasó a mi lado, camino de la guardia, sin verme. Estaba yo en el atrio escuchando, con los pelos de punta y sin acabar de entender. Al parecer, el basurero iba a matar al cabo y el alférez al soldado. Pensé por un instante correr a avisar a los soldados, pero mi voluntad —solicitada desde tantos planos diferentes y opuestos— se quedaba indecisa y paralizada. Las explosiones seguían fuera.

—Este bombardeo —declaró el alférez— puede facilitar la cosa. Este bombardeo y la noche sin luna.

—La luna sale a las doce —dijo alguien, en las sombras.

—¿Dónde está el dinero? —preguntaba el oficial.

Se negaba a entregarlo el basurero, todavía, y discutieron un poco.

El alférez suplicaba diciendo que tal vez sería relevado al amanecer y quería el dinero para una gran necesidad urgente. Pero volvía Blas con el soldado y el cabo. Cuando entraron, el alférez cerró la puerta.

Hablaba el basurero con la pistola en la mano y Guinart lo miraba con una expresión entre alucinada y recelosa.

—¿Han oído las tres campanadas? —el cabo afirmaba—. Pues ésa era la señal.

—¿Qué señal? —dijo el cabo.

—La de vuestro fin. Al sonar esas campanadas teníamos que salir de aquí, matarles a ustedes dos y escapar. ¿Ven? Ahora mismo el alférez me hace una seña para que dispare esta pistola contra tu nuca, ¿la ves?

Y alzaba la mano armada. El rostro de Guinart estaba blanco y blando como la masa de harina antes de entrar en el horno.

—Un momento, caballeros —gritaba el alférez, histérico.

—Ahora os llama «caballeros» —decía el basurero, riendo—, pero no sois para él caballeros, ni muleros, ni burreros, sino carne de muladar. El oficial nos dijo que mediante cierta cantidad que tengo aquí —y mostraba los billetes— nos permitiría salir de la prisión con la condición de mataros a los dos y salvar de esa manera su responsabilidad. ¿Qué os parece?

Fuera arreciaba el bombardeo y algunas granadas caían cerca de la capilla mientras el alférez parecía enloquecer:

—¡Un momento! No olviden que es el comandante de la guardia quien les habla.

—Sobre vuestros cadáveres —repetía el basurero.

—¿Pero quién nos iba a matar? —preguntaba el soldado sin acabar de comprender.

—Voy a explicarlo todo —vociferaba el alférez—. Atención, que voy a explicarlo todo.

—Se supone que una vez muertos vosotros —seguía el basurero—, nosotros saldríamos de aquí con el preso, montaríamos en mi camión y el oficial se embolsaría el dinero. Pero el preso Guinart, aquí presente, se niega diciendo que prefiere ir al muro mañana y dejarse fusilar antes que permitir que los maten a ustedes. Con esto ha puesto el prodigio en mi mano. Alguna vez ha de hacer prodigios el basurero.

Todo es diferente ahora. Cabo —ordenaba el basurero, riendo—, quítale al oficial las llaves y yo arreglaré las cosas en un momento. Pronto, que la noche avanza.

Una voz llegaba desde el baptisterio:

—Ojo con el oficial, que cuando se vea fuera avisará a los otros y en ese caso estamos todos perdidos.

—Yo también soy hombre del pueblo, señor Guinart —decía el alférez borracho, temblando—. Comprendan ustedes, cabo y centinela. Pero esos del baptisterio no estaban en el plan. No olviden ustedes que yo soy el comandante y que puedo todavía dar parte por escrito y que será a mí a quien creerán los superiores.

Una voz llamaba desde fuera:

—¡Oficial de guardia!

Era una voz apremiante y se oían al mismo tiempo pasos con botas de jerarca. El alférez suplicaba:

—No me denuncien. ¡Juro por Dios que yo tampoco diré nada de ustedes!

Sonreía el basurero pensando que el alférez estaba mareado por el vino, enloquecido por el dinero y estupefacto por el riesgo. ¿Cómo iban a denunciarlo sin denunciarse a sí mismos?

—Disimula también o te abrasaré el corazón, pase lo que pase —decía el basurero clavándole al alférez la pistola en la espalda.

En la puerta apareció un ayudante con casco y equipo de combate. Llevaba un pliego y un cuaderno en la mano. No se fijó en nada. No le extrañó nada.

Firme el recibo e impóngase del contenido dentro de dos horas. Vamos, pronto.

El oficial sentía la pistola del basurero en la espalda. Un gesto, una palabra y aquel hombre astroso de perilla rubia apretaría el gatillo sin dejar de reír. Después, los fusilarían a ellos, pero el alférez habría ido por delante.

Y vidas no hay más que una.

El pliego estaba cerrado y en el sobre se indicaba cuándo debía ser abierto.

Fuera, seguían estallando las granadas. Al ayudante debía haberle alcanzado alguna esquirla y llevaba un hilillo de sangre debajo de la oreja, descendiendo cuello abajo. No se daba cuenta. Nadie se daba cuenta de lo absurdo y lo inverosímil de la situación, al parecer, más que Guinart dentro de la capilla y yo en el atrio. Y los dos estábamos perplejos .

—No abra el pliego —repetía el ayudante —hasta dentro de dos horas. Vamos, ¿en qué piensa?

Vacilaba aún el alférez y el ayudante, tuteándolo, añadió:

— ¡Firma, huevón!

Firmó el alférez y el ayudante salió a grandes trancos. Al verme a mí en el atrio pareció sorprendido: «¿Qué hace usted ahí? Orden de evacuación. Venga conmigo». Yo le seguí. Detrás quedaba el alférez, repitiendo:

—Ustedes son mis subordinados y yo su comandante en comisión de servicio.

Blas salió a informarse de lo que pasaba y volvió a decir que las tropas se marchaban y con ellas también yo.

—Ya no quedan —decía— sino algunos tanques que cubren la retaguardia. Parece que llegó un parte como que había que rectificar la línea.

Lo que parecía más extraño es que me obligaran a incorporarme a la columna abandonando todo mi equipo. Allí quedaron mis dictáfonos, mis rollos magnetofónicos.

Ocuparon las tropas una segunda línea fortificada y al ver que nos quedábamos tres millas o cuatro más atrás me alegré, porque no quería alejarme de aquel frente pensando en mi fuga con Torla. Había algunas cosas incongruentes. Por ejemplo, no podía comprender que hubieran dejado a los presos detrás; pero cuando vi más tarde que la artillería apenas emplazada comenzaba a tirar sobre Casalmunia, pensé: «Pobres diablos, no va a quedar un preso vivo». Todo nuestro esfuerzo inútil.

Dos días después me llamó por teléfono el piloto y me dijo, según habíamos convenido, que la boda de mi hermana —yo pensaba en Maruja— sería el día siguiente a las tres y veinte minutos. Respiré por fin, ya que estaba seguro de verme envuelto en la intriga de Casalmunia.

Recuerdo que habiéndome acostumbrado en Casalmunia a la vida quieta y sedentaria de los burócratas, la perspectiva de un vuelo clandestino e ilegal por los aires pugnaces de la guerra me desazonaba un poco. Imaginaba, sin embargo, a Valentina esperándome en el aeródromo de llegada y entonces las inquietudes desaparecerían. Habría volado, si fuera preciso, colgado del avión, en un trapecio. Por desgracia, aquello de Valentina no era verdad.

Cuando pedí permiso para asistir a la boda de mi hermana, me lo concedieron sin dificultad.

El día anterior había vuelto a ver al jefe militar amigo

de mi padre, quien me miró, yo creo, de una manera reticente. «Tal vez ha visto a mi padre —pensé— y han estado hablando de mí. ¿Qué le habría dicho, mi padre?». Estaba seguro de que algo adverso e inmediato iba a sucederme. Por lo menos iban a movilizarme, ya que al parecer suprimían los servicios de identificación —el coronel andaluz decía que aquello era *un paripé*— y me dejaban cesante.

Recogí el dinero del que disponía, que no era mucho, y esperé el momento. Al día siguiente, salí con uno de los camiones de intendencia llevando un paquete con el overol de los mecánicos de aviación, que me puse en el camino.

No tardé en llegar, pero en el aeródromo pasé un mal rato al acercarme a la barraca de los pilotos, en cuyo vestíbulo tuve que esperar. Era uno de esos lugares de paso, con luces y ecos contrarios e imprevisibles donde se desbaratan a veces las mejores intrigas. Para remate de pleito, vi en la pared una estampa que parecía la Virgen María, pero era la misma cantante de la ópera *Ildegonda*.

Cuando salió Torla, dijo, sin mirarme: «Sígueme hasta el avión, no hables con los otros, sube por donde suba yo y siéntate en el lado contrario del sillín. Hazlo todo despacio y sin nervios».

Fingíamos los dos el aire aburrido y taciturno de los que están entregados a una tarea rutinaria. Subimos al avión. Cuando estuve dentro, el piloto cerró la toldilla, puso en marcha el motor y arrancó.

Todavía se permitió un lujo deportivo. Al despegar, y antes de alcanzar una altura de veinte metros, viró hasta poner el avión sobre un ala casi rozando el suelo y tomó la dirección contraria a la del despegue. Yo me llevé un gran susto porque creí que nos caíamos.

—Es la *salida pera* —dijo Torla, feliz a pesar de su hígado.

La broma podía habernos costado la vida, pero en posición normal el avión subía rápidamente. Mirábamos con recelo el horizonte a nuestra derecha, que era donde estaba el peligro. La gasolina se consumía rápidamente y media hora después estábamos aún en las estribaciones de los Pirineos. No tardamos, sin embargo, en volar sobre las crestas nevadas. Yo respiraba mejor viéndome en un cielo y en una tierra donde mi padre no podría alcanzarme.

En cuanto a mis amigos de Casalmunia, consideraba a Guinart muerto como el mismo Checa después de los bombardeos de la artillería nacional.

El misterio del basurero no acababa de entenderlo y si insistía en tratarlo de comprender sentía mi cabeza como una devanadera.

Volábamos hacia Pau. El hecho de caer por una falla mecánica en tierra francesa no nos parecía tan peligroso como en tierra española; lo que no deja de ser absurdo, porque habría sido también un accidente mortal.

Aunque por radio preguntaban los franceses quiénes éramos y qué buscábamos, decidimos no responder y aplazar las explicaciones para cuando llegáramos.

Aterrizamos sin novedad. Todo el interés que parecían tener por radio los franceses desapareció cuando nos vieron salir del avión. Procuraban dar la impresión de que no se habían dado cuenta de nuestra presencia. Por fin, nos acercamos un poco extrañados a las oficinas del aeródromo.

Poco después de darnos a conocer, comenzó la gente a mirarnos amistosamente y a sonreírnos, especialmente cuando supieron que escapábamos de la zona nacionalista.

—¿Desertores? —preguntaban algunos alegremente.

Un resto de pudor obligaba al piloto a negar: «Una *panne*». Uno de los franceses guiñó un ojo y un viejo, que resultó ser pariente de un diputado socialista llamado Berdier, dijo en voz alta:

—Algunas *pannes* como ésta y los rojos españoles ganarán pronto la guerra.

Llegaron después varios oficiales de aviación y con su aire de superioridad distante trataban de dar a entender que los fugitivos españoles carecían de interés, que la guerra española les tenía sin cuidado y que los millares de muertos españoles eran una broma sin importancia, aunque *desgraciadamente* había entre ellos algunos voluntarios franceses. Llegaban a inspeccionar el avión por orden de la comandancia militar de los Bajos Pirineos.

Hacían fotos del aparato por la derecha, por la izquierda, de frente y de espaldas. Torla aguantaba la risa:

—El interés está dentro, en el motor y en la sincronización de las ametralladoras. También en el sistema de recuperación del tren de aterrizaje, que es un mecanismo nuevo.

Seguían los militares haciendo fotos y tomándose el mayor trabajo para demostrarnos que no existíamos. Para mí la cosa comenzaba a ser cómica. Luego, oyendo las preguntas de los oficiales franceses, Torla se impacientaba y yo reía, porque desde que habíamos aterrizado tenía una disposición

fácil a la risa. Me pasa siempre que viajo en avión durante
la primera hora después de llegar al punto de destino.

—A estos tíos —dije yo— no les gusta que hayamos salido del lado nacional.

Un viejo oficial francés repetía con ganas de molestarnos:

—Ustedes han robado un avión y debían ir a la cárcel,
pero esperamos noticias de las autoridades españolas.

Yo replicaba:

—Si quieren acudir a las autoridades de España, aquí
mismo hay un cónsul. El les dirá a ustedes lo que hay que
hacer.

El cónsul era republicano, ya que el gobierno de la República seguía siendo el único reconocido por Francia. Mi amigo miraba de reojo, indignado. A veces parecía resentido conmigo también, pero lo estaba con la humanidad entera. Yo
quería telegrafiar a Barcelona, volar a San Juan de Luz a
ver si estaba Valentina. Como era imposible hacerlo todo a
un tiempo, decidí comer en un buen restaurante, cosa que
no había hecho desde hacía tiempo.

Fui a cambiar mi dinero y aunque temía que no lo acep-
taran me encontré con la sorpresa de que todavía la peseta
valía más que el franco —pobre moneda francesa, condenada
eternamente a la depreciación—. Y con los bolsillos llenos de
billetes azulinos, fuimos a un lugar donde comimos opípara-
mente.

Después de comer llamé al cónsul por teléfono y fuimos
los dos a verlo. Era un vasco grande, redondo, rubiáceo.
Honesto como una ballena de agua dulce.

Pareció feliz con nuestra deserción y aunque ofreció grandes albricias y premios al piloto si pasaba a combatir al lado
de la República, mi amigo resistió, a pesar de lo cual el
cónsul le ayudó con los problemas legales igual que a mí y
nos dio documentos que nos permitían toda clase de movimientos en territorio francés. Yo no los necesitaba, porque
pensaba ir en seguida a Barcelona.

El cónsul era de Bilbao y conocía de oídas al notario don
Arturo. Sabía que él y su familia —incluida Valentina—
seguían en aquella ciudad. «No piensa políticamente como
nosotros», dijo sin hacer comentario alguno. Hombre cauto,
también.

Por la noche comimos con él y el piloto bebió bastante y
a los postres le dio por confesarse:

—Yo no soy para vivir en Europa —decía— ni Europa es un país para vivir, sino sólo para aprender a vivir. Europa es la escuela y yo he aprendido y quiero marcharme a explotar mis conocimientos en el otro lado del mar, a donde han ido antes mis parientes. Voy allí bien enseñado y aprendido.

—¿Qué aprendizaje es ese? —decía yo para tirarle de la lengua.

—¿Qué aprendizaje quieres que sea? Cada cual pasa el suyo y aprendemos o nos estrellamos luego en la vida.

—Pero ¿cuál fue el tuyo?

—De chico fui a la escuela y el cura me enseñaba latín y quiso salvar mi alma; es decir, quiso hacerme fraile. En el convento se interesaban más por mi cuerpo que por mi alma y descalabré a un padre de novicios. El prior me dio una golpiza que para qué les voy a contar. Me escapé con toda mi integridad —todavía no sé cómo— y me hice soldado. En el período de instrucción, un cabo me dio de bofetadas, yo se las devolví y me encerraron en un calabozo. Cuando estuve ya instruido me enviaron a Marruecos, donde me dieron dos balazos. Luego entré en eso que llaman capítulo de complemento y me hice teniente, pero al mismo tiempo me enamoré de una sílfide y poco después me enteré de que me ponía ya los cuernos, lo que revelaba una rara precocidad. Me enamoré de otra que parecía más tonta y me casé con ella tomando las debidas precauciones, pero no me valió y me puso los cuernos también. Entonces lo tomé filosóficamente y quise pagarle con la misma moneda; es decir, que me eché una querida; pero me contagió la gonorrea. Yo se la trasladé a mi mujer y ella a su amigo y al fin los dejé a los dos con aquel recuerdo. Entonces comenzó la guerra y en cuanto pude entré en una de esas academias rápidas para hacerme aviador con ánimo de escapar un día, aunque éste —se refería a mí— cree que me ha conquistado con sus habilidades. Ahora estoy fuera de España y no pienso volver sino marcharme a América, donde, con la experiencia de mi aprendizaje en Europa, espero comenzar otra vez a vivir. Tengo parientes que andan en negocios. Uno de ellos me espera en Río de Janeiro. Los negocios míos serán sólo un disfraz y una apariencia y en cuanto llegue compraré un revólver de seis tiros y una navaja de siete puntos y que me los echen de dos en dos. Por las buenas o por las malas, antes de tres años seré rico. Acuérdense de lo que les digo: antes de tres años.

El cónsul, que era muy católico, se escandalizaba aunque fingía tolerancia, diciendo:

—Se dan cuenta, con un poco de suerte; pero esos tiempos ya pasaron, digo en Río de Janeiro.

Su gran calva rojiza se hacía más conspicua.

Entretanto, yo pensaba en el avión que debía llevarme el día siguiente a Barcelona.

En nuestro tiempo es curioso observar cómo un hombre cambia de atmósfera social —con sus implicaciones morales y psicológicas— en pocas horas gracias a la facilidad de desplazamiento. En Pau me despedí del piloto y del cónsul y tomé el tren para Toulouse, donde tenía asiento reservado en un avión de la Air France. El cónsul parecía personalmente agradecido por mi decisión de ir a combatir a Madrid y me regaló un pequeño frasco de brandy, que guardé para el avión.

En Toulouse dormí en el hotel de la Gare du Midi. Es Toulouse la ciudad más reaccionaria del mundo —eso creo al menos desde que leí a Voltaire y lo ajusté a mis experiencias personales—; y al día siguiente, antes de hacerse de día, partí para el aeródromo en un autocar donde iban también los pilotos y otros viajeros.

Era todavía de noche cuando despegamos, pero al subir a unos mil metros de altura recibimos el primer rayo de sol, dorado y virgen. Fuimos paralelos a la frontera hasta Port-Bou y al llegar a la vista del mar era ya día claro. Tenía la mañana una luz de ópalo, detrás de la cual las auroras catalanas, las más legítimas del Mediterráneo, iban expandiéndose.

No hallamos otros aviones militares ni civiles por el camino. El mundo entero parecía en calma. Debajo de nosotros iba abriéndose el paisaje de Cataluña festoneado de espumas de mar, con sus viñedos, sus pinares, sus pequeñas urbes agrícolas o industriales. Era todo de una serenidad de atlas escolar. Cuando el avión descendía un poco, se veían las chimeneas de las fábricas o las colinas flanqueadas de pitas azules. Yo me decía: «Esta es la parte de mi inmenso hogar español donde no está mi padre. La España que trabaja y canta. Que canta al aire libre, como los antiguos griegos. Cantos profanos, húmedos como las algas, o el canto de gloria de San Dámaso entre viñedos y almendrales».

No la España de mi padre, prehistórico y castrense. (Aunque lo castrense y prehistórico tenga un encanto que yo sé gozar, también.)

Aterrizamos bajo un cielo nuboso en el aeródromo de Llobregat. Como siempre que llegaba a Barcelona, recordaba las palabras clásicas: «Ciudad archivo de la cortesía, albergue de los extranjeros, hospital de los pobres, patria de los valientes, venganza de los ofendidos y sobre todo correspondencia grata de firmes amistades, en sitio y belleza única». Después del vencimiento del caballero de la Triste Figura, dice Don Quijote todavía: «Aunque los sucesos que en Barcelona me han sucedido no son de mucho gusto, sino de mucha pesadumbre, los llevo sin ella sólo por haber conocido la ciudad».

La decepción por los bombardeos frecuentes y por la escasez de víveres no había llegado a desmoralizar a la población civil, que sabía poner al mal tiempo buena cara. Se veían banderas por las calles y en los muros carteles de propaganda política. Había muchas facciones con siglas diferentes. No dejé de observar que aunque el gobierno central se había instalado allí, los catalanistas más apasionados se abstenían de hacerles sentir el mérito de su hospitalidad. Por cortesía, parecían olvidar que eran los dueños de la casa. Cervantes tenía razón una vez más.

Entre los múltiples pasquines que se veían en las calles, me salió al encuentro uno que tenía una enorme fotografía de mi amigo Guinart. Es decir, de Bazán; porque ese nombre estaba escrito encima de la foto: «*En memoria* del secretario del PLMC». Yo me sobresalté viendo que había muerto Guinart, amigo de Checa. Naturalmente, fui aquella noche —muy dolido— a rendir también pleitesía al amigo sacrificado en Casalmunia. No dudaba de que Bazán, el obseso, «contemplado a distancia por el diablo», ya no vivía. El basurero no había podido salvarlo, quizá.

Suponía que en Barcelona se habían enterado de su muerte por la radio y me sentí secreta y profundamente herido, aunque mi sensibilidad, como la de casi todo el mundo, estaba ya entonces educada para tolerar o dominar aquella clase de emociones. Llegué al lugar del homenaje cuando el acto había comenzado y me sorprendió ver que los oradores se referían a la ejecución de Guinart como si ésta hubiera tenido lugar seis meses antes. Estando mal informados en aquello, podían tal vez estarlo en lo demás y la esperanza de que Guinart estuviera vivo renacía. Yo escuchaba aquellos discursos llenos de sentimientos encontrados (esperanza y pesadumbre en relación con el posible destino de Guinart).

Se veía el local atestado de obreros militantes, muchos de ellos armados. Era el de Guinart un partido bien articulado, pero representaba una minoría en la España republicana. Una minoría socialista de oposición. La presidencia del acto estaba ocupada por algunas personalidades políticas conocidas y al fondo de la escena había un retrato de Bazán muy grande —una cabeza cuidadosamente ampliada—, que ocupaba todo el muro.

Veía yo aquello y sentía una emoción parecida a la que me produjo años antes ver el nombre del Checa en la primera página de los periódicos de Zaragoza. Pura historia, como diría Blas, el de Casalmunia. Aunque Bazán no era hombre de acción, ni menos de terror. Era un teórico importante, un organizador, un hombre culto. Checa había sido valiente, pero rencoroso y su rencor (que oscurecía su personalidad) parecía justificado por las injusticias que había sufrido. Pero Bazán era una buena cabeza analítica y serena. No estaba con Cristo ni con Buda, pero tampoco con Maquiavelo ni con Nietzsche. Estaba, por decirlo así, con un Sócrates que hubiera vivido en tiempos de Espartaco e inteligentemente trabajado por su victoria.

El proletariado tenía también su legítima aristocracia. El *proletariado*. A mí no me gustaba esta expresión, que me parecía llevar consigo un prejuicio discriminatorio de origen pequeño burgués típicamente «siglo XIX». Era mejor decir «el pueblo». ¿Había algo mejor en el mundo que un hombre del pueblo? En España, incluso la aristocracia feudal había imitado tradicionalmente al pueblo para asimilar alguna clase de distinción no sólo moral sino en sus costumbres y maneras. La duquesa de Alba había sido ante todo una maja. La condesa de Montijo, también. En otros países, como Inglaterra y Francia, la gente de blasones se aparta del pueblo para caracterizar su nobleza. Son nobles «por exclusión y eliminación», se podría decir. En España, la nobleza, inteligente o estúpida, imitaba al pueblo porque la verdadera virtud de singularización y capacidad de estilo, así como la libertad y la gracia, estaban en él.

Los aristócratas españoles que se apartan del pueblo acaban en caricaturas decadentes.

El acto en memoria de Bazán me resultaba doblemente interesante porque con una motivación errónea producía efectos más inusuales y raros. Así, pues, era como un acto político con dimensiones líricas. Hablaron varias personas, entre

ellas un especialista en trabajo sindical, hombre alto, flaco
y fantasmal, agrio y un poco torquemadesco, que parecía feliz
exhibiendo el supuesto cadáver del jefe; otro movedizo y
ágil, de tono intelectual, que había pasado la mayor parte de
su vida en Francia y gargarizaba un poco las erres; un tercero, joven también y de aire romántico —uno de esos metalúrgicos ceñudos que paseaban con su novia por las Ram-
blas—; un profesor —economista conocido—; en fin, todos
los que representaban algo funcional y direccional en aquella
fracción que era tal vez la mejor dotada intelectualmente
de Barcelona y a la que los partidos que compartían el poder
miraban con recelo.

Tomaban una actitud despiadadamente crítica no sólo para
referirse a los nacionales sino también a los nuestros. Y esto
último, a mí, que no estaba acostumbrado a los problemas de
la España populista en pie de guerra ni a las rivalidades
agudizadas por la revolución, me chocaba un poco; aunque
comprendía que en un movimiento tan vital y radical la lucha
interior era inevitable y tal vez saludable.

Relacionaba yo lo que decían en el escenario sobre Bazán
con la persona de mi amigo. Destacado quince años antes de
la masa popular, había sido calumniado por sus enemigos
—tan calumniado como el Palmao— hasta extremos barrocos
y bellacos, que no habían afectado sin embargo su moral.
Los que presidían el acto procedían de los mismos medios
que Peiró, Pestaña, Durruti, y desde luego de mi amigo Checa.
De Pestaña había dicho años atrás el mongoloide Lenin:
«Es uno de esos obreros puritanos de la revolución, de veras
admirable». Y Pestaña era enemigo del mongoloide genial y
lo fue siempre.

Cataluña era rica y en la región más rica de España se
producían los mejores revolucionarios, lo que me hacía pensar
que había la posibilidad de una revolución no por el odio
y el miedo (como la del mongoloide) sino por la riqueza, la
cultura y el amor. Una superación afirmativa y serenamente
inteligente. A eso me atenía yo. Sin embargo, no había que
hacerse ilusiones. Buda, Proudhon, Gandhi eran el lado femenino del pensamiento. El lado virginal y violable. En la encrucijada en la que estábamos, había para cada uno de nosotros
una bala perdida a la vuelta de cada esquina. Perdida o
bien dirigida. Cuidado, pues, en nombre de Maquiavelo,
Nietzsche y hasta en nombre del abuelo infernal: Stalin.

Una voz decía desde el escenario: «Hay una justicia histórica que...» Bien, pero esa justicia no ayuda mucho a los muertos. Decir aquello y en aquellos momentos, parecía un poco candoroso. «Pero es verdad —pensaba yo— que los crímenes cometidos en la madrugada con la impunidad de los grandes estafermos (Hitler, Stalin, etc.) van a acabar, a la larga, con los grandes estados que los ordenan y organizan y legalizan. Los *estados* y los *estafermos* tienen el mismo prefijo, en definitiva.»

Aunque hubiera en todos nosotros un poco de tontería implícita (simplicidad feminoide de Buda), el futuro era como una inundación creciente de aguas turbias que dejarían la tierra llena de limos fertilizadores. Y en esa inundación había algunos contraecos de masculinidad. Lo mejor sería encontrar una síntesis, si era posible.

Hubo una alarma durante la cual la reunión se interrumpió y las luces se apagaron y se oyeron caer bombas de aviación cerca. Arriesgar la vida en Barcelona tenía alguna calidad orgiástica que no había sentido en Casalmunia. Había que vigilarse a sí mismo, para que la orgía no consumiera algunas de nuestras energías morales. Durante aquellas noches se sucedían las alarmas cada dos o tres horas, para impedir que la gente durmiera. Los aviones eran Fiats del esperpéntico Mussolini.

Al encenderse de nuevo las luces, vi cerca de mí nada menos que a Ramón I, el colega de reboticas y otras altas empresas.

—¿Tú aquí? —le dije—. Yo te hacía en Melilla.

Me sentía en delito con él por haber usado su nombre, y no se lo dije por el momento. Salimos al pasillo para poder hablar más cómodamente. «Ya sé —me dijo— que acabaste la carrera, que inventaste un arma un poco siniestra para matar sin peligro y que al comenzar la guerra te atraparon en el otro lado de los frentes. Si yo fuera jefe de policía te metería en la cárcel, a causa de ese invento, para el resto de tu vida, preventivamente, claro.» Esa «cadena perpetua *preventiva*» nos hizo reír y comenzamos a recordar los buenos tiempos del Ateneo, cuando discutíamos con el melifluo y enrabiado Unamuno. Le habíamos dado a don Miguel malos ratos. Como había muerto en Salamanca la única muerte que podía morir (tenía pánico a la conciencia del *acabóse*), sentíamos respeto por su memoria, pero los hombres públicos tienen que aceptar riesgos. Recordaba yo que mi amigo estaba enterado —*rara avis*— de las corrientes que había por el mundo literario anglosajón, y cuando Unamuno, siempre pontificando, comenzaba a hablar del genuino yo, del otro yo, del que el vecino ve en nosotros, etc., etc., Ramón le interrumpía diciendo: «Todo eso lo he leído antes en Wendel Holmes». Unamuno se ponía nervioso y comenzaba a decir que nosotros —supongo los revolucionarios— éramos locos, tan locos como los frailes trapenses y que nos diferenciábamos de ellos y de los que estaban en los manicomios sólo en que andábamos sueltos. Mi amigo comentaba tranquilamente: «Esa idea también es de Holmes, don Miguel».

Cambiaba Unamuno de tema y decía, por ejemplo, algo sobre la voluntad de ser y Ramón le advertía: «Me alegro de coincidir con usted en Spinoza». Como dijera una vez, el viejo profesor, algo impertinente y agresivo con su voz atenorada entre tímida y despótica, mi amigo subrayó: «Veo que hasta en sus rencores es usted subsidiario de otros, porque eso lo dijo hace tiempo Schopenhauer. Celebro mucho tener los mismos autores favoritos que tiene usted, pero siento decirle que en todo lo que he leído de usted hasta ahora no hay una sola idea suya original».

Recuerdo que atrapó Unamuno una de aquellas rabietas profesorales que lo hacían parecer un poco infantil. Después me decía Ramón: «Todo el *Sentimiento trágico de la vida* es puro Spinoza sin una sola añadidura original. Pero como ahora la vida intelectual española es colonial o colonizable y nadie tiene opiniones propias, se guían por patrones académicos —por diplomas— y el rector de Salamanca tiene que tener alguna autoridad. Nadie ha leído a Spinoza ni a Holmes (que murió hacia 1898, en Norteamérica) y Unamuno lo sabe y se aprovecha».

La verdad es que las novelas de Unamuno son puro lugar común y expresado con una torpeza de estudiante de cuarto año de bachillerato. Sus poemas, también. Era entonces Unamuno el figurón de una especie de genialidad adrede y obstinada. La caja de los truenos de Unamuno era tramoya y fraude y *opéra à quatre sous,* según Ramón. Por desidia intelectual, algunos siguen creyendo que Unamuno era un portento. Es más fácil aplaudir que discriminar, más cómodo decir que sí que justificar el *quizá.*

Yo cambié el registro. Llevando la atención de mi amigo hacia los que presidían el acto, le pregunté:

—¿Estás tú con ellos?

—¿Yo? Bastante hago si estoy conmigo mismo. Me han herido y ando convaleciente. ¿No ves que llevo un bastón? Estaba en el Segre como jefe de brigada.

Le dije que días antes había estado con Bazán en Casalmunia y que se hallaba vivo aunque encarcelado y esperando la ejecución. Ramón se quedó congelado:

—¿No lo mataron hace seis meses en Aragón? ¿No? Chico, más vale que no les digas nada. Tengamos la fiesta en paz. Sería inoportuno después de todo lo que se ha escrito y dicho sobre él. La política es la adecuación sistematizada de lo posible y esto los desconcertaría de veras.

Yo pensaba en Bazán diciéndome: «Allá quedó un hombre que teme a la muerte como cada cual, pero que al mismo tiempo no puede alegrarse de estar vivo». No era que sus colegas prefirieran su muerte, pero sin duda habrían querido matarlo como político y conservarlo como amigo entrañable. Rara situación aquella.

Conocí en aquel lugar a un voluntario inglés convaleciente de un balazo en el cuello que escribía versos y que al parecer era estimado en su patria como novelista y ensayista. Se llamaba Orwell. Llevaba todavía una venda en la garganta. Decía con humor: «Todos me dicen, comenzando por los médicos, que he tenido mucha suerte, pero supongo que mi suerte podría haber sido un poco mejor». Recuerdo que Orwell escribió un poema en el que decía de Ramón:

Tú naciste en tu aldea sabiéndolo ya todo,
todo lo que yo aprendo poco a poco en los libros...

También decía de él en otro lugar (no recuerdo el poema entero):

¿Qué puede darte el mundo?
Menos siempre será de lo que tú le has dado.

Añadía que el nombre y las hazañas de Ramón serían olvidados antes de que sus huesos se secaran del todo, pero que no había bombas capaces de trizar ni quebrantar su espíritu.

Era Orwell un buen hombre y espero que se salvó. Lo que decía era verdad. Ramón era un pequeño gran hombre. ¡Tanta generosidad, tanto olvido de sí! Pero a veces me decía yo a mí mismo: «¿Para qué? Medio metro de escombros nos bastará a cada cual para cubrir esa generosidad, disolverla y hacerla olvidar, polvo en el polvo». Aunque el mío, como el de Quevedo,

polvo será, mas polvo enamorado.

Lo digo pensando, naturalmente, en Valentina.

En estos países viejos como España y Francia, el suelo que pisamos y el polvo que respiramos en el aire están hechos con residuos humanos en desintegración. ¿Quién respirará los míos? ¿Quién fabricará con la tierra de mi carne y el calcio de mis huesos el umbral de su choza? ¿Qué pies carnosos y juguetones de infantuelo me trillarán? Alguien percibirá en ese polvo —en todo caso— una clase de gloria indiscernible que le embriagará, sin embargo, como me embriaga a mí en este instante la de los pobres diablos que fueron antes.

Una gloria inmerecida, claro, e ilusoria.

Ese Orwell tenía —recuerdo ahora— algunas manías un poco tontas. Por ejemplo, le molestaba que los oficiales del ejército español usaran el mismo uniforme que los ingleses. No sabía que ese uniforme lo llevaban desde principios de siglo en todas partes, lo mismo en Alemania que en Turquía. Los ingleses suelen tener algún detalle chocante en su varonía, digo alguna manía de pequeños burgueses insulares, aunque en las demás cosas sean frecuentemente admirables.

Pero volvamos al mitín. Mi amigo Ramón recordó algo que yo había olvidado: la pistola de la alevosía. «Si la vendieras —me dijo— te harías millonario. Un millonario abyecto, claro, como la mayoría.» Cada vez que Ramón daba una opinión directa (las suyas solían serlo) tomaba no sé por qué un aire iluminado y radiante. Esperaba a ver lo que yo decía y al ver que me limitaba a negar con la cabeza, pareció satisfecho. La verdad es que yo no estaba del todo convencido, porque elegir la pobreza honrada me parecía un poco sórdido y sin bastante justificación ante mí mismo.

Era Ramón hombre de valor físico y de costumbres puras, aunque en un momento dado capaz tal vez de violar a una niña o de robar la caja de su tío, si su tío tenía una caja. Habría sido mi amigo un gran pecador o un santo en otros tiempos. De momento era un soldado que se batía y había sido herido un par de veces. Pensaba volver al frente, y decía sonriendo: «A la tercera va la vencida». Tal vez por eso hacía todas las cosas, incluso las más simples como caminar o hablar, con una especie de precipitación, como si fuera a faltarle tiempo. Unamuno no habría sabido qué decir ahora delante de mi amigo, de aquel soldado heroico a quien Orwell dedicó un poema.

Cuando Ramón se enteró del poema de Orwell se encogió de hombros:

—¡Bah!, esos son malentendidos de gentes de diferentes culturas.

Pero había también por allí una muchacha angelicalmente fea, muy culta, judía francesa que se llamaba Simone Weil y que dijo de Ramón: «*Mon Dieu, qu'il est beau*». Y aunque era una muchacha de costumbres ascéticas que se situaba voluntariamente al margen de toda posibilidad voluptuosa, al enterarse Ramón se sintió muy feliz y anduvo algunos días como ebrio. La verdad es que yo no veía belleza alguna en Ramón, pero nunca se sabe lo que las mujeres ven en los hombres. «*Mon Dieu, qu'il est beau!*» no le iba a mi amigo.

No hay que pensar que todos los Ramones eran perfectos. Los había también ridículos y grotescos, y uno, de veras abyecto, y lo bueno es que se parecía también a mí. Quisiéralo yo o no. Era —creo— el que llamaba Ramón VIII. Estaba también en la sala y era un golfo del género decorativo; es decir, un golfante. Gozaba o sufría grandes pasiones amorosas, que como suele suceder acaban mal, y solía ser con mujeres que tenían posición social y fortuna. Era fama que a dos de ellas les había sacado cantidades considerables de dinero, y un día que yo se lo reproché me respondió:

—Hombre, todo tiene su explicación. El amor es un asunto cómico-trágico-histérico-ignominioso-sublime, todo junto. Por cada vez que estas hembras me han puesto un cuernito, les he deducido una cantidad de la deuda que tenía con ellas (me habían hecho préstamos). A una le he quedado a deber ciento veinte mil pesetas y a la otra menos. No es mucho para lo que ellas merecían.

—¿Qué merecían?

—Bueno, para lo que se acostumbra, digo.

—¿Se acostumbra? ¿En qué consiste la costumbre?

Mi amigo descendía a niveles incomprensibles, como solía hacer Vicente cuando tiempos atrás me hablaba en Madrid de la danza de los culos uruguayos. Ramón explicaba:

—Digo con las calandracas. El amor desde antes de la Celestina es una tragicomedia, más risible que lacrimosa, tú comprendes. A las que tienen dinero y golfean a costa del amante titular y oficial, les ponemos multas secretas (sin hablar de ello, claro) y definimos a las paganas con esa palabra: calandracas. Mujeres diabólicas y fatales, pero que nos negamos a tomar en serio. ¿Está claro?

Lo curioso es que Ramón VIII era, como el rey británico que con el nombre de Ricardo llevaba los mismos numerales, un enamorado transido. Cuando ellas lo traicionaban, probaba a ser golfante y a izar una banderita de pirata. Con la guerra se le desarrolló a Ramón VIII una especie de pesadumbre y de contrición tardía que le daba un aire compungido. Un tipo raro, aquél. Lo mataron; y ahora yo pienso en él con respeto, a pesar de todo.

El día siguiente, quizá por haber dicho Ramón I alguna palabra indiscreta sobre el asunto de mi invento, vinieron tres personas a verme al hotel Bristol donde me hospedaba. Querían ver si estaba o no dispuesto a tratar la cuestión comercialmente. No me ofrecieron dinero, porque sabían que lo habían hecho otros en vano, sino participación en los beneficios, como socio industrial. Al ver que no aceptaba, me miraron como si fuera un atrasado mental. Ahora pienso que si hubiera vendido mi invento estaría tal vez en algún lugar cómodo y soleado, quizás en Río de Janeiro —como Torla—, disfrutando de mi fortuna y casado con Valentina. Entretanto, los hijos de puta que tanto abundan en todos los sitios se matarían entre sí con mi pistola y realmente no se perdería gran cosa. En realidad, sobra gente.

Bueno, olvidé aquello por el momento. Quería ir a Madrid y eso era todo.

Otro día vinieron a verme al hotel dos individuos que disimulaban malamente su acento ruso. Les dije que mi pistola no valía para la guerra y que la consideraba sólo un juguete sucio.

—La reacción química —me dijo uno de ellos con una especie de suficiencia de bonzo chino— la conocemos. Lo que queríamos comprarle es el *blue print* —decía en inglés— del mecanismo por medio del cual se aprovecha la fuerza de compresión de la congelación para producir el disparo.

—No —negaba yo.

—Creíamos que era usted un revolucionario.

—Tal vez lo soy, pero no un criminal.

—Las revoluciones no se pueden hacer sin sangre —y añadió el sabido lugar común—: Para obtener el fruto de las plantas hay que sacrificar la flor.

Respondí secamente:
—Eso será con las calabazas y los pepinos.

Se fueron decepcionados y kremlinales. No criminales, sino kremlinales. Estaba el comedor del hotel atestado de periodistas extranjeros, tal vez por hallarse al lado de la central de Teléfonos. Se me acercaron dos de ellos y me preguntaron si sabía algo de Andrés Nin. Les dije que no sabía nada y ellos me miraron de reojo pensando que tal vez estaba en el partido de los culpables por haberme visto antes con los rusos. Para compensarlo, hice los elogios más entusiásticos de Andrés Nin y entretanto pensaba que había entre los revolucionarios españoles muchos nombres acabados en *in*, lo mismo que en Rusia. Allí tenían Lenin, Stalin, Bukharin, Kalinin, etc. En España Nin, Maurín, Negrín, Claudín, Sendín y otros muchos de menos relieve. Todos parecían condicionados por los sufijos de sus nombres, sufijos púnicos, cartagineses, fenicios, tal vez etruscos y en todo caso terriblemente mediterráneos.

El día siguiente volvieron los rusos del *blue print* y yo me alarmé pensando que estaba atrayendo la atención innecesariamente. Hay dos tipos de atención en épocas de crisis. La atención pública, que da popularidad y puede actuar como escudo protector, y la otra, la atención de voces bajas (y miradas diagonales), crecientemente peligrosa cuando no hay probabilidad alguna —y este era mi caso— de que se resolviera haciéndole a uno capitoste de alguna ínsula Barataria.

Decidí salir cuanto antes para Madrid, pero todavía encontré en un café nocturno a un pintor sevillano que se llamaba Helios. Su buena presencia, su aire taciturno y su inmenso candor tenían un éxito envidiable con las hembras. En materia política había hecho todos los errores y las imprudencias imaginables y nunca le pasaba nada. Dándose cuenta los cuadros técnicos de su falta de peligrosidad, lo dejaban en paz. Mentía Helios, no como un bellaco sino como un niño de nueve años y siempre, claro está, con alguna clase de ingenio. Como casi todos los hombres de fácil moral, era una excelente persona.

Tal vez no había leído un libro desde hacía veinte años, pero atrapaba en el aire las opiniones —referencias de segunda mano y libros y doctrinas— de los otros y organizaba muy bien sus síntesis. No sé con qué pretextos había evitado ir al frente a pesar de hallarse en edad militar. Aunque no vendía

un cuadro (¿quién iba a comprar pintura en aquellos días?)
vivía desahogadamente. Los hombres simpáticos se salvan en
las peores encrucijadas. Helios tenía un carácter acomodaticio que más de un filósofo habría aprobado e incluso envidiado. Hablaba bien de todos sus conocidos y no por habilidad cauta sino porque lo sentía. Si alguna vez censuraba a
alguien, lo hacía tan apasionadamente y tan sin control (y
tan sin malignidad) que no había ultraje ni ofensa. Era Helios
una especie de carajo a la vela de tal perfección (en género
tan difícil de ponderar) que suscitaba alguna clase de respeto
y de leal amistad.

—Ten cuidado —me dijo— porque los nacionales van a
cortar España en dos y Madrid se va a convertir en una
ratonera. Yo no voy al frente porque sería una primada. Que
me fusilen si quieren, pero yo no hago el canelo, tú comprendes.

Nadie había pensado ni pensaría nunca en fusilarlo.

Luego me preguntó si era verdad que había inventado
una ametralladora con refrigeración automática y proyectiles
atómicos. Yo le dije que no, pero a él le impresionó mi
disimulo y desde entonces se dedicó a decir que había inventado un submarino sin motor que podía acercarse a las ciudades costeras calladamente y destruirlas con *rayos delta*. Elogiaba disparatadamente a todos sus amigos, porque así creía
recibir alguna gloria refleja.

Dudaba yo de que ganaran la guerra los republicanos,
pero ganar o perder en la vida no lo es todo y lo que importa es la manera de aceptar la dicha o la desventura; la
vida es lucha en una forma u otra y en todas partes y en
todos los tiempos y niveles sociales esa lucha es inevitable.
Yo solía pensar: «Es bueno en todo caso estar en el lado de
los que merecen vencer. Merecer la victoria puede ser tan
bueno como tenerla y aun mejor: nos permite encararnos
trágicamente con el destino y pedirle cuentas. Sólo a un
español se le ocurre esto».

Cuatro días después tenía yo arreglados mis papeles y
pude tomar otro avión y marchar a Madrid (que estaba sitiada por el enemigo), cuyos espacios aéreos eran cerca de la
ciudad tan arriesgados y llenos de (o punteados con) orejas de
lobo como los terrestres.

Al llegar me fui a mi antigua casa vacía.

Mi casa de Madrid olía —al entrar— a desayunos pobres.

Había un gran silencio. Ese silencio (yo me detuve a «escucharlo») que precede a los primeros rayos en las tormentas.

Fui al cuarto de baño y solté el agua.

Oí explosiones cerca. Con el ruido del agua no había oído las sirenas de alarma ni los motores de la aviación. Salí a ver por una ventana.

Luego volví al baño. Había tres desnudeces allí. La del agua, casi azul; la mía, casi verde, y la de la muerte, que flotaba en torno.

Mientras entraba en el agua, iba hablándome a mí mismo: «La muerte, ¡bah!»

Es buena, la muerte. Bien pensado, cuando se nos acerca se suele disfrazar, para no asustarnos, y se pone una máscara, la máscara de una persona querida que murió. ¿Por qué no ir a donde ella —esa persona— está? ¿Por qué no pasar por donde esa otra persona querida pasó?

Entretanto bueno era ir a la deriva, como cada cual.

El puerto será el mismo aunque el mar esté lleno a veces de claveles flotantes y de banderas tiradas y encendidas.

Al día siguiente me levanté pronto (comenzaba a amanecer) y me di cuenta de que había dormido mal. Estuve agitado toda la noche, como si tuviera un alfiler en la almohada.

Por la ventana sobre el Retiro veía a los pájaros de la primera hora. Los que vuelan en parábola son un poco más *cósmicos* que los que vuelan en línea recta.

Pero, sobre todo, lo que me impresionó fue un perro mendigo sentado en la acera de enfrente. Madrid era una ciudad sin desperdicios. Una ciudad enorme con las latas de la basura vacías. Aquel perro mendigo, con la piel sobre los huesos, no podía comprender. Las explosiones de la guerra eran una tortura constante para sus sensitivos oídos. Cuando salí de casa me miró con ojos azules y adolecidos. Todo el día pensé en aquellos ojos.

Salí a ver la ciudad. Era muy diferente de Barcelona. Había sufrido con el enemigo a las puertas. Muchas casas llevaban la marca sombría de las granadas y muchos rostros humanos la de la angustia. Por el cielo de otoño pasaban las granadas enemigas y las propias. En el Retiro y en muchas plazas y parques había baterías pesadas que disparaban noche y día, en un tronar sin pausa. Granadas de todos los calibres nos salían al paso en las avenidas enfiladas.

Al mediodía fui al Ministerio de la Guerra, donde me dieron el grado de capitán sin examinar siquiera mi expediente militar, que enviaron sin embargo a buscar al cuartel de la Montaña con una especie de pudor burocrático, pero con cierto escepticismo. Me destinaron a un frente, no en el mismo Madrid, sino cuarenta kilómetros más al norte, en la sierra, y me dieron dos días de plazo para presentarme. La ligereza con que me hicieron capitán me dio mala espina. Había un pesimismo secreto y una falta de fe en nuestro ejército —en la eficacia de los mandos y en la seriedad de las responsabilidades— que me deprimió un poco.

Fui también a una oficina de información a decir lo que sabía sobre el campo enemigo. Entre otras cosas, dije que el mando general estaba en Talavera de la Reina y aquella misma noche los aviones republicanos bombardearon la ciudad y mataron a la mitad de los oficiales del Estado mayor central de los nacionalistas.

Yo iba acompañado de mis recuerdos de oficial de identificaciones en Casalmunia. Solía evitarlos, porque si caía en ellos sentía un reconcomio amargo y hasta cierta dificultad en la respiración parecida al asma, aunque es verdad que había hecho lo posible para salvar las vidas de los reos más amenazados.

Especialmente de Bazán, a quien consideraba sin embargo fenecido ya y enterrado. O tal vez no. Siempre quedaba una duda después de haber visto el error de sus compañeros de Barcelona. Estos recuerdos me daban una profunda grima, que trataba de compensar pensando en otra cosa; y a veces lo conseguía, pero no siempre. Me quedaba en todo caso la infausta sospecha de la muerte de Bazán. No sé por qué imaginaba al viejo Pan en el entierro, tocando su siringa —aquella flauta múltiple que tanto se parecía a la de los franceses capadores de gatos y cerdos—. El viejo Pan debía andar todavía fuera del bosque.

Por fin me presenté en mi sector, que era un sector duro y eso me gustaba, aunque nunca me he considerado valiente. La idea de estar arriesgando algo por la libertad me parecía bien y solía decirme que los sentimientos de libertad, amor y Dios eran igualmente inefables y en cierto modo (en cuanto a su percepción como abstracciones) equivalentes. De ninguno de los tres podía prescindir ningún ser humano sin gravísimo daño mortal. Con ninguno de los tres aislados se podía saciar nunca nuestra alma y eran tres aspiraciones (o una sola en la que estaban las otras dos implícitas) que, cumpliéndose, crecían y cuyos límites era imposible determinar. Ninguno de los tres sentires era definible de un modo cabal y, sin embargo, sirviendo a la libertad se servía a Dios y lo mismo se podía decir alterando los términos. Eran tres necesidades absolutamente indispensables y crecientemente insatisfactorias. (Y eternamente presentes en la razón universal de ser.) Para mí el misterio de la Trinidad era ése: Dios, la libertad (llevada a los extremos cristianos del sacrificio voluntario en la Cruz) y el amor, que iban juntos.

En el frente me puse a trabajar sin hablar de mis experiencias pasadas. El general jefe del sector era un militar profesional, pero parecía a primera vista un fontanero o un empleado humilde y hacía la guerra sin alardes (y menos alardes castrenses), con un honesto sentido de la eficacia. Era, sin embargo, un soldado y como tal tenía a veces reacciones personales de una violencia profesional.

Había en el Estado Mayor del general hombres mucho más meritorios que yo y con una historia más patética, entre ellos el comandante Bartolomé, que había sido cogido prisionero por el enemigo y fusilado sobre el terreno en el frente mismo, pero pudo escapar con seis balazos y regresar desangrándose a la trinchera. Algún tiempo después se había recuperado y volvió al servicio activo. Más tarde lo mataron en el estúpido ataque frontal de Brunete que ordenó, desde lejos, el paralítico progresivo, sifilítico y abuelo infernal, sólo para darse importancia con los polacos y las secretarias de los polacos.

Hombres como Bartolomé tampoco solían hablar de sí mismos. Me enteré de su historia por el general que me la contó.

Un mes después de haberme hecho cargo de mi puesto comencé a verme en dificultades. No podía dormir en la trinchera. Después de algún tiempo de servicio ininterrumpido sin ataques ni contraataques de importancia —era aquél un frente estabilizado—, pedí permiso algunas veces para ir a dormir a la retaguardia y se me concedió. De tarde en tarde incluso a Madrid. Quería tratar de encontrar a una antigua amiga que en la confusión de la guerra parecía haberse esfumado sin dejar rastro. Nuestras amantes desaparecidas suscitaban en los subfondos del deseo un poco de alarma (la posibilidad de un accidente mortal) y un poco de alegría unida a esa posibilidad. Me sentía culpable, pero me consolaba pensando que Dostoyewski y después Freud debían tener razón cuando hablan de las ambivalencias en casos parecidos.

Esa ambivalencia no funcionaba, sin embargo, en el caso de Valentina, que estaba por encima de todas las circunstancias terrenales. Es verdad que nunca fue y no podría haber sido nunca mi amante.

La antigua amiga de la que hablo vivía en el paseo de Rosales y su casa había sido evacuada por el riesgo de la artillería enemiga. Era aquélla la muchacha del sobrinito de cinco años que se daba cabezadas contra la pared para conseguir chocolate.

Llegando yo a Madrid casi siempre al atardecer, y teniendo que volver al frente al punto del día no había grandes ocasiones de indagar. De noche era difícil hacer diligencias en la ciudad sumida en sombras, bajo el cañoneo y los morterazos. Esperaba tener un permiso más largo, tal vez de una semana, pero para conseguirlo no bastaba con alegar insomnio. Había cierta desvergüenza en el solo hecho de pretenderlo.

Así es que me las arreglaba como podía.

Observé que en la trinchera no tenía miedo ni siquiera bajo los bombardeos más concentrados. Es decir, mientras estaba en compañía de soldados o de otros oficiales. Aunque si me quedaba solo en mi albergue, me sentía flaquear, a veces. Parece que la compañía humana aligera y descarga nuestros servicios y distribuyéndose el peligro entre todos tocamos a menos. Supongo que también hay un poco de sentimiento de decoro y de dignidad. (No queremos que los otros descubran que tenemos miedo y llegamos por una mecánica sutil y secreta a suprimirlo, creo yo.) En soledad es otra cosa.

Para conseguir un permiso más largo no podía alegar fatiga de guerra. Todos estaban fatigados en el frente, pero yo lo estaba más. «¿Resultará que en resumidas cuentas no soy más que un señorito?», me preguntaba avergonzado. Era, sin embargo, hombre del pueblo y mis cuatro abuelos habían sido campesinos o ganaderos, dos de ellos analfabetos «a mucha honra»; es decir, a honra de cristianos viejos. Analfabetos como Carlomagno. No creían mis abuelos que la ciudad, es decir, los oficios liberales que en ella se cultivaban, pudieran ofrecer ventajas a hombres como ellos; y tal vez tenían razón.

Pero yo había sido incorporado a la ciudad. Los tiempos cambiaban. Yo no dormía y llegaba un momento en que era absolutamente imposible seguir de pie porque la tierra se movía delante de mí como si fuera fluida y a veces el suelo se levantaba y se iba poniendo vertical igual que se ve a veces desde un avión cuando se ladea para perder altura antes de aterrizar. Yo no lo decía a mis compañeros, porque me molestaba que me consideraran más débil y porque de antemano rechazaba cualquier clase de trato especial y de privilegio. No dormía, sencillamente, y en la noche, recorriendo los puestos como un fantasma, evitaba pensar en aquello, porque un soldado que no puede dormir en cualquier momento del día o de la noche no puede ser un soldado aprovechable. Y eso era lo único que yo quería ser, entonces.

Conservaba aquella tendencia a la reserva y a la cautela aprendidas en el lado contrario del frente. A veces, eso chocaba un poco a mis compañeros, que no lo entendían.

Me acordaba de aquellos presos que aguardando la ejecución querían comprender aún por qué se movía el mundo y no podían. Yo también habría querido saber por qué se movía el mundo aunque no me fusilaban.

Lo que más preocupaba la parte de mi atención, polarizada por lo que podría llamar la memoria heroica, era el basurero por un lado y Sender por el otro. Seguía identificando, sin darme cuenta, al basurero con Pan el de la siringa. En cuanto a Sender, me habría gustado que lo mataran aunque no podría decir por qué.

Pan era el del pánico. Más pánico que música, a no ser que el uno y la otra llegaran a hacerse interdependientes, lo que rebasaría las fronteras del juicio para apelar no sólo a alguna clase de locura, sino (colmo ya de lo inefable-siniestro) a alguna clase de locura gustosa.

Puestos en eso más valía apagar la luz y largarse (digo, de este mundo), sobre todo en aquellos días que teníamos el ánimo de las despedidas y el interruptor (la pistola) a nuestro alcance.

Si hubiera podido dormir un día cada tres, es decir, dos veces por semana, me habría visto libre de la peor necesidad de mi vida, más grave que el comer. Porque el no comer produce la muerte (que no es desgracia sino fatalismo y orden natural) y el no dormir produce una especie de locura fría con la cual se deteriora el vivir en sus mismas raíces sin salida ni solución. Ni siquiera solución mortal. Y con aquel deterioro llegaban algunas incomodidades que nadie sino los que no duermen pueden imaginar.

Pesadumbres secretas y difíciles de ponderar.

A veces sentía abismos físicos a los lados, a la derecha y a la izquierda, con el fondo fluido y nebuloso; verdaderos precipicios hacia los cuales me inclinaba sin darme cuenta. Cuando creía caer, me estremecía e incluso saltaba un poco hacia atrás. Si esto sucedía por segunda o tercera vez, tenía que irme a la retaguardia a dormir, sin darme de baja. No quería llegar a esa miserable determinación por nada del mundo y a veces me decía: «Físicamente estaba mejor en el otro lado. Pero moralmente vivía en una agonía constante. Aquí soy moralmente feliz, pero físicamente no acabo de adaptarme». La vida era compleja con sus laberintos y contradicciones. (Y sin embargo, me gustaba la vida, como debe gustar a los cerdos mismos —y tal vez a los ángeles.)

Con frecuencia dormía en la segunda línea entre las ruinas de una casa bombardeada donde quedaba una cama y un colchón entre las vigas rotas y socarradas, pero no diez ni doce horas (como suponía que iba a dormir) sino sólo seis o siete. El insomnio no se recupera durmiendo en proporción de las horas de sueño perdidas, sino según otras leyes misteriosas por las que se rige nuestro sistema nervioso. En fin, después de dormir seis horas yo volvía a mi puesto. Al principio mis compañeros se burlaban de mí, pero cuando comprendieron que aquellas burlas me herían se refrenaron.

Por fortuna, el enemigo no atacaba. La artillería se cambiaba fuego de posiciones aburridamente y a veces no se oía por horas una ametralladora en mi sector. Me sentía ligeramente culpable, trataba de superar mi dificultad secretamente y cuanto más difícil era la tarea mejor me conducía, porque además de la atención natural ponía un poco de énfasis para compensar la propia inadecuación. Mis soldados veían en aquel énfasis algo que no entendían y les gustaba. Algo casi decorativo y honestamente teatral. Yo no creo tener sin embargo nada de histriónico.

Me dieron permiso aquel día y dejando la trinchera anduve la distancia que me separaba de la aldea próxima, que estaría a no más de tres kilómetros. Los hombres jóvenes de la aldea estaban en el frente y las mujeres y los viejos que no habían salido dormían en los sótanos para evitar el riesgo de la artillería. Una parte del pueblo, que era de casitas más o menos coquetas de veraneantes, estaba destruida. Yo quería acomodarme en una de ellas e iba de aquí para allá como un animal nocturno de los que no pueden ver o ven mal bajo la luz del sol.

Pero me salieron al encuentro dos soldados, es decir, dos milicianos, que parecían estar de facción. Me ordenaron que me detuviera y los acompañara al puesto de mando. Me extrañó ver que se atrevían a dar órdenes a un capitán, pero no me sentí ofendido, sino más bien picado de curiosidad. En la comandancia —que era un hotelito no tocado por las bombas— me salió al paso un hombre gordo vestido con un overol pardo. Debajo de su apariencia tosca se veía que era tal vez un profesionista de clase media, un abogado, un médico, alguien que había pasado por alguna universidad. Su aparente rudeza no era simple sino elaborada.

Los soldados me acusaron de abandonar el frente sin permiso escrito.

—Yo no necesito permiso —dije sintiéndome insultado— porque todo el mundo me conoce en la línea, y además si tuviera que dar explicaciones a alguno no sería precisamente a vosotros.

—¿Qué nos pasa a nosotros? —dijo uno de los soldados, arrogante.

El comandante gordo, que se llamaba López, intervino:

—¡Cállate la boca!

Debía ser andaluz porque un castellano habría dicho sencillamente: «¡Cállate!» Eso de *la boca* era un coloquialismo meridional. Yo volví la espalda para marcharme, con la mano en el cinto, cerca de la pistola, por si acaso. Aquella discreta precaución impresionó al comandante, quien ordenó a los soldados que volvieran a sus puestos, me llamó y con una confianza súbita me dijo:

—Perdona, pero es por el ejemplo.

Añadió que tenía una misión en aquellos lugares: la limpieza política. Pertenecía a un partido extremista —la gente lo llamaba extremista, pero a mí me parecía un partido conformista y acomodaticio, sobrecargado de mediocre burocracia— que le había encomendado en aquel frente «servicios especiales». Yo no sabía aún lo que aquellos servicios especiales representaban y pensé que se trataba de servicios de información y tal vez de instrucción política y de proselitismo. Pero tenía sueño. Ya dentro de la comandancia me apoyé en el respaldo de un sillón, luego me senté en uno de los brazos y por fin me instalé en el asiento como si no hubiera de levantarme nunca.

Entonces llegó un hombre de media edad vestido con un overol gris y sin insignias militares. Era obviamente más civil que militar. Dijo al comandante que había conseguido las señas de no sé quién. Luego supe que se refería al secretario del Ayuntamiento de aquella aldea, emigrado como tantos otros a la ciudad. Aquel hombre era reclamado por alguna clase de autoridad para alguna gestión relacionada con la administración de la aldea. El recién llegado, que se llamaba Miranda, insistía en que tenía su dirección y dijo al comandante:

—Toda la aldea odia al secretario. Si cayera aquí lo harían trizas con las uñas y los dientes. Nunca vi un odio más unánime y encarnizado.

A aquel pobre secretario del Ayuntamiento lo execraban y la inquina era tal que se enconaba ella sola en el aire (digo entre el comandante y sus milicianos) aun antes de que lo conocieran. Se podría decir que lo detestaban «por referencias», así como se suele decir de alguien que se le conoce por referencias. A mí la suerte de aquel hombre me tenía sin cuidado. Sólo quería una cosa en el mundo: dormir. Miraba a López y escuchaba a Miranda sin acabar de interesarme en lo que decían. Sus voces eran *tirriosas* y vitandas, sobre todo la del comandante.

Entretanto, a una distancia o proximidad inquietante, comenzaban a estallar las granadas enemigas como todos los días a aquella hora. Yo sentía algún miedo porque no logrando identificarme con López ni con Miranda me sentía solo.

—Tienes que ir a la ciudad —decía el comandante a su subordinado— y traer a ese tipo. ¿Quién te ha dado la dirección?

—Un amigo suyo —dijo Miranda enigmáticamente— que le debe favores. Así anda el mundo.

Estaba Miranda dispuesto a ir a la ciudad, pero no quería ir solo. Y según decía no debía acompañarle un miliciano, sino un oficial. Yo pensaba: «Ahora me dirán que vaya yo y como estoy muerto de sueño aceptaré. ¿Qué remedio?» López tenía un perfil clásico con pechuga y papada, como los luchadores grecorromanos. Debía ser un tipo raro, aquél, en la vida civil.

A través de la campana de niebla que me rodeaba, López decía que en media hora llegaríamos a la ciudad, donde podría dormir mejor que en la aldea. Yo callaba preguntándome qué se proponían hacer con el secretario. Al parecer, el comandante quería entregarlo a la población de la aldea en prenda de amistad política, diciendo: *Ecce homo,* como Pilatos. Las doctrinas y sus derivaciones demagógicas se exponían en un lado y en el otro con notas sangrientas al pie.

El comandante hablaba mucho y gozaba con sus propias palabras. Era un médico del Puente de Vallecas y tal vez por considerarse superior a los que lo rodeaban tenía que afrontar alguna clase de soledad (suele ser lo que pasa con la gente altanera). Estaba siempre con ganas atrasadas de hablar y se le veía feliz de tenerme a mí delante. Sin embargo, sacrificaba aquel deseo a las necesidades del servicio.

—En serio —me dijo, dudoso de mi aceptación—, yo creo que debes ir con Miranda.

Pensaba yo que si me quedaba allí sería difícil hallar un rincón donde dormir, porque López querría hablar. Lo miraba y no decía nada.

—Mañana puedes volver —insistía él—. Yo os daré una orden escrita de arresto.

—¿Qué vais a hacer con el secretario? —pregunté.

—Traerlo y juzgarlo aquí. Lo juzgará el pueblo entero —respondió el comandante con cierto ímpetu contenido.

Quería decirme: «El pueblo no puede equivocarse». Aquello sonaba a literatura clásica: «Fuenteovejuna, todos a una». Pero el pobre hombre debía tener también algún partidario. Estaba yo en esa situación en que la voluntad funciona como en los sonámbulos, por sí misma y sin conciencia moral. «En definitiva —pensaba— me da igual lo que le suceda al secretario.» Todos los días moría alguien en el frente y mataban a algunos en las prisiones del campo enemigo. Amigos míos caían aquí o allá para no levantarse. En la lejana provincia, algunos de ellos habían muerto bajo los fuegos de la escuadra enemiga y la tolerante neutralidad de mi propio padre. Podían hacer lo que quisieran con el secretario. Todo lo que yo deseaba era acostarme a dormir en una cama y si era posible en una penumbra silenciosa y cómoda. Quizás habría sido mejor (si no había de encontrar ya nunca a Valentina) acostarme a dormir para siempre.

Fuimos poco después a la ciudad. El primer trayecto de la carretera estaba expuesto a la artillería enemiga y Miranda, que conducía el coche, lo lanzó a toda marcha. Como mantuvo después la velocidad, llegamos a la ciudad en veinte minutos. Quería yo ir a mi casa, pero Miranda prefería antes cumplir su misión.

—En todo caso —le advertí yo— no volveré al frente hasta mañana. ¿Qué vas a hacer con el secretario hasta entonces?

—Lo dejaré en algún cuartel de milicias, vigilado.

Me encogí de hombros y cinco minutos después estábamos frente a la puerta de un piso cuarto en una casa moderna. Una mujer joven y marchita abrió y Miranda mostró los papeles y dijo al secretario cuando éste apareció con el aspecto de un ave alicortada:

—Tengo la orden de llevarlo a su pueblo.

Pareció el hombre resignado, sin grandes esperanzas ni temores. Yo sentí alguna repugnancia. «Estoy haciendo una tarea policíaca.» Pero seguía sin resistencias. Si aquel hombre me hubiera dicho que no quería venir, yo le habría contestado probablemente: «Usted perdone» y me habría marchado. Cuando salimos nos encontramos en el patio con un grupo de policías uniformados que habían sido avisados por teléfono.

Aquello me hizo despertar de mi sonambulismo :

«Estoy comprometiéndome gravemente con esta gestión», pensé, con más curiosidad por mí mismo que repugnancia.

Y sospeché que alguien podía estar interesado en que yo me comprometiera. Por el momento no le di importancia.

Los policías vieron los papeles de Miranda y dijeron que estaban en regla. Miranda, que tenía alguna experiencia de aquellas cosas, nos encaminó a un cuartel del barrio, en uno de cuyos calabozos de la planta baja dejó al secretario después de hacer que le firmaran un recibo. Yo, que no había estado nunca en un lugar de aquellos, me detuve a verlo por dentro. Tenía una reja alta (que no daba a la calle) y un aire de teatro popular (género chico) pintoresco. Se veía que por allí habían pasado muchos delincuentes menores, borrachos, algún carterista, chulos del teatro de Arniches, maricas turbulentos, gente en fin picaresca y más o menos culpable. Con presos como el secretario aquel lugar se ennoblecía un poco.

Al salir nos separamos y yo dije a Miranda dónde estaría el día siguiente a las siete de la mañana para que me recogiera y regresar los tres al frente.

Cuando me vi solo fui a casa, entré en el ascensor y subí fatigado y escéptico. El escepticismo es una suerte de fatiga moral. Suponía que estábamos perdiendo la guerra. La acción política y militar no andaban coordinadas. Demasiada literatura humanitaria (Buda y Cristo), es decir, reblandeciente. Y cierto aire verbenero unido a un instinto heroico sin disciplina.

Las tendencias políticas eran diversas y contradictorias. Y la nación lejana, primitiva y brutal que decía ayudar a la república española estaba ayudándola a morir y no a vencer. Y lo hacía adrede.

Seguir en el frente a sabiendas de que no podía ganarse la guerra era deprimente, pero yo no estaba desmoralizado, porque mi moral no había sido nunca la de un guerrero sino la de un hombre civil que se cree obligado a hacer algo por ese mínimo de gozosa libertad que había buscado toda mi vida y tenido de vez en cuando. No sentía lástima por mí mismo ni por el secretario, ¿cómo iba a sentirla por un desconocido? Y sin embargo, la mansedumbre con que el secretario había aceptado su destino y se había dejado arrestar me impresionaba. El hombre estaba acostumbrado a obedecer a cualquier clase de autoridad y Miranda y yo representábamos aquella autoridad, por el momento.

Daba Miranda la impresión de un contratista de obras en día feriado. Llevaba un chaleco elástico cerrado en el cuello y mostraba cierta parquedad de movimientos que recordaba también al cura o al profesor o al empleado de banco. Podría ser un buen burgués de esos que se conducen honestamente no tanto por bondad como porque «no quieren líos». O lo contrario.

Ya en mi casa vi otra vez con tristeza el enorme cacto que decoraba el recibimiento encima de una mesa baja de pino sin pintar. «Está vivo ese cacto —pensé— aunque nadie lo riega, porque es una planta desértica y apenas si necesita agua. Pero necesita sol.» Tampoco el sol llegaba allí. Una planta desdichada, aquella. Yo, desnudándome y quitándome las botas por vez primera desde hacía veinte días, me extrañé con cierta complacencia de ver que mis pies no estaban inflamados y me sentí caer poco después en un sueño profundo y pesado. Tan pesado que que no oí que alguien abría la puerta del piso.

Olvidaba que cuando llegué de Barcelona había dejado en la portería las otras dos llaves de mi casa y dicho al portero que si hacía falta alojar a alguna familia de fugitivos y refugiados dispusiera de mi vivienda según las necesidades del comité del barrio. Podría dar también mis ropas de cama si hacían falta para los hospitales.

En la vivienda se habían instalado dos mujeres y un hombre viejo. En aquel momento —cuando yo llegué— no había nadie. Al día siguiente desperté y vi en el marco de la puerta las dos mujeres que me contemplaban. Eran de media edad y tenían esas caras honradas y dramáticas que suele tener la gente del pueblo cuando sufren una gran desesperación o alientan una gran esperanza.

—Buenos días, capitán —dijo la mayor—. Suponemos que es usted el capitán Garcés porque vi una foto en un periódico la semana pasada. ¡Vaya susto que nos dio!

Yo me incorporé en la cama, escuchando. La mujer continuó:

—Cuando vimos la foto nos dijimos: «Ya lo han matado». Es lo que pasa. Pero era sólo que estaba propuesto para un cargo: jefe de Estado Mayor de la catorce brigada mixta si no recuerdo mal.

—¿Yo? —preguntaba sin acabar de despertar.

Aquella brigada estaba en período de organización esperando artillería y otras armas. No sabía que un periódico de la ciudad hubiera publicado mi foto y recordando a un amigo mío redactor de aquel diario, pensé: «¡Bah!, ése ha tenido siempre la manía de que yo estaba llamado a ser un buen militar, una especie de Napoleón de bolsillo». No me disgustaba, sin embargo.

Ellas seguían en la puerta y comenzaron a hablar del cuidado que dedicaban a la casa, a los muebles, a las ropas de cama y a la cocina. Yo les dije que había alquilado aquel piso poco antes de comenzar la guerra, cuando tuve mi primer empleo fijo, pero no había tenido tiempo ni dinero para amueblarlo del todo.

Para ellas, según dijeron, era mi casa un palacio de las mil y una noches y yo, por halagarlas, les repliqué que nunca había estado más limpia que entonces. Era verdad. Cada mueble resplandecía. Me adularon un poco diciendo que tampoco habían tenido ellas cubiertos de plata hasta que pudieron hacer uso de los míos y que gracias a la guerra vivían «como ricos». Lo que más les gustaba era la colección de discos de música.

En medio de la conversación comenzaron a oírse las sirenas de alarma y casi al mismo tiempo los motores de los aviones enemigos y algunas fuertes explosiones. Las vecinas corrieron escaleras abajo. Yo me quedé en el cuarto mirando al cielo a través de la ancha ventana. Era mejor morir allí

que agonizar en el sótano durante dos o tres días debajo
de algunas toneladas de escombros si una bomba alcanzaba
la casa.

Los aviones enemigos pasaban por encima y las bombas
explotaban más cerca o más lejos. Era la hora de mi cita
con Miranda, cuyo coche no tardó en llegar a pesar del
bombardeo. Iba acompañado del secretario, quien me miraba
con aire distante. Cuando me instalé a un lado del volante,
dijo sombríamente:

—Preferiría que me llevaran a una *checa,* aquí.

Yo no sabía lo que era *una checa,* pero lo imaginé. Por
extraño azar aquella palabra coincidía con el nombre de mi
amigo el héroe jorobado de Zaragoza.

No le respondimos, y el secretario puntualizó:

—Digo, en la ciudad.

—Es allá donde lo quieren —dijo Miranda sin poner
énfasis alguno en sus palabras.

—¿A mí?

—A usted. Lo quieren allá.

—A mí no me quiere nadie en la aldea. Al menos, vivo.
Muerto, tal vez; pero no entiendo lo que pueden hacer con
mi cadáver. ¿Para qué?

Por el acento del secretario deduje que aquel hombre
estaba apartándose de la realidad —como defensa—, igual
que me había sucedido a mí tantas veces, y comenzaba a
hacer cosas sin creer en ellas o a decirlas sin pensarlas, por
una especie de inercia. Yo le preguntaba a Miranda cosas
triviales, sólo por romper el silencio y escuchaba al secretario
con su gris resignación de hombre intimidado. El coche aceleró al entrar en la zona batida.

—Este coche —dijo Miranda— ha visto muchas cosas.

Lo decía entre dientes y con un acento que no se sabía
si era de lamentación o de alarde.

Aquel hombre había tropezado probablemente con el
comandante López y bajo su presión, más o menos amenazadora, comenzó a flaquear y a decir amén. Cada amén le
valía (eso pensaba Miranda, al menos) una semana más de
seguridad. Vivir era importante. Era no sólo comer y defecar
sino, también, ver la luz, oír cantar a los pájaros y gozar
algún momento de placentera soledad con la hembra, aunque
fuera sólo con su mujer, entrada en años y no muy apete-
cible, que tal vez había ido a vivir a Valencia con la población
civil evacuada. López no quería que Miranda se fuera a

Valencia y el buen hombre no se atrevía a insistir para no parecer sospechoso de deserción.

Yo vi que la revolución estaba convirtiéndose en un deporte amable, sólo que con muertos y heridos. López era un deportista profesional y Miranda sólo un aficionado.

Miranda no llegaría a asimilar el sentido deportivo de la violencia. Demasiado viejo, para eso. Cada vez que López lo llamaba y le hablaba de alguna tarea inmediata, a Miranda le sucedían cosas raras, la menor de las cuales era tragar aire. Creía Miranda que el comandante era una desgracia providencial. Dios estaba usando a López para castigarle a él por algún tremendo pecado anterior. Tenía Miranda el peor miedo, ese miedo en el cual complicamos nuestras más íntimas creencias. Porque Miranda tenía fe religiosa.

Miranda vivía en condiciones de comedia siendo hombre con sentido trágico y López en condiciones trágicas teniendo sentido cómico y deportivo. Esto hacía de López el dueño de Miranda.

Repetía Miranda, tomando una curva:

—Muchas cosas ha visto uno desde que comenzó la guerra.

Y parecía incluso satisfecho de haberlas visto. Yo pensé: «Me considera un hombre indiferente y duro y quiere hacer méritos conmigo como los hace con López». Ahí se equivocaba el pobre Miranda.

La culpa de su error no era suya. Había oído a López (que sabía algo de mí) llamarme una vez Garcés y otra Urgel. En general, la gente que usaba más de un nombre solía ser gente conspiratoria y peligrosa.

El pobre Miranda me creía importante. Lo que yo hacía por prudencia (evitar opiniones, callar cuando todos hablaban) él lo consideraba como «indicio de alta responsabilidad». Estaba lejos de sospechar que él, con sus cualidades de hombre obediente y sumiso, podría ser algún día un jefe (un subjefe, como eran todos) antes que yo. A veces, me decía yo a mí mismo: «En el otro lado era más valiente. No sabía que podía ser tan cuidadoso como soy ahora». Y me daba cuenta una vez más de que mi aire taciturno natural invitaba a los otros a formar ideas falsas. Yo me precavía sin darme cuenta. «Si un día me matan —pensaba—, en un lado o en el otro, será por algún malentendido suscitado estúpidamente por mi taciturnidad. Una taciturnidad que suscita pábulos. Pero ¿no es siempre así? La gente no entiende y de un malentendido vienen las catástrofes como también, a veces, las grandes glorias.»

Al llegar a la aldea hicimos entrega del secretario al comandante López. Yo le pedí un recibo pensando: «A lo mejor lo matan esta noche y el equívoco sangriento queda sobre mí». Yo no era un deportista, sino un sonámbulo ocasional. Muy extrañado, López me dio el recibo. El preso miraba alrededor buscando un punto de apoyo y no lo hallaba:

—No tengo el gusto de haberlo visto a usted antes, digo, en la aldea —le dijo a López con esa voz hueca que recuerda la que suelen tener los jorobados.

Yo me acordaba de Julio Bazán y me preguntaba si lo habrían ejecutado o no. Sospechaba que lo habían matado. En ese caso de poco le había servido la lealtad de los hermanos Lacambra. Ni antes ni después. Tampoco la lealtad les ayuda mucho a los muertos.

Como no había cárcel, López encerró al secretario en la iglesia, que falta de cura y de fieles estaba sin función ni empleo. Una cárcel con alusiones a lo sobrenatural en todas partes. El secretario, como cada cual, debió hacerse más religioso a medida que envejecía. No por la proximidad de la muerte, sino por la soledad, esa soledad de los ancianos cuya compañía nadie busca porque ya no sirven para ayudar a nadie. El secretario miraba alrededor de la iglesia vacía. No había cura. Eso no importaba, porque la solidaridad de los curas era peor, ya que sólo tenía un sentido catastrófico.

Quedó el secretario preso en la iglesia, con un vigilante en la puerta principal y otro en la sacristía. Las personas que seguían en la aldea estaban alborozadas con la noticia y algunos se presentaban al comandante López ofreciéndose «para lo que gustara mandar». López les dijo que el secretario sería juzgado y que si querían declarar en favor o en contra podrían hacerlo. Cuando López decía *en favor* los campesinos abrían grandes ojos de asombro. Lo que ellos querían no era declarar, sino matarlo.

Nadie pensaba declarar en su favor. A medida que me iba dando cuenta comencé a ver en él no un animal humano (postulante a la comicidad o a la tragedia) sino un ser desmaterializado y esencial. Suele sucedernos al ver que alguien va a morir a plazo fijo. Empezaba yo a ver en él lo que iba a quedar de su persona una vez muerto y enterrado. Eso, ni que decir tiene, lo ennoblecía.

Volví al frente, pero antes y habiéndome dado cuenta de lo que le aguardaba al secretario —pobre menesteroso de expedientes y catastros— pedí que me reservaran la tarea de defensor.

Aquella noche, en la trinchera, me llevé una agradable sorpresa. Dormí más de tres horas y comprendí que a veces el haber dormido bien una noche da al cuerpo el deseo de dormir otra. Me decía en las sombras de la noche: «Todos los placeres crean hábito en el cuerpo, sobre todo si van ayudados de la necesidad. El sueño es una necesidad y un placer y un hábito. Por eso he dormido tres horas después de haber dormido ocho en la ciudad.» Más tarde descubrí que si dormía una pequeña siesta (aunque sólo fueran quince minutos) era más fácil, en la noche, conciliar el sueño.

A la una de la madrugada me dediqué a recorrer los puestos. Después me quedé en el mío y estuve pensando en el «animal» mecánico llamado Pérez o Rodríguez que siempre es un poco humorístico. Un hombre hablando en público, fumando, leyendo la Biblia u orinando contra una valla es una de las imágenes más cómicas que se pueden idear. En el caso de Torla el piloto, que se iba al Brasil a que se los echaran de dos en dos, su miedo de guerrero aéreo (y el disfraz de aquel miedo con una enfermedad del hígado) era lo único que lo había hecho respetable para mí. Su miedo lo hacía merecedor. Más que su posible valentía. La valentía física por sí sola es vulgar. Y puede ser abyecta. Sólo la exaltan los que, como Nietzsche, se vuelven locos de cobardía.

Pensaba también en el secretario experto en gravámenes y gabelas municipales, que debía estar paseando con las manos en los bolsillos de la chaqueta, desde el presbiterio al baptisterio, usando el sistema de palancas de sus fémures y sus tibias para transportar una máquina que se acercaba a su fin. El acercarse al fin le quitaba de pronto la comicidad que todavía hacía de Torla (de todo él) una especie de máquina de la risa.

Todos lo son, eso, en la vida, menos uno mismo. Pero todos van a dejar de serlo, porque vivimos un período histórico de transformación y, por ejemplo, los escritores son ya, más que máquinas de la risa, artefactos conductores y fijadores de la perplejidad. Algo es algo. Por ahí se puede entrar en alguna clase de vía esencial, también. Es lo que uno pretende, al menos.

Al secretario, covachuelista entendido en cosas raras con nombres raros también —por ejemplo en *amillaramientos*—, lo iban a matar porque López no dejaba que se le fuera una oportunidad de aquéllas; pero yo, que era una máquina perpleja y que había inventado un arma (sin usarla), debía hacer lo que pudiera para salvarlo. Antes de ser arrestado, era también el secretario una especie de máquina de la risa, temporero de la autoridad, pero ahora estaba entrando en el plano de las esencias. Había que ayudarle contra aquella otra entidad risible que era, todavía, López.

Además me sentía obligado, ya que había contribuido a la detención del hombre por ignorancia, por disciplina y sobre todo por una especie de abulia de sonámbulo.

Comenzaba a preparar los argumentos de la defensa, aunque sin olvidar que todo aquello era frívolo y vano. En el otro lado había visto que sucedía lo mismo, aunque de un modo más aparatoso, porque a los conservadores les gusta el énfasis.

«Este hombre, el secretario —me decía—, va a ser un *mártir,* es decir, un testigo de Dios.» El comandante López me había aceptado como defensor y he aquí que yo, un animal risible y orinador, me convertía de pronto en brazo de la providencia. No tenía pluma ni lápiz ni papel, así que me limitaba a poner en orden mis argumentos mentalmente. Tomaba en serio la defensa. Tan en serio que a veces me sucedía lo que a aquel estudiante de guitarra que decía que no progresaba porque las ganas de aprender a tañer se le subían a la cabeza. A mí no se me subían las ganas de defenderlo, al secretario, sino de mostrar a los demás un ejemplar diferente (yo mismo) de ese muñeco de la risa que es cada uno para todos los demás (menos para uno mismo). Un muñeco magnánimo, yo. Pero entonces no me daba cuenta de nada de esto.

A veces, las palabras de mis reflexiones me llevaban por caminos bobos. Por ejemplo, esa del muñeco. Dos años antes yo le decía a una taquillera linda del metro: «Hola, muñequita». Y ella me respondía, si no había terceras personas a la vista: «Hola, muñecón».

Quería hacer la defensa. Con peligros en todas partes y muertos recientes en las trincheras, lo que pudiera pasarle al secretario era horrorosamente frívolo, es decir, monstruosamente indiferente. Me dejaba frío del todo, aunque con un frío peculiar, el de los humanitarios escépticos. Me había acostumbrado a aquella frialdad en el lado contrario, con las cintas magnetofónicas que registraban hasta la respiración de Guinart dormido, cuyas declaraciones alteraba para salvarlo. Escépticamente también, claro; y sólo por fidelidad impersonal a los principios.

Salvar la máquina de la risa que se suponía que debía ir al muro usando el sistema de palancas de los fémures y las tibias. Me tenía sin cuidado la vida del secretario de los gravámenes y, sin embargo, quería ayudarle. Pensaba en mi padre, en las palizas que había recibido yo durante la infancia. Tal vez mi intervención en el triste incidente y arresto del secretario era una inclinación inconsciente, aunque no había sido una decisión voluntaria sino una orden militar. El mío fue un movimiento mecánico. Claro es que podía haberse negado mi máquina de la risa, mecánicamente también.

No me negué, tal vez porque identificaba inconscientemente a aquel secretario con mi padre. De mi infancia, lo que recordaba más claramente era la bofetada que mi padre dio a mi madre cuando ella miraba por los cristales del balcón. Y el gesto de mi madre, con la mano en la mejilla, llorando y retirándose a su cuarto. Allí estábamos tres máquinas humorísticas tratando de redimirse por un juego de esencialidades: la inocencia (mi madre), los celos (mi padre), el pánico (yo). Un pánico filial que no iba a salvarme. Yo habría vengado a mi madre con gusto, pero la idea de matar a mi padre me parecía peligrosa no por las posibles consecuencias legales sino porque detrás de aquellos confusos deseos creía yo estar escuchando mugidos de animales antediluvianos.

Mi madre era la única persona en mi familia que merecía mi lealtad. Al fin, un padre lo es o puede no serlo. Si la madre se ha dejado fecundar por otro hombre —cosa del todo increíble en la mía— no por eso es menos madre ni merece menos el amor de su hijo. La madre es la parte de los orígenes de uno que es absolutamente segura, ya que de ella venimos, en su vientre hemos habitado (lo que no deja de ser incómodo y dramático) y por su útero hemos salido heroicamente en un día no lejano pero cada día más remoto. La madre no es una mujer, sino una especie de gusano grávido y sagrado en el que hay algo de tabernáculo de Dios.

El odio a mi padre no había llegado a ser formulado nunca en mi conciencia, pero tal vez por eso había crecido más en las zonas oscuras de mi pasado.

En fin, me sentía casi feliz aquella noche en mi trinchera después de haber dormido ocho horas en la ciudad y tres en el puesto de mando del batallón. De vez en cuando y entre los diversos quehaceres de la guerra volvía a pensar en el secretario de las alcabalas municipales. ¿Qué haría aquel hombre encarcelado en la iglesia llena de sombras y de ecos? El de sus pasos volvería sobre él una y otra vez. Pasear. Es lo que hacen las máquinas digeridoras y las palancas femorales cuando pasan a ser el habitáculo más o menos humorístico del reo de muerte.

Esperaba que el comandante López me avisara con tiempo. Aquel comandante era joven y franco —con rasgos de nobleza antigua— y, sin embargo, secretamente sanguinario. Parecía hombre culto, o al menos tenía una carrera, pero gozaba compartiendo las pasiones y las costumbres de los milicianos menos instruidos, de los campesinos y de los trabajadores proletarizados.

Sospechaba yo que el comandante López, al margen de cualquier clase de convicción política, estaba vengándose de la sociedad, del *homo economicus* de Marx. Yo me enteré aquellos días de que había matado a varias personas en distintas poblaciones de la comarca; es decir, destruido sus máquinas calientes para edificar alguna clase de escándalo no necesariamente político. Era López un truhán (probablemente un lobo nocturno) cazador de reses dispersas.

Y ahora quería acabar con el secretario de los arbitrios. «Si este pueblo hubiera caído en manos de nuestros enemigos habrían encarcelado al secretario también por un motivo u otro —me decía— y tal vez habrían llegado a fusilarlo por esas razones políticas de lo *adecuado posible*.» Aquel hombre no tenía razón de existir ni en un lado ni en el otro. López lo había olfateado y calificado de res mostrenca. Un ejemplo ruin. Los unos y los otros habrían hecho demagogia con su cadáver. Pero yo iba a defenderlo y la idea de hacerlo me gustaba no tanto por el secretario empadronador sino por mí mismo. Me sentía un hombre un poco mejor desde que hice aquella decisión. En nombre de Buda, de Cristo o simplemente de mi propia máquina de la risa, que quería esencializarse.

Dos días después salí de la trinchera y tomando una de las motocicletas del Estado Mayor me dirigí a la aldea donde se iba a celebrar el juicio. Cuando llegué, después de evitar algunos hoyos de granada que habían hecho la carretera casi intransitable, vi que la iglesia estaba muy concurrida. Al entrar oí decir a un campesino viejo: «Nunca se ha visto esta iglesia con tanta plebe como hogaño».

Me extrañó que estando tan cerca de la capital hubiera hombres que hablaran de una manera tan arcaica. Y otro campesino, de expresión honesta y veraz, dijo, mirando al secretario que estaba sentado en el presbiterio: «Quiera Dios que le den su merecido a ese hombre sin corazón». Estas palabras me impresionaron y aunque parecían justificadas sentí piedad por el reo y me propuse hacer su defensa lo mejor posible.

No había hablado antes con el secretario ni lo creía indispensable. El relator y el acusador me pondrían en antecedentes a lo largo del juicio. Por otra parte, la verdad tenía que perjudicar siempre a aquel pobre hombre y si tenía salvación sería a través de sofismas y trucos y habilidades independientes de la naturaleza de los hechos. La verdad era que la población quería matarlo. Todos los argumentos, incluso los favores, deberían tener para él pinchos venenosos como las hojas de las ortigas.

El hecho de que el juicio se celebrara en la iglesia me impresionaba. «Yo soy cristiano —me decía—, de un Cristo que tampoco necesitaría haber existido para ser.» Y la iglesia me parecía ir llenándose de fantasmas vestidos con túnicas y mantos de los tiempos de los fariscos y los jebuseos. Así pensaba yo, acomodándome en el presbiterio. Estaban en sus puestos todos los que formaban el tribunal: el juez, el acusador público, el secretario de actas, los jurados. No tenía el presbiterio carácter religioso alguno, ya que el altar estaba sin luces, el ara sin manteles, el aire sin olor a incienso y el tabernáculo abierto y sin copón ni corporales. En un lado del presbiterio habían puesto bancos paralelos, donde se sentaba el jurado. Por una alta ventana entraban las brisas de la mañana y con ellas el fragor de la artillería y de las ametralladoras lejanas. Las caras de los campesinos tenían la misma fijeza de los que oyen misa.

Saludé con un movimiento de cabeza a López, quien me indicó mi verdadero sitio y tuve que cambiar de lugar. El relator era un secretario profesional de juzgado y comenzó a leer. No se trataba de faltas ni errores cometidos por el reo, sino de verdaderos crímenes. El acusado había urdido años atrás situaciones evidentemente criminosas en las que habían perecido (como animales en la trampa del bosque) algunos vecinos, al parecer. Y después de relatar una tras otra las fechorías de aquel hombre tan insignificante en apariencia, alzando y bajando el antebrazo en el aire como un preboste o un arcediano para llamar la atención e impresionar a la gente, el oficial relator se calló.

Yo echaba de menos las togas, las garnachas, las pretextas; pero así y todo, la atmósfera tenía carácter. La iglesia estaba llena de jurisdicciones de paz y de guerra, y el secretario de las antiguas alfardas se daba cuenta y parecía cohibido.

No hacían falta testigos, porque todo el pueblo testimoniaba con su presencia. El comandante López hizo la acusación con su pecho alzado, su sotabarba y su voz. Repitió la lista de los delitos del secretario, gargarizó con las consonantes, se enjuagó con las vocales, insultó al pobre viejo varias veces, hizo elogios demagógicos de los campesinos de la aldea y al final pidió tres sentencias de muerte nada menos. Yo me decía: ¿por qué tres? Luego recordé que un reo con tres penas de muerte necesitaría tal vez tres indultos legales (lo que era muy raro) si esperaba salvar la vida, y no quería López que se le escapara. Quizá en tiempos de guerra civil y en estricta justicia, la posición de López era correcta, pero a mí me repugnaba matar a nadie fuera del terreno impersonalmente militar.

La vida de aquel secretario me tenía sin cuidado, pero iba a aprovechar la oportunidad para decir algunas palabras que al acusado y futuro reo le confortarían. Aquel alma del secretario debía tener ese frío polvoriento que hay en el rincón sin ecos donde se guardan las escobas. Peor que la muerte es para cualquiera de nosotros la falta de atención. La sistemática indiferencia diaria de todo el mundo. Y yo iba a dar al secretario la prueba de una atención genuina sostenida y exaltada. Aquello me gustaba, en medio de todo.

Uno de los campesinos de primera fila escuchaba con una fijeza cómica. Sin duda era miope y contraía las pupilas distendiendo al mismo tiempo los labios. Parecía que reía, pero era sólo que escuchaba.

Detrás de mí y un poco sobre mi cabeza, pegado a una columna, san Roque con su perrito parecía alargar el cuello para ver mejor. Yo no creía en los iconos aunque comprendía que la gente los necesitaba como apoyo para el salto mortal de la fe. En todo caso me gustaban los santos acompañados de animales: san Antón con el cerdo, san Roque con el perro, san Marcos con el león. Era la parte humilde de la Iglesia y la humildad siempre está bien. Si no ha arraigado la Iglesia en Australia es seguramente por no haber sabido adoptar al canguro, considerándolo quizá demasiado brincador.

Enfrente había un san José con la vara florida, que es sin duda un símbolo de la fecundidad viril. Parecía san José mirar severamente al secretario de los portazgos y reconvenirle con el dedo en el aire, aunque según creo el dedo en el aire corresponde más bien a san Juan Bautista y no es una señal granuja sino la indicación del cielo y del origen de la gracia.

No parecía el secretario temer gran cosa por su vida. Tampoco habría temido yo, en su caso. La máquina de la risa podía producir lluvias de primavera y arcos iris interiores. Arcos iris de bonanza. ¿Quién trataba en aquellos días de conservar su vida? Vivir o no dependía en los dos lados de una especie de lotería cuyos números no se hacían públicos. El boleto premiado le estallaba a uno en el lugar del aneurisma, y a otra cosa. Pero la indiferencia de aquella multitud, doblada de rencor, debía dolerle al viejo secretario y a eso se debía sin duda su color gris y su gesto quebrado. Había que ayudar al viejo si no a vivir por lo menos a salir de la vida.

Pensaba yo, sin atender a lo que habían dicho antes algunos testigos espontáneos desde su asientos: «El secretario merece por lo menos esa simpatía que sentimos por un animal viejo atado a una estaca con un fencejo. Todavía si estuviera atado con una cadena de acero inoxidable sería menos lastimero.» Pero si estaba atado con un fencejo a la vida, inspiraba una amistad callada y honda. En el deseo de dar al viejo alguna clase de consuelo, me sentía un poco fuera de situación. Recordaba que en mis tiempos de estudiante había hecho algunas irreverencias en los templos (travesuras anticlericales), pero aquella manera de juzgar a un hombre previamente condenado, en el presbiterio, bajo el altar mayor, me parecía de veras objecionable.

Por fin me llegó el turno y hablé más o menos en los términos siguientes:

«No dudo de que las acusaciones que hemos oído tienen alguna base en la realidad, pero antes de llegar a formar juicio sería bueno reflexionar un poco. Entre los que me oís hay personas de todas clases. Algunos vecinos de este pueblo conocen bien al acusado. Entre ellos hay feligreses de todos los partidos y también otros muchos sin credo político. Todos coinciden más o menos en dos cosas: en el amor por la democracia y en considerar al antiguo secretario de este municipio como un enemigo de la democracia».

Hubo rumores que no eran de aprobación pero tampoco de protesta. Extrañaba al público aquella templanza después de haber oído a López. Yo vi un soldado con fusil y bayoneta vigilando desde el púlpito. Otros sin armas, confundidos con el público. Un campesino de la primera fila oía con la boca abierta y a veces repetía para sí la palabra final como al oír música algunos tararean la melodía. Y yo, con un acento frío que sin embargo iba tomando vigor a medida que veía que el secretario me escuchaba, seguía hablando. Pensé que en la iglesia irían bien algunas frases latinas y dije, después de disculparme por aludir a la sabiduría de los tiempos antiguos: «*Commodum eius esse debet, cuius periculum est,* es decir, que hay que otorgar alguna ventaja natural a todo aquel que corre algún peligro. Y no hay duda de que el secretario está en ese caso. Ruego a cada uno de ustedes que me escuche con benevolencia. Otro sabio dice: *Justitia est constans ei perpetua voluntas ius suum cuique tribuere,* es decir, amigos míos, que la justicia es la constante y perpetua voluntad de dar a cada uno lo que le corresponde en derecho, libre la conciencia de pasiones. Es lo que estamos tratando de hacer aquí. Finalmente: *Libertas est naturalis facultas eius quod cuique facere, nissi si quid ui aut jure prohibetur,* que quiere decir que la libertad es la facultad natural de hacer cada cual lo que le plazca salvo si algo es prohibido por la fuerza autorizada o por la ley. De esa libertad gozamos todos en este momento menos el secretario, mi defendido».

Dándome cuenta de que con aquellos latines, que tan bien sonaban en la iglesia, había ganado alguna clase de respeto —incluso de López, según podía advertir en su expresión—, continué más seguro de mí mismo:

«No voy a ir atacando una por una las afirmaciones del acusador ni a destruir sus testimonios, algunos de los cuales obedecen más a la pasión del momento y a la idea de la venganza que a la justa apreciación de los hechos, ya que en estos días que vivimos la pasión se exacerba y como decía un campesino amigo mío, ayer, en la trinchera, la sangre llama a la sangre. Sin embargo, esto no debía ser así. La sangre debe llamar a la razón, a la reflexión, a la conciliación y a la paz. A nosotros no nos interesa la venganza. (Hablando así debo reconocer que sentía la cabeza de Buda apoyada en mi hombro derecho y veía la de Cristo enfrente y me consideraba un poco farsante.) Sentenciando a este hombre de acuerdo con las conclusiones del acusador no haremos sino imitar a nuestros enemigos. A todos ustedes debía repugnarles pensar en la venganza como una solución».

En aquel momento sentía la sonrisa de Sócrates en el aire, pero no me satisfacía. Algo sonaba mal en mi voz.

«Matando a este hombre no haremos sino imitar —repito— a nuestros enemigos. Nosotros no hemos hecho daño a nadie y sin embargo ahí están las baterías enemigas disparando. Esos cañones que oímos desde aquí, ¿de quién se vengan si no les hemos provocado a la violencia? Nuestros enemigos tienen una enana que los preside y aconseja y que en la noche, a veces, da alaridos. Se vengan del hecho de haber escuchado sus consejos y de estar equivocados y de saberlo. Pueden tolerar que nosotros existamos, pero no que tengamos razón, y vertiendo la sangre de aquellos que discrepan se convencen a sí mismos de varias cosas: primero, de que podrían tener razón, cosa que no han creído sino ocasionalmente. Cuando vierten la sangre de sus oponentes la violencia habla por sí misma y lo primero que dice la violencia es que la acumulación de sangre vale por una bandera, ya que no por un argumento. Ninguna bandera es razonable porque quiere ser más que razonable, ya que a su sombra se mata y se muere, y quitar la vida a otro o perder la propia es más que tener razón o quitar la razón. Nosotros no necesitamos bandera ninguna porque tenemos razón, como la tiene el agua que cae con la lluvia o el sol que se refleja en el vidrio de la ventana. O como la tiene la vida contra la muerte.»

Esto último me pareció exagerado. No había que tratar de tener demasiada razón. Era lo que perdió a Buda y tal vez al buen Jesús ante el Sanhedrín, ante Caifás y ante Pilatos. No es bueno tener demasiada razón, en la vida. En aquel momento, el reflejo de un parabrisas de un coche estacionado al lado de la puerta lanzaba su haz luminoso de abajo arriba e iba a iluminar un pedazo de muro mostrando las rugosidades de la piedra. Por el camino de aquel haz se veían miríadas de partículas de polvo flotante y yo recordaba que siendo niño creía que aquellas partículas eran los misteriosos átomos.

«No queremos matar a nadie sino obligarles a escucharnos

y a dejarse convencer. El hombre no es una bestia dañina —decía yo sin convicción alguna y pensando que realmente lo era— a la que hay que exterminar. Es un ser a quien debemos respeto y ayuda. En el caso de este secretario del municipio, si bien reflexionamos no hay nada culpable ni criminal. El buen secretario servía a la ley, que es restrictiva como lo son todas, y no era sino un producto de las circunstancias en las cuales había nacido y vivido. Tenía hijos y quería para ellos mejores condiciones de vida. Igual que todos ustedes las quieren para los suyos. No sólo asegurarles el pan de cada día sino a ser posible la vianda y el postre. Quería también para ellos un poco de calor en invierno y una educación adecuada. En fin quería para sus hijos las ventajas que él no tuvo nunca.»

Yo me sentía arrogantemente protector pero no podía remediarlo. Y seguía: «La sociedad se negaba a dárselas. En un mundo más justo, nadie carecería de lo indispensable (gritaba, a sabiendas de que mis palabras eran falsas y apelaban a un mundo utópico), pero en el nuestro el bienestar está acotado con alambre espinoso y lo tienen sólo los poderosos, quienes ni siquiera lo estiman porque no se estima lo que se posee por arbitrario privilegio. Si nuestro hombre se acercó a los ricos era porque ellos tenían la llave del arca, la del pan y las medicinas, la de los bancos y además también la del dormitorio con la dulce promesa del sexo. Por si todo eso no bastara, tenían la llave de las iglesias que otorgaban a sus fieles la felicidad eterna. Algunos que me escuchan pensarán: "Este hombre a quien estamos juzgando estaba entonces equivocado". Es verdad, pero no había tenido ocasión de enterarse de que lo estaba. Y actuaba como si tuviera razón.

»Este hombre no ha sido feliz nunca. Más aún, no esperaba serlo. ¿Oís bien? Basta con mirar su cara para ver que en cada sombra, en cada arruga, en cada gesto hay la resignación a alguna clase de limitación. Es decir, que hay alguna desgracia. No ha conocido otra cosa en toda su vida. Quizá la desgracia que hoy le aflige es la que menos le importa. Desde su juventud lo sospechaba y desde su madurez comenzó a resignarse conscientemente. Vivir toda una vida de renunciamientos y desengaños, sin otra esperanza que la de conseguir algún día mejores condiciones para los suyos, es vivir tan heroicamente como viven ahora los jóvenes que se juegan la vida en las trincheras. Decía hace poco el acusador comandante López que el secretario había testificado falsamente en contra de un grupo de obreros que fueron condenados a varios años de prisión. Yo no creo que testificara falsamente, porque en aquel momento estaba seguro de decir la verdad y esa actitud del secretario le trajo riesgos mayores y más inmediatos, porque entonces ya estaba larvada toda esta violencia que ha estallado ahora. El secretario era entonces un soldado en el campo de batalla y así debemos considerarlo en este momento.»

Estaba yo apelando tal vez a la compasión de aquella gente, pero sabía que había algo más decisivo que la compasión y quise apelar a su vanidad y a su sentido del poder. A la conciencia de su propia soberanía, como habría dicho Anselmo Lorenzo.

«Ahora lo tenemos aquí —dije señalando al reo—, a nuestra disposición, débil, contrito y sin armas, y vosotros sois fuertes, sois los que tienen razón y poderío, sois los que imponen ese poderío y esa razón a cañonazos. Sois los que deciden la vida y la muerte de los vencidos. Sois bravos y debéis ser justicieros. ¿Cómo podéis demostrar vuestra fortaleza y vuestro uso activo de esa fortaleza? Por la clemencia. Sois la justicia clemente y queréis demostrarlo; pero a pesar de todo, el acusador quiere matar a ese hombre. Mostrad vuestra omnipotencia no matando, sino perdonando, mostrad vuestra grandeza ejerciéndola. Hasta los animales perdonan al enemigo que se ofrece a su magnanimidad. ¿No habéis visto que cuando una fiera ataca a otra, si la otra se arroja al suelo con las cuatro patas en el aire la agresora se da por satisfecha y la deja en paz? Debéis ser magnánimos como la fiera ya que sois, como ella, poderosos.»

Me ponía yo elocuente de gesto y de tono y sentí rumores de conformidad en la sala. La apelación a la grandeza del poder daba resultado. Alcé los ojos al capitel de enfrente, que tenía florestas de piedra y un monstruo antediluviano. Pero continué: «Si mi defendido se conducía a veces deshonestamente, ¿quién de nosotros no se ha conducido deshonestamente alguna vez? ¿Y por eso vamos a quitarnos los unos a los otros la vida? ¿En nombre de qué o de quién? ¿Creéis que es cómoda la deshonestidad? ¿Creéis que eso hace a la gente feliz? Este hombre que renunciaba a su buena reputación a cambio del bienestar de sus hijos obedecía a una ley fundamental de la naturaleza. Este hombre solo, débil y pobre rezaba en la noche por sus hijos.

»¿Cuáles son las leyes de la naturaleza, amigos míos? Todo vive cara al mañana. Los hijos no piensan en sus padres, sino en sus propios potenciales hijos. Si los árboles pudieran pensar, pensarían en las mejores condiciones de sol y suelo propicio para producir las semillas en las cuales se encierra su propio futuro. Las rocas, en mantenerse firmes contra el viento, contra la lluvia y contra los embates del mar para propiciar la solidez y la permanencia de sus propios minerales. Todo mira al mañana, hasta el extremo de que cuando algo o alguien quiere mantenerse inmóvil en el presente, no puede, y el mero hecho de dejar de mirar hacia el mañana determina su retroceso, disminución y ruina. Nuestro hombre, el secretario a quien juzgamos sacrificaba su salud física y moral, su prestigio y su integridad por el mañana de sus hijos. "Yo no puedo ser siempre honrado —parecía pensar—, pero lo serán mis hijos, porque les dejaré condiciones de vida mejores"; Cervantes dudaba de que se pudiera ser honrado siendo pobre. Y este hombre a quien juzgamos se disponía ya a sacrificar su pasado y su presente por un futuro próximo que él no conocería, pero que disfrutarían los seres nacidos de su carne y de su alma. Vivir así era vivir de acuerdo con las leyes fundamentales de la naturaleza.»

Pensé que me estaba atascando en aquel argumento, pero continué, mirando en el aire los reflejos del parabrisas del coche:

«Todo el delito de nuestro hombre consiste en haber tratado de adaptarse a las leyes de la naturaleza. ¿Quién puede acusarlo? Alguno de vosotros dice en su fuero interno: "Yo". Pero esa sañuda voz no es la voz de la justicia, porque tratar de matar a este hombre es de una perfidia saturniana. (Dicha la palabra *saturniana,* me arrepentí, porque creí que su sentido resultaría demasiado esotérico.) Con su muerte tratáis de asustar a otros para que no hagan lo que hizo él. Pero lo que hay que suprimir no es el hombre, sino el orden político, económico y moral que lo produce. Hay que suprimir los obstáculos en los que él ha tropezado.»

Fui a decir en latín aquello de «quitada la causa, quitado el efecto», pero me pareció demasiado lugar común. Las ametralladoras lejanas volvían a oírse y yo pensaba que aquel fragor perjudicaría en los oídos del jurado a mi defendido. En vista de eso, alcé la voz tratando de cubrir con ella las ametralladoras, pero el tono y el acento no eran bastante compactos y el tableteo se oía a pesar de todo en los intervalos.

Yo me admiraba a mí mismo y me daba ánimos con mi admiración. Y me burlaba de mis ánimos.

«Decía el acusador que el secretario denunció a dos obreros del comité de un sindicato y que uno de ellos sufrió la ley de fugas, siendo muerto en el camino, cuando era trasladado en conducción ordinaria a la ciudad. Pero lo que hay que suprimir no es el secretario, sino la ley de fugas. Siempre habrá, por cada secretario muerto, otros diez dispuestos a hacer la misma denuncia en condiciones parecidas. Con el terror lo único que haremos será llevar el agua al molino de nuestros enemigos. ¿Es eso lo que queréis hacer?» Se oyó una voz en el silencio. La voz de un campesino que decía ingenuamente a un vecino: «En esta tierra no hay molinos». La máquina de la risa se ponía en movimiento y era peligrosa en aquel momento. Yo calculé por otra parte: «Ese campesino les recuerda a los otros que soy forastero y que no conozco la tierra donde estoy hablando». No sabía si aquello era bueno o malo. A veces los aldeanos recelan del forastero y otras lo reverencian. Y seguía: «Aquí estoy para deciros, ni más ni menos, la verdad, y la verdad es lo que estáis oyendo. Ese hombre —y alzaba la voz patéticamente, señalando con el dedo— merece que pensemos despacio en lo que ha hecho y en las razones que tuvo para hacerlo antes de sentenciarlo».

Otro campesino me interrumpió: «A ese hay que rebanarle el pescuezo». Se oyó bien claro, y yo no supe, por el momento, si el campesino se refería al secretario o a mí. Siempre me había causado asombro la manera de reaccionar de los campesinos conmigo. Los obreros de la ciudad se dejaban persuadir, pero los campesinos eran más duros. Recordaba que una vez fui con otros agitadores a una aldea y después de estar una hora hablándoles de humanitarismo, justicia social, de la necesidad de redimir a los pobres de su esclavitud obteniendo leyes mejores y organizándose para la resistencia, y si era preciso para el ataque, de pronto, y cuando creía haberlos convencido viendo cómo me aplaudían, oí a alguien decir a media voz: «Ese, ese de la gabardina es el más malo». El de la gabardina era yo. No me hacía, pues, ilusiones con aquella masa agrícola, y menos ahora, que estaba soliviantada por la guerra. Suponía que el campesino que en la primera fila repetía mis últimas palabras en éxtasis podía rebanarme el pescuezo con la hoz. Es verdad que yo no había dado nunca importancia excesiva a mi propio pescuezo, pero no tengo otro y habría preferido que los campesinos olvidaran las hoces hasta el tiempo de la siega.

Volviendo al discurso, señalé al reo con la mano y dije: «Ese hombre merece el perdón». Un campesino que estaba debajo del púlpito, me entendió mal y repitió de buena fe:

— ¡Eso es, al paredón!

López ahogó en su propia garganta la carcajada con un pequeño y discreto gorgeo. Aquello me indignó, pero disimulé: «El secretario de los líquidos imponibles era y es un pobre hombre y, además, un hombre pobre. Vosotros, campesinos, tenéis raíces en el suelo, tenéis el pan y las patatas seguros. Tenéis los frutos de la tierra, pocos o muchos. Vivís de una manera parecida a los árboles y a los arbustos. Una vida limitada, pero segura. En cambio, la familia del secretario cuando quería una zanahoria o un kilo de pan tenía que comprarlo y el dinero lo daban los que lo tenían, es decir, los ricos. Uno de vosotros puede vivir años enteros sin manejar dinero, ya que sólo es menester para comprarse una camisa o un pantalón». (Aquí un campesino alzó la mano porque quería decir algo: «Yo no necesito dinero para comprar camisa, porque me las hace mi mujer con tela tramada con sus pies y con hilo filado por sus pulgares».)

Hubo un pequeño silencio y aquí y allá se oyeron risas. Alguien dijo: «Es una ocurrencia del tío Benjamín, que siempre tiene que meter su dictamen». Y yo, pensando que otra cita latina caería bien para restablecer la autoridad, dije: «*Utilius homini nihil est quam recte loqui,* es decir, que nada es más útil al hombre que la franqueza en el hablar, y es lo que estoy haciendo ahora, ciudadanos y amigos.

»Cualquiera de ustedes que hubiera sido secretario habría favorecido en la administración del pueblo a las familias ricas para que pagaran menos impuestos y merecer así su gratitud. De esas casas ricas llega una recomendación, un empleo para el hijo mayor o el pequeño. ¿Quién sabe? Vivir no es fácil. En caso de una huelga de campesinos, tal vez el secretario de los censos pensaba que los huelguistas tenían razón, pero si lo hubiera dicho en público o en privado le habrían quitado el empleo. No es ese empleo tan bien retribuido que permita hacer ahorros, y el secretario y su familia habrían conocido la humillación y el hambre. Vosotros diréis: nadie está obligado a falsear sus propias opiniones. Pero ¿qué es lo que hacía todo el mundo, especialmente en los tiempos de la monarquía, que están bien frescos en vuestra imaginación? Todo

484 Crónica del alba, 3

el mundo falseaba y falsea sus opiniones y sus sentimientos. El banquero roba por un lado al pueblo y por otro al Estado, pero defiende públicamente la honradez. El noble se burla secretamente de la nobleza, pero pule y luce su corona. El único que tiene que creer en algo y adaptarse a su creencia es el pobre. El pobre cree en su pobreza y la tiene clavada como una condenación en la mente, y esa condenación se refleja en todos sus actos. Y lo primero que tiene que procurar es asegurar el pan de sus hijos. ¿Cómo?»

Otra voz campesina dijo: «¡Que salga a robar a un camino!» Yo respondí, irritado: «Y usted, que habla así, ¿quiere juzgar a este hombre e imponer la justicia? Salir a robar no es solución alguna, sino degradación y villanía. Este hombre era potencial y presencialmente un hombre honesto, es decir, un hombre que respetaba la ley y vivía dentro de ella, y una vez más, repito —y aquí alcé la voz dramáticamente, aunque con poca fe— que como la ley está hecha por los ricos y para los ricos, este hombre, ajustándose a la ley, tenía que defender a los ricos. Pensar otra cosa es locura. ¿Es que vamos a matar a este hombre por haber hecho lo único que podía hacer en las condiciones en que vivía? ¿Es que vais a organizar la sociedad de mañana con los mismos vicios y pasiones vengativas que la de ayer? ¿Es qué vais a arreglar algo matando a los servidores de una ley mala y no cambiando la ley? No seré yo quien os ayude. Lo primero que tenemos que hacer es afrontar la verdad desnuda y después ir adaptando a ella nuestra templanza o nuestra violencia. En este lugar, alguien se ha dado cuenta de que el pueblo entero odia al secretario de las aparcerías con motivo o sin él, y ese alguien quiere ganarse la voluntad del pueblo por encima de la vida de un hombre. Pero un ser vivo es más que un secretario o un campesino o un duque. Es la humanidad entera. Tenemos que mirarlo como nos vemos a nosotros mismos en un espejo. Un hombre cualquiera, además de ser todos los hombres, es un reflejo de Dios para los que saben mirar con atención. Nuestras mejores cualidades, amigos míos, ya no son nuestras, sino de El».

Al decir estas palabras, todos miraban al tabernáculo vacío, en el centro del altar. Abierto y vacío. También miré yo allí un momento antes de seguir: «Si el acusador cree necesario matar a este hombre para tener a su lado a la población entera, que lo diga. La mentira, el disimulo, el escándalo sangriento, el pensar una cosa y decir otra

tal vez darán la victoria a nuestros enemigos, pero esa
victoria no será duradera ni les llevará muy lejos. (El comandante López me miraba con grandes ojos asombrados). Y yo
invito al acusador a que nos diga toda la verdad. Mejor que
conquistar la adhesión política de este pueblo con un asesinato sería conquistarla con toda la verdad, como estoy tratando de hacer ahora».

—La verdad —murmuró escépticamente López—. ¿Qué
es la verdad?

Aquellas palabras me ofrecían un efecto fácil y no quise
perdérmelo, y menos en aquel lugar. «Eso es lo que Pilatos
respondió a Cristo cuando éste dijo que servía a la verdad.
Y siempre que alguien pregunta qué es la verdad, hay un
inocente que muere en el suplicio. ¿Oís, compañeros y amigos? En este caso la verdad es que el sacrificio de este hombre
no va a ayudar sino a nuestros enemigos, como dije antes;
porque cada vez que un hombre muere en el suplicio, la
vida de sus correligionarios vale un poco más. ¿Qué interés
tenéis en que la vida de los enemigos vuestros valga más?
Yo confieso que no tengo ninguno y que por eso me he encargado de la defensa. No hay que sentenciar a este hombre a
ninguna de las tres penas capitales que pide el acusador. ¿Tres
penas de muerte? Espero —añadí dirigiéndome a los hombres
del jurado—, espero que ninguna de esas tres penas de muerte
le serán impuestas al reo.» Yo hablaba escuchándome a mí
mismo. A veces sinceramente y a veces sólo retóricamente.

Al llegar aquí me di cuenta de que no tenía más argumentos a mano. No se me ocurría nada oyendo las ametralladoras lejanas. Me creí un momento perdido, pero derivé
por el lado erudito de los símbolos religiosos, un poco al
azar, viendo en el techo del templo el triángulo de la Trinidad y en el aire una mariposa que cruzó el haz de luz del
parabrisas y que iluminada parecía de plata.

«Ciertamente, el número tres tienta al acusador; y no
es su culpa, porque desde los tiempos más remotos ha sido
rodeado de sugestivas proyecciones. Tres es la cifra de uno
de los misterios más antiguos, en los que está implícito el de
los orígenes del hombre. De los tres órganos de generación
del hombre viene el prestigio del número tres en las religiones antiguas, incluido el misterio de la Trinidad de los
hindúes. De ese número mágico para nuestros lejanos bisabuelos viene la cruz anxata de los egipcios, la imagen matriarcal
Tanit de los fenicios y otros muchos símbolos. Para un obser-

vador riguroso de la historia, eso no representa irreverencia alguna. También nuestro sexo es obra de Dios. Pero volviendo a la sugestión del número tres en el acusador, éste trata de hacer al secretario depuesto víctima de un mito religioso anterior a nuestra era. Tres penas de muerte. ¿Por qué no dos ni cuatro? El acusador, que tiene una mente clara, se extrañará de verse a sí mismo envuelto en esta clase de supersticiones; pero la verdad es que quiere, con el sacrificio triple del secretario supernumerario del despacho municipal, halagar al antiquísimo Osiris, a la deidad semítica Tanit y al triángulo ritual de los remotísimos hindúes. (Mientras yo hablaba así, el comandante López me escuchaba boquiabierto). Tal vez el acusador se extraña y protesta en su fuero interno, pero ni su extrañeza ni su protesta prueban que yo esté equivocado. La sed de venganza es una prolongación atávica de los tiempos crueles, cuando la gente se regía por el terror y por las danzas a la luz del plenilunio. No me extraña, por lo tanto, la recurrencia del acusador al número tres. Yo os pido que libréis al secretario de esa bárbara, primitiva e inhumana cadena de sucios prejuicios.»

No decía yo estas cosas para la masa campesina, sino para López, cuya decisión iba a ser sin duda aprobada por el jurado. Y él escuchaba, perplejo. Creí que debía volver a dirigirme a los campesinos, y dije: «A ninguno puede extrañar la conducta que seguís en este momento con el procesado, ya que cuarenta años de convivencia con el secretario del concejo de esta aldea…» (Otro de los que escuchaban alzó la mano e interrumpió para corregir: «No es aldea la nuestra, sino villa, y así fue concedido antaño por fuero de reyes».) Yo sonreía pensando que aquellos campesinos, cuyos hijos estaban batiéndose por la República y cuya propia vida ponían en peligro día y noche las baterías de los monárquicos, hablaba del *fuero de reyes* con orgullo. Me daba cuenta del cúmulo de contradicciones en que todo el mundo estaba viviendo y lamentaba haber intervenido en la detención de aquel hombre, aunque —me preguntaba— ¿qué otra cosa podía hacer? En caso de haberme negado se habrían concentrado sobre mí los recelos, y conmigo o sin mí, habrían arrestado y matado de todas formas al pobre hombre. Quizá sin concederle el consuelo de mi atención exaltada.

Lo malo era que con aquella intervención el comandante López quería comprometerme, y lo estaba consiguiendo, sin duda. Pero yo, que me había dejado comprometer días antes por el lado izquierdo en Casalmunia, trataba de rectificar y estaba defendiendo al secretario y comprometiéndome por el lado derecho, aunque sin mucha fe, la verdad. Tal vez no lo salvaría, pero, en todo caso y en último extremo, con mis palabras le mostraba un poco de esa consideración de la cual todos los seres nacidos están siempre hambrientos. En el fondo, la vida o la muerte del secretario me daban igual, pero estaba gozando de aquella expresión de gratitud que veía en su cara. Tal vez estaba encontrando el secretario, a través de mis palabras, la justificación de su propio pasado, lo que debía aliviarle. Y esa dimensión secreta de mi probable *santidad* me la agradecía yo a mí mismo.

Y seguía: «Tantos años de convivencia con el secretario de actas de esta aldea, digo de esta villa, han creado en cada uno de ustedes motivos de enemistad y de resentimiento. El simple hecho de visitarlo en su oficina para pedirle algún favor que no les concedió, ha ido depositando en el fondo de la memoria de cada cual cual repertorio de motivaciones resentidas que les empujan hoy a la agresión. ¿No es eso? ¿Y van a juzgar a este hombre *ab irato*? ¿Quién tiene derecho a eso? Ustedes recuerdan haber salido alguna vez de la oficina del secretario atufados, mohínos, llenos de despecho. Con el tiempo ha crecido el rencor. El acusador cree ser intérprete de todo ese aborrecimiento pidiendo tres penas de muerte. Yo siento la desazón en el aire y la exasperación en las miradas de algunos. Como ustedes ven, yo no respondo con iracundia y ni siquiera con vehemencia en mis argumentaciones. ¿Para qué? Para salvar la vida de un hombre basta con una voluntad recta. El acusador buscaba la manera de encolerizarles a ustedes hasta el encarnizamiento. ¿Lo ha conseguido? Yo solamente quisiera apaciguarles y ponerles de acuerdo con su propia conciencia. No quiero azuzarlos contra nadie, ni siquiera contra el acusador. Hombre de malas pulgas, su borrascosa manera de hablar es comprensible. Todos nos descomedimos a veces cuando se oyen los cañones y cuando sobre nuestras cabezas zumban los aviones cargados de bombas. Pero a mí no se me sube la sangre a la cabeza ni permitiré, si puedo remediarlo, que ninguna clase de pasión me domine. Se trata nada más y nada menos que de salvar o perder a un hombre como nosotros mismos. Un hombre cuyo mayor pecado fue siempre no poder permitirse el lujo de ser agradable a sus convecinos ni actuar de acuerdo con su propia conciencia. Su carácter era esquinado, amoscado y taciturno porque había en su casa más mohína que harina y cualquier insistencia de uno de ustedes sobre cuestiones prácticas que no podía resolver le exasperaba y sacaba de madre, como vulgarmente se dice. Los ricos habían puesto al hombre en la secretaría del Ayuntamiento para que acumulara sobre sí los rencores y odios que merecían ellos. La capacidad de atención, de justicia, de asistencia o de caridad del secretario, por grandes que fueran, no habrían sido suficientes para satisfacer a un campesino por cada cien. En esa disyuntiva se dedicaba a ayudar a los que parecían mejores, es decir, a los que representaban el poder, por ejemplo, al rico don Cristóbal, aquí presente —todos se volvieron a mirarle y don Cristóbal palideció, que era lo que yo esperaba por haber sido quien denunció al secretario y reveló su escondite—. En la dura selección natural de las especies, a la cual nadie escapa, ni las fieras ni los hombres, el secretario estaba, o creía estar en lo cierto ayudando a los poderosos de la aldea, digo de la villa real. ¿No es así? (El campesino de antes me miraba ceñudamente, reprochándome con el gesto que me equivocara tantas veces llamando *aldea* a su pueblo). ¿No será siempre así si continuamos destruyendo al hombre que sirve a un mal sistema y conservando ese sistema?»

La iglesia rebosaba de gente. La voz se había corrido por el pueblo y los que no estaban enterados, al saberlo acudían. El destino de aquel hombre interesaba a todo el mundo, pero ni un solo campesino estaba de su parte. Yo no podía extrañarme de aquello. No me extrañaba nada. Observé que mientras yo hablaba, el comandante López tomaba notas y por la presura con que lo hacía (al final de alguna frase de especial significación), suponía de antemano cuáles iban a ser sus contraargumentos. Tanto valían los de él como los míos, y detrás de ellos había un sobrentendido de violencia inevitable. Una vez más, me decía: «El reo va a morir sin remedio y a mí me parece lamentable, aunque no más que la muerte de un soldado en la trinchera, o de Guinart en el otro lado». En todo caso, seguía con mi informe. Era la primera vez en mi vida que intervenía en un acto como aquél y lo hacía sin esperar ninguna eficacia final. Lo más incómodo era que yo tenía la sensación de ser el único que estaba despierto, con mi conciencia y mi razón activas. Todos los demás estaban dormidos y eran una especie (diferentes especies) de sonámbulos. Incluido el comandante López. Sonámbulos peligrosos.

Tenía yo una conciencia moral y una superconciencia

—esta última era la que hablaba—, mientras que los otros carecían de ambas y me oponían la inercia del sonámbulo. López, además de un sonámbulo, era la máquina de la risa de la cual he hablado antes. Con sus palancas articuladas y su sistema acústico y fonético.

Me molestaba seguir usando medios de persuasión en una causa de antemano juzgada y perdida. «Yo estoy de parte del reo y no por la obligación natural del defensor. No soy abogado, sino soldado de filas. Acabo de dejar el frente para venir a combatir aquí con las mismas razones que me llevaron un día a pelear en la trinchera. Y por eso os pido ahora no sólo la vida de mi defendido, sino también la libertad. ¿Qué daño puede hacer a nadie este hombre? ¿Hasta qué extremo puede ser peligroso, suponiendo que fuera un enemigo del pueblo? En primer lugar, no lo es por la misma razón por la cual lo era antes de que la guerra comenzara. Ahora el poder ha cambiado de manos, está en las del pueblo y el hombre que tenemos delante ha cambiado de posiciones por el mimetismo de los débiles. Este hombre es el típico servidor de la clase dominante, cualquiera que sea.

»Por otra parte, ciudadanos que me oís, el que hace uso de la clemencia refuerza la justicia con una sombra, o más bien una luz de generosidad. Yo os pido que en último extremo y si por alguna razón o algún eclipse de la razón, que todo puede ser, consideráis al reo culpable, yo os pido que hagáis uso de esa clemencia con la cual somos superiores a nuestros enemigos. Cada uno de nosotros se sentirá premiado en su conciencia por la calma y la serenidad que da Dios a los que han sabido ejercer el bien y restablecer no la justicia de los jueces, sino la inmanente bondad de las cosas y los hechos y la sublime caridad de las conciencias.»

Así terminé mi informe, bastante disgustado de mí mismo porque esperaba aducir más argumentos. Es decir, sospechaba que viendo aquella multitud de sonámbulos (gente que realmente estaba dormida cuando caminaba por la existencia), sospechaba que todo sería inútil. No despertarían por mucho que alzara la voz. Desde que me interrumpieron para decir que la aldea era villa *por fuero de reyes* había sentido yo que algo dentro de mis ya débiles convicciones flaqueaba. Estaba insatisfecho y disgustado. Quería haber dado la prueba de mi capacidad y sólo había dado la de mi limitación. Olvidaba que en todas las experiencias intelectuales (importantes o no) se da al mismo tiempo esa circunstancia. Me extrañaba un poco el silencio que siguió a mis últimas palabras. Habría querido que aplaudieran al acusador. «Más vale que no aplaudan —pensé, sin embargo— en este lugar donde tanta gente sencilla ha rezado a Dios.»

El comandante López tomaba la palabra como un gladiador romano el tridente. Estaba a un tiempo entusiasmado e indignado:

—Así somos nosotros —gritaba, señalándome.

Cuando lo hubo dicho tres o cuatro veces de una manera crecientemente enfática (sin duda, para despertar a aquella multitud) explicó en qué consistía la manera de ser que le enorgullecía tanto: «Este hombre que ha hecho una defensa tan calurosa y entusiasta de la piedad y que pide la absolución de su propio enemigo, ¿sabéis quién es? Es un capitán que ha venido del campo enemigo, donde ha tenido que hacer toda clase de equilibrios para salvarse de la muerte».

Ahora el sonámbulo era yo. Ninguna de las palabras de López me despertaría. En cambio, en la masa iba sintiéndose un murmullo de aquiescencia. Decía López algo más, alzando y bajando la voz estentóreamente, y yo puse alguna atención —comencé a despertar— cuando oí decir: «Este capitán pudo salir con la muerte en los dientes cuando supo que su padre había descubierto dónde se hallaba y lo que hacía. (Me tocaba a mí ahora asombrarme y me decía: «¿Cómo se ha enterado López de todos estos detalles?». Yo no le había dicho una palabra de mi pasado. ¿Quién y por qué lo había informado?) Este capitán Garcés —seguía el acusador— está combatiendo ahora en el frente por nuestra causa y sabe encontrar el lado humanitario de esta bestia sanguinaria que tenemos delante (la gente rompió en aplausos, bien despierta, lo que me impidió oír las palabras siguientes hasta que la ovación comenzó a amainar) ...Así somos nosotros, camaradas y amigos.

»Ahora bien, ¿vamos a concederle el perdón a este monstruo a quien Garcés defiende? No. Yo espero que todos os deis cuenta del peligro que una debilidad como esa representaría. Tenemos que defender a hombres como el capitán Garcés, de cuya generosidad abusarían miserablemente nuestros enemigos. El capitán sería la primera víctima de su propia bondad, camaradas. El secretario de este municipio no es tan inofensivo como su defensor pretende. No me fiaría yo ni tanto así.»

Como he dicho, ahora había vuelto a mi sonambulía y el

público estaba ávidamente despierto. Los sonámbulos suelen despertar para el mal, no para el bien. Y a través de las nubes de mi sueño llegaba la voz del comandante: «Ninguno podría sentirse seguro si este monstruo estuviera en libertad. Porque este hombre, en apariencia insignificante, está tramando algo en las tinieblas contra nuestros hermanos, contra nuestros hijos y, desde luego, contra el pueblo y sus libertades».

Yo me decía: «Por qué he venido aquí a defender a ese viejo si de antemano sabía que no tiene salvación? Los campesinos han despertado y seguirán despiertos hasta oír la sentencia y ver la cara que pone el secretario cuando la oiga. Luego se dormirán otra vez y dormidos irán a sus casas y dormidos acudirán más tarde a la plaza, los unos para ver la ejecución y una minoría de ellos para coger voluntariamente los fusiles y formar la escuadra. Y sonámbulos seguirán hasta el momento de los disparos. Entonces despertarán un instante para ver cómo cae el reo, cómo se rompe el pelele».

La gente —toda la gente— era sonámbula y despertaba para el mal. El comandante seguía perorando y yo no lo escuchaba. Cuando vi que la multitud me miraba, supuse que López hablaría de mí. Pero no. En cuanto a la inocencia de aquel secretario fantasmal, el comandante tenía que hacer una revelación. El día anterior el reo había querido huir y había logrado abrir con un gancho de estufa la cerradura de la puerta exterior de la sacristía (López blandía aquel gancho, mostrándolo en el aire, y la gente lo miraba alucinada), pero fue arrestado de nuevo cuando se dirigía al campo enemigo. Fue alcanzado cuando se escondía en una cueva para esperar allí la noche y tratar de pasar en las sombras al campo contrario.

«Y si este hombre —preguntaba el comandante con voz de trueno— hubiera llegado al campo enemigo, ¿sabéis lo que habría hecho? En primer lugar, decir dónde estaban las baterías nuestras. Después, si a mano viene, denunciar a esa comandancia de milicias. Y con esos informes podéis estar seguros, compañeros, de que el enemigo habría venido con su aviación y arrasado esta aldea, digo esta villa, sin dejar piedra sobre piedra. A estas horas, tal vez muy pocos de los que me escucháis estaríais vivos. Esa sería la obra de este hombre inofensivo, según el defensor (López seguía accionando con el gancho de la estufa en la mano, que tenía una cierta elocuencia hipnótica). Y esa es la supuesta inocencia del secretario del Ayuntamiento de esta ilustre villa real.»

Era más que probable lo que decía el comandante, en quien yo veía un tribuno romano de los buenos tiempos, con su cara de medalla conmemorativa y su pecho opulento. Pero el pobre secretario, encogido y minúsculo, me daba pena. Cuando acabó el comandante, insistiendo en sus tres sentencias de muerte, yo le pedí la palabra para decir que el hecho de que mi defendido hubiera querido escapar era natural y legítimo, porque la primera obligación de todo el que está preso es tratar de salir de la prisión por cualquier medio. Así, pues, no constituía culpa nueva ni agravaba las anteriores. En cuanto a la sentencia que iba a ser acordada inmediatamente, yo esperaba —repetía una vez más— que el jurado preferiría hacer uso de la generosa piedad y no de la implacable venganza.

Hubo silencio en la sala y me arrepentí de haber usado latines y palabras cultas, aunque tal vez los latines favorecieron al reo, porque los campesinos los asociaban a circunstancias de prestigio. En fin, lo que fuera —y yo sabía muy bien lo que iba a ser— no tendría remedio.

La sentencia fue de acuerdo con las conclusiones del acusador: tres penas de muerte. Invitado el reo a decir algo, se encogió de hombros y dirigiéndose a mí dijo: «Supongo que las palabras están ya de más. Hasta ahora todo el mundo ha dicho algo contra mí o en mi favor y yo le agradezco a usted lo que ha dicho sobre mi persona aunque fuera faltando notoriamente a la verdad. Porque todo lo que el comandante López ha dicho contra mí se ajusta a los hechos. Yo soy ese que dice y no niego ninguno de los cargos que ha hecho contra mí. Todo lo que ha dicho el acusador es la pura verdad. Hay otras cosas, sin embargo, que nadie sabe y que yo podría decir en mi descargo, pero no las diré porque perjudicaría a alguna persona aquí presente. Si las dijera podría ser que no me mataran y que por el contrario me hicieran un monumento aquí en la plaza del pueblo, digo, es una manera de hablar. Porque las cosas no son tan claras en la vida como parecen».

Asombrado, yo pensaba: «Ha confesado sus crímenes y por sólo ese hecho Dios lo perdonaría, pero los hombres no lo perdonarán». En cambio, el comandante López parecía personalmente ofendido con aquella confesión. Pedí un nuevo juicio con un tribunal diferente, en Madrid, pero la gente estaba en contra y había rumores de protesta. Había que matar al secretario cuanto antes. Nadie quería perderse el espectáculo. López halló en las palabras del reo un pretexto para añadir cargos nuevos. «De lo que acaba de decir se desprende que el reo, cuando fue arrestado, estaba conspirando y tenía y tiene cómplices.»

—Eso no es verdad —respondió tímidamente el acusado—, pero si hablara alguno se iba a llevar una sorpresa. Bien está la condena y no digo nada, pero esperaba que el jurado se inclinaría por la clemencia. ¿No lo ha hecho? Mala suerte.

Insistí yo en pedir otro juicio y la multitud indignada me apostrofó como si quisiera fusilarme a mí, también. Me callé porque los sonámbulos pueden ser peligrosos, aunque sin resignarme. Y de pronto, levantándome airado, volví a hablar:

—De acuerdo con las normas legales exijo que la sentencia no sea ejecutada sin dar antes conocimiento a la superioridad, es decir, que sea enviada a la capital para que la confirmen o no las autoridades superiores. Con ese fin, el acto final con los documentos del relator y de la defensa deberán ser trasladados también a la capital y como aquí no hay condiciones de seguridad para el preso propongo que sea trasladado a la prisión de Madrid, donde esperará la decisión del mando general de la línea. O de las autoridades civiles, si el caso puede entrar en su competencia, como yo creo y espero.

Todo esto lo decía yo muy enérgicamente con la esperanza de que el calor se contagiara al público.

Estaba seguro de que si hallaba en la masa campesina un mínimo de eco y de resonancia, el comandante López aceptaría mi proposición, porque se podía acusar a López de todo menos de desoír las voces del pueblo. Pero la reacción fue distinta. Al acabar de hablar se levantó el comandante y dijo con la voz tranquila del vencedor:

—Necesitamos ocho voluntarios para ejecutar a este reo condenado por el pueblo.

Se alzaron en el aire más de ochenta brazos entusiásticos y gregarios. Miraba yo a aquellos hombres que tenían rostros honrados, quemados del sol, con expresiones de una inocencia infantil y antigua. «Es posible —me dije— que todos tengan razón menos yo.»

Pero me propuse hacer lo posible para salvar al reo, o al menos demorar su ejecución. Aquella ejecución, en la que de un modo u otro yo había intervenido, me comprometía ante mí mismo para el resto de mi vida. ¿Era lo que se proponía López? Estaba haciendo objetivamente de mí un cómplice. ¿Era eso lo que quería? ¿Para qué?

Yo podía ser la máquina de la risa como cada cual, pero no por complicidad con los asesinos. Cuando supe que la ejecución se llevaría a cabo tres días después, decidí poner en acción todos mis recursos para impedirla o al menos, como he dicho, aplazarla.

Me acerqué a López:

—A ese hombre no vais a matarlo —le dije.

El comandante me echó el brazo por los hombros y dijo amistoso y en broma:

—Mataremos a ese hombre y a su defensor también. Lo digo porque es lo que querían algunos campesinos: que fusiláramos también a ese defensor hijo de tal. Eso decían.

Miraba yo a los últimos campesinos que iban saliendo de la iglesia lentos y cachazudos, arrastrando los pies. Siempre salen así de las iglesias.

López reía sin motivo. Bueno, ya he dicho antes que el hombre es el único animal que tiene conciencia de la muerte y a quien se le ha dado la risa como una compensación. El único animal que ríe. Yo pensaba: «Esta es la parte sucia de las guerras: el automatismo criminal». Es verdad que me matarían también a mí si me descuidara. Y no me alarmaba esa idea. Verdad era también que a veces pensaba en amigos míos fusilados como si hubieran hecho algo meritorio que estaba fuera de mis alcances. Y casi los envidiaba. Esa envidia no he podido entenderla aún.

En todo caso, me sentía desorientado en un laberinto de señales falsas. Por ejemplo, una de esas señales decía: «Salida de fuegos» y al salir me veía en un paisaje idílico. Otra tal vez: «Salida al parque de recreos» y conducía a un lugar de carnicería, a un muladar humano. Otras señales, aún, advertían: «Cuidado, no hay salida» y la había muy franca. O bien: «Vía muerta» y estaba viva. Incluso: «Salida a los autobuses del hospital civil», y llevaba derechamente a los de la penitenciaría. O del cementerio.

De un modo u otro me sentía íntimamente ligado al destino del reo a quien acababan de condenar. Con la idea de hacer una apelación en regla, pedí al relator una copia del acta de la sesión.

El comandante López y yo salimos juntos y caminamos en silencio algunos pasos. Cuando íbamos a separarnos para seguir cada cual su camino, el jefe de milicias me pidió que me quedara a comer en la comandancia. Esta se hallaba al final de un pequeño parque, en un lugar desenfilado de la artillería.

Había un porche con macetas, algunas colgadas del techo con alambres, y aquí y allá algunos milicianos leían o dormitaban. Sólo llevaba armas uno que estaba de centinela. No había señales exteriores de disciplina ni de rigidez profesional.

Entramos López y yo en un ancho pasillo sombrío para ir a dar a una sala cuadrada y grande en el lado opuesto de la casa, con anchos divanes y una mesa de billar en un rincón. No había nadie en aquel momento, pero otra mesa próxima —alargada—, con platos y vasos, revelaba que había llegado la hora de comer. Había hasta doce o quince cubiertos, alguno de plata, otros de peltre y hasta de madera, y los vasos eran también dispares y de varios colores. Poco después fueron llegando los milicianos. Al lado, en la cocina, se oían voces de mujer y por el tono y el acento, yo, que gustaba de hacer deducciones gratuitas, pensé que debía tratarse de una mujer madrileña y no de mal ver.

Todos habíamos olvidado de pronto al secretario condenado a muerte y tratábamos de adivinar por los aromas de la cocina lo que iban a darnos de comer.

En aquel momento salía de la cocina un miliciano moreno, flaco, de aire agitado, quien al verme a mí dijo:

—Tu discurso estuvo bien y estoy de acuerdo con cada palabra que pronunciaste.

Intervino López, condescendiente:

—Yo no he dicho que tu discurso estuviera mal. Lo que me molestaba precisamente era que hicieras una defensa tan buena.

Yo miraba alrededor. A juzgar por los muebles, era una vivienda de clase media acomodada. Un lugar como aquél me habría gustado para veranear en tiempos de paz.

—¿De quién era esta casa? —pregunté.

—De un facha rico. Le dimos el paseo.

—¿Por qué? —seguí preguntando mientras me acercaba a la mesa de billar y comprobaba con la presión de ambas manos la elasticidad de las bandas.

—Yo no sé. Ordenes —dijo, elusivo, López.

El tipo agitado que había salido de la cocina añadió por su cuenta:

—Las órdenes las dan en esta casa.

—Tengamos la fiesta en paz, Cefe —advirtió la misma mujer de antes desde la cocina.

Pero Cefe, que tenía una cara toda perfil y hablaba con acento madrileño muy cerrado, no quería callarse:

—¿En paz? ¡Menuda paz! —y añadió señalando a López con el dedo—: De ahí salen las órdenes.

Había varios milicianos silenciosos, derribados en los divanes con la flojera del hambre y se oyó una voz:

—Cállate, chivato.

Yo, inspeccionando el bastidor en donde estaban alineados los tacos, tomé uno y apunté con él para comprobar su rectitud y buena traza. El madrileño añadió:

—Ese pobre diablo del secretario merece que lo perdonen.

Un miliciano pequeño y macizo, con suéter elástico de cuello de tortuga, fue a sentarse al lado de López en el diván y le dijo bajando la voz:

—Está quemao, Cefe.

Y entonces sucedió algo que no habría esperado nunca: reconocí en uno de los milicianos a Alfonso Madrigal. Desde el principio me había llamado la atención por la voz y la manera elusiva de mirarme. Pero estaba disfrazado con unas barbas que se había dejado crecer, esas barbas que los escritores modernistas llamaban *fluviales*.

Su aspecto era del todo diferente, dignificado y grave.

Mi insistencia en mirarlo debió hacerle pensar que lo había reconocido y se mostró un poco nervioso. Yo me dirigí a él casualmente.

—¿Qué haces en este lugar?

Me respondió en voz baja:

—No me llames por mi nombre.

—¿Pero desde cuándo estás aquí?

—Desde hace poco. Antes estuve en zapadores minadores.

No había ascendido mucho, Madrigal. Era sargento. Yo imaginé que estaba dedicado a sus venganzas personales y creía advertir en él algo siniestro. No tenía la mella de los dientes ni aquel aire dislacerado que le conocí en el Zaio, en Marruecos.

—¿Qué fue de Antonia y de su padre?

—No me preguntes nada, aquí.

Madrigal me humillaba como pariente, aunque el parentesco fuera lejano: tío segundo o tercero. Por algunas miradas y por alguna media palabra deduje que andaba matando gente.

—¿Pero está viva Antonia? —pregunté.

—Sí, y su padre también.

Estaba yo lleno de curiosidades, como se puede suponer.

—¿Vive contigo, Antonia?

—No.

Y cambiando el disco, le gritó a Ceferino, que murmuraba contra López:

—¡Achanta la muy, boquerón!

Madrigal conservaba el idioma del presidio, que es siempre un poco andaluzado. El comandante se fue a la cocina, visiblemente de mal humor. Entonces, el miliciano del cuello de tortuga se me acercó y dijo en voz baja:

—Está cabreao, Cefe, porque su hermana se acuesta con López.

Yo tiré una carambola pensando: «Un delicado aspecto de la situación». Pero el hecho de que Cefe reaccionara de aquella manera no lo entendía. Rodaban las bolas por la mesa entrechocando, y yo, sin mirar al miliciano, hablaba en voz baja también:

—¿Qué clase de gentes eran Cefe y su hermana antes de la guerra?

—Son hijos de un farmacéutico un poco chalao.

Vaya, achaque de honor. Honor fraterno. En una familia obrera aquello no habría tenido importancia, ni tampoco en una familia aristocrática. El comandante López salió de la cocina y se me acercó. Vio que me fallaba un golpe de taco:

—Se te fue la mano.

—A ti también se te va fácilmente —dijo Ceferino—. Tienes el dedo ligero. Al dueño de esta casa le dieron el paseo y lo enterraron donde yo me sé. Aquí se mata a la gente por poca cosa.

A través de una música de gramófono se oían lejanos tiros de fusil.

—A ése lo mataron —añadió Cefe, que se sentía locuaz— porque dicen que era un enlace que le llevaba los papeles al jefe de los requetés, pero yo todavía no he visto esos papeles.

—¡Los he visto yo y basta! —gruñó el comandante.

La cocinera se asomó a la puerta:

—Si vas a seguir así más vale que te marches, Ceferino.

La cocinera era como yo la había imaginado: pelo negro, delgada, y no mal formada. Ceferino, al oír la voz acusadora de su hermana, le hizo un corte de mangas.

—A mí no me hagas esos gestos de granuja —gritó ella indignada— y si no puedes aguantar a la gente de esta comandancia ahí está la puerta.

—Tú irás delante de mí.

—¿Yo?

—Sí. En mi familia no ha habido nunca putas.

El comandante López fue hacia Cefe y le dio una bofetada. Dejé yo de jugar y hubo un momento de expectación alarmada. Ceferino murmuró:

—¡Ah, el canalla asesino!

Volvió el comandante sobre él, pero se interpusieron tres o cuatro y no pasó nada más.

Sonreía yo, volviendo a mis carambolas, y Madrigal dijo con un gesto aburrido:

—Siempre están así.

Tiré mi carambola sin dejar de reir y el miliciano de cuello de tortuga comentó:

—No veo que la cosa tenga tanto chiste.

—Recibir una hostia y guardársela es cómico en todas partes.

Alguien se había ofendido en la sala.

—Estos señoritos intelectuales —dijo otro miliciano de orejas separadas, nariz y mirada inocente— que llevan la pistola sin balas porque pesa demasiado… hablan por hablar.

Sin aparente violencia (aunque me sentía fuera de mí) dejé el taco cruzado en la mesa e hice una tontería que ahora recordándola me avergüenza. Una de esas idioteces de machito armado y engallado.

En tiempos de violencia se hacen esas cosas y en tiempos de tranquilidad otras. Yo creo que las he hecho todas, digo todas las idioteces que trae el tiempo. En fin, saqué la pistola y disparé un tiro contra una inocente maceta. Estaba en el rincón opuesto del cuarto. Una maceta de flores que había en un ángulo de la habitación. El tiesto saltó en pedazos y la tierra y las flores cayeron sobre una mesita auxiliar donde había botellas de anís y de coñac. Por el cuarto se esparció un olor a geranios.

—Tú ves —dije guardándome la pistola y cogiendo otra vez el taco— que llevo la mía cargada. Igual muere el gusano que el general jefe de la línea. Y el señorito que el hijo de puta.

López disimulaba:

—Vamos, Garcés, que aquí estamos entre amigos.

El miliciano romo se inclinó a coger del suelo el casquillo vacío, lo olió, lo hizo saltar en la mano y dijo:

—Es del treinta y cinco.

El disparo había enfriado tanto el aire de la sala que había que seguir hablando:

—Morir y matar —dije yo— lo pueden hacer el más lerdo y el más cobarde. La vida de cada cual depende del hombre de al lado que tiene un revólver o un cuchillo.

Ceferino seguía taciturno y humillado. Por fin se levantó y salió de la habitación, pero López lo llamó a grandes voces con aire casi paternal. Se detuvo Ceferino en la puerta y se volvió a mirar como un soldado que espera una orden de alguien a quien desprecia.

—¿Adónde vas? —preguntó el comandante con aire imperativo.

—Tú no eres mi jefe —replicó Ceferino—. Serás jefe de tu abuela. Ni tú ni yo somos militares y en todo caso no estoy en acto de servicio, así es que me niego a contestar.

Pensaba yo: «Dice *acto de servicio* en lugar de *comisión de servicio* y por ese detalle se ve que no ha debido ser militar antes de la guerra, como lo fue, por ejemplo, Madrigal». El ruido de las bolas entrechocando aligeraba la tensión de la sala.

Ceferino se fue, pero López hizo un gesto al de la nariz roma ordenándole que saliera detrás para vigilarlo.

Seguía yo jugando al billar como si estuviera solo. Entretanto, en el cuarto de al lado se oía discutir a Ceferino con el romo y como lo hacían a media voz, yo aguzaba el oído. Decía Cefe: «No tengo la culpa de que lo consideren en el barrio el tío Telele, de que la mujer se le escapara con otro, de que no saliera elegido concejal en el cartel republicano ni tampoco de que los pocos clientes que tiene no le paguen». Al llegar aquí, López, que también estaba escuchando, llamó a Vicenta y le dijo:

—Anda, dile a tu hermano que se largue ahora mismo porque si no un día lo voy a matar.

Transcurrió un gran espacio en silencio. El comandante me miraba y parecía pensar: «No hay que andar con bromas con esta clase de tipos que tienen un temperamento flojo, pero unas ideas muy claras de las cosas y que matan por reflexión así como otros matan por pasión». Yo creía advertir esas dudas más o menos metódicas en su mirada. Y seguía jugando. Madrigal, desde su rincón, me miraba como un búho.

Según suele suceder en los grupos donde hay un jefe despótico, los que estaban sumisos al comandante querían tomar la misma actitud conmigo.

Faltaba en aquel falansterio el tipo cómico y no tardó en aparecer. Llegó con Miranda el maestro de obras. El recién llegado era un teniente observador de tiro, quien siempre alardeaba de aventuras donjuanescas como sucede a veces con la gente de Andalucía. López respetaba a aquel teniente porque era de la escala profesional. Lo llamaban «el tenientillo de los testículos» y alardeaba, al parecer, de cosas bufonescas como ponerse una pesa de un kilógramo en el extremo del miembro viril sin que descendiera y practicaba otras bellaquerías como perforar de un golpe el pergamino de una pandereta —con el pene—. Oyendo aquellas cosas yo tenía ganas de reír como cada cual, pero me contenía, porque el tipo era antipático. El sargento Madrigal seguía mirándome a distancia y el teniente se me acercó.

Nos presentaron. «Me extraña —dijo él— que no me conozca usted, porque vengo aquí mucho, sobre todo a las horas de comer.» Yo me apresuré a declarar que no pertenecía a la brigada de servicios especiales. López me escuchaba atentamente.

Volví al billar y López se me acercó halagador:

—Tú debiste ser un mal estudiante. Porque los malos estudiantes suelen ser buenos carambolistas.

Luego decidió hacerme una pregunta que sin duda había aplazado por discreción:

—¿Qué idea te dio de disparar contra ese tiesto? —yo me encogí de hombros—. ¿Quisiste asustarnos?

—No. Yo no quiero asustar a nadie.

Y pensaba, tirando otra carambola: «Quise disparar para comprobar que todo esto es verdad. Cuando me hablaron del dueño de esta casa asesinado, las cosas comenzaron a hacerse irreales. Es una historia vieja ésa, conmigo. Siempre me sucede cuando tropiezo con el crimen. Cada vez que he hallado a mi paso un muerto civil —un «paseado»— me he quedado varias horas sin creer en nada de lo que veía. Debe ser una defensa de la conciencia de uno para evitar la locura. Todo se hace poco a poco irreal y a veces se desvanece como eso que llaman en el cine un «fade out».

Aquella vez, para volver a la realidad disparé contra el tiesto. Viendo caer los cascos y la tierra y las flores sobre las botellas me dije: «Es verdad, todo es verdad, incluido el hombre muerto», y así restablecía yo como otras veces la armonía natural entre el mundo de dentro y el de fuera.

Madrigal me miraba desde lejos en silencio y creía adivinar en su mirada alguna clase de peligrosidad.

Naturalmente, las explicaciones sobre mi disparo —a base del restablecimiento de lo real exterior, etc., etc. —habrían sido inadecuadas en aquel lugar, y a las insistentes preguntas de López respondí con repetidos alzamientos de hombros. Por fin dije:

—Vosotros también hacéis cosas raras y no os pregunto por qué.

Dejé de jugar y añadí:

—Lo digo por la bofetada que le has dado a Ceferino.

—Yo le pegué —se apresuró a explicar López— porque a veces se pone histérico y da el espectáculo. Yo soy médico, tú sabes. Es un buen camarada, pero un poco neurasténico.

—¿Quién no, en estos tiempos?

—No estoy de acuerdo. Este tiempo que vivimos es ideal para superar las frustraciones. Eso diría un psiquiatra: la agresión legitimada. Es el tiempo de la agresión permisible. ¿No te parece?

Pensaba yo: «Este es un asesino verdaderamente consciente y no un sonámbulo como los otros». Seguía jugando al billar sin explicar mi negativa. Si entraba en explicaciones me situaría moralmente en el mismo nivel de aquellos hombres y estaría perdido. Desde lejos, me vigilaba Madrigal. Pero López no se resignaba:

—Me gustaría —dijo— saber qué esperas hacer cuando ganemos la guerra.

—Nada. No la ganaremos, la guerra. Entonces no necesito plantearme lo que voy a hacer. Si sobrevivo he decidido irme a otro país.

López confesaba:

—A veces yo también me pregunto si ganaremos o no.

—No ganaremos. Los otros están más unidos y tienen detrás una inercia de siglos que los empuja. Algo monolítico y serio. Nosotros estamos divididos como un mosaico bizantino y tenemos sólo una pugnacidad barroca y verbenera.

Hablando así me acordaba de la Cosa y de las siglas contradictorias. Mi opinión pareció impresionar a López, quien estuvo mirando al vacío, suspiró y dijo:

—Si piensas así, ¿cómo es que has vuelto a entrar desde Francia? ¿Cómo es que combates?

—El pueblo tiene razón y hay que arriesgar lo que arries-
gan los demás. ¿Y tú? ¿Qué piensas hacer tú, digo, cuando
perdamos?

—Yo no ando con filosofías. Si llega el caso pondré la
cabeza en el tajo y la perderé. Como hay Dios que iré derecho
al patíbulo y a la muerte que me corresponda *.

Desde que le oí aquellas palabras, trataba de encontrar
pretextos para alguna clase de simpatía, pero se interponían
dudas y recelos de todas clases.

El tenientillo había desaparecido en la cocina y volvió
a salir con un plato en las manos. Comía de pie, con los
dedos, y se disculpaba diciendo que tenía que volver al
puesto de observación porque había dejado encargado a un
cabo. Era un buen oficial que hacía su trabajo lo mejor que
podía, aunque habría hecho lo mismo en el campo contrario
(un poco mejor, quizá) si geográficamente hubiera quedado
del otro lado. Como el instinto le decía a veces que estaba
en peligro, conquistaba a los milicianos hablándoles de bellaquerías.

Seguía el comandante con la misma preocupación:

—Entonces, ¿tú crees que perderemos?

—No hay quien pueda evitarlo. Es decir, podría evitarlo
Stalin, pero no se trata de que ganemos o perdamos, para
él, sino de su capricho cuando por la mañana se levanta y
mira el periódico y oye las últimas noticias de sus comisa-
rios. Quiere la atención del mundo entero como una solterona
en crisis de menopausia y la guerra nuestra le quita un poco
de esa atención. El quiere ser la verdadera Miss Universo
siempre en el centro del foco.

El comandante estuvo callado un rato y meditando. Debía
pensar que yo estaba loco. Luego volvió a preguntar, obsesionado:

—¿Cómo sigues combatiendo si piensas así?

Yo tiré otra carambola:

* El autor se complace en decir que López, aunque pudo
salvarse al final como tantos otros, prefirió juzgarse a sí mismo
y quedarse en España. Fue voluntariamente al patíbulo y supo
morir sencilla y valientemente. Al no ganar la guerra decidió que
sus violencias carecieron de justificación y pensando en eso al
autor le es difícil a veces hablar con dureza o desdén de aquel
comandante de milicias objecionable por un lado y admirable
por otro.

—Ya te lo dije antes.

Acababa el tenientillo con su pitanza y decía que se quedaría más tiempo para acabar de entablar conocimiento con el defensor del secretario del municipio a quien llamaba el «*manús*». «Al menos —añadió—, el *manús* se sentirá mejor cuando vaya al muro, mañana.»

—No va a ir al muro mañana —dije yo dejando de jugar.

—O pasado mañana —insistió el tenientillo chupándose los dedos uno tras otro—. Pero ya veo. Aquí cada cual toma su papel en serio y eso en mi tierra lo consideran un poco *malange*.

Salió agitando la mano en el aire. En aquel momento apareció Vicenta con una gran fuente y todos se apresuraron a ocupar sus puestos en la mesa. El último fue López, quien ligeramente consciente de estar presidiéndonos, dijo:

—Ya lo habéis oído. Aquí el capitán cree que la guerra está perdida.

Se oyó otra voz taciturna en un extremo opuesto de la mesa:

—Mira éste. Yo también lo creo.

Era el hermano de Vicenta, lo que no me extrañaba, ya que se suponía que en todo caso aquel joven llevaría la contraria al comandante López. Y añadió:

—Nosotros no somos gente para ganar guerras, sino para gozar de la vida, si podemos. Somos, yo diría, gente civilizada. Y por eso perderemos la guerra. Son los violentos los que ganan.

En aquel momento Vicenta, con las manos en las caderas, declaró:

—La guerra la ganaremos. Si no, ¿iba yo a estar aquí hecha una esclava trabajando para vosotros y preocupándome de si coméis bien o coméis mal, hatajo de golfos que sois?

Aquella mujer quería ganar la guerra y luego casarse con López, quien sería —ella imaginaba— después de la victoria, personaje importante.

Sucedió algo inesperado. En aquel momento entró por una ventana abierta un pobre gorrión despistado. Algunos se levantaron tratando de capturarlo y yo les grité:

—Abrid las ventanas, porque si no, chocará con los cristales y se matará.

Pero nadie me hizo caso.

Acorralaron al pobre gorrión, quien sintiéndose acosado se lanzó como una flecha contra un cristal y después de chocar con él cayó desmayado o muerto. Yo cogí al animalito y vi que su corazón no latía.

—Se mató buscando la libertad —comentó Ceferino mirando la avecica en la palma de mi mano.

—Déjame ver —dijo Vicenta—. ¿Por qué da tanta pena un pajarito muerto?

Madrigal habló:

—Porque se acuerda uno de que también palmaremos un día.

Yo opinaba lo mismo y añadí: «Cuanto más se parece a nosotros lo que muere, más pena nos da. Un animal que camina en cuatro patas y ladra y come y hace el amor como nosotros nos da más pena que una culebra que no tiene patas ni ladra».

—Yo tampoco ladro, mira éste —dijo Madrigal.

Todos miraban al pajarito muerto, en la mesa. «Bueno, que se enfría la comida —dijo el Romo disimulando la emoción—. Un pájaro es un pájaro.»

—¡Una vidita tan pequeña! —comentó Vicenta volviendo a la cocina.

—Una vida es una vida —afirmó otro miliciano que llevaba puesta en la cabeza una gorra pasamontañas de las que usan los deportistas—. Pero lo que dice aquí sobre la compasión no es verdad, porque lo que más se parece a un hombre es otro hombre y ya véis, lo matan como si tal cosa.

—Eso es diferente —dije yo—. Matar a otro es como suicidarse.

El único que no decía nada era López, impresionado por aquello de que nadie creyera en la victoria. El hecho de que no creyera nadie le parecía humillante.

Pensaba López estar engañándolos a todos con su falsa fe en el favorable fin de la guerra y se sentía decepcionado. En aquel momento la avecica abrió y cerró el pico. Yo dije, bajando la voz: «Un momento. El corazón le ha vuelto a latir».

Volvían algunos a levantarse de sus asientos. Tomé el animalito en la mano cuidadosamente y salí al jardín. Me seguían tres o cuatro. López se quedó en la mesa, pensativo, y Vicenta miraba desde la puerta de la cocina. Madrigal se quedó sentado, indiferente.

Sentí en la mano cerrada que el pájaro se removía y esperé un momento aún antes de lanzarlo al aire. Cuando creí que podría volar lo lancé hacia arriba como se lanza una piedra, el animalito abrió las alas y voló a la rama de un árbol. El Romo aplaudió.

Volvimos a entrar, riendo. «Este —dijo Vicenta por mí— es un tío humanitario.»

—¿Por salvar a un gorrión? El que salva a un gorrión debía llamarse orniturario o gorrionario o cosa por el estilo. Más humanos sois vosotros, queriendo matar al secretario. La bondad no es necesariamente humana.

—¿Pues qué harías tú con ese tío miserias? —preguntó ella.

Vacilé un momento —siempre nos extraña la crueldad en una mujer— y López intervino:

—Ellos tienen la culpa. Ellos comenzaron provocándonos y matando en la calle a los que vendían nuestros periódicos.

—Pero nosotros respondimos a balazos también. Luego, la cosa fue creciendo hasta tomar el volumen que tiene ahora y lo que os voy a decir os parecerá una idiotez y una imposibilidad, pero si lo pensáis veréis que tengo razón. Quiero decir que si cuando mataron al primer compañero nuestro hubiéramos respondido por ejemplo condenando la violencia y abriendo una suscripción para la familia de la víctima, y en el mismo periódico otra para allegar fondos y costearle al asesino la entrada en un hospital de enfermos mentales, y dedicándole palabras de amistosa compasión —por muy estúpido que a primera vista os parezca—, en pocos días habríamos desarmado a todos los pistoleros del campo contrario. Ya sé que os parece una solución imbécil, pero generalizando ese punto de vista...

—La no resistencia al mal, de Gandhi —interrumpió López, desdeñoso, masticando con una expresión adormecida en los ojos.

—¿Pero no lo admiras tú, a Gandhi? —el comandante afirmó y dos o tres más dijeron lo mismo—. Entonces, si lo admiras, ¿por qué hablas de él con desprecio? ¿Es que te consideras superior porque matas? La verdad es que matas por desesperación y porque no tienes valor para matarte tú mismo.

—Que lo digas, Garcés —saltó Cefe, nervioso—. A éste le han fallado las cosas importantes en la vida.

Seguía hablando Cefe como si fuera a faltarle tiempo, impaciente y rudo. Como llevaba ahora el cinto de miliciano y la pistola al costado, López meditó un poco antes de contestar.

—Si le hiciéramos caso al capitán, habría que hacerse fraile cartujo.

—Los frailes cartujos —respondí yo— si comen las coles que ellos mismos han plantado y no se meten en política, merecen tanto respeto como todos nosotros juntos. Algunos pensáis lo mismo y no os atrevéis a decirlo porque es más fácil pensar con los testículos que con la cabeza.

López meditaba y al final de sus meditaciones (la verdad es que yo decía todas aquellas opiniones pensando en él) encendió un cigarrillo, echó el humo al aire y dijo:

—Es verdad que la guerra está perdida.

—Todas las guerras están siempre perdidas —añadí yo volviendo al tono grave—. Y las pierde lo mismo el triunfador que el vencido. ¿Qué es lo que van a sacar de todo esto los de enfrente? Sangre, llanto, miseria, pobreza, arrepentimiento, vergüenza. No les va a valer de nada, la victoria. Se arrepentirán de lo que están haciendo, es decir, de estar matando a mansalva. También vosotros os arrepentiréis un día.

—Mea culpa —dijo alguien bufonesco, y todos rieron.

Yo odiaba al que acababa de hablar, pero no quise replicar y acabada la comida miré el reloj, me levanté y me despedí de López, quien salió conmigo como si quisiera decirme algo aparte, pero no me dijo nada. En lugar de ir al frente, yo me fui a Madrid con la motocicleta. Iba pensando en Madrigal, quien se conducía de una manera misteriosa. Por ejemplo, no había dicho a nadie que era pariente mío. No quería que yo dijera su nombre ni que hablara de Antonia. No sabía yo el nombre que le daban en el destacamento de milicias.

Llegué a Madrid y fui a la comandancia de la calle de Alcalá esperando conseguir por lo menos el aplazamiento de la ejecución. La vida del secretario me importaba más a partir de la vista de la causa. Mi fe en la honestidad de aquel reo había comenzado al reverter sobre mi conciencia mis propias palabras. «Es verdad —me dije medio en broma— lo que repetía a veces una abuela mía bastante beata cuando yo le decía que no podía rezar porque no tenía fe. Ella me respondía muy segura: La fe viene rezando.» Me asombraba ahora de que aquella anciana, ya largos años muerta, estuviera ejerciendo alguna influencia en mi manera de ver las cosas y en medio de la violencia tremenda de la guerra.

Desde que defendí al secretario había comenzado a creer realmente en su inocencia. Tenía que salvarlo, aunque comprendía que la empresa podía ser un poco arriesgada y que el mismo reo no tenía gran interés en seguir viviendo.

Aquella noche me quedé en la ciudad después de llamar por teléfono al jefe militar de mi sector en el frente. El ayudante del general me dijo: «Capitán, si todos los oficiales decidieran hacer como usted, y se dieran de baja cuando lo tienen a bien, habría que inventar una división de turistas motorizados».

Menos mal que el ayudante hablaba ligeramente. Todos nos damos cuenta si al otro lado del hilo el que habla lo hace con los labios distendidos por la sonrisa.

—López ha estado a verme y estoy al cabo de la calle. Las milicias están interesadas en fusilar a ese tío. ¿Qué más le da a usted? Vuelva aquí mañana temprano o lo fusilaré yo a usted.

Desde Madrid quise hacer llegar a Valentina mi nueva dirección, pero entonces Bilbao quedaba en la zona contraria y la empresa era ardua. Pensé en hablar por la radio, pero estaba más vigilada la radio que el correo y la prensa. El hecho de tener interés en usar la radio podía resultar sospechoso habiendo venido yo poco antes del campo enemigo.

Las cartas que escribí a Valentina y rompí sin echarlas al correo podrían formar un regular volumen, ellas solas. Lástima que no las guardara, porque ahora podría insertarlas aquí. No estoy seguro, sin embargo, de que esas cartas ayudaran a nadie a comprender. En realidad, habría sido más fácil comunicarme con ella desde Casalmunia, pero habría tenido que darle mi verdadero nombre para que ella me contestara (con riesgo de molestias para ella o para mí) o explicarle por qué usaba el nombre de Urgel (sospechoso para sus padres).

Hacía aquellas diligencias en favor del secretario pensando en mi padre. Un desertor llegado del campo enemigo —de mi propia provincia— vino a verme y me dijo que al lamentarse alguien con mi padre de que le hubieran fusilado a uno de sus propios hijos, mi padre replicó: «¿Por qué se queja? Yo daría todos mis hijos al piquete de ejecución si con eso pudiera ayudar a la causa que estamos defendiendo». Aunque aquellas palabras no eran más que un despliegue de patriotismo retórico, cuando yo las oí comprendí que mi padre estaba lamentando que no me hubieran fusilado también a mí. Al hijo a quien encerraba años atrás en la bodega del aceite.

Pero seguía en Madrid con mis diligencias.

En la comandancia de milicias pedí recibos detallados de los documentos que dejaba. Conseguí que me dieran un papel firmado por la auditoría general suspendiendo la ejecución mientras se decidía una cosa u otra. Con todos aquellos papeles me fui a dormir a casa y al día siguiente monté en mi motocicleta y tomé el camino de la sierra.

En Torrelodones encontré a Madrigal, que pareció sorprendido al verme. Charlamos con más libertad que la vez anterior y me dijo que mi padre estaba en San Sebastián y que las palabras que había dicho en relación con la vida de sus hijos revelaban su carácter de toda la vida. Yo tuve la sensación incómoda de que Madrigal había hablado con mi padre. ¿Cómo? ¿Cuándo? Podía ser incluso una especie de secreto agente personal suyo. Naturalmente era una sospecha loca y la deseché asustado. Pero me quedó alguna clase de recelo. No quise preguntar a Madrigal cuándo ni por qué volvió de Marruecos. Me dijo que iba a Madrid con frecuencia y tampoco quise saber a qué iba.

Seguí mi camino. Al pasar junto a la comandancia de milicias de López entré, le hice levantarse —era muy temprano—, le mostré los recibos y le entregué la orden de aplazamiento pidiéndole que pusiera en ella el enterado. El comandante disimuló su contrariedad y al poner el sello en el papel tomó el aire del que bromea, en vista de lo cual le dije:

—Firma también, personalmente. Aquí.

La firma al lado del sello tenía rasgos indecisos y extremadamente nerviosos. Comencé a pensar que el hecho material de la muerte del secretario bajo las balas de la escuadra no era cosa mayor en sí misma, pero ninguna muerte es sólo un hecho material y en todo caso quería salvar al pobre hombre a todo trance, tal vez por piedad o por vengarme de mi propio padre (en las oscuridades de mi conciencia) con un ejemplo de generosidad. Algo me decía que lo hacía por humillarlo, digo, a mi padre. Estas reflexiones me absorbían y cuando me presenté al jefe del sector no oí las bromas con que me recibía. Me disculpé, dije a todo que sí y fui a mi puesto.

Siempre que hacía aquel trayecto —desde el mando general a mi trinchera— tenía que pasar por un lugar descubierto enfilado por una ametralladora enemiga que soltaba tres o cuatro disparos un poco tardíos pero muy bien enfilados.

Pasó el día sin nada nuevo. La artillería disparó como siempre, contestaron las baterías nuestras, los centinelas se cambiaron algunos tiros de ametralladoras y eso fue todo. La noche llegó fresca, callada y en algún lugar se oía un grillo despistado y cuando sonaba un cañonazo se callaba por algunos minutos. Debía considerar el grillo aquella respuesta del cañonazo —a su reclamo erótico— un poco excesiva.

Hacia la una de la madrugada llegó a mi trinchera el comandante López. Yo suponía que íbamos a discutir y tal vez a perder los estribos y lo hice entrar en el refugio de los días de bombardeo para que no lo oyeran los soldados. Había cajas de municiones donde sentarse. Había también una central telefónica averiada e inútil. La que funcionaba entonces estaba en la segunda línea.

La noche era muy densa y de los sacos terreros que cubrían el refugio caía a veces un poco de polvo cuando alguna granada estallaba cerca. Aquella noche eran granadas de mortero.

López exageraba su flema de hombre gordo y afectaba además alguna clase de torpeza. Ese era uno de sus trucos. «La mayor debilidad de este sujeto —me dijo— es creer que los demás somos menos fuertes que él.» Yo le ofrecí algo de comer —que no aceptó— y luego López se puso a hablar de lo que le importaba:

—¿Por qué quieres salvarle la vida al secretario? Ha tenido su juicio, su oportunidad, con la aldea entera presente.

—Tratas de comprometerme —dije yo— y a mí no me compromete nadie sino cuando quiero, como quiero y donde quiero.

Quedamos mirándonos y López exclamó:

—Ya me figuraba que había un error básico en todo esto. Nadie te quiere comprometer. Además, nadie te comprometerá nunca si tú no quieres. ¿Sabes cuál es mi caso? Yo estoy comprometido hasta el cuello y desde el principio, pero es diferente. La verdad es que fuera del partido no tengo salida. En vida y en muerte, en enfermedad y en salud, como dicen los curas cuando casan a alguno. Aquí estoy yo casado con el partido y además lo tengo a gala.

Pensaba yo: «Aspiras a hacer carrera política como los deportistas que pasan del amateurismo al plano profesional, con gajes permanentes y seguros, eso es. Nos conocemos. Y para eso hay que matar gente. Matar gente es quemar los barcos, volar los puentes del regreso». Se lo dije con crudeza aunque con un acento familiar, amistoso y cómplice que excluía la ofensa. El tomó la misma actitud con una especie de arrogancia secreta:

—Te equivocas en una cosa. No es que aspire a todo eso, sino que lo tengo ya. En lo de comprometerte tampoco aciertas. Nadie piensa obligarte a nada. Yo no puedo hacer nada por el secretario de los pequeños emolumentos. Está sentenciado y ni me va ni me viene, aunque confieso que me gustaría obedecer la decisión del tribunal cuanto antes. El pueblo...

—En dos semanas de propaganda adecuada —interrumpí yo— los mismos hombres que se ofrecen ahora para matarlo serían los primeros en matarte a ti y elegirlo alcalde a él. Tú lo sabes.

Parecía pensar el comandante, oyéndome: «Este idiota es más agudo de lo que yo creía. Lástima que se obstine de esta manera». Odiaba López la buena fe, es decir, la consideraba un signo de inferioridad. En política se trata de fuerzas en acción, igual que en la guerra. ¿Es que se puede disparar una ametralladora con buena fe? ¿Qué relación hay entre lo uno y lo otro?

—Yo sé que en ciertos lugares —dijo el comandante después de una pausa— tienen tu nombre en la baraja de los mandos superiores. Jefe de brigada, de división, de cuerpo de ejército. Pero prefieren gente adicta, claro. En relación con el reo, es decir, con el secretario de los contribuyentes, no te preocupes. Hasta que se resuelva la apelación tuya no le pasará nada. Claro es que podría resolverse en sentido contrario mañana, y en ese caso la ejecución sería pasado mañana, según lo convenido.

Yo me dije: «Este sujeto va a ir a la capital ahora mismo y mañana será desestimada mi petición. Pero la ejecución hay que evitarla a toda costa». Lo más curioso es que yo mismo no sabía de dónde salía aquel ansia mía desaforada de salvar al secretario de los tributos rurales en cuyo favor no podría haber dicho una sola palabra más de las que dije «de oficio». No comprendía quién me dictaba ahora y me imponía aquellas resistencias en las que ponía toda mi voluntad y toda mi pasión. Por el hecho de haber defendido al secretario, consideraba su ejecución como una catástrofe personal. «Hay que salvarlo», me repetía. La idea de que ocho hombres dispararan sobre él me parecía un crimen abominable. ¿Por qué iban a matarlo? ¿Quiénes éramos nosotros para matar a nadie?

Es cierto que un poco más arriba estábamos matando a los soldados del ejército nacionalista con una especie de fruición militar, pero eran crímenes impersonales. Aquellos soldados a quienes tratábamos de matar no tenían nombre.

La actitud impersonal es siempre virtuosa —me decía—. Por otra parte, yo creo que sentía por el secretario de los libramientos alguna secreta y legítima amistad. Sentía verdadero amor, y su ejecución me parecía sacrílega. Pensaba en él como en mi mejor amigo, simplemente porque me había dado pretexto y ocasión para ser bueno, para hacer algo virtuoso. Por el contrario, los hombres solemos odiar a las personas que nos han inducido a ser malignos y egoístas, aunque siéndolo hayamos creído sentirnos un momento felices.

Quería yo salvar al secretario de las propiedades rústicas y olvidaba por el momento las llamadas de aquel mundo secreto mío, ya lejano, donde estaba mi padre que solía darme rodillazos y puntapiés mientras me llevaba colgado de un brazo escaleras abajo camino de la pila prehistórica. De aquella pila de aceite que aunque era de una pieza tenía cabida para un caballo con su jinete.

López se calentaba las manos con la cazoleta de la pipa:

—¿Es que no han quedado las cosas bastante claras?

—Si ves a un hombre ahogándose en un lago —dije yo— no preguntas quién es antes de arrojarte al agua a ayudarle. En cambio, es natural que preguntemos y queramos saber por qué alguien quiere matar a otro. Es mi caso contigo y no está tan claro como dices. Ese hombre no representa peligro alguno para nuestra causa.

Con los labios plegados y los ojos entornados hasta reducirlos a una pequeña ranura horizontal, el comandante miraba y callaba.

—Discutes —dijo por fin— con una especie de buena intención maligna.

—No tan maligna si arriesgo algo.

No quería López romper conmigo, porque si rompíamos sería para siempre, y en tiempos de crisis no se deben crear enemigos si no se les puede destruir en seguida. Eso pensaba al menos el comandante López.

—¿Qué es lo que tú arriesgas? Los campesinos te odian, es cierto, pero yo hice en mi discurso lo posible para compensarlo hablando de tus aventuras al otro lado de la línea.

Yo quería que se marchara:

—Perdona, pero están relevando a los del primer cuarto. Es tarde.

Como en aquel momento pasaban algunas granadas gruñendo por encima de los parapetos, dijo López:

—Más valdría que espere hasta que se callen esas baterías.

Entretanto, siguió argumentando:

—Voy a ir a la capital esta misma noche porque me han llamado de la comandancia general. No comprendo tu obstinación en salvar a ese pobre diablo muñidor de elecciones. Yo les he hecho ver que en cierto modo es natural, porque se trata de un fenómeno de autohipnosis. Quiero decir que lo has tomado demasiado en serio porque no tienes bastante hábito de estas cosas para quedar desligado y desinteresado de la persona a quien defiendes. Hablando en favor de ese viejo has llegado a creer de veras en tus propias palabras y a convencerte de que ese hombre merece realmente ser defendido. No me mires así. Yo sé que para que fuera verdad del todo lo que estoy diciendo sería necesario que tú fueras un poco esquizofrénico. Es lo que estás pensando. No es que yo crea que lo eres, sino que pongo este ejemplo como podía poner cualquier otro. Estás bajo la influencias de tus propias palabras. Yo sé que cuando comenzaste la defensa creías que estabas perdiendo el tiempo, pero, de un modo u otro, era necesario un defensor. ¿Sabes lo que han dicho en la comandancia? Dicen que el secretario tiene en Madrid un primo hermano presidente de un ateneo libertario o cosa así y que pueden enviarlo para que vea cuáles son las condiciones en que se ha celebrado el juicio y conozca la opinión de la población de la aldea. Si tú crees que eso te tranquilizaría...

—Pero yo creo que estoy tranquilo.

—Quiero decir que si ese pariente del viejo cree que no hay que ejecutarlo, yo estaría dispuesto a reconsiderar la cuestión entera.

Me callé, pensando que me tenían sin cuidado los ateneos y las comandancias. En todo caso yo me opondría a la ejecución.

—Pero ¿qué le importa al mundo la vida de ese hombre? —preguntaba él.

—Tampoco le importaba al mundo la vida tuya.

Acusó mis palabras en la opacidad de su mirada y yo continué:

—Ni la mía, claro.

—Si hubieras hecho la acusación como has hecho la defensa, te sucedería exactamente lo contrario.

—Tú eres médico, ¿verdad?

El hurgaba en la pipa, se quemó el dedo y se lo chupó:

—¿Qué tiene que ver eso?

—Si así son todos tus diagnósticos, no me extraña lo que decía el hermano de Vicenta sobre tus dificultades.

—Sin ironías, Garcés.

—¿Dónde aprendiste mi nombre? Bueno, no importa, digo, el nombre. Pero al parecer tú estás también hipnotizado.

Se agitaba, incómodo, en su asiento:

—Si yo estuviera hipnotizado, lo estaría por mi partido y no por mis palabras. Es la diferencia. No estoy satisfecho de mí en este asunto, ni mucho menos. Ciertamente que fue una imprudencia aceptarte a ti como defensor y así lo considera el partido, pero es que yo quería atraerte a nuestras filas. Un hombre que ha sabido escapar del lado contrario robando un avión no es un Juan Lanas. Y además, tienes dos nombres, uno de conspiración y otro legal. No eres cualquiera. Querría atraerte, y en estas cosas no hay complicidad, como tú dices, sino honrada colaboración.

—¿Con muertos por medio?

—Mira éste. En todas las cuestiones hay muertos por medio.

Yo callaba. Tenía en la punta de la lengua una pregunta: «¿Por qué no estás en el frente haciendo un trabajo impersonal y honrado?» Pero lo que dije fue otra cosa:

—No me interesan ciertas clases de violencia.

—¡Ah, vamos! Tú debías hacerte cura.

Yo solté a reír y le dije:

—Ya que hablas de curas. ¿Quieres saber la verdad? ¿Quieres que te cuente un cuento? Las verdades mejores se dicen por parábola. Un cura estaba asando una patata en las brasas y la patata le decía: ¿Por qué me pones aquí, al fuego? ¿No ves que estoy quemándome? Es necesario que te quemes, para que yo te coma. ¿Y por qué vas a comerme, sacerdote cruel? Voy a hacerte un favor —decía el cura—, voy a unirte a mi cuerpo, a darte una categoría superior y a ponerte de ese modo en contacto a través de mi espíritu con la esencia de lo absoluto, con el espíritu puro. El cura lo cree y se la come. Cuando alguno de vuestros jefes camina despierto y sabe lo que hace, se dedica a decir al hombre ordinario más o menos sonámbulo lo mismo: voy a unirte al orden universal. Déjate asar y comer. Te haré el favor de unirte al orden universal. La verdad es que se trata de un orden menos universal de lo que supone y en realidad lo único sobre lo que no cabe duda alguna es que se lo come.

—Eres un individualista, y el mundo de mañana va a ser un mundo de grandes masas donde el hombre solitario morirá envenenado por sus propios jugos malsanos.

—Y el hombre gregario, por los jugos de la grey.

—Te conduces —repitió López, sordo a mis reflexiones— como un hombre solitario. Pero no se trata de controlarte sino de ofrecerte un lugar confortable en la gran familia de mañana.

—No hay mañana. Hay un solo hoy, eterno.

—En todo caso, yo saldré esta noche para la ciudad y una vez allí...

—Los convencerás.

—No sé. La suerte de ese hombre —repitió aún— se ha decidido por unanimidad. No creas que yo saco la pistola por una especie de sórdida criminalidad. No. De otra forma, las caras de esos tipos se nos pondrían en el techo de nuestra alcoba por la noche. No es broma. Yo no soy ningún criminal.

Mientras oía aquellas palabras pensaba: «Cuando veáis que es imposible controlarme mataréis al secretario y luego me mataréis también a mí, si me descuido». Pero tal vez la cosa se podía reducir a términos más simples. Si yo quisiera a toda costa salvar al secretario me bastaría con «dejarme controlar» poniendo por delante aquella condición: la vida del reo de muerte. Y entonces no lo matarían. Pero quedaría yo unido a la masa de los cuadros que caminan dormidos. Era complicado vivir. Y no podía ir tan lejos. Para salvar al secretario de los alcaldes pedáneos tenía que aprovechar simplemente aquel paréntesis en el que todavía me respetaban a mí y sacar al pobre viejo del radio de acción de las milicias. Una vez salido de allí se irían olvidando del asunto aunque sólo fuera por pereza burocrática. Había otras cosas de las que ocuparse.

Eso pensaba yo. López hablaba todavía y yo me negaba a dar a sus palabras el sentido que querían tener.

—Entonces —dije, levantándome y estirando los brazos para desentumecerme— quedamos en que se aplaza la ejecu-

ción. ¿Vas a ir realmente a la ciudad? De noche las oficinas
están cerradas.

—Las mías están abiertas día y noche.

—Con lindas secretarias que saben secretos feos.

Negábase ahora López a conceder un aplazamiento mayor
de setenta y dos horas, aunque antes había aceptado el aplazamiento *sine die* esperando la decisión de las autoridades.
«Este hombre de cabeza romana —pensaba— miente de vez
en cuando para ver cuáles son mis reacciones en un caso
o en otro.»

Mientras López seguía hablando, yo pensaba en el pequeño problema de mi insomnio. Me propuse buscar cápsulas
que me ayudaran a dormir en la trinchera y de esa manera
quedarme en la línea el tiempo necesario hasta que llegaran
los relevos. Pensando en esto oía hablar al comandante y
suponía, por algunas modulaciones ascendentes (falsamente
amistosas) y descendentes (falsamente confidenciales y ocasionalmente alarmistas), que estaba insistiendo en lo mismo.

Yo no podía poner verdadera atención, porque nada
nuevo podía decirme. En aquel momento el comandante hablaba de las emisoras de radio del campo enemigo y de que
daban consignas a sus agentes de información en relación
conmigo. No creía yo que el comandante tratara de intimi-
darme, pero sí de inquietarme. «El día que se atreva a ser
impertinente conmigo —me decía—, la cosa será de veras
grave para mí. El momento no ha llegado aún y tardará en
llegar, quizá.»

Por fin, López se marchó sin dejar de hablar sobre lo
meritorio que era para mí haber conseguido la orden de
aplazamiento.

Fuera, en la trinchera, había un puesto de centinela con
los otros soldados del cuarto durmiendo al pie del que estaba de servicio y los tres roncando como cerdos. Pensaba yo,
vagamente, oyendo pasar una granada: «La guerra es un ejercicio para los dormidos más que para los despiertos. Matan
porque sencillamente no se enteran. Pero yo estoy despierto
y sin embargo acudo a la fiesta de la sangre. Ahora bien, tal
como las cosas están planteadas, la guerra defensiva es un
ejercicio noble para los hombres despiertos o dormidos, como
el amor es un ejercicio noble para la mujer. La mujer se
percata de que es mujer cuando un hombre la busca y la
alcanza. El hombre, dormido o despierto, es hombre cuando
pueden sus nervios aguantar la acción violenta defensiva, es

decir, la agresión impersonal de la guerra. Dicen que soy individualista, porque me niego a cultivar la personalidad de los que caminan dormidos, de los sonámbulos.

Cuando vi que López desaparecía en una trinchera transversal me dije: «Se ha marchado resentido. Ese hombre, como todos los jefes políticos de medio pelo, es sensitivo para las cuestiones de vanidad, igual que las hembras».

No hacía mucho que se había marchado cuando apareció en mi refugio Madrigal, con su aire un poco siniestro. Era a veces una especie de escudero de López y solía llevar su pistola ametralladora, como en otros tiempos llevaban los escuderos las armas de su señor.

Al verlo acercarse en las sombras llevé instintivamente la mano al cinto a pesar de haberlo reconocido. Fue un movimiento involuntario y mecánico, y al verlo Madrigal se asustó también.

—Soy yo —dijo alzando la voz, y añadió—: Iba con López, pero me he quedado atrás para hablarte a solas. Tengo algo que decirte y no podría decírselo a nadie más que a ti. Es un lío en que me he metido. Pero parientes somos, aunque lejanos, y tengo confianza sobre todo desde que te oí defender al secretario. Sí, yo, Madrigal, el de Cabrerizas Altas. ¿Te acuerdas? Estoy salvándole la vida a una mujer que conocí hace dos meses. La iban a matar porque era según decían la que guardaba el fichero de los falangistas —yo pensaba en aquella Irene que formaba parte de las *prosopopeyas* en el baile del *matarile* en Madrid—. Eso dicen, al menos. La llevaban con otros a la Casa de Campo y, la verdad, era una mujer hermosa y joven y a mí me daba pena. Mucho he sufrido yo en Marruecos, pero la vena de la compasión no se ha secado. Total que conseguí apartarme con ella, hacer como que se había escapado contra mi voluntad y ayudarla luego a esconderse. Nos hicimos novios. No es como Antonia, pero vale tanto como cualquier buena mujer. Ni ella ni yo habíamos hecho nunca el amor, aunque parezca raro en un hombre de mi edad. Bueno, quiero decir, el amor en serio. Como los dos tenemos miedo de que nos hagan pagar cara la ocurrencia, pues tratamos de hacernos felices el uno al otro y al menos si nos dan un día el disgusto, que nos quiten lo bailado, como se suele decir. Hace días que quería venir a decírtelo, pero no sabía cómo. ¿Comprendes? Confieso que desde que conocí a esa chica he cambiado un poco de ideas.

Otra vez creía yo ver en Alfonso —rara locura— un
agente de mi padre a quien temía, pero no odiaba. Nunca
lo he odiado, a mi padre.

—¿Has contado esto a alguien más? ¿No? Bueno, mucho
cuidado, porque te verías en dificultades graves con la gente
de López.

—Demasiado lo sé.

—¿Dónde te ves con tu novia?

—En Madrid. Por eso aprovecho cualquier ocasión para
ir allá.

Yo no acababa de tomar aquello en serio. Nada de lo
que le sucediera a un tipo como aquél me parecía nunca
digno de atención. No sé por qué. Me acordaba de Cabrerizas
Altas y todo me resultaba, en relación con Madrigal, tragi-
cogrotesco. Le pregunté si estaba aún enamorado de Antonia.

—Aquello —dijo después de meditar un momento—
era otra cosa.

Luego se desató en dicterios contra el padre putativo de
Antonia y amante natural. Se le veía dispuesto a ir en su
busca si alguien le decía dónde estaba.

—He venido a España —confesó— esperando encontrar
a Lucas el Zurdo en esta tierra, ahora que cada cual lleva
un arma a la vista.

—¿Lo has buscado?

—En nuestra zona no está. Seguro que no está. Debe
estar en la otra, con las tropas marroquíes, como un
moro más.

Se veía que lo había buscado con vehemencia y astucia.

Volvió a hablarme de Irene, su amante: «La misma noche
que la salvé hicimos el amor. Sin conocernos. Fue como una
locura de gente desesperada, ¿comprendes? Desde entonces
ella está escondida en algún lugar que sólo yo conozco. Naturalmente, con nombre falso. Tú ves que mi problema es
grave y no lo digo sólo por mí sino por ella. Por otra parte,
quiero decirte también algo para tu conocimiento, y es que
las radios enemigas citan tu nombre llamándote Urgel —aquí
todos sabemos que ése no es tu nombre—. Dicen que eres
un delincuente común, que robaste un aeroplano (yo, oyéndolo, reía porque los delincuentes comunes no roban fácilmente aeroplanos), y ahora entre nosotros se están conociendo
los dos nombres tuyos. Unos dicen una cosa y otros otra.
Algunos dicen que eres un espía nacionalista aunque no se
atreven a decirlo en público, y que si tal y si cual. También

dicen que inventaste un arma secreta. ¿No te ha hablado
López de eso?

La pistola del cianuro iba convirtiéndose en una desgracia. En mala hora se me ocurrió hablarle de aquel artefacto
a Vicente, quien entre envidioso y reverente había esparcido
la noticia.

Pregunté a Madrigal otra vez:

—¿Has dicho estas cosas de tus amores a alguna otra
persona?

—Sólo lo sabemos tú y yo.

—¿Por qué has venido a decírmelo?

—En caso de necesidad, pensé que podrías ayudarnos.
Si lo supiera López creería que soy un traidor. Ya te digo
que te oí hablar en la iglesia.

—¿Cómo se llama tu novia?

—Berta. Tal vez no debía decírtelo.

—¡Ah!, no era Irene. O tal vez me mentía Madrigal. Seguí pensando que podía tratarse de la chica que conocí el día
de las trompetas de Jericó. Madrigal estuvo conmigo un poco
más, diciendo extravagancias sobre Lucas el Zurdo, y por fin
lo empujé fuera de la trinchera.

Se iba repitiendo que Lucas el Zurdo estaba en la otra
zona y que esperaba un día poder localizarlo. Entretanto,
Madrigal iba y venía como un sonámbulo, también, con sus
manías.

Yo olvidé preguntarle cuál era el nombre que usaba, digo,
entre los milicianos. Sentía algún respeto por Madrigal desde
que me dijo lo de Berta, la novia inesperada. Mis problemas
privados importan más o menos (claro que importan, para
mí), pero eso de que una mujercita virginal encuentre el
amor en su verdugo no se ve cada día. Y es hermoso, eso.
Bueno, en tiempos de guerra y sobre todo de guerra civil
suceden las cosas menos sospechables.

Un poco me decepcionaba que aquella Berta no fuera
Irene, la chica del coro que cantaba el *matarilerón* un día no
lejano en una casa de la calle de Alcalá.

Aunque no hablo apenas de la pistola del cianuro, la
verdad es que seguía siendo mi pesadilla y maldiciendo de
Vicente me decía que debía estar en alguna parte (en alguna
oficina) bien abrigado contra los bombardeos y dando órdenes
a alguna secretaria tetuda y cretinoide o bien —tal vez—
culirrosa y deleitable.

A fuerza de no dormir, caía en obsesiones un poco bobas. Se me pegaban a la memoria pequeñas melodías y canzonetas y duraban varios días.

El siguiente hubo movimiento en la línea. El enemigo disparó todas sus baterías simulando la preparación de un ataque, para empujar al mismo tiempo en otro lugar, veinte kilómetros al sur. A medianoche se había restablecido la calma. En mi cabeza seguía la musiquilla reciente:

> *¿Qué dirá Queipo de Llano*
> *cuando lo llegue a saber...?*

Me acordaba yo de aquel general que había sido amigo mío poco antes de la guerra. Era hombre de pómulos mongoloides y quería hacer revoluciones por su cuenta en una dirección o en la contraria (poco le importaba). El arte por el arte.

Me quedé sentado en una caja de municiones, con los codos en las rodillas y mirando al suelo. Luego salí fuera. La noche era negra y sin luna. Había nubes. El amanecer sería triste, tal vez con lluvia. Aquellos amaneceres con cielo bajo y llovizna (que a veces parecían más bien atardeceres) tenían una profundidad de veras dramática y a mí me habían dado, aun en tiempos de paz, las horas más desoladas y sin embargo no las peores de mi vida. En aquellos amaneceres, si recordaba los meses pasados al otro lado y mis estériles esfuerzos para ayudar a Guinart me ponía triste. Sospechaba por otra parte, una vez más, que a Guinart lo habían fusilado. Pero la tristeza no es siempre una desgracia. Es una parte anticipada de la última verdad, y como toda verdad, con su posibilidad placentera.

Entristecerse porque hay que morir y tener miedo de la muerte es natural. Los que dicen que la muerte no existe y lo dicen riendo bobamente a sus amigos —como hacía Vicente—, esos que dicen no creer en la muerte porque no existe, son los del pánico vergonzante. Los que tienen que suprimirla, la muerte, de su imaginación, para poder seguir caminando en las palancas de sus fémures húmedos y secretos.

Aquellos amaneceres de cielo bajo y mojado estaban impregnados de un género de soledad que yo sentía como deben sentirla los muertos en sus sepulturas. Los muertos se quedan solos, pero no cuando mueren sino antes, cuando sus familiares y amigos saben que la muerte es ya segura.

Al declararse esa certidumbre, todos abandonan al que muere porque nadie quiere ir con él. ¡Cómo debe herir al muerto ese desvío! Los que le sobreviven disimulan como granujas benevolentes.

El que muere se convierte de pronto en un enemigo físico, incluso para las personas que más le amaron. Y siempre muere solo. Millones de seres como yo mueren cada día solos en el mundo. Y la soledad hay que aprender a amarla porque es la única verdadera compañera del hombre a la que seremos fieles hasta más allá de la sepultura. Pero no es fácil en esos amaneceres mojados de otoño. Aquel día yo recordaba a Madrigal y me preguntaba qué buscaba buscándome a mí.

Pasaba la patrulla. Algunos soldados llevaban una manta sobre los hombros y parecían figuras bíblicas.

Cuando los pasos de la patrulla se perdieron quedé otra vez a solas y salí a la parte descubierta. Con el capote manta y la capucha puesta, porque lloviznaba (o tal vez era sólo el rocío del amanecer), debía parecer un fraile franciscano de los que pintaba el Greco. El cielo estaba oscuro y bajo. Delante de la trinchera, el mismo panorama: la tierra ondulada y herida por las granadas y señalada aquí y allá por algún objeto sospechoso (restos humanos, tal vez) ofrecía esas manchas de desolación que la ceniza suele acentuar. El silencio era completo; el cielo, más bajo a medida que la luz aumentaba. En los lugares donde no había huellas de hierba viva o quemada, la tierra, bajo la llovizna o la rosada, se hacía del color del ladrillo cocido o de la carne humana expuesta a la intemperie.

Sonó un disparo y el eco regresando del cielo húmedo y gris dio al paisaje esa calidad de los interiores de las casas.

Tal vez no tiene sentido la vida de nadie, pero esa duda de que pudiera tener sentido la vida de los otros y no la nuestra, por un lado hace nuestra zozobra más angustiosa y por otro nos ayuda a sostenernos con un mínimo de esperanza. No me hacía ilusiones, sin embargo, bajo aquel cielo nuboso. Hace algunas docenas de años yo no vivía aún y todas las cosas eran como son ahora. Vine a la vida y estoy esperando el momento de salir con toda mi soledad a cuestas. ¡Qué tristeza hay en el hecho de estar a solas en alguna parte! Sólo se mitiga esa tristeza con la esperanza de marcharse e ir a otra parte donde realmente nadie nos espera. Nadie nos ha esperado ni nos esperará nunca en ninguna parte.

De mi infancia amorosa y torturada salí con un escepticismo malsano y con una disposición extraña a ponerme al margen de los acontecimientos, cualesquiera que fueran, y a negarme a cualquier clase de fe que pudiera ofrecerme provecho. Sólo la tenía en algunos hombres, cuanto más humildes mejor. Debía ser porque esa humildad de los hombres era la antesala de la nada, y esta nada, la única y última y primera verdad. El pueblo que aceptaba sabiamente el «no ser nada» tenía razón. Y sin embargo, ese pueblo humilde era el mismo que había dicho cuando juzgábamos al secretario del balduque rojo: «Que degüellen también a ese que lo defiende». El hecho de que me degollaran a mí no tenía importancia mayor, es verdad. Yo no guardaba rencor a los que lo habían dicho.

Mire donde mire no hay sino angustia y estupor. Ahora era la tierra húmeda de rocío delante de mí la que decía: estás solo en medio de un mundo cada día enloquecido por alguna clase de esperanza y cada día defraudado. A veces, en la noche, querrías aullar como esos perros a los que dejan encerrados por olvido y alzan el hocico y dan su angustia al aire en forma de un gemido ronco, sostenido y alto, en el que se sienten todos sus bronquios (los caminos de sus corazones animales) oxidados. En esos casos, los infelices perros querrían volver a ser lobos y tratan de ulular como cuando lo fueron, pero ya no saben. Así aullaría yo a veces con mis bronquios de los viejos tiempos, oxidados también. Sólo en esos aullidos he reconocido a veces toda mi presencia. Ahora mismo no me atrevo a seguir los movimientos de mi mente, como no se atreve a moverse el que se ve entre dos abismos: el de antes y el de después. No me atrevo a pensar por esa misma razón. Cualquier movimiento me llevaría a una posición peor. Cualquier cambio será una apelación a la catástrofe. La muerte posible —la bala en el aire— es lo de menos. Lo peor es este vivir, sin saber por qué, con la necesidad de una pureza imposible (cuando la intento todos se ofenden) y de una justicia imposible (todos la quieren ejercer a costa de alguien). Y además, la necesidad de dejar de vivir sin saber para qué.

Porque es absolutamente necesario, eso. Cada día lo es más.

Allí estaba yo aquella mañana, delante de la naturaleza sorda, queriendo salvar a un secretario de aldea (como mi padre lo había sido en su juventud) y queriendo matar a algunos adversarios (los de las trincheras de enfrente) que no me habían hecho nada. Si le dijera aquello al comandante López, él me aconsejaría: «Necesitas descanso. Vas descendiendo por la escala del pensamiento negativo a los planos peligrosos». Eso o algo parecido me diría; no para que yo descansara, sino para que en mi ausencia pudieran matar limpiamente al secretario.

Entretanto, se me ocurría pensar que cuando López estaba desvelado y a solas a las cinco de la mañana, con la lluvia en los cristales y cielo bajo y nuboso, el mismo López tenía ganas de aullar también, quizá. Y para no aullar montaba la pistola y miraba alrededor buscando la manera de destruirse a sí mismo en otro ser humano. Pero no se engañaba. Era como bailar sin música, con la propia sombra contra el muro, una danza. Ya sabemos qué clase de danza.

Ahora, en este momento, no hay para mí guerra ni paz, salud ni enfermedad, vida con sentido positivo o negativo y ni siquiera razón ni locura. Hay sólo una presencia (la mía propia) inexplicable e insuficiente, una presencia precaria y limitada. Con una secreta dimensión total.

El aire del amanecer entraba en mis pulmones, me enfriaba la córnea de los ojos y yo, mirando a mi alrededor (sin ver nada, realmente), me decía: «Querer vivir es algo que carece de sentido. Con fe religiosa o sin ella. Querer morir es locura y carece también de sentido. La ilusión de una felicidad que situamos en una mañana, siempre alejándose lentamente de nosotros, es una tontería para cualquier hombre medianamente reflexivo. Sólo queda esta presencia mía sin objeto y esta perplejidad (la prueba única de mi inteligencia). La sensualidad —la luz, el color, el sonido en este instante y en el centro de este paisaje— me da placeres que comienzan por alguna clase de gratitud al núcleo del misterio en el que estoy de lleno. Y por un lado u otro vuelvo a pensar en Dios. Ahora bien: si hay Dios (repito yo, máquina humana, depósito de la risa o el llanto, ridículo y meditativo), la vida no importa. Es asunto suyo y El se encarga de todo. Si no hay Dios, la vida tampoco importa. Es el asunto de nadie.

Vivamos y dejemos que los otros lloren o rían a su gusto cuando nos vean.

Entretanto, hay ojos de mujer que nos miran en la triple sombra de nuestros instintos. Ojos de mujer que prometen. Nos prometen un jardín secreto como ya hemos visto otros. Nos prometen también mirarnos y escucharnos. Es decir, nos prometen compañía. Cuando comenzamos a creer en esa compañía, nos damos cuenta de que la mujer no quiere darnos su compañía sino para obtener ella lo antes posible la atención orgiástica de unos pequeños seres llorones, reidores y orinadores insaciables que le chuparán los senos y de un modo u otro la harán feliz, porque la convertirán en un ser indispensable cuya existencia estará justificada por el crecimiento monstruoso en una dimensión nueva de su propio misterio.

Quedará sólo —de todo eso—, más tarde, el rencor recíproco entre hombre y mujer.

La obra del hombre —del ser genéricamente caracterizado por un sexo— no son los hijos. Esa es una mentira de las revistas para el hogar con patrones de blusas y anuncios de máquinas de coser. La obra del hombre es la locura mortífera, o bien el aullido del perro a las cuatro de la mañana, mientras esperamos un amanecer lluvioso en una soledad sin fondo y entre dos abismos, el de antes y el de después, que nos hacen movernos con indeciso cuidado hasta acabar por tener la misma imprecisión de movimientos de los borrachos. Yo recuerdo ahora que mi obra en aquel momento de la guerra era el asesinato impersonal, que es también en cierto modo —repito— una transferencia del deseo o la necesidad de matarse impersonalmente (cosa ardua). Por eso era tan tentadora para algunos, la guerra.

El asesinato más impersonal es el suicidio, ya que no se mata uno por hallarse en conflicto con la persona, es decir, por ser feo o hermoso, rico o pobre, culpable o virtuoso, sino simplemente por algo que es común a todo el mundo, por la angustia de un ser (de una necesidad de ser) imposible. Es decir, un *ser* imposible de diferenciarse bastante satisfactoriamente en la tierra. Y necesitado absolutamente de esa diferenciación.

Mi angustia en aquel momento y bajo aquellas reflexiones era vulgar y sórdida como una gran salud inútil, bajo la fina lluvia, ligera y persistente. Entre dos piedras del parapeto asomaba una raíz de hierba blanca que, a la intemperie, iba tomando un color verde jugoso y cristalino. En aquellas horas de la trinchera, sin nadie con quien hablar —fuera de los soldados y los oficiales de servicio—, pensaba en mi querido Madrid y en mis experiencias ya lejanas de Zaragoza. No todas mis reflexiones eran sombrías. Con el primer sol que asomó por una claraboya entre las nubes, vino a mí el

recuerdo de Checa, el del cuartel del Carmen, pero con
matices idílicos. Yo lo imaginaba en el otro mundo convertido
en ángel (como su nombre) y, como todos los ángeles, dedicado a alguna clase de relación con el mundo terrestre. Así,
a un ángel jorobado y anarquista le habían encomendado tal
vez la relación entre Jehová y las ratas. No es ninguna broma.
Desde que yo era pequeño, las ratas me habían preocupado
bastante. Al fin, eran también obra de Dios. Creía yo que
tenían una relación con los hombres más compleja de lo
que la gente supone. En fin, había hombres que se volvían
ratas y eso se podía ver cada día en los periódicos, especialmente en la sección parlamentaria y política. Yo leía a veces
—digo, en mi infancia— las sesiones del Congreso y cuando
alguien decía: el señor Dato o el señor Melquiades Alvarez
se ratifica, yo creía seriamente que querían decir que se
estaban volviendo ratas. Luego buscaba sus fotos en los periódicos y creía encontrar en sus honestas expresiones alguna
clase de relación con la cabeza de los roedores, lo que no me
extrañaba, porque los dos se habían ratificado poco antes.
Y en definitiva, aquella progresiva ratificación los llevaba a
una muerte violenta. Todo el mundo quiere matar a las ratas.
Lo que estaba pasando entonces en España era exactamente
eso. En los dos lados del sistema montañoso central, la gente
se ratificaba políticamente con tanto tesón que de un modo
u otro tenían que afrontar el destino fatal de las ratas: morir
como tales. Porque, como digo, a una rata todo el mundo
la quiere matar.

Pensaba esto mirando delante de mí la raicita verde clara,
que con el primer sol era de una delicadeza y transparencia
exquisitas.

Después de la visita nocturna de López me preguntaba,
mirando aquella raíz cristalina, quién era yo para ejercer la
clemencia con el reo de muerte. ¿No era un lujo arrogantemente estéril ese de la clemencia en un pobre hombre como
yo? ¿No me estaría ratificando yo, también?

Por otro lado, era natural volver a pensar que aquella
obstinación en salvar la vida del secretario de las gabelas
tenía alguna relación con mi padre. Lo curioso es que a
través del secretario yo comenzada a entender y a amar a mi
padre. (Creo que a amarlo, también.)

Volví a llamar a Madrid. Esta vez se puso al teléfono
una secretaria de voz joven y por fin oí la de un ayudante:

—¿Qué pasa, capitán Urgel, digo, Garcés? ¿Es el asunto del secretario? Mire, esa es una cuestión que no es de mi incumbencia personal.

—Era al director de los servicios a quien llamaba.

—No ha venido aún.

Colgué sin replicar, con la impresión —por este simple hecho impertinente— de haber quedado encima, como en las peleas infantiles. Pensaba dirigirme al jefe del negociado cuarto, coronel Castelló, hombre adiposo, con incipientes bolsas en los párpados y una mirada un poco perruna, a través de la cual yo veía una especie de recelo congelado. Por dos veces (en una visita incidental y en otra obligada, cuando me presenté, al llegar de Francia) me había preguntado si mi nombre era Urgel o Garcés. Yo me daba cuenta de que el hecho de tener un nombre falso y otro verdadero ofrecía a algunos una sugestión aventurera (una conjetura peligrosa) y por eso me apresuraba a explicar que mi nombre ilegal se debía al hecho de haber estado siete u ocho meses disfrazado con una identidad falsa. En el lado de los ratificados de enfrente.

Entonces Castelló me habló de mi «arma secreta». Yo me azoré un poco y le contesté con vaguedades. Luego le dije que conocía topográficamente el sector de Casalmunia y que se podía atacar allí con poco riesgo.

—¿Se encargaría usted de la cosa? —preguntó.

Vacilé un momento pensando: «Castelló cree que vacilo porque tengo miedo». Esta reflexión me irritaba y mis nervios irritados autorizaban mejor la sospecha del coronel. Me apresuré a hablar:

—¿Podrían ustedes darme la información que necesitara llegado el caso? Digo, sobre las fuerzas enemigas.

—Lo siento, pero en ese sector han sucedido cosas muy raras y estamos trabajando casi a ciegas —dijo el coronel, excusándose.

Lo demás no vale la pena recordarlo. Es decir, recuerdo que antes de marcharme me dijo: «Celebro tener su verdadera identidad». ¡Ah!, seguía pensando en aquello.

En griego, un tipo identificado, como he dicho si mal no recuerdo, es *un idiota*. Era como si Castelló me hubiera dicho: «Celebro saber la clase de idiota que es usted». En español, esa palabra no se usaba antes del siglo XVI con el sentido vulgar que le damos ahora. Es verdad que antes de entonces parece que no hubo idiotas en nuestra historia. En todo caso me habían identificado y era, por lo tanto, un *idiota* en griego.

De un modo u otro, todos los identificados, es decir, todos aquellos de quienes sabemos algo más que el número del teléfono y de la casa donde viven, lo son. ¿Qué necesidad tiene nadie —sobre todo en tiempos de guerra civil— de saber nada más que nadie?

Sabían la clase de idiota que era yo, es decir, sabían más de mí que yo mismo.

La gente evitaba saber demasiado sobre el prójimo, ya que lo mismo en un campo que en el otro cada cual sospechaba que estaba rodeado de traidores potenciales. A mí también me habían mirado así, a veces, lo mismo en Casalmunia que en Madrid. Aunque en Madrid me sentía más seguro. Estaba entre los ratificados propicios.

En el Ministerio de la Guerra encontré otro Ramón. Un tal Ramón Ribaldo. Curioso apellido. El *ribaldo* era una especie de golfo visigótico, o así me lo parecía a mí. Creía que venía de Ribalderico o algo similar. Las palabras tienen don sugeridor independientemente de su sentido conceptual. Aquel hombre tenía también algún rasgo de carácter común conmigo, creo yo. Al principio de la guerra era valiente, pero le dieron un metrallazo en la pierna y al ver su propia sangre cayendo al suelo y formando un charquito (un charco más bien, como el de la orina de un niño) pensó que tanta generosidad era del género cristiano-budista y cuando, más tarde, salió del hospital buscó un destino en las oficinas. Como aquello resultaba desairado, comenzó a cojear sin necesidad (pura tramoya) y más tarde ha seguido cojeando por costumbre. Está aquí (en este campo de Argelès) y sigue cojeando, ahora en serio, porque desarrolló alguna clase de deformidad en sus huesos a fuerza de cojear en broma. A consecuencia de todo esto se encuentra siempre enfadado —*enhadado,* es decir, en una relación irregular con su *hado*— y cojeará ya siempre, creo yo.

Este Ramón IX, el ribaldo, coincidía conmigo en algunas cosas. Yo le dije un día que el hombre que llega a convencerse de que la vida es un sueño, atrapa el sentido secreto de la realidad y así llega a dominarla más fácilmente que otros. Pero nunca se sabe lo que va a pasarle a uno cuando recibe un casco de metralla en el cuerpo y ve correr la sangre y coagularse en el suelo. Hasta ese momento uno podía soñar, pero luego muchos despiertan para siempre. Conozco yo algún caso contrario. El herido se enardeció y siguió soñando (conscientemente) y flotando. Ese Ramón IX se quedó por debajo de la línea de flotación, un poco sofocado para el resto de su vida. Su ideal es ahora seguir siendo un héroe pícaro con frío, hambre, goteras de hidalguía, pero sin dar golpe.

Yo sigo creyendo en la realidad-sueño desde que representé siendo chico el drama de Calderón, aunque de una manera diferente, porque al fin Calderón era un cura y sólo veía el lado teológico. No es que a mí me parezcan mal los curas. Mi ideal —incluso— de soñador, sería san Pedro de Alcántara. Pero eso resultaría largo de explicar y no tengo ganas por ahora. Hace frío y el papel donde escribo se me ha mojado con la lluvia francesa, que es una lluvia de lágrimas provenzales, es decir, amorosas, bienolientes y un poco bobas.

Volvamos a lo anecdótico. Habiendo citado yo una vez el nombre del coronel Castelló con el comandante López, éste torció el gesto y dijo:

—A ése vamos a darle un disgusto el día menos pensado.

No hay duda de que algunos jefes profesionales eran tan leales a su pasado como nosotros a nuestro futuro. Y entretanto, en Moscú, el viejo padre infernal reía inflando y desinflando su vientre convulsivo.

Recordando la mirada perruna del coronel, lo llamé ya avanzada la mañana. Le planteé franca y abruptamente el caso del secretario y pareció escucharme con atención.

—Sería mejor —respondió, sin embargo— que viniera usted a la ciudad e hiciera una gestión personal, porque ahora todo el mundo está sobrecargado de problemas.

Fui a ver al jefe del sector —digo, en mi frente— para pedirle permiso y tratar de hacer mis diligencias en Madrid, cuando me encontré con una sorpresa: había una orden de ascenso y traslado, para mí. Con ánimo de halagarme, dijo el general:

—Va usted a ser jefe de Estado Mayor de una unidad tan grande como la que mando yo.

Era el general entrado en años y tenía fama de hombre castizo y jaranero. Sus enemigos decían de él que era un chulo, con una mezcla de desdén y de envidia. En España se envidian hasta los defectos, hasta las desgracias, hasta las maneras de morir se envidian. Se envidia el tamaño de las esquelas de defunción, en España.

La verdad es que aquel general era un buen soldado y tal vez un gran soldado. Las radios del campo enemigo se habían referido a él como a un madrileño castizo de la ribera de Curtidores. Aunque parezca raro, gozaba de su trabajo en el frente entre los bombardeos de la artillería y la aviación. Gran apreciador de la moral militar, le sorprendía y le encantaba la de los milicianos.

Necesitaba auxiliares técnicos bien preparados, es decir, oficiales de Estado Mayor, y como no los tenía se veía obligado a tratar personalmente con los cuadros inferiores y dedicar su tiempo y atención a los problemas menores. Cuando hacía eso ponía una expresión estoica y resignada. Pero nunca perdía la compostura ni los nervios.

Tenía también, aquel general, un aire sonambúlico y la verdad es que dormía poco, aunque más que yo. Hombre tranquilo y bondadoso, había hecho, sin embargo, fusilar a algunas docenas de milicianos en los primeros días por haber abandonado el puesto. Los había hecho matar con la indiferencia del que lleva a cabo una tarea rutinaria y sin importancia mayor. No por cobardes, sino por verbeneros soplagaitas.

Es verdad que después de aquellas ejecuciones, el frente se sostuvo mejor. El general dijo que me dejaba salir de su brigada de mala gana, me puso una condecoración en el pecho, articuló perezosamente un pequeño discurso que sólo oíamos el sargento que atendía a la centralita de los teléfonos, tres soldados de la guardia y yo, y me dio la mano.

Antes de salir para Madrid me dirigí al pueblo de al lado y fui a la iglesia a ver al reo-secretario. Lo hallé paseando con aire estoico. Le dije una vez más que la sentencia no era firme y él me escuchó con las manos en los bolsillos de la chaqueta, la boina encajada hasta las orejas y mirando fijamente mi condecoración:

—Le agradezco —me dijo— el interés que se toma, aunque no lo entiendo, ya que usted al fin y al cabo piensa igual que los que me condenaron a muerte.

Seguía mirando mi condecoración y yo tuve el impulso de quitármela y guardarla en el bolsillo, pero pensé que si lo hacía, el secretario formaría una opinión adversa de mí que le haría sufrir por la disminución del merecimiento en el único que se ocupaba de su salvación. Así, pues, me abstuve y respondí:

—No parece usted muy convencido de mi sinceridad y no sé ni quiero saber de dónde viene su recelo. Tal vez usted piensa que si estuviéramos en el otro campo, y a mí me hubieran condenado a muerte, usted lo consideraría natural y no haría nada por salvarme.

—Posiblemente no, pero ¿quién sabe?

Vi que con dos bancos de la iglesia unidos por el lado de los asientos había hecho una cama y que tenía una almohada y dos mantas. Sentí un asomo de envidia. ¡Qué bien debía dormir allí, en la iglesia, bajo las altas bóvedas donde se conservaba aún el eco de las oraciones campesinas! Pero por mucho que durmiera aquel hombre, era entre todos los que yo trataba entonces el único realmente despierto. El único que no daba la impresión de caminar dormido ni sonámbulo. Y se parecía a mi padre, a quien yo comenzaba a admirar a través de su resignación.

Pensé, mirando la puerta de la sacristía por la que el pobre secretario había tratado de escapar: «Si yo fuera realmente su defensor, le ayudaría esta noche a huir. Días pasados lo intentó vanamente. Pero si alguien como yo le ayudara de veras, no hay duda de que lo conseguiría. Por la noche, y sobre todo al amanecer, podríamos salir sin ser vistos y yo lo dejaría orientado y encarrilado por el camino de resineros. Pero en el otro lado le obligarían a ratificarse vulgarmente».

La mirada del secretario —todavía fija en mi condecoración— me pareció más fría y distante, pero más despierta, que nunca. Tal vez era sólo la mirada de un hombre viejo frente a otro hombre joven. Decidí, en todo caso, abruptamente, que no debía arriesgar nada por su salvación y olvidé por lo tanto las posibilidades de ayudarle a fugarse. No valía la pena.

Antes de salir del templo se me ocurrió entrar en el pequeño coro, abrir el órgano y recordando mis lecciones de piano —cuando era pequeño, que eso nunca se olvida— hice sonar dos o tres acordes «en quintas», que son las armonías típicas de la Edad Media y que siempre han despertado remotas asociaciones en mi sistema de atavismos. Sonaba el órgano de otra manera. En una iglesia que era cárcel, aquellos acordes sonaban como un escándalo inútil. Me di cuenta cuando oí las voces de dos centinelas que acudieron. Al ver que era yo quien tocaba parecieron defraudados, porque querían hacer responsable al preso. Yo me levanté y salí, taciturno. Habría querido también hacer sonar las campanas, sólo

por el gusto de oírlas. En aquellos tiempos sólo oíamos
cañonazos, morterazos, tiros de rifle y de ametralladora. El
órgano y las campanas podían ser un descanso para los nervios. «Los otros van a ganar la guerra —pensé— porque
tienen campanas.»

Salí sin responder a los centinelas, que me decían algo.
Iba pensando: «Soy un miserable como los demás». Esta
opinión sobre mí mismo no me molestaba, probablemente
porque tenía la eficacia tonificante de la verdad. «Sin embargo —me dije—, hay que tener cuidado, porque si los
hombres somos de veras honrados con nosotros mismos,
aunque esa honradez nos tonifique en el plano moral, nos
despierta demasiado en todos los demás y no podríamos
dormir nunca. Nos invalida además para el combate inevitable contra todo aquello que no somos nosotros mismos.
Hay que renunciar a muchas virtudes que nos parecen
consustanciales y aceptar nuestro papel inferior de máquinas
de la risa.»

También en esta resignación podía haber alguna virtud,
al menos de humildad. Quisiéramoslo o no, todos éramos
ligeramente deshonestos y saludablemente egoístas. Y con-
cluí: «Hay que aceptarlo así, pero una vez aceptado no se
sabe a dónde puede uno ir a parar. La vida es como es y
yo no la he hecho. O tal vez la estamos haciendo todos cada
día, cada hora, con nuestro ejercicio moral de facilitaciones
y resistencias. Es difícil e incómodo tratar de entenderlo».

Me dirigí hacia un camión cuyo chófer me esperaba y
me senté a su lado. Era un hombre viejo y escéptico, con
curiosidades ligeras:

—Ya veo que lleva usted una condecoración de las
buenas.

Me había olvidado de la condecoración y me la quité
para guardarla disimuladamente en el bolsillo.

Llegamos a la ciudad, y al separarnos el conductor me
dijo, tratando de halagarme, por si acaso:

—Usted es de los que se guardan las condecoraciones
en el bolsillo. Y hace bien.

Seguramente iba a repetir esas palabras siempre que
tuviera ocasión, y en un lugar serían entendidas de una
manera y en otros de otra. Si hubiera conservado la condecoración en el pecho, el mismo chófer habría hablado de mi
arrogancia petulante. Me entretenía en pensar en aquellas
minucias y en su posible trascendencia, ya que el destino

actúa contra nosotros o en nuestro favor precisamente haciendo uso de ellas. «Tal vez estoy resbalando —me dije—, como cada cual en tiempos de guerra, hacia alguna clase de desequilibrio.» No me asustaba esto. Lo único que habría querido era que ese desequilibrio fuera útil a los otros, ya que a mí no iba a servirme para nada.

Pero todo lo que comenzaba y acababa en el radio de lo individual se frivolizaba y se hacía un poco inane, lo mismo en los otros que en mí. Había que abandonar la máscara, la persona, y cultivar el resto, es decir, la hombría indiferenciada. Aunque, ¿cómo?

Fui al departamento de los servicios especiales, en un piso alto de un edificio cuyo ascensor no funcionaba. El primer tramo de las escaleras era de mármol y me sentía consciente de mis botas de trinchera.

Entre la gente de las oficinas se podían hacer clasificaciones bastante certeras, y de un modo general había dos simples categorías: los viejos y los jóvenes. Estos últimos se consideraban un poco privilegiados y consentidos, por no hallarse en el frente. Su culpabilidad los hacía afables, es decir, que no eran naturales. Para empeorar las cosas, las mujeres (secretarias y mecanógrafas) nos dedicaban a los combatientes sus mejores sonrisas y no faltaba alguna que atrapada por la mística guerrera nos pidiera que la lleváramos con nosotros a la primera línea. Estaban prohibidas las mujeres en el frente, pero había algunas con el pelo cortado y vestidas de hombre que se conducían heroicamente y eran tan buenas camaradas que todo el mundo les guardaba el secreto para que no las echaran. El secreto del sexo. Un sexo ascético y neutro en todo caso, aunque parezca increíble.

En la oficina central ya me conocían, y una de aquellas secretarias que adulaban a los supuestos héroes me hizo una señal para que la siguiera y me llevó a un despacho donde por el momento no había nadie. La oficina daba la impresión de estar «habitada», porque había un teléfono descolgado sobre la carpeta de cuero, lo que significaba que el comandante iba a volver. Pensaba yo en los argumentos que iba a usar en favor del secretario condenado a muerte; por ejemplo, la ineficacia del terror y su ociosidad en lugares donde dominaba obviamente nuestro ejército.

¿Qué necesidad había de asustar a trescientos campesinos?

Recordando al secretario, lo veía en el centro de la iglesia desierta, con la boina puesta y las manos en los bolsillos de una chaqueta abrochada cuidadosamente. Además de camisa llevaba un chaleco elástico bastante usado, con los bordes desteñidos. Y el conjunto tenía esa flojedad de perfiles de las figuras que solemos ver en los grabados en madera. ¡Pobre hombre, con su boina encasquetada, mirándome sin poder entender por qué estaba yo tratando a toda costa de salvarle la vida! «Esta obstinación mía de salvarlo —pensaba para mí— me hace aparecer tal vez ante el secretario como un hombre poco inteligente.» Era una reflexión que me molestaba, pero no podía hacer otra cosa. No iba a dejar que lo fusilaran por vanidad, es decir, para parecerle menos tonto. Y con esa intención, en aquella oficina vacía, frente a un teléfono descolgado cuyo diafragma a veces vibraba produciendo un rumor, me impacientaba un poco. Por otra parte, aquel teléfono sobre la mesa estaba consumiendo inútilmente electricidad y además impidiendo que otra persona lo usara. Tal vez conectaba dos puntos importantes en el mapa de la defensa y era imprudente haberlo dejado de aquella manera. Pero allí estaba, con su tímpano susurrante, y la oficina seguía vacía, es decir, habitada por raras ausencias. Llevaba más de veinte minutos esperando y nadie acudía. Aquel plazo —veinte minutos— era cuanto se le podía exigir a un subordinado y cada minuto más representaba una gran impertinencia.

Cuando hubo pasado media hora, me levanté y me acerqué a dos estampas que había en los muros representando una muchacha deportiva con una raqueta de tenis en la mano y en dos actitudes diferentes. La miraba de cerca, cuando se oyeron voces de despedida en el cuarto de al lado y me dije: «Ahora viene». Pero no apareció nadie.

En el marco de la otra puerta estaba sucediendo algo que no acababa de entender: una mano de mujer, musculada y flaca como la de un hombre, aparecía de pronto al final de un antebrazo desnudo, abriéndose y cerrándose con gestos espasmódicos en el aire. Al mismo tiempo que aquella mano se abría y cerraba se producía un gruñido debajo de la mesa. No había advertido hasta entonces que había allí un perro. Un perro pequeño y malcarado que miraba aquella misteriosa mano, intrigado. Tan intrigado como yo mismo. Aunque yo me limitaba a mirarla alucinado, sin gruñir. No es bueno gruñir por esas cosas.

Al principio pensé si sería una señal dirigida a mí. Pero ¿qué clase de señal? ¿Y qué quería decirme? Cuando oí otra vez gruñir al perro, imaginé que la mano había vuelto a aparecer en el aire. Allí estaba, sobre un fondo oscuro (la sala de al lado no estaba muy iluminada), abriéndose y cerrándose. El perro la miraba entre asustado y ofendido y arrugaba la nariz. Luego, al desaparecer la mano, se callaba.

Más tarde comprobé que aquella mano pertenecía a una mujer rubia que repasaba fichas con un lápiz y hacía aquellos gestos de vez en cuando para desentumecer los dedos. Aquellas fichas serían tal vez sospechosamente mortales, pero el gesto de abrir y cerrar la mano en el vacío —que hacía gruñir al perro bajo la mesa— era un gesto inocente. Un gesto epiléptico, sin morbilidad.

Otra vez se oyeron voces de despedida en el cuarto contiguo (por el lado opuesto) y yo me dije otra vez: «Ahora viene». Pero no apareció nadie. Entonces me acerqué a la mesa y vi un papel en el que había escritos varios nombres, entre ellos el mío. Escrito a mano y tachado. Mi nombre falso, el que usaba yo en el lado nacionalista. Estaba tachado con un fuerte trazo, con rabia. Había otros tachados también y alguno subrayado nada más.

Di la vuelta a la mesa y me puse a leerlos de cerca. No era mi nombre —Urgel— sino la palabra *urgente,* mal escrita, escrita de prisa. Tanto mejor, porque no era bueno hallar el nombre de uno tachado con lápiz rojo en una oficina como aquélla. Todavía dudaba de que mi interpretación fuera certera y volví a mirar más de cerca. Ni era *Urgel* ni *Urgente* sino *Argelia*, pero la A inicial estaba abierta como una U. Además, tal vez en aquella oficina me llamaban a mí por mi verdadero nombre: Garcés.

Volví a mi asiento y en aquel momento apareció otra vez la mano colvulsionaria en el marco de la puerta. El perro volvió a gruñir y yo no sabía qué hacer, cuando en la otra puerta apareció la secretaria con un cuaderno y un lápiz:

—Camarada —me dijo—, el comandante está en una reunión y no podrá atenderle hasta las tres o las cuatro de la tarde.

Eran las once de la mañana y había perdido una hora allí. Me levanté y dije que volvería.

No perdí el tiempo, porque había aprendido que en aquellas oficinas no me consideraban digno de verdadera atención. Siempre nos intimida un poco lo que no entendemos, como le sucedía al perro con la mano convulsionaria.

Aquella mano quería descansar y rehacerse de la fatiga y la manía del abecedario, que es,una de las peores. Ficheros con carpetas, carpetas con pestañas, pestañas con iniciales alfabéticas rojas o negras, de plástico y hasta de porcelana.

La mano convulsionaria volvía todavía a aparecer, y el perro a gruñir.

Una voz decía en alguna parte con acento deferente:

—No, ahora vivo un poco más cerca de la sacramental de san Isidro.

Es decir, del cementerio. Parece que alguien se había mudado y estaba más cerca del fosal. En tiempos de guerra todos se mudan más cerca del cementerio. Y en tiempos de paz. Cada día un poquito más cerca.

Sucia costumbre, pero así es la vida, la decadente vida siempre hacia abajo. Siempre empujándole a uno a la tierra.

No hace falta tanto dramatismo para devolver a la tierra el calcio de unos huesos que han sido siempre suyos.

No podía entender a veces la importancia que en tiempos de guerra se daba la vida. No la muerte, sino la vida. Aunque bien pensado, vida y muerte son una sola cosa: sólo vive lo que no ha muerto. Sólo está muerto lo que ha dejado de vivir.

Yo no sabía a dónde ir aquellos días. A veces creía que todos los oficinistas se estaban burlando de mí. Otras, que me tenían miedo por haber tenido dos nombres y venir yo del campo enemigo. Otras, aún, pensaba que no me miraban bastante, que pasaba demasiado desapercibido, pero cuando alguno se fijaba demasiado en mí (digo algún oficinista desconocido), me irritaba.

Ya en plena calle, un miliciano ebrio se me plantó delante y dijo:

—¿Qué pistola llevas? Te la juego al blanco, con la mía.

Y la sacó. Yo habría sacado la mía y se la habría vaciado en la barriga, porque odiaba a los borrachos en tiempos de guerra —¿no es bastante embriaguez la violencia?—, pero me aguanté y seguí mi camino. Lo oía vociferar, detrás.

Me dirigí a la oficina de Castelló, pero tampoco pude verlo. No iba con el propósito de influir en favor del secretario, porque Castelló no quería saber nada de aquello, y en realidad iba a presentarme para hacerme cargo de mi nuevo

destino, que no sabía cuál era. Después de esperar en una
oficina, también vacía, en la que había algunas carpetas con
epígrafes de «muy reservado», salí y pregunté a una secretaria
de abultado pecho si sabía cuál era mi nuevo destino. Ella
me dijo que llevaba tres días sin ir a la oficina, porque se
había muerto su abuela. Pregunté a otra cuya abuela vivía
aún y me dijo que tampoco lo sabía, pero que podría informarse, aunque no me lo prometió concretamente.

—Vaya —pensé—. Tal vez mi nombre circula por estas
oficinas y no para bien.

En todo caso, el nombre que circulaba era el genuino:
Garcés. Sabían ya qué clase de *idiota* era. Intrigado por lo
que yo consideraba mi nueva situación y sin comprender
su singularidad, me sentía, a pesar de todo, a gusto en la
ciudad aquel día gris de cielo bajo con rumores lejanos o
cercanos de guerra, según la dirección de las brisas, que eran
ya medio invernizas. Los disparos en serie de las ametralladoras y las explosiones de las granadas repercutían una vez
más en la bóveda de nubes y volvían a bajar sobre la ciudad
con una resonancia ligeramente doblada de eco. Era gustoso
aquello, es decir, aventurero en el género romántico, pero
se hacía hora de comer y no sabía dónde. Tenía dinero, pero
no se podía comer con dinero aquellos días en parte alguna.
No quise ir al comedor de «transeúntes» de mi brigada
porque estaba al frente un pícaro que en tiempos fue ladronzuelo de sindicatos y, adulando a las personas que estaban
en posiciones clave, había conseguido trepar burocrática-
mente. No mucho, claro. Y aquel bellaquito de cara ancha
y boca fina, señales de socarronería, estaba resentido conmigo
simplemente porque tenía la evidencia de que yo conocía
su pasado. Me odiaba porque adivinaba la opinión que yo
tenía sobre él.

En algunas organizaciones políticas estiman a esos tipos
porque las gentes que necesitan que se les perdone el pasado
son las más seguras, ya que buscan un Jordán para lavarse
y si es necesario se les da, ese Jordán purificador. Y se
supone que luego son más leales.

Eso no sucedía siempre, y, a menudo, en lugar del Jordán
les daban el tiro en la nuca. La cosa era imprevisible y
demasiado… dialéctica. Si yo hubiera tenido bastante hambre
habría ido a aquel lugar, pero no valía la pena tolerar al
granujilla. Más tarde, sintiendo un hambre súbita, pensé que

sería imposible hallar comida en ninguna parte hasta la noche. En el fondo me daba lo mismo.

Así es que, capitán de infantería y jefe de Estado Mayor de una brigada, anduve aquel día por la ciudad sin comer pensando en que tenía que salvar la vida del secretario catastrófico (quiero decir *de los catastros*). «Si matan al secretario —me decía— será como si me mataran a mí mismo, ya que he dado la cara por él en diferentes oficinas.» No había sido prudente, yo. Al menos no tenía la clase de prudencia que debía tener un hombre en tiempos como aquéllos.

Sabía —digo una vez más— que la guerra estaba perdida. Desde que empecé a considerarlo así en Casalmunia.

Perderíamos, bien. Era una cosa que al parecer sabía todo el mundo, pero había que seguir combatiendo. Tener un ideal (aunque sea el de la libertad) es esclavizarse un poco. A veces, hundirse para siempre en la esclavitud. Eramos «idealistas» y el diablo nos miraba desde el margen de la realidad y fuera de ella.

Pensaba yo en el reo de muerte y lo veía, una vez más, en el centro de la iglesia con las manos en los bolsillos, friolento y vigilado también por Belzebú, rey de las moscas. Era como una rata de iglesia; las ratas más pobres del mundo, porque no hay en las iglesias nada que comer. Y tenía la boina puesta. En la iglesia. Esto me incomodaba un poco, ya que se suponía que aquel hombre era un reaccionario perfecto como López un perfecto ateo.

Fui a casa y me acosté en ayunas. Al amanecer del día siguiente desperté con un hambre canina que no admitía aplazamientos. Me dejé convencer por las mujeres que vivían en mi casa y comí lo que me ofrecieron —azúcar, galletas. café .y leche en lata—. Manjares de lujo en aquellos días. Comí despacio, imitando a los gatos, que nunca comen de prisa porque mostrar glotonería es de mal gusto.

Después salí a la calle dispuesto a recorrer otra vez las oficinas, y en la comandancia de milicias la mecanógrafa del día anterior me dijo: «Le esperábamos a usted ayer a las tres de la tarde, pero no vino, camarada». Yo veía en sus congelados labios que estaba mintiendo. Y añadió: «Ahora, el comandante no está visible. Hasta las cuatro de la tarde estará en conferencia».

Habría querido yo volver a entrar en la oficina de aquel comandante y ver si la mano colvulsionaria seguía abriéndose y cerrándose en el vacío, es decir, en el marco de la puerta

—y el perro gruñendo—. Vi desde lejos a la dueña de aquella mano, que tenía los antebrazos largos y desnudos y un poco secos, de solterona. El día anterior, la conferencia había sido sólo hasta las tres. «Tal vez mañana se alargará hasta las cinco y si no me reciben y vuelvo otro día —pasado mañana, por ejemplo— se dilatará más. Así eran las cosas. Primero se alargaba la conferencia, luego aparecía la mano convulsionaria y gruñía el perro, poco a poco la irritación hacía dilatarse la aorta de uno y por fin llegaba el aneurisma secreto o secretario, o *secretorio* y, en todo caso, final.»

—¿Conferencia con quién? —pregunté.

Ella se puso a hablar de otra cosa. Pensé que debían ser aquellas conferencias con algún ruso, como en el lado contrario solían ser con algún alemán. Aquellos rusos y alemanes ligados a un destino siniestro iban a ir cayendo por docenas y por centenares al volver a sus patrias, porque ni el padre infernal ruso ni el Hembro alemán del bigote chaplinesco estimaban gran cosa las vidas de aquellos agentes caminadores de fronteras, espantapájaros de cementerios con nombres falsos. «Todos van a ir cayendo, los rusos por turno de antigüedad y los alemanes en masa», me decía. Aquello me daba alguna alegría, porque alemanes y rusos eran nuestros enemigos peores, por el momento.

En fin, salí de aquella oficina y fui a la representación de mi brigada a la hora del almuerzo. Cuando llegué me di de manos a boca con el pícaro ladronzuelo de sindicatos, quien se mostró sorprendido y protector a un tiempo: «Ya sé que te han ascendido», dijo alzando la voz para que todos lo oyeran y vieran que tenía confianza conmigo y que me tuteaba.

Comenzaba yo a arrepentirme de haber ido allí cuando llegó otro oficial de mi sector y me dijo, tomándome del brazo:

—Vamos a otra parte. Aquí sólo dan un plato de lentejas como en casa de Abraham, pero yo conozco algo mejor.

Mi amigo era joven y abierto de carácter. Se llamaba Ayala y mandaba una sección de ametralladoras.

Fuimos a un restaurante medio clandestino y cuando llegamos y estuvimos sentados a la mesa, mi amigo me dijo:

—Ayer, dos horas después de marcharte tú, fusilaron al secretario cuya defensa hiciste en la iglesia.

Me sonó aquello como un disparo al lado de la oreja.

—¿Lo viste tú?

—Yo no lo vi, pero es lo que me dijeron.

Callaba comprobando que los cubiertos eran de plata, lo que entonces representaba un lujo. Veía en mi imaginación al secretario recibiendo las balas de la ejecución, y no lo creía.

Mordisqueaba el pan en silencio, y el teniente servía vino:

—¿Dices que no te han notificado aún el nombramiento? No se lo notifican a nadie. Tú sabes cómo se hacen los nombramientos, ahora. Con el dedo índice: tú, aquí, ése allá. Y además, dejan las cosas en el aire.

—Si antes de tres días no me notifican el nuevo destino —dije con desgana—, iré voluntario al frente de Aragón.

Era un frente no controlado por el partido que tanto empeño parecía tener en fusilar al secretario. Tal vez no lo habían matado, porque yo veía en mi imaginación la descarga de la escuadra y él recibía los balazos, pero no caía. Lo veía de pie, todavía. Estaba de pie y me hablaba: «¿Qué sale usted ganando con defenderme, si mi caso no tiene defensa?»

En aquel restaurante servían sólo un plato cada día —el mismo para todos—, pero muy bien preparado. Había además buenos vinos y licores. Ayala dijo:

—Estos lugares se abren y prosperan algunas semanas y luego los van cerrando porque no quieren que nadie pueda comer fuera de los sitios que controlan los rusos.

No sé por qué tuve la sospecha de que Ayala prefería la victoria del enemigo a la creciente preponderancia de los rusos en nuestro sector. Seguía hablando, y yo lo escuchaba pensando en lo mismo: en el secretario lleno de balas y, sin embargo, de pie y con las manos en los bolsillos de la chaqueta. «Las cosas —me decía— son inverosímiles, pero hay algo en ellas de verdad cuando nos sorprenden. Por eso, a veces, oímos las peores noticias impávidos. No queremos que nos sorprendan, porque la sorpresa es la prueba de la verdad. He sido profundamente sorprendido. Si la realidad de las cosas estuviera solamente en mi imaginación, no existiría ese choque de la sorpresa.» Podía ser que fuera verdad, lo del secretario.

Además, no era tan absurdo aquello de que mataran a un hombre en la plaza de una aldea, es decir, más bien de una villa con privilegio real.

Lo digo porque siempre que veía u oía algo demasiado terrible, me decía que toda posible realidad dependía de mi ideación y de mi simple voluntad de imaginarla y creerla. Cierto que la humanidad a veces se hace culpablemente sub-

jetiva, y que entonces se desencadenan las guerras, porque
el destino quiere a todo trance ponernos delante un ejemplo
escandaloso de la existencia de lo que Kant llamaba el
noumeno.

Con frecuencia, esa tendencia a ver filosóficamente las
cosas resolvió y disolvió los problemas que me fatigaban. No
eran ninguna tontería esos problemas, sin embargo.

Pero comía y escuchaba a Ayala con la imagen del ratifi-
cante secretario en mi cabeza. Al mismo tiempo pensaba:
«El secreto del orbe está probablemente en la relación entre
lo exterior cambiante y lo interior fijo. Obstinadamente fijo.
Porque todos queremos detenerlo, al orbe, dentro de nosotros
mismos». No era fácil, sin embargo, determinar en cada caso
los términos cambiantes de ese género de relación.

Entre esas imágenes interiores figuraba también la de
mi padre, aquella especie de dios vivo. Es terrible tener cerca
un dios vivo, quiero decir con imagen actuante exterior, y
quieta interior. Yo había tratado tal vez de matarlo en el
secretario y luego, al darme cuenta, quise salvarlo por una
especie de generosidad vindicatoria. En el fondo comenzaba
a quererlo, a mi padre.

Por fortuna, estaba también Valentina, fija en mi mente
y cambiante fuera de ella. Todo el secreto de las cosas estaba,
tal vez, en esa mecánica que a veces me parecía muy compleja y otras no tanto. El ejemplo se hacía milagroso con
Valentina, ni que decir tiene.

En aquel momento el teniente sacaba de la cartera una
foto de su novia y me la mostraba. Estaba mirando la foto
cuando oí una voz a mi lado. En el momento en que pensaba
que la novia de Ayala estaba orgullosa de sus pechos, me volví
y encontré a Madrigal, el sargento cuya novia descubrió el
amor en el camino de la muerte.

—¿Dónde está tu novia ahora? —le pregunté.

El no respondía. Me parecía una tontería tanto misterio
para hacer el amor en plena guerra y en plena luna de miel.
Repetí:

—¿Dónde está?

El sargento se puso pálido y salió de espaldas, diciendo:

—Luego te lo diré. Te espero en el bar.

El teniente, mirándome de una manera intrigante, siguió
hablando:

—Cuando la gente se fija en uno hay que tomar precauciones. Yo en tu caso, la verdad... Al parecer, eres un inge-

niero que inventa cosas y dicen que has inventado un dispositivo nuevo de bombardeo para los aviones y que lo has dejado en el campo enemigo.

Escuchaba asombrado y no quise decir nada. Trataba de recordar su primer nombre: Pascual. Y mi amigo seguía hablando: «...ya ves, aquí estás, según la manera burocrática de decirlo, en expectación de destino. ¿Quién te ha ascendido? ¿Y dónde van a enviarte? ¿Y por qué?».

Dejándole con la palabra en la boca me levanté y fui al teléfono, que estaba en otro cuarto, cerca de los urinarios. Quería llamar al comandante López, pero me dijeron en la central que si no era por razones de servicio (de guerra) no podía hacer uso del teléfono sino dentro de la ciudad. Dije que era asunto oficial, di mi nombre y cargo y el operador tardó un poco en dar la comunicación, sin duda el tiempo preciso para que se pusiera a escuchar algún agente del servicio de información.

El comandante acudió al teléfono y cuando le pregunté si habían fusilado al secretario, me respondió un poco ofendido:

—No le sucederá nada mientras no se sustancie tu apelación. ¿Por qué preguntas?

—Es que me habían dicho otra cosa.

—¿Quién?

La sorpresa me hizo balbucear una respuesta imprecisa. Colgué y volví a la mesa muy aliviado. Debió pensar Ayala que volvía de los urinarios y yo lo miraba calculando si aquel teniente me había engañado a sabiendas o había sido engañado, a su vez, por algún fomentador de bulos.

En aquella clase de asuntos (ejecuciones, encarcelamientos, accidentes) se mentía mucho sin otro deseo que hacer más patética la realidad. Yo me proponía volver a recorrer las oficinas en favor del secretario de las nóminas y pensaba que también a mí debía estar mirándome el diablo desde fuera, como a Guinart en Casalmunia. Comenzaba a sentirme obseso. Pero el que me miraba no era el diablo, sino mi padre.

Pensando en la oficina del perro gruñidor y la mano convulsionaria, me despedí del teniente y antes de salir a la calle me acerqué al bar donde me esperaba el sargento enamorado.

Al verme, se levantó de la barra:

—Por el momento —dijo, preocupado—, mi novia, a pesar de tener papeles en regla, corre más peligro que antes.

La verdad es que yo empiezo a estar harto de los rojos y los azules, de los servicios especiales y de las milicias.

«Este —pensé yo, divertido— se equivoca creyendo que mi defensa del secretario es una señal de disconformidad con la República.» Decidimos salir juntos e ir a las oficinas del Ministerio de la Guerra, donde por fin me dijeron que era jefe de Estado Mayor de la séptima brigada mixta. Eso de la séptima me gustó, porque el número siete suele dar buena suerte. Me dieron una serie de papeles, entre ellos la documentación de un coche al que tenía derecho, al parecer.

Por una serie de razones, entre ellas la vida del secretario (a quien no habían ejecutado) y el coche, me sentía confortado y alegre. Fuimos al parque de transportes del sector. El coche era un antiguo Hispano en buenas condiciones, aunque debía gastar mucha gasolina. Me miraba el sargento lleno de reverencia y repetía:

—Tu estrella sube y reluce.

Salimos con el coche y Madrigal me propuso ir al hospital donde estaba su novia. Así, sin más ni más.

—¿Cómo se llama tu novia ahora?

—Ya dije que tiene un nombre falso.

—¿Cuál?

Tardaba Madrigal en contestar, y por fin dijo: «La pobre es una de esas levantinas valientes que...» Yo creí haber oído *levantina valente,* o quizá *Valentina levante,* o incluso *Vantinela milente.* En fin, mis nervios habían recibido una impresión secreta y delicada. Detuve el coche:

—Vas a decirme ahora mismo el nombre.

—Se llama Irene —dijo el sargento, extrañado.

¡Ah!, debía ser aquella que conocí la tarde del *matarile.* Volví a ponerme en marcha y aceleré camino del hospital, mientras Madrigal me miraba con recelo.

Era el día gris y nublado con nubes bajas, y había algo triste y remoto en las calles y en los cristales de los balcones.

—¿Es rubia o morena Irene?

Comenzaba a odiar al sargento a través de las asociaciones de mi inquieta imaginación.

Llegados al hospital, vi que la muchacha era hermosa, pero no era la Irene que recordaba yo y tenía algún rasgo común con Valentina aunque, por decirlo así, inmerecido. Además, en las vibrantes aletas de la nariz y en la inseguridad de las comisuras de los labios creía advertir el nerviosismo de la hembra en la luna de miel, con algún reflejo todavía reciente del miedo de aquella noche en que esperaba la muerte.

Nos presentó el sargento con voz vacilante. Miraba aún alrededor con alguna clase de incertidumbre.

Como era hora del relevo de la enfermera, salimos los tres y Madrigal me pidió que le dejara el volante. Accedí, y entre nosotros se instaló la levantina valiente o la Valentina levante, dedicando toda su atención a evitar los contactos conmigo. Era una *fémina fidelis,* al parecer.

Me puse a hablar de la edad probable del coche y de sus ventajas y desventajas. Me interrumpía Madrigal preguntando cosas extrañas. Por ejemplo, hasta dónde se extendía la autoridad de un jefe de Estado Mayor, y yo le decía:

—Dentro del radio de acción de uno se puede tener alguna libertad de maniobra. Pero, claro, en la guerra hay que obedecer al mando central.

Dijo Madrigal que un poco más arriba de la sierra y hacia el este, cerca de Aragón, conocía el terreno palmo a palmo y había un portillo, es decir, un flanco montañoso abierto donde la rectificación del frente podría intentarse con ventaja y a poca costa. Pregunté dónde era aquello y al decirme exactamente el lugar, resultó que aquel lugar caía dentro del sector de mi nuevo destino.

Me costaba trabajo aceptar que aquel hombre fuera pariente mío siquiera lejano. Sólo podía aceptarlo con alguna clase de resignación.

Al ver que conocía bastante bien mi nuevo sector, le hice algunas preguntas que iba contestando con una especie de entusiasmo reprimido. Luego me dijo:

—¿Cuándo te esperan en tu brigada?

—Tengo dos días más de permiso.

—Si quieres, mañana podríamos subir al sector. Pero, ¿por qué te han destinado allí? ¿Dices que conoces el campo enemigo? En cambio, yo conozco el nuestro, porque estuve trabajando con una brigada de minadores para cubrir ese flanco montañoso del que te hablaba. Yo sabía que tú estuviste en el otro lado y les robaste un avión con el que escapaste a Francia.

El sargento añadió, bajando la voz: «¿Sabes que el padre de Antonia está en España?».

—¿Dónde? —pregunté yo con ansiedad.

—En el otro lado. Es sargento en la *mehalla.*

—¿Y Antonia?

El se encogió de hombros con un escepticismo desesperado. Luego dijo:

—¿Qué te parece si fuéramos mañana los tres a tu nuevo sector?

Irene me miró por primera vez con simpatía. En el momento en que la levantina valiente me miraba a los ojos por primera vez, yo le tomé la mano y se la oprimí dulcemente. Ella no respondió a la señal y yo lo lamenté, pensando que más tarde se lo diría al idiota de su novio.

Los llevé a un lugar próximo a la casa donde ella vivía. No quiso Madrigal que yo averiguara la dirección exacta y hubo bromas sobre eso. Por fin nos despedimos, citándonos para el día siguiente.

Madrigal llevaba en el cuello la cicatriz que le había dejado el padre de Antonia. En el costado debía llevar otra cicatriz mucho mayor, supongo.

Me hubiera gustado saber dónde estaba el padre de Antonia y ponerlo al alcance de Madrigal.

Confiaba yo en que al secretario de los dictámenes no lo matarían sin una confirmación oficial de la sentencia, porque mi influencia, aunque en pequeña escala, se hacía sentir en alguna parte. El que me hubieran dado un coche — ¡oh, el prestigio de la máquina entre la gente de la prehistoria!— me parecía una excelente señal.

Arrullado por estas reflexiones, fui a mi casa. Aquella noche dormí bien y el día siguiente amaneció otra vez con nubes bajas y cielo gris plateado. Hubo un bombardeo al amanecer. A aquellos aviones que solían llegar al alba cada mañana los llamaba la gente «los lecheros».

Hice el recorrido de las oficinas, una vez más, me enteré del estado de mi negocio (la vida del secretario) y encontré nuevas razones para mi optimismo. No pude ver, sin embargo, a Castelló, quien llevaba una vida difícil. Algunos jefes provisionales, para mantener la confianza de los mandos políticos se veían obligados a desarrollar una compleja acción subterránea a la que dedicaban más atención y más tiempo que a su trabajo profesional.

Desde la oficina de Castelló fui a buscar a Madrigal y luego los dos a Irene. Cerca del mediodía salíamos de Madrid hacia el norte.

Por el camino hablamos poco. El sargento me preguntó si creía que ganaríamos la guerra, y no le contesté. Entonces se creyó en el caso de decir que mi escapada del campo nacio-

nal había sido más meritoria teniendo en cuenta que cada
día parecía más difícil la victoria para nosotros. Tampoco dije
nada, y para romper el silencio, que comenzaba a ser impertinente, le pregunté por aquel flanco montañoso que decía
conocer.

—Se trata —me explicó— de un desfiladero defendido
con minas y con tres puestos de ametralladoras.

Yo me di cuenta de que Irene no le había hablado a su
amante de mis pequeñas libertades del día anterior (por ligeros sobrentendidos que percibí en su mirada). Eso me dio
la idea de que había alguna probabilidad, si no me preci-
pitaba demasiado.

El camino fue agradable y no tuvimos que mostrar
nuestros pasaportes a las patrullas. Es verdad que llevábamos
en un flanco del coche la banderola del Estado Mayor.

Pero sucedió algo notable de verdad. Al llegar a mi sector,
Madrigal, que llevaba el volante, dijo que iba a mostrarme
el desfiladero minado y se desvió por un camino secundario.
Al mismo tiempo, Irene tomó una rara expresión congelada
y hermética. Usaban conmigo una afabilidad fingida, también
nueva.

—Las minas —decía Madrigal— las puse hace dos meses,
con una sección de zapadores, así es que no hay que preocu-
parse. Los puestos avanzados están allá.

Señalaba vagamente la cresta de una colina. Me di cuenta
de que Madrigal, el de Cabrerizas Altas, estaba tratando de
pasarse al enemigo. Madrigal, el cabo chusquero, el que perdió
dos dientes frontales en Rostrogordo. Saqué el revólver (lo
llevaba vacío y sin balas) y le mandé que detuviera el coche.
Frenó muy a disgusto, mirándome de reojo. Yo tomé el volante y con el revólver en la mano hice un viraje en redondo
y volví a la carretera. Poco después pregunté a unos soldados
que vigilaban un puente y llegamos al puesto de mando de la
séptima brigada mixta. Entre tanto, hablaba entre dientes,
sin rencor alguno:

Tú, Madrigal, el de las compañías disciplinarias, el del
levante en las aspilleras, el enamorado de Antonia, el de las
dos cicatrices en el cuerpo y el que perdió dos dientes bajo
las patadas de los maricones. Tú, mi pariente y mi enemigo.
Tú, el amigo de Haddu el yebala. ¿Qué te pasa?

Estaba seguro de que habían querido pasarse al enemigo
llevándome como cautivo expiatorio, como ofrenda votiva,
como cordero pascual. Al mismo tiempo, trataba de justificar

al sargento pensando que tal vez iba al campo enemigo para tratar de encontrar allí al padre de Antonia. Con las intenciones de Caín, claro.

El puesto de mando estaba en un caserón antiguo, con las entradas desenfiladas por medio de parapetos de sacos terreros. El muro frontal mostraba huellas de granadas.

Había en la comandancia dos o tres oficiales, entre ellos un comandante mejicano de artillería que mandaba un grupo de piezas pesadas. Aquel frente no se consideraba importante en el mapa general de la guerra, pero había toda clase de precauciones para evitar sorpresas.

Me recibieron como a un experto en topografía del lugar y, sin embargo, yo tardaba en reconocer el paisaje y, sobre todo, los objetivos inmediatos, porque había una llanura inmensa y en el centro las sinuosas hileras de unas trincheras que parecían abandonadas. Había hecho bien el enemigo marchándose, porque estaban aquellas trincheras a merced de nuestros cañones ligeros. Detrás se alzaba un conglomerado de edificios ruinosos que sólo a medias me recordaban el convento-castillo-almunio donde había practicado yo el extraño oficio de la antropometría sin saberlo realmente.

Reconocí aquellos lugares cuando me ofrecieron fotografías tomadas cuatro meses antes. El mejicano de la artillería hablaba:

—Ahora, el castillo está mocho porque les eché algunas toneladas de fierro.

Miraba yo con gemelos:

—Parece abandonado.

Pensaba en Guinart, en Blas, en el basurero de barbilla apuntada.

—Hay una bandera blanca en lo alto —explicaba el mejicano—, pero los hijos de su madre no vienen ni envían parlamento. Deben ser chingaqueditos. Un puro misterio. Los nacionales están horita bien fortificados tres kilómetros más atrás. Como en las ruinas hay bandera blanca, nadie tira, ni los fachas chingones ni nosotros. Usted viene aquí para ayudarnos a aclarar este misterio.

El jefe del sector no estaba, porque había volado a Madrid llamado por el mando central, y el mejicano lo sustituía. Miraba yo a la pareja de enamorados de vez en cuando con ganas de reír.

El jefe mejicano me ofrecía sus gemelos en una terraza y hablaba:

—Este frente está ahora quieto, quién sabe por qué. Partes han venido de Casalmunia por radio y han sido respondidos. Mera política. Yo soy artillero, y cuando nos tiran, pues les respondo a la cortesía. No tiran desde Casalmunia, sino desde más atrás.

Como si quisieran darle la razón, llegaron algunas granadas y estallaron en los alrededores. «Son granadas del diez —dije dándomelas de experto—. ¿A dónde tiran?». El mejicano me enseñó un plano con las baterías nuestras.

Yo miraba a Casalmunia con los gemelos. Tenía la evidencia —no sé por qué— de que allí estaba Julio Bazán todavía vivo. El y otros de los nuestros.

—¿Y por qué no se vienen para acá? —preguntaba el artillero.

—Tal vez tienen miedo a los campos minados.

—Que lo digan, y les mandamos lazarillos.

Yo me ofrecí a ir personalmente y aclarar el misterio. Tenía tantos deseos de ir y verme con Bazán, que disimulaba para no confundir al jefe mejicano.

Al volver al corredor encontré a Madrigal, quien vino detrás diciendo:

—Puedo explicártelo todo, capitán. Somos parientes y debes escucharme.

Desde que tuve la evidencia de la traición del sargento no pensaba sino en acostarme con su novia. Lo demás me parecía grotesco. No olvidaba que Madrigal conocía los campos minados. Se lo dije al mejicano y añadí que lo llevaría conmigo. Lo llamamos y le hice ver el mapa, pero Madrigal se confundía un poco y repetía: «Mejor sobre el terreno».

Cuando el mejicano supo que las minas las había puesto aquel sargento, pareció darse cuenta de la razón de que viniera conmigo.

—La hembra no está mala —dijo, mirándola al sesgo.

Yo dije que la llevaría también conmigo y los hice retirarse para seguir hablando con más libertad. Pero cuando me quedé a solas con el mejicano me limité a añadir.

—Digan esta noche por radio a esos de las ruinas que no tiren cuando nos vean acercarnos, y lo demás corre de mi cuenta.

—Ojo, no me lo truenen, hermano.

—La bandera blanca es sagrada en todas partes y hay que resolver el misterio de una vez. Los que están allí son amigos.

El día siguiente salí a través del campo minado con el

coche. Era un camino bastante malo. Venían conmigo, Madrigal y su amada. Más confuso que nunca, Madrigal miraba el plano desplegado en sus rodillas, y por su expresión deduje que había pasado la noche sin dormir, tal vez esperando ser fusilado al amanecer.

Yo no les había dado a entender abiertamente que me di cuenta de su plan de fuga y hubo un momento en que el sargento imaginó que estaban los dos a salvo. Me hacía preguntas raras y cuando vio Madrigal que no le contestaba cambió de parecer y se puso a decirme que el padre de Antonia estaba en el otro lado vestido de moro y mandando una especie de harca. «Yo lo voy a desenmascarar», repetía, febril. Con aquello pretendía justificarse.

Estaríamos ya a dos kilómetros de aquellas casas en ruinas cuando una ametralladora de los puestos avanzados nuestros hizo dos o tres disparos y las balas se oyeron pasar por encima de nuestras cabezas. El mejicano se había olvidado de avisar por teléfono a aquel puesto. Pero poco después estábamos fuera de su alcance. Viendo la cara de perplejidad de Madrigal, yo disimulaba las ganas de reir.

Pensé una vez más en el secretario del registro civil que había quedado en la iglesia bajo la autoridad del comandante López y sospechaba que mi ausencia le ayudaría, así como antes le había ayudado mi presencia. La autoridad de los españoles se ejerce mejor a distancia. Cuando estamos cerca, todos tratamos de demostrar al vecino que somos más fuertes y más sagaces y que tenemos más autoridad propia o por delegación.

Las relaciones de los españoles son perfectas a distancia, es decir, por correo: circulares, besalamanos, memoriales, felicitaciones, pésames, cartas encabezadas con largas expresiones de la «más distinguida consideración», señorías y *muyseñormíos*. Personalmente es otra cosa: la mirada diagonal, el rictus de sarcasmo, la zancadilla y el silencio preñado de recelos o de hoscos sobrentendidos.

No me preocupaba la suerte del secretario así, a distancia.

Y nos acercábamos a Casalmunia. Miraba Madrigal alrededor sin entender. Habíamos pasado dos líneas de trincheras vacías, abandonadas. El camino, interceptado por bastidores móviles con alambre, tuvo que ser despejado y esa tarea estuvo a cargo de Madrigal.

La situación de aquel sector era, como digo, absurda a causa de Casalmunia. Seguía yo sospechando que Bazán, Blas y Villar (tal vez otros) estaban vivos allí y de aquel hecho venía la absurdidez de todo lo demás. Lo que no podía entender era que Bazán, si estaba vivo, no hubiera venido a nuestro campo.

Madrigal quería francamente pasarse al enemigo y yo no podía entenderlo, tampoco. Suponía que un tipo como aquél debía ser enemigo natural de los nacionalistas, pero nunca se sabe a dónde va a parar un anarquista desilusionado. Como se ve, había una zona donde las fronteras estaban muy fluidas.

Nos salieron al paso varios soldados sin armas. Yo gritaba desde el coche:

—Está Bazán vivo, ¿verdad?

Me contestaban a coro y riendo:

Otra vez sospechó Madrigal que los iban a fusilar y murmuraba entre dientes: «Tú sabes, Garcés. Nosotros somos neutrales». Yo le respondía con un golpe amistoso en la espalda.

Aparecieron dos oficiales con uniformes nacionales, pero sin insignias. Esto también causó sensación en Madrigal e Irene.

—¿Por qué no vienen ustedes allá? —les dije señalando el campo republicano.

Mi pregunta parece que les chocó un poco.

El sargento Madrigal y su novia, al ver la situación, volvieron a sentirse ligeramente esperanzados. Aunque vieron que yo tenía influencia, no me adularon ni se mostraron serviles. Ese detalle me gustó.

Bazán me explicaba:

—Como sabes, los nacionales antes de retirarse mataron a algunos presos, pero dejaron a los demás para que los liquidara tal vez la tropa de la guardia. Pero los soldados nos abrieron las puertas a todos. Como decía el basurero, yo había cambiado la ley. Aquel viejo loco se refería a la del instinto de conservación. ¡Qué bicho raro, el basurero! No lo hemos vuelto a ver. En todo caso, la situación es mejor. Lo malo es que con las puertas abiertas no tenemos a donde ir.

Miraba Villar, con gemelos de campo, los lugares por donde yo y mis compañeros habíamos salido. Otros soldados o civiles me contemplaban curiosos.

—¿Cómo pudieron evitar las minas? —me preguntaban.

Pasaban las granadas por el cielo, gimiendo como si los espacios estuvieran oxidados (había que engrasarlos, aquellos espacios, pensaba yo a veces) e iban a estallar en las líneas contrarias de un lado o del otro algunos kilómetros más lejos. El sargento enamorado —¿de quién?— desconfiaba del cielo y de la tierra. Y debía estar pensando en Blanca, el ama del Doble Tono, que le dio la noticia del paradero de Lucas el Zurdo.

Bazán me llevó aparte, recordando mis trucos sobre los obsesos y posesos y otras habilidades. Le dije que sus partidarios en Barcelona lo creían muerto y le habían dedicado un homenaje póstumo al que yo asistí; pero no parecía sorprendido.

Irene preguntaba aún si había nacionalistas allí con insignias o sin ellas y yo le aconsejé que callara si no quería que los soldados formaran opiniones que podían serle incómodas. Se apresuró Bazán a decirle que no tenía nada que temer.

Yo creo que esta declaración no nos favoreció mucho ante aquella hembrita, que tenía su idea de las cosas. Más tarde, Madrigal y su novia trataron de salir con mi coche en dirección todavía del campo nacional, pero Bazán lo impidió e hizo vaciar el depósito de gasolina para evitar que repitieran el intento de fuga. Sin embargo, no los castigó. Yo, disgustado por las violencias que había visto en un lado y el otro, me sentía feliz y llegué a pensar en la posibilidad de quedarme allí, es decir, de no regresar a mi 7.ª Brigada, pasara lo que pasara.

Olvidaba hablarles de la bandera blanca, porque suponía que era algo que hacían conscientemente y con un deseo de neutralidad.

Desde que salí de aquellos lugares algunos meses antes, todo había cambiado. El techo de la gran sala central se había desfondado y una viga quedaba sujeta por un extremo a la techumbre y caía por el otro, de modo que cruzaba el gran recinto en diagonal. Había escombros en el suelo. El muro del fondo estaba roto y se veía la luz natural de un día de noviembre.

Irene, que tenía a veces reacciones un poco raras, vino a decirme que había visto pasar volando una urraca blanca y negra:

—Pasó por encima volando. Y mientras volaba se rascaba con las uñas de la mano derecha en la cara. Así. Se rascaba, en pleno vuelo.

La imitaba muy en serio y yo miraba a otro lado, confuso. Tenía Irene aquella clase de incongruencia o de memez que proviene a veces del exceso amoroso. Y repetía: «¿No le parece raro que se rascara en el aire mientras volaba?»

Yo no sabía qué responderle.

En la parte menos dañada de la sala (donde no caía la lluvia) había una mesa grande con sillas alrededor y vi en la mesa dos revólveres, un libro, algunos cartuchos sueltos y una baraja.

Había también fusiles abandonados en un rincón.

Un lugar extraño aquel, bajo los fuegos de los nacionales y los revolucionarios que se cruzaban por encima sin tocarlo.

Fui y vine lleno de curiosidades hasta percatarme de la verdadera situación. Bazán me explicaba y decía a veces, un poco divertido: «Es la nuestra una situación falsa, pero verdadera». Otra vez me dijo que con el comienzo de las hostilidades, la historia de España se había interrumpido; es decir, que los nacionales habían detenido el proceso de desarrollo de la realidad hacia adelante. Pero que en Casalmunia habían vuelto a restablecer la marcha de la historia.

A mí volvían a llamarme Urgel.

Irene iba y venía diciendo lo de la urraca que se rascaba en el aire sin dejar de volar.

Dormí las dos noches primeras bastante bien en un camaranchón. Por la mañana me sentía nuevo. Y seguía indagando. Había unas noventa personas de tendencias distintas y a veces divergentes, pero con mayoría contraria a los nacionales. Observé algunas cosas divertidas. Estaba allí Blas, quien a pesar de haber sido sacristán se mostraba ahora radical y pugnaz. Cuando me vio aquella mañana me dijo, mirando diagonalmente a la novia del sargento de Cabrerizas:

—Yo lo que pienso es que hay aquí putas de muchísima trastienda y si alguno se fía peor para él.

No quise explicarle a Blas por pereza lo que sucedía con la pareja de enamorados. El me decía, bajando la voz: «Esa puta mira demasiado a los pájaros y ve si se rascan en la cara o en el culo. ¿A quién se le ha ocurrido antes una cosa como esa?».

Luego me dijo Blas que algunos pájaros de los que solían vivir en Casalmunia y habían huido iban regresando, sobre todo un cuervo que vivía en el cementerio de los frailes y a

fuerza de ver entierros había aprendido a cantar (de los curas)
aquello de

> *quando coeli movendi*
> *sunt et terra...*

Yo no lo creía y él me prometió hacérmelo oír. Más tarde
vi que era verdad. Lugar extraño, aquél. El cuervo no decía
la letra, aunque algunos pueden hablar como los loros, pero
modulaba una melodía parecida al *Dies Irae.*

Algunos días pensaba en Valentina de una manera tan
disparatada que ahora, recordándolo, me asombra. «Si viene
—pensaba— vendrá por el lado de occidente, es decir, por
el de los nacionales. Y podría venir muy bien sin dejar la
casa de su madre, lo mismo que hizo en Panticosa e incluso
tal vez con la misma corza blanca, como compañera. Podría
venir sin llamar la atención de nadie.»

En ese caso nos iríamos —no sé a dónde—. Nos iríamos
cogidos de la mano, igual que cuando éramos niños, caminando hacia algún horizonte nuevo, no sé cuál. Yo la besaría,
pero ella ni siquiera me devolvería el beso sino que seguiría
hablando debajo de mis labios como si tal cosa.

Días hubo, especialmente en la mañana, que yo miraba
con los gemelos el camino de los nacionales y cualquier sombra, cualquier cosa que se movía, una mata seca arrancada
por las granadas y arrastrada por la brisa, me parecían ella.
Me quedaba una hora o más esperando y cuando veía que no
llegaba Valentina me retiraba inquieto y comenzaba a mirar
con ojos voraces a Irene —la valiente levantina—, quien no
tardaba en correr a refugiarse al lado de su salvador. Como
suele suceder, el lado sublime del amor de aquella pareja
me parecía grotesco y el caso nuestro (digo de Valentina y
de mí mismo) me parecía en cambio tan sublime que no
hablé nunca de él a nadie en los tres años que duró la
guerra. No creía que existiera en el mundo nadie que mereciera aquel privilegio. Mientras pensaba esto, sospechaba que
podía ser una gran tontería, pero «una tontería a lo divino».
Así es el amor de cada cual —ese amor del que no se habla.

Otras veces, pensaba que mi situación en relación con
Valentina no era tan ilógica, ya que la única manera de salvar
nuestro amor era «no consumirlo». Pero yo tenía otras mujeres y ella en cambio no tenía otros hombres. A veces me
daba tanta pena que si yo me viera obligado a renunciar a

Valentina para siempre, creo que le habría proporcionado algún hombre (tan puro como me creía yo); aunque no pasaba esto de ser una hipótesis inefable y estaba seguro, en el fondo, de no hallar nunca ese hombre. Es decir, de que no existía en el universo el que la mereciera, fuera de mí mismo.

Por encima de todas las circunstancias contrarias, mi amor seguía creciendo ni sé cómo. Tampoco sé en qué basaba yo la seguridad de ese crecimiento. Pero la sombra de Valentina me acompañaba en Casalmunia después de tantas y tan extrañas experiencias. Era lo único que me acompañaba, en el mundo.

La idea de reincorporarme a la 7.ª Brigada comenzaba a parecerme una frivolidad sin sentido.

Entretanto, recordaba yo la urraca blanca y negra que solía pasar por la bóveda rota de la gran sala capitular rascándose en vuelo —con las uñas de la mano derecha— y volvía a mis filosofías: «Todo el mundo busca las sorpresas —me decía— y nos encanta hallarlas porque nos garantizan nuestro propio existir. Nos garantizan la existencia que iba haciéndose tal vez dudosa. No es que yo haya buscado la sorpresa de Casalmunia. Fui a la 7.ª Brigada como experto en la topografía del campo enemigo y he venido aquí para tratar de resolver un enigma. Ahora, en lugar de resolverlo resulta que prefiero vivir en él. En eso estoy. Vivir un enigma (o en un enigma) no es llegar a resolverlo, porque todas las cosas están vivas en él. Una solución es un peldaño fatal hacia la muerte. Esa muerte individual que no le interesa a nadie.

La existencia de la realidad exterior se me garantizaba, como dije antes, por las sorpresas. Y la realidad interior o subjetiva por la permanencia de aquella imagen del secretario en el centro del recuerdo, con las manos en los bolsillos de la chaqueta, unos bolsillos que no sé por qué me parecían llenos de recortes de periódico. Yo me decía: «Estoy tranquilo aquí, como si hubiera encontrado mi hogar o por lo menos el lugar que me corresponde en el mundo». Y me intrigaba mucho la suerte que pudiera haberle cabido a mi padre. Pensaba en él, amistosamente.

Llegaba el alférez y era el mismo de antes: larguirucho, pálido y gris. No tenía aspecto marcial e iba sin armas. Tampoco tenía rigidez profesional ni la seguridad de antes en sí mismo.

—¿Me llamaban? —preguntó, y luego añadió mecánicamente, como si diera el parte del servicio a un superior, aunque de mala gana—: La situación es la misma. No ha habido cambio alguno y seguimos en el centro del *impace* respetados deliberadamente por la artillería nacionalista.

Le gustaba aquella palabreja: *Impace.* Pero la usaba mal. Creía que quería decir «el lugar de la paz». Era, sin embargo, el nombre de los calabozos medievales, de donde no se podía salir nunca: impace.

—Ya lo sabemos, pero la verdad es que no tiran —observó Villar—. Tampoco tiran los republicanos.

Respondió el alférez señalando al fondo:

—Una granada derribó hace algunas semanas doce metros de pared maestra.

—Digo que nadie dispara desde hace algún tiempo —puntualizó Villar.

—Los rojos... —explicó el alférez y se apresuró a rectificar—: Bueno, por palabras no vamos a discutir. Los republicanos han avanzado, pero están a más de seis kilómetros al este, donde se han fortificado y han minado un desfiladero, lo que revela que no piensan avanzar por el momento. No disparan, y ellos sabrán por qué. Estamos fuera del alcance de las ametralladoras de un lado y del otro, pero con veinte cañonazos nos harían migas si quisieran. ¿Por qué no quieren? ¡Ah!, eso yo no lo sé.

Diciendo esto sacó un fajo de billetes de banco y lo dejó encima de la mesa.

—Alguien —supongo que Blas— me puso ese dinero anoche en la ropa mientras dormía. No es dinero mío.

—En todo caso —dijo Bazán dirigiéndose a Villar— habrá que pensar en fortificar esta posición contra los nacionales. Podría ser que atacaran y quisieran ocuparla otra vez.

Yo, como jefe de Estado Mayor, me interesaba en aquellos detalles.

Pregunté por el basurero rubio, y alguien dijo: «Era un chalao». Seguía pensando yo que era el viejo Pan y que ahora, habiendo regresado al bosque, ninguno de los habitantes de Casalmunia teníamos miedo, ya.

Lo que tenía yo por la noche eran sueños eróticos, y por eso durante el día observaba con codicia a Irene. Me habría gustado vengarme en ella de la traición fallida de Madrigal.

Aquella noche me puse a espiarla esperando un momento propicio. Ella dormía con su amante, pero algunas noches se levantaba y ambulaba por las salas desiertas. En la embriaguez de la luna de miel, muchas mujeres se conducen de un modo irresponsable sin saber ellas mismas por qué.

El hecho de que no me hubiera denunciado antes a su amante (por mis pequeñas libertades en el coche) daba alguna esperanza natural a mis glándulas venéreas. En cuanto a Madrigal, se pasaba el día preguntando si podría denunciar por la radio al padre de Antonia. Denunciarlo a las autoridades nacionales.

Irene, al perder el pánico que la sostenía en la zona republicana, se sentía sin apoyo, creo yo, y su razón flaqueaba un poco. Aquella noche serían las dos de la mañana cuando la encontré donde menos la esperaba.

Estaba medio desnuda, sentada en las gradas de piedra de la capilla que daban a un patio interior. E imitaba el chillido leve y agudo de los ratones. Lo curioso era que le contestaba otro chillido semejante desde el tejado. Vigilaba yo en silencio. Vi que ella miraba a un agujero que había en el muro a cinco o seis metros de distancia. Después de algunos minutos de espera salió por aquel agujero un ratón fisgador y se oyó un revuelo de alas en el aire.

Reía Irene en tono menor y yo me acerqué y me senté a su lado.

—¿Qué pasa? —pregunté inocentemente.

Sin dejar de reir, me dijo que había observado que había un búho en el tejado que imitaba el chillido de los ratones para hacer salir a alguno de ellos de las madrigueras. Y como los ratones son curiosos y muy sociables, salían a ver lo que pasaba. Entonces el búho los atrapaba.

—¿Y tú?

—Yo le ayudo al búho. Hago el mismo chillido, igual que él, y engaño también a los ratones. ¿No lo has visto?

Acaricié y besé a aquella levantina valiente, o Valentina levante, y ella quiso huir, pero la había atrapado bien y como estaba casi desnuda, la cosa no tuvo mayores dificultades. Es verdad que si una mujer no quiere, no hay en el mundo hombre capaz de violarla, pero yo conocía algunos trucos. Si la mujer —tendida en el suelo o el lecho— quiere ser acariciada pero no copulada, basta, en un momento adecuado, con poner el antebrazo cruzado, al parecer por distracción, en su garganta. Invariablemente, al sentirse sin respiración abre las piernas y entonces el galán se instala entre ellas.

Fue lo que sucedió. Por medio de aquella primera experiencia aseguré otras para el futuro. La única difícil es la primera. Ella tenía miedo aquella noche a seguir allí (miedo a que su amante despertara y saliera en su busca) y no hicimos el amor sino una vez.

La acompañé hasta cerca de su cuarto y le pregunté si había vuelto a ver la urraca que se rascaba en la cara sin dejar de volar. Ella pareció sorprendida de mi pregunta, pero me agradeció que me acordara de lo que me había dicho antes.

Con objeto de asegurar aquella naciente amistad, le dije a Irene que si quería irse al lado nacionalista donde tenía su familia le ayudaría. La respuesta me dejó asombrado. Ella dijo:

—Entonces, ¿es que no quieres volver a estar conmigo? ¿No te gusto bastante?

La besé en los labios sin responder y sin poder entender lo que estaba oyendo. ¿Pero quién ha entendido nunca a las mujeres?

Parece que también Irene comenzaba a encontrarse a gusto en Casalmunia, es decir, en cualquier parte donde hubiera un poco de amor.

Bajé la mañana siguiente a la sala capitular, donde encontré a un individuo a quien llamaban el Ingeniero y a quien apenas había tratado cuando me ocupaba de la antropometría. El y Bazán parecían estar esperándome y me llevaron a un lugar debajo de la escalera que no había sido tocado por las bombas y donde pusieron algunos sillones frailunos. El alférez quiso seguirnos, pero Villar lo apartó con un gesto.

En cuanto estuvimos instalados, me puse yo una vez más a hacer la descripción del homenaje póstumo que dedicaron a Bazán en Barcelona, con el enorme retrato mural al fondo del escenario pero una vez más, también, vi que Bazán rehusaba escuchar, como si conociera el hecho mejor que yo mismo.

Entonces yo me puse a hablar del secretario de la villa real y de cómo fue condenado a muerte y de las gestiones mías en su favor. Pedí que me dejaran hacer uso de la emisora de radio para continuar mis diligencias y evitar que lo ejecutaran.

—Podremos ver eso y decidirlo más tarde —dijo Bazán, elusivo y un poco extrañado—. Por el momento estamos en Babia y no es un país tan malo, Babia.

Me hicieron preguntas de todas clases, incluido el origen y la razón de haber llegado en compañía del sargento y su

556 Crónica del alba, 3

amante, y yo hablé bien de ellos. En pocas palabras les expliqué la historia de Madrigal en Marruecos, historia que pareció interesarles. El ingeniero estaba impaciente y repetía:

—¿Cuándo vamos a decidir sobre el asunto del alférez?

Al hablar del sargento y su amante, yo me detuve a explicar lo del ave que se rascaba en vuelo, pero me di cuenta de que aquello no me favoreció con Bazán, quien debió pensar que lo había inventado y que estaba un poco neurasténico por las experiencias del frente. El ingeniero me hizo saber que el comandante del sector republicano preguntaba por radio si yo estaba allí y por qué no regresaba, y yo, mirando alrededor, iba repitiendo:

—Esta es una situación utópica.

Sonreía Bazán y no decía nada.

Madrigal comenzaba a tranquilizarse. Iba y venía preguntando si le permitirían hacer uso de la radio una vez —sólo una vez— con el fin de denunciar a los nacionales a un jefe moro de harca que era un renegado y cuyo nombre y otras circunstancias tenía apuntados. Le decían que no.

Aquel día, yo, que me sentía crecientemente curioso, puse en una motocicleta un poco de la gasolina que habíamos quitado del depósito de mi coche y salí en la dirección del pueblo, abandonado entre los dos frentes (en la tierra de nadie) que se veía a lo lejos y parecía también olvidado por la artillería de los dos lados.

De un modo vago e inconcreto esperaba que se repitiera el milagro de Panticosa y me encontrara con Valentina y con la corza en alguna parte. Ya digo que, a veces, columbraba en la lejanía algún objeto vagamente definible (aunque sólo fuera un remolino de polvo) y comenzaba a acelerarse mi corazón pensando que podía ser ella. La decepción no tardaba en producirse.

Al fin, cuando me hallaba cerca creí reconocer el lugar. Me recordaba aquel extraño edificio (entre templo masónico o protestante) donde había encontrado meses antes un grupo de gente rodeando al cardenal que me dio la tarjeta de recomendación. Cuando quise darme cuenta, estaba dentro. Allí estaban las prosopopeyas ya del todo crecidas. Y la Cosa.

Lo más raro era que seguían allí todos en el centro de la sala. El que no estaba era el cardenal y no me extrañó porque debía andar con los diplomáticos del Movimiento. Las prosopopeyas bailaban otra danza que tardé un poco en identificar.

La primera reflexión mía fue: «¿De qué viven estos fantasmas?» Porque lo parecían todos, incluso las muchachas más fragantes y jugosas. Naturalmente, el fantasma central era la Cosa.

LA DEL MILANESADO. — (Adivinando mi turbación.) Tenemos víveres. La intendencia militar dejó aquí treinta y dos toneladas de carne en conserva, media de agrios y dos de harina.

Sonaba la misma música de guitarra y órgano —extraña, pero no disonante— y las chicas bailaban todavía. La Cosa parecía no enterarse de la música ni del baile. Y don Bermudo, que solía discrepar de todo lo que se hacía alrededor, alzaba la voz de vez en cuando para pedir que en lugar de la gavota bailaran una tarantela.

LA COSA. — Es que don Bermudo estuvo en Italia.

Pero la Cosa me miraba a mí. Podía hablar a los unos o a los otros, siempre mirándome a mí y profundamente interesado en mi presencia.

LA COSA. — (Decidiéndose e inclinándose espectralmente sobre mí.) ¿Viene usted de Casalmunia? ¿Puede decirnos qué sucede allí? ¿Qué quiere significar esa bandera blanca?

La Cosa tenía unos gemelos de oficial de navío colgados del cuello.

YO. — Una bandera blanca es... una bandera blanca.

Al parecer, la Cosa no había logrado sentarse en mucho tiempo y las palancas de sus fémures se le habían anquilosado. Caminaba despacio y con las piernas rígidas. Lo de menos era lo que me decía, pero me espantaba el hecho de que en su voz yo identificara la de mi padre. Supuse que mi padre había muerto. No me atrevía a preguntarlo por miedo a acertar, ya que al fin y al cabo y por encima de todo yo estaba descubriendo que ya no lo odiaba, a mi padre. Es más: que tal vez lo quería, incluso.

LA COSA. — No te apartes. No tengas miedo. ¿Mi voz, dices? Cada día tengo una voz diferente. Tu padre era tu dios. Malo es tener un dios vivo, pero sería peor no tener ninguno. Y tu padre creía que debía molerte a palos, por tu bien. La moda del neolítico. Torcerte la voluntad era lo que quería, para hacer de ti un sabio, un héroe o un santo. Eso es. Si no te hubiera molido a palos ¿sabes tú lo que serías ahora? Eso que llaman un ciudadano bien adaptado; un vecino modelo. Y mañana, un epígono.

Por la sala corrió una risa, como suele correr la brisa sobre la superficie de un lago. La música se hizo ligeramente cursi una vez más. Era algo como una gavota.

LA COSA. — Serías un ciudadano bien ajustado y, como cualquier otro, habrías vendido el *blue print* de tu pistola. Habrías facilitado la muerte alevosa y todo el mundo andaría ahora asesinando a todo el mundo.

YO. — Es lo que están haciendo.

LA COSA. — Sí, pero impersonalmente. En la guerra.

YO. — También en las checas rojas o azules.

LA COSA. — Sin identificar. Impersonalmente. Nadie odia a nadie.

YO. — ¿No es lo mismo?

La Cosa seguía inclinándose sobre mí — era un gran estafermo, un metro más alto que yo— y hablando con la voz de mi padre. De mi pobre padre, a quien yo amaba ya, francamente.

LA COSA. — Habrías vendido el *blue print,* como tal ciudadano.

DON NUÑO. — Que lo diga en español.

YO. — Es igual: el *diseño técnico.*

LA COSA. — Las palizas de tu padre te hicieron escéptico de voluntad, reflexivo y profundo. Profundamente honesto. Un dios vivo es difícil de tolerar, pero además era tu padre.

YO. — Un padre del neolítico inferior.

LA COSA. — Superior. Los del inferior castraban a sus hijos.

LA DEL MILANESADO. — ¡Por favor!

YO. — ¿Se escandaliza?

LA DEL MILANESADO. — *Non, mais quand même, ça fait de la peine.*

VALLEHERMOSO. — Tonterías. Lo que yo querría saber es por qué en Casalmunia tienen bandera blanca.

LA COSA. — Esta bandera hace corpóreo el aire. El neuma.

Cuando la Cosa hablaba así, yo volvía a tener miedo. Sólo no lo tenía cuando ella trataba de aterrorizarme. Tampoco tuve verdadero miedo a las palizas de mi padre, sino a sus reflexiones lógicas, a su tendencia a explicarlas. La verdad es que no las explicó nunca del todo, por fortuna. Y las prosopopeyas bailaban, todavía.

LA COSA. — *(Viniendo sobre mí y obligándome a retroceder lentamente de espaldas.)* ¿A qué has venido aquí? ¿En busca de tu padre? Yo también soy un dios vivo. La Cosa, me llaman. La Cosa que durante milenios y milenios antes de que el hombre hubiera dominado el fuego tenía que emigrar con sus cuatro mil hijos y sus quinientas hembras por los caminos buscando la tierra templada para no perecer de frío en invierno. La tierra templada que tenía animales de caza y sol y agua para beber. Cuatro mil hijos a los que en su mayoría había que castrar para que no se acostaran clandestinamente con mis hembras. Yo dejaba algunos de ellos enteros, los que más se parecían a mí, para que la covada continuara en condiciones de prestigio. Y andábamos los caminos de un mundo sin caminos aún, peleando con las fieras en la noche y con otros padres y otros hijos en el día. Porque las tierras del sol y de los animales de la venatería estaban ya habitadas y había que conquistarlas con hachas de sílex y con ondas a distancia y a peñazo limpio, como tú y el Bronco. Los hombres aullaban como lobos y los lobos como fantasmas. El mundo estaba frío y los corazones de los hombres no latían sino quince o veinte años.

YO. — ¿Por qué me dice a mí todo eso? ¿Es usted la misma cosa que conocí un día, antes de comenzar la guerra?

LA COSA. — No. Aquella era la Cosa proletaria, la UGTCNTFAIPCEPSUCPSOE, y yo soy la Cosa popular. Pero también entiendo de revolución.

Y para probarlo, después de tomar aliento comenzó a decir en voz muy alta y engolada:

LA COSA. — La autocrítica hay que plantearla en un plano teórico muy general, aunque no tanto como se acostumbra, porque no se refieren los que la hacen a los acontecimientos realmente históricos sino que, más bien, comienzan y terminan hablando sobre las líneas siguientes: desarrollo de las organizaciones de tipo sindical, frente común por la base, agitación y movilización de masas, nacimiento y robustecimiento del poder dual, triple y quíntuple; líneas apriorísticas, ortodoxia, esquematización simplista, dogmatismo, tendencia a las divisiones y subdivisiones… atomización del esfuerzo y recuperación del mismo.

YO. — Está bien, está bien.

LA COSA. — A todo el mundo se le hincha la cabeza, ahora: digo entre los llamados revolucionarios.

Y la Cosa reía de una manera que yo llamaría implacable. No comprendía que pudiera ser el pueblo, aquella cosa.

LA COSA. — (*Inclinándose amenazadora sobre mí.*) ¿Dónde está la pistola de la alevosía?

DON BELTRAN. — Yo le compro el *blue print,* capitán.

DON NUÑO. — En español. ¡Que lo diga en la gloriosa lengua de Cervantes!

YO. — ¿Es que ha muerto mi padre? ¿Dónde está?

LA COSA. — En la casa donde naciste. Allí se ha refugiado.

YO. — ¿Qué hace?

LA COSA. — Llora.

YO. — Imposible. ¿Por qué llora?

LA COSA. — El no sabe por qué. Pero yo sé que llora por ti.

YO. — Lo dudo. Me odiaba a muerte.

LA COSA. — Su odio era un amor imposible. Llora porque no sabe dónde estás ni qué haces. Ni cuándo ni cómo vas a morir.

DOÑA GUIOMAR. — *(Saliendo del corro de la gavota.)* ¿Oye, don García? Cómprele el diseño técnico.

YO. — Quiero ver llorar a mi padre.

LA COSA. — *(Avanzando sobre mí.)* No lo verás nunca llorar. Pero llora.

YO. — Los del bajo neolítico no lloran. Y si lloran, sus lágrimas son corrosivas.

LA COSA. — Nadie te obliga a beberlas. *(Alzando la voz.)* ¿Ha venido Juan Pérez?

YO. — ¿No dices que Juan Pérez eres tú?

LA COSA. — Hay millares de Juan Pérez. Millones de Juan Pérez. ¿Ha venido? ¡Ah!, ¿está ahí?

DON MENDO. — *(Avanzando con un papelito en la mano.)* Vino y dejó el recibo. Aquí está.

LA COSA. — *(Ofreciéndome el papelito a mí.)* Léelo. ¿Qué dice?

YO. — *(Leyendo.)* «Por matar a mi vecino Juan Pérez, seis reales.»

LA COSA. — ¿Quién firma?

YO. — Juan Pérez.

LA COSA. — *(Riendo monstruosamente.)* ¿Ves? Hay muchos Juan Pérez.

YO. — Es lo que decía. Es una especie de suicidio. Se suicida en los otros, Juan Pérez.

Recordaba lo que le había dicho al comandante López, sobre eso, pero la Cosa volvía a reir y aunque la gavota continuaba, su risa lo dominaba todo. Don Nuño, don García, don Beltrán, don Bermudo venían hacia mí dispuestos a arrancarme el secreto de la pistola alevosa y yo tuve miedo un momento.

LA ALCALDESA. — Ese que firma el recibo es un buen ciudadano.

LA COSA. — ¿Le pagasteis?

DON MENDO. — Le dimos cinco reales y medio. No seis, sino cinco y medio.

LA ALCALDESA. — Medio real y otro medio hacen uno.

Yo pensaba: «Si mi padre no me hubiera doblado a palizas antes de alcanzar uso de razón, tal vez yo sería también un buen ciudadano». Pero, de momento, quería volver a Casalmunia y no sabía cómo salir de allí. «Mi padre —pensaba— mató al ciudadano dentro de mí antes de que yo llegara a edad de razón.»

LA COSA. — Amas a tu padre y él llora en algún lugar de la sierra carpetovetónica. Que siga la danza, sin música, con mis meras palabras. Una, dos y tres. Abre Lot y penetra Isaías, vivos los ojos de vinosa lumbre, cierra de nuevo Lot y en la rendija de la puerta un árbitro introduce, desde fuera, su daga, y hacia arriba y hacia abajo la mueve como un falo.

YO. — No puedo vivir sino en Casalmunia y allí me vuelvo ahora.

Pero no me dejaban. Algunos insistían todavía en el *blue print,* los miserables. La Cosa contenía su risa y seguía recitando para mantener el ritmo de la gavota o por las razones que fueran: «Yo soy yo y soy mi hijo y soy mi nieto y en mi vara florece tu respeto, tú eres sólo la sombra de una idea concebida en tu aldea por las brujas de cada martes trece. Ved cómo se adolece, ahí, escuchando el compás sin metal de la gavota. Ved cómo a veces se rejuvenece en su mirar el nombre de ese idiota que cada uno es, yo comprendido, no muerto aún en mí pero caído a la sombra del basurero rubio.

Seguía la Cosa avanzando. Yo le ofrecía el recibo de los seis reales pensando: «Este tiene la culpa de todo». Le ofrecí el recibo porque al parecer tenían un archivo en alguna parte, pero temblaba pensando que aquella Cosa alargaría la mano para tomarlo, porque tenía las manos de engrudo o de pasta de papel —de cartón mojado— y no quería que me tocara. Era el *antipueblo,* como el UGTCNTFAIPCEPSUCPSOE era el antiproletariado. (Las versiones mosaicas, bizantinas, de ellos.) La Cosa me empujaba despacio (arrastrando los pies poco a poco) hacia el lugar por donde había entrado, sin dejar de recitar.

Cuando me vi fuera, en el umbral, salté sobre mi moto, pero alguien había robado la gasolina a pesar de su poquedad y después de dos o tres explosiones secas la máquina se negó a arrancar. Empujándola fui caminando lo más de prisa que podía, que no era mucho. Por encima pasaron algunas balas de rifle, siseando. Yo suponía que aquel sector estaba fuera del radio de acción de la bandera blanca y que tal vez podían matarme los de un lado o los del otro.

Creía comenzar a entender a mi padre, que lloraba al parecer por mí en alguna parte, lágrimas de neolítico.

Llegué a Casalmunia fatigado y fingiendo calma.

Al entrar vi que me esperaban y fuimos todos al recinto del techo desfondado. Nadie me preguntó de dónde venía y yo me propuse ocultarlo porque no estaba seguro de mi razón.

Se sentó Bazán a la mesa e invitó a hacer lo mismo a los demás, diciendo luego a Blas que estaba en la puerta:

—¿Qué hacen, que no llegan?

Pero en aquel momento entraban el alcaide y el juez. Comentó el alférez, imprudente:

—¡En la misma mesa los jueces y los reos!

Yo me sentía ahora superior por el secreto de la Cosa. Blas señalaba el mazo de billetes encima de la mesa:

—Eso es suyo, alférez.

—Yo no cobro por la libertad de nadie. Además, ¿qué puede uno hacer aquí, con el dinero?

Me acordaba de los seis reales de Juan Pérez, que quedaron reducidos a cinco y medio cuando le pagaron. «Tú eres también de la chusma, como yo», dijo Blas al alférez. Este, al ver que lo tuteaban, se sintió deprimido, y el antiguo ordenanza continuó:

—Los tiempos cambian y ahora todo Cristo quiere ser honrado. Yo ayudo a misa lo mismo que antes, pero esta mañana no había en la capilla más que el capellán y yo. Y el cura, cuando alzaba la hostia, temblaba, que yo lo vide como hay Dios. Temblaba porque la gente deja a Dios solo, eso decía él, pero también pienso yo que temblaba por miedo. Miedo a que lo apiolen. Si se salva por el lado del sol poniente, lo apiolan por el lado del sol naciente. Eso es lo que el cura piensa.

Se hizo un largo silencio, y por fin habló el oficial:

—No voy a misa hasta que cubran el boquete del muro. Puede llegar por allí un morterazo. Quiero a Dios, pero más a mí mismo. ¡A ver!

Dirigiéndose hacia afuera, Blas invitaba:

—Pasen, que les están aguardando.

Y llegaron dos o tres más. Bazán ofrecía asientos.

—¿Quién iba a decir —exclamó el alcaide frotándose las manos y produciendo un rumor de papel de lija— que ahora, y por las razones que sea, en el mismo peligro estamos todos?

—La justicia es desinteresada e imparcial —declaró enfáticamente el magistrado, alzando la nariz friolenta en cuya punta temblaba una gota de rocío— y estamos en una situación de veras adecuada a la neutralidad.

—La mía es una neutralidad partidaria —dijo el alférez objecionista.

Villar sonreía, mostrando una grapa de oro en el colmillo izquierdo:

—Hace bien en hablar así el alférez, porque si se hiciera liberal podríamos pensar que era por miedo.

—Lo confieso —dijo el magistrado— que lo tengo. Miedo a los cañones de la izquierda y a los de la derecha. La ley tiene miedo a las armas.

Me sentía a gusto, allí. «Esta gente —pensaba divertido— es revolucionaria o reaccionaria en un sentido que en otros países no sería entendido. Incluso Guinart (o Bazán). En un sentido neolítico o futurista, pero no realmente actual.»

Viendo que por el muro roto del fondo se veía pasar a dos soldados de la guardia arrastrando el fusil y canturreando, no pude menos de reir. Los otros me miraron sin comprender. Entonces el alférez dijo:

—Todos ustedes tienen miedo y es natural.

—No es miedo a los rojos ni a los azules —puntualizó Villar tirando de su propia oreja derecha—, sino a la guerra.

Bazán miró alrededor:

—Faltan el fiscal, el ingeniero y el cura. ¿Adónde ha ido el ingeniero?

Blas, que parecía estar a medios pelos, explicó:

—Ha ido a la radio a mandar partes. Según sean de un lado o del lado contrario les habla a la viceversa el gran maula.

—Eso es arriesgado. ¿Qué quieres decir con la viceversa?

—Lo que pienso yo me lo sé —respondió Blas—. Aquí viene con el señor cura. Digo, el ingeniero. Los dos son listos y el cura no se fía ni de su padre celestial.

El cura entraba amistoso y receloso a un tiempo, con la sotana arrugada y maltrecha porque debía dormir sin quitársela. Se sentó a un extremo de la mesa. Villar, viendo la expectación de los otros, tuvo que explicar:

—Siempre que veo al cura pienso que inventar la amenaza del fuego eterno y la promesa de la gloria eterna, el milagro de la eucaristía *et sic de ceteris,* para conseguir con todo eso un espécimen moral tan frívolo y ridículo como el hombre, es demasiado. No hay proporción razonable.

El cura acertó a decir:

—El futuro nos juzgará a todos.

—Los sinvergüenzas del futuro —dijo Villar— no tendrán interés en juzgar a nadie. Y los hombres honrados no tendrán autoridad, como tampoco la tienen ahora con los rojos ni con los azules.

El ingeniero, viendo la mirada interrogante de Bazán, explicó:

—Fui a dar un recado por radio. La emisora funcionaba perfectamente.

—¿Ha tenido por fin noticias de mi esposa? —preguntó el alcaide con gran interés—. ¿Le dio mi recado?

—Los recados personales —dijo gravemente Villar— y los partes de individuo a individuo están prohibidos. En la última sesión quedó acordado.

—Con mi voto en contra —saltó el alférez—. Ustedes son gentes que debían haber muerto y en cambio están usando de una autoridad que nadie les ha dado.

—Yo no tengo nada que ver con eso —dijo Blas—. Yo no estaba encausado ni sentenciado a muerte.

—Cada cual —opinó Bazán— debe estar agradecido a cada cual por seguir viviendo. ¿Ve usted aquellos fusiles, alférez? Pues bien, la vida de usted depende de la voluntad del que tiene un arma al alcance de la mano. ¿No es eso? Aunque no hubiera otra razón, bastaría ésa para que viviéramos todos en buena amistad.

Yo me acordaba de la Cosa y de los seis reales y me preguntaba si esta cantidad sería la que gastaron en gasolina para el transporte, o en almorzar el asesino, o en algún otro detalle fraccionario parecido. Pero la verdad es que el recibo no lo explicaba. Sólo decía «por matar a Juan Pérez».

El alcaide se reacomodaba en su sillón y en aquel momento se presentaron en la abertura del muro roto el sargento Madrigal y su amante cogidos de la mano. Se quedaron un momento confusos, con expresión desencajada y sus grandes ojeras. Acordándome del Bronco y de su luna de miel, tenía ganas de reír. «En medio de lo que sucede —me decía—, Madrigal parece ahora un hombre honrado, casi un hombre modelo.»

Bazán, que se había olvidado de ellos, preguntó:

—¿No se han integrado aún en el trabajo?

—¿Qué trabajo?

—El de la colonia.

—¿Qué colonia? —dijo torpemente Madrigal.

—Pues... —explicó Bazán medio en broma—, somos una colonia. Colonizamos la nada, si se puede hablar así.

Pareció Irene ofendida y con deseos de responder, pero cruzó una mirada conmigo y prefirió callarse, quizá recordando lo que había pasado entre nosotros la noche anterior. De la expresión del sargento deduje que ella no le había dicho nada.

Pasaba por la bóveda desfondada y abierta una granada gañendo como una raposa en el desierto. O como una de aquellas urracas que se rascaban sin dejar de volar.

Recordando lo que había pasado la noche anterior, Irene y yo estábamos visiblemente satisfechos de nosotros mismos, no tanto por haber hecho el amor como por estar guardando de la vista y el conocimiento de toda aquella gente un secreto que nos parecía gustoso. En cuanto a Madrigal, volvía a preguntar si le permitirían hacer uso de la radio para denunciar en el lado nacionalista a Hamet el Hach, renegado y traidor. Nadie le respondía.

Yo pensaba en Valentina y en la Cosa, y tenía ganas de marchar de aquel lugar e ir en seguida y urgentemente a otra parte, aunque no sabía exactamente para qué. Ni a dónde.

A veces, Bazán se daba cuenta de mis impaciencias y no sabía a qué atribuirlas. Alfonso Madrigal, que quería matar a Hamet el Hach, también se mostraba impaciente y yo, entretanto, no sabía qué hacer con las revelaciones recibidas dos horas antes en la aldea abandonada. Digo las del *antipueblo* y *antiproletariado*.

Todos mirábamos a Madrigal y a Irene expectantes. Yo pensaba: «El tiene dos dientes falsos, una cicatriz en la garganta y otra en el costado. Obra del amor. Ahora tiene también dos secretos cuernos, pero tal vez lo sabe y no le importa porque preferiría ir a morir al lado nacionalista, donde está Antonia, a vivir en el lado nuestro o en lo que el alférez llamaba el impace».

Irene salió otra vez aquella noche a ayudar al búho en su caza de ratones y yo, que la espiaba, me hice el encontradizo y le dije:

—¿Ya no piensas marcharte al lado nacional?

Le eché mano a un pecho y ella abrió los labios como si le faltara aire y se le aceleró el aliento produciendo un rumor como el aleteo de un ave agonizante. Callaba. Hablaba poco, Irene. No era una de esas mujeres sobreoídas, sobreleídas aunque sí sobrecogidas en aquellos días extraños y en Casalmunia.

—¿Por qué no te veo durante el día? —le pregunté—. ¿Es que huyes del sol? Todos somos parientes del sol. No hay que huir de nuestra familia.

—Yo soy pariente de la luna, más bien, tú sabes.

Y gemía. Luego me preguntó cosas raras. Siempre hablaba Irene de un modo inesperado.

—¿Es hoy domingo? —preguntó.

—No sé.

—En tiempos de guerra nunca se sabe cuándo es domingo.

—¿Qué hacías los domingos antes de la guerra?

—Lo que todo el mundo. Por la mañana, a misa. Por la tarde, el domingo se iba haciendo tonto, pero necesitábamos esta guerra para poder apreciarlo, el domingo. El último domingo antes de la guerra yo colgué en el jardín de mi casa dos pares de pantalones en la cuerda de tender. Pantalones azules, de jerga. Digo, de dril. Los colgué después de ponerlos al revés, con los costurones y los forros y los bolsillos hacia afuera y quedaron en la cuerda como dos banderas bobas, también. Así pasa, en la paz.

Yo la besé hasta que los besos tomaron sabor a ceniza. Luego nos separamos sin hablar.

Me sentía ligeramente superior y volvía a pensar en Urganda, la desconocida, porque sólo por su mediación podía tratar de comprender algunas cosas.

Al día siguiente se nos presentaron otra vez Irene y Alfonso cogidos de la mano como dos niños. Alfonso —le verdad— resultaba demasiado zangolotino y me avergonzaba como pariente.

—Con su permiso... —decía Madrigal, pero no seguía adelante.

Todos lo mirábamos y él se detenía sin acabar de decir lo que se proponía. Irene le dijo de pronto, viendo que la atención nuestra podía transformarse en algo desairado:

—Las urracas pasan por el aire y los búhos acechan a los ratones desde el alero.

Sin que nadie respondiera y sin soltarse ellos las manos, cruzaron la sala diagonalmente para desaparecer por el lado contrario. Tenían cierta cuidadosa dignidad. Estaban acostubrados en una parte u otra a sentir la autoridad como una forma latente de peligro y ahora, que no lo había, se conducían con una rigidez torpe.

El alférez tomaba la palabra abusando, como otras veces, de la facilidad de la nueva situación:

—Los mensajes personales están prohibidos, pero eso no va con Bazán, porque antes de estropearse la emisora mandó un radiofonema al lado republicano y recibió respuesta.

Villar aclaró:

—Esos despachos fueron enviados con la autorización de todos. No fue uno sino varios.

—Yo, lo que digo —gritó el alférez, indignado— es que ustedes no existen. Son cadáveres.

—Usted también lo es, potencialmente.

El idioma español es el único en el cual la palabra *cadáver* entra frecuentemente a formar parte de las expresiones coloquiales.

—Quizá lo somos —dijo el cura—, es verdad. Pero Dios nos mira.

Yo pensaba que aquello era cierto. Nos mira y nos habla, y no lo entendemos. Los curas podrían ser sus intérpretes, pero viendo cómo la mayor parte se conducen, uno se pregunta si lo entienden ellos. Mi padre seguía en mi imaginación y en mi recuerdo. Aquel padre mío, penitenciador y bramador, que seguía mis pasos desde el neolítico y a quien yo ahora con la distancia y lo excepcional de las cosas comenzaba a querer de veras. «El pobre —me decía— no podía hacer otra cosa porque era esclavo de los más oscuros y bárbaros atavismos. Además, si no fuera por él, es decir, por su manera de conducirse conmigo, no habría desarrollado yo lo que podríamos llamar mi aptitud a la esencialidad. Si no fuera por él yo habría vendido el *blue print* hace tiempo.»

—Cadáveres —repetía el alférez con ese desparpajo que
tienen a veces los aficionados a una profesión —en este
caso la de las armas— y no los profesionales.

Luego paseaba la mirada alrededor, satisfecho de sí.

—Dios nos mira —volvía a decir el cura, que no tenía
mucha capacidad de invención y volvía una vez y otra sobre
sus palabras.

—¿Para qué? —preguntó Villar—. ¿Se puede saber?
¿Para divertirse?

El cura tenía miedo de Villar y dijo, dando al tema la
gravedad que merecía:

—Las dificultades de los hombres vienen todas de lo
mismo. Del choque del tiempo con la eternidad, señor Villar.
En esa coyuntura se pierden los débiles y se salvan los
fuertes.

Bazán, un poco aburrido con aquella manera de hablar,
intervino sin embargo:

—En todo caso, el hombre que crea un ideal y lo afronta
decididamente se va convirtiendo en su propio verdugo. No
hay peor tortura. Hay que vivir dentro de los límites del
tiempo y adaptarse y conocerlos.

—Sin olvidar que Dios nos mira —añadió el cura,
otra vez.

—Los cristianos inteligentes —dije yo con cierta pedantería de la que me arrepentía al mismo tiempo que hablaba—
están dando ahora alguna dignidad al mundo subjetivo. Lo
digo pensando en la aldea abandonada que se ve desde aquí.

—Pero algunos curas —dijo Villar— forman parte de una
conspiración mundial para hacer de Dios un tonto. Espero
que no lo conseguirán.

Me sorprendió que Villar fuera ahora anticlerical en el
nombre de Dios.

—Ustedes están muertos legalmente —repitió el alférez
una vez más, con suficiencia.

Blas, que no apartaba la vista de los billetes de banco
que había en la mesa, dio también su opinión:

—Muertos deben estar cuando nadie apanda ese dinero.

Sintiéndose aludido con escarnio, el alférez volvió a hablar:

—Individuos como Blas no debían hallarse presentes en
las deliberaciones de la junta.

—¿Qué pasa conmigo? ¿También yo soy cadáver?

—Ante todo, la democracia —dijo el alcaide, volviéndose
a mirar un poco azorado a la izquierda y a la derecha.

—Por el momento —recordó Villar—, la verdad es que hace mes y medio no cae aquí una sola bomba y que no sabemos a qué se debe. No mes y medio, sino cincuenta y seis días exactos con sus noches.

—Un milagro —dijo profesionalmente el cura— que nos obliga a todos a reflexionar.

—¿Qué sucede con el fiscal? —preguntó Villar—. ¿Por qué no viene a la reunión?

—Salió anoche camino del frente —explicó el alférez— digo, hacia las trincheras de los nacionales, pero no debió llegar, porque oí tiroteo una hora después. Lo debieron matar en las sombras sin saber quién era.

El cura juntó las manos y se puso a rezar en voz baja. Bazán se dirigió al alférez:

—¿Usted tenía conocimiento de eso y no vino a decirlo?

—No me consideraba obligado.

Señalando los dos revólveres y las balas que había en la mesa, ordenó Villar:

—Saca de ahí todo eso, Blas.

Fue el alférez a tomar una de las armas diciendo: «Ese es mi revólver», pero Villar se adelantó y se puso de pie:

—Quieto. Se lo he dicho a Blas.

—¿Me desarman, eh? —preguntó el alférez, fuera de sí—. Un oficial desarmado es como un civil. Peor que un civil.

El cura protestaba:

—El alférez representa aquí al glorioso cuerpo de infantería.

Villar, que no creía que la ironía se conciliara con la presidencia de la reunión, habló gravemente:

—En vista de que el oficial no acaba de entender nuestra situación, los miembros de la junta que tienen voto pueden y deben llevar consigo un arma. Yo me guardo la mía por razones de seguridad. Bazán tiene también la suya. Las municiones de fusil están bajo custodia. ¿Alguien tiene algo que decir en contra? Ahora, señor ingeniero, díganos en qué consistió el recado personal que envió Bazán al campo republicano y la respuesta que le dieron el día siguiente.

—Es muy simple —dijo el aludido—. Yo les comuniqué que estaba Bazán vivo y en esta casa, es decir, en el centro de la tierra de nadie. El día siguiente respondieron los correligionarios de Bazán con un largo radiofonema. Yo mantuve esas comunicaciones secretas, ya que el asunto tiene un aspecto que podría prestarse a alguna clase de malentendido humorístico —al oir esto, el cura aguzó el oído—. Casi siempre, en el clímax dramático hay una especie de posible comicidad por aquello de lo sublime y lo ridículo, etcétera. Véanlo ustedes —y se puso a leer—. «El partido de Acción Unificadora de los Trabajadores, enterado con sorpresa de que su jefe sigue vivo y no ha sido ejecutado, expresa su satisfacción en lo que se refiere a la persona de Bazán, pero también su disgusto más profundo en cuanto a su personalidad política y pública. Toda la tarea de agitación y de proselitismo hecha por nuestro partido desde el comienzo de la guerra se ha basado en el suplicio y la muerte de Bazán a manos de la hiena azul y en la necesidad de vengar su muerte. El problema que se nos crea al saber que está vivo es de tal envergadura que si no lo han fusilado deberíamos fusilarlo nosotros para bien de la causa que defendemos. Este partido revolucionario no aconseja, pues, a los mandos militares que se abstengan de atacar ese objetivo de Casalmunia donde se encuentra Bazán, aunque tampoco tiene interés en que sea bombardeado, ya que al lado de Bazán puede haber otras personas del todo inocentes.

—Ustedes son testigos —añadió Bazán— de que yo no he tratado de evitar ninguna clase de responsabilidades.

—Ciertamente —afirmó Villar con entusiasmo—. Pero entonces este armisticio pacífico, ¿a qué se debe? Yo creía que era cosa de Bazán.

—Es un milagro —repitió el cura—. Pero uno habla de milagros y nadie le escucha.

Hubo otro largo silencio, en el cual se oyó lejos cantar un gallo, lo que hizo que Blas alertara el oído: «¡Qué raro, que haya un gallo vivo todavía!» Respondió otro gallo más lejano, y Blas se asombró tanto que Villar no pudo menos de reír.

El ingeniero dijo que desde el sector republicano preguntaban por mí y yo quise saber si podría un día, más o menos próximo, disponer de mi coche para regresar a mi brigada, pero Bazán dudaba de que yo solo pudiera cruzar el campo minado.

—Volviendo al asunto de los radiofonemas —dijo Bazán— ¿saben ustedes lo que respondí a la comunicación que acaba de leer este amigo? ¿No lleva usted ahí mi respuesta?

Sacó el ingeniero otro papel:

—Aquí está, y dice: «De Bazán al secretario del partido etc. Si conviene la destrucción de este reducto por razo-

nes militares, pueden comenzar a bombardear cuanto antes
y yo trataré de salvar la vida de las noventa personas aquí
presentes y la mía propia, aunque en lo que se refiere a mí
y después de leer su radiograma parece que perdiendo la vida
haré un servicio a la organización política que dirijo y desde
ahora disculpo a ustedes y los considero libres de responsabilidad en relación conmigo». Esto es lo que respondió.

Se oyó una risita en la sala, nadie supo dónde. Yo creo
que fue el chillido del búho (como lo daba también Irene
algunas noches para hacer que el ratón saliera de su agujero). Bazán sonreía:

—No se asusten ustedes porque, como ven, llevamos ya
bastante tiempo sin que caiga una sola granada. Mi respuesta
era sólo un efecto retórico. Los proyectiles se cruzan para ir
a estallar en las tierras lejanas. Aquí tenemos calma y seguridad. ¿No es verdad, señor cura? A pesar de haber entre
nosotros amigos y enemigos. Yo velo por su seguridad, señores, y he conservado sus preciosas vidas porque los necesito
para que testifiquen que no hice nada tratando de evitar
el fusilamiento. Es decir, nada denigrante. El que mejor lo
sabe es el basurero rubio. El que Urgel llamaba Pan bicorne.
Si llega el caso, ustedes, que son enemigos míos, deberán
decirlo delante de mi partido.

—Yo no testificaré —gruñó el alférez, impertinente.

—Hasta ahora —siguió Bazán sin escucharlo— me ha
sido fácil preservar a todos ustedes de la muerte. Mañana,
no sé.

El alférez volvía a intervenir:

—Una cosa es su vida y otra la nuestra, digo la de los
demás.

Volvió Villar a su ironía tosca:

—Y otra la de los lamas del Tíbet. Espero que todos
estamos de acuerdo en la necesidad de averiguar por qué no
dispara nadie contra nosotros.

Pensaba yo: «¿No han izado bandera blanca? Entonces
¿no hay una situación legal de armisticio?» La verdad es que
no lo comprendía y menos cuando Villar preguntó mi parecer.

—Supongo que ésta es una situación natural de bandera
blanca —dije.

—Sí, de bandera blanca sin bandera blanca —respondió
Bazán.

Yo no sabía cómo entenderlo. Parecía increíble que nadie
supiera que había una bandera blanca izada, pero más tarde

lo comprendí, porque los edificios acumulados que formaban aquel conjunto de Casalmunia eran de tal forma irregulares que para ver la espadaña donde estaba la bandera había que alejarse mucho. O subirse a los adarves más altos del lado sur. O a los tejados.

Yo pedí una vez más que me dejaran usar la radio para hablar a Madrid en relación con la vida del secretario —mi defendido—, y el alférez sonrió como un conejo —sin duda creía que era el mío un pretexto de espionaje— antes de decir, pasándose de listo:

—¡Qué raro! Un capitán de Estado Mayor dedicado a una cosa como ésa.

—No le parecería tan raro —le respondí— si se tratara de salvar la vida de usted.

Volvió a hablar Villar, dirigiéndose al ingeniero:

—Lo mejor será plantear francamente la cuestión a los dos campos. Preguntarles por que no disparan. ¿Puede usted conseguir el contacto con los Estados Mayores?

—Yo no hago nada por mi cuenta existiendo como existe una junta responsable. Por otra parte, el no ser bombardeados me parecía y sigue pareciéndome un hecho mágico y no querría tentar al destino alterando la situación.

Hablaba el ingeniero desde la puerta y se fue a la emisora de radio, que el ingeniero llamaba «la lamparita verde». O «la lamparita», a secas.

—A mí la situación me parece natural —dije pensando una vez más en la bandera blanca.

En la parte derruida del muro apareció el campesino vasco Iriarte:

—Tengo que hacer presente a la junta como que hemos encontrado un campo de patatas repleto de fruto maduro y unos dicen que es del alcaide y otros del juez. La verdad es que las tropas se fueron antes de levantar la cosecha. Yo venía a ver qué hacemos, porque tiene triste gracia que las patatas se pudran en la tierra. Hacen falta brazos para arrancarlas y almacenarlas y voy buscando voluntarios. Hasta hora sólo se ha ofrecido Irene, esa mujer que vino con Urgel.

Miraba Iriarte a Blas y al cura y pensaba que los dos debían incorporarse a las faenas campesinas. Advirtiéndolo Blas, a quien no le gustaba la idea, se adelantó a hablar desviando la cuestión:

—Yo quiero formular una protesta. Aquí, Iriarte, sigue llamando a todo Cristo hijo de mala madre. Que llame así al alférez, allá él. Pero también me llama a mí. Iriarte se pasa la vida preguntando por qué se mueve la Tierra y por qué no se cae el Sol y de paso insultando a cada quisque. A Cosme, el capataz, lo llama cosmético.

Pasaban otra vez granadas de un lado a otro y en la lejanía se oía el tronar de los cañones.

Yo me sentía incómodo:

—¿Esto es todo lo que hacen ustedes? —pregunté—. Perdonen, pero a veces no puedo menos de preguntarme qué es lo que hacen aquí.

—Vivir —dijo Bazán, con una expresión distraída.

—Eso es, vivir —abundó Villar.

—Yo diría morir lentamente rectificó el cura.

Protestaron dos o tres y alguien dijo, razonable:

—Mientras uno no muere, todo es vida.

—Bien —acepté yo, sin convicción—. Vivir. ¿Pero para qué?

—¿No trata usted —me preguntó Bazán— de salvar en Madrid la vida de ese secretario? Digo, del reo de la muerte aplazada. ¿Para qué, también?

Ante todo había que vivir, sencillamente. Como los otros y con los otros, era verdad. Unos buscaban víveres, otros hacían el amor, alguno hablaba con Dios, Iriarte preguntaba por qué no se caía la Tierra, tan pesada, en el espacio; y todos, de un modo u otro, trataban de justificar para sí mismos el hecho de no haber muerto todavía. Era aquélla una tarea seria y natural y consciente. En eso consistía todo, quizás; en estar conscientes de vivir. En tiempos normales casi nadie lo estaba, y por eso todos caminaban dormidos. Sonámbulos.

Iriarte insistía en lo suyo, dirigiéndose al alférez:

—¿Sabes tú por qué vives? —y añadía alzando la voz: —Por éste, por Bazán. Porque él te lo permite.

—Cállate, Iriarte —ordenó Villar.

—Usted legalmente no existe —repitió el alférez una vez más, dirigiéndose a Iriarte estimulado por la tolerancia de Villar.

—¡Alférez de mierda! —gritó el vasco, exasperado.

Los otros lo miraban extrañados porque Iriarte, como vasco, parecía hombre de naturaleza más bien pacífica y acomodable. Yo estaba lejos de aquel incidente. Recordaba que al hablar Iriarte poco antes del ofrecimiento de Irene para cosechar patatas, había añadido tocándose la frente: «Pero esa hembra está del coco. Anda buscando flores con un frasquito y un pincel». Es verdad que estaba un poco loca. Parece que desarrolló la manía de ir poniendo a las pocas flores silvestres que había alrededor de Casalmunia (entre ellas dos rosales trepadores) el líquido de un frasco que halló en la botica del convento y que olía a demonios. El peor olor del mundo, a materia fecal. Acido sulfhídrico o algo así. Iba de flor en flor cuidadosamente y ponía una gotita con un delicado pincel.

La segunda vez que la poseí, ella olía lo mismo y en sus ojos vi como ríos interiores de sangre que se iluminaban con el espasmo. Me dio miedo. A Madrigal, sin embargo, no le dije una palabra de nuestros encuentros. Loca y todo, disimulaba por atavismo femenino, creo yo.

Volviendo al incidente, Villar golpeó la mesa con la mano y gritó:

—¡Silencio!

El alcaide dijo, adulador:

—Mi campo es el de los nacionalistas, pero debo añadir que personalmente iré a donde vaya el aquí presente señor Bazán. Para mí, antes es el hombre y después vienen las doctrinas. Estoy con Bazán. Usted manda y yo obedezco.

Con la expresión del que acaba de tomar una determinación incómoda, Bazán se dirigió al alférez:

—¿Tiene usted creencias religiosas? Lo digo porque si las tiene podría ser que el sacerdote le hiciera falta antes del amanecer de mañana.

Con los ojos apagados por la sorpresa, el alférez acertó a preguntar:

—¿A mí? ¿Para qué?

—A petición de Iriarte y de otros antiguos presos, va usted a ser juzgado esta noche y si resulta culpable será un reo como tantos otros que pasaron fatalmente un día por sus manos.

Calló, miró a Iriarte y preguntó:

—¿Tienes un arma? —Iriarte negó y Bazán le ofreció la suya—: Toma y hazte cargo del alférez, pero no olvides que esta noche será juzgado y que por el momento y hasta que sea dictada la sentencia debe estar vivo y merece tanto respeto como tú o yo. Sí, Alférez, yo seré su acusador. Pediré la pena de muerte y si sale condenado será ajecutado al amanecer.

—Y ¿de qué me acusan? —preguntó el oficial, muy pálido.

—Vamos, vamos; la valentía es una obligación en los militares.

—Pero él no es profesional —comentó Villar, irónico.

—¿Cómo es posible, señor Bazán?

—Hay un acuerdo tomado por mayoría absoluta.

—Señor Bazán, yo no hacía sino obedecer órdenes. Digo, cuando mataba gente. De no ser yo, habría sido otro. Perdón, señor Villar, señor Bazán. Yo no soy nadie, soy menos que nadie. Haré lo que ustedes quieran...

—¿No te da vergüenza? —dijo Iriarte.

—El cabo y el soldado de la centinela de aquella noche —intervino Blas—, digo los que había que matar para cubrir al comandante de la guardia, me han dicho que no quieren declarar en favor ni en contra. Puercos como ése los habrá mientras alumbre el sol. Eso dicen.

—Anda, llévatelo, Iriarte. Encerradlo. A las once de esta noche se celebrará el juicio. ¿Alguien tiene algo que decir? ¿No se opone el sacerdote?

—No, señor —dijo el cura, abatido.

—Parece —sonrió Bazán— que hay un nuevo tipo de autoridad al que vale la pena adherirse, ¿no es verdad, señor cura?

—Echa p'alante, oficial —dijo el vasco.

El alférez obedecía, pero se volvía desde la puerta:

—¿Qué dicen el señor juez y el señor cura? ¿Por qué se callan ustedes? También se callaban entonces, es verdad, cuando yo mataba a los otros... —se desasía de Iriarte y erguía el busto—: No me voy sin decir antes toda la verdad. Estoy perdido, pero prefiero perderme con la verdad y no con el disimulo y la mentira. No la saben ustedes, la verdad. Yo me había comprometido a salvarlo a usted, pero no lo habría salvado. Ustedes iban a salir del torreón, pero no iban a ir muy lejos porque yo con mi pistola estaría esperándolos y pensaba matarlos a los dos. A usted, abogado Villar, y a Bazán, o como quiera que se llame. Así, pues, habría tenido primero el dinero y después la felicitación de mis superiores y tal vez un ascenso por mi celo como comandante de la guardia. Iba a ganar por los dos lados. Era natural que los matara a ustedes, porque de otra manera me exponía a que cuando se vieran en Francia y a salvo enviaran por correo una nota denunciándome y esa nota podía costarme de todas formas la cabeza. Yo puedo ser bastante desgraciado para quedarme aquí cuando los otros militares se fueron, pero no soy tonto. ¿Oyen? Ustedes iban a morir a mis manos unas horas después de entregarme ese dinero. Ustedes iban a pagar dos veces, créanlo o no. Y si no sucedió es porque se presentó el bombardeo y porque las tropas nacionales rectificaron la línea.

—¿Eso es todo? —preguntó Villar con una entonación impertinente.

—No —decía el oficial, con los ojos encarnizados—. Yo tenía órdenes de salir con la retaguardia, pero esas órdenes decían algo más. ¿Quieren saber lo que decían? Yo también llevo mi archivo en los bolsillos. Cuando lo vean comprenderán mejor por qué las tropas se fueron y ustedes quedaron vivos. Es una orden escrita, porque hay cosas que no se pueden hacer sino con una orden escrita. Voy a leerla: «Del comandante de la posición al jefe de la guardia: Sírvase usted salir a las dos de la madrugada con la retaguardia, pero antes habrá dado las órdenes pertinentes para que las sentencias capitales queden cumplidas y ejecutadas. Después de la media noche los reos a su cargo deberán sufrir el rigor de la ley y si alguien trata de oponerse está usted autorizado a usar cualquier clase de medidas extremas con la condición de que sean justificadas a posteriori». Es decir, que entre la medianoche y las dos debería haberlos matado a ustedes. A los reos de muerte y a algunos más, según mi buen entender. Aquí está el sello de la comandancia. Comprendo que la orden es dura, pero en la guerra como en la guerra.

Villar miraba aquel documento y decía, incrédulo:

—Un sello se puede coger de una mesa y ponerlo al pie de un documento falso. No lo creo.

Gritaba otra vez el alférez, fuera de sí:

—Al lado del sello está la firma del comandante.

El abogado le pasaba el documento a Bazán, quien, sin leerlo, lo dejaba en la mesa y preguntaba:

—¿Se puede saber por qué no cumplió esa orden?

—Porque soy un desgraciado. Si los hubiera matado me habría evitado este trance. Pero debajo del uniforme tengo un podrido corazón. No los maté porque dos horas antes me había enterado de la decisión de usted y confieso que se me arrugó el ombligo. Y el tiempo pasaba. Llegó la medianoche y no comencé. Lo tenía a usted señalado el primero. Sí, a usted, Bazán, aunque le haga gracia y se ría. ¿Oye usted?

No crea que soy ese que hace un momento le pedía perdón. Esa fue una debilidad que ahora no comprendo. La muerte me importa tan poco como a algunos reos que murieron ante la escuadra y tan poco como les importaba a ustedes. Pero ya digo que había pasado la medianoche sin comenzar a cumplir la orden. Una parte de la guardia estaba levantisca. El cabo y el soldado cuya muerte yo les propuse, aunque los había relevado y estaban arrestados, habían hecho adeptos no sé cómo. Yo tenía mayoría en la guardia y los asusté, pero hicieron correr la voz y la cosa andaba turbia. Pasaba el tiempo y no veía manera de comenzar. El basurero andaba hablando de la ley natural. Había visto salir a las tropas pensando: ahora en un momento, entre los dos sargentos de la guardia y yo, acabaremos con todos. Pero oí las tres en el reló y como no había jefes y todo dependía de mí, pues la verdad, ya no me consideraba tan obligado y luego el reló cantó las cuatro. Entonces, algún lunático hizo sonar otra vez la campana del torreón y fue cuando ustedes intervinieron. Soltaron a los presos y ya sabemos todos lo que pasó. Comenzó a amanecer y cuando quise darme cuenta los soldados de la guardia habían dejado los fusiles y ustedes se habían apoderado de las municiones. Al hacerse de día cambió mi temple y poco después eran ustedes los amos. No vayan a creer que no los quise matar porque había cambiado de opinión por reblandecimiento humanitario. No soy de esos. Es que, como dije antes, anduve dudando un par de horas. Me acordaba de demasiadas cosas. Los hermanos Lacambra, usted, los otros. Se me pasó el tiempo recordando que usted, Bazán o quienquiera que sea, había dicho unas horas antes que prefería morir contra el muro antes que matar a dos hombres inocentes. Así decía usted. Pensando en eso se me hizo de día. ¿Comprenden? Ahora ustedes pueden matarme, pero ya saben la verdad.

Bazán se alegraba de oír aquello —se veía en su manera de mostrarse indiferente— y yo pensé: «Por ahora nadie tiene interés en matar a nadie».

—Anda, Iriarte, sácalo de aquí —dijo Villar.

Pero el alférez no había terminado:

—Yo podía haber avisado por la radio para que los nacionales tiraran sobre el monasterio y no dejaran una rata viva, pero no lo hice. Eso es.

—Te he dicho que lo saques de aquí —repitió Villar.

Dejándose llevar, gritaba el alférez, un poco enloquecido:

—Muchas gracias. Ya sé que al amanecer me matarán. ¡Muchas gracias!

Entre Blas y otros dos se lo llevaron. Iriarte iba detrás con la pistola. Se hizo en la sala un largo silencio.

—¡Qué miseria! —dijo el alcaide, por fin.

Bazán explicaba con una indolencia incómoda:

—Habrá una sentencia de muerte que firmaremos todos, usted también, alcaide. Pero ahora, señor cura, probablemente ese desgraciado lo necesita a usted. Vaya a disponerle, a preparar su ánimo.

El cura obedeció, conmovido. Cuando vio Bazán que había salido siguió hablando en voz más baja:

—Es probable que ustedes coincidan conmigo en condenarlo y también en concederle el indulto, pero será bueno que pase una noche esperando la ejecución para que comience a darse cuenta de lo que hacía con nosotros.

En aquel momento llegaba el ingeniero:

—He comunicado con el Estado Mayor del lado oriental y dice que no tiran porque hace tiempo que hemos izado bandera blanca. He mandado a dos hombres a investigar y vendrán a decir lo que hay sobre el caso. Yo no veo bandera blanca alguna. Es verdad que no salgo nunca del edificio. Y ellos mismos me han dicho —añadió el ingeniero— que los del lado contrario tampoco tiran porque cada campo tiene derecho a suponer que nosotros somos de su bando.

—Yo protesto —dijo el alcaide—. Esa bandera es una traición para uno de los campos, o al menos así lo considerarán algún día.

—¿Quién ha puesto esa bandera? —repitió Villar.

Yo pensaba: «¿Pero es posible que no sepa nadie la existencia de la bandera blanca?» Yo no les había hablado de aquello porque lo consideraba demasiado obvio e innecesario. ¿Cómo podía imaginar que no lo sabían?

En aquel momento volvió Blas:

—El alférez va más conforme —dijo.

—¿Con la ayuda del cura? —preguntó Bazán.

—No. Ha recibido al cura a patadas y el pobre hombre vuelve blanco como el papel.

Oyendo todo aquello no acertaba yo a formar mi composición de lugar. Recordaba el caso del secretario en el otro lado y la tragedia del alférez me parecía menos lamentable y más grotesca. Callaba y seguía escuchando ávidamente lo que se decía a mi alrededor.

—Es un alma perdida —dijo el cura entrando, desolado. Y añadió, sentándose a la mesa:

—¿Qué he hecho yo? Nadie quiere nada de mí desde que se fue la tropa.

Villar se dirigió a Blas:

—¿Sabes algo de una bandera blanca que alguien ha puesto en lo alto del torreón?

—El único que vive allí —respondió Blas dando a su voz una resonancia intrigante— yo sé muy bien quién es. De modo que por el hilo se podría sacar el ovillo. Es un secreto que guardaba hasta el presente porque la persona que vive allí tiene miedo. Tiene pánico y me hizo jurar que mientras hubiera en la junta gente como el alférez o el cura, o el juez o el alcaide, yo no diría una palabra de lo que pasaba. Un juramento es cosa seria. El alférez no está, pero están los otros, especialmente el cura y el alcaide.

El alcaide saltó en su asiento:

—¡Protesto!

Ordenó silencio Bazán y dijo a Blas que siguiera explicando el misterio de la bandera.

—Bueno, en el cuarto de la maquinaria del reló, que desde hace meses no funciona, estaba una pobre mujer aguardando la ejecución. No la mataban aún porque estaba embarazada y la ley obliga en esos casos a esperar que dé a luz, así es que la pobre andaba muy miserable y le hablaba a su hijo antes de nacer. Le decía esas babosadas que dicen las mujeres: que cuando él naciera la matarían a ella y que sería como si el recién nacido mandara la escuadra: Apunten, fuego, ¡raaaaaaap! Así que ella llamaba a su hijo verduguito y otras chifladuras de madre.

El cura juntaba las manos:

—¡Dios mío!

—Es lo que yo digo. Pues ella vive al lado de la cuerda de la bandera. Algo tiene que saber. Que la traigan, aunque no sé si acertará a explicarse, porque anda un poco guillada. Yo no la culpo. Hay que ponerse en su caso, bueno, es un decir. Para un hombre es cosa de risa ponerse en su caso.

—Ahí la traen —dijo el ingeniero—. No te molestes, que ahí la traen.

Era mujer de media edad, tenía una belleza de huesos más que de carne y estaba muy trabajada por la miseria. Mostraba el vientre abultado como encinta y próxima al parto. El hombre que la acompañaba alzaba la voz para decir:

—No es bandera ninguna.

—¿Pues qué es? —preguntaba Bazán.

—Un viceversa que es cosa para no creerlo.

Blas explicaba: «Ahí donde la ven ha parido ya, pero se pone una almohada debajo de la falda para disimular. Dio a luz el día antes de marcharse la tropa de Casalmunia y tiene el crío escondido. Bien escondido. Es una puta con trastienda, mejorando lo presente, y a pesar de haber parido va con la almohada para dar el pego».

Miraba la mujer a Blas con un rencor condicionado:

—Yo no he parido. Yo hablaría también, pero —añadía señalando al cura y al juez— ¿y ésos? Ese es el que les ponía a los pobres parvos fusilados la unción en pie, que yo lo veía desde la ventana por la noche, y los otros, el juez y el alcalde, son todavía peores. Mientras estén ahí yo no puedo hablar. Especialmente el alcalde. ¿Y el teniente? ¿Dónde está el teniente?

El alcalde volvía a ponerse colorado. Blas le explicaba a la mujer gritando, como si fuera sorda: «Aquí nadie te quiere mal. Diste a luz y escondiste el crío como una gata para que no se enteraran y entonces te pusiste esa almohada para hacerles pensar que no habías parido todavía. Una noche se oyó llorar al chico y yo me vi en apuros y dije que era un gato en celo».

—Pero ¿y la bandera? —preguntaba Bazán, impaciente.

—No es bandera ninguna —explicó Blas—, sino un pañal que pone a secar.

—No he dado a luz —protestaba ella—, pero cuando llegue el caso piensen ustedes que los críos necesitan de su madre hasta el destete. ¿Quién le dará el pecho? Todo hay que considerarlo.

—Yo le llevaba —siguió Blas con cierta arrogancia— cubos de agua a escondidas y mendrugos de pan y hasta leche cuando la había. Mira, déjate de comedias que ésta es gente amiga.

—Juro que no he parido todavía. Mientes, Blas —repetía ella retrocediendo, con los ojos redondos.

—Yo he visto al mamoncete, señores, pueden creerme —insistía Blas—. Yo le di a esta hembra tela para hacer dos o tres pañales y ahora pone uno en el cordel de la bandera y lo sube a lo alto. Se comprende porque allí se orea en un santiamén y como tiene muy pocos pañales (quizá sólo dos), con el oreo y el sol siempre tiene alguno seco. La cosa parece adrede y tiene su miga.

—Mientes —gritaba ella espantada, y luego rectificaba, más amable—. Bueno, faltas a la verdad.

Se oía pasar otra granada por encima.

—¿A lo mejor —dijo el juez, inquieto— no hay en este momento pañal alguno en el asta de la bandera? Vayan a ponerlo.

—No se preocupe —respondía Blas tranquilizándolo—. Está el pañal sacudiéndose en el aire, que yo lo he visto.

Ella se negaba a aceptarlo:

—Faltan todos a la verdad.

—Mujer, puedes confiar en nosotros —decía el magistrado—. Somos tus amigos.

—Sí, la amistad de los ocho balazos. Ni siquiera sé dónde está enterrado mi marido. Y ustedes son los mismos.

Blas trataba en vano de convencerla:

—¿Qué hay de malo en secar un pañal? El sol y la brisa son cosas que Dios da gratis y tu chaval necesita tener, como dices, sus partecitas secas. Eso todos lo entienden y no es crimen ninguno.

El capellán quiso hablar:

—Señora, yo...

—Usted podría decir dónde enterraron a mi hombre, que lo sabe y se lo calla, pero no me lo dirá porque todos están conchabados en esta prisión. Lo que es a mí no tiene que darme la unción todavía, porque mi verduguito no ha nacido.

—Hostia —decía Blas, enfadado, para encubrir su emoción—: Ahora el que manda aquí es Bazán. ¿Cuántas veces te lo voy a decir? Para unas cosas, mucho pesquis, y para otras más tonta que una mata de habas.

Villar prometía:

—Tú tendrás lo que necesite tu niño, palabra de honor.

Retrocedía ella hacia la puerta, pero repetía:

—Muchas gracias a todos ustedes, caballeros, para cuando nazca. Yo avisaré para cuando llegue el caso.

Por decir algo y sintiéndose un poco culpable, dijo el cura:

—Mañana lo bautizaré.

—Cuando quiera que sea, señor cura, yo le avisaré. Aunque no tengo dineros para el bautizo.

—Sin pagar, mujer —le gritaba Blas—. Ahora no se paga.
Entonces ella miró por primera vez de frente a cada uno de los presentes:

—Si me dejan que lo tenga hasta el destete me podrán matar igual que a mi marido. No vayan a pensar que me da miedo. Una sabe la diferencia entre lo que hablan de día los hombres en este castillo y lo que hacen de noche. Pero la ley les prohibe matarme por el momento. Eso es.

Blas miraba a lo alto y se llevaba las manos a la cabeza:

—Márchate —decía—, si no te voy a matar yo.

Se iba la mujer, pero el juez y el alcaide se levantaban del asiento y le gritaban al unísono:

—¡No quite el pañal!

—¿Qué pañal? —preguntaba ella, disimulando.

—No lo quite si hemos de vivir en paz. Mira, Blas, anda a mi cuarto —decía el alcaide— y dale lo que necesite para hacer pañales. Y tú —le decía a ella— no retires el que está en lo alto.

—¿Pues qué pasa, ahora? —preguntaba ella—. ¿Hice algo malo?

Hubo otro silencio grave y Villar se levantó y se llevó a la mujer diciendo que iba a darle ropas y víveres.

—No me toque —protestaba ella, apartándose—. No me ponga las manos encima, que todos ustedes son iguales.

Cuando Villar y la mujer hubieron salido, Blas repitió:

—Ya lo dije. Es una puta con muchísima trastienda. Pero por lo demás, honrada. Lo que pasa es que cuando paren las mujeres, la mitad del meollo se lo lleva la criatura y quedan así como atontadas. Pero ya digo, como puta es muy honrada y más tarde iré a explicarle lo que sucede. Porque a mí me creerá. Como le ayudé en los días negros a mí me tiene confianza.

Escuchaba yo pensando que la bandera de la paz, por un azar humorístico y por el momento, era un trapo meado. La vida comenzaba sin duda entonces con el recién nacido, que era, como cada cual, hijo de la desesperación y del tedio. Pero ¿qué vida? ¿La de Bazán? ¿La mía? ¿La del alférez? ¿La del secretario de los catastros con la boina calada? La vida de todos y la de nadie. Porque de nadie es la vida y ninguno de nosotros la merece.

En todo caso, aquel lienzo mojado que hacía acallar los cañones nos retenía a todos en la vida, en esta vida que era lo único que teníamos.

Repetía Blas:

—¿A quién se le ocurre ponerse una almohada en la barriga? Es muy lagarta, pero yo pondría la mano en el fuego por ella.

El crío y Blas, y la lagarta por quien Blas pondría la mano en el fuego, eran las únicas personas que tenían razón en el mundo de entonces y que siguen teniéndola hoy, quizá. Gente merecedora. No es broma. Millones de infantuelos como aquel niño cuyo pañal tremolaba están naciendo ahora mismo alrededor del planeta, de ese viejo planeta girador que se mueve sin que lo empujen y que no tiene dónde caerse. Y necesitan pañales secos.

Todos quedaron un rato en silencio alrededor de la mesa. Bazán dijo, tristemente:

—No cree en ninguno de nosotros, esa mujer. Nos salva la vida, pero no cree en nosotros. Es la primera cosa que no entiendo en este lugar absurdo.

El cura dijo: «Esa gente ignorante es así». Bazán preguntó:

—¿Qué quiere decir?

—Que sólo creen en el pañal seco. No ven más allá.

Poco después regresó Villar, taciturno:

—Hay que sacarla de ese cuarto del reló y ponerla en otra parte, porque si se le ocurre arriar el pañal la artillería de un lado o del otro nos va a hacer cisco. Yo creo que está loca.

—No —dijo Blas—. Lo que pasa es que no se fía ni de Dios padre que está en los cielos. Pero como honrada, es un decir...

Aquí termina el último de los cuadernos de «Crónica del Alba». Como dije al principio (en el prefacio del cuaderno primero) nuestro amigo murió pronto. «Lo peor es —decía un médico español internado en el mismo campo— que no hace nada por vivir, que no tiene deseos de seguir viviendo.»

Pocos minutos antes de que muriera Garcés llegaron dos enfermeros con una camilla de sanidad para llevarlo a alguna parte y el enfermo, más o menos consciente, dijo a los camilleros:

—No se molesten. ¿Quién es ése? Mañana cuando vengan

los camiones de la basura se lo podrán llevar. Los que hacen la limpieza se lo llevarán. Cuando llegue el basurero.

Se refería Garcés a su propio cuerpo como si fuera de otro o como si no fuera de nadie. La alusión al basurero era una trasposición, quizá, del deseo de fugarse y del recuerdo del incidente de Casalmunia. O simplemente estaba pensando Garcés en la limpieza del campo que se hacía cada mañana y en sacar de en medio lo que iba a quedar de él —lo único que iba a quedar—. Realmente y bien considerado no es cosa limpia, un muerto.

Recordando al poeta, me dije: «Antes que se sequen tus huesos se olvidará tu nombre». O tal vez no. Quién sabe. Pero a los muertos, esas compensaciones póstumas no les hacen mucho bien, la verdad.

Como en los cuadernos anteriores, yo añado aquí por mi cuenta algunos versos hallados entre los papeles de Garcés por creer que son oportunos:

> *Viniendo al lado en campos de la vida*
> *erais las aves del suplicio*
> *que os rascabais en vuelo con la mano*
> *y había un maleficio*
> *de reos paridores condenados al fuego.*

> *Tú encadenada a mí y los dos al orbe*
> *de los silencios sin frontera*
> *presididos por un monarca ciego*
> *y orientados por la primera*
> *voz de aquel llamamiento sin nombres, sonreíamos.*

> *La piel de las antiguas nadadoras*
> *iluminadas por el sueño*
> *nos habla aún del huerto adonde íbamos*
> *por el cercado ribereño*
> *de unas rosas que en vano la curia prohibía.*

> *Irradiando querencias tal como tú nos viste*
> *desde los bordes rojos de la herida*
> *tu muerte por amor —esa que me ofreciste,*
> *la recibí y ahora te doy mi vida*
> *irradiando potencias del sexo y de la mente.*

Por esta valle alzada que a todos nos contesta
(algunos siguen sordos, sin embargo)
e igual que en otro tiempo, la multitud de fiesta
de la ría cantando va a lo largo.
Por esta mar sin puerto de las proclamaciones.

La virgen-esperanza nunca la vi tan viva
contra el celaje a medias acuoso
recién desnuda por la onda explosiva
al pie del orbe en el segundo foso
la amante azul y gris que nos mira, sonámbula.

No hablo de Valentina, porque en aquellos días
la esperanza del mundo se acababa...

El poema estaba incompleto. No sería difícil imaginar lo que Garcés pensaba y trataba tal vez de escribir, pero sería una falta de respeto escribirlo y publicarlo en su nombre.

Los Angeles, California,
primavera de 1966.

Indice